ENRIQUE IRAZOQUI
HANOVER, DICIEMBRE 1981

Jorge Semprún
Aquel domingo

Narrativa/49

Jorge Semprún

Aquel domingo

Novela

Traducción de
JAVIER ALBIÑANA

Planeta

COLECCIÓN NARRATIVA

Dirección: Rafael Borràs Betriu

Consejo de Redacción: María Teresa Arbó,
Marcel Plans, Carlos Pujol y Xavier Vilaró

Título original: Quel beau dimanche!
Traducción del francés por Javier Albiñana

© Éditions Grasset et Fasquelle, 1980
Editorial Planeta, S. A., Córcega, 273-277,
Barcelona-8 (España)
Diseño colección y cubierta de Hans Rom-
berg (realización de Jordi Royo)
Ilustración cubierta: «La guerra», de Pablo
Picasso, templo de la Paz de Vallauris
(Alpes-Maritimes)
Primera edición: setiembre de 1981
Depósito legal: B. 26720 - 1981
ISBN 84-320-7149-8
ISBN 2-246-00888-3 editor Bernard Gras-
set, edición original
Printed in Spain - Impreso en España
Talleres Gráficos «Duplex, S. A.»,
Ciudad de la Asunción, 26-D, Barcelona-30

A Tomás,
para que, más tarde, pueda
acordarse de este recuerdo.

... la lucha del hombre contra el poder es la lucha de la memoria contra el olvido.

MILAN KUNDERA

Tanto en los campos rusos como en los alemanes, los rusos se llevaron la peor parte. Esta guerra nos ha demostrado que, pensándolo bien, no hay nada peor en este mundo que ser ruso.

ALEXANDR SOLZHENITSIN

Persisto en reclamar los nombres, en no interesarme sino por los libros que se dejan abiertos como puertas, y cuya clave es inútil buscar. Afortunadamente, los días de la literatura de intriga novelesca están contados.

ANDRÉ BRETON

CERO

Le había parecido advertir un movimiento confuso. Una especie de crujido, como nieve desparramada. Allá, quizá bajo las ruedas de un camión, en el cruce de carreteras, hacia los cuarteles. Un haz de nieve reluciendo al sol, entre los árboles, quizá bajo las ruedas de algún camión militar. Ruedas que acaso habían patinado en la nieve fresca, blanda bajo las ruedas.

Un crujido breve, eso era todo. El paisaje recobraba el afelpado resplandor de la inmovilidad.

Daba unos pasos más, llevado por la inercia de su propia marcha. Unos pasos, unas zancadas, un movimiento involuntario irreflexivo en cualquier caso. Se detenía luego en medio de la avenida. Sin motivo aparente. Despertado de la ensoñadora rutina de aquella marcha.

El silencio podía eternizarse, no era algo impensable.

Quedaría el paisaje disponible, abandonado tras aquel último rumor de vida humana, de actividad confusa, un instante antes.

Veía el vaho que se formaba delante de su boca. Movía los dedos de los pies, entumecidos en el cuero áspero de las botas. Hundía los puños cerrados en los bolsillos del chaquetón de paño azul.

Podía ser que no llegara nada, ni nadie. La avenida no conduciría a ningún sitio. El invierno desplegaría su glacial y límpida soledad. Más tarde, en un futuro incierto pero previsible, empezaría la nieve a fundirse. Se llenaría el bosque de riachuelos, de agua viva. Los árboles entrarían en actividad, también la tierra, las savias, los gérmenes. Un día todo se cubriría de verdor, se pondría a crecer. Hay una palabra para todo ello: la primavera.

Entonces, a su izquierda, en esa especie de nívea eternidad, veía el árbol.

Más allá del talud, de la hilera de altas farolas, de la larga procesión de columnas hieráticas, había un árbol. Sin duda, un haya. Eso suponía, al menos. Tenía todo el aspecto de serlo. Despegado de la masa confusa de encinas, en medio de un espacio despejado, suntuosamente solitario. El árbol que ocultaba la visión del bosque, ¿quién sabe? El haya suprema. Daba tres pasos a un lado, se encontraba muy gracioso. Con todo, tenía la sospecha de que aquello no era suyo, de que no acababa de inventárselo. No, sin duda era una reminiscencia literaria. Sonreía, volvía a dar unos pasos de lado.

Daba la impresión de que iba a cruzar la avenida, sin premeditación, tomando una dirección oblicua.

No recordaba ningún otro árbol. No había nostalgia alguna en su curiosidad. Ni había recuerdo infantil, por una vez, surgido en un rapto emocional. No trataba de recobrar algo inaccesible, una impresión de antaño. Ninguna dicha antigua de la que ésta se nutriese. Sólo la belleza de un árbol cuyo mismo nombre, supuesto, verosímil, carecía de importancia. Un haya, sin duda. Pero lo mismo podía ser una encina, un sicomoro, un sauce llorón, un abedul blanco, un fresno, un tiemblo, un cedro, un tamarisco.

Sin embargo, relacionar nieve y tamarisco era un despropósito. Hablaba sin ton ni son. Se dejaba llevar por la alegría, en definitiva. Un árbol, sin más, en su esplendor inmediato, en la diáfana inmovilidad del presente.

Había rebasado el talud, caminaba por la nieve blanda, inmaculada.

El árbol estaba allí, al alcance de la mano. El árbol era real, se le podía tocar.

Alargaba la mano, tocaba la corteza rascando la nieve helada que el viento había adherido al tronco del haya. Se apartaba de inmediato, retrocedía para tener perspectiva, para verlo mejor. El conjunto de un paisaje mínimo a su vista. Se calentaba los dedos con el aliento de su boca, hundía las manos en los bolsillos del chaquetón azul. Se plantaba allí, miraba. El cielo de diciembre era pálido, como un vidrio apenas teñido.

Se podía soñar al sol.

Pasaría el tiempo. El haya se desprendería de su manto de nieve. Con un sordo gemido, las ramas del árbol dejarían aplastarse sobre el suelo masas porosas, desmenuzables. El tiempo llevaría a cabo su obra. También el sol. Ya lo hacían. El tiempo se hundía en el invierno, en su rutilante esplendor. Pero en el mismo corazón, helado, de la estación serena, una futura yema verde se nutría ya de confusas savias.

Pensaba, inmóvil, convertida toda su vida en meticulosa mirada, que la yema negaba el invierno, y la flor la yema, y el fruto la flor. Reía beatíficamente, casi arrobado, al evocar aquella dialéctica elemental, porque aquella yema frágil, aún impalpable, aquella verde humedad vegetal en el nevado vientre del tiempo, no sería tan sólo la negación sino también la consumación del invierno. Llevaba razón el viejo Hegel. La nieve resplandeciente se consumaría en el verdor resplandeciente.

Miraba el haya cubierta de nieve. Ya conocía su realidad verde. Diciembre, ¿cuántos meses había que esperar? Él quizá ya habría muerto. La yema reventaría, llevando a término la verdad profunda del invierno. Y él habría muerto. No, ni siquiera habría muerto, se habría desvanecido. Estaría ausente, se habría volatilizado en humo, y la yema reventaría, bola repleta de savia. Resultaba fascinante imaginarlo. Reía al sol, al árbol, al paisaje, a la idea de su propia ausencia, probable e irrisoria. Todo se consumaría igualmente. El invierno se consumaría en los estallidos de vida.

Movía los dedos dentro de las botas de un cuero que se había vuelto cortante con el hielo. Movía las manos, apretadas en los bolsillos del chaquetón azul.

Y es que no había leído el Talmud. «Si ves un árbol hermoso, no te detengas, prosigue tu camino», dice el Talmud según parece. Se había detenido, había caminado hasta el hermoso árbol. Nunca había experimentado la necesidad de afirmar su propia existencia negando las bellezas efímeras del mundo.

No había leído el Talmud, era una hermosa haya, creía ser feliz.

Entonces, un ruido metálico atraía su atención.

Volvía la cabeza. Veía a un suboficial al que no había oído llegar. El suboficial había sacado la pistola de la funda de cuero rojizo. La había montado. El ruido metálico se volvía explícito, retrospectivamente.

Miraba la pistola que le encañonaba. El suboficial le miraba sorprendido, incluso inquieto. Su voz sonaría irritada y escandalizada.

—*Was machst du hier?* —preguntaba.

Le preguntaba el suboficial qué hacía él ahí.

Le temblaba la voz de indignación o de sorpresa. Era comprensible. Estar plantado allí, delante de un árbol, como un tonto, arrobado, riendo beatíficamente, a un lado del camino, resultaba insoportable.

Reflexionaba un segundo. No era cosa de decir lo primero que se le ocurriera.

—*Das Baum* —decía finalmente—, *so ein wunderschönes Baum!*

Y lo cierto es que era la única explicación.

Se sentía satisfecho de haber expresado en alemán, con auténtica concisión, los motivos reales de su presencia en aquel lugar inesperado. El árbol era, en efecto, milagroso de belleza. Con todo, en francés, la explicación hubiera tenido un tono solemne o enfático. Es el árbol, hubiera dicho en francés, un árbol milagroso de belleza.

El suboficial se volvía hacia el árbol, lo miraba a su vez, por primera vez. El militar aún no se había fijado en el haya. Bien es cierto que, de haberla visto, hubiera seguido su camino. Y eso que no había debido de leer el Talmud, no resultaba muy verosímil.

El cañón de la pistola describía un movimiento descendente hacia el suelo cubierto de nieve.

Durante un segundo, se sorprendía imaginando que el oficial miraba el árbol con sus mismos ojos. La mirada del oficial se había debilitado, suspendida quizá por tanta belleza. Toda aquella blancura, azulada en el espesor de su masa, irisada en sus contornos dentados, había diluido la negrura de su mirada. Sujetaba la pistola con el brazo caído, miraba intensamente el árbol. Una posibilidad confusa, incluso turbia, parecía surgir.

Estaban allí, uno al lado del otro, habrían podido hablar juntos de aquella belleza nevada.

Veía el estilizado centelleo de la doble *S* bordada en plata sobre el rombo negro que adornaba las dos puntas del cuello del suboficial, y, curiosamente, no parecía un obstáculo. El suboficial de las SS se apartaba unos pasos, como él un instante antes. El suboficial miraba el haya, el paisaje, con ojos que se tornaban azules. Todo parecía inocente, era una posibilidad confusa, al menos.

El suboficial podía volver hacia él, meneando la cabeza. *Tatsächlich, ja, Mensch, ein wunderschönes Baum*, diría. Menearían ambos la cabeza, contemplando el árbol. Él podría aprovechar la ocasión para explicarle, delicadamente, al suboficial de las SS toda la complejidad de las sorprendentes fórmulas de un filósofo de su país.

Estaban inmóviles ante el árbol. Hacía sol, el cielo era pálido, la nieve ahogaba los ruidos, se veía humo a lo lejos. Eran las diez de la mañana de un domingo de diciembre. Aquello podía durar, sin duda.

De repente, se acababa.

El suboficial de las SS daba tres pasos hacia él. La pistola de nuevo apuntaba a su pecho. El rostro del suboficial enrojecía súbitamente, de ira o de odio. Iba a ponerse a chillar.

Pero él se cuadraba, dando un taconazo con las botas. Con la nieve blanda, no resultaba fácil. Pero lo lograba. Producía un ruido seco, la cosa quedaba impecable. Se quitaba la boina con brusco ademán. Firmes, con la cabeza erguida, con los ojos clavados en el ciego vacío del cielo pálido, se ponía él a chillar. Se adelantaba al grito del suboficial de las SS, que se quedaba boquiabierto. Se presentaba según la norma establecida por unos reglamentos tanto más minuciosos cuanto que no estaban escritos, gritando su número, el trabajo que tenía asignado, los motivos de su presencia fuera del recinto del campo.

—*Häftling vier-und-vierzig-tausend-neun-hundert-vier!* —vociferaba—. *Von der Arbeitsstatistik! Zur Mibau kommadiert!*

El humo apacible. a lo lejos, era el del crematorio.

El suboficial de las SS se llama Kurt Kraus. Nada más puede decirse de él.

· El número 44 904 que ha sido sorprendido por Kurt Kraus a un lado de la avenida principal flanqueada de columnas rematadas de águilas hitlerianas, contemplando arrobado un haya aislada, acaba de anunciar quién es: el número 44 904. La cifra está impresa en negro en un rectángulo de tela blanca cosida en el lado izquierdo del chaquetón azul, a la altura del corazón. Asimismo está impresa en un segundo rectángulo, cosido en este caso en el lado derecho de la pierna derecha del pantalón, en el muslo. Encima de cada uno de estos rectángulos, un triángulo isósceles de tela roja. Impresa con tinta indeleble en los triángulos rojos, la letra *S*.

Una persona poco sagaz podría llamarse a error, podría creer que no es pura coincidencia. Como si la doble *S* plateada —y estilizada: doble destello, doble desgarrón fulgurante— sobre fondo de rombo negro en el cuello del suboficial y la simple *S* negra sobre fondo rojo en las ropas del número 44 904 revelasen alguna relación jerárquica. Del sencillo al doble, en algún modo. Pero nada de eso. Existe la jerarquía, qué duda cabe. Entre el suboficial de las SS Kurt Kraus y el número 44 904 media toda la distancia del derecho a matar. Distancia y jerarquía, con todo, no quedan simbolizadas por ese paso del simple al doble, de la *S* a las SS. Porque en lugar de la simple *S* podría haber figurado cualquier otra letra. Una *F*, una *R*, una *T*: *Franzose*, *Russe*, *Tscheche*, por ejemplo, ya que la letra cosida en el triángulo isósceles tan sólo indica nacionalidad de quien lleva el número. En el caso que nos ocupa, la *S* aparece allí por *Spanier*, español. De suerte que la distancia jerárquica entre todo el que lleva número y el suboficial de las SS Kurt Kraus no viene condicionada por el origen nacional de aquél. El derecho a matar puede aplicarse a todo el que lleva número, con independencia de su nacionalidad. Atañe a la existencia misma de quien lleva número, sea cual fuere la letra identificativa que lleve cosida, para comodidad de la administración.

Son las diez de la mañana. Es domingo. Finaliza el mes de diciembre. El paisaje está cubierto de nieve.

El bosque de hayas de la colina del Ettersberg que da su nombre al lugar, Buchenwald, dista pocos kilómetros de Weimar.

Y eso que la ciudad de Weimar no había tenido mala fama hasta aquellos últimos años. Fundada en el siglo IX, de dar crédito a las fuentes históricas por lo común respetables, perteneció hasta 1140 a los condes de Orlamünde. En 1345, la ciudad pasó a ser feudo de los landgraves de Turingia, y un siglo más tarde, concretamente en 1485, la heredó la rama primogénita de la casa sajona de Wettin. Después de 1572, Weimar se convirtió en la residencia permanente de aquella estirpe ducal. Durante el reinado de Carlos Augusto y sus sucesores, la ciudad fue un centro liberal de las artes y de las ciencias.

Sobre este aspecto de la vida de la ciudad se hace especial hincapié, no sin su punto de grandilocuencia nebulosa, en un libro de documentos sobre el campo de concentración del Ettersberg.

«Weimar —puede leerse allí—, era conocida hasta entonces en el mundo como la ciudad donde Lucas Cranach el Viejo, Johann Sebastian Bach, Christoph Martin Wieland, Gottfried Herder, Friedich von Schiller, Johann Wolfgang von Goethe y Franz Liszt vivieron y crearon obras inmortales... Goethe se paseaba por aquella colina, entre aquellas hayas. Allí fue concebido el *Wanderers Nachtlied*. Al igual que Goethe, toda la sociedad intelectual de Weimar gustaba de acudir al Ettersberg, a fin de disfrutar allí del descanso y del aire libre.»

Tal bucólica visión de la vida en Weimar la confirma el mismo Goethe. En sus *Conversaciones* con Eckermann, con fecha del 26 de septiembre de 1827, puede leerse el encantador relato de un paseo por el Ettersberg.

Escuchemos a Eckermann, transcriptor minucioso pero poco brillante, en la traducción de J. Chuzeville.

«Goethe me había mandado recado aquella mañana para acompañarle a dar un paseo en coche hacia el pico de Hottelstedt, cumbre occidental del monte Etter, y de allí hacia el pabellón de caza de Ettersburg. El día era extraordinariamente hermoso y cálido, y salimos de buena mañana por la puerta de Santiago... Nos hallábamos ya en las alturas y avanzábamos con rapidez. A mano derecha había robles, hayas y otros árboles frondosos. A nuestra espalda, Weimar había desaparecido de la vista...

»—Aquí estaremos bien —dijo Goethe mandando detener el carruaje—. Creo que podríamos probar qué tal nos sentaría un desayuno con estos aires tan saludables.

»Bajamos y durante unos minutos caminamos a lo largo y a lo ancho por el suelo seco, al pie de los robles canijos y encorvados por las frecuentes tormentas. Entretanto, Federico sacaba el desayuno y lo disponía sobre el césped del talud. La vista desde aquel paraje, a la luz matinal del más puro sol de otoño, era realmente espléndida...

»Nos sentamos de espaldas a los robles, de suerte que, durante el refrigerio, tuvimos constantemente a la vista el inmenso espectáculo de media Turingia. Devoramos una pareja de perdices asadas con un canto de pan blanco, y regamos todo ello con una botella de excelente vino servido en una hermosa copa plegable de oro, que Goethe suele llevar consigo en este tipo de excursiones, metida en un estuche de cuero leonado...»

Con todo, pese al refinamiento de aquellos recuerdos patricios, Weimar no es, cuando llega allí Goethe, más que una aldea de cinco a seis mil almas. El ganado pisotea las calles enfangadas. No hay carreteras en el país, sólo caminos de mala muerte en los que se expone uno a romperse un hueso, de dar crédito a los autores mejor informados.

Cinco años más tarde, en 1779, nombrado por el duque Carlos Augusto consejero áulico y ministro de la Guerra y de Obras Públicas, Goethe se esforzará en poner remedio a tal estado de cosas. Pero no parece que los progresos fueran particularmente rápidos. En cualquier caso, Stendhal, que atraviesa la región para trasladarse a Rusia junto al emperador, se queja aún, en una carta a su hermana Pauline fechada el 27 de julio de 1812, de la «lentitud alemana» que retrasa su viaje a caballo por las carreteras de Turingia. El paisaje, por lo demás, no impresiona a Stendhal tanto como fascinará a Goethe y a Eckermann. «Se advierte en Weimar —le escribe a Pauline— la presencia de un príncipe amigo de las artes, pero he observado con pena que allí, como en Gotha, nada ha hecho la naturaleza; resulta anodina, como en París.»

Comoquiera que sea, y pese a la discrepancia de tan ilustres ingenios, en lo que concierne al menos a las bellezas del paisaje, la ciudad de Weimar no gozaba de mala reputación. En 1919, tras la caída de los Hohenzollern, se reúne incluso en esa ciudad la asamblea nacional que fundó, precisamente, la República de Weimar.

Suele resultar difícil, en ocasiones incluso imposible, el fechar de forma precisa el comienzo real de una historia, de una serie o sucesión de acontecimientos cuyas relaciones mutuas, influencias recíprocas, oscuros vínculos, si bien parecen a primera vista contingentes, inverosímiles incluso, se revelan a continuación muy estructurados, para alcanzar finalmente tal grado de coherencia concreta que ello les hace adquirir el resplandor, por muy ilusorio que sea, de la evidencia.

Sin embargo, en el caso presente, la fecha del 3 de junio de 1936 parece decisiva.

Aquel día, en efecto, en Berlín, en su despacho de la Wilhelmstrasse, el inspector general de los campos de concentración y jefe de los destacamentos de las SS Totenkopf, Theodor Eicke, firmaba con la simple inicial mayúscula de su nombre, *E*, una comunicación oficial que portaba el sello de SECRETO, cuyas consecuencias para el posterior desarrollo de esta historia serán determinantes.

Veamos si no.

El Reichsführer SS Himler, escribe Theodor Eicke, ha

dado su consentimiento para el traslado del campo de concentración de Lichtenburg (Prusia) a Turingia. Se trata, pues, de encontrar en este último Estado un terreno adecuado para la edificación de un campo calculado para tres mil detenidos, en torno al cual se construirán los cuarteles de la Segunda División SS Totenkopf. El coste de la operación se estima en un millón doscientos mil marcos.

Esta comunicación confidencial del 3 de junio de 1936 va dirigida a Fritz Sauckel, quien, como se sabe, fue durante mucho tiempo Gauleiter de Turingia y que, en 1942, pasó a ser jefe del Servicio del Trabajo para el Reich y el conjunto de los territorios ocupados, función que le llevó a organizar el traslado a Alemania, por distintos conceptos, de varios millones de trabajadores, responsabilidad por la cual sería juzgado en 1946 por el tribunal de Nuremberg, condenado a muerte y ejecutado.

Por su parte, el firmante de la carta, Theodor Eicke, sólo era Brigadeführer, dos años antes. Fue él quien penetró en la celda 474 de la cárcel de Stadelheim donde estaba encerrado Ernst Röhm, el jefe de las SA. Hacía calor, Röhm estaba con el torso desnudo, según crónicas fidedignas. Ernst Röhm, el jefe de los nazis plebeyos, fue muerto por Theodor Eicke, por orden personal de Hitler, quien quería granjearse definitivamente las simpatías de los señores de las altas finanzas y del Alto Estado Mayor. Más tarde, en 1943, Eicke caería en el frente del Este.

Pero todas estas muertes no deben interrumpir nuestro relato.

Nada nos impide imaginar la humedad berlinesa de aquel día de junio de 1936. Sentado en su despacho de la Wilhelmstrasse, Theodor Eicke acaba de releer la carta que destina a Fritz Sauckel y que una secretaria le ha puesto delante. En la parte superior de la primera página, a la derecha, bajo la fecha y las referencias habituales: *Berlin SW 68, den 3 Juni 1936, Wilhelmstr. 98/IV*, aparece entre paréntesis la palabra GEHEIM, «Secreto», como ha quedado dicho.

Theodor Eicke coge la pluma y escribe en la parte inferior de la carta, bajo la fórmula habitual, *Heil Hitler* y la enumeración de sus títulos, *Der Inspekteur der Konz.— Lager u. Führer der SS-Totenkopfverbände, SS-Gruppenführer*, la inicial mayúscula y autógrafa de su nombre, *E.* La secretaria recoge entonces las hojas mecanografiadas y vuelve a colocarlas en la cartera de tafilete rojo del correo administrativo especial. Abandona el despacho tras haber cambiado unas palabras con el Gruppenführer, unas frases alusivas al tiempo que hace, a la salud de ambos, a los proyectos de vacaciones en las playas del mar Báltico.

Cabe imaginárselo.

Comoquiera que fuera, el día en que fue escrita y mandada aquella carta, Léon Blum no tenía la menor posibilidad de conocer su existencia, y menos aún de sospechar la influencia que había de ejercer en su propio destino.

En efecto, el 3 de junio de 1936, la conferencia mixta empresarios-sindicatos obreros convocada el 31 de mayo por el ministro de Trabajo, Ludovic-Oscar Frossard —antiguo secretario del partido comunista tras el congreso de Tours, dirigente de la tendencia centrista sobre la que se encontrarán apreciaciones poco halagadoras tanto en los escritos de Zinoviev y Trotski como en los informes y memorias de Humbert Droz, y que, tras dimitir del PCF (SFIC) después del IV Congreso del Komintern, acaba siendo ministro de Trabajo en los gabinetes Laval y Sarraut, de junio de 1935 a junio de 1936—, la conferencia mixta, pues, convocada por Ludovic-Oscar Frossard para hallar una solución al problema al enfrentamiento social y a las ocupaciones de fábricas que se generalizaban, pese a los esfuerzos de la CGT para calmar los ánimos, había de reconocer el fracaso de las negociaciones.

En tales circunstancias, Léon Blum presentaba su ministerio al presidente Lebrun el jueves 4 de junio. «El ministerio saliente —le dijo Lebrun a Blum— juzga tan grave la situación que le pide no espere a mañana para la transmisión de poderes. Le ruega se haga cargo a partir de esta noche a las nueve, del ministerio del Interior y del ministerio de Trabajo.» Accedió Léon Blum a tal petición y aquella misma noche Roger Salengro —quien había proclamado la víspera, en la delegación de las izquierdas: «Que quienes tienen por misión guiar a las organizaciones obreras cumplan con su deber. Que se apresuren a poner término a esta agitación injustificada. Por lo que a mí respecta, ya he elegido entre orden y anarquía. Mantendré el orden para y contra todos»— tomó posesión de su puesto en el ministerio del Interior y Jean Labas en el de Trabajo.

El 3 de junio de 1936, Léon Blum no podía, pues, saber nada de la carta enviada por Theodor Eicke a Fritz Sauckel bajo secreto. Y aunque, por algún milagroso azar, hubiera tenido conocimiento de ella, no resulta verosímil que hubiese adivinado las consecuencias que había de ejercer en su propia existencia.

Atareado con la formación de su ministerio, con la preparación de su discurso en la Cámara, en el momento de la sesión de investidura prevista para el sábado 6 de junio, y con la solución de los conflictos sociales, parece poco probable que Léon Blum recordase aquel día que él mismo había escrito, treinta y cinco años antes, las *Nuevas Conversaciones de Goethe con Eckermann*. No resulta verosímil que pensase en aquel escrito ya antiguo, en el momento mismo en que la firma estampada por Theodor Eicke bajo la comunicación oficial y secreta dirigida a Fritz Sauckel iba a tener por consecuencia la construcción de un campo de concentración en el mismo agreste y encantador paraje en que Goethe conversaba con Eckermann y en donde él mismo, Léon Blum, acabaría siendo deportado e internado, unos años más tarde.

Por su parte, el Narrador, otro personaje esencial de esta historia, cualquiera que sea la autonomía que un crítico avisado atribuya en adelante al texto, el Narrador, digo, sólo tiene doce años, aquel 3 de junio de 1936. Acaba de suspender uno de sus exámenes de fin de curso. Pero tranquilícense, se trata de matemáticas, y sólo de matemáticas. En el ámbito de las humanidades, el Narrador ha sido siempre brillante. ¿Qué más? Es probable que aquella tarde el Narrador se pasease con dos de sus hermanos por el parque del Retiro, en Madrid. Pero el mismo Retiro ha dejado de ser un lugar apacible, cerrado, sensualmente extendido en torno a las aguas maternales de sus estanques, en torno a las rosaledas, a los museos del palacio de Cristal. El Retiro es recorrido sin cesar por grupos de obreros inquietos, a ratos vociferantes, que caminan a lo largo de sus avenidas hacia el centro de Madrid, llegados de los suburbios de Vallecas. Porque es el último mes de junio anterior a la guerra, anterior a la guerra civil, anterior a todas las guerras.

La carta de Theodor Eicke a Fritz Sauckel inaugura una correspondencia administrativa en exceso copiosa como para ser mencionada aquí en detalle.

Una cosa es evidente: el asunto del traslado del campo de Lichtenburg a Turingia se va demorando.

Por fin, el 5 de mayo de 1937 (habrá transcurrido casi un año y los plazos del plan inicial no habrán sido respetados), una nota firmada por Gommlich, consejero en el ministerio del Interior de Turingia, nos da a conocer que la elección de la colina del Etter, el Ettesberg, en las cercanías de Weimar, ha sido aprobada por Eicke. A raíz de lo cual, el 16 de julio de 1937, el primer grupo de trescientos detenidos será desplazado allí, para empezar la tala necesaria para la construcción de las barracas y de los cuarteles, bajo el mando del SS-Obersturmbannführer Koch, cuya mujer, Ilse, como es sabido, confeccionaría más tarde pantallas con la piel de los detenidos cuyos tatuajes le habían llamado la atención.

La primera denominación oficial del nuevo campo, K. L. Ettersberg, aún había de provocar, no obstante, algún que otro revuelo. En una carta a Himmler, fechada el 24 de julio de 1937, Theodor Eicke señalaba en efecto que la Asociación Cultural Nacionalsocialista de Weimar protestaba de tal denominación, «porque el nombre del Ettersburg está ligado a la vida y a la obra de Goethe» y su asignación a un campo de reeducación *(Umschulungslager)* en donde se congregaría la hez de la tierra no podía sino mancillar la memoria del poeta.

Pero tampoco era posible, decía Eicke, darle al campo el nombre del pueblo más próximo, Hottelstedt, pues los SS de la guarnición sufrirían con ello un considerable perjuicio material, ya que sus primas de alojamiento debían calcularse en tal caso a tenor del coste de la vida en Hottelstedt —tal era en efecto el reglamento— siendo así que el nivel de vida digno de un SS exigía más bien que se considerasen los precios vigentes en Weimar, ciudad relativamente más cara. Proponía Eicke, por tal motivo, la denominación de *K. L. Hochwald*.

Cuatro días más tarde, Himmler zanjaba el asunto. El campo se llamaría *K. L. Buchenwald-Weimar*. Así, no se vulneraría la buena conciencia de los burgueses de la región y los militares de las SS podrían cobrar primas de alojamiento dignas de su rango social.

En sus *Nuevas Conversaciones de Goethe con Eckermann*, publicadas por primera vez en 1901, sin nombre de autor, editadas por la *Revue Blanche*, Léon Blum (pero resulta poco verosímil que el 7 de junio de 1936, un domingo, al iniciar a las 15 horas en el palacio del mismo nombre la discusión que había de cristalizar en los acuerdos Matignon, Léon Blum tuviese ocasión de recordar aquel escrito de juventud en el que, por el contrario, años más tarde, internado en una villa del Falkenhof de Buchenwald, en los mismos parajes de los esparcimientos de Goethe, de sus paseos con Eckermann, pensaría sin duda más de una vez; resulta poco verosímil que Léon Blum, al sentarse en la mesa de negociaciones que habían de cristalizar en los acuerdos Matignon, recordase aquel escrito ya antiguo, en tanto que, por el contrario, sí debió de recordar, con sorda y triste ira, a lo largo de aquella tarde, las palabras que la víspera, el sábado 6 de junio, le lanzara Xavier Vallat en la Cámara de diputados: «Su llegada al poder, señor presidente del Consejo, marca indudablemente una fecha histórica. Por primera vez este antiguo país galorromano va a ser gobernado por un judío», palabras que, de manera indirecta, nos devuelven a los lejanos orígenes de esta historia, a esa carta de Theodor Eicke, tantas veces mencionada, y de la que ninguno de los personajes sentados en torno a la mesa de negociaciones de donde iban a salir, en el palacio Matignon, los acuerdos del mismo nombre, de la que ninguno de ellos, sin duda alguna, tenía la menor noción), pero Léon Blum, en sus *Nuevas Conversaciones de Goethe con Eckermann*, treinta y cinco años antes de ser el primer judío que gobernó Francia, cuarenta y dos años antes de conocer los parajes en donde se desarrollaron las famosas conversaciones, había escrito:

«*3 de julio de 1898,*

»He cenado en casa de Goethe que me cita una frase singular de Racine. Al acabar el plan de Fedra, le dijo a un amigo: Mi obra está concluida. Ya sólo me queda escribir los versos.»

Escribamos.

UNO

—¡Chicos, qué hermoso domingo! —ha dicho.

Contempla el cielo y les dice a los demás que es un hermoso domingo. Pero en el cielo sólo se ve el cielo, la negrura del cielo, la noche del cielo, y cantidad de nieve que remolinea a la luz de los reflectores. Una nieve danzarina y helada.

Dice eso soltando una gran carcajada excesiva, como quien diría «¡mierda!». Pero no ha dicho mierda. Ha dicho: ¡qué hermoso domingo, chicos! en francés, contemplando el cielo negro de las cinco de la mañana. Ha soltado una gran carcajada para sí y no ha dicho mierda. Si hubiera querido decir mierda, por lo demás, habría dicho *Scheisse*, porque las palabras importantes no son francesas. Ni servocroatas, por otra parte, ni flamencas, ni noruegas. Ni siquiera rusas, a excepción de *machorka*, que es una palabra considerable. Se dice *Scheisse*, *Arbeit*, *Brot*, todas las palabras importantes se dicen en alemán. Pan, trabajo, mierda: todas las auténticas palabras. Y *machorka* que también es una auténtica palabra, para designar el tabaco, o más bien la hierba que se fuma, de manera áspera.

En cualquier caso, él habría mirado el cielo, la noche del cielo, los fulgores eléctricos del cielo, y habría gritado *Scheisse*, si hubiera querido decir mierda. Cuando uno dice *Scheisse*, todo el mundo le comprende y ha de ser importante el que a uno le comprendan, cuando tiene ganas de gritar mierda y de que le oigan.

Su risa se eleva hacia la noche del cielo, la noche del bonito domingo de madrugada, y al punto se interrumpe. Ya no dice nada. Seguramente ha dicho todo cuanto opina sobre la vida y se hunde en la nieve de la noche, dirigiéndose hacia la explanada donde se pasa lista. Ya sólo es una

23

sombra que corre, encorvada bajo las ráfagas de nieve. Otras sombras echan a correr tras la sombra del hombre que ha dicho que es un hermoso domingo.

¿Por quién ha hablado? ¿Por qué esa desesperada sorna en su voz, en su grito hacia el cielo cuajado de nieve?

Se había subido el cuello de su capote que llevaba rastros de pintura verde en la espalda, vagos contornos de letras semiborradas, una *K* quizá era todavía legible, y podían adivinarse una *B* y una *U*. Estaba allí, de pie ante la entrada del *block*, protegido de los remolinos de nieve por el saliente que forma la doble escalera exterior que sube al primer piso, contemplando el amanecer del domingo, afuera, la noche taladrada por los reflejos de los reflectores, escuchando el confuso rumor barrenado por los silbatos que convocan a los hombres para la primera concentración del día.

Entonces ha gritado, para sí mismo, con voz estentórea, declamatoria, desesperada, burlona —o más bien que se burlaba de sí misma— ha gritado: ¡es un hermoso domingo, chicos!

Un recuerdo, sin duda, de los hermosos domingos de antaño, que le ha embargado en el momento en que se disponía a hundirse en los remolinos de nieve, le ha inducido a gritar de ese modo, ha hecho estallar en él aquella risa desesperada.

¡Qué hermoso domingo, chicos, a orillas del Marne!

Sin duda no ha podido aguantar la belleza de aquel hermoso domingo de antaño a orillas del Marne, que ha invadido de súbito su memoria mientras contemplaba los torbellinos de nieve en el Ettersberg. Quizá ha tomado conciencia de la inaceptable estupidez de este mundo en el que existen domingos en el Marne —en otro lugar, antes, lejos, al otro lado, afuera— y también esa nieve algodonosa, obstinada, del Ettersberg. Sin duda ha gritado para vengarse de esa estupidez, para nombrarla al menos, aun de aquella manera indirecta. Si hubiera gritado: ¡qué hermoso es el Marne, los domingos!, nadie le hubiera entendido.

Aguardaba aquel hombre, mezclado con el grupo de los rezagados, los que sólo se mueven en el último minuto para al final incorporarse a la multitud que camina, dando traspiés, hacia la explanada donde se pasa lista. Ha mirado el cielo y ha gritado. A sí mismo, al recuerdo recobrado, a las sombras que le rodean, a la nieve del Ettersberg, a la media jornada de trabajo que le aguarda, a los *kapos* que

24

se pondrán a vociferar, al Marne en primavera, porque sólo
un recuerdo de primavera ha podido invadirle de súbito,
bajo aquella nieve obstinada. Ha gritado que es un hermoso domingo.

Luego, ha dado dos pasos a un lado, su rostro ha quedado enmarcado en un rayo de sol, de perfil.

Era Barizon, Fernand Barizon.

Ha echado a correr bajo las ráfagas de nieve y su zam-
bullida en la noche ha precipitado la marcha de todos los
demás, todos los rezagados. Barizon es una sombra que se
apresura hacia la multitud de sombras en movimiento cuyo
paso, pronto cadencioso, acompasa el comienzo de aquel
bonito domingo.

Sin duda, más tarde, alineado en la formación rectangular y compacta de los presos del block 40, en el lugar que
les corresponde por derecho a los detenidos del block 40 en
la explanada, aunque la mayoría de los hombres que formaban originariamente aquel rectángulo compacto, inmóvil, maquinalmente firmes, hayan muerto, desvanecidos en
humo, sin dejar más huella de su paso por aquí que esa
permanencia de la forma compacta, inmóvil y hueca del
block 40 en la explanada, forma vacía, indefinidamente
llena, colmada, conforme se van produciendo desaparicio-
nes, por otros detenidos, susceptibles de ser renovados —sin
duda—, en su hilera alineada al cordel, Barizon sigue recordando las orillas del Marne.

En el silencio afelpado, quebrado por las secas órdenes
de los altavoces, evocará deliberadamente Barizon todos
los pormenores de aquel recuerdo: el tiempo que hacía,
aquel domingo de antaño, en primavera; el color de las hojas y el de los vestidos de las muchachas; el sabor del vino
local; la tibieza del agua que fluía en torno a los remos inmóviles, abandonados para encender un pitillo, o para tomar entre las suyas las manos de las muchachas. Seguro
que, llevado por la acuidad de las sensaciones que provoca
el frío glacial, Barizon, que recuerda las orillas del Marne,
llegará a concebir pensamientos sobre la fragilidad de los
placeres, triviales pensamientos sobre los rancios placeres
de la vida exterior. Dios santo, si hubiéramos sabido la de
cosas que pueden colmar la vida, el cúmulo de riquezas
mortales que encierra, seguro que no hubiéramos aceptado
tontamente los pequeños placeres de las orillas del Marne,
hubiéramos intentado transformarlas en una gran dicha, lo
bastante grande y lo bastante loca como para que ni la

nieve de hoy, ni el *kapo* de la Gustloff, ni el SS de gafas pudieran borrarla.

Sea como fuere, los únicos indicios de que disponemos para suponer que Fernand Barizon recuerda las orillas del Marne son las palabras que ha gritado antes de echar a correr. Cierto que no es gran cosa.

—¡Qué hermoso domingo, chicos!

Y ya está, es domingo.

¿Cómo eran los domingos?

En cualquier caso, no como los del Marne. Una vez llevé a una chica al lago del bosque de Boulogne. Los paseos en barca eran una sana distracción, que, además, no salía cara. Pero no a todas las chicas les gusta el aire libre, ni las brillantes digresiones culturales improvisadas al azar de la corriente. Con aquélla, al menos, la cosa no resultó, si mal no recuerdo. Quizá las orillas del Marne hubieran resultado más engatusadoras.

No lo sé, no me acuerdo de las orillas del Marne.

Enciendo el pitillo matutino liado con papel de periódico. El áspero humo del *machorka* me abrasa la garganta. Me quedo debajo de la escalera exterior que sube al primer piso, con el cuello del chaquetón azul levantado.

La punta de los pies me aflora a través de los calcetines agujereados y el recio cuero de las botas me araña los dedos. Golpeo con el tacón en la losa de cemento, a la entrada del block 40.

Aparece Emil, el jefe del block 40, con su gorra de marino, cuadrado, enfurruñado, ojos azul lavanda. Emil habrá ido a comprobar que los dormitorios están bien vacíos, que no queda dentro ningún rezagado. Gruñe un saludo al pasar, se hunde en la noche nevada.

¿El Marne? Nada, no me acuerdo de nada.

Miro la nieve que centellea en el haz de los reflectores. Una luz danzarina y helada. Debería subir ahora hacia el barracón del *Arbeitsstatistik*, pronto pasarán lista. Pero prolongo este instante. Yo solo, con el brutal sabor del *machorka* en la boca. Como una especie de paz, que nadie te mire: un espacio hueco, afelpado, frágil, de soledad total.

Llevaba dos años durmiendo en el sueño de los otros. Aguardaba a que acabase un compañero, apremiado por todas partes, para acomodarme en unos pocos centímetros de banco y comer el rancho de la noche. Otros compañeros, a mi espalda, aguardarían a su vez a que acabase yo.

Me agachaba sobre el asiento de loza tibio, en la misma hilera que otros diez tipos agachados, en la repulsiva promiscuidad de las letrinas. Caminaba en fila, hombro contra hombro, y pasaba a ser una pata más del grueso insecto titubeante y presuroso. El agua de la ducha chorreaba sobre mi cuerpo, sobre varios cientos de piernas peludas, de sexos fláccidos, violáceos, de vientres hinchados, de pechos hundidos. Dos años llevaba arrojado en un universo lleno como un huevo, viscoso de respiraciones, gorgoteante con el rumor inmundo de las vísceras.

Entonces prolongaba aquellos instantes de la mañana, aquella especie de soledad: el primer cigarrillo, la luz danzarina y helada, el silencio momentáneo, la fabulosa certidumbre de existir.

Pero ¿a santo de qué el haber pensado en el Marne, en sus alegrías dominicales? A decir verdad, no sabía nada del Marne. Cuando Fernand Barizon gritó instantes antes aquellas palabras respecto al domingo, recordé las orillas del Marne, o, más exactamente, mi memoria se vio asaltada por un recuerdo que no me pertenecía. Como si otra persona se hubiese puesto a acordarse en mi propia memoria.

El último verano de antes de la guerra, me refiero al de entre las dos guerras, el verano de 1939, iba al cine cada tarde. Y eso que no estaba previsto. La cosa se repetía cada día: la misma sorpresa fingida, la misma fascinación.

Llegaba por la calle Soufflot, me detenía ante la puerta de la biblioteca Sainte-Geneviève. Tenía que haber entrado, era eso lo previsto, que fingiese ser un muchacho estudioso. Inmóvil en lo alto de las escaleras, respiraba solapadamente el aire tibio, caramelizado, que corría por la plaza desierta. Como si me llenase por última vez los pulmones antes de hundirme en el austero olor a enmohecido de la biblioteca. Pero ya todo mi ser se volcaba, como un agua de lluvia gris discurriendo a lo largo de los arroyos, por las pendientes que descienden hacia el Sena.

Miraba la plaza, respiraba. Volvía la cabeza a la izquierda, veía la fachada de Saint-Etienne-du-Mont, bañada en la luz cruda y sin relieve del mes de agosto. Sólo un instante más, y luego entraría en la biblioteca. Estaba decidido, no había que volver sobre ello. Hasta que, con el corazón palpitante, echaba a andar calle Valette abajo, echando una última ojeada culpable y aliviada hacia la fachada ciega del Panteón, a mi espalda.

En la calle de Rivoli, todos los cines proyectaban dos películas en cada sesión. A veces salía de uno y entraba en otro: cuatro películas en una tarde. Solía actuar Arletty, y las orillas del Marne parecían ser el centro mismo de todos los placeres. El Marne, los ventorrillos, el pernod, las manos que se deslizaban atrevidamente por las curvas: era la imagen cinematográfica de la felicidad, o daba esa impresión.

El Marne del cine era de un gris muy pálido y brillante, con recovecos umbríos en donde las barcas se atascaban. Una especie de Leteo, pero a la entrada de un breve paraíso dominical. De modo que, cuando la guasona voz de Barizon clamó instantes antes su nostalgia de los domingos hermosos, me vinieron a la mente las orillas del Marne del modo más natural. El vals, las barcas y el pernod. Una risa aguda de mujer. La mano debajo de las faldas, el juego del animalito que sube, que sube.

Sí, recordaba el Marne con la memoria de los demás, y ni siquiera la de los seres reales, que yo había conocido, la memoria de los personajes insustanciales y retozones de las películas de aquel verano. Como si los fantasmas de Michel Simon y Arletty, bajando de un tándem, se hubiesen puesto a engendrar recuerdos en mi propia memoria, aquel domingo de finales de diciembre de 1944, bajo la nieve del Ettersberg. Arletty, con su maravillosa voz cascada, le hubiera contestado a Barizon, acerca de los hermosos domingos de antaño. Seguro que hubiera tenido muchas cosas que contarle.

Pero me estoy abrasando los labios con las últimas bocanadas de *machorka*. Llega un sordo rumor de lo alto de la colina. Todo el mundo debe de estar congregado en la explanada, a esta hora. Mejor dicho, todos menos aquellos a quienes se les pasa lista en su lugar de trabajo. A mí me pasan lista en la barraca del *Arbeit*. Es uno de mis privilegios. Debería ir ya para allá; en seguida va a empezar el recuento de detenidos.

Sigo contemplando la noche, la nieve deslumbrante que remolinea. Me saco las manos de los bolsillos, aprieto a correr. ¡Qué bonito era el Marne, y la primavera! Me río solo, como si hubiese estado allí.

Los compañeros hablaban de ello, como es natural. Hacía unos días que no hablábamos de otra cosa.

Lo hablaban en pequeños grupos, en espera de pasar

lista, cuando yo entré en la oficina del *Arbeitsstatistik*. A la entrada del barracón, en lo alto de la colina, casi frente al crematorio, golpeé las botas contra la barra de hierro, al pie de la escalera. Me sacudí la nieve del chaquetón azul. Entré en el barracón y doblé a la izquierda. A la derecha, quedaba el local de la *Schreibstube*, las oficinas. Enfrente, estaba la biblioteca. A la derecha, el *Arbeit*. Todos los amigos estaban allí, hablando de eso. Menos Meiners, el triángulo negro, a quien debía de importarle un pepino.

Algunos pensaron al principio que era un embuste. Seguro. Un invento de la propaganda nazi para elevar la moral de la población. Escuchábamos los boletines de noticias de la radio alemana, difundidos por todos los altavoces, y movíamos la cabeza. Un truco para elevar la moral de la población alemana, era evidente.

Pero pronto fue menester rendirse a la evidencia. La escucha clandestina de las emisoras aliadas confirmaba la noticia. No había lugar a dudas: las tropas británicas estaban aplastando en efecto a la Resistencia griega. En Atenas, se combatía encarnizadamente, las tropas británicas reconquistaban la ciudad a las fuerzas del ELAS, barrio por barrio. Era un combate desigual, el ELAS carecía de blindados y de aviación.

Pero Radio Moscú no chistaba y su silencio era interpretado de muy distintas maneras.

Hacía días que no hablábamos de otra cosa. En diciembre de 1944, bajo los torbellinos de nieve del Ettersberg, no hacíamos más que hablar de Grecia. Todavía no había acabado la guerra y ya empezaba otra batalla, en el seno mismo de la coalición antihitleriana. Los carros británicos aplastaban a los partisanos comunistas, antes incluso de que fuera derrotado Hitler. Tema de conversación había, eso era indudable.

Hacía días que no hablábamos de otra cosa.

—¡Oye! —dice Daniel.

—Sí —le digo.

—Quiero decirte dos palabras —dice Daniel.

—Di —le digo.

—Luego —dice Daniel.

Hace un gesto para indicarme que hay demasiada gente, que quiere hablarme a solas.

Bueno, he comprendido de qué va la cosa. Muevo la cabeza para señalarle que he comprendido.

29

Estamos todos ahí, aguardando que llegue el suboficial de las SS, para pasar lista, en el espacio vacío que queda a la entrada de las oficinas del *Arbeitsstatistik*.

Se entra y se encuentra uno con ese espacio vacío. Un poco más allá, una barrera separa ese espacio despejado de otro espacio, más amplio, atestado de mesas, sillas, ficheros, estantes, dossiers, armarios. También hay una estufa, en medio, una gran estufa redonda donde arde leña bien seca. Una administración, en una palabra. El silencioso motor de un centro burocrático.

Al fondo del espacio administrativo, atestado de objetos administrativos: ficheros, dossiers, registros; mesas y estantes para soportar todos esos objetos; sillas para que sentemos nuestros culos delante de todos esos objetos administrativos; armarios para cerrar bajo llave todos esos objetos preciosamente administrativos; al fondo, como decía, dos puertas. A la derecha, la que da a la habitación de Willi Seifert, el kapo del *Arbeit*. En principio, esa habitación no es más que un despacho: el despacho del director, por así decirlo. Pero Seifert ha hecho instalar allí su cama. Allí duerme, bien tranquilo. Los SS cierran los ojos a esa infracción al reglamento.

A la izquierda hay otra puerta que da a una especie de sala común o de refectorio adonde podemos retirarnos, si nos da por ahí, a fumar un pitillo, a charlar un rato con un compañero, a soñar, a mirar la nieve o el sol, o la lluvia también, por la ventana.

Y eso es todo, nada más hay que añadir del lugar en cuestión.

Había llegado yo a trabajar a las oficinas del *Arbeit* un año antes, tras pasar unas semanas en el block 62, en el Campo Pequeño de cuarentena. Todo se había producido de la forma más sencilla, ajenamente a mí: una especie de mecanismo objetivo.

Dos días después de mi llegada, estaba yo tumbado en el catre del block de cuarentena, sin siquiera intentar ya dormir, ni protegerme de la miseria que bullía en los jergones, cuando me llamaron por mi nombre. Me refiero a mi nombre auténtico, mi nombre español, el que constaba en los registros oficiales. Por lo general, los franceses que venían conmigo desde Compiègne, algunos incluso desde las cárceles de Auxerre y de Dijon, me llamaban Gérard. Era mi apodo.

Ocupaba un sitio al borde del catre, en la hilera superior, la tercera, y asomé la cabeza para ver quién me llamaba por mi nombre.

Había allí un tipo que erguía la cara y me hablaba en español. Sí, era yo, le dije. Un tipo con el pelo rapado, vestido con ropa incongruente y estrecha, como todos nosotros. Una cara huesuda, de ojos claros.

El tipo quiere hablarme.

Me doy la vuelta por encima del borde del catre y bajo. Damos unos pasos por el pasillo central del block. Reina el barullo de siempre.

El tipo me habla. Como si tal cosa, preguntas, frases de lo más trivial.

Una toma de contacto, sé de qué va la cosa. He reconocido esa mirada, esa prudencia, esa exaltación obstinada. Ya la organización. Se habla, da la impresión de que se divaga. Pero no, poco a poco se va concretando. De dónde viene uno, qué ha hecho, así como quien no quiere la cosa. Y luego, con toda naturalidad, las cartas sobre la mesa. De mí depende jugar, o lo tomo o lo dejo. He aceptado las cartas y he dado algunas referencias, no todas a la vez. Al principio hay que actuar con cautela. Es una regla, un rito, un juego. El camarada ha reconstruido el resto, a partir de esos pocos datos.

El partido, eso es todo.

Yo estaba solo, tenía dos ojos: el partido tenía mil. Yo estaba solo, me quedaba una hora de vida, el presente: el partido tiene por delante todas las horas, todo el tiempo, el futuro. Yo estaba solo, sólo podía vivir mi muerte: el partido podía vivir todas nuestras muertes, no moriría por ello. Es lo que dice Brecht, más o menos. Pero, en aquella época, yo no había leído a Brecht, la cosa era menos literaria. El partido volvía a acogerme en su seno, sencillamente.

El camarada ha sacado tres cigarrillos del bolsillo, me los ha dado. Me ha dado una contraseña. Tres cigarrillos, una contraseña, nada más. En caso de que desapareciese, alguien ocuparía su sitio, nos reconoceríamos.

Más adelante, cuando lo conocí mejor, olvidé preguntarle a Falco —que formaba parte de la dirección de la organización comunista española clandestina— cómo les había llegado la noticia, por qué medios indirectos: «Hay un tío de veinte años, un español, en el 62, que llega de un maquis de Borgoña y que parece un camarada. En cual-

31

quier caso trabajaba con la FTP. Id a verlo.» Pero si olvidé hacerle esta pregunta fue porque era anecdótica.

Lo que siguió fue igual de sencillo.

De todos los deportados españoles, yo era el único que hablaba alemán. ¡Mi agradecimiento, dicho sea de paso, a Fräulein Grabner y a Fräulein Kaltenbach, ayas germánicas de una infancia mimada! De modo que la organización del partido español pidió a los comunistas alemanes que se me asignase un puesto en el *Arbeitsstatistik*, para tener una representación allí. Un día, me avisaron que me presentase allí. El campo estaba cubierto de nieve. Era el final del período de cuarentena. Me recibió Seifert, el kapo del *Arbeit*. Me recibió en su despacho personal —la habitación del fondo, puerta de la derecha— y me habló durante mucho rato.

Seifert era tranquilo, preciso, autoritario. O mejor dicho: la autoridad que desprendía su persona no venía dada sólo por su cargo, sino también por su personalidad. Un señor, en aquel universo del campo, se veía a la legua. Tenía veintiséis o veintisiete años. Encima del triángulo rojo de su bien cortada chaqueta, llevaba una pequeña franja roja suplementaria. *Rückfälliger*: reincidente. El puesto que ocupaba, aquella franja roja suplementaria, a su edad, permitía adivinar cosas: una biografía.

Aquel día, en primavera, un suboficial de las SS, jefe de uno de los comandos de trabajo de la DAW *(Deutsche Ausrüstungs Werke)* entró en el despacho. Era después de pasar lista, por la mañana. Estábamos manipulando nuestras fichas y nuestras listas, de lo más tranquilos. Había también, en el espacio despejado delante de la barrera, un grupo de unos diez deportados de distintas nacionalidades, convocados allí para adjudicárseles nuevos destinos de trabajo. Entró el suboficial de las SS y alguien gritó: *Achtung!* Entonces, maquinalmente, nos pusimos todos firmes y nos quedamos como clavos junto a nuestras sillas. Era el reglamento. Willi Seifert salió de su despacho, muy tranquilo. Hizo el anuncio de rigor. El suboficial de las SS nos ordenó que reanudásemos nuestro trabajo. *Weitermachen!* Seifert estaba de pie, con las dos manos apoyadas en la barrera, frente al suboficial. Éste venía a quejarse. Con voz entrecortada, colérica, se quejaba a Seifert, porque el *Arbeitsstatistik*, según él, no destinaba suficientes detenidos a su comando de la DAW. No había bastantes tipos, gritaba, aquello no podía seguir así. Siempre se quedaba a la zaga respecto al plan de producción.

Seifert le dejó hablar, tranquilamente. Luego, con el mismo tono que el oficial de las SS, con la misma rabia, la misma violencia —pero contenidas, dominadas— le explicó al SS que nunca tendría bastantes tipos mientras se pasase el día baldándolos a porrazos.

—¿A santo de qué voy a mandarle hombres para que los aporreen? Hay un montón de comandos donde los dejan en paz. ¡Deje de sacudirles a mis muchachos y tendrá los efectivos que necesite!

Seifert gritaba, y yo estaba convencido de que aquello iba a acabar mal.

Pero el SS lo dejó chillar. Meneó la cabeza, no se le ocurrió nada que decir, dio media vuelta y se marchó.

Seifert gritó: *Achtung!* De nuevo tuvimos que mover el culo y levantarnos. Era el reglamento. El SS cerró la puerta del despacho tras él. Todos mirábamos a Seifert y Seifert sonreía. Aquel día comprendí de dónde le venía la autoridad. Años de batalla solapada, en la jungla de los campos, habían forjado aquella voluntad de acero, feroz. Estábamos de pie, mirábamos a Seifert y Seifert nos dominaba a todos con su elevada estatura. Un señor, sin duda.

Sin embargo, más tarde, bastante más tarde, vi cómo se le descomponía el semblante.

En aquella ocasión, formaba yo parte del equipo nocturno. Precisamente era un invento de Seifert aquel equipo nocturno. De hecho, con nuestras doce horas diarias de trabajo, salíamos bastante bien librados. La administración del conjunto de la mano de obra del campo quedaba asegurada: una buena administración, con un sello de eficacia germánica. Pero Seifert había organizado aquel equipo de noche, del que cada uno de nosotros formaba parte cada tres semanas, al objeto de que pudiésemos descansar por turno. Después de pasar lista por la noche, en el momento del toque de queda, los miembros del equipo de noche se reunían en el barracón del *Arbeit*. Se podía leer, charlar, soñar, dormir: hacerse la cuenta de que uno existía. Al amanecer, después de pasar lista por la mañana, podía uno volver a los dormitorios de los blocks, volver a dormir a su antojo, en el inapreciable silencio, con toda la anchura del catre para uno solo, ya que los dormitorios quedaban prácticamente vacíos durante el día, hasta que volvían los comandos.

Estaba yo, pues, en el equipo de noche, aquella vez, charlaba con Seifert y con Weidlich, que era su ayudante. Herbert Weidlich había conseguido abandonar Alemania después de 1933. Había vivido en Praga, en el exilio. Weidlich nos contaba recuerdos de Praga, aquella noche, no recuerdo ya por qué motivo. Sin duda, sin motivo alguno. Weidlich contaba sus recuerdos de Praga a la menor ocasión. Tenía excelentes recuerdos de Praga, por lo menos hasta el momento de la invasión nazi.

Yo fumaba un cigarrillo que me había dado Seifert y no era *machorka* liado con papel de periódico, era un cigarrillo de verdad alemán, tabaco oriental. Yo escuchaba atentamente a Weidlich. Los relatos de Weidlich fueron, qué duda cabe, los que me hicieron amar Praga, los que hicieron que aquella ciudad me resultase extrañamente familiar, la primera vez que la recorrí, diez años después, en 1954.

Herbert Weidlich había vivido en Praga, durante una temporada, en una habitación que daba a un patio. Era verano, la mayoría de los vecinos habían salido de vacaciones. Por la noche, Weidlich solía apagar las luces y acodarse en la ventana, para respirar, tras un día de calor asfixiante. Una vez, que soñaba despierto en la oscuridad, se iluminó un dormitorio al otro lado del patio. Vecinos que volvían de vacaciones, quizá. Una pareja ya madura. En fin, él, rondando los cuarenta. Ella, algo más joven. Una habitación iluminada, cortinas abiertas, sin duda para captar el fresco nocturno. Las cortinas se movían débilmente acariciadas por la brisa que subía del río relativamente cercano.

Weidlich había visto meterse en la cama al hombre y a la mujer, ignorando su presencia en la sombra. En sus camas gemelas, el hombre había abierto un periódico, la mujer un libro. Habían estado así un rato, sin hablarse. Más tarde, el hombre había doblado cuidadosamente el periódico. Había vuelto la cabeza hacia su mujer, ella hacia él, en seguida. Quizá habían cambiado alguna palabra, Weidlich estaba demasiado lejos para oírlo. En cualquier caso, había sido algo muy breve: una señal, una orden, una llamada. El hombre había doblado cuidadosamente el periódico, había apartado hacia los pies el ligero edredón veraniego con su funda de tela blanca. La mujer, en el mismo instante, con idéntico gesto, se destapaba también. El hombre estaba de pie, entre las dos camas gemelas, medio desnudo ya. Alto, macizo, vuelto hacia la mujer, con las nalgas y el sexo iluminados por la lámpara. Ella, en la cama, tumbada, desnudas ya las piernas y el vientre, arqueando el busto para quitarse el camisón. En silencio, al parecer. ¿O le susurraba él algo, inclinado sobre ella, en voz baja? Ella, en cualquier caso, decía Weidlich soltando una procaz carcajada, muy pronto dejó de tener la posibilidad de hablar. Ya desnuda, se había incorporado a medias y, apoyada en un codo, hundía el rostro entre los muslos del hombre, que había doblado las piernas, de rodillas en el borde de la cama de su mujer, con el vientre tendido hacia adelante. «¡Cómo iba a hablar —decía Weidlich soltando una carcajada procaz— si debía de tener la boca llena!»

Yo escuchaba a Weidlich, soñador: aquello evocaba imágenes.

Weidlich describía todo, minuciosamente. El trajín de aquella boca en el sexo del hombre, las manos de la mujer crispadas en la cintura de su marido, los gritos breves y roncos de éste. Luego, lo que siguió, las posturas, y de repente, la risa interminable, grave, desgarradora, locamente alegre, de aquella mujer.

Yo lo escuchaba, soñador, cuando mis ojos se detuvieron por azar en el semblante de Seifert. Agobiado por un dolor sordo, por una angustia innombrable, al parecer, el rostro de Seifert se había descompuesto.

Yo estaba hundido en el ensueño, me hacía mi cine personal, en esa oscura complicidad de los relatos masculinos exasperada por la privación, cuando vi, por azar, el semblante de Seifert, del que parecía haber refluido la sangre. Una angustia tal, tan patente. Cabía imaginárselo todo.

Weidlich proseguía su minucioso relato de mirón guasón y Seifert debió de notar mi mirada clavada en él. Volvió la cabeza, se pasó la mano por el rostro y ahí acabó todo.

Quince años más tarde, hacia 1960, volví a recordar la cara que puso Seifert aquella noche.

En aquella época, yo era miembro del buró político del partido comunista español. Tenía un apodo que me gustaba mucho por su trivialidad. Me llamaba Sánchez. Era como si, siendo francés, me hubiese llamado Dupont. No recuerdo ya quién me había escogido aquel nombre, en 1954, cuando fui designado miembro del Comité central, sin duda el propio Carrillo. Pero me gustaba aquel nombre sin historia, casi anónimo. Solía tener contacto, en España, en la clandestinidad, con camaradas que tenían un largo pasado militante. Habían hecho la guerra civil, habían dirigido la organización del partido en circunstancias desesperadas, durante los años difíciles, habían estado en la cárcel. Estaban cubiertos de gloria, de secretos y de dudas. Me miraban. Sabían que yo era «Sánchez», del Comité central, del Buró político, me escuchaban. Pero yo notaba perfectamente en su mirada, las primeras veces, que se preguntaban quién era yo, de dónde salía. ¿«Sánchez»? ¿Quién era ese «Sánchez»? Yo no era un dirigente histórico. Tampoco tenía edad para haber hecho su guerra. No teníamos las mismas referencias, las mismas oscuras y trágicas complicidades, la misma memoria gloriosa o miserable. No teníamos tampoco los mismos olvidos. Quiero decir: la misma voluntad de olvidar determinados episodios de una larga historia sangrienta.

¿«Sánchez»? Los ex combatientes meneaban la cabeza. A mí no me molestaba. Me gustaba oír sus relatos, recrear con ellos una memoria colectiva. Pero me gustaba aún más ser «Sánchez», desligado de aquel pasado, ligado más bien al futuro de nuestra lucha.

El caso es que yo había ido a Berlín Este, en 1960, a solventar ciertos problemas. Estaba solo, vivía en el hotel reservado para los huéspedes del partido alemán. Venían a buscarme grandes coches negros para llevarme a las reuniones a las que yo debía asistir. Realmente, no era nada apasionante. El último día, el funcionario del Comité central alemán que me hacía de chófer me preguntó si deseaba algo. Entonces, bruscamente, me vino a la cabeza el recuerdo de aquella noche lejana. Pregunté si podía ver a Willy Seifert o a Herbert Weidlich. Al principio no comprendió. Fue menester explicarle que yo había estado deportado en Buchenwald, hablarle de Seifert y de Weidlich, del *Arbeitsstatistik*.

Entonces lanzó una exclamación de sorpresa.

¿Que yo había estado en Buchenwald? Estaba tan excitado como pudiera estarlo un inglés al que, en medio de una conversación trivial, cortésmente distraída, se le anuncia que uno es ex alumno de Oxford. ¡Buchenwald! Pero hombre, ¿cómo es que no se lo había dicho antes? Al punto me propuso organizar una excursión en coche hasta Weimar, una visita al campo.

¡Coño, eso sí que no! Me había pasado quince años intentando no ser un superviviente, había logrado no formar parte de ninguna asociación de ex deportados, de ninguna peña. Los peregrinajes, como llamaban a los viajes organizados para los deportados y sus familias a los emplazamientos de los antiguos campos, siempre me habían inspirado horror. De modo que, con voz fría, balbucí una vaga excusa. Me urgía volver al Oeste. El trabajo del partido, eso es. Pero el funcionario del Comité central insistía, con toda su buena voluntad. ¿De veras no había vuelto a Buchenwald? No, nunca. Movía la cabeza. Me describía las obras de embellecimiento que se habían realizado. Un monumento, la República democrática alemana había edificado un monumento de gran riqueza plástica. Yo meneaba la cabeza, había visto fotografías, lo conocía: era vomitivo. Una torre, grupos de esculturas, mármol, una avenida flanqueada de muros cubiertos de bajorrelieves, escaleras monumentales. Vomitivo, en una palabra. Por supuesto que no le dije lo que opinaba al respecto. Me limité, tímidamente, a contarle mi viejo sueño: abandonar el campo a la lenta labor de la naturaleza, del bosque, de las raíces, de la lluvia, de la impetuosa erosión de las estaciones. Un día, se descubrirían las edificaciones del antiguo campo invadidas por el irresistible incremento de los árboles. Me escuchó, sorprendido. No, hombre, no, un monumento, una cosa que tenía un sentido educativo, político, eso era lo que habían construido. Además, era una idea de Bertold Brecht. Él había propuesto que se erigiese, frente al antiguo campo de concentración de Buchenwald, en la pendiente en dirección hacia Weimar, aquel majestuoso monumento. Quería incluso que los personajes fuesen más grandes que al natural, que estuviesen tallados en piedra y que se les colocase sobre un zócalo desprovisto de ornamentos, abrazando con la mirada un anfiteatro de líneas nobles. En ese anfiteatro se organizaría anualmente un festival en recuerdo de los deportados. Se interpretarían oratorios, en fin, cosas con cantos corales, lecturas públicas, actos políticos.

Yo escuchaba, desconcertado, al funcionario del SED. Yo sabía que Brecht había dado prueba muchas veces de mal gusto, pero, la verdad, ¡hasta ese punto! No obstante, no dije nada. Me molestaba discutir de todo aquello con él. No, no tenía tiempo de ir a Weimar, eso era todo. Lo sentía. En cambio, si pudiera conseguir que viera a Willi

Seifert o a Herbert Weidlich, le quedaría muy agradecido. Siempre, claro está, que esto no implique ningún problema, añadí.

Volvió a adoptar un aire vago, apagado, burocrático. Tenía que informarse, me dijo. No estaba al tanto, me dijo. Ya me diría algo, me dijo.

El funcionario del Comité central volvió a primera hora de la tarde. Estaba yo en el salón del hotel del Partido, leyendo un *Humanité* de cuatro días atrás y tomándome un café. No es que fuera nada sublime como distracción, pero en Berlín Este, aparte de las fabulosas veladas en el Berliner-Ensemble, ¿qué otra cosa se podía hacer, sobre todo cuando a uno le tomaba bajo su protección el aparato del Partido?

El camarada alemán llegaba radiante. Y eso que la noticia que tenía que anunciarme era que no podría ver ni a Seifert, ni a Weidlich. Se hallaban los dos ausentes de Berlín.

Su satisfacción obedecía a otros motivos. Al hablarle yo de Seifert y de Weidlich, en seguida noté en su mirada que ignoraba sus nombres. ¿Y si pedía ver a gente que había acabado tomando un rumbo equivocado? No por haber pasado unos años en un campo de concentración nazi se está inmunizado contra los desviacionismos políticos. ¿Y si había pedido reunirme con gente a quien el partido se había visto obligado a expulsar de su seno paterno (o materno, quizá el partido es andrógeno o hermafrodita, quién sabe)? ¿A quien quizá incluso se había visto obligado a encarcelar, o a ahorcar bien ahorcada? Siempre es delicado hurgar en el pasado. Y fastidioso tener que explicar por qué fulanito ha acabado mal.

Ahora bien, resultó que tal temor era injustificado. El funcionario del Comité central había podido comprobar que Seifert y Weidlich habían hecho brillantes carreras en la República democrática alemana. En especial Seifert, lo que nada tenía de sorprendente. Brillantes carreras, sin ninguna duda. Weidlich era comisario de la policía criminal. Por su parte, Seifert —la voz del funcionario adquirió entonces ese inimitable acento de alegría administrativa que tan bien conocemos—, Willi Seifert, había llegado a mayor general de la Volkspolizei. Pero, desgraciadamente, ni uno ni otro se hallaban en Berlín. Podía decirme, confidencialmente, que Weidlich estaba desempeñando una misión, en algún lugar en provincias, y que Seifert —aquí la ale-

gría administrativa se tiñó de satisfacción política— asistía
a un seminario sobre el Materialismo Histórico (y Dialéctico, sin duda) reservado a los altos mandos del Ejército del
pueblo y de la Policía del pueblo.

Recordé la cara de Seifert, aquella angustia insólita. Una
noche lejana, en el barracón del *Arbeit*, en Buchenwald.
Herbert contaba con voz procaz los embates de aquella
pareja a la que había sorprendido, mirón primero involuntario, luego excitado, y en el semblante de Seifert había
aparecido aquella luz devastada. Una verdad sobre él mismo, perfectamente patente, cuya obscena evidencia rompía
bruscamente su máscara de señor.

Claro que bastaba hacer un cálculo, Seifert tendría quince años cuando lo detuvieron por primera vez. Todo movía
a pensar que no había conocido ninguna mujer. Había vivido siempre en el universo árido y opaco, turbio tras tantos años de cárcel y de campo, de la masculinidad. Las
imágenes que evocaba Weidlich, en forma de bromas subi-
das de tono; la imprevisible explosión entre aquel hombre
y aquella mujer desconocidos, apaciblemente tumbados en
sus camas gemelas, a la luz conyugal y serena de una lámpara; la imprevisible explosión de una pasión de placer,
liberada de toda compostura, en la que la sumisión total
de ambos cuerpos, no tenía más objeto que tal placer, en
una especie de ronca y tosca alegría subrayada por las palabras entrecortadas del hombre y la risa, interminable y
grave, la risa a lágrima viva, loca, de la mujer; las imágenes de Praga que evocaba el relato de Weidlich eran pura
y simplemente las de la vida exterior.

La desgarradora y fabulosa evidencia de la vida exterior.

Pero, por fin, Seifert no había vuelto a encontrarse con
la evidencia de la vida en el exterior. O mejor dicho, había
rechazado aquella evidencia exterior, sus riesgos y sus
contradicciones.

Nada más salir de Buchenwald, había ingresado en la
policía que habían organizado los rusos en su zona de ocupación. Había permanecido bien resguardado en el mismo
universo de la sujeción. Había escogido continuar en él,
pero esa vez en el lado bueno, el lado del mango. El joven
comunista de Buchenwald no era ya más que un policía.
Y un policía que había hecho carrera, por añadidura. Había llegado a ser mayor general de la Volkspolizei. Y para
hacer carrera en Berlín Este, bajo la férula de Ulbricht
y de los servicios de seguridad rusos, en medio de las in-

trigas, las conspiraciones y las purgas del último período del estalinismo, al principio, y de los meandros de la desestalinización burocrática, más adelante, realmente había que estar dispuesto a todo. Dispuesto a todas las bajezas, a todos los compromisos putrefactos, para seguir del lado del mango, para no caerse del carro, en algún brusco viraje.

En 1952, por ejemplo, Seifert debió de notar que le silbaban cerca las balas. Debió de vivir semanas de terror, esperándose sin duda lo peor, cada noche. Debió de intentar pasar desapercibido, no ver las miradas que le clavaban sus colegas de la Policía del pueblo: recelosas, guasonas o de simpatía. Seifert sólo debió de empezar a respirar después de la muerte de Stalin.

Efectivamente, en 1952, en el mes de noviembre, Josef Frank se sienta en el banquillo de los acusados, en Praga. El proceso que se celebra y que protagoniza, junto con Rudolf Slansky, es el último proceso a bombo y platillo de la época estaliniana. El resultado casi perfecto de veinte años de investigaciones y trabajos practicados por los servicios de seguridad de Stalin. Pero el resultado, asimismo, de veinte años de sumisión incondicional, de abúlica fascinación por parte del movimiento comunista occidental. Ambas cosas van muy ligadas, por supuesto.

Era nuestro compañero de Buchenwald, Josef Frank. Habíamos trabajado con él, en el *Arbeitsstatistik*. Sus amigos checos lo llamaban «Pepiku». Personalmente, yo no lo llamaba con aquel diminutivo. Frank no era exuberante, no resultaba fácil rebasar las barreras de su reserva natural. No obstante, mis relaciones con él fueron excelentes. Le tenía en gran aprecio a Josef Frank. No nos agobiaba con sus relatos de ex combatiente. No hacía alarde como la mayoría de los demás dirigentes comunistas del campo de su altivez de gran señor de la burocracia.

Más tarde, después de la liberación, Josef Frank pasó a ser secretario general adjunto del PC checoslovaco. Pero en 1952, en el mes de noviembre, en Praga, se sienta en el banquillo de los acusados. A los pocos días, será colgado. Sus cenizas serán esparcidas al viento, en una carretera nevada.

De pie, frente al tribunal, recitando el texto que se ha aprendido de memoria, Josef Frank declara: «Durante mi estancia en los campos de concentración, de 1939 a 1945, me seguí hundiendo en la ciénaga del oportunismo y de la traición. Asimismo cometí crímenes de guerra.»

Pero el fiscal exige detalles, claro está. El guión del interrogatorio público, cuidadosamente elaborado, varias veces repetido, ha dosificado sabiamente sus efectos. De modo que Frank da las precisiones que se esperan de él, tras aquella entrada en materia de carácter general.

«Durante mi estancia en el campo de concentración de Buchenwald —dice—, obtuve en 1942 un puesto de secretario e intérprete en el servicio del *Arbeitsstatistik* y, a partir de entonces, ejercí aquella función en beneficio de las autoridades nazis del campo.»

Pero aún no es suficiente. Frank debe ir más lejos. El proceso público debe hacer actuar plenamente los mecanismos pedagógicos del terror, de la vergüenza de las confesiones, del escándalo. El buen pueblo debe comprender a qué extremos puede uno dejarse llevar en cuanto se aparta del recto camino iluminado por las irradiantes certidumbres del Pensamiento Correcto. Con tal objeto, el texto del espectáculo ha sido atentamente escrito, corregido, repetido.

De modo que si Frank no confiesa el contenido de sus «crímenes de guerra» sino progresivamente, por pequeños fragmentos que parece arrancarle el fiscal, es porque el guión del proceso utiliza los mecanismos del suspense, la mitología de una horrible verdad oculta en la conciencia del tribunal, verdad que la sabia mayéutica del partido hará resplandecer a la luz del día. *Los Misterios de Praga* son lo que se le ofrece al público a lo largo de los sucesivos episodios del folletín del proceso, retransmitidos por todas las emisoras radiofónicas.

Y si a Frank parece a veces costarle recitar su texto, si tropieza con ciertas palabras, todo el mundo pensará que lo que le hace vacilar y le dificulta hablar es la vergüenza de sus crímenes. Todo el mundo podrá pensar que lo que a veces le hace balbucear de ese modo es la vergüenza de confesar esa verdad, siendo así que, en realidad, es la vergüenza de tener que proferir esa sarta de mentiras.

El fiscal le pide, pues, a Frank, aquel día de noviembre de 1952, que vaya más lejos en los horribles pormenores de confesiones amañadas. «¿Qué crímenes de guerra cometió usted?», le pregunta.

Josef Frank contesta: «En el ejercicio de mis funciones, ayudé a los nazis a organizar los transportes de detenidos destinados a los diferentes comandos exteriores. En aquellos comandos, las condiciones de vida y de trabajo eran esencialmente más duras que en el propio campo. De tal modo que muchos de los detenidos destinados allí no volvían. Además, en el ejercicio de mis funciones, golpeé varias veces a algunos detenidos, cometiendo por tanto crímenes de guerra.»

Pero el fiscal le exige aún más a Frank. El procurador hace otra pregunta. Pregunta decisiva, no nos quepa la menor duda: «¿Siguiendo instrucciones de quién y de qué manera mandaba usted a los detenidos a la muerte?», pregunta el fiscal. Y Josef Frank contesta a esta pregunta decisiva: «Las instrucciones referentes a los transportes venían de las autoridades nazis del campo. Las recibía a través del kapo Willi Seifert, que me entregaba las listas de detenidos que debían marchar...»

Y con eso está todo dicho.

Por eso Willi Seifert debió de sentir que le silbaban cerca las balas en 1952, en el mes de noviembre. Todos los periódicos de Europa del Este publicaban nutrida información sobre las sesiones del proceso de Praga, que tenía un carácter ejemplar. Hasta que, un buen día, vio su nombre en los periódicos. Y en semejante contexto, ¡Señor! Él, oficial superior de la Policía del pueblo, indirectamente acusado de haberle entregado a Frank las órdenes nazis de exterminio de los detenidos de Buchenwald. Seifert está lo bastante bien situado como para saber lo que ello significa. Sabe perfectamente que resulta inútil, presuntuoso incluso, intentar restablecer la verdad. ¿De qué servía recordar cuál era la situación real en Buchenwald, cuáles eran las posibilidades reales de réplica a las exigencias nazis, en función de las cuales se había elaborado una estrategia, por común acuerdo, con las distintas organizaciones nacionales de resistencia? ¿De qué servía recordar que Josef Frank nunca se encargó de la organización de los transportes, en el *Arbeitsstatistik*? ¿De qué servía proclamar que nunca, pero lo que se dice nunca, se había visto a Josef Frank golpear a un detenido? De sobras sabe Seifert que el proceso de Praga es una obra de ficción, en donde lo que cuenta no es la verdad, sino la verosimilitud. De sobras sabe por qué le han pedido a Frank que cite su nombre: es un método experimentado por los servicios de seguridad de Stalin. Se citan los nombres de militantes que no están directamente inculpados en el proceso en curso, para dejar la puerta abierta a nuevos procesos en cadena. Para dejar que se cierna el terror sobre quienes han sido nombrados.

De modo que, en este caso concreto, el hecho de citar el nombre de Seifert, en 1952, quiere decir que los servicios de seguridad de Stalin se reservan la posibilidad de desencadenar una nueva purga en los aparatos del Estado de la RDA. ¿Cuándo? En cualquier momento, a la menor ocasión. Con ocasión de un viraje de la política internacional de la URSS, de un cambio de orientación en los países del Bloque. ¿Por qué? Por nada, o mejor dicho, para justificar que un poder absoluto no necesita ni mucho menos justificar racionalmente, jurídicamente, sus abusos de poder. Para que quede claro que nunca se pondrá término al terror, para que a uno le quede bien claro que el terror, a partir de un determinado momento, se nutre de sí mismo, del ejercicio sin fin de su propio poder arbitrario, despótico.

En cualquier caso, Willi Seifert no debió de respirar hasta cinco meses más tarde, el día de la muerte de Stalin. Entretanto, imagino que debió de acentuar aún más su docilidad, su respeto al Pensamiento Correcto, su vigilancia hacia los desviacionistas de toda calaña. Cinco meses más tarde, el día de la muerte de Stalin, debió de agarrar una cogorza fenomenal —mientras el pueblo se apiñaba y se aplastaba, se pisoteaba literalmente, para contemplar por última vez el rostro cerúleo del Jefe, en la sala de las Columnas, en Moscú— como agarraron una cogorza fenomenal los supervivientes del Politburó ruso. A decir verdad, éstos no tuvieron mucho tiempo de festejar la muerte del georgiano: pronto hubieron de hundirse en las intrigas, los golpes de Estado silenciados, las ejecuciones, las alianzas y las inversiones de alianzas del período de sucesión.

Me había recibido Seifert, la primera vez que me presenté en el *Arbeitsstatistik*, en febrero de 1944, después del período de cuarentena.

Por la ventana de su despacho se veían las dependencias de la DAW (*Deutsche Ausrüstungs Werke*), que estaban dentro del recinto electrificado. Asomándose un poco, se veía también la chimenea del crematorio. Humeaba apaciblemente.

Seifert estaba detrás de su escritorio. Jugueteaba con una larga regla. Me invitó a sentarme. Contempló mi facha, con aire ligeramente asqueado. Yo no sabía qué hacer con el sombrero de fieltro, reblandecido y amarillento, que me habían plantado en la cabeza el día que llegué al campo, después de la desinfección. No paraba de darle vueltas al deforme sombrero de fieltro con los dedos, hasta que acabé dejándolo sobre el escritorio.

Seifert miraba el sombrero de fieltro con expresión de asco.

Pasaba el tiempo, se hizo un silencio. A mí no me molestaba, no detesto el silencio. Miraba afuera. El sol en la nieve. El bosque de hayas, al otro lado de las dependencias de la DAW. Asomé un poco la cabeza, era eso en efecto: se veía el crematorio. Un humo de un gris pálido se elevaba hacia el cielo.

Entonces Seifert habló.

—Sí, el crematorio —dijo—. Lo construimos nosotros. Aquí todo lo hemos construido nosotros.

Se encogió de hombros.

—¡Hoy este campo es un sana!

Era una abreviación, por supuesto, un modo de hablar. A mí no me molestaba, comprendo las abreviaciones, los modos de hablar.

Seifert ordenó maquinalmente unos papeles en su escritorio.

Después de su entrada en materia, aquella frase respecto al campo, que ahora ya no es más que un sana, yo esperaba que desarrollara aquella convicción enconada y despectiva de ex combatiente. *Ein Sanatorium! Das Lager ist nur ein Sanatorium, heute!* Hacía un mes que los veteranos nos repetían la misma cantinela. Eso mismo, el campo no era ya ahora más que un sana. Tenías que haberlo conocido en la buena época, decían los veteranos, despectivos. Y las descripciones de la buena época caían sobre nosotros, cual granizo en las cosechas.

Pues bueno, yo estaba sentado frente a Seifert, había acabado dejando mi sombrero amarillento sobre el escritorio y aguardaba a que me explicase una vez más que el campo era un sana y que en la buena época era bien distinto. Pero no fue así en absoluto.

—Creo que es la primera vez que recibo aquí a un estudiante de filosofía —me dijo—. Por lo general, los compañeros que me envían son «proles».

Die Kumpel die zu mir geschickt werden, sind Proleten.

Había en aquella frase dos palabras alemanas que yo oía por primera vez. La palabra *Kumpel* y la palabra *Proleten*. Palabras desconocidas, pero al punto identificables,

44

reconocidas: transparentes. Palabras que te instalaban al punto en un universo familiar, el de un lenguaje esotérico y universal. Contraseñas y resquicios al mundo.

Tampoco nosotros, en los trenes de noche que nos llevaban a Laroche-Migennes, en las tabernas en torno a Contrescarpe, en los bosques en torno a Semur, decíamos camaradas para hablar de los nuestros: decíamos «compañeros». Y cuando experimentábamos la necesidad de identificarnos con aquella fuerza oscura, impenetrable e irradiante, cuya misión, creíamos era cambiar el mundo, a la clase obrera, cuando hablábamos de los representantes de aquella clase que habíamos conocido en las FTP o la MOI, decíamos también «proles».

Kumpel y *Proleten*, compañeros y proles: eran las mismas palabras, la misma voluntad ideológica de cohesión, el mismo orgullo de sociedad secreta que un día, no lejano, se haría universal.

Pero en boca de Seifert, aquellas palabras, mientras el sol, afuera, teñía la nieve de reflejos azulados, mientras se elevaba el humo apacible, rutinario, del crematorio, parecían prohibirme el acceso al universo fraternal y jerárquico, abierto y ritualizado, del comunismo. Ya sólo era un estudiante de filosofía, mi origen social ascendía bruscamente a la superficie, como un cadáver hinchado de agua, envuelto en algas y limo, sube a veces a flote a raíz de algún oscuro accidente en las inmediaciones de una playa oceánica. Mi cadáver subía a la superficie, bajo la forma sospechosa, por más de un motivo, de un estudiante de filosofía: joven cadáver de la antigua sociedad.

Hasta aquel día de febrero de 1944, soleado, nevado, yo había vivido mi relación con mis orígenes sociales con total inocencia. No se me ocurría sentirme culpable, en absoluto. Muy por el contrario, mi conciencia de mí mismo no estaba desprovista de cierta íntima satisfacción. Me parecía bien ser quien era, estar donde estaba, procediendo de donde procedía.

La guerra de España había estallado siendo yo niño. En principio, había zanjado de repente todos los problemas que, de no ser así, yo hubiera tenido que zanjar uno a uno. Había delimitado los campos, con esa brutal claridad de las grandes crisis históricas. La historia, con su astucia y su violencia, se había posesionado de mis problemas, los había zanjado provisionalmente por mí. La crisis de la historia me había evitado las crisis de la ado-

lescencia, como por el contrario, más tarde, en 1956, haría
estallar la crisis de la edad adulta. La fe de mis antepasados, sus valores morales, de todo ello me había librado la
historia crítica de aquellos años, con la inocencia provisional de las tempestades y los cataclismos.

No, a decir verdad no tenía ningún sentimiento de culpabilidad. Más bien consideraba que mi trato era bastante
aceptable, a los veinte años.

Pero Seifert, aquel día, con su voz pausada, me volvía a
arrojar a mi singularidad, o sea a la sospechosa universa-
lidad de mis orígenes de clase. En último extremo, podía
ser un compañero, *ein Kumpel*, pero nunca sería un «prole»,
ein Prolet. Nunca, era evidente. Y así, aquellas contraseñas que me habían parecido abrir las puertas de un universo fraternal, en el que cada uno sería juzgado según sus
actos y tratado según sus necesidades, aquellas palabras se
volvían de repente contra mí, me arrojaban al infierno
sulfuroso de la ontología. Ya no era juzgado según mis actos, sino clasificado en función de mi ser, y lo que es más,
de mi ser más exterior a mí mismo, la parte de mí más
inerte y viscosa, cuya responsabilidad nunca podría asumir:
mi ser social.

Oía cómo me hablaba Seifert con voz pausada y todos
mis antepasados que habían sido terratenientes, hidalgos
belicosos, burgueses aventureros que habían hecho fortuna
comerciando con maderas preciosas, especias lejanas o ex-
plotando minas indias, todos mis antepasados que habían
guerreado por la miserable y barroca gloria de España —o
bien por su libertad, por el progreso de las luces de la Razón— parecían surgir de la sombra del olvido, de la tristeza
color sepia de las fotografías antiguas, con su mobiliario
de caoba y palosanto, sus mujeres de tez mate, de gestos
lánguidos, sus calesas, sus Hispanos descapotables, sus frases mordaces en los cafés provincianos de las hermosas
plazas cuadradas con arcos de piedra amarillenta, todos
parecían surgir para asirme de los pies y arrastrarme a
aquel infierno ontológico del que había creído, erróneamen-
te, que podría escaparme. Todos mis antepasados reían
burlonamente, escuchando a Seifert: ¡Ya te habíamos dicho que nunca serías uno de los suyos!

Yo oía a Seifert explicarme la excepcional singularidad
de mi caso. Nunca, no, nunca jamás, le había enviado la
organización del partido a un estudiante de filosofía para
que lo metiera en la oficina del *Arbeitstatistik*. Yo notaba

perfectamente que se preguntaba cómo podía un estudiante de filosofía ser *realmente* comunista.

Miraba la nieve de afuera. Sabía que asomando un poco la cabeza vería la chimenea del crematorio, su humo rutinario. Pero no acertaba a sentirme culpable. No se me debe de dar muy bien tal sentimiento.

Fernand Barizon está en la explanada.

Está en el centro de la formación del block 40, totalmente anónimo en medio de la multitud de detenidos, bien
protegido por las hileras formadas delante y detrás de él,
y también a los lados.

Barizon empieza a conocerse el paño.

Sabe que nunca hay que ponerse delante, ni en el sentido propio ni en el figurado. Si te pones en primera fila,
el SS que hace el recuento de los prisioneros puede dete-
nerse delante de ti, comprobar que te falta un botón, que
el número cosido en tu pecho no acaba de ser legible o que
tu posición no es exactamente reglamentaria. Si está de mal
humor, si sencillamente tiene ganas de joderte, puede comprobar lo que le venga en gana. Y entonces, puñetazo que
te va, porrazos, quizá incluso faena suplementaria, cualquier castigo.

Fernand Barizon se oculta en medio de la multitud de
prisioneros. Se funde en ella, se pierde, pasa desapercibido.
El paño se lo conoce.

No para de nevar, es un domingo de mierda.

El español sí que tiene potra, pasa lista bien calentito,
en el barracón del *Arbeit*. Hacía un rato, cuando volvió la
cabeza frente a la entrada del block 40 antes de echar a
correr, Barizon había visto al español detrás de él, en el rincón de la escalera que sube a la planta.

Por lo visto, el español llega de un maquis de Borgoña.
En cualquier caso, es un compañero del Partido. Lo lla-
man Gérard. Así le llamaban en el maquis, por lo visto.
Por lo menos, Barizon no le conoce otro nombre.

Y, en definitiva, nunca le conoció otro. Cuando volvió a
ver a Gérard, años más tarde, quince años después de Bu-

chenwald, yo ya no me llamaba Gérard. Me llamaba Sánchez. Además, sin lugar a dudas, Barizon no me reconoció.

Salí a la escalinata del castillo, quince años más tarde. El castillo era un gran caserón de ladrillo, con sillares en los lugares adecuados: una imitación Luis-cualquiera. Pero una imitación de calidad, una imitación sólida y señorial. Situada en medio de un parque poblado de árboles de varias hectáreas, aquella imitación de castillo debía de servir de colonia de vacaciones, en época de vacaciones, para los niños de un municipio comunista de los alrededores de París. Los camaradas franceses habían puesto aquella propiedad a nuestra disposición para celebrar una reunión de varios días con los dirigentes y los instructores del partido comunista español que trabajaban clandestinamente en las zonas rurales de Andalucía y Extremadura.

Anochecía, yo había salido a la escalinata, me fumaba un pitillo. La reunión había sido apasionante. «Eran los más bizarros de la bizarra España...» Versos de Hugo flotaban en mi memoria, en voz baja. Siempre me rondan por la memoria fragmentos de poemas, como la niebla matinal en los prados, en cualquier lugar y ocasión. Inocentísima manía, sin duda. Y útil, por añadidura. En la cárcel, o en las largas esperas de la clandestinidad, con frecuencia me ha sido útil el poder recitarme poemas a media voz.

Yo estaba en la escalinata, me fumaba un pitillo, anochecía. En la avenida abierta al tránsito, al pie de los peldaños, aguardaban algunos automóviles, que tenían que acompañar a los camaradas a París, en pequeños grupos. Los chóferes estaban allí también, charlando. Veía enrojecerse sus cigarrillos en la oscuridad de la noche que caía. Y bruscamente, oí la voz de Barizon, Fernand Barizon. Bramaba Fernand. Le protestaba a un compañero español encargado de la organización técnica de la reunión. No estaba de acuerdo con el horario de trabajo establecido. Así que protestaba.

No había cambiado Fernand.

Quince años después de los domingos de Buchenwald, la sangre me palpitó sordamente en las venas cuando reconocí la voz enfurecida de Barizon. Bajé la escalinata, di unos pasos por la avenida. Una luz eléctrica iluminaba débilmente el grupo de chóferes. Miré el rostro de Fernand Barizon, iluminado por aquella débil luz lejana. Tenía ganas de acercarme, de abrazarlo, de decirle que no había cambiado. «¡Estás igual, Fernand!» Tenía ganas de recordarle nuestras conversaciones de los domingos, en Buchenwald. ¿Se acordaba de las canciones de Zarah Leander, en las tardes de Buchenwald?

Más tarde, quiso el azar que ocupase yo el coche que él conducía de vuelta hacia París. Me apeé en una de las puertas de la ciudad. Al marchar hacia la estación de metro, le estreché la mano a Barizon. Me miró a los ojos, me dijo «¡Hasta la vista, camarada!», pero no me reconoció, sin lugar a duda. No podía yo reprochárselo. Yo mismo, cuando por casualidad veía en alguna fotografía antigua la cara que tenía a los veinte años, no me reconocía.

Unos meses después de aquel encuentro, volvió a cruzarse Fernand Barizon en mi camino.

Tenía yo que ir a Praga, por algún motivo urgente que se ha borrado completamente de mi memoria. Pero, en fin, en aquella época, todo nos parecía urgente y decisivo. Nunca había un minuto que perder. La práctica política clandestina segrega esa ideología de lo urgente, de lo decisivo, como segrega el hígado la bilis.

De manera que tenía que ir a Praga, era urgente.

Se había decidido que un coche me llevaría a Ginebra. De allí iría a Zurich en tren. En Zurich tomaría un avión para Praga. Entraría en Suiza con carnet de identidad francés, tomaría el avión en Zurich con pasaporte sudamericano, para obstruir huellas.

La rutina, en definitiva.

A Fernand Barizon se le asignó la misión de conducir el coche hasta Ginebra.

Fernand había conducido muy rápido. Apenas habíamos cambiado unas palabras. Yo le había explicado la identidad con que viajaba. Si no me falla la memoria, me llamaba Salagnac, en aquella ocasión. Camille Salagnac. Nos habíamos puesto de acuerdo sobre los supuestos motivos de aquel viaje a Ginebra, en caso de contratiempo imprevisto en el puesto fronterizo.

Luego me entregué a mis habituales ensueños.

Al llegar a Nantua, Fernand levantó el pie del acelerador. Se volvió hacia mí con una ancha sonrisa incitante.

—¿Y si tomáramos un bocado? —me dijo.

Asentí con la cabeza.

—¿Por qué no?

—¿Conoces la salsa Nantua? —me preguntó Fernand.

No conocía la salsa Nantua pero Nantua evocaba algo, vagamente, o a alguien, en mi memoria.

Un poco más tarde, ya instalados en el restaurante del hotel de France, mientras encargaba Barizon cangrejos con salsa Nantua, me pareció que tenía que haber conocido a alguien que había sido profesor de inglés en un colegio de Nantua. Pero, ¿quién podía haber sido profesor de inglés en Nantua? Resultaba un poco incongruente recordar un detalle tan concreto y luego no saber con quién guardaba relación ese detalle. Trataba de acordarme. Pero no surgía ninguna imagen, ningún nombre.

Comoquiera que fuese, Nantua no me hacía pensar en absoluto en la salsa Nantua que descubría aquel día. Deleitándose de antemano, Barizon me hablaba de ella con un lujo de precisiones golosas y cuantitativas que me recordaban los enunciados de los problemas infantiles: tómense dos decilitros de leche, añádaseles a un litro de salsa bechamel, hágase reducir un tercio, etcétera.

Me hacía gracia que Barizon hubiera preparado astutamente aquella parada gastronómica en Nantua, calculando sin duda la velocidad del coche, desde que salimos de París, y así poder volverse hacia mí, poniendo hociquitos y cara inocente, nada más entrar en Nantua, para decirme, como si acabara de ocurrírsele la idea: «¿Y si tomáramos un bocado?» Y por supuesto que era la hora de tomar un bocado.

Pero Barizon, aquel día, en el comedor del hotel de France de Nantua, había dejado ya de hablar de la salsa Nantua. Bruscamente Barizon se había puesto a evocar el hambre terrible que pasaba en Buchenwald. Bruscamente la salsa Nantua había dejado de ser el acompañamiento del plato que se disponían a servirnos, para convertirse en la realización de un sueño tenido en Buchenwald. Un sueño de nata, de bechamel y mantequilla de cangrejos que venía a envolver los relatos nostálgicos y delirantes provocados por el hambre de Buchenwald.

Barizon, a quien el aroma de las salsas iba volviendo locuaz por momentos, me contaba su vida en Buchenwald. Yo asentía, le escuchaba contarme aquella vida que era también mi vida. Barizon seguía sin reconocerme. Lo único que sabía era que yo era un dirigente comunista que viajaba con el nombre falso de Salagnac, Camille Salagnac. Tenía que acompañarme a Ginebra, eso era todo cuanto sabía. Así que, excitado por el aroma rico y pesado, quintaesenciado, de la salsa Nantua, Barizon me contaba nuestra vida en Buchenwald.

Pero ¿de veras era nuestra vida?

Yo lo escuchaba, asentía, no decía nada. No obstante, tenía ganas de intervenir en el relato, de corregir ciertos detalles, de recordarle episodios que al parecer había olvidado.

Barizon, por ejemplo, no mencionaba a Zarah Leander. ¡Y Buchenwald sin Zarah Leander no era ni mucho menos el auténtico Buchenwald!

Cuando formábamos parte al mismo tiempo de los equipos de noche, Barizon en la *Gustloff* y yo en el *Arbeitsstatistik*, solíamos tener grandes charlas, por la tarde, en la tranquilidad del comedor vacío, tras habernos pasado la mañana durmiendo. Comíamos una rebanada de pan negro untada con fina capa de margarina. Hablábamos. Los altavoces difundían una música suave.

El SS de la torre de control debía de tener una debilidad por las canciones de Zarah Leander. Constantemente ponía discos suyos.

Es fácil imaginarse al suboficial de las SS de turno en la torre de control. Está sentado en un sillón, con los pies encima de la mesa. Desde allí, la vista abarca el campo entero, desplegado en la falda de la colina. Más allá de las alambradas electrificadas se extiende la llanura, fértil y rica, salpicada de granjas blancas, de apacibles aldeas.

El suboficial de servicio tiene ante sí una vista que no puede abarcar en toda su extensión. Ni siquiera Goethe debió de tenerla tan hermosa, pues los árboles que se talaron para construir el campo debían de taparle la vista, en su época. De modo que, vuelto hacia las montañas azules que se yerguen al fondo de la llanura de Turingia, como no tiene a su lado a ningún Eckermann que le haga reflexiones inmortales, el suboficial de turno pone discos de Zarah Leander. Todos los altavoces del campo difunden la voz sombría, salpicada de estremecimientos metálicos, esa voz que sólo habla de amor:

> *Schön war die Zeit*
> *da wir uns so geliebt...*

Se oye el disco una y otra vez en las apacibles tardes de Buchenwald.

Barizon y yo estamos frente a frente, en el refectorio vacío del block 40, en la primera planta, ala C. Comemos la fina rebanada de pan negro que hemos reservado para tan privilegiado momento, en el relativo silencio, en la ausencia de prisa de aquellas tardes fabulosas, cuando formamos parte de los equipos de noche. Escuchamos vagamente la voz de Zarah Leander que habla de amor, como si la vida no fuera sino una serie de alegrías mínimas, de desgarradoras nostalgias, de sentimientos que tintinean como el cristal.

So stelle ich mir die Liebe vor,
ich bin nicht mehr allein...

Hablamos al tiempo que escuchamos vagamente la voz sombría, metálica, de Zarah Leander.

A veces, le traduzco a Barizon un artículo del *Wölkischer Beobachter* o del semanario *Das Reich*. Hablamos de la guerra, del futuro de la revolución. A veces también, los días en que la rebanada de pan es ya demasiado fina, en que no hay nada que hacer para hacerla durar, en que por mucho que la mastiques lentamente, minuciosamente, haciéndote pelotitas granujientas debajo de la lengua, es inútil, el pan se deshace, cabría pensar que en ningún momento ha habido pan, esos días nos contamos cosas de manduca.

A decir verdad, el que cuenta es sobre todo Barizon. Yo para cosas de manduca nunca he tenido mucha memoria, ni mucha imaginación. De hecho, no conservo recuerdos de manduca. Tan sólo tengo recuerdos de infancia en los que subsidiariamente entra en juego la manduca. Los pasteles de merengue de los domingos, en Madrid. Los churros del desayuno, los días festivos, después de la misa en San Jerónimo. O también, cosa que deja maravillado a Fernand, el recuerdo enternecido de los garbanzos de un cocido familiar y sistemáticamente semanal. Que pudiese uno recordar con ternura y complacencia los garbanzos de una mierda de cocido, eso a Barizon le traía de calle. Le falta tiempo para decírmelo. Sus recuerdos de manduca son mucho más refinados. Y eso que el «prole» es Barizon, yo procedo de una familia burguesa. Cosa que, por lo demás, está a la vista. Fernand no se anda con tapujos para decírmelo. Cuando yo evoco, al explicar cualquier pormenor circunstancial, los coches de mi padre, resulta que son

De Dion-Boutons, Oldsmobiles descapotables, berlinas Graham-Page, y hasta Hispano-Suizas. Que haya tenido uno una infancia así de mimada, y recuerde con nostalgia los garbanzos de una mierda de cocido, es algo que a Barizon le abre horizontes acerca de la complejidad del alma humana.

Quince años después, en el comedor del hotel de France, en Nantua, oigo los relatos de Barizon, asiento y no digo nada. Finjo que me interesan, pero más bien me siento decepcionado. No cuenta bien su vida Fernand. Los recuerdos se enganchan los unos a los otros, en fila india, en la confusión más total. Carece de relieve su relato. Y además, olvida cosas esenciales.

Olvida contarme su escapada a Bretaña, por ejemplo. Olvida contarme su garbeo con Juliette.

Y eso que, en Buchenwald, los días en que nos reuníamos en el comedor desierto, porque ambos formábamos parte de los equipos de noche, *Nachtschicht*, los días en que el trozo de pan negro era tan fino que era inútil no masticarlo, que de nada servía chuparlo como un caramelo para hacerlo durar, ya que igualmente no duraría, aquellos días, abismados en el almibarado susurro de las canciones de Zarah Leander, siempre llegaba un momento en que Fernand evocaba aquella escapada a Bretaña con una muchacha que se llamaba Juliette. Era el recuerdo privilegiado de Barizon, su fetiche en el mundo borroso y lejano de lo vivido en la imaginación.

Siempre ocurría lo mismo.

Excitado por el hambre, por la frustración de aquel trozo de pan negro casi desprovisto de consistencia real, que tan pronto se masticaba se deshacía, Barizon acababa siempre evocando aquel garbeo a Bretaña con Juliette. Era explicable la cosa. Habían dispuesto ambos de unos días de libertad total, repartidos entre la cama y la mesa. La jodienda y la jamancia, como decía Barizon. Así, a través de aquel recuerdo dichoso, desbordante de placeres, conjuraba Barizon sus más devoradoras ansias. Los relatos de las grandes manducas de antaño terminaban siempre con delirantes descripciones de sesiones patas al aire, y siempre oficiaba Juliette en la memoria de Barizon como símbolo de los placeres ya pasados.

Yo había acabado sabiéndolo todo de Juliette. La conocía como si la hubiese hecho yo mismo, o mejor dicho, como si me la hubiera hecho. La longitud de sus piernas, las prietas curvas de su pecho alto, la ávida y hábil suavidad de su boca, su risa y sus gritos en el momento del placer. Había pasado a ser Juliette la compañera de nuestros sueños, su cuerpo era un regalo soberbio y puro que me hacía Fernand en las tardes de Buchenwald, mientras vibraba la voz de Zarah Leander.

Pero quince años después, en Nantua, mientras acabábamos de degustar los cangrejos con salsa Nantua, Barizon se olvidaba tanto de Juliette como de Zarah Leander, en sus relatos de Buchenwald. Entonces, ligeramente angustiado, mirando a Barizon que no parecía querer recordarme, que había olvidado a Juliette y a Zarah Leander, acababa yo preguntándome si realmente había vivido todo aquello.

De nuevo, surgía, insidiosa, la pregunta. ¿Había soñado mi vida en Buchenwald? ¿O, por el contrario, mi vida no era sino un sueño, desde que regresara de Buchenwald? ¿No habría muerto pura y simplemente, quince años atrás, y todo aquello, Nantua, los cangrejos con salsa Nantua, y Praga, el viejo cementerio judío de Pinkas, y aquel frágil tejido de una actividad política cuyas mallas se deshacían nada más hacerse, no era sino un sueño de humo gris, premonitorio, en la colina del Ettersberg?

Miraba a Barizon, escuchaba su relato asintiendo, no sabía qué contestar realmente a aquella pregunta lancinante, definitiva. ¿Por qué existía todo aquello y no nada? ¿Y no el ligero humo del crematorio en el ciego vacío de un cielo transparente de invierno?

Sin duda, Juliette —lo esperaba, al menos, lo esperaba desesperadamente— hubiera podido contestar a aquella pregunta. Hubiera tenido algo que decir. Pero en Nantua, aquel día, Juliette parecía habernos abandonado. Y yo no tenía nada que decir. No tenía respuesta a aquella pregunta.

Yo asentía, escuchaba vagamente lo que contaba Barizon, pensaba que ya me había encontrado, poco tiempo antes, en una situación similar.

En Madrid, en la época de aquel viaje a Ginebra con Barizon, en 1960, yo ocupaba un piso clandestino del PCE. Estaba en un barrio popular, en Ventas, en la calle Concepción Bahamonde. En mi infancia, la ciudad acababa allí. Más allá, se abría un campo desolado, gris y ocre, altiplanicie castellana surcada de ondulaciones, cicatrices más bien del paisaje, donde proliferaban las manchas mohosas de las chabolas, las pústulas de las barracas de adobe y de chapa oxidada, en las que se apiñaban los obreros agrícolas que buscaban trabajo en la construcción. Había también, en aquel campo polvoriento, algunos oasis verdes: casas de hortelanos de deslumbrante blancura, construidas en el emplazamiento de algún manantial o pozo artesiano, rodeados de huertos y vergeles tenazmente preservados contra los rigores del clima.

Pero Madrid había cambiado desde mi infancia.

Aún quedaban, en 1960, cuando yo vivía en la calle Concepción Bahamonde, en aquel suburbio de Ventas, algunas manchas leprosas de barracas, algunas casas con huertos, también. Pero la oleada urbana estaba ya desencadenada. Los nuevos barrios anónimos cercaban ya por doquier aquellos últimos vestigios del pasado.

La calle Concepción Bahamonde era una calleja tranquila, un poco apartada del bulevar circular que marcaba el límite del antiguo núcleo urbano. Las casas eran de tres pisos y tenían balcones de hierro forjado.

Al anochecer, cuando volvía a la calle Concepción Bahamonde, no me apeaba en Manuel Becerra, que era la estación de metro más próxima. Me apeaba en una estación más alejada. En Goya, por ejemplo. Lo mismo hacía si volvía en taxi. Le pedía al taxista que se detuviera a bastante distancia de mi calle. Luego, improvisaba cada vez un itinerario diferente y caprichoso. Volvía en parte sobre mis pasos, me detenía en el mostrador de uno de los cafés de los alrededores. Ello me permitía comprobar que no me habían seguido, que nadie se interesaba por mí.

El piso de la calle Concepción Bahamonde en el que yo ocupaba dos habitaciones lo había comprado por cuenta del PCE una pareja de militantes, María y Manuel Azaustre. En 1939, al final de la guerra civil, María y Manuel se habían exiliado en Francia. Pero habían vuelto a España con entera legalidad, al no conocerlos la policía franquista. En España, no participaban en ninguna actividad política. La misión que habían aceptado consistía en comprar un piso en Madrid, por cuenta del partido, y tenerlo a disposición de nuestro aparato clandestino. Manuel trabajaba de chófer particular, María se ocupaba del piso.

A veces, por la noche, yo cenaba con Manuel y María. Durante aquellas cenas, en el momento del café y de la inevitable evocación de recuerdos, me contaba Manuel su vida en Mauthausen. Cinco años había pasado en aquel campo, uno de los más duros del sistema nazi.

El 2 de enero de 1941, bajo secreto *(Geheim!)*, Reinhard Heydrich, jefe de la policía de seguridad y del SD nazis, redacta una nota sobre la clasificación de los campos de concentración: *Einstufung der Konzentrationslager*. La primera categoría, prevista para los casos menos graves, los detenidos susceptibles de reeducación y de mejoría *(unbedingt besserungsfähige Schutzhäftlinge)*, comprende los campos de Dachau, Sachsenhausen y Auschwitz 1. La segunda categoría, prevista para los detenidos más peligrosos pero aún susceptibles de ser reeducados y mejorados *(jedoch noch erziehungsund besserungsfähige Schutzhäftlinge)*, comprende los campos de Buchenwald, Flossenbürg, Neuengamme y Auschwitz 2. En cuanto a la tercera categoría, prevista para los casos más graves, los detenidos apenas recuperables o reeducables *(kaum noch erziehbare Schutzhäftlinge)*, sólo comprende un campo, el de Mauthausen, precisamente.

Por supuesto que esta delirante racionalización, típicamente burocrática, de los delitos y de las expiaciones, no fue aplicada al pie de la letra. La puesta en marcha, por una parte, de la solución final del problema judío, con el consiguiente traslado hacia los campos de Polonia de los deportados judíos y la instalación en tales campos de medios de exterminio en masa; por otra parte, las exigencias de la industria de guerra y de una distribución consecuente de la mano de obra deportada, fueron dos factores que alteraron constantemente, en especial a partir de 1942, la aplicación de las directrices de Reinhard Heydrich. No obstante, Mauthausen fue siempre uno de los campos más duros del sistema nazi de represión.

En la calle Concepción Bahamonde, pues, bebíamos café y Manuel Azaustre me contaba su vida en Mauthausen.

Manuel, por supuesto, no sabía nada de mi pasado. Sólo sabía que yo era dirigente del partido. Me conocía por el nombre de Rafael. Rafael Bustamonte, tal vez. O quizá, Rafael Artigas, no recuerdo ya. No sabía que a mí también me habían deportado. Así que, sin abrir yo la boca, le oía contarme, torpe, interminablemente, con la prolijidad natural en esa clase de relatos, su vida en el campo, la vida de los campos. A veces, cuando la cosa se hacía demasiado confusa, cuando se iba por las ramas, tenía ganas´ de intervenir en su relato, de poner mi granito de arena. Pero no podía decir nada, claro, pues tenía que preservar mi anonimato.

Pero estoy en Nantua, meses más tarde, en otoño de 1960. Acabamos de comer en el hotel de France de Nantua y escucho asintiendo los relatos de Fernand Barizon.

Creo que no me cuenta mejor la vida de Buchenwald que Manuel Azaustre me contaba la de Mauthausen, en Madrid, en el pequeño comedor de la calle Concepción Bahamonde. Quizá no sea su problema el hecho de contar de modo convincente la vida en los campos. Quizá su problema sea sencillamente el haber estado allí y el haber sobrevivido.

Con todo, la cosa no es tan sencilla. ¿Se ha vivido realmente algo que no se alcanza a narrar, cuya verdad, aun mínima, no se acierta a reconstruir significativamente, haciéndola así comunicable? ¿Vivir de verdad no es transformar en conciencia —es decir, en vivencias memorizadas, al tiempo susceptibles de pasar a ser proyectos— una experiencia personal? ¿Pero puede uno asumir una experiencia cualquiera sin llegar a dominar más o menos su lenguaje? ¿O sea, la historia, las historias, los relatos, las memorias, los testimonios: la vida? ¿El texto, la misma textura, el tejido de la vida?

En Nantua, al escuchar el barullo que se armaba Fernand Barizon, me preguntaba por qué siempre son los mismos los que cuentan las historias, los que hacen la historia. ¡Sí! ¡Por supuesto que ya sabía, en Nantua, que son las masas quienes hacen la historia! Me lo habían repetido con tantos tonos —tonos tajantes y decapantes, en ocasiones casi decapitantes; y también tonos pastel, en los momentos de las grandes alianzas y de las manos tendidas, de las cien flores que florecen justo antes de que se vuelva al cortacéspedes, a la hoz, a las flores y a las manos cortadas— que las masas hacen la historia, o mejor dicho, *su* historia, que había acabado repitiéndome yo mismo tal mentecatez, fingiendo que me creía tan suntuosa imbecilidad. Los días de desilusión, o más sencillamente de refinamiento ideológico, siempre podía recurrir a una fórmula de Marx un tanto más desencantada, menos triunfalista, según la cual los hombres hacen su historia, pero no saben qué historia hacen. Lo que significa crudamente, y a buen entendedor pocas palabras basta, que los hombres no hacen la historia que quieren, que desean, que sueñan y que creen hacer. Luego no la hacen: siempre hacen algo distinto. Volvemos con ello al inicio de esta pregunta más tautológica que metafísica, ¿quién hace la historia real?

En Nantua, en medio del aroma de los cangrejos con salsa Nantua que Barizon había astutamente convocado a nuestra mesa, yo había acabado poniendo la pregunta entre paréntesis, gracias a una fórmula provisional de compromiso: las masas quizás hagan la historia, pero indudablemente no la cuentan. Son las minorías dominantes —que la izquierda llama «vanguardias» y la derecha, incluso el centro, «élites naturales»— quienes cuentan la historia. Y quienes la reescriben, si así es menester, si la necesidad así lo requiere, y la necesidad, desde su punto de vista dominante, lo requiere a menudo. Las minorías dominantes hacen su historia como quien hace sus necesidades. Pero volviendo a los embarullados relatos de Manolo Azaustre y de Fernand Barizon, la vida en los campos no es fácil de contar. Tampoco yo sé cómo salir del paso. También yo me armo un lío. ¿Qué es lo que estoy contando, en realidad? ¿Un domingo de diciembre de 1944 en Buchenwald, mientras las tropas británicas aplastan a la resistencia comunista griega ante la mirada amarilla e impasible de Stalin? ¿O aquel viaje con Barizon, en 1960, que me llevó de París a Nantua y de Nantua a Praga, con todo lo que puede evocar en mi memoria?

Por ejemplo, pongo por caso, en este mismo momento, en Nantua, mientras escucho distraídamente los relatos de Fernand Barizon, acabo de recordar quién había sido profe de inglés en un colegio de Nantua. Pierre Courtade. A menos que esté mezclando realidad y ficción. Quizá fue el personaje de un cuento de Courtade quien fue profe en Nantua. En cualquier caso, a través de un relato de Pierre basado en él, o en un personaje que más o menos debió de encarnarle, Nantua queda íntimamente asociada a mi recuerdo de Pierre Courtade.

Me resulta imposible, eso sí, decir con exactitud lo que pensé de Courtade, fugazmente, aquel día, durante aquella parada gastronómica en Nantua. Escribo esto quince años después. Ideas, sensaciones, juicios se superponen en una capa cronológica reestructurada por mis opiniones actuales. No pensaba en 1960, sin duda, lo que pienso actualmente de Pierre Courtade. Por otra parte, lo que pensaba o creía pensar de mí mismo, en 1960, tampoco lo pienso ya, al menos en gran parte. Quizá en lo esencial.

De modo que no voy a intentar contarles a ustedes esta

parada en Nantua como si estuviésemos allí, como si estuviesen ustedes. Ya no estamos allí, ni nunca volveremos a estarlo del mismo modo. Pierre Courtade murió. Yo también, al menos en mi imagen de Federico Sánchez, fantasma lejano que acompañaba a Fernand Barizon. ¿Y Barizon? No he vuelto a saber nada de él desde hace quince años. Y eso que nos prometimos efusivamente volver a vernos, la última vez que me lo encontré, en 1964.

Oía a Barizon, distraídamente, y pensaba en Pierre Courtade.

Aquel verano había disfrutado de unas vacaciones en la Unión Soviética. Era un privilegio que se nos concedía cada dos años, a las esferas dirigentes del PCE. (¡Esferas dirigentes: la expresión no puede ser más acertada! ¡De inmediato oye uno la musiquilla de las esferas celestes, de los universos cerrados y lisos que se desplazan majestuosamente por el espacio eterno del saber y el poder!)

Había pasado, pues, el mes de junio en Crimea, en Foros, en una residencia reservada a los colaboradores del Comité central del partido ruso y a los dirigentes de los partidos extranjeros. «Hermanos», se decía, al hablar de estos partidos: sin duda, como eran hermanos Caín y Abel.

El edificio principal de aquella residencia, en la punta más extrema de Crimea, al sudeste de Sebastopol, era una antigua *dacha* de lujo anticuado, un tanto polvoriento. Una casa de campo de algún hacendado o industrial ruso del siglo XIX, en donde el agua de los baños todavía la calentaban, en la época de mi estancia, viejas sirvientas silenciosas y vestidas de tela gris, encendiendo hogueras bajo depósitos de hierro colado esmaltado. Según decían, Gorki había pasado allí largos períodos de reposo al final de su vida. Era comprensible: el paraje y el clima debían de recordarle Capri.

De modo que en Foros, en julio de 1960, nos reunimos para pasar las vacaciones con nuestras familias, Dolores Ibarruri, Santiago Carrillo, Enrique Líster y yo. O dicho de otro modo, Federico Sánchez.

Los funcionarios del CC ruso miraban la silueta vestida de negro de la «Pasionaria», que no bajaba a la playa pero se paseaba por el amplio y romántico parque, con estanques, rocallas y nenúfares, de la residencia. Durante las veladas nocturnas, Líster contaba por enésima vez, con su habitual regodeo, las hazañas guerreras de la 11.ª División o del V Cuerpo del Ejército republicano que había tenido a su mando durante la guerra civil. Carrillo, por su parte, estaba relajado, aquel verano. El VI Congreso del PCE en el que había sido nombrado secretario general en sustitución de la Pasionaria, para quien nos habíamos inventado un cargo honorífico de presidente del Partido, se había celebrado ya. Una de las mayores ambiciones de su vida se había visto realizada (la otra, la de ser admitido, reconocido, por la sociedad en general y por la buena sociedad en particular, no había tenido aún ocasión de materializarse).

Entre los extranjeros invitados a Foros, aparte de nuestro grupo español, estaba Adam Schaff y su familia. El filósofo polaco era aún miembro, por aquella época, del CC del Partido obrero unificado. Se había llevado, para leer durante las vacaciones, el mismo libro que yo: la *Crítica de la razón dialéctica* de Sartre. Ello nos había acercado. Durante horas, en la playa, habíamos intercambiado libremente opiniones sobre los problemas de nuestros respectivos partidos y sobre la situación del movimiento comunista.

Aquel verano había estallado abiertamente el conflicto entre rusos y chinos, al menos en las altas esferas (¡otra vez!) del movimiento comunista. En junio, en Bucarest, con motivo del congreso del partido rumano, Peng Chen y Jruschov habían tenido una violenta agarrada. «¡Si queréis la espada de Stalin —había chillado Nikita Serguéievich—, tomadla! Está cubierta de sangre. Y de paso os regalamos su cadáver. ¡Llevaos con vosotros la momia de Stalin!» Líster, que había representado al PCE en el congreso del partido rumano, nos contó los pormenores del enfrentamiento.

Por otro lado, en Pekín, entre bastidores, durante una reunión de la Federación sindical mundial, los chinos habían tomado igualmente la ofensiva, atacando la línea general de Jruschov y predicando el «retorno al leninismo».

De modo que, apenas llegamos a Moscú, adonde habíamos ido a pasar unos días antes de marchar para Crimea, se nos presentó Kolomiez, el funcionario del Comité central ruso que se ocupaba en aquella época de los asuntos españoles bajo la responsabilidad de Zagladin y de Ponomarev, con los primeros documentos polémicos intercambiados entre el partido ruso y el chino. Eran documentos confidenciales, por supuesto. Le encerraban a uno en una habitación para leerlos y no se estaba autorizado a tomar apuntes. Una vez terminada la lectura, Kolomiez volvía a guardarse los documentos.

Kolomiez era un hombre jovial, incansable bebedor de vodka. Yo lo había conocido en 1954, con motivo del V Congreso del PCE que se había celebrado clandestinamente en Bohemia, a orillas del lago de Machovo. Kolomiez hablaba perfectamente castellano y estaba relativamente bien informado de la situación en España. Era el primer miembro del partido ruso con quien podía intercambiar opiniones desde mis desconcertantes experiencias con los rusos de Buchenwald.

Encuentro ciertamente decisivo, que me permitió comprender de repente cuál era el lamentable nivel político, el universo mental triste y mezquino de los comunistas rusos, treinta y cinco años después de la revolución de Octubre. Preguntándome por las huelgas que se habían convocado en Cataluña en 1951, tras un largo decenio de derrotas de la clase obrera, me preguntó Kolomiez qué papel habían jugado, en mi opinión, en aquellas huelgas masivas de los trabajadores catalanes, los agentes ingleses del Intelligence Service. Estupefacto, le pedí que me repitiera la pregunta. Pero sí, había oído bien. Según Kolomiez, los agentes del IS con toda evidencia habían jugado un papel en aquellas huelgas. No era posible que no hubiera sido así. Traté de demostrarle cortés y políticamente lo absurdo de tal opinión. Pero no logré convencerle. Hablábamos lenguas distintas, aunque las palabras de ambas fueran idénticas. Vivíamos en dos universos distintos. Según Kolomiez, las clases sociales, las masas, las fuerzas productivas, los grupos estructurados en torno a una voluntad subjetiva de lucha, todo ello no era ya más que un magma inerte e informe, manipulable por los aparatos pero incapaz de espontaneidad creadora. De modo que, dado que el aparato del partido catalán era evidentemente demasiado débil para haber provocado y dirigido aquellas huelgas del año 51, por fuerza tenía que haber detrás algún otro aparato. Por qué llegar a la conclusión de que era una red del Intelligence Service —y no la Iglesia católica o la masonería— es un misterio que no intenté aclarar.

Volví a ver a Kolomiez la noche de la clausura del VI Congreso del partido español, el mismo en el que nombramos secretario general del partido a Carrillo. Para celebrar el acontecimiento, un grupo de delegados (¡fraternales, cómo no!) de los partidos del Este había invitado a cenar a Carrillo, quien me había pedido que le acompañase, por temor sin duda a aburrirse solo. A no ser que su elección tuviera un sentido político. Yo era con mucho el miembro más joven del Comité ejecutivo del PCE. Por añadidura, era un intelectual de origen burgués y trabajaba en la clandestinidad española. Distinguiéndome con su invitación a acompañarle, Carrillo quería quizá dejar patente ante todos aquellos rumanos, rusos, alemanes del Este y otros búlgaros la voluntad de rejuvenecimiento y la amplitud de miras del grupo dirigente del PCE.

Porque el despotismo ilustrado de los Grandes Timoneles necesita luces, como el mismo epíteto lo indica. Y cuando los Grandes Timoneles son autodidactas moldeados por el aparato, como Carrillo, son intelectuales los que llevan habitualmente la cesta, en las antecámaras del poder y en las alcobas de los déspotas ilustrados. Algunos la llevan hasta el final de sus vidas, mirones fascinados por el espectáculo de su propia fascinación. Su autojustificación es la fidelidad a la causa (de la clase obrera, del pueblo, de los humillados y ofendidos), cuando tan sólo son fieles a los sucesivos déspotas y a su propia ausencia de fidelidad a lo esencial. Otros deciden un día, siempre demasiado tarde, por lo demás, salvar el alma, volver a ser lo que son. Abandonan la cesta y retornan a la noche de su búsqueda solitaria.

El caso es que el vino y el vodka corrían a mares, aquella noche, y Kolomiez estaba ya medianamente borracho, antes incluso de que atacáramos los platos fuertes. Su conversación empezaba a tornarse incoherente. O mejor dicho, singularmente coherente. Con perverso regocijo, un camarada del Buró político rumano no cesaba de llenar el vaso continuamente vacío del ruso. Y a mitad de comida, rotos todos los frenos, volatilizadas todas las inhibiciones, Kolomiez empezó a emprenderla con nosotros con voz pastosa. Se puso a elogiar a Stalin, a amenazarnos con su regreso. Sí, no tardaría en reaparecer Stalin, ante las multitudes desorientadas por su ausencia. El camarada Stalin, aquel gigante, se encargaría de llamarnos al orden. No éramos más que fetos de paja en su todopoderosa mano. Él era el águila de las montañas y nosotros no éramos sino gatitos ciegos. Kolomiez proseguía su diatriba con voz pastosa.

Un silencio mortal cayó sobre todos nosotros. Escuchá-

bamos en aquel silencio mortal aquella voz del pasado,
aquella voz siempre presente. El camarada del Buró político rumano miraba a Kolomiez con rostro petrificado. Se
mezclaban en su mirada el desprecio, el horror y una especie de pánico mezclado de fascinación que le hacía par-
padear. El camarada rumano se volvía hacia nosotros. «Éstos —parecía decir—, éstos son nuestros amos. ¡Éstos son
los hombres que deciden nuestro porvenir!» El camarada
rumano tenía el rostro petrificado, los dedos apretados en
torno a un vaso. Bruscamente, Kolomiez se desplomó,
rodó de la silla. Entonces, empujándolo con el pie debajo
de la mesa, el camarada rumano alzó el vaso y dijo con
voz ahogada, desesperadamente resuelta: «¡Larga muerte
al camarada Stalin!» Y todos alzamos nuestros vasos por
la muerte del georgiano, por su muerte eterna.

En Foros, pues, aquel verano de 1960, en aquella playa
de Crimea, mantuve larguísimas discusiones con Adam
Schaff. Abordamos con entera libertad los problemas del
movimiento comunista. Yo pensaba bastante ingenuamen-
te —por creer aún en las ilusiones reformadoras produci-
das por el XX Congreso del PCS— que la disputa ruso-
china iba a distender la opresión ideológica sobre los partidos comunistas europeos. Pensaba que éstos podrían
ejercer una influencia más determinante sobre el conjunto
del movimiento. Pero Adam Schaff, más informado, pensaba todo lo contrario. Opinaba que el conflicto ruso-chino
iba a inaugurar un nuevo período de glaciación ideológica. Sin duda el Único iba a quebrarse. Pero al escindirse
ese Uno en Dos no produciría ninguna posibilidad de progreso dialéctico: no produciría sino un doble discurso mo-
nolítico y monoteísta, un desdoblamiento o redoblamiento
del monismo ortodoxo. La primera consecuencia sería un
rebrote de la línea dura en ambos campos. Y Polonia, que
estaba en el campo ruso, no tardaría en conocer las consecuencias.

No era muy optimista Adam Schaff.

Al tercer día de nuestras interminables discusiones, Carrillo me llamó aparte. Un poco fastidiado, me dijo que
los camaradas soviéticos no veían con muy buenos ojos
mis conversaciones con Schaff. ¿Acaso ignoraba yo que
éste había mantenido, durante el Octubre polaco de 1956,
posturas claramente antisoviéticas? Era, eso sí, miembro
del Comité central del Partido polaco, pero, en fin, ello no
era garantía suficiente. Desde 1956, en la dirección del par-

tido polaco había gente de toda calaña. Al menos eso opinaban los camaradas soviéticos. Le pregunté a Carrillo cuál era su opinión personal al respecto. Carrillo me contestó que no tenía opinión personal al respecto, que se limitaba a comunicarme la observación de los camaradas soviéticos. Personalmente, me dijo, comprendía perfectamente que yo hablase con Schaff, que era un intelectual como yo. Con todo, había que hacerse cargo de que estábamos en la URSS, invitados por los camaradas soviéticos. Tal vez no fuese indispensable provocar choques, enfrentamientos, por un asunto en definitiva secundario. En cualquier caso, la decisión debía tomarla yo, me dijo Carrillo con sonrisa ambigua.

De modo que decidí ir a ver a Schaff y contarle detalladamente lo ocurrido. Debo confesar que la cosa no le sorprendió demasiado. La intervención de los rusos le parecía de lo más lógico. A esos tipos no había ya forma de cambiarlos, me dijo. Consideraba, no obstante, que era preferible interrumpir nuestras conversaciones. No valía la pena provocar malentendidos o conflictos, aunque fuesen irrisorios. En cualquier caso, nos habíamos dicho lo esencial, me dijo.

Pero no voy a contar todas las peripecias de aquel verano en Crimea. No es ésa mi intención. Si he evocado aquellas vacaciones en Crimea, mi última estancia en la Unión Soviética, el motivo ha sido Pierre Courtade. No tardaré en volver a Pierre Courtade, al recuerdo de él surgido bruscamente en el comedor del hotel de France, en Nantua.

Y no es que haya agotado mi repertorio sobre Rusia. Al contrario, podría hablar horas, noches enteras. Hasta quedarme ronco, hasta perder la voz, el resuello y la razón. Pero no es menester forzar el tono para hablar de Rusia. No es menester hinchar la voz, multiplicar los adjetivos. Mi relato sería contenido, no desprovisto de cierta morosidad, aparentemente gris —con esa misma grisura plateada y tenue, transparente, de los cielos rusos en las llanuras sin fin, en los inmensos ríos— un relato grisáceo, al menos por fuera, pero profundamente recorrido por dentro de irisaciones, tornasoles imprevistos, ínfimos fuegos artificiales de los sentimientos y del lenguaje.

Pero no soy tan ingenuo, tan espontáneamente sincero, o sea embarullado, como Fernand Barizon o Manuel Zaraustre. Si tuviera ganas ahora de escribir mi relato sobre

Rusia, éste no se iría a pique. Estaría construido como un relato. Nada menos inocente que la escritura. Colocaría, pues, en el centro del relato, como un imán que atrajese toda la limadura de los episodios secundarios, una fiesta por la noche al aire libre. El escenario sería una de las residencias que rodeaban nuestra residencia de Foros, situada en una zona prohibida a los simples mortales por medio de alambradas y soldados armados de las fuerzas de seguridad.

Un baile de noche, por ejemplo.

En una terraza nocturna, muy amplia, en medio de los cirios implorantes de los grandes cipreses inmóviles, con el olor mareante y resinoso de la vegetación, una orquesta interpretaría música de baile. No una música cualquiera, por supuesto. No se interpretaría ninguna música de baile que exigiese contacto corporal. Las pasiones y los sueños de los cuerpos son incompatibles con las exigencias del socialismo, es cosa sabida. El cuerpo no es más que un engranaje de la máquina productiva, y como tal se le cuida, se le alimenta, se le concede asistencia médica teóricamente gratuita y no obstante incompetente que va renovando a trancas y a barrancas su capacidad de trabajo. Pero no hay que despertar a los fantasmas enloquecidos de los cuerpos, provocar una incontrolable deriva hacia el derroche del deseo. Así que nada de bailes lascivos. Nada de contactos carnales.

Las músicas de baile incansablemente interpretadas en la noche azulada y fragante de Crimea habían sido seleccionadas según los más estrictos criterios de esa moral victoriana que siempre acompaña —e idealiza— los burdos imperativos de la productividad. Pensaba en los sacerdotes españoles que redactaban en la misma época —por motivos sin duda muy distintos— folletos ilustrados destinados a la juventud, condenando el baile agarrado, fuente de demoníacas tentaciones. Se hubieran sentido satisfechos los sacerdotes españoles. El baile cuerpo a cuerpo brillaba por su ausencia en las veladas musicales de Crimea.

En 1960, el baile más apreciado era al parecer una especie de minueto que se llamaba —no me invento nada— el *pas de grâce*, nombre que los rusos pronunciaban de forma aproximada, sin conocer con frecuencia su sentido exacto, su origen real, como se dice *polka*, *tango* o *charleston*. Los responsables de los esparcimientos populares, y por lo tanto organizados, habían ido a desempolvar en el pasado de la Francia monárquica aquel baile colectivo cuyas deliciosas figuras se ejecutaban casta e interminablemente. Inútil decir que aquellos mojigatos pasos de danza eran puro embeleco, una manera de afirmar hipócritamente —otro rasgo victoriano— las virtudes de una sociedad en la que debían desarrollarse las virtudes del hombre nuevo. De hecho, el hombre —antiguo o nuevo— y la Eva de su paraíso casto y productivo se encamaban con un frenesí de antiguo régimen. Porque el erotismo veraniego de los altos cargos de la burocracia sólo podía ejercitarse al margen de los límites legales de la pareja matrimonial. En efecto, salvo raras excepciones, maridos y mujeres no podían disfrutar juntos sus vacaciones pagadas, por correr éstas a cargo de sus respectivos patronos, en residencias distintas. De modo que aquellas pocas semanas de vacaciones a orillas del mar Negro o del Báltico se consagraban a una especie de adulterio institucional, concebido sin duda por el sistema de los esparcimientos organizados como un paliativo inofensivo, y en definitiva positivo, a las dificultades de la vida cotidiana y conyugal. De donde resultaba que hasta el adulterio pasaba a ser un mecanismo más de la regeneración benéfica de la fuerza productiva y de la disciplina social.

Una noche, pues, miraba yo evolucionar las figuras del *pas de grâce*, bailado por docenas de parejas separadas en una terraza enlosada, en medio de los cipreses. Bruscamente, me pareció comprenderlo todo.

Contemplaba a aquellos hombres y mujeres que se esmeraban en bailar el *pas de grâce*. A la legua se veía que eran dichosos. Estaban gordos y fuertes, y gozaban de buena salud, también era evidente. Eran funcionarios del partido, de los sindicatos, de la administración estatal o industrial. Entre ellos no había sabios, artistas o escritores famosos. Éstos hacía tiempo que vivían en otro universo, en otro compartimiento estanco. Tenían dachas privadas. Consumían individualmente su parte de la plusvalía producida por los obreros rusos. En cuanto a los que pasaban las vacaciones en las residencias, consumían colectivamente su parte de aquella plusvalía, de aquel trabajo suplementario de los obreros rusos. Era su función, su rango en la jerarquía de los aparatos que les otorgaban aquel derecho de consumo colectivo, privilegiado pero anónimo. Si caían mañana en desgracia, perderían aquel derecho, y otros, igualmente anónimos e intercambiables, lo disfrutarían

68

en su lugar. Entretanto, bailaban el *pas de grâce*, eran dichosos.

Por su disciplina, por su silencio, por su pragmatismo, por su sumisión al Pensamiento Correcto —asumido en todos sus virajes contradictorios— habían conquistado ese derecho a ser dichosos. Por su valor también, sin duda. Habían combatido encarnizadamente por defender la sociedad que les concedía tales privilegios.

Habían combatido primero contra los Blancos y los intervencionistas, por defender aquella sociedad incipiente de perfil aún poco definido. Luego habían combatido contra los desviacionistas de izquierda, quienes no entendían en absoluto los problemas de los campesinos y de los *nepmen*, según se les decía. Y luego habían combatido contra los desviacionistas de derechas, que comprendían demasiado bien, al parecer, los problemas de los campesinos y de los *nepmen*. Y, en una segunda guerra civil, aún más cruenta que la primera, habían diezmado a los campesinos y a los *nepmen*, lo cual era una forma expeditiva pero ilusoria de liquidar sus problemas. Y cuando vencieron a sangre y fuego a todos sus enemigos, cuando las nuevas jerarquías de su sociedad parecían haber quedado consolidadas, hacia mediados de los años treinta, había habido que reanudar el combate para exterminar, en esa ocasión, a los mismos comunistas. Se les habían explicado los misterios de la dialéctica, los habían comprendido. Ya liquidadas las clases enemigas, según se les había explicado, la lucha de clases se desarrollaba ahora en el seno mismo del partido. Por tanto había que exterminar al mismo partido. Era sencillo, bastaba recapacitar un poco. Y, por lo demás, la totalidad del partido parecía aceptar este análisis: se había dejado exterminar dócilmente. Y luego había habido que combatir contra los invasores alemanes que habían escupido en la mano tendida, dialécticamente fraternal, de Stalin. Habían combatido, pues, muchas veces con valor. Bastaba ver, en las playas de Crimea, las cicatrices que surcaban los cuerpos de la mayoría de los hombres de treinta y cinco a cincuenta años para comprender que habían combatido. Las otras cicatrices, las de los combates anteriores, no eran visibles.

Yo los veía bailar el *pas de grâce*, en Crimea, aquel verano de 1960. Eran los «pequeños tornillos» y los «pequeños engranajes» del Gran Mecanismo del Estado y del Partido y a su salud había alzado la copa Stalin el día de la victoria sobre Alemania. Sin embargo, aquella victoria no había sido suficiente. Habían surgido toda clase de nuevos enemigos, tanto más peligrosos cuanto que eran más solapados y no sabían ellos mismos en qué consistía su enemistad, su disidencia o su reserva, frente al poder soviético. Eran enemigos, sin más. Cientos de miles de prisioneros de guerra, que habían sobrevivido a los stalags nazis, que iban a perecer en los gulags, sin querer comprender, hasta tal punto eran retorcidos, cuál era su crimen. Deportados políticos y deportados del trabajo, que habían luchado y sufrido fuera del alcance de la mano paternal del poder soviético, durante demasiado tiempo para ser recuperables. Ucranianos, letones, lituanos, estonianos, tártaros, imbuidos de esa noción nefasta y reaccionaria de la nación que hay que defender, preservar, construir. Y, finalmente, los judíos, el enemigo de siempre que volvía a levantar la cabeza insolentemente.

Yo veía bailar a los tornillos y engranajes del Gran Mecanismo y, bruscamente, me pareció vivir la realidad imaginada por Adolfo Bioy Casares en su novela *La invención de Morel*. Me pareció que aquella gente llevaba ya tiempo muerta, que sus gestos y sus risas mientras bailaban el *pas de grâce* no eran sino una ilusión producida por alguna máquina de reproducir el pasado, análoga a la invención novelesca de Bioy Casares. De repente, me dio la impresión de que asistía a un baile de muertos. Quizá Rusia había muerto y aquella música, aquel baile, aquella dicha fútil y sangrienta, quiero decir basada en océanos de sangre, aquellas voces tan puras, tan desgarradoras, que se elevaban a veces en coro, durante la velada, quizá todo ello no era más que el reflejo de una estrella muerta.

Pero aquella noche, en 1960, me planteé una última pregunta. Una pregunta postrera. Si Rusia había muerto, ¿quién la había matado?

Pero les había prometido que volvería a Pierre Courtade. Estoy en Nantua, tres meses después de aquellas vacaciones en Crimea, en el comedor del hotel de France. Acabo de acordarme de que Pierre Courtade fue profesor de inglés en un colegio de Nantua. Y el recuerdo de Pierre Courtade ha evocado a su vez algunas imágenes evanescentes de aquellas vacaciones en Crimea. Dos o tres días antes de que saliésemos hacia Foros, en efecto, nos anunciaron la llegada de Pierre Courtade. Por aquella época era corresponsal de *L'Humanité* en Moscú y, al parecer, iba a pasar las vacaciones en Foros. Yo me alegré de aquel encuentro. Conocía a Pierre desde 1945. Habíamos coincidido en toda clase de sitios, pero era la primera vez que lo veía en la Unión Soviética, en una residencia del Comité central ruso. Me prometía sugestivas conversaciones con él.

Pero, al final, ignoro por qué motivo, se retrasó su llegada. Nos fuimos de Foros sin verlo. No recuerdo ya si volví a verlo antes de su muerte.

Fue Georges Szekeres quien me presentó a Pierre, poco después de mi regreso de Buchenwald.

¿Y a Szekeres, cómo lo conocí?

Escuchaba distraídamente el monólogo de Barizon. Me hallaba en un sol de primavera, quince años atrás, en la acera del bulevar Saint-Germain. Llegaba al café de Flore con Michel Herr, dos o tres días después de volver de Buchenwald. Fue Michel Herr, al sol de aquella primavera de hacía entonces quince años, a la entrada del café de Flore, quien me había presentado a Georges Szekeres.

Vestía Michel el uniforme del I Ejército. Estaba en París por unos días, no recuerdo ya si de permiso o desempeñando alguna misión. La noche anterior, habíamos hecho un largo balance de los dos últimos años, desde mi arresto en Joigny. A Michel lo encontré febril, dolorosamente tenso, bajo la máscara de aplomo viril de que había hecho gala en los bares y clubs nocturnos por donde habíamos deambulado toda la noche. En el Petit Schubert, tocaban las mismas melodías metálicas y roncas de nuestros guateques del año 1942, en casa de los Beltoise. En el Jimmy's, Michel había invitado a dos mujeres a sentarse con nosotros. Bebían mucho, pero debían de aburrirse otro tanto, porque Michel me hablaba de Hegel y del sentido de la historia. La noche expiraba, refulgían estrellas en la bruma de mi fatiga. Bruscamente, una de las mujeres se puso a acariciarme suavemente el pelo. «¡A ti te han afeitado! —dijo—. ¿Te has acostado con los boches?» Michel me miró y soltamos una carcajada. Lo que ocurrió después fue confuso, no estoy seguro de poder contarlo. Incluso no estoy seguro de querer hacerlo. No, no tengo la menor intención de contar aquel final de juerga con Michel y las chicas del Jimmy's.

Algunas horas más tarde, a la entrada del café de Flore, Michel me presentaba a Georges Szekeres.

Volví a ver a Szekeres, en el mismo lugar, cuatro años

más tarde, casi día por día, en la primavera de 1949. Pero aquella primavera, en 1949, me había telefoneado Roger Vailland. Me llamaba de parte de Courtade. Le habían encargado que avisara a todos los compañeros, me dijo. Szekeres estaba en París, pero había que negarse a hablarle, me dijo. Szekeres era un traidor, me dijo Vailland. Había abandonado su puesto de consejero en la embajada de Hungría en Roma y se negaba a obedecer al partido húngaro que le pedía que volviera a Budapest. Vailland añadió algunos comentarios personales a aquella información que me transmitía. La actitud de Szekeres no le sorprendía demasiado: ¿no había notado yo que Szekeres era un espíritu aristocrático, que en el fondo siempre había despreciado al pueblo?

En realidad, por aquella época se preparaba en Hungría el proceso de Laszlo Rajk. Y Georges Szekeres, comunista emigrado a Occidente que había mantenido durante la Resistencia en Francia contactos con grupos de toda clase y con agentes de redes aliadas, era un candidato ideal para jugar un papel en futuros procesos. Szekeres, comprendiendo lo que se fraguaba, había abandonado su puesto y había pedido asilo en Francia. La policía francesa le había puesto entre la espada y la pared: se le concedería derecho de asilo siempre que accediese a ser informador de la DST. De no ser así, sería expulsado de Francia y entregado a las autoridades de su país. Szekeres rechazó el trato. Fue conducido a la zona de ocupación soviética en Alemania y entregado a las fuerzas de seguridad rusas.

El mismo Szekeres me contó el final de aquella historia, cuando nos volvimos a ver, años más tarde.

Pero en 1960, en Nantua, aún no he vuelto a ver a Georges Szekeres. No conozco en sus pormenores el final de aquella historia. Sólo sé que le soltaron en 1956, que trabaja en Budapest. En 1960, en Nantua, recuerdo mi último encuentro con Szekeres, en la primavera de 1949, junto al quiosco de periódicos del bulevar Saint-Germain, delante del café des Deux-Magots.

Yo estaba comprando un periódico, unos días después de que me llamase Vailland. Volví la cabeza, Szekeres estaba a mi lado. Lo miré fijamente, sin despegar la mirada de sus ojos. No quería fingir que no lo había visto. Quería que supiese que lo había visto, pero que a pesar de ello lo ignoraba. Quería que comprendiese que mi mirada y mi silencio le catapultaban al infierno. O mejor aún, a la nada.

Me encontraba a mí mismo arcangélico. Movía dulcemente las alas en la acera del bulevar Saint-Germain, echaba a volar hacia el cielo de azogue del bolchevismo. Durante unos segundos, dejaba de ser un intelectual de origen burgués sometido a todas las tentaciones del humanismo. Era un hombre de partido y tomaba resueltamente, sin falsos sentimentalismos, posturas proletarias. Me sumaba de repente a la inmensa multitud de los oprimidos que nada tienen que perder ni que perdonar. Medía todos los valores por el rasero del espíritu de partido. La cosa era la mar de sencilla. ¿Que yo había sido amigo de aquel hombre? Precisamente, aquella amistad exigía de mí una actitud mucho más firme. Y si alguien se me hubiese acercado para recriminarme tal actitud, para avergonzarme, ni siquiera hubiera necesitado buscar las palabras. ¡Las palabras que le hubiera soltado a la cara al importuno estaban ya escritas! Sólo tenía que repetirlas, soltárselas a la cara. ¡Le hubiera gritado que el partido se refuerza depurándose! ¡Que la revolución no es una cena de gala! O también, como yo era un intelectual sensible y culto, hubiera podido soltarle a la cara a aquel importuno algunos versos de Maiakovski. O algunos versos de Aragon. O también, recalcando las sílabas para que aquel importuno se enterase bien, le hubiera soltado a la cara las frases de Bertolt Brecht: «El que lucha por el comunismo / debe saber luchar y no luchar / decir la verdad y no decirla / prestar ayuda y negarse a prestarla / mantener sus promesas y no mantenerlas / exponerse al peligro y huir del peligro / darse a conocer y permanecer invisible. / El que lucha por el comunismo / de todas las virtudes sólo posee una / la de luchar por el comunismo.» Eso mismo le hubiera gritado al importuno. Y como era un intelectual no sólo sensible y culto, sino también políglota, se lo hubiera gritado en alemán.

Wer für den Kommunismus kämpft
hat von allen Tugenden nur eine
dass er für den Kommunismus kämpft.

Pero no hubo tal importuno.
Szekeres y yo estábamos solos, delante del quiosco de periódicos del bulevar Saint-Germain, casi en el mismo sitio en que nos habíamos conocido cuatro años atrás. Nos mirábamos en silencio. ¿Cómo habría reaccionado yo si

Szekeres me hubiera dirigido la palabra? Temblaba interiormente ante la idea. Temblaba ante la idea de oír la voz de Szekeres. Porque mi maravilloso aplomo se hubiera ido a pique, sin duda. El sonido de su voz me hubiera hecho apearme ridículamente del pedestal de mi actitud arcangélica.

Más o menos en la misma época, y en circunstancia análoga, Robert A. había corrido detrás de mí por la calle de Rennes. Me había agarrado del brazo. «No te vas a escabullir así como así —me dijo—. O me matas, o me hablas.» Y claro, le hablé. Fuimos a sentarnos al Bonaparte y hablamos mucho tiempo. Le expliqué por qué anteponía las exigencias del espíritu de partido a todas las demás, incluso a las de una larga amistad. Robert A. me escuchaba, desesperado. No por perder mi amistad, cosa que, a fin de cuentas, era secundaria, sino por perder, a través de mí, por mi causa, o al menos en parte, la esperanza que tenía puesta en el comunismo.

Robert A. intentaba encontrar un fallo en mi armadura arcangélica. Intentaba que yo comprendiera que era racionalmente imposible creer en la culpabilidad de Rajk. Pero claro, yo no dejaba que me llevase a ese terreno. Para empezar, Rajk era culpable. Pierre Courtade había presenciado el proceso y me había asegurado que Rajk era culpable sin lugar a dudas. Me consta que en conversaciones con otros amigos comunes no se mostró tan tajante. Pero sólo puedo hablar por lo que yo sé. A mí Courtade me afirmó la culpabilidad de Rajk cuando le consulté a su regreso de Budapest. Pero yo no podía dejar que Robert A. me llevase a ese terreno, aun suponiendo que Rajk fuese inocente. No era motivo suficiente para dejar el partido, le decía yo a Robert. Teníamos una frase para justificar dialécticamente tal actitud. Sí, dialécticamente. Decíamos que era preferible equivocarse con el partido que tener razón fuera de él o en su contra. Porque el partido encarnaba la realidad global, la razón histórica. Un error del partido tan sólo podía ser parcial o pasajero. El mismo curso de la historia lo rectificaría. Una verdad contra el partido no podía ser, a su vez, sino parcial y pasajera. Luego estéril, nefasta, ya que podía obnubilar, oscurecer, obstruir la verdad global de nuestra razón histórica. El árbol que os ocultaba el bosque, la verdad que os ocultaba la Verdad y que por ello era engañosa, el niño al que se arrojaba con el agua del baño. Eso, lo que había que demostrar.

74

Años más tarde, en el espacioso salón del antiguo castillo de los reyes de Bohemia en el que se me excluyó del Buró político del PCE, Santiago Carrillo me soltó a la cara la misma frase: «¡Más vale equivocarse con el partido que tener razón fuera de él!» Estuve a punto de partirme de risa. Ya estaba, el círculo quedaba cerrado, los tornillos bien apretados, la cuerda de la dialéctica anudada en torno a mi cuello.

Pero en 1949, delante del quiosco de periódicos del bulevar Saint-Germain, Szekeres no dijo nada. Nos miramos en silencio. Él tenía una sonrisita crispada, una mirada triste. Volví la cabeza y dejé que Szekeres se hundiera de nuevo en la nada. Yo era un bolchevique. Un hombre de acero. Un auténtico staliniano, en definitiva.

Así que en Nantua, en 1960, furioso por aquel recuerdo, me vuelvo hacia Fernand Barizon, interrumpo su monólogo:

—Oye —le digo—, ¿en Buchenwald, no conociste españoles?

Fernand me mira fijamente:

—¡Creo que te estás pasando, Gérard! —me dijo con voz ahogada—, ¡te estás pasando cantidad!

Miro a Barizon, boquiabierto.

Conque me ha reconocido. ¿Desde cuándo me reconoció?

—Pues desde la primera noche —me dice—. ¡Desde que apareciste en la escalinata del palacio, hace seis meses!

—¿Y por qué no dijiste nada, Fernand?

Se encoge de hombros.

—A ti te tocaba dar el primer paso —me dice—. ¡Ahora eres un pez gordo!

Me río sin entusiasmo.

—¿Un pez gordo? ¡Una leche!

—¿Cómo, que no eres un pez gordo? —insiste.

—Un pez gordo en la parrilla —le digo.

Se vuelve a encoger de hombros, enciende un pitillo.

—Siempre tan gracioso —me dice—. ¿Y qué quiere decir eso?

—Quiere decir que me paso la vida en España, en la clandestinidad.

Me mira, menea la cabeza.

75

—No me extraña de ti —me dice—. Siempre te ha gustado hacerte el listo.

Es una forma de ver las cosas. No puedo evitar el echarme a reír.

Con el entusiasmo de los reencuentros, Fernand ha pedido coñac.

—Pues yo —me dice— hace tiempo que pongo en práctica un refrán de tu país: ¡Del amo y del burro, cuanto más lejos más seguro!

La pronunciación deja bastante que desear, pero, en fin, se le entiende. Pero cambia bruscamente de tema.

—¡Oye —me dice—, eres duro de pelar! ¡Llevo una hora hablándote de Buchenwald, intentando hacerte reaccionar!

—No te lo tomes a mal, pero eres bastante malo contando —le digo—. Te olvidas de lo esencial.

Quizá no se lo toma a mal, pero se queda sorprendido.

—¿Qué es lo que olvido, esencial?

—Te olvidas de Juliette, por ejemplo.

Fernand se pone pálido.

—¿Te acuerdas de Juliette? —me pregunta con voz que cambia de repente, con voz temblorosa.

Claro que me acuerdo de Juliette. ¿Cómo iba a olvidarme de Juliette? Me he pasado años de mi vida comparando los placeres más o menos reales que me proporcionaban muchachas bien vivas con los, imaginarios y suntuosos, que me deparara el fantasma de Juliette. Empiezo a explicarle a Barizon por qué me acuerdo de Juliette, pero Barizon ya no me escucha, Barizon mira al español que le habla de Juliette, Barizon ya no oye lo que dice el español, Barizon se ha hundido en su pasado, como se hunde uno en su sueño, vertiginosamente. Barizon está en Buchenwald, en la explanada donde se pasa lista, un día de diciembre de 1944, bajo la nieve pertinaz del Ettersberg.

Acaba de pensar que el español pasa lista bien calentito, en el barracón del *Arbeit*.

Piensa Barizon que nunca sabe a qué atenerse con ese español al que llaman Gérard. Tiene veinte años y no es desagradable tener un amigo de veinte años que se toma las cosas como vienen. No, lo que le irrita a veces del español es una mezcla, cómo decirlo, sí, eso es, una mezcla de frivolidad y de ciencia infusa. La frivolidad se manifiesta en todo momento mediante una sistemática actitud mordaz. Todo pasa a ser tema de zumba, hasta las cosas más sagradas. Lo jodido es que Barizon no puede evitar el reírse de las bromas de Gérard, aunque luego se cabree consigo mismo. Menos mal que Fernand recuerda una frase de Lenin, que enarbola contra el español como una porra: anarquismo de gran señor, eso es lo que hay en el fondo de esa continua actitud irónica.

En cuanto a la ciencia infusa, es difícil de definir. No es que Gérard haga ostentación de su saber. Tiene estudios, sin duda, pero no se jacta de ello. Más bien tiende a excusarse de tal privilegio. Además, sabe escuchar.

No, es más difícil de explicar. Ocurre que en ciertos momentos de sus discusiones, por la tarde, mientras escuchan vagamente a Zarah Leander cantar el amor, la deliciosa desesperanza del amor, Gérard se saca de la manga referencias a Marx, a Lenin, que a Barizon le resultan totalmente desconocidas, y sobre todo desconcertantes. ¿Se las inventa por las necesidades de la causa? Barizon no va tan lejos. Pero, en fin, resulta cabreante. Además, da la impresión de que Gérard posee la clave de un saber —palabras, fórmulas, un discurso que se articula en función de una coherencia inaccesible para Barizon— que le permite hacer malabarismos con las ideas, que le infunde una terminante seguridad. No porque emplee Gérard un tono suficiente ni despectivo, en absoluto. Una especie de seguridad objetiva, que parece caerse de su propio peso. Aún es peor. Se encuentra uno agilipollado, sin argumentos, profundamente irritado, porque ese saber irrebatible, inaccesible, auténtico o no, no procede de una experiencia a la que se pueda interrogar, que pueda ser cuestionada, proviene del propio saber. Es un saber que engendra retoños, en definitiva, por la operación del Espíritu Santo. Un privilegio intelectual, en una palabra, una especie de privilegio de clase, transmisible, quizá hasta hereditario.

En la explanada, Fernand Barizon golpea con los pies en el suelo para calentarse. Se frota las manos.

El español habrá subido al *Arbeit*, sin prisas, a su aire. Habrá pasado lista bien calentito. Un enchufado, eso es.

Sin embargo, no es tan fácil. Hay que meditar.

«Hay que meditar, Fernand», se dice a sí mismo a media voz.

Es una costumbre que tomó en la celda, estando incomunicado, la de hablarse a media voz para hacerse compañía.

Su vecino de la derecha le echa una breve mirada, volviendo al punto la cabeza para recobrar la posición cadavérica de la posición de firmes, con los ojos clavados en la torre de control. Su vecino de la derecha no ha podido comprender lo que decía a media voz Fernand, porque es alemán. En el block 40 prácticamente sólo hay alemanes. E incluso, la aristocracia de los detenidos alemanes. Los altos mandos del aparato comunista, los dirigentes de las huelgas revolucionarias de los años 20, los supervivientes de las brigadas internacionales. La flor y nata, en una palabra. En el block 40, aparte de los viejos comunistas alemanes, quiero decir los veteranos, los que construyeron el campo, los que lo administran hoy, los que sobrevivieron a la «buena época», sólo hay un puñado de extranjeros. Sobre todo occidentales, por otra parte. Algunos franceses, algunos españoles, uno o dos belgas. Y no belgas cualquiera. Para estar en el block 40, cuando se es belga, hace falta haber sido diputado del partido, o miembro del CC, o secretario del sindicato de mineros, al menos. Pero hay muy pocos polacos, casi ningún ruso, y sobre todo ningún húngaro, en el block 40. Todos esos constituyen la plebe del campo.

Como se ve, la cosa es complicada. Hay que meditar, Fernand.

Cada mañana, en la explanada, durante los pocos minutos que preceden la llegada del SS que va a contar a los presos, Barizon se permite disfrutar de las alegrías de la vida interior. Sueña, recuerda, medita. Está solo, perdido entre la multitud, protegido por ella. Se concede ese lujo de la meditación. Hay que aclarar que no hay otros momentos posibles. Después de pasar lista, va a venir la barahúnda, los gritos de los kapos, la música militar, la marcha de los comandos, el trayecto hasta las fábricas Gustloff, el trabajo en cadena, y, catorce horas más tarde, el regreso hecho migas, el rancho de la noche, y a la piltra lo antes posible, salvo los días en que hay reuniones de la célula del partido o ejercicio clandestino de los grupos de autodefensa del aparato militar internacional.

Así que, por la mañana, en la explanada, Fernand Barizon se abandona. Y es como una respiración interior.

Por extraño que pueda parecer, esta meditación matinal es sólo posible en invierno. Aunque nieve.

Estás ahí, el frío te va entumeciendo. El cuerpo empieza a vivir por su cuenta una especie de agonía muy suave y algodonosa. Pronto, dejas de sentirlo, o casi. O entonces, lo sientes fuera de allí, lejano, despegado de ti.

Se convierte tu cuerpo en un magma de tejidos y de vasos placentarios. Se ha tornado maternal, te mantiene resguardado, paradójicamente, en un capullo de entumecimiento protector. Y ya no eres más que la pequeña llama solitaria de la meditación, de la memoria: una morada apagada en la que sólo brillase una lámpara tutelar. Sin duda, a eso se le llama alma, si se gusta de las frases hechas.

Comoquiera que sea, en invierno, pese al frío, pese al entumecimiento, parece factible gozar de unos minutos de vida interior cada mañana. El tiempo que tarda el SS en llegar frente a las hileras de presos para empezar el recuento.

En primavera, vuelve a ser imposible.

A las cinco de la mañana, en mayo, pongamos, el sol acaricia ya la copa de los árboles. El bosque de hayas que rodea el campo en sus tres lados despierta bajo el sol. Te llegan efluvios. Si, en medio de los alaridos de los altavoces, del ruido de las botas, de las marchas militares, se produce un segundo de silencio, incluso una fracción de segundo, se hará perceptible el múltiple rumor de la naturaleza. Y eso te desgarra, te rompe en fragmentos de sensaciones difusas y turbias, palpita en tus arterias, asciende como una savia a lo largo de los miembros inmóviles, te oprime y te ahoga, como la yedra, la viña virgen, las glicinas, te invade vegetalmente, te reblandece interiormente, te atonta, te hace echar raíces en el humus nostálgico de la infancia lejana, te incapacita para meditar.

En mayo, a las cinco de la mañana, bajo el sol que ilumina los bosques de Turingia, la desdicha de vivir, la dicha de estar vivo, te incapacitan para cualquier tipo de reflexión lúcida. Tu cuerpo pasa a ser un lazo confuso y húmedo que te vincula a través de mil raíces y raicillas a la naturaleza eterna, al ciclo de las estaciones, a la inmensidad de la muerte, a los balbuceos orgánicos de la primavera.

En el mes de mayo, te vuelves sencillamente loco, en Buchenwald, bajo la satánica tibieza del sol.

Pero estamos en diciembre. Fernand puede meditar.

Bien, el español pasa lista bien calentito en el barracón del *Arbeit*. Pero no se ha enchufado solo en el *Arbeit*. Lo ha enchufado la organización del partido y con un objetivo concreto, para defender desde allí los intereses de la colectividad española del campo.

Aquí, solo, uno no sale adelante. O entonces hay que tener mucha salud, mucha suerte, ser más listo que el hambre. Hay que ser duro, astuto, despiadado. Estar dispuesto a darle coba al *kapo* o al capataz civil; a trabajar más rápido que los compañeros, para que se fijen en ti, exponiéndote a que te aticen con alguna barra de hierro en las manos, porque trabajas demasiado rápido y los compañeros están al tanto; a afanar, a robar, por supuesto.

Aquí, robar se dice *organisieren*.

Barizon, en el silencio de sus pensamientos, bajo la nieve, mientras espera a que acaben de pasar lista, ha dicho mentalmente *organisieren*. No hay otra palabra para decir robar.

La etimología no le interesa gran cosa a Barizon. ¿Acaso ello le es posible? Acepta las palabras como vienen, las palabras alemanas referentes a las cosas importantes, las palabras sin las que uno está perdido, que jalonan la vida cotidiana con señales inteligibles. *Arbeit, Scheisse, Brot, Revier, Schnell, Los, Schonung, Achtung, Antreten, Abort, Ruhe*. Todas las palabras necesarias. Y *organisieren*, también.

Barizon acepta las palabras como vienen pero la primera vez que oyó *organisieren* y comprendió que quería decir «robar», no pudo evitar un íntimo sobresalto. *Organisieren*, ¡coño, qué falta de respeto! Hasta aquel día, la palabra «organizar» únicamente evocaba en él cosas serias, graves, incluso a veces peligrosas, pero positivas de todas formas. Toda la memoria política de Barizon gira, de hecho, en torno a esa palabra.

¿No fue Maurice quien dijo que la organización lo decide todo, una vez establecida la línea política? Bien pensado, quizá no fue Maurice, sino Stalin. Sí, sin duda, fue Stalin quien la dijo primero. Además, Stalin siempre lo dijo todo primero. Vamos, haz un esfuerzo, Fernand: ¿en qué ocasión dijo Stalin que la organización lo decide todo?

Estallan imágenes, fragmentos de recuerdos bajo la nieve del Ettersberg.

En 1929, en la época de la consigna «clase contra clase», había participado Barizon en una conferencia de la *sección* de Saint-Denis. Recordaba de lo allí dicho que era necesario luchar contra la tradición socialdemócrata y contra la del anarcosindicalismo, nefastas ambas para el partido. Y precisamente, la línea divisoria, el punto de ruptura con esas dos tradiciones nefastas, pero profundamente arraigadas entre los proletarios, se establece en torno al concepto leninista de la organización.

En fin, eso era lo que recordaba, más o menos.

¿Pero fue realmente en Saint-Denis donde surgió en la discusión aquella frase de Stalin acerca de la organización que lo decide todo? Barizon no lo recuerda muy bien. Quizá mezcla las fechas y las reuniones. Porque en la misma época se celebró también una asamblea regional sobre los resultados del VI Congreso de la Internacional comunista.

En la explanada de Buchenwald, Barizon sonríe arrobado. ¡En seguida sabrán ustedes por qué!

Recuerda perfectamente el folleto que publicó el Servicio de ediciones. Una tapa roja, un título en mayúsculas negras: CLASE CONTRA CLASE. Contenía el folleto los discursos y resoluciones referentes a la cuestión francesa en el IX Ejecutivo y en el VI Congreso de la Internacional. Recuerda también que había intervenido Ercoli en aquella discusión sobre los problemas del partido francés. Incluso fue él quien desarrolló la teoría de las dos tradiciones. A Ercoli, Barizon se lo encontró, más tarde, en España. Por aquella época, lo llamaban Alfredo. A Ercoli, claro, no a Barizon.

Lo que le había chocado a Barizon en los discursos pronunciados en el IX Ejecutivo era una frase de Maurice. En este caso, no cabía la menor duda. La frase la había pronunciado Maurice, y no Stalin. Había dicho Maurice, enumerando las causas de los errores cometidos por el partido francés, que los comunistas seguían demasiado vinculados a la democracia, que no acababan de liberarse de la opresión que ejercía la democracia sobre el partido. Sí: uno de los mayores obstáculos a la acción del partido era que éste se desarrollaba en un país infestado de democracia, Maurice lo había dicho.

En un principio, a Barizon la observación le había parecido exacta y acertadísima. ¿Qué es la democracia burguesa? Es el Estado burgués, la dictadura de la burguesía. Eso es lo que hay que derribar y destruir. Eso es lo que en ningún caso se puede asimilar, reformar desde dentro, si no quiere uno quedar atrapado. Pero, precisamente, esta verdad evidente no resulta visible de inmediato. Aparece camuflada, escapa a la experiencia cotidiana, social, de las masas. Las masas nadan en la democracia burguesa como las patatas en el aceite en el que van a freír.

Más tarde, en la época del Frente Popular, y en especial después del congreso de Arles, la democracia no parecía ser ya obstáculo a la acción del partido, sino, por el contrario, un trampolín. Aquel cambio radical de postura era dialéctico, le habían explicado a Barizon. En cualquier caso, en aquella época, en 1937, Fernand Barizon no estaba ya en situación de plantearse preguntas teóricas. Luchaba en España, en las Brigadas.

Pero no ha sido, por supuesto, el recuerdo de Ercoli, ni los discursos del IX Ejecutivo, ni siquiera la frase de Maurice Thorez lo que ha hecho que Barizon sonriera arrobado, hace un instante. Ha sido Juliette.

Juliette estaba sentada enfrente de él, al otro lado de la larga mesa. Era la pausa de la comida, durante aquella asamblea de la región parisina. Juliette le hablaba muy seria de su trabajo en el sindicato de la confección. Juliette pelaba una manzana, sin despegar los ojos de él, hablándole de su trabajo sindical. Y, bruscamente, Barizon notó debajo de la mesa el pie de Juliette que trepaba a lo largo de su pierna izquierda, que se insinuaba entre sus muslos, separándolos, para posarse en su sexo. Juliette seguía hablando muy seria. Pero su pie, metido en la entrepierna de Barizon, empezaba a masajearle suavemente el sexo, que con la insólita caricia endureció al punto. Porque el pie de Juliette estaba desnudo. Y eso que, hacía un rato, Juliette llevaba medias. Fernand se había fijado. O mejor dicho, se había fijado en las largas piernas de Juliette envueltas en seda artificial. ¿Se había quitado una media, debajo de la mesa, para poder frotar más a gusto el sexo de Fernand? Era muy capaz la tía cachonda. En cualquier caso, Fernand sentía el intenso calor de aquel pie desnudo, a través de la tela de su pantalón.

Juliette se comía una manzana, cortada en trocitos. Hablaba del sindicato de modo pausado, sensato, meditado. No decía lo primero que se le ocurría. Pero su pie desnudo, vivo y caliente, restregaba el sexo de Fernand. Hasta que el dedo gordo se insinuó entre dos botones de la bragueta de Fernand, quien no pudo resistirse a la insinuación. Hábilmente, se desabrochó la bragueta debajo de la mesa, mientras los compañeros acababan de comer en medio de la algarabía. Luego se sacó el sexo hinchado que Juliette se puso a frotar de inmediato con su pie desnudo.

Juliette continuaba hablándole del sindicato, aunque su charla se había hecho más precipitada. Por su parte, Barizon hubiera sido incapaz de articular una palabra.

Sea como fuere, sobre ese asunto de la organización-que-lo-decide-todo, Barizon siempre ha tenido ciertas dudas. Le ha invadido siempre un vago malestar que no acertaba a formular claramente.

No obstante, es menester reconocerlo: las cuestiones de organización saltan siempre a un primer plano cuando se atraviesan dificultades, nunca cuando se tiene el viento en popa. Cuando el partido queda aislado, cuando nuestras consignas no inciden en las masas, en período de reflujo (una palabra que le encantaba a Barizon, que expresaba de maravilla lo que quería expresar, pese al abuso que de ella hacían algunos: el flujo y el reflujo, eterna cantinela en los labios de los secretarios de *sección*; reflujo era una palabra precisa, que evocaba imágenes precisas; cuando Fernand oía la palabra reflujo en una reunión, era inevitable, la cosa se ponía en marcha; estallaban imágenes en todos los sentidos; la palabra reflujo, aunque la reunión fuese seria, le recordaba una escapada de unos días con Juliette, a Bretaña; una auténtica locura; a la vuelta, le habían puesto de patitas en la calle, dos meses de paro; pero, ¡santo Dios, qué viajecito! Los recuerdos giraban en su cabeza como la noria de la *foire du Trône*; cinco días acostándose juntos, comiendo, paseándose por las playas que el reflujo, precisamente, descubría, inmensas; la cama, la mesa, el océano; después, el despido, el paro, qué se le iba a hacer: los jefes nunca dispondrían de esos cinco días; reflujo, una palabra que le excitaba, cuando alguien la soltaba en una reunión, y siempre había alguien dispuesto a soltarla, cualquiera diría que no había forma de salir del reflujo), en período de reflujo, precisamente, los problemas de organización saltaban a un primer plano, parecían decidirlo todo.

En realidad, nada decidían, aunque hubiera que reservarse para sí tan penosa evidencia. Barizon no recordaba una sola ocasión en la que el hecho de plantear con firmeza, camaradas, el tema de la organización leninista prioritariamente, haya hecho dar un solo paso hacia adelante al partido. Por el contrario, cuando las cosas marchaban viento en popa, cuando nos arrastraba la ola, todo pasaba a ser fácil. ¡Ojo, Fernand, nada de gregarismos! El partido jamás es arrastrado por la ola, la precede. Un paso hacia adelante, no más, no perder contacto con las masas, la vanguardia y las masas, hombre: ¡eso se aprende ya en la escuela de sección! Pero si no era malo, coño, ser empujado, aguantado, empujado en el culo por el movimiento que se estrella como una ola, ¡el flujo, muchachos, el flujo!

En aquellos momentos, es decir, en los años 35-36 (Barizon no conoció más momentos de flujo que aquellos), las cuestiones de organización habían pasado bruscamente a un segundo plano. El partido se organizaba solo, con las masas, al mismo tiempo que ellas, para ellas, y no valía la pena machaconear la teoría leninista de la organización. Por lo demás, de abril a octubre de 1917, ¿cuántas veces recordó Lenin la concepción leninista del partido? ¡Ni una, muchachos! Imagino que os habréis quedado patidifusos.

Eso era lo que no estaba claro, lo que creaba un vago malestar. Porque parecía bastante evidente que, en los momentos de ofensiva, cuando las masas se movían, el partido dejaba de estar en vanguardia. Ya no se precedía a las masas, ni un paso, más bien se les corría detrás. Y lo que es más, se les corría detrás más para contenerlas que para empujarlas hacia adelante. «Todo no es posible.» «Hay que saber terminar una huelga.» Al parecer, el partido sólo estaba en vanguardia en los momentos en que nada se movía, en que las cosas, al menos, no se movían en el rumbo previsto por el Ejecutivo de la IC. En todo caso, en octubre de 1936, aquel malestar se había hecho lo bastante fuerte como para que Barizon lo plantase todo y se marchase a España, a las Brigadas.

Con todo, la primera vez que oyó decir *organisieren*, en Buchenwald, y comprendió el significado de aquella palabra, se quedó helado. Después, ¿qué iba a hacer? Entró en la rutina de aquel lenguaje. Las palabras hay que tomarlas como vienen.

Fernand Barizon está en la explanada.

Ha dejado de nevar. La noche es mucho más negra por encima de las formaciones de los blocks, ahora que la luz de los reflectores ya no hace centellear los copos de nieve remolineantes.

El recuento de los prisioneros toca a su fin.

Los suboficiales de las SS han comprobado con los jefes de los blocks que las cifras que figuran en el parte coinciden con el número de prisioneros efectivamente presentes en la explanada. Ahora, los suboficiales de las SS han subido hacia la torre de control. El Rapportführer va a cotejar y sumar las cifras, para obtener el número total de los efectivos de hoy, debidamente comprobados, block por block, kommando por kommando. Luego, aún le faltará efectuar una última operación: restar del número global de los efectivos del último recuento, el de la noche anterior, el número de entradas señaladas por el crematorio. Si coinciden los resultados, la cosa habrá concluido. Cuando vivos y muertos hayan sido contabilizados, cuando todas las cifras, correctamente sumadas o restadas, den el resultado correcto, habrá terminado el recuento. Los kommandos marcharán al trabajo al clamor de los cobres. La orquesta del campo ocupa ya su puesto junto al portalón. Los músicos llevan un uniforme vistoso: pantalones de montar rojos con paramentos verdes, guerreras verdes con alamares amarillos, botas negras. Son prisioneros, claro está.

Barizon, en medio de la formación del block 40, mueve el cuerpo para entrar en calor.

Como habrá podido comprobarse, no recordaba en absoluto las orillas del Marne. Las orillas del Marne, los domingos de primavera a orillas del Marne eran pura imaginación del español que lo había visto salir corriendo hacia la explanada, que lo había oído gritar: ¡chicos, qué hermoso domingo! Pura imaginación, nada más: novela. Barizon no pensaba en absoluto en el Marne, en el encanto de sus árboles y sus cenadores. No se acordó para nada de las orillas del Marne, como se habrá podido comprobar. Pese a lo que opine el español, Barizon gritó: «¡Chicos, qué hermoso domingo!», así, sin más. Como quien diría mierda.

Y ahora, Fernand Barizon mueve el cuerpo para entrar en calor.

Todo había empezado con esa idea fugaz de que el español pasaba lista bien a cubierto, en el barracón del *Arbeit*. Bien, estaba enchufado. Pero la cosa no era tan sencilla. Enchufado por el partido, para el trabajo del partido. Y además, a fin de cuentas, ¿no estaba enchufado también el propio Barizon? ¿Y no lo había enchufado también el partido? Claro que tenía que pasar lista en la explanada, y con nieve si se daba el caso. Pero luego a la Gustloff, un currelo como todos los currelos que había conocido, a ajustar piezas del fusil automático G-43. Barizon no era de los que se complicaba la vida con esas cosas: Citroën o Goering

—el Feldmarschall era, en efecto, uno de los accionistas de la Gustloff— una vez que se ponía uno a faenar con la máquina, con aquel estruendo, ¿cuál era la diferencia? Bueno, sí, había una diferencia, pero estaba en la cabeza de uno, no en el propio trabajo. Las había conocido peores, ritmos mucho más duros. Infernales, incluso, según decían.

En la Gustloff la organización clandestina dominaba perfectamente la situación: ni hablar de que a listillos, despistados o lameculos de cualquier especie les diera por cumplir las normas. La fábrica funcionaba al ralentí: cuarenta por ciento del plan de producción, las semanas buenas. O mejor dicho, las malas. Según cómo se mire. Hacía mucho tiempo que los *Meister* alemanes —los capataces civiles— se habían despedido del plan de producción y de las normas de rendimiento.

Barizon, pues, también tenía su enchufe.

¿Qué quería decir tener enchufe? Que se trabajaba en una de las fábricas del campo (Gustloff, MIBAU, DAW, etcétera), calentito, relativamente tranquilo, por lo menos cuando se era obrero metalúrgico y se estaba acostumbrado al trabajo en cadena. Se tenía la seguridad de que no le apuntarían a uno en una lista para ser enviado a uno de los kommandos de exterminio: Dora, S-III, por ejemplo. La cosa era sencilla. Uno llegaba de Compiègne, completamente aturdido, a aquel universo fabuloso, inimaginable, de Buchenwald. Estaba uno solo, o daba esa impresión, incordiado por todos los lados. La cuarentena, las faenas, los piojos, los baquetazos de las SS y de los kapos verdes, y aun de algunos kapos rojos. La rebanada de pan que con frecuencia había que defender del vecino, a puñetazos. ¡Coño!, tu vecino, un honrado oficinista, un coronel del ejército francés, un profesor de derecho civil, un hombre, sencillamente, convertido en una bestia ávida y voraz, despiadada, sin más anhelo que el de sobrevivir, dispuesto a todo, aparentemente, por un bocado de pan, un fondo de escudilla de rancho suplementarios. Y, dos días, tres días, quince días después, el contacto.

El partido volvía a hacerse cargo de ti.

La gran sorpresa, en Buchenwald, era eso: la existencia de una organización clandestina del partido. Era el resultado de la actividad de los compañeros alemanes, por supuesto. Aunque pudieran parecer brutales, arrogantes y sectarios; aunque la mayoría de ellos se habían vuelto locos, había que reconocer que los compañeros alemanes habían preservado y reconstruido la organización comunista, o sea la posibilidad de una solidaridad y de una estrategia comunes. Tratados uno a uno, no valían gran cosa, pero su organización había sabido aguantar.

De modo que Barizon fue destinado a la Gustloff, al final del período de cuarentena. Calentito, tranquilo, trabajando alegremente en la malconstrucción de las piezas del fusil automático G-43, con amigos a lo largo de toda la cadena, para respaldarle, para cubrirle, frente a las miradas resignadas, a los gestos de impotencia de los *Meister* alemanes, unos civiles que ya no podían más.

La organización, ni más ni menos.

Claro que nada se consigue por nada. A cambio de aquella relativa tranquilidad, había que participar en el sabotaje sistemático, racional, de la producción. Siempre podían pillarle a uno in fraganti, chapuceando una pieza, sobre todo si no era uno un obrero realmente especializado. Siempre podía denunciarle a uno un preso común o un *Meister* civil a los vigilantes SS. ¿Una posibilidad de cuántas? En la Gustloff, en cualquier caso, tal como estaba todo montado, organizado, desde el principio de la cadena hasta la galería de tiro donde los que comprobaban las armas eran también amigos, los riesgos de que le pillaran a uno eran mínimos. Para que le pillaran a uno había que estar tan loco como un ruso.

¡Los rusos!

Barizon a los rusos no sabía por qué lado cogerlos, le resultaban incomprensibles. Los habitantes de la patria del socialismo parecían proceder de otro planeta. Era una multitud compacta, distante, hostil, de jóvenes salvajes que no admitían las reglas del juego. Cuando les apetecía sabotear, saboteaban a su aire, por cuenta propia, descaradamente: por gusto, daba la impresión. Ni el menor respeto por las reglas de la organización. Cada vez que pillaban a un tío saboteando a tontas y a locas, era un ruso. A menudo un mozalbete de menos de veinte años, que se hartaba de escupirles insultos a la cara a los *Meister* y a los SS que se lo llevaban y de gritarles que se fueran a joder con su madre o a tomar por el culo con su padre. (Las únicas frases en ruso que alcanzaba a comprender Barizon, a fuerza de oírlas, giraban siempre, en efecto, en torno al acto sexual entre padres e hijos, hermanos y hermanas.) Cada vez que colgaban a un tío en la explanada delante de todos los prisioneros reunidos, era un ruso.

No quedaba más remedio que resignarse. A excepción de los prisioneros de guerra soviéticos que vivían aislados, en un recinto especial del campo, los rusos no parecían tener el sentido de la organización ni la respetaban en lo más mínimo. Los rusos eran más bien anarcos que otra cosa.

Pero si no tenían el sentido de la organización en el buen sentido del término, para el *organisieren* eran imbatibles. Birlaban los residuos de metal, para hacer con ellos tenedores y cucharas que cambiaban por pan y tabaco. Birlaban los trozos de cuero, de fieltro y de tela, en los kommandos interiores encargados del cuidado de la ropa de los presos, para hacer botas, gorras o chaquetas enguatadas fácilmente canjeables en el mercado de los intercambios clandestinos.

De hecho, todo el tráfico a menor escala del campo estaba controlado por los rusos. Del tráfico a mayor escala se encargaban los mismos SS.

Agrupados en bandas, dirigidos por jefes de veinte años fácilmente identificables por su peregrino atuendo: pantalones de montar, botas de cuero flexible, guerreras militares (y cuando se trataba de auténticos cabecillas, gorras de guardias fronterizos o de las tropas del NKVD recuperadas en los almacenes de ropa del campo), los rusos controlaban los trapicheos, imponiendo una autoridad oscura e inapelable en las profundidades del Campo Pequeño. Por la noche, hasta la hora del toque de queda, en el inmenso local humeante de las letrinas colectivas, en los cuchitriles del *Stubendienst*, entre los catres más alejados de los blocks de inválidos, el Campo Pequeño vivía misteriosamente de la febril e implacable actividad de los cambalaches, arreglos de cuentas, distribuciones de bebidas fuertes clandestinamente fabricadas con alcohol de 90º robado en el hospital.

Los rusos, extrañamente indiferentes a los problemas políticos, no parecían sentir extrañamiento en el universo de Buchenwald. Se hubiera dicho que conocían sus claves secretas, como si el universo social del que procedían los hubiera avezado para tal experiencia. Y no admitían más formas de organización que aquellas bandas de adolescentes salvajes, cuya misteriosa jerarquía parecía mantener su cohesión nacional. Frente a aquellas bandas juveniles, la minúscula organización del PCUS —tolerada por la masa de deportados rusos con esa especie de desconfianza, no exenta de prudente respeto, ni aun de servilismo, que inspiran por lo general las autoridades policiales en los países en que la sociedad civil está poco estructurada, es más bien gelatinosa— se veía obligada continuamente a fluctuar de compromiso en transacción, a fin de mantener una apariencia de autonomía ideológica.

Sin embargo, aquellos mismos jefecillos y cabecillas harían levantar, con gran estupefacción de Barizon, inmensos retratos de Stalin en todos los barracones ocupados por los rusos, el 12 de abril de 1945, al día siguiente de la liberación de Buchenwald.

Barizon contemplaría pasmado aquella profusión de inmensos retratos de Stalin, confeccionados por la noche, con el más consumado estilo del realismo socialista. Ni un pelo le faltaba al bigote del mariscal, ni un botón a su guerrera de generalísimo. Durante la noche, los jefecillos de ojos azules, glaciales, de punta en blanco, con sus gorras del NKVD y sus botas relucientes, habían mandado preparar por lo visto tal profusión de retratos de Stalin, en homenaje al Gran Jefe, al Gran Caudillo, que muy pronto volvería a acogerlos en sus manos paternales y los mandaría a los campos de trabajo del Gran Norte para completar su reeducación iniciada en los campos nazis.

Pero claro, eso Barizon no podía adivinarlo. Y sin duda los jefecillos tampoco. Así que, cuando pensaba en los rusos, Barizon no sabía qué pensar de ellos.

—¿Te acuerdas de los rusos? —dice Barizon, dieciséis años después, en Nantua.

Acaba de emerger del largo silencio meditativo que había provocado la evocación de Juliette. Hacía unos minutos que paladeaba su coñac en silencio. El Narrador había aprovechado para proseguir el relato de los acontecimientos de un domingo de antaño, dieciséis años atrás.

—¿Te acuerdas de los rusos, Gérard? —había preguntado Fernand Barizon.

Yo ya había sufrido un sobresalto un instante antes, al llamarme así Barizon. ¿Gérard? Hace tiempo que no me llaman Gérard. Me llaman con toda clase de nombres falsos que no me hacen sobresaltar. Pero Gérard es un nombre falso que me hace sobresaltar. ¿Por qué? Quizá sencillamente porque es un nombre falso que encierra más verdad que otros. Una parte de verdad más importante. O al contrario: porque es el nombre falso más alejado de mí.

En cualquier caso, Gérard no había escogido aquel nombre, años atrás. Un día, el camarada de la MOI que era mi contacto, como se decía, me había adjudicado el seudónimo. «Te llamarás Gérard», me había dicho. Bueno, se llamaría Gérard. Más tarde, en Joigny, cuando me hicieron un carnet de identidad falso, no hubo más remedio que poner un apellido detrás de aquel nombre. Tampoco en aquella ocasión escogió Gérard. Fue Michel Herr. «Sorel, había dicho Michel, Gérard Sorel.» ¿Por qué no? Así que me paseaba por la región con un carnet falso a nombre de Gérard Sorel, jardinero.

Le hacía sonreír lo de jardinero.

Le parecía ser, gracias a aquella profesión extraña (pues hubiera sido incapaz, aun para convencer de mi buena fe a los tipos de la Gestapo, de distinguir en un jardín las fucsias de las petunias; pero, a fin de cuentas, la cosa carecía de importancia: En Auxerre, en el jardín de la villa de la Gestapo, sólo había rosas, y las rosas sí sabía distinguirlas), le parecía ser, gracias a aquella profesión extraña y bucólica, como un personaje de Giraudoux.

Me paseaba en bicicleta de Joigny a Auxerre y de Auxerre a Toucy, con mi morral de jardinero, y a veces me ocurría tomar por un personaje de Giraudoux a aquel ciclista errabundo. Hubiera sido preferible inspector de pesos y medidas, sin duda. Pero no tenía la edad, ni la seriedad enternecida de los inspectores de pesas y medidas de las novelas de Giraudoux. Así que me contentaba con ser jardinero por las carreteras de otoño. Llevaba una metralleta Sten, desmontada, en mi morral de jardinero, y a decir verdad, nada tenía esto de sorprendente: los jardineros de Giraudoux siempre han tenido mucha gramática parda, si bien se mira.

En Buchenwald, dejé de ser Gérard Sorel, salvo para los franceses que me conocían desde la época de las cárceles de Auxerre y de Dijon, del campo de selección de Compiègne. Dejé asimismo de ser jardinero.

La noche en que llegué al campo, acabé plantado delante de un tipo, sentado ante una mesa llena de lápices y fichas. Dos minutos antes, corría en cueros —con cientos de tíos igualmente en cueros— a lo largo de pasillos de cemento, de escaleras laberínticas. Hasta que fuimos a dar a la sala del *Effektenkammer*, o sea el almacén de ropa.

Acababan de arrojarnos pingos desparejados y pares de chanclos con correas. La suela de madera de mis chanclos había restallado en el suelo de cemento de una nueva habitación y me encontré delante de la mesa en cuestión.

El tipo me preguntó los habituales datos de identidad que anotaba en una ficha. Estaba encantado de que Gérard hablase de corrido el alemán el tipo. Eso le facilitaba la tarea. Yo contestaba maquinalmente. Lo veía ya todo un poco borroso, tras la larga serie de ceremonias iniciáticas de aquella noche de llegada a Buchenwald: el desnudarse, la ducha, el baño desinfectante, la pelada, la larga carrera en pelotas vivas a través del laberinto sonoro de los pasillos de cemento bruto. Miraba al tipo que me interrogaba y contestaba maquinalmente. Para acabar, el tipo me preguntó cuál era mi profesión. «*Beruf?*», me preguntó. Le dije que era estudiante, puesto que ya no era jardinero. El tipo se encogió de hombros. «*Das ist doch kein Beruf!*», exclamó. No era un oficio, por lo visto. Estuve a punto de hacer un retruécano de *hypokhâgneux*.[1] «*Kein Beruf, nur eine Berufung!*», estuve a punto de decir. No un oficio, solamente una vocación. En alemán, como habrán observado, el retruécano quedaba más logrado, al menos en el plano fonético y semántico. Pero me abstuve de hacer aquel juego de palabras de *hypokhâgneux* germanista. En primer lugar, porque no era del todo cierto. Más que una vocación, ser estudiante era consecuencia de cierta pesadez sociológica. Y, sobre todo, yo no sabía quién era en realidad el tipo que hacía preguntas. Sin duda, no era un SS, eso parecía claro. Pero, en fin, más valía ser prudente.

De modo que me abstuve de soltar mi mediocre retruécano e insistí en mi calidad de estudiante. Entonces, con mucha calma, el tipo me explicó que en Buchenwald era preferible tener un oficio manual. ¿No sabía nada de electricidad, por ejemplo? ¿Aunque sólo fueran rudimentos? Yo negué con la cabeza. ¿Y de mecánica, sabía algo? Seguí negando con la cabeza. ¿Y de carpintería, sabía algo que guardara relación con la carpintería? ¿Por lo menos sabría sujetar un cepillo, no? El tipo casi se enfadaba. Daba la impresión de que quería descubrir a cualquier precio alguna capacidad manual en aquel estudiante de veinte años que movía la cabeza como un subnormal. Pensó entonces Gé-

1. Estudiante de primer curso preparatorio de la École Normale Supérieure. *(N. del t.)*

rard que el único trabajo manual cuyos rudimentos dominaba era el de terrorista. Las armas, al menos las armas ligeras, incluso el fusil ametrallador del ejército francés, las conocía. Manejarlas, desmontarlas, limpiarlas, volverlas a montar. Y conocía el plástico, los explosivos en general, todo lo necesario para organizar los descarrilamientos. Y las minas magnéticas para hacer saltar camiones, locomotoras o esclusas, también las conocía. A decir verdad, el único oficio manual que hubiera podido declararle a aquel tipo que empezaba a ponerse nervioso era el de terrorista. Pero no dije nada y el tipo hubo de resignarse a inscribirme como estudiante.

Así que en Buchenwald ya no soy jardinero. También he dejado de ser Gérard Sorel. El día de mi arresto, en Epizy, en el faubour de Joigny, llevaba conmigo mi auténtica documentación española. Tenía que ir a París, aquella misma noche, para reunirme con «Paul», el jefe de mi red. Y en París, mi carnet de jardinero del Yonne hubiera resultado sospechosa. No es que tuviera mucho aspecto de auténtico jardinero del Yonne. Además, mi carnet de identidad tampoco tenía mucho aspecto de ser un auténtico carnet del Yonne. Y probablemente no hubiera servido de gran cosa invocar a Giraudoux en los controles de policía un poco concienzudos.

De modo que, por aquel azar, me detuvieron con mi nombre auténtico. No obstante, los franceses me seguían llamando Gérard. Me habían llamado así en las cárceles de Auxerre y de Dijon, en el campo de Compiègne, en el tren del transporte. Si el tío de Semur hubiera existido realmente, también me hubiera llamado Gérard, en el vagón del *Largo Viaje*. Y Fernand Barizon, en Buchenwald, me llamaba Gérard.

Pero dieciséis años después, en Nantua, me sobresaltó el que Barizon me llamase aún Gérard. Fue como si dejase de ser Yo, para convertirme en el personaje de un relato basado en mí. Como si dejase de ser el Yo de este relato para pasar a ser un simple Él. ¿Pero cuál? ¿El Él del Narrador que mueve los hilos de este relato? ¿O el Él de una simple tercera persona, personaje del relato? En cualquier caso, no me voy a dejar manejar, por supuesto, que no en vano soy el astuto Dios Padre que mueve los hilos de todos estos hijos y todos estos ellos. La Primera Persona por antonomasia, pues, incluso cuando se oculta en la figura hegeliana del Uno que se divide en Tres, para gran satisfacción del lector sensible a las astucias narrativas, cualquiera que sea, por lo demás, su opinión sobre la delicada cuestión de la dialéctica.

—¿Realmente te acuerdas, Gérard? —pregunta Fernand Barizon, en Nantua, dieciséis años después.

—En la frontera suiza —dice Gérard—, acuérdate de que no me llamo Gérard, sino Camille: Camille Salagnac.

Barizon se encoge de hombros, rabioso.

—¡Me importa un huevo cómo te llamas! Primero que nunca he sabido tu verdadero nombre, ¡si es que lo tienes! Hoy te llamas Salagnac, mañana Tartempion; ¡me importa un huevo! Yo te llamo Gérard, eso sí que es un nombre de verdad, antiguo, garantizado. Pero por la frontera no te preocupes, ¡tengo costumbre!

Me mira furioso, apura su copa de coñac.

—Mi auténtico nombre es Sánchez —dice Gérard.

—Claro —dice Barizon—. Y el mío ya lo sabes: ¡Dupont de Mis Dos!

Reímos ambos y Gérard le pregunta de qué habría que acordarse realmente.

—¿De qué quieres que me acuerde?

Barizon mira su copa vacía.

—Ahora que eres un pez gordo —dice—, ¿crees que podrías invitarme a otro coñac a cuenta de tus gastos de viaje?

Asiento y llamo al camarero.

—El campo —dice Barizon—. ¿Lo recuerdas realmente como algo que te sucedió realmente? ¿No te da la impresión a veces de que todo aquello lo has soñado?

Lo miro.

—Ni siquiera —dice Gérard—. Me da la impresión de que es un sueño, sí, pero no estoy seguro de haberlo soñado yo. Puede que haya sido otro.

No digo todo lo que pienso. No digo que ese otro pudiera ser alguien que esté muerto.

Barizon bebe un largo sorbo del segundo coñac que acaban de dejar sobre la mesa. Luego se inclina hacia adelante.

—Eso es —dice—, es eso exactamente. Pero ¿por qué?

—Quizá porque es cierto —dice Gérard.

Enciendo un cigarrillo, sonrío.

Quizá es cierto, en efecto. Quizá no soy más que el sueño que hizo en Buchenwald, un joven muerto de veinte años, a quien llamaban Gérard y que se desvaneció en humo en la colina del Ettersberg. Pero son cosas que no resulta fácil decir. En cualquier caso, no le dije nada a Barizon.

Lo miro.

—Sí, me acuerdo muy bien —dice Gérard.

La memoria es el mejor recurso, aunque ello pueda parecer paradójico a primera vista. El mejor recurso contra la angustia del recuerdo, contra el desamparo, contra la locura familiar y sorda. La criminal locura de vivir la locura de un muerto.

—¿Podrías contarlo? —pregunta Barizon.

¿Podría contarlo?

Aquellos últimos meses en Madrid, en la calle Concepción Bahamonde, escuchando los relatos deshilvanados de Manuel Azaustre, me había dado la impresión de que podría contarlo. Mejor que él, en cualquier caso. Hoy también, en Nantua, mientras oía a Fernand Barizon, he tenido la misma impresión. No me olvidaría de Juliette, en cualquier caso, ni de Zarah Leander. Pero no hay que hacerse ilusiones: decirlo todo es imposible. No bastaría una vida. Todos los relatos posibles no serán nunca sino fragmentos desperdigados de un relato infinito, literalmente interminable.

—Creo que sí que podría —dice Gérard.

—Cómo no —dice Barizon con un deje de amargura—. Siempre son los mismos los que cuentan.

—Aunque eso fuese cierto —dice Gérard—, no es más que un aspecto del problema.

—¡Ya está! —exclamó Barizon—. ¡Ya estamos con las mismas! ¡Serás un pez gordo pero no has cambiado! Siempre buscándole tres pies al gato y dos caras a los problemas. Claro, seguro que por eso has llegado a ser un pez gordo. El pro y el contra, lo positivo y lo negativo, por un lado, por otro lado. ¿Y cuál es el otro aspecto del problema, muchacho?

Resulta reconfortante Barizon. No puedo evitar que ello me haga sonreír reconfortado.

—El otro aspecto del problema —dice Gérard— es el siguiente: ¿a quién se le puede contar?

Barizon sacude la cabeza, levanta un dedo categórico.

—A nadie —dice—. Nadie puede lo que se dice comprender. ¿Lo has intentado?

—Tú sí que podrías comprender —dice Gérard.

Barizon se encoge de hombros, visiblemente harto.

—Pues claro —dice—, pero ¿qué interés tiene? Si me lo cuentas a mí, ya no es un relato, es machaconería. ¡Y viceversa!

He de admitirlo. Si se lo cuento a él, no será un relato, será matraqueo.

Si me lo cuenta él, será también machaconería, y para colmo puñeteramente dicha. Y precisamente porque detesto la machaconería y el matraqueo evito el trato con ex combatientes.

—¿Y Juliette? —dice Gérard—. Podríamos contárselo a Juliette.

Sé perfectamente que Juliette murió. Me lo ha dicho Fernand, hace un instante, antes de hundirse en un silencio rememorativo o conmemorativo. Durante la Resistencia, Juliette era agente de enlace de un responsable interregional FTP, en el sudeste. Pero Barizon no parecía dispuesto a contar lo que había sabido, a la vuelta de Buchenwald, sobre la muerte de Juliette. Hacía un rato, había hecho un ademán: Bueno, había dicho, Juliette murió, ¡eso es todo! Así que, como había muerto Juliette, Barizon había vuelto con su mujer legítima, la compañera de siempre, la madre de sus hijos, a su regreso de Buchenwald. Bueno, había dicho Barizon, dando por terminado su discurso con un ademán, ¡así son las cosas!

Así que sé que Juliette murió. Pero evoco su fantasma en Nantua, mientras Fernand calienta la copa de coñac con las palmas de las manos, evocó el fantasma de Juliette, como se evoca el fantasma de una mujer que nos ama, a la que amamos, que nos espera, al regreso de la mortal aventura de la vida. Como se podría evocar a Beatriz, o a Penélope, o a Laura, o a Dulcinea.

Me ha comprendido muy bien Barizon.

—Quizá —dice con voz sorda—, quizá hubiera podido contárselo a Juliette.

¿Y yo, a quién hubiera podido contárselo? Tú, Gérard, ¿a quién hubieras podido contárselo? ¿Había una Juliette en tu vida?

Pero Barizon interrumpe esta consulta íntima. Pega un puñetazo en la mesa.

—¡Ves cómo eres! —exclama—. Quería hacerte una pregunta muy concreta. ¡Y con todo esto se me ha olvidado! ¡Como quien no quiere la cosa, me lías, me enredas y me embolicas con la metafísica!

No puedo desperdiciar esta ocasión.

—¿Qué es la metafísica, Fernand? —pregunta Gérard.

Barizon me mira con desconfianza. Debe de olerse una trampa. En cualquier caso, adopta un aire seguro de sí mismo.

—¡Óyeme, muchacho! En mi época, eso se aprendía en la escuela de sección. Es lo contrario de la dialéctica. ¡Y viceversa!

—Claro —dice Gérard, conciliador—. Pero ¿qué es la dialéctica?

Fernand no vacila. Clava sus ojos en los míos.

—¡Es el arte y la manera de caer siempre de pie, muchacho!

Le chispean los ojos y alza la copa de coñac, como si bebiese a mi salud.

Asiento, no es una mala definición. El arte y la manera de justificar el curso de las cosas, sin duda.

—¿Y cuál era tu pregunta concreta? —pregunta Gérard.

—Los rusos —dice Barizon.

En Buchenwald, dieciséis años atrás, había sido inevitable plantearse el problema ruso, tratar de delimitarlo. Era menester hallar una explicación —y dialéctica, a ser posible, como diría Barizon, que implicase, pues, una jerarquía verosímil de factores negativos y positivos, en la que estos últimos, ciertamente, debían acabar predominando, a fin de que la espiral dialéctica no se viese abocada al pesimismo de la negación, sino al optimismo de la negación de la negación—, era menester justificar aquella barbarie rusa, juvenil y masiva, estructurada en función de un código no escrito, pero constrictivo, en torno a núcleos de puro poder brutal.

Habíamos elaborado varias teorías. Según una, el problema ruso era de hecho un problema ucraniano. Todo el mal venía del hecho de que la mayoría de los ciudadanos soviéticos internados en Buchenwald eran ucranianos. Más adelante, vi que Eugen Kogon recogía esta explicación en su ensayo sobre los campos nazis: *El Infierno organizado.* «Los rusos —escribía— estaban divididos en dos grupos absolutamente distintos: los prisioneros de guerra y los civiles rusos, por un lado, y los ucranianos, por otro. En tanto que los prisioneros de guerra formaban equipos muy disciplinados, que velaban con gran competencia, pero también con justicia, por sus intereses colectivos (el criterio de elección que se había seguido en los *stalags* había llevado a los campos a los comunistas conscientes de la causa que representaban), la masa de ucranianos constituía una ralea difícil de calificar. Al principio, fueron tan favorecidos por sus camaradas alemanes que resultaba casi imposible elevar la menor queja contra un ruso. Pero la insolencia, la pereza y la falta de camaradería de gran número de ellos provocaron una evolución rápida y completa que les impidió acceder a puestos importantes. Durante el último año, en Buchenwald, los prisioneros de guerra rusos, así como algunos valiosos jóvenes comunistas de Ucrania, acometieron la tarea de educar e incorporar al conjunto la parte utilizable de aquella sociedad tan mezclada, que por lo general no conocía traba alguna a sus inclinaciones.»

Eugen Kogon fue un observador minucioso del sistema de los campos de concentración nazis. Por otro lado, su puesto de trabajo en Buchenwald le permitió conocer buen número de aspectos secretos de la vida del campo y de la resistencia antinazi. Y por último, como no era marxista, sino cristianodemócrata, sus observaciones y análisis no tenían por qué corresponder a los cánones preestablecidos de la Dialéctica. Podían, pues, ser objetivos. No era obligatorio, pero al menos era posible. Es evidente, con todo, que su explicación de la extraña barbarie rusa de Buchenwald no resulta convincente. ¿Por qué habían de ser peores los ucranianos que los otros ciudadanos del imperio multinacional de Stalin? Por otra parte, si se examinan detalladamente sus propios argumentos, se comprobará que da él mismo los elementos de otra explicación, que no sería nacionalista —y en último caso casi racista— sino social.

En efecto, el rasgo distintivo que según Kogon opone a prisioneros de guerra rusos y deportados ucranianos no es en realidad su nacionalidad. Eso es sólo la apariencia. Lo esencial es que constituían «equipos bien disciplinados», animados además por «comunistas conscientes de la causa que representaban». En realidad, el problema no era el de la diferencia entre rusos y ucranianos, sino el de la oposición entre dirigentes (o élites) y masa (o colectividad plebeya), con cierta estructura social de la Rusia estaliniana.

La segunda teoría que prevalecía entre nosotros trataba de tener en cuenta y explicar esta diferenciación social. Según dicha teoría —en la que la Dialéctica según Barizon: el arte y la manera de caer siempre de pie, recobraba todas sus prerrogativas— era menester considerar que la revolución todavía no había tenido tiempo, en Rusia, de crear al hombre nuevo, un hombre que hubiera interiorizado e individualizado los nuevos valores morales del socialismo. Preciso era reconocerlo, el hombre nuevo aún no había nacido. Por el contrario, la revolución había empezado a engendrar nuevas estructuras sociales, nuevas relaciones de producción, que aún no estaban encarnadas y personificadas más que por las clases dirigentes de la nueva sociedad: militantes obreros, intelectuales, oficiales del Ejército rojo y así sucesivamente. Ahora bien, esta estructura social había quedado destruida en los territorios ocupados por los alemanes y la masa de deportados alemanes que provenía de ella, abandonada a sí misma, volvía a caer en un estado de desorganización en donde lo antiguo predominaba aún sobre lo nuevo, a causa, en parte, de su juventud, lo que no es paradójico sino dialéctico.

Y así, caíamos de pie, como habría dicho Barizon.

Cualesquiera que fuesen las virtudes tranquilizadoras de dicha teorización, no creo que hubiese satisfecho a los celosos celadores de la Ciencia Marxista. Sin duda les hubiera parecido aún demasiado poco dialéctica, ya que no alcanzaba a justificar plenamente la realidad y pretendía explicarla en sus contradicciones y no glorificarla en la solución o la superación (¡el *Aufhebung*, camaradas, el *Aufhebung*!) de dichas contradicciones. En cualquier caso, esta explicación que nos forjamos en Buchenwald para tratar de racionalizar la tremenda realidad rusa nunca fue formulada más tarde públicamente, que yo sepa. Nos la guardamos para nosotros, como guardamos en lo más secreto de nuestros corazones todas nuestras dudas y todos nuestros interrogantes respecto a los rusos de Buchenwald.

Hoy, claro está, estos signos oscuros se van haciendo legibles, se integran en un conjunto coherente. Permiten hacerse, a través del comportamiento de los rusos en Buchenwald, una idea real, no dialéctica, de la sociedad rusa de la época. Quizá tales signos eran ya descifrables, hubieran permitido construir ya un concepto de la realidad rusa, en 1944, en Buchenwald. Quizá. Pero hubiera sido menester abandonar los sermones de la Dialéctica y caer en el feo defecto del empirismo racionalista y crítico. *¡Horribile dictu!* Hubiera sido menester considerar a aquellos jóvenes rusos simplemente como lo que eran, seres humanos, forzosamente misteriosos, pero accesibles a una comunicación, y no como portadores genéricos de las nuevas relaciones de producción y de los nuevos valores del socialismo. Hubiera sido menester interrogarlos, escuchar lo que tenían que decir, lo que decían, en realidad, con sus gestos, sus cuerpos, su peregrino atuendo, sus brutales risas, sus acordeones infinitamente nostálgicos, su respeto por la fuerza, su ternura masculina, su locura primaveral que les incitaba a fugarse en cualquier lugar, de cualquier forma, en cualquier momento, apenas el viento del Este transportaba hasta ellos los efluvios de los grandes ríos del país; hubiera sido menester escucharlos, en lugar de dar respuestas hechas a una pregunta mal formulada.

Hoy, por supuesto, creo saber lo que significaba la barbarie rusa de Buchenwald. «La insolencia, la pereza y la falta de camaradería» de los jóvenes rusos y ucranianos de Buchenwald, de que hablaba Eugen Kogon, creo saber lo que significaban.

Pero aún no hemos llegado a ese momento. Sólo estamos en 1960, en Nantua, y era mi propósito contar esta historia según un orden cronológico, quizá había olvidado advertirlo. Debo pues observar, para respetar dicho orden, que Fernand Barizon vuelve de los servicios, en el Hotel de France de Nantua, en 1960.

—¡Oye, muchacho, sería cosa de reemprender la marcha, si es que quieres estar en Ginebra antes de que anochezca!

Me parece una excelente idea. Abandonamos, pues, el Hotel de France de Nantua y reemprendemos la marcha.

Dos horas más tarde, estábamos en Ginebra y más concretamente en el buffet de la estación de Cornavin. Yo aguardaba que saliera el tren para Zurich.

Si contase mi vida, en lugar de narrar de manera más sencilla, más modesta también, un domingo de antaño en Buchenwald, ésta sería la ocasión soñada de hacer una digresión —sin duda conmovedora, quizá incluso brillante— sobre la ciudad de Ginebra. Porque en Ginebra comenzó para mí el exilio, *die schlaflose Nacht des Exils*, como decía Marx. En Ginebra empezó para mí la noche sin sueño del exilio, a fines de 1936. Una noche que aún no ha terminado, no obstante las apariencias. Que sin duda no terminará nunca. Por supuesto que sólo hablo en lo que a mí respecta.

Quizá debo ser más concreto. La precisión no vulnera el orden cronológico. Quizá debo decir que el exilio comienza en realidad en Bayona, al llegar al puerto de Bayona el bou vasco que transportaba a refugiados de Bilbao que huían de las tropas franquistas. Pero el recuerdo de Bayona está ya conjurado. Desde 1953, he pasado tantas veces por Bayona, por aquellas mismas calles, aquella misma plaza en el muelle del Adour, adornada con los mismos macizos de flores, que el recuerdo infantil y doloroso ha quedado conjurado. Llevaba pasando por Bayona desde 1953, para entrar en España. Cruzaba el puente sobre el Adour, y luego el segundo puente, sobre ese otro río cuyo nombre nunca supe. Luego la carretera bordeaba la gran plaza, con los macizos de flores y el quiosco de música. Exactamente como en otro tiempo. Y bajo el mismo sol de otoño, cuando era otoño. Había un letrero que decía: Frontera española, tantos kilómetros. Al fin, regresaba a mi país. El recuerdo infantil de Bayona, del día en que comenzó el exilio, en que descubrí que yo era un rojo español, quedaba conjurado. Regresaba a mi país, seguía siendo un rojo español, pero Barizon no conducía el coche que me llevaba a mi país. Y él lo lamentaba, dicho sea de paso. Me dijo entre Nantua y Ginebra, aquel día de 1960, que le hubiera gustado mucho hacer una vez aquel viaje conmigo.

Después de Bayona, por ser a la vez fiel a los hechos y respetar el orden cronológico, vino Lestelle-Bétharram. Este pueblecillo bearnés era un centro de peregrinaje. Había una colegiata, un calvario, varios edificios religiosos; colegio, convento, y todas esas cosas. Y además, una gruta en la que debía de haberse producido en el pasado algún milagroso evento. No recuerdo cuál, pero habida cuenta de la frecuencia estadística de las apariciones de la Virgen en las grutas bearnesas, me imagino que el milagro que había convertido a Lestelle-Bétharram en centro de peregrinaje era, en efecto, alguna aparición mariana. Pero este milagroso evento no fue el motivo de que la segunda etapa de mi exilio —la primera, en realidad, la de Bayona, fue muy breve: justo un día de paso— fuese el pueblo de Lestelle-Bétharram. El motivo fue que la familia Soutou poseía allí una casa y acogió a la mía —a mi familia, quiero decir— en aquella casa. Carecíamos de todo, al llegar del exilio, y la familia Soutou nos acogió. Jean-Marie era el benjamín de la familia Soutou. Estaba afiliado al movimiento Esprit, al igual que mi padre que era su representante en España. Al iniciarse la guerra civil, Jean-Marie Soutou, bearnés, se había presentado en Lekeitio, el pueblo vasco donde nos habían sorprendido los acontecimientos durante las vacaciones estivales de 1936. Venía a establecer contacto con mi padre en nombre del movimiento Esprit. Era un muchacho jovencísimo con acento cantarín y áspero, como el rumor de los torrentes pirenaicos deslizándose sobre los guijarros pulidos por siglos de agua lustral, descendiendo montañas abajo hacia el Adour y el Garona. El acento se le ha pasado con el tiempo, pero no el ardor bearnés de sus veinte años. Comoquiera que fuera, al llegar a Bayona, desprovistos de todo, y contemplando un poco atontados el espectáculo de la paz francesa —el quiosco de música, los macizos abigarrados, los escaparates de las pastelerías, las mocitas— recurrimos a Jean-Marie Soutou. Apareció inmediatamente y se hizo cargo de la situación.

La etapa de Lestelle-Bétharram fue bastante larga. Mis hermanos y yo recorríamos carreteras y caminos, y las lagartijas se calentaban al sol del otoño, en las tapias de piedra seca. Un día, en una cañada que bordeaba el torrente, nos interpeló uno de los padres del convento de Bétharram. Nos había visto en la iglesia, nos decía a mis hermanos y a mí, nos reconocía. Como nos había visto en la iglesia, no podía imaginar que fuésemos otra cosa que franquistas O mejor dicho, no, en la época, «franquistas» era un anacronismo y los anacronismos no caben, en los relatos en los que se respeta el orden cronológico «Franquistas» se dijo mucho más tarde. En la época, la gente de derechas decía «nacionalistas» y los de izquierdas sencillamente «fascistas». O «rebeldes», dado que se oponían con un levantamiento armado al gobierno legítimo de los republicanos o leales. Recuerdo muy bien hasta qué punto todas aquellas denominaciones nos sumían en el estupor o al menos en el desconcierto. La confusión de las lenguas es una de las primeras experiencias del exilio. La noche sin sueño del exilio es una noche babélica.

Pero en fin, volviendo al padre del convento de Bétharram, como nos había visto en la iglesia, estaba convencido de que éramos nacionalistas. Nos interpeló jovialmente, con orgullo, en la cañada donde mis hermanos y yo nos dedicábamos con alegre sadismo a la sistemática lapidación de las lagartijas. Nos felicitó por ser españoles, por pertenecer al bizarro pueblo que se había levantado en defensa de la Fe, en una cruzada contra el Infiel marxista. Sus ojos azulísimos brillaban de justa cólera, de divino y mortífero amor hacia las ovejas descarriadas que había que devolver al redil a sangre y fuego. Escuchábamos cabizbajos su diatriba. Nos tenía aterrorizados, no nos atrevíamos a replicarle. No nos atrevíamos a desengañarlo, aterrorizados por los santos relámpagos de sus ojos de alucinado. Más tarde, nos lo reprochamos. Nos avergonzamos de nuestro infantil terror ante aquel personaje profético, que manipulaba en el torrente de Pau el sable verborreico y exterminador de la Fe.

Pero si estuviera narrando mi vida en lugar de narrar un domingo en Buchenwald, unos diez años después de aquel encuentro con el padre del convento de Bétharram, me vería en la obligación de confesar que el episodio más importante de mi estancia en Lestelle-Bétharram no fue aquel encuentro. Fue la lectura de *Belle de jour*, de Joseph Kessel. Me hago perfecto cargo de que un relato edificante hubiera debido evitar cualquier alusión a aquel episodio equívoco. Me hago cargo de que hubiera debido ocultar aquel episodio y limitarme a describir la conmovedora imagen del niño que descubre las angustias del exilio político, las congojas del desarraigo. Pero se da el caso de que el niño, precisamente, entraba en el desasosiego de la primera adolescencia. El niño estaba a punto de cumplir los trece y, al tiempo que perdía —quizá para siempre— las señas de identidad de una patria, de una familia, de un universo cultural, descubría, a través de las exigencias del cuerpo, su identidad, su masculinidad, turbadora y furiosa expresión de su auténtico yo. Pasaba a ser él, un Yo, un Sujeto, un Yo-soy, a través del fascinante descubrimiento de su cuerpo sexuado, de la autonomía de un deseo aún no plasmado, en el momento en que la violencia de la historia lo arrancaba de las raíces de tal posible identidad. El niño, pues, inconsciente de todo aquello, claro está, pero aguijoneado no obstante por imágenes aceradas, lacerantes, por sueños sofocantes, por innumerables angustias físicas, había descubierto en la biblioteca de la familia Soutou, en Lestelle-Bétharram, un ejemplar de *Belle de jour* que cogía asiduamente para saborear momentos de lectura apasionada y pedagógica en la relativa quietud del retrete.

Sin duda no es muy decoroso. Por otra parte, el niño de Lestelle-Bétharram, que pasó a ser más tarde el Narrador de esta historia, y de otras historias que giraban siempre, obsesivamente, como las norias de los Luna Parks de la memoria, en torno a los mismos temas, el Narrador, digo, se dejó llevar al principio por la tentación de olvidar este episodio, de censurar una vez más el recuerdo de la lectura de *Belle de jour*. El Narrador, a veces, al preguntársele sobre su infancia, sobre su aprendizaje de la lengua de Claudel y el padre del convento de Bétharram, ha contestado que los primeros libros que leyó en francés fueron *Les Enfants terribles* de Cocteau y *Fils du peuple* de Maurice Thorez. No obstante, no es del todo cierto. La lectura de los dos libros arriba mencionados, no se produjo sino más tarde, unos meses más tarde. Era ya en La Haya, otra etapa del exilio, cuando florecían los magnolios, en el jardín de la legación española en Holanda, en 1937. Pero existe un vínculo entre dichas lecturas, la de *Belle de jour* y la de *Fils du peuple* y la de *Les Enfants terribles*. Este vínculo es Jean-Marie Soutou. Vínculo indirecto, desde luego, y aun involuntario, desconocido por el agente de enlace. Porque, aunque fue Jean-Marie Soutou quien me recomendó la lectura, en La Haya, de los dos últimos libros mencionados, del primero, en cambio, no fue él el responsable: sencillamente lo birlé, al azar, pero con notable presciencia, en la biblioteca de la familia Soutou, en Lestelle-Bétharram.

Pero estoy en Ginebra, en 1960, y no narro mi vida, es decir la vida de aquel niño de trece años en que acabé convirtiéndome, rememorando el recuerdo turbador y prodigiosamente fértil de la novela de Kessel. Narro un domingo en Buchenwald, en 1944, y de modo accesorio, un viaje de París a Praga, en 1960, pasando por Nantua, Ginebra y Zurich, con varias paradas de duración indeterminada en mi memoria. En la memoria, mejor dicho, de los Sorel, Artigas, Salagnac, o Sánchez, en que acabé convirtiéndome, de manera tan plural como unívoca.

Acabo de reunirme con Fernand Barizon en el buffet de la estación de Cornavin.

Se toma una cerveza, me mira, frunciendo el entrecejo.

—¿Y ahora, cómo te llamas? —pregunta.

—Me llamo Barreto —le digo—, Ramón Barreto. Y soy uruguayo.

Sonríe sarcástico.

—¿Puedes explicarme qué hago yo, Barizon, prole, de La Courneuve, con un uruguayo distinguido, en esta puta ciudad de Ginebra?

Me encojo de hombros.

—Nadie se lo va a plantear —le digo.

—Es probable —dice Fernand—. Efectivamente, nadie se fija en nosotros. ¡Pero tú, muchacho, ya no debes de saber quién eres con tantos cambios de identidad!

Tengo ganas de decirle a Fernand que más de una vez me ocurre no saber quién soy, aun cuando no cambio de identidad. Pero, ¿me ocurre no cambiar de identidad? Cuando recobro la mía, ¿no es en realidad la de otro? Pero no digo nada. Volvería a acusarme de confusión metafísica. No sin motivo.

Así que, en Ginebra, en el momento de separarme de Barizon, no me he acordado de Lestelle-Bétharram, ni de Bayona. Me he limitado a ir a los servicios, a deslizar mi carnet de identidad francés, a nombre de Michel Salagnac, en el doble fondo de un maletín de viaje, y a extraer un pasaporte uruguayo a nombre de Barreto. Lo puñetero, con estos pasaportes sudamericanos, es la firma. Los titulares auténticos y originales de dichos pasaportes, en efecto, suelen tener firmas complicadas, difíciles de imitar cuando hay que llenar fichas de policía en los aeropuertos o en los hoteles. La rúbrica florida es una vanidosa costumbre hispánica que complica de forma bastante inútil la vida de los clandestinos.

Pensaba vagamente en cosas similares, en los servicios de la estación de Cornavin, mientras cerraba el doble fondo del maletín. No pensaba en absoluto en Bayona o en Lestelle-Bétharram, como se habrá observado. Pensaba simplemente que estaba de nuevo en Ginebra y que Ginebra había sido antaño para mí el comienzo verdadero del exilio, el final de la infancia.

Pero no me sentía triste, en 1960, en los servicios de la estación de Cornavin, ocultando en el doble fondo de mi maletín el carnet de identidad a nombre de Michel Salagnac. ¿Por qué había de sentirme triste? El día con Barizon había sido grato. Yo hacía en la vida lo que había elegido hacer. Nadie me había obligado a ser lo que era. Yo solo lo había buscado. Había decidido libremente alienar mi libertad individual al servicio de la comunidad clandestina del PCE. Y todavía creía, en 1960, que el sistema político ruso era reformable y que no tardaríamos en derrocar el régimen franquista. Por ello pensaba más bien en el final del exilio que en su comienzo, veinticuatro años antes. Había olvidado *Belle de jour,* la angustia del descubrimiento de mí mismo, lejana. De modo que no estaba triste ni, como hubiera dicho en español, *desanimado,* es decir privado de animación, privado de alma o de *anima:* de placer de vivir, en definitiva. No, todavía no estaba desanimado, en 1960.

—¿Cómo lo contarías? —pregunta de improviso Barizon.

Lo miro.

Ya me había hecho a mí mismo esa pregunta, en Madrid, unos meses antes, mientras escuchaba los relatos reiterativos y tediosos de Manuel Azaustre.

—Contaría un domingo en Buchenwald.

—¿Un domingo?

—¡Pues claro! Era el día más chorras, acuérdate. Contaría un domingo cualquiera, sin nada excepcional. El despertar, el trabajo, la sopa de fideos del domingo, la tarde del domingo, con unas cuantas horas por delante, las conversaciones con los compañeros. Mira, contaría un domingo de invierno en que hablamos mucho rato los dos.

—¿Qué? —dice Barizon—, ¿me meterías en tu historia?

Muevo la cabeza asintiendo.

—¡Claro que sí! Me acuerdo que aquel domingo, a las cinco de la mañana, justo antes de ir a pasar lista, estábamos juntos delante del block 40. Nevaba y los copos de nieve remolineaban a la luz de los reflectores. Una luz movediza y helada. Tú gritaste: «¡Chicos, qué hermoso domingo!», o algo similar, antes de echar a correr hacia la explanada. Bueno, pues a partir de ahí contaría todo el domingo. Pero pierde cuidado, cambiaría tu nombre: así, si no te reconocieses en mi historia, siempre podrías decir que no tienes nada que ver con eso.

—¿Cómo me llamarías? —pregunta, receloso.

—Te llamarías Barizon —le digo—. Pero te conservaría el nombre auténtico: Fernand Barizon.

Medita un segundo. Asiente.

—Sí —dice—, no está mal.

Acaba de anunciar un altavoz que el tren rápido con destino a Zurich acaba de entrar por la vía 2. Pero Barizon no va a Zurich. Además, no oye el altavoz de la estación de Cornavin que anuncia el tren para Zurich, sino el de Buchenwald que anuncia que ha acabado el recuento de presos. Oye la voz del Rapportführer, en el altavoz de la torre de control, y hoy, en este domingo de antaño, en la explanada, Barizon no piensa particularmente en los rusos, como tampoco recuerda las orillas del Marne, cosa que habrá podido observarse.

Hoy, lo que le inquieta, la disparatada evidencia de la que acaba de tomar conciencia, con brusca e insidiosa inquietud, o al menos con cierto malestar, es de muy distinta índole. Acaba de descubrir, en el embotamiento luminoso del recuento que se prolonga, que el hecho de ser comunista en Buchenwald le coloca a uno de entrada en situación privilegiada. En el corazón de la Alemania nazi, ante las mismas narices de los SS, el hecho de ser miembro del partido le colocaba a uno en situación privilegiada. Por supuesto que ello entrañaba ciertos riesgos. Pero eso es normal: toda situación de privilegio, en la medida en que expresa una función social, conlleva un reverso de obligaciones y riesgos. Nada se consigue por nada. No obstante, el hecho de ser privilegiado por ser comunista, en un campo nazi, no dejaba de resultar paradójico a primera vista.

Barizon acaba de tropezarse con esa evidencia.

Porque no cabe duda de que por primera vez el hecho de ser comunista le coloca en tal situación. Barizon se acuerda de repente de España.

Durante la batalla del Jarama, cuando cedió el frente bajo las cargas de la caballería mora, el día en que el círculo estuvo a punto de cerrarse completamente sobre las líneas de comunicación del ejército republicano que ocupaba Madrid, el comisario político de la brigada había salido como un diablo de su madriguera y había vociferado, dominando el ruido rabioso de las ráfagas de fusil ametrallador: «¡Los comunistas a primera línea!» Y los comunistas, encogidos hasta entonces en los agujeros de los obuses, apretando los dientes y el culo, se habían incorporado, de una a otra punta del paisaje cubierto de humo, de niebla y de cadáveres; los comunistas habían empezado a avanzar hacia los jinetes moros y los carros italianos; los comunistas, de pie en el paisaje cubierto de humo, de pie en la bruma del invierno, se internaron entre los jinetes moros, entre los carros italianos, hasta enzarzarse en el cuerpo a cuerpo con la infantería enemiga, abiertas las bocas en un grito que ya nadie podría oír, ni siquiera ellos mismos; los comunistas, abriéndose paso con granadas, con machetes, en el valle del Jarama. Los comunistas en primera línea.

Bueno, era normal, para eso estaban allí.

Pero hoy, ¿dónde está la primera línea? ¿En la *Gustloff*, bien calentitos, chapuceando tranquilamente las piezas del fusil automático G-43? ¿O en los comandos exteriores más duros, Dora, S-III, por ejemplo, donde los prisioneros trasladados del campo principal de Buchenwald se veían a menudo abandonados a su suerte, sometidos a la dominación directa de los kapos verdes y de los suboficiales de las SS, precisamente porque la organización comunista clandestina que controlaba la administración de las fuerzas de trabajo en Buchenwald se las arreglaba para que los miembros del partido, los auténticos resistentes, no fuesen enviados allí, salvo accidente imprevisible.

Barizon menea la cabeza. Un asunto muy discutible, nada claro. Tiene que comentárselo al español.

Pero la voz del Rapportführer acaba de ordenar que se pongan firmes, en los altavoces de la torre de control. *Das Ganze, stand!* Maquinalmente, Barizon, rectifica la posición. Maquinalmente, treinta mil prisioneros concentrados en la explanada rectifican la posición. Es un firme impecable. *Mützen ab!* Treinta mil prisioneros se descubren, con un gesto preciso, para saludar el día que comienza. *Mützen, auf!* Treinta mil detenidos, una vez que han saludado a su propia muerte, que se han descubierto ante sus futuros cadáveres, vuelven a ponerse las boinas.

Ha acabado el recuento.

Entonces, estalla la música. El aire se llena de platillos, timbales, pífanos, tamboriles y trompetas: es el circo. Las formaciones de los blocks se deshacen en una especie de torbellino.

Fernand Barizon corre hacia donde está formado el kommando de la *Gustloff*: es uno de los primeros que sale del recinto del campo. Los músicos están junto a la puerta de entrada, debajo de la torre de control. Llevan bombachos, rojos con adornos verdes, guerreras con alamares. Soplan en los cobres, golpean los platillos. ¡Es mejor que el Medrano, carajo! Aunque a Juliette no le gustaba el circo. Le gustaba hacer el amor pero los payasos la hacían llorar, los tigres le daban miedo. En cuanto a los funámbulos, para qué hablar: cerraba los ojos. Bueno, Juliette no sabría apreciar lo chusco de la situación.

De todas formas, es un domingo de mierda.

TRES

Había decidido contar esta historia en su orden cronológico. No porque me guste la simplicidad, no hay nada tan complicado como el orden cronológico. Ni porque me preocupe el realismo, no hay nada tan irreal como el orden cronológico. Es una abstracción, una convención cultural, una conquista del espíritu geométrico. La gente ha acabado encontrándolo natural, como la monogamia.

El orden cronológico es una forma para el que escribe de demostrar su dominio sobre el desorden del mundo, de marcarlo con su sello. Actúa como si fuera Dios. Recuerden: el primer día creó esto, el segundo día creó aquello, y así sucesivamente. El orden cronológico lo inventó Jehová.

Había decidido contar esta historia en su orden cronológico —todas las horas de un domingo, una tras otra— precisamente porque es complicado. E irreal. Me había atraído el artificio, en los dos sentidos habituales del término según los diccionarios: en el sentido de «procedimiento hábil e ingenioso» y en el de «dispositivo pirotécnico destinado a arder más o menos rápidamente». Me agradaba la idea: el artificio del orden cronológico estallando en fuegos de artificio.

En definitiva, fue por orgullo por lo que me decidí a contar esta historia en su orden cronológico y son las nueve de la mañana, este domingo de diciembre de 1944, cuando me presento en la torre de control con Henk Spoenay.

Henk tiene veinte años, como yo. Es holandés. Siempre está de buen humor, siempre tranquilo. En el *Arbeitsstatistik*, ocupa uno de los puestos más delicados: es el responsable del enlace cotidiano entre nuestros servicios y los del *Arbeitseinsatz* de los SS, o sea la oficina de las SS que controla y revisa todo nuestro trabajo. En definitiva, Henk se encarga del enlace entre Seifert, que es nuestro kapo, y Schwartz, que es el Arbeitseinstzführer SS.

Henk y yo nos llevamos bien.

Son las nueve de la mañana, el frío es intenso. Pero ahora el sol brilla en el paisaje. El viento del este ha despejado el cielo. Henk y yo nos presentamos al oficial SS de guardia en la torre de control.

Hace un cuarto de hora, estaba sentado en mi puesto, en la mesa del fichero central. Era un día tranquilo, no había salidas ni llegadas previstas. Tampoco había demasiados cadáveres que registrar, una media normal. De manera que había acabado de anotar en las fichas las indicaciones facilitadas por los informes cotidianos de los distintos kommandos, así como los del hospital y el crematorio. Meditaba ensimismado, un rayo de sol daba en el cristal, a mi izquierda.

—¿Qué coño haces?

Henk está detrás de mí, me vuelvo a medias.

—Nada —le digo—, hoy no tengo faena.

Señala el sol, afuera, con un ademán.

—¿Vienes a dar una vuelta? —dice—. Tengo que solucionar un asunto en la *Mibau*.

—He de avisar a Seifert —le digo.

Asiente.

—Eso está hecho —dice Henk—. Si no tienes faena, ahuequemos el ala.

Ahuecamos el ala.

Afuera, rodeamos el barracón, salimos a la explanada, desierta. Reina un silencio insólito, denso y desmenuzable a un tiempo. Es tal la densidad del silencio que el más mínimo ruido destaca con nitidez. Los barracones de madera que contornean la explanada son de un bonito y llamativo color verde. El humo del crematorio es de un gris pálido. No deben de tener mucho trabajo en el crematorio, para producir un humo tan ligero. O son muertos que arden muy bien. Muertos bien secos, cadáveres de compañeros como sarmientos de viña. Nos brindan esta flor postrera de humo gris, pálido y ligero. Humo amistoso, humo dominical, sin duda.

—No es verdad —digo.

Henk me mira, sonríe.

—Pues claro que no es verdad —dice—, es un sueño.

Caminamos por la explanada, en ese sueño.

—¿El qué?

—¿Cómo?

Tiene el rostro vuelto hacia mí, caminamos.

—¿Qué es lo que es un sueño? —le digo—. ¿Esto? ¿O todo lo demás?

—¿Qué es todo lo demás?

—Lo de afuera.

Se ríe Henk.

—¿Y si todo fuese un sueño —dice—, esto, lo de afuera, la vida?

—Por qué no —le digo.

Deja de reír.

—No te calientes los cascos —me dice—. Cansa inútilmente.

Estamos muy cerca de la puerta de entrada. El centinela SS observa cómo nos aproximamos.

—Quizá la muerte, también.

—¿Cómo?

—Un sueño también —le digo.

—Eso pronto lo sabremos —dice Henk.

Estamos a tres metros del centinela SS. Es la distancia reglamentaria. Nos ponemos firmes, damos un taconazo, nos quitamos las boinas, nos presentamos. O mejor dicho, gritamos nuestros números, no hay otra presentación posible.

El oficial de guardia ha salido de la habitación acristalada acondicionada bajo la bóveda del portal. Tiene la libreta de partes en la mano.

El oficial de las SS conoce a Henk, por supuesto. Lo ve cada día, varias veces al día. Le pregunta adónde va, comenta alegremente que ha vuelto el buen tiempo. Sin dejar de hablar anota el número de Henk en el cuaderno. Luego, se vuelve hacia mí.

—Cuarenta y cuatro mil novecientos cuatro —dice leyendo en voz alta el número que llevo cosido en el pecho.

Interviene Henk para decir que trabajo en el *Arbeitsstatistik* y que lo acompaño a la *Mibau*.

Los ojos del oficial de las SS se han quedado clavados en mi pecho, en la *S* que figura en el triángulo rojo de mi pecho.

—¿Un español? —dice sorprendido—. ¿En el *Arbeitsstatistik*?

Me mira, parece sorprendido.

—También yo soy holandés —dice Henk suavemente.

El oficial de las SS se encoge de hombros. Parece sugerir que no es en absoluto lo mismo ser español que holandés.

Henk se vuelve rápidamente hacia mí. Me guiña un ojo, con cara de complicidad.

—No vaya a figurarse que los españoles son cualquier cosa —dice Henk—. Dominaron Europa. Hasta ocuparon mi país, durante mucho tiempo.

El SS lo mira, nada convencido.

—¿Sabe cómo empieza el himno nacional holandés? —prosigue Henk.

Es evidente que el oficial de las SS no lo sabe.

Yo continúo firmes, con ganas de reírme. Esa historia del himno nacional es una guasa que nos traemos Henk y yo.

—*Een prinsen van Orange been ik altijd geweest / De konink van Spanje heb ik altijd geera* —dice Henk con tono declamatorio.

Y quiere decir: un príncipe de Orange siempre he sido / al rey de España siempre he honrado. Lo que es históricamente falso, por otra parte, al menos en los que se refiere a la segunda afirmación.

Pero era una guasa entre nosotros. Yo le decía a Henk que como buen holandés debería honrarme, aunque yo no fuera el rey de España. Henk contestaba que se cagaba tanto en la casa de Orange como en los reyes de mi país.

El oficial de las SS no tiene ningún motivo para estar al corriente de nuestras bromas íntimas. Parece aturullado.

—Hasta hubo un español que fue emperador de Alemania —añade Henk, imperturbable.

—¿Emperador de Alemania? ¡Eso sí que no me lo creo!

El oficial de las SS no ha podido contener su indignación.

—¿Y Carlos Quinto qué? —dice Henk.

El SS no está convencido. Pero Henk cambia de tema. No deben rebasarse ciertos límites.

Con tono neutro, le explica al oficial de las SS que soy un funcionario modelo, que hablo varias lenguas, incluido el alemán, por lo que soy de gran utilidad en el *Arbeitsstatistik*, donde tratamos con prisioneros de todas las nacionalidades.

El SS se vuelve hacia mí y me pregunta si de verdad hablo alemán.

Entonces me cuadro y le digo, en un alemán perfecto, que hablo perfectamente el alemán.

Parece convencido, asiente con la cabeza, nos dice que podemos ir.

Atravesamos la verja de la entrada, pasamos al otro lado. Caminamos por la larga avenida nevada. Altas columnas de granito rematadas con águilas hitlerianas, o simplemente imperiales, jalonan la avenida nevada hasta perderse la vista.

—No era español —digo.

—¿Cómo?

—Carlos Quinto —digo—. Era flamenco.

—¡Coño! —dice Henk—. ¡Es verdad!

Se echa a reír, reímos los dos.

Caminamos por la larga avenida, el aire es frío.

He vuelto solo, Henk se ha quedado en la *Mibau*. El asunto que tenía que solventar se ha prolongado más de lo previsto. He tenido que regresar solo, sin aguardarle.

La avenida está desierta, camino lentamente, miro a mi alrededor.

Hace un rato, a la ida, Henk había mirado también a su alrededor.

—¿Y si nos diéramos el piro? —había dicho.

Habíamos mirado el bosque de hayas, a nuestro alrededor. Habíamos mirado las construcciones macizas de los cuarteles de los SS, más lejos, al final de una avenida transversal. Habíamos mirado la nieve que cubría los árboles y los cuarteles, todo el paisaje. La nieve que cubría Europa, hasta las planicies rusas, al este, hasta el macizo de las Ardenas, al oeste.

—¡A que no! —le había dicho yo.

Henk se había encogido de hombros.

—No hay la menor posibilidad de éxito —había dicho.

Estábamos fuera del recinto electrificado del campo propiamente dicho, pero todo aquel conjunto de fábricas, de depósitos, de cuarteles, de dependencias administrativas —base logística de la división SS Totenkopf— estaba rodeada por un segundo cinturón de alambradas. Y al otro lado, los campos eran continuamente recorridos por patrullas móviles de vigilancia.

Yo contemplaba la nieve que cubría Europa.

—Los rusos igualmente se dan el piro —dije.

Henk de nuevo se había encogido de hombros.

—Los rusos se dan el piro en primavera —había murmurado—. Y además, los rusos están locos.

Los rusos se daban el piro en primavera, es cierto. Los rusos estaban locos, es cierto.

Apenas llegaba el buen tiempo, los rusos que trabajaban al aire libre en la reparación de carreteras o vías férreas, en las explanaciones, en la cantera, dondequiera que fuese, se daban el piro.

Volvía la primavera, era el mes de abril.

Goethe hubiera encargado que le engancharan la calesa, se hubiera llevado a Eckermann a dar una vuelta por los caminos del Ettersberg, entre los altos oquedales. Goethe hubiera comentado las bellezas del paisaje, las menudas incidencias de la vida de los pájaros, hubiera mezclado aquellos comentarios con reflexiones profundas o agudas, con recuerdos sobre Schiller o Hegel, quizá incluso sobre Napoleón. Eckermann lo hubiera escuchado boquiabierto, arrobado, anotando la menor palabra en su memoria, ya que su única misión en este mundo era transcribir aquellas divagaciones de Goethe. ¡Sería primavera, en nuestros hermosos bosques de Turingia!

Entonces, bruscamente, cuando volvía la primavera, a la primera golondrina de aquella frágil primavera, los rusos se daban el piro. No tenían ningún plan preconcebido, ni habían preparado su evasión. Se daban el piro, sin más.

Y ocurría siempre igual. Bruscamente, un ruso dejaba de trabajar. Se apoyaba en la pala o en el pico, sumergido en la tibieza de la primavera, en la fragancia de la primavera que un leve soplo de aire acababa de hacer nacer, como un vaho. Se le subía a la cabeza, le producía como una especie de embriaguez. Un vértigo chispeante. El ruso se incorporaba, contemplaba el paisaje. Dejaba caer la pala, se daba el piro.

No era una evasión, era un arrebato. No hay forma de resistirse a esa suerte de arranques.

Se había producido aquel vaho tenue, fragante. El ruso había alzado la vista. El seto era verde, a lo lejos, el bosquecillo se engalanaba con verdes brotes. El ruso no podía seguir allí removiendo la tierra, era una chorrez demasiado grande. Se daba el piro. Arrojaba a un lado la pala, salía disparado cuesta abajo, corría hacia el seto, el bosquecillo, el trigo en cierne, los primeros brotes, el arroyo rumoroso, la vida exterior. Corría como un loco hacia el paisaje inmenso y lejano de las planicies de su país, bajo el sol de la primavera.

A veces, el ruso se desplomaba allí mismo con una bala en la espalda. Pero la muerte había sido grata, había tenido un olor a primavera, en aquel postrero instante en que la cara se enterraba en la hierba. Otras veces, capturaban al fugitivo tras unas horas de libertad, como si fuese un niño que hubiera hecho novillos, y aún afloraba en su rostro el reflejo de una alegría infantil, desmesurada, cuando era colgado en la explanada.

En cuanto llegaba el buen tiempo, los rusos se las piraban, era cosa sabida.

—Estos rusos están locos —había dicho Henk.

Probablemente estaban locos. Y aquella locura rusa me hacía palpitar el corazón.

Años más tarde, leyendo los *Relatos de Kolyma*, de Varlam Shalamov, de repente se me heló la sangre en las venas. Me dio la impresión de que mi sangre había dejado de correr, de que flotaba como un fantasma en la memoria de otro. O quizá era Shalamov quien flotaba en mi propia memoria como un fantasma. En cualquier caso, era la misma memoria, desdoblada.

También en la Kolyma, cuenta Shalamov, cuando venía la primavera, se daban el piro los campesinos rusos. Y sin embargo, no tenían ninguna probabilidad de éxito. Tenían por delante cientos de kilómetros de taiga, con los kommandos de caza a sus talones. Pero los campesinos rusos se las piraban igualmente, cuando volvía la fugaz primavera del Gran Norte. Los kommandos de caza de las Secciones especiales del ministerio del Interior los alcanzaban, degollaban a los fugitivos y volvían con sus cabezas debidamente embaladas para probar que habían capturado a los fugitivos y cobrar las primas.

Las cabezas cortadas de los fugitivos, cuenta Shalamov, se alineaban delante del barracón de la *kommandatura*, en Kolyma. Ojos abiertos a la muerte. Ojos locos, de un azul pálido, de un gris glacial: minúsculos lagos en los que se había reflejado la súbita y mortal vehemencia de la primavera. Ojos locos de la locura rusa. La misma locura que en Buchenwald. La misma locura de vivir de los campesinos rusos en los campos de Hitler y de Stalin.

No existe ya memoria inocente, no para mí.

Estaba en Londres, leía los *Relatos de Kolyma* de Varlam Shalamov. Ocurría esto a finales de primavera, en 1969. Sin duda podría precisar la fecha exacta, si ello ofreciera el menor interés. Hay años que se esfuman casi por completo de la memoria —de la mía, quiero decir— y que hay que reconstruir, a veces trabajosamente, a partir de cierto número de acontecimientos que han dejado huellas comprobables, transformados en documentos. Pero aquel año ha quedado en mi recuerdo, intacto, transparente, con sus pormenores y meandros.

En cualquier caso, yo estaba en Londres, finalizaba el mes de mayo de 1969 y leía los *Relatos de Kolyma*.

Tenía reuniones de trabajo cada mañana en las oficinas de una productora cinematográfica, en Dean Street. Llegaba de mi hotel a pie, por Piccadilly y Shaftesbury Avenue. A la entrada del hotel, apenas traspasaba la esquina de Old Compton, podía escoger la serie de *pubs*, con sus olores a encáustico, a serrín y a cervezas inglesas, ásperas y tónicas, de color topacio, o la de los cafetines a la italiana, numerosos en el barrio del Soho tradicionalmente poblado por inmigrantes, con sus *expressos* más que aceptables.

Por la mañana, optaba, claro está, por los cafés italianos, que eran atendidos además por españoles de ambos sexos, pues los italianos habían trepado ya unos peldaños más en su ascenso social.

Aquellos altos matinales ofrecían para mí un doble interés. Primero, la degustación misma de uno o varios cafés de verdad, indispensable antes de las largas discusiones previsibles sobre un proyecto cinematográfico que me mantuvo ocupado de forma intermitente durante un año y que nunca había de realizarse, pero del que obtuve distintos beneficios secundarios, empezando por el de aquellas largas estancias en Londres. La degustación de los expresos era tanto más necesaria cuanto que después, en los despachos de los supuestos productores, no lograría obtener sino un brebaje pálido y tibio, más o menos desprovisto de aroma y de cafeína. El otro interés o ventaja de aquellos altos matinales era que podía hablar en castellano con la mayoría, si no con la casi totalidad de camareras y camareros de dichos bares. La comunicación, aun concebida bajo sus aspectos más restrictivos o técnicos, de simple transmisión de una demanda o de un deseo —precisamente el de beber un café— se veía así enormemente facilitada. Pero no solamente contaba este aspecto de simple mediación, sino el sabor mismo de las palabras y de los acentos hispánicos, los fragmentos de historias iniciadas o adivinadas, la posibilidad de comentar algún acontecimiento de la vida española, y particularmente acontecimientos deportivos.

Estaría, pues, acodado en la barra de un *coffee-house* londinense, contemplando los gestos seguros de un camarero que no ha manifestado la menor sorpresa al oírme hace un rato pedirle en castellano un café muy cargado, porque pertenece sin duda a esa nueva generación de españoles que ya no se asombran de nada, por haber roto para siempre con el horizonte provinciano y obsoleto de la vida cotidiana de su país. Luego, en el mismo momento en que el camarero colocase la taza de café delante de mí y me ofreciese un periódico español, *Marca* en concreto, en el mismo momento en que aceptase tal ofrecimiento —el del diario, claro está, ya que el café en ningún modo me lo podía ofrecer—, me acordaría de los días de antaño, en Madrid.

Antaño, en Madrid, me pasaba horas en los cafés. Era a principios de los años 50. Todavía no tenía auténticos domicilios clandestinos. Quiero decir que vivía con nombres falsos, por supuesto, pero aquí o allá, arrendando por lo común una habitación con baño, o acceso al baño, en casas de viudas de funcionarios o de oficiales de carrera muertos por la patria —siempre se muere por la patria, aun en la propia cama, cuando se es oficial del ejército español— que completaban realquilando algunas de las habitaciones de su piso, habitualmente amplio y destartalado, su magra pensión de viudedad. Poseía una documentación falsa impecable, cuyos nombre y apellido cambiaban regularmente cada vez que cambiaba de habitación y de barrio, pero en donde siempre figuraba como oriundo de Santander, provincia que conocía lo bastante bien, por haber transcurrido en ella toda mi infancia, es decir los largos meses infantiles de las vacaciones veraniegas, como para poder responder a las preguntas curiosas, y aun a veces indiscretas, pero no por malevolencia, por pura curiosidad de mujer sola, que pudieran hacerme las dueñas de los pisos. Y como era oriundo de la lejana provincia cantábrica de Santander, les explicaba a todas aquellas buenas señoras menopáusicas que mi presencia en Madrid obedecía a mi propósito de preparar una oposición a fin de conseguir una plaza de profesor de sociología. La sociología impresionaba favorablemente a las viudas de militares o de funcionarios del ministerio de Obras Públicas, ignoro por qué, pero puedo dar fe de ello. La hipotética preparación de dicha oposición me obligaba no obstante —o mejor dicho, obligaba al personaje que yo fingía ser y cuyo papel tenía que interpretar de forma convincente— a pasar largas horas de trabajo en las bibliotecas y seminarios de la universidad. Me resultaba difícil, pues ello hubiera podido acabar resultando sospechoso, marchar de casa y volver varias veces al día, cada vez que tenía que acudir a una de mis numerosas citas clandestinas. Agrupaba pues las citas en la medida de lo posible para fingir observar un horario estricto y regular de futuro profesor de sociología. Pero era imposible evitar totalmente las horas muertas, las esperas, los momentos perdidos de una cita a otra. Así pues, y vuelvo a lo ya apuntado, me veía obligado, en aquella época, a principios de los años 50, a pasar largas horas en los cafés madrileños.

Las personas que no me conocieron en la época sin duda me creerán a duras penas, pero el caso es que el fútbol no me interesaba en lo más mínimo, en aquellos lejanos años 50. Me interesaba tan poco que mi ignorancia al respecto provocaba invariablemente si no un claro recelo sí una sorpresa apenada y vagamente desconfiada, en los distintos bares en los que me veía obligado a pasar largos ratos, acodado en la barra delante de un cortado. En efecto, no se puede, no se podía, al menos en la época de que hablo, pasar más de unos minutos en un café madrileño —a menos de estar sentado en una mesa, ostensiblemente y quizá incluso hostilmente abismado en una lectura solitaria, o en la redacción laboriosa de una carta o de una instancia a algún centro oficial— sin tener que enfrentarse con la expansiva cordialidad, la necesidad innata de comunicación y de convivencia de los madrileños. Pues bien, toda conversación se iniciaba obligatoriamente sobre el tema del fútbol. Era la época en que comenzaba la carrera europea del Real Madrid, la época en que cada domingo en la radio, y los lunes y los martes en la prensa escrita, los periodistas especializados comentaban prolijamente las hazañas de Di Stefano, el delantero centro argentino apodado la *saeta rubia* que hacía las delicias o sumía en la desesperación, según los casos, a los frenéticos hinchas españoles. (¡Oh, aquellos regateos para desmarcarse! ¡Aquellos imprevistos arranques que enloquecían de pánico a la defensa contraria cuando ni siquiera tenía el balón en los pies! ¡Aquellos goles marcados de cerca con un taconazo imperceptible y aéreo, con un gesto comparable a los de una figura del ballet!). El día en que, en la barra del Café Inglés de la plaza San Bernardo, cometí la imprudencia no sólo de decirle a un vecino en vena de conversación efusiva que ignoraba los resultados de la última jornada del campeonato de liga, sino de confesar que el nombre de Di Stefano no me decía gran cosa, noté que se hacía un silencio glacial a mi alrededor que fue espesándose como una mayonesa al llegar a su punto exacto de consistencia. De súbito, tuve la impresión de que era un marciano que estaba realizando una misión subversiva en nuestro planeta y a quien los terrestres acababan de desenmascarar a causa de su insensibilidad respecto a cierto aspecto de la vida cotidiana. Pero era peligrosísimo que yo apareciese como un marciano, que quedase desenmascarado en mi singularidad. Debía, por el contrario, desvanecerme, esfumarme en la multitud, convertirme en un ser anónimo y trivial: comprendí de repente que tenía que poder discurrir interminable y brillantemente sobre las carreras de Gento, las artimañas de Di Stefano, la técnica impecable, aunque sin gran inspiración, de Luis Suárez, y así sucesivamente.

Fue pues la política, como se habrá podido comprobar, y por paradójico que ello pueda parecer en una época en que la pasión por el fútbol era en España, según los enterados, un elemento de desmovilización, de despolitización de las masas, la que me impulsó a interesarme por el deporte del balompié. Hoy, por supuesto, ya no necesito tal pretexto completamente respetable a mis propios ojos. Me interesa sin necesidad de ningún pretexto ni justificación: por el puro placer del espectáculo.

Comoquiera que fuera, me hallaba en un barecillo de Dean Street, o de cualquier calle contigua, en Londres, a finales de la primavera de 1969, y el camarero me alargó el *Marca*. Comentó brevemente, pero con autoridad, los últimos resultados del campeonato español de primera división, de un modo que denotaba claramente no sólo sus preferencias sino su origen: era vasco, no cabía duda al respecto, y precisamente lo que le tenía amargado aquella mañana era un tropiezo del Real Sociedad, el club de San Sebastián.

Yo degustaba a pequeños sorbos el café amargo y caliente, hablaba con el camarero, que era de Pasajes, y me sentía muy a mis anchas en aquella minúscula patria masculina, sin duda inconsistente y episódica, pero llena de la nostalgia de los días de antaño, en Madrid.

Pero estaba en Londres y leía los *Relatos de Kolyma* de Varlam Shalamov.

También en Buchenwald, se evadían los rusos en primavera. No es que se evadieran propiamente: se daban el piro. Dejaban de manejar la pala y el pico, bruscamente. Se incorporaban. Quizá se había levantado un ligero airecillo tibio, cargado con todos los jugos, todas las savias de la primavera, que había hecho estremecerse un follaje próximo. Quizá se había oído el gorjeo de algún pájaro. En Buchenwald, en el recinto mismo del campo, que sin embargo estaba circundado por la masa oscura y altiva de un suntuoso bosque de hayas, jamás se oía el canto de los pájaros. No se veían pájaros. No había pájaros, en la colina del Ettersberg. Quizá no soportaban los pájaros el olor a carne quemada que vomitaban sobre el paisaje las densas humaredas del crematorio. Quizá no les gustaban los ladridos de los perros lobos de los destacamentos SS. Pero en primavera, comoquiera que fuera, en uno cualquiera de los kommandos de explanación que trabajaban fuera del campo propiamente dicho, quizá fue la extraña y punzante nostalgia provocada por el canto imprevisto de un pájaro, un triunfal vuelo de trinos, lo que hizo incorporarse a aquel joven ruso de veinte años. Escuchó el canto del ave durante un breve instante de eternidad suspendida. Lo escuchó sonriente. Y bruscamente, arrojó lejos de sí la pala o el pico y salió corriendo, lanzando un grito agudo, por añadidura, un aullido de indio sioux en pie de guerra, un aullido de alegría salvaje, lo que era el colmo, cuando precisamente había que tratar de pasar desapercibido.

Pero les cuento aquellas evasiones primaverales de los rusos como si las hubiera presenciado. Y no, nunca estuve presente, nunca presencié ninguna de aquellas evasiones. Fue Sebastián Manglano quien presenció una en una ocasión. Él me la contó. Y sabía contar muy bien.

Había nacido Sebastián Manglano en uno de los barrios más populares de Madrid, por la zona de la Cava Baja. Tenía un acento cansino, achulado, los aires y la jactancia de un gallito madrileño. Pero había luchado en la guerra civil, casi de adolescente, en una unidad militar del V Cuerpo del ejército republicano, cuerpo escogido y de prestigio, al mando de los comunistas y mimado por la propaganda del PCE. La mezcla de ambos elementos autobiográficos resultaba más bien positiva, en la medida en que la educación comunista no había logrado ahogar la espontaneidad popular —y a veces populachera, sin duda, pero siempre atinada en su percepción de la injusticia y del abuso de poder— de Sebastián Manglano.

En una palabra, Manglano no era un mal compañero de infortunio. Lo único que podía reprocharle es que había pescado piojos, en la Gustloff, sin duda, donde lo habían destinado tras el período de cuarentena. Y, como habíamos pasado a ser vecinos de catre, en el block 40, nos enviaron a ambos a la desinfección, tal como lo preveían los reglamentos de higiene. A él, porque había descubierto un piojo en su ropa y a mí por ser su vecino de catre. Obsérvese que en el block 40 donde se había reunido una buena parte de la crema, de la aristocracia de los prisioneros, teníamos otros vecinos de catre que no fueron enviados a la desinfección de oficio. Pero es que eran alemanes. No provenían de las lejanas, dudosas y sucias regiones mediterráneas de donde proveníamos Manglano y yo. Un piojo en unos españoles no es en absoluto comparable, en cuanto a las consecuencias previsibles, a un piojo en la piel lisa y sonrosada, bien tensa y bien alimentada, aria en definitiva, de un prisionero alemán. De modo que únicamente mandaron a desinfectarse a los extranjeros del catre, a aquellos cuya sangre no era lo bastante pura para rechazar de entrada toda contaminación. Y cuando digo «mandaron», no me refiero a los SS, por supuesto: no intervenían necesariamente en un asunto tan trivial de la vida cotidiana. Me refiero al jefe del block y a sus ayudantes.

De modo que a Manglano y a mí nos mandaron a la desinfección. El hecho de trabajar en el *Arbeitsstatistik*, señal evidente de que pertenecía a la burocracia política dirigente, no me evitó la desinfección, en la que uno era de nuevo afeitado al cero, como al llegar al campo, y sumergido con mano firme en un innoble baño de cresilo verdoso por unos jóvenes rusos a quienes divertía visiblemente el hundirnos allí la cabeza el mayor rato posible. Así que no bastaba estar enchufado para evitar la desinfección plebeya: además, había que ser alemán. Ser checo quizá hubiera bastado.

Pero no lamento en absoluto aquel episodio. En primer lugar, en aquella época yo sentía curiosidad por todo y era casi insensible al dolor físico. Y por otro lado, nada exterior y objetivo podía humillarme: aquellos rusos imbéciles y zafios, que se tomaban con nosotros un mezquino, aunque incomprensible desquite sobre el destino que por lo general pesaba sobre sus compatriotas en los campos nazis, no podían realmente impresionarme, humillarme. Sólo yo podía humillarme. Quiero decir que lo único que podía humillarme hubiera sido el recuerdo de un acto vergonzoso que hubiese podido cometer yo mismo. Pero yo no hundía la cabeza de nadie bajo el agua verdosa y nauseabunda del baño desinfectante. Lo único humillante hubiera sido encontrarme del lado de los verdugos, de los pudientes, de los aprovechados. Y lo que era seguro es que no estaba en ese lado.

Comoquiera que fuera, el edificio de desinfección se encuentra en el lindero oeste del campo de Buchenwald, pegado al recinto de la DAW *(Deutsche Ausrüstungs Werke)*, o almacén de ropa. Manglano y yo nos presentamos a la hora fijada y nos dijeron que aguardásemos delante de la puerta. Era pleno invierno, el último invierno de aquella guerra antigua. Hacía un frío que helaba el alma y sin duda se nos hubiera helado si Manglano no nos la hubiera calentado con su locuacidad y su imaginación habituales contando historias de su joven vida aventurera. Fue mientras esperábamos que nos hiciesen pasar a la desinfección cuando me contó Manglano la descabellada evasión de un joven ruso, que él presenció, la primavera anterior, cuando aún estaba destinado en un kommando de explanación.

—Aquel día estaba yo más bien de buen café —me decía Manglano—. La noche anterior habías venido a verme al block de cuarentena, ¿te acuerdas? Me habías llevado un poco de tabaco, de parte de la familia.

La familia es el partido, por supuesto. Por múltiples razones, a veces claras, históricamente determinadas, por tanto fáciles de desentrañar, y otras veces mucho más oscuras, los comunistas españoles han evitado durante mucho tiempo el designar por su nombre al partido, el nombrarlo como partido, aun entre ellos, en conversaciones privadas y alejadas de cualquier oído indiscreto y posiblemente malevolente: el oído del enemigo, en definitiva. «Es de la familia», decían con aire sobreentendido, para hablar de un camarada, o también, aún más sucintamente, de forma aún más reveladora: «Es de casa.» Y sin duda aquella costumbre inveterada tenía orígenes históricos. En un principio, el PCE fue clandestino durante la más larga etapa de su existencia. Aquella triquiñuela semántica podía ser tomada por una preacución conspirativa, y, en cierto modo, lo era en un primer grado. Más tarde, durante la guerra civil, el PCE jugó un papel político de una importancia desproporcionada en relación con su implantación real en la sociedad, y que dependía de toda una serie de factores externos, en especial de uno: la ayuda militar soviética y la influencia comunista en los aparatos del Estado que tal ayuda facilitó. En aquella época, el PCE aplicó con frenesí la táctica de la infiltración —del entrismo, en una palabra— en todas las organizaciones e instituciones, y fundamentalmente en los aparatos militares y policiales. En definitiva, el PCE practicó en cierto plano la misma táctica que los servicios especiales estalinianos, infiltrados desde la época de la guerra civil en las organizaciones españolas más diversas y variadas, empezando por el mismo partido comunista, claro está. Todo ello reforzó la costumbre de utilizar una referencia metafórica y encubierta para designar la pertenencia al partido, que no podía hacerse pública por motivos de táctica y de camuflaje.

Pero esta debilidad por lo secreto no sólo tenía razones y raíces históricamente determinadas, claro está. Revelaba algo más profundo. Recalcaba la relación entre lo secreto y lo sagrado. El Partido era, de hecho, la entidad irradiante cuyo Nombre no había de ser evocado inútilmente, que había que nombrar con discernimiento, cuya existencia de ningún modo había de ser desvelada a los no iniciados. Así que, en las ocasiones en que parecía indispensable evocarlo, se había tomado la costumbre de hacerlo a través de aquellos rodeos significativos.

Pero Manglano me contaba por qué, aquel día de la primavera anterior, había tenido motivos de estar más bien de buen café. No sólo porque, la víspera, yo le había llevado la ración de tabaco de la solidaridad comunista. También porque aquella mañana, en el momento de los estridentes silbatos del toque de diana, en su barracón del Campo Pequeño, había podido comprobar con maravillado enternecimiento que su masculinidad no se había esfumado para siempre, como se temía desde hacía semanas.

—Imagínate —me decía Manglano—, ¡hacía una bar-
baridad de tiempo que no tenía nada que agarrar! Como
si estuviera muerto, el Gustavo, muerto para siempre. Nada,
ni al despertarme, y eso que, no es por fardar, pero antes,
oye, me despertaba como un burro. Pues desde hacía semanas y semanas, nada. Ya podía yo acariciar, tentar, tra-
jinar e incordiar a la pirindola, ni leche, tú, ¡nunca mejor dicho! Y, de buenas a primeras, aquella mañana, me
despierto ¡y, sin decir aquí estoy yo, cucú Gustavo! ¡El
rico pirulí de La Habana que se come sin gana, una her-
mosura, puro bronce, una pilula de primera!

Aquí, como habrá podido verse, hago un esfuerzo, sin
duda aproximado, por recordar el castellano espontáneo,
lleno de ocurrencias y de tipismos madrileños, que Manglano utilizara aquel día.

Estábamos delante de la puerta del pabellón de desin-
fectación, y el calor descriptivo del relato de Manglano nos
ayudaba a olvidar el frío glacial que nos envolvía. Veía, a
pocas decenas de metros, al extremo de la explanada que
se extendía ante nosotros, entre el *Effektenkammer* y el
pabellón de las duchas, el árbol de Goethe. O más propiamente, el tronco calcinado que quedaba. Porque aunque
los SS lo habían salvado cuando construyeron Buchenwald, una bomba de fósforo americana lo había abrasado,
durante los bombardeos de agosto de 1944. Decían que en
el tronco del árbol habían estado las iniciales grabadas al
cuchillo de Goethe y de Eckermann. No lo pongo en duda.

Yo empezaba a entumecerme con el frío de aquella mañana de invierno, y el relato de Manglano, el relato de la
evasión primaveral y descabellada de un joven ruso de
veinte años que él había presenciado, empezaba a tornarse incoherente y repetitivo. Ya por tercera vez, en el relato de Manglano, el ruso se había incorporado, ojo avi-
zor, sonrisa en los labios —una sonrisa de felicidad, decía
Manglano por tercera vez— justo antes de arrojar el pico
lejos de sí y de salir de estampida hacia un bosquecillo
lanzando un grito de indio sioux en pie de guerra.

—¿Por qué sioux? —pregunté con evidente mala fe.

—¿Cómo? —dijo Manglano que se quedó cortado en
seco.

—¿Por qué sioux y no navajo, o comanche, o apache,
sencillamente?

Manglano frunció el entrecejo.

—¿Por qué no sioux? —dijo, con tono hosco.

—¡Leches ya! ¿Quieres hacerme creer que tú distingues entre los gritos de guerra sioux, apaches, navajos, comanches o sabe-Dios-qué-carajo?

Pero no pudimos proseguir tan interesante aclaración. Se abrió la puerta del pabellón de desinfección y un tipo rechoncho y rubicundo nos ladró la orden de que entráramos.

Así pues, y a pesar de aquella controversia final sobre la exacta filiación india de un grito de guerra, por lo demás totalmente absurda, lanzado por un anónimo joven ruso en el momento de su fuga improvisada, recibí un testimonio de primera mano sobre las evasiones primaverales de los compatriotas de Varlam Shalamov, en Buchenwald.

Pero no todos los rusos se fugaban en primavera, a raíz de arranques o de arrebatos. Como en Kolyma, también se producían en Buchenwald evasiones detenidamente preparadas, cuidadosamente meditadas.

Yo estaba en Londres, leía en los *Relatos de Kolyma* la historia de la evasión del teniente coronel Ianovsky y de su grupo y me acordaba de Piotr. Lo llamábamos Pedro, en Buchenwald. Sin embargo era ruso, pero había combatido en España, en los tanques. Hablaba perfectamente el castellano.

Piotr había decidido que era realmente demasiado estúpido criar moho en un campo de concentración. Además, siendo ruso como él era, se exponía a que cualquier miserable suboficial que fuera un poco mal bicho le tomara ojeriza y diera con él en el crematorio. Y la idea de eclipsarse en humo cuando el fin de la guerra era ya sólo cuestión de meses se le antojaba a Piotr particularmente estúpido. De ahí que tomase la decisión de fugarse de Buchenwald.

Una auténtica evasión hay que prepararla.

Lo primero que había que tener claro era precisamente no probar fortuna en Buchenwald. Desde el interior mismo del campo, o de uno de los kommandos de trabajo más próximos, de donde los prisioneros volvían cada noche al campo propiamente dicho para pasar lista, resultaba casi imposible evadirse. De modo que Piotr había elaborado un plan de evasión en grupo, desde un kommando exterior, que reunía el máximo de condiciones favorables.

Por ello había venido a verme. Mi puesto en el *Arbeits-statistik* me permitía ayudarle a dar con ese lugar más o menos ideal.

Piotr se había decidido finalmente por un kommando móvil que trabajaba en la reparación de las vías férreas bombardeadas por los aliados y que se desplazaba a lo largo de aquellas vías en un tren especial, a un tiempo cárcel y taller, una *Eisenbahnbaubrigade*. Se había apuntado junto con un grupo de unos quince jóvenes voluntarios rusos que había reunido. No estábamos en primavera. Estábamos a finales de otoño. Iba a comenzar el invierno, el invierno más largo y más frío, el último invierno de aquella guerra. Unas semanas más tarde, llegó un informe al *Arbeitsstatistik*. Se había producido una evasión colectiva en la *Baubrigade*: Piotr y todos sus muchachos se habían dado el piro. Unos días después, dos de los evadidos fueron capturados. El informe SS anunciaba en la misma línea que los dos jóvenes rusos habían sido capturados e inmediatamente liberados: *entlassen*. Era la fórmula administrativa habitual para indicar que habían sido ejecutados, liberados de su pesada y miserable apariencia terrenal, y que en todo caso había que excluirlos de los efectivos de Buchenwald.

En el transcurso de los días y de las semanas siguientes, nos fueron llegando otros informes similares. Un evadido del grupo de Piotr había sido capturado aquí o allá e inmediatamente ejecutado: *entlassen*. Como tales informes indicaban muy concretamente los lugares en que los rusos habían sido capturados, podía seguirse la progresión del grupo de Piotr a través de Europa, hacia el este, hacia el Ejército rojo. Un último informe situaba al grupo en Eslovaquia, muy cerca de la frontera húngara. Luego, se hizo un silencio sobre aquel asunto. Junto a Piotr, cuatro o cinco hombres seguían aún en libertad. ¿Seguían caminando, de noche, a través de Europa? ¿Habían logrado alcanzar las líneas del Ejército rojo?

Yo había fabulado mucho, más tarde, acerca de aquella evasión de Piotr, acerca del mismo Piotr. En mi mitología personal, Piotr se había convertido en cierto modo en la viva encarnación del hombre soviético: el hombre nuevo, el hombre auténtico.

Del mismo modo que Suzanne en su isla del Pacífico se consolaba de su soledad invocando el Marne —y yo me sabía de memoria aquellas páginas de Giradoux, hubiera podido recitarlas en 1969, acodado en la barra de aquel cafetín de Dean Street, hubiera podido gritarlas en la noche de Buchenwald, en 1944, aun a riesgo de espantar a Fernand Barizon, puedo repetirlas aquí mismo, al instante: «Bajo todas las líneas del *Petit Eclaireur*, la palabra Marne fluía como un arroyo bajo las tablas espaciadas de una pasarela. Así que maquinalmente dije en voz alta, probando conmigo aquel ensalmo: —Está sola en su isla, pero está el Marne... y de repente, en efecto, el Marne me prometió mi regreso, tal fue la nitidez con que se me representó en Charenton, en su misma desembocadura, aquel pescador de caña embelesado...»— yo invocaba el recuerdo de Piotr: su jovialidad, su valor, su sentido de la fraternidad. Más tarde, en ciertos momentos difíciles de la guerra fría —clase contra clase, ciencia contra ciencia, su moral y la nuestra— intentaba tranquilizarme, reconfortarme con el recuerdo de Piotr. Sí, la pintura de Fougeron no era nada del otro mundo, incluso diría, entre nosotros, que era repugnante, y yo lo sabía, no me dejaba engatusar, pero estaba Piotr, el hombre soviético, el auténtico hombre sencillo. Sí, el texto del Círculo de filósofos comunistas publicado en la *Nouvelle Critique* de noviembre de 1950 era aberrante: en él se caracterizaba prolijamente el «retorno a Hegel» como «el último grito del revisionismo universitario», y terminaba con estas palabras rimbombantes y abyectas: *«Este Gran Retorno a Hegel no es sino un recurso desesperado contra Marx, en la forma específica que reviste el revisionismo en la crisis final del imperialismo: un revisionismo de carácter fascista»*, y sin duda yo juzgaba tal apreciación, en el silencio de mi intimidad esquizofrénica, totalmente aberrante, sin duda me importaba un comino, pero estaba Piotr, el recuerdo de Piotr, para infundirme esperanza. No se luchaba, al menos yo no luchaba, ¡pobre imbécil!, para puntualizar el problema de las relaciones del marxismo con Hegel, ni para dilucidar los méritos respectivos de Fougeron y de Braque: se luchaba, yo luchaba para que Piotr fuese el hombre del mañana, con su indomable alegría, su sereno valor, su sentido de la justicia fraternal.

Pero en Londres, en 1969, en aquel cafetín de Dean Street, había dejado de necesitar aquella fábula, aquellas fabulaciones. Sabía ya que el mito del hombre nuevo era uno de los más sangrientos de la sanguinaria historia de los mitos históricos. Había pedido otro café. Hablaba con

el camarero, que era vasco, de Pasajes. Los comentarios
sobre una reciente derrota del Real Sociedad, el equipo
de San Sebastián, nos habían llevado rápida y vehemente-
mente al meollo del asunto. Que era la política, por supuesto, la historia de nuestro país. De nuestros países, debería
decir, para ser más exacto.

Leía los *Relatos de Kolyma*, en Londres, con un nudo
en la garganta. Sabía ya cuál había sido el destino de
Piotr. Un destino ejemplar, sin duda, pero no tal como
yo lo entendía, en la época en que solía contar la hermosa
y emocionante historia de la evasión de Piotr, la larga
marcha de Piotr y sus muchachos a través de Europa, de
la noche de Europa, de las montañas y los bosques de Europa. Un destino ejemplar porque Piotr debió de acabar en
un campo del gulag, por supuesto. Quizá se había cruzado
con Varlam Shalamov, en Kolyma. En cualquier caso, con-
currían todas las circunstancias, las más agravantes quiero
decir, para convertir a Piotr en un candidato ideal para
ser deportado a un campo estaliniano. ¿Acaso no había combatido en España? ¿Acaso no se había evadido de un campo nazi? Todas las circunstancias, sin duda alguna. ¿Intentó Piotr evadirse de nuevo de uno de los campos de Kolyma, como el teniente coronel Ianovsky de quien habla
Shalamov? ¿Era él aquel oficial soviético evadido de un
campo nazi, enviado más tarde a la Kolyma, cuyo heroico
final evoca Shalamov en un relato que no he podido leer
por no haber sido traducido del ruso, *El último combate
del mayor Pugachev*, pero del que habla con emoción Michel Heller en su indispensable ensayo sobre *El mundo
de los campos de concentración y la literatura soviética*?
¿O bien, comunista roto por el comunismo, agotado por el
frío, el hambre, el trabajo inhumano, había muerto sin
comprender por qué, preguntándose qué error había cometido, cuándo, por qué, dónde habían tomado las cosas un
mal sesgo? ¿O, lo que no era impensable, aunque resultase
doloroso pensarlo, se había convertido, auténtico hombre
nuevo, comunista realmente fiel, ejemplar, en un estajano-
vista de los trabajos forzados, en un cabo despiadado, en
un robot vociferante y odioso del Pensamiento Correcto,
un verdugo para sus compañeros de deportación?

Comoquiera que fuese, ya no me reconfortaba en absoluto, en 1969, el acordarme de Piotr, al que llamábamos
Pedro, porque había luchado en España.

Más bien me habría dejado taciturno.

Pero estaba en Dean Street, en la puerta del edificio donde se encontraba la oficina cinematográfica varias veces mencionada. Me disponía a entrar, volvía por última vez la cabeza para observar el trajín de la calle. En la casa de enfrente, en el lado de los números pares, veía de repente una placa conmemorativa recordando que Karl Marx había vivido allí, precisamente.

Y sin duda era un azar que no estaba desprovisto de sentido.

En Buchenwald, veinticinco años antes, a veces había soñado que Goethe, inmortal y olímpico, goethiano en una palabra, seguía paseándose por la colina del Ettersberg, en compañía de Eckermann, aquel imbécil distinguido. Me había complacido, no sin cierta perversidad intelectual, en imaginar las conversaciones de Goethe y Eckermann acerca del campo de Buchenwald. ¿Qué habría dicho Goethe, un domingo de diciembre, por ejemplo, paseándose a lo largo de la avenida de las Águilas, si hubiese reparado en la inscripción forjada en el hierro de la puerta monumental del campo, *Jedem das Seine*? «A cada cual lo suyo.» En 1944, por supuesto, yo no sabía que Varlam Shalamov oiría hablar de aquella inscripción, un día no lejano, en algún lugar del campo de concentración de Kolyma. Uno cualquiera de los numerosos rusos de Buchenwald deportados más tarde al Gran Norte —Piotr, ¿por qué no?— debía de haber hablado de aquella inscripción al llegar a Magadan. Y como suele ocurrir, casi inevitablemente, en los relatos orales, el sentido de la inscripción inicial se había ido transformando poco a poco. Así escribe Shalamov: «Dicen que en la puerta de los campos de concentración alemanes figuraba una cita de Nietzsche: CADA CUAL PARA SÍ.»

Y en los relatos sin duda divulgados por rusos que acaso evocaron, en un barracón de Kolyma, su experiencia de Buchenwald, *Jedem das Seine* había acabado convirtiéndose en *Jeder für Sich*: «A cada cual lo suyo» se había convertido en «Cada cual para sí». Cosa que no guarda absolutamente ninguna relación con lo anterior, como creo que es evidente. De hecho, lo único un poco sorprendente en toda esta historia es que Shalamov haya podido confundir esa trivial expresión del egoísmo inmemorial que caracteriza lo que da en llamarse «la cordura de las naciones», *Cada cual para sí*, con una frase de Nietzsche. ¿Por qué Nietzsche? Aún me lo pregunto.

Comoquiera que fuera, en 1944, cuando yo imaginaba con placer bastante perverso las elucubraciones de Goethe acerca de aquella inscripción de Buchenwald, *A cada cual lo suyo* —expresión cínicamente igualitaria— yo no sabía que Varlam Shalamov hubiera sido un interlocutor muy válido, en aquellos diálogos imaginarios sobre el Ettersberg. No sabía nada de Varlam Shalamov. No sabía nada de Kolyma.

En fin, para que quede claro: aunque hubiera sabido, no habría querido saber nada.

Pero aquel día, en 1969, en el momento en que descubría aquella placa conmemorativa en la fachada de una casa, en Dean Street, que recordaba que allí había vivido Karl Marx —y de allí partía la alegre caravana familiar, de expedición pedestre, ruidosa y campechana, hacia las ondulaciones cubiertas de césped del parque de Hamstead, si hemos de dar crédito al testimonio de Liebknecht; allí, en el número 28 de Dean Street, vivió Marx de 1850 a 1856, allí escribió *El dieciocho de Brumario de Luis Bonaparte*, y cientos de artículos y de ensayos políticos— sabía lo suficiente como para no perder el tiempo interpelando a Goethe, como para dejar de pescar —empresa demasiado fácil, sin duda, que caía de su propio peso, pero, no obstante, siempre saludable— al humanismo burgués en la trampa de sus hipocresías históricas. Lo que soñaba aquel día era ver salir a Marx de su casa, en el número 28 de la calle, con su levita usada. ¿Qué habría tenido que decirle a Varlam Shalamov?

La noche anterior, en mi hotel, había reanudado la lectura de los *Relatos de Kolyma*. Iba por la página 87 y leía un breve texto que se titula: «Cómo empezó todo.»

De repente, al comienzo de una frase, me dio un vuelco el corazón, la sangre refluyó de mi rostro, de mis manos, se paralizó, helada, en mi corazón que latía desenfrenadamente. Había leído lo siguiente: «*En los fulgores triangulares de los reflectores que iluminaban el yacimiento por la noche, los copos bailaban como granos de polvo en un rayo de sol...*»

¡Los copos de nieve en la luz de los reflectores!

Todavía somos unos cuantos miles de ex deportados (por supuesto, no es que me agrade mucho la palabra.

¿Ex deportados como ex combatientes? ¿Pero cómo decirlo si no? ¿Supervivientes de los campos de la muerte? Aparte de la irrisoria grandilocuencia de la expresión, la palabra «supervivientes» refleja más bien la experiencia de un cataclismo natural: supervivientes de un temblor de tierra, de una inundación. Además, es una palabra que no quiere decir nada. En fin, nada concreto, nada preciso. ¿A qué sobrevivimos? ¿A la muerte? Eso sí que sería gracioso: nunca se sobrevive a su propia muerte. Siempre está ahí, agazapada, hecha un ovillo, como un gato paciente, en espera de que llegue su hora. ¿Se sobrevive a la muerte de los demás? Eso sí que es una trivialidad: no son necesarios los campos para saber que siempre se mueren los demás. La experiencia de la muerte es social, es un desquite o una victoria de la especie, decía poco más o menos aquel doctor Marx cuya existencia londinense recordaba una placa conmemorativa, precisamente en una fachada de Dean Street), pero, en fin, somos aún unos cuantos millares de hombres y de mujeres, al oeste, unos cuantos cientos de miles al este —al dar estas cifras, no pretendo una exactitud científica: doy un orden de magnitud, sencillamente, una proporción totalmente relativa— los que no podemos recordar nieve remolineando en la luz de los reflectores sin sufrir una especie de congestión, sin que nos den un vuelco el corazón y la memoria.

Me ocurrió en abril de 1963, en la estación de Lyon.

¿En la estación de Lyon?

Pero no regresaba de ningún viaje clandestino. Nunca más, verosímilmente, regresaría de un viaje clandestino. No volvía de España, en todo caso. Bien es cierto que por la estación de Lyon no se vuelve de España, como tampoco se va. Desde el mes de diciembre de 1962, había dejado de trabajar clandestinamente en España. Había dejado sencillamente de ser clandestino. Quiero decir que había recobrado mi identidad, la identidad que parecían atribuirme los papeles oficiales, los documentos de filiación.

No pensaba en nada especial, creo recordar. Únicamente pensaba en escapar de la multitud previsible y presurosa, pegajosa, de viajeros, y en alcanzar la salida de la estación a grandes zancadas. Me había apeado en la parte descubierta del muelle cuando me sorprendió el torbellino algodonoso de una inesperada borrasca de nieve. Una voz cascada anunció algo por un altavoz, sin duda una llegada o una salida de tren. Es lo que por lo general se anuncia en las estaciones. Yo alcé la cabeza bruscamente. Me palpitaba el corazón, aun antes de saber por qué. Entonces, vi aquel remolino de nieve ligera iluminado lateralmente por el haz de los reflectores, aquel charco de luz danzarina y helada.

Me quedé inmóvil, petrificado allí mismo, tembloroso.

Una luz danzarina y helada, una luz danzarina, una luz...

Inmóvil, de pie, en medio del trajín, del guirigay, de la confusión de los reencuentros, miraba aquellos copos de nieve ligera que bailaban a la luz de los reflectores. *Una luz danzarina y helada.* ¿Quién decía aquellas palabras, en mi fuero interno? ¿De dónde venían? ¿Quién las decía, las susurraba, sino yo mismo? ¿De dónde venían sino de lo más alejado de mí mismo?

Hubiera podido reprenderme, amonestarme en voz baja. Hubiera podido decirme que tampoco tenía por qué cargar las tintas. Más de una vez me había ocurrido, en cualquier momento y aun sin que viniera a cuento, el que bruscamente me cruzase por la mente un recuerdo lancinante de Buchenwald. La nieve, los reflectores: bien, no había motivo para montar tal cacao. Bien, sí, un recuerdo incomunicable. Ya estaba acostumbrado a ellos.

Pero aquel día, en abril de 1963, no me acordaba de Buchenwald, ese es el caso.

Recordaba un lugar en el que nunca había estado. Había visto remolinear la nieve ligera en la estación de Lyon y me acordaba de un campo en el que nunca había estado encerrado. De ahí que no pudiera ahuyentar aquel recuerdo con un gesto, con una palabra, como lo había hecho ya tantas otras veces. Un gesto, una palabra hubieran bastado para conjurar un recuerdo de Buchenwald, por brutal o lancinante que hubiese sido. Un gesto, una palabra, para devolverlo al lugar que le correspondía, en el desierto de una memoria de inagotables y mortales riquezas, pero de las que sólo podían compartirse briznas. Pues bien, no me acordaba de Buchenwald. Me acordaba de un campo desconocido cuyo nombre ignoraba: el campo especial en el que está encerrado —desde siempre, creo, hasta el fin de los tiempos, quizá— Iván Denisóvich Chujov.

Yo había leído el relato de Solzhenitsin unos días antes y vivía aún hundido en el obsesivo universo de aquella lectura. Así que, cuando vi la nieve remolineante, a la luz de los faroles de la estación de Lyon, la nieve de aquella súbita borrasca de primavera, no recordé Buchenwald, a las cinco de la mañana, un día cualquiera de invierno, quizá incluso un domingo. Recordé a Iván Denisóvich al inicio de su jornada, de camino hacia la enfermería, cuando *el cielo sigue siendo igual de negro,* cuando *los dos reflectores siguen picoteando la zona del campo con sus anchos haces luminosos.* No ocupaba el lugar de Gérard en un lejano recuerdo de Buchenwald. Ocupaba el de Chujov —o, lo que aún era más triste, el de Senka Klevchin, a quien quizá había conocido— en el presente de un campo especial, en algún lugar de la URSS.

De pie, inmóvil, en medio del guirigay, del trajín, me invadía de nuevo una sensación ya vivida de irrealidad.

Pero puntualicemos. No era la estación de Lyon, la multitud, la nieve remolineante de aquella súbita borrasca primaveral: no era el mundo que me circundaba, en definitiva, lo que se me antojaba irreal. Lo era yo, aparentemente. Era mi memoria la que me arraigaba en la irrealidad de un sueño. La vida no era un sueño, ¡ni mucho menos!, lo era yo. Y lo que es más: el sueño de alguien muerto tiempo atrás. Ya he mencionado, a pesar de su innombrable indecencia, esa sensación que me ha asaltado en el transcurso de los años. Esa certeza serena y totalmente desesperada de no ser sino el fantasma soñador de un joven muerto tiempo ha.

Aquella noche, en la estación de Lyon, cuando la luz danzarina y helada de la nieve remolineando en los haces de los reflectores me recordaba la reciente lectura del relato de Solzhenitsin, me disponía a dar un nuevo paso, a bajar un nuevo escalón en el túnel que me conducía, quizá inexorablemente, hacia una locura solitaria, hacia la vacilante llama de mi propia demencia, que no sería no obstante sino el reflejo del bárbaro incendio que habrá asolado este siglo. De repente, iba a dejar de ser la memoria de un muerto, el sueño desesperado y lúcido de un joven muerto tiempo ha, que sin embargo hubiera sido yo mismo, que hubiera podido ser yo mismo, con cualquier nombre, incluido un nombre supuesto, incluido el de Gérard Sorel, jardinero; iba a abandonar mi ser, aún irreal, para empezar a habitar, o ser habitado, más bien, por otra vida, dotado de otra memoria: la de Iván Denisóvich, al principio, y, con el correr de los años, merced a las lecturas, la de todos los *zeks* de los campos del Gulag cuya memoria y cuyos nombres nos habrán sido conservados en los múltiples relatos y testimonios, y quizá, en el lindero, en las fronteras mismas de la muerte, o de la locura, acabaría envuelto por la monstruosa labor de una memoria anónima y muda, la memoria llana y devastada, desprovista ya de la menor chispa de esperanza, de la menor posibilidad de piedad, la memoria fangosa y taciturna de un *zek* desconocido, olvidado de todos, borrado de todos los recuerdos de este mundo.

Quizá, ¿por qué no?

Y sin duda había un modo de cortar por lo sano aquella angustia. Sin duda había un modo de eliminar el sueño, eliminando al que soñaba, quienquiera que fuese. De eliminar asimismo la culpabilidad que yo experimentaba por haber vivido en la insulsa inocencia del recuerdo de Buchenwald, inocente recuerdo de haber pertenecido al campo de los justos, sin duda alguna, siendo así que las ideas por las que yo creía luchar, la justicia por la que pensaba combatir, servían en el mismo momento para justificar la injusticia más radical, el mal más absoluto: el campo de los justos había creado y dirigido los campos de la Kolyma. Sin duda siempre puede uno suicidarse. Fadeiev, por ejemplo, se había suicidado. La sangre sólo se lava con sangre.

¿Había sangre en mi memoria?

Los días que siguieron a mi lectura del relato de Solzhenitsin los consagré a una exploración de mi memoria. Seguí, desde luego, fingiendo que vivía. Contesté, desde luego, a las preguntas que se me hacían. Quizá les aguanté la puerta a las señoras en las escaleras del metro. Pasé la sal y el pan, cuando me pedían el pan y la sal, en la mesa. Hasta quizá se me ocurrió decir agudezas, comentar con burlona precisión tal película o tal libro. Pero aquello era superficial: burbujas en la superficie de la vida. En lo más recóndito de mí mismo, con la minucia maníaca que caracteriza habitualmente los momentos en que uno se replantea las cosas, proseguí el análisis de mi memoria.

No había sangre en mi memoria.

Entendámonos: mi memoria estaba llena de sangre. En la medida en que mi memoria recortaba la historia de este siglo, estaba llena de sangre. El siglo está salpicado de sangre, como todos los demás siglos de la historia. Quizá incluso más que los restantes siglos de esta historia sangrienta. Pero era una sangre que yo podía asumir. Que

134

podía asimismo rechazar, negándome en lo sucesivo a participar en las contiendas de este siglo. No me refiero a esa sangre. Me refiero a la sangre que puede uno tener en la memoria, y aun en las manos, que es imborrable, cuando ha militado uno en las filas del comunismo en la época de Stalin. Y no aludo a la época de Stalin porque presuma que no se derramase sangre antes del georgiano, o después de él. No, menciono precisamente la época de Stalin porque precisamente en esa época me hice comunista, aunque sólo después de la muerte de Stalin pasase a ser dirigente del PCE.

Me refiero a la sangre de izquierdas, a cualquier sangre inocente, fuese cual fuese, que uno derramara —directamente o de forma más sutil, a través de las mediaciones aparentemente lógicas de una ideología terrorista y segura de sí misma, de su aberrante y virtuosa verdad— precisamente por ser uno un dirigente comunista, por disponer de un ápice, aunque sólo fuese un ápice, de poder absoluto. Poder de vida o de muerte, como tan certeramente se dice.

Pero de esa sangre no había en mi memoria.

Había un sinfín de cosas desagradables, o ridículas, vergonzosas arborescencias, mala-buena fe repugnante y pegajosa, ideología esquizoide, rigor terrorista y vacío: un montón de cosas que era menester arrancar pacientemente. Sin duda había que quemar las malezas de mi memoria, pero no había sangre que fuese menester lavar con sangre.

Por lo demás, no había motivo para sentirse especialmente orgulloso. Quizá sólo era cuestión de edad. Quizá lo que ocurría era sencillamente que me faltaban los cinco o diez años que se requerían para tener la edad de la sangre en las manos, de la sangre en la memoria. Quizá la inocencia es sólo cuestión de edad. Con cinco o diez años más, quizá hubiera tenido en la memoria la sangre del POUM, la sangre de Gabriel León Trilla, la sangre de revolucionarios inocentes. ¿Podría jurar lo contrario?

En cualquier caso, aunque sólo fuese por un azar biográfico, no había sangre en mi memoria que exigiese sangre para ser borrada. Podía seguir viviendo la vida que me había sido dada, ya fuese realmente la mía o la de otro que hubiese muerto en Buchenwald veinte años atrás. Podía seguir viviendo aquella vida que había modificado, de forma invisible pero radical, la lectura de *Un día en la vida de Iván Denisóvich*.

Y así había empezado todo, en el mes de abril de 1963, en la estación de Lyon, mientras veía remolinear la nieve a la luz de los reflectores.

Pero estaba en Londres, unos años más tarde, delante de la casa donde viviera Karl Marx.

Ya en la primera línea de su *Dieciocho de Brumario*, sin duda la obra más importante que escribió en el número 18 de Dean Street, Marx alude a Hegel. Alusión en forma de *boutade* intrascendente, pese a la fortuna que corrió en manos de generaciones y generaciones de marxistas distinguidos. *Boutade* que es un chiste o gag íntimo, *private joke*, entre Engels y él. Porque, en realidad, la célebre frase de Marx sobre los personajes y los acontecimientos históricos que se repiten dos veces, según Hegel, quien olvidó añadir que se producen la primera vez en forma de tragedia y la segunda como farsa, está literalmente copiada de Engels. En una carta fechada el 3 de diciembre de 1851, el día siguiente del golpe de Estado de Luis Bonaparte, Engels le escribe a su amigo para comentar el acontecimiento. Estaba en vena, aquel día, el bueno de Engels. Su carta es arrebatada, brillante, cáustica. Totalmente falsa, por lo demás. Me refiero a que en el fondo, en el juicio expresado sobre el sentido histórico del golpe de Estado imperial, la carta peca de una notable ceguera. En cualquier caso, en esa carta es donde formula Engels, con mucha fuerza y precisión sarcástica, aquella idea sobre la repetición histórica que Marx recoge textualmente, edulcorando su forma literaria, pero dotándola al tiempo de un alcance general que a Engels ni le había pasado por la mente.

Pero ahora no me interesa Engels, sino Hegel. El viejo Hegel, que es el blanco de las *boutades*, brillantes improvisaciones o análisis refinados de Marx y de Engels, en la correspondencia privada de estos últimos; aquel «perro muerto» para los maestrillos de la época como para los althuserianos actuales, no era más que un joven, hará cosa de dos siglos —¡mira por dónde!, poco más o menos, en el momento del 18 de Brumario, el primero, el auténtico, el de noviembre de 1799— cuando definía en pocas líneas la esencia misma del sistema de los campos de concentración aún por llegar.

En efecto, en un fragmento de las notas de lectura que redactó en Berna y en Francfort, Hegel analiza al *Gefägniswesen*, el ser carcelario, a propósito de un libro del jurista Carmer. Y llega a la siguiente conclusión: *Mit kalmen Verstande die Menschen bald ald arbeitende und produzierende We sen, bald als zu bessernde We sen zu betrachten und zu befehligen, wird die ärgste Tyrannei, weil das Beste des Ganzen als Zweck ihnen fremd ist, wenn es nicht gerecht ist.* O sea: «Considerar a los hombres y gobernarlos, como producto de un frío razonamiento, ya como seres trabajadores y productivos, ya como seres que pueden mejorar, viene a ser la más terrible tiranía, pues lo Mejor de la Totalidad concebida como fin les es ajeno, cuando no está basado en la justicia.»

¿Cabe formular en menos palabras la esencia común a los sistemas represivos nazi y soviético? Hacer trabajar y corregir, reeducar mediante los trabajos forzados, ¿no radica en eso mismo la profunda identidad, cualesquiera que sean las diferencias debidas a las circunstancias históricas, o aun geográficas, entre ambos sistemas?

En 1934, cuando el ministerio del Interior hitleriano establece las normas del internamiento administrativo en los campos de concentración, hace ya quince años que funciona el sistema en la URSS. Fue en febrero de 1919, en la octava sesión del Comité central ejecutivo pan-ruso, cuando declaró Dzerjinsky: «Propongo mantener los campos de concentración para utilizar el trabajo de los prisioneros, de los individuos sin ocupación definida, de todos los que no pueden trabajar sin cierta coerción...» (¡Cuán admirable frase! ¿Quién ha trabajado alguna vez sin más o menos cierta coerción? ¿Qué proletario ha ido a trabajar a la fábrica sin sufrir cierta coerción económica y extraeconómica, que le obliga a vender libremente su trabajo? Pero la fórmula de Dzerjinsky, amén de abrir el camino de la arbitrariedad más total, oculta la hipocresía dialéctica que presidirá en lo sucesivo la ideología del trabajo. Éste, desde la victoria de la revolución bolchevique, es considerado como un asunto de honor para el trabajador, como la forma de expresar su adhesión a la revolución. Cualquier reticencia acerca del trabajo podrá ser juzgada, pues, como delito, o, al menos, como prueba de mala voluntad. Medio siglo más tarde, en Cuba, la Ley contra la pereza, de Fidel Castro, reproduce exactamente el mismo articulado ideológico. El yerno de Marx, Paul Lafargue, nacido en Cuba y autor de un irrespetuoso panfleto sobre el *Derecho a la pereza*, debió de revolverse en su tumba.) Y prosigue Dzerjinsky: «Si nos detenemos a considerar la Administración pública, esta medida» —es decir, el mantenimiento de los campos— «podría sancionar la falta de celo, los retrasos, etc. Permitiría meter en cintura a nuestros funcionarios. Nos proponemos con ello crear una escuela de trabajo».

Ya está: escuela, ¡salió la palabreja! De donde resulta que el viejo Hegel llevaba toda la razón: en virtud de ese terror pedagógico —que él denunciara ya a finales del siglo XVIII, y cuya esencia consiste en considerar a los hombres *bald as arbeitende und produzierende Wesen, bald als zu bessernde Wesen*— y mediante unos trabajos forzados, productivos y reeducativos, se proponen Lenin y Dzerjinsky castigar masivamente a todos los parásitos, a los holgazanes, a los insectos dañinos —y a los histéricos también: una palabra que Lenin tiene continuamente en los labios y en la pluma a la hora de calificar a sus adversarios políticos; enfermos, pues, a los que convendrá cuidar enérgicamente, y sus sucesores no se privaron de ello— porque estorban a la naciente sociedad soviética.

En 1934, pues, cuando el ministro del Interior hitleriano decreta que la detención administrativa es asunto exclusivo de la Gestapo (*Zur Anordnung der Schutzhaft ist ausschliesslich das Geheime Staatspolizeiamt zuständig*), reproduciendo casi palabra por palabra una frase pronunciada por Dzerjinsky en el discurso ya citado: «El derecho al internamiento en los campos de concentración corresponde a la Cheka», en 1934, hace ya tiempo que Gorki —adversario virulento de la revolución bolchevique en sus inicios y crítico muchas veces lúcido de sus aspectos dictatoriales— ha cantado las alabanzas del nuevo sistema represivo: «Creo que la conclusión es evidente: campos como los Solovki son indispensables» proclama en 1929. Y luego, recogiendo sin saberlo la expresión de Dzerjinsky, añade Gorki que los campos de los Solovki deben ser considerados «como una escuela preparatoria». ¿Es necesario precisar que Varlam Shalamov, que conoció los Solovki antes de conocer la Kolyma, no participa en absoluto de la misma opinión? Pero Shalamov no es sin duda un escritor realista-socialista. No es un ingeniero de las almas. ¿Debe interpretarse que los Solovki eran «una escuela preparatoria» para el infierno de la Kolyma, dura escuela en la que había muchos llamados y pocos elegidos?

En cualquier caso, cuando en 1937 los primeros prisioneros procedentes de otros campos de Alemania comienzan a edificar Buchenwald, en las alturas del Ettersberg, el sistema de campos de concentración del Gulag llega a su apogeo.

Pero, ¿es lícito el empleo de la palabra Gulag? Algunos marxistas, sin duda los más necios, los más hipócritas y los más siniestros de todos los marxistas: los del PCF, por supuesto, querrían prohibirnos emplear la palabra Gulag. Han escrito un lamentable libelo, *La URSS y nosotros*, que los dirigentes del PCF han difundido, ensalzado a bombo y platillo y puesto como ejemplo, en la época ya caduca en que era de buen tono distanciarse del «socialismo real», que a partir de entonces pasó a ser «globalmente positivo». En ese libro, unos cuantos intelectuales de cuyos nombres no quiero acordarme escribieron el siguiente párrafo: «El empleo de la palabra Gulag invita a reflexiones del mismo orden —acaban de explicar por qué se niegan a emplear el calificativo *estaliniano*—. Esta palabra es una sigla. Está formada con las iniciales rusas de la "dirección de Estado de los campos de trabajo correctivo" —¡bravo otra vez, viejo Hegel!— que hasta 1956 designó a la administración de los campos. *Solzhenitsin comprendió la carga afectiva que podían entrañar aquellas dos extrañas e inquietantes sílabas; los mass media organizaron en torno a ello una colosal y obsesiva orquestación.* La palabra vino entonces a interponerse entre el occidental medio —¿qué nueva especie es ésa? ¿De qué híbrido se trata?— y cualquier visión racional y diferenciada del mundo socialista, de su evolución y realidad.»

El subrayado es mío, por supuesto.

¿Cómo debe calificarse, sin pasión pero con rigor, a los intelectuales capaces de engendrar semejante texto? ¿Son cínicos, alienados, imbéciles? ¿O más bien nos toman por imbéciles, alienados o cínicos? La palabra Gulag es, en efecto, una sigla. Siempre lo ha sido, tanto en la pluma de Solzhenitsin como, mucho antes, en la de Gustav Herling o David Rousset. Una sigla como Snecma, Urssaf o Inserm. ¿Por lo que respecta a la «carga afectiva» que puedan entrañar esas dos sílabas, ésta no cae de un cielo metafísico, no es una fatalidad semántica. Para que esas dos sílabas no fuesen «extrañas e inquietantes», habría bastado que no hubiese campos en la URSS, ¡así de sencillo! La «carga afectiva» viene del hecho de que, a partir de entonces, se conoce el significado de la palabra Gulag. No sólo gracias a Solzhenitsin, pero, en fin, su contribución a que se sepa y se conozca la verdad sobre este punto es decisiva, cualitativamente nueva. Y antes de «comprender» la «carga afectiva» que contienen esas dos sílabas —como dicen con infecta hipocresía los intelectuales del PCF— Solzhenitsin la sufrió. Sufrió la «carga afectiva» del Gulag durante ocho años. La misma «carga afectiva» la sufrió Varlam Shalamov durante veinte años. De modo que, si esas dos sílabas de la palabra Gulag son significativas, lo son porque reflejan más o menos claramente una experiencia histórica. El problema no se plantea en el plano de la fonética. A partir de entonces, se sabe, de modo aproximado al menos, cuál es el contenido de esa experiencia. Y si los media han contribuido a divulgar ese saber, ¡alabados sean los media! En mi opinión, no obstante, ese saber es aún frágil, dista mucho de estar lo bastante asentado, lo bastante extendido. Tiende más bien a difuminarse, a trivializarse (quizá debido a esos mismos media. En tal caso, ¡abajo los media! Sé ser dialéctico, no les quepa la menor duda), pues las raíces sociológicas y políticas de la sordera occidental frente a las realidades del Este son siempre muy fuertes.

¿Cómo hubieran reaccionado los intelectuales del PCF, en el momento de la proyección de *Holocausto* en las pantallas de televisión europeas —u occidentales medias—, ante la publicación de un texto de este tipo: «Comprendiendo la carga afectiva que pueden entrañar las palabras *cámara de gas* y *horno crematorio*, los judíos —una variante podría decir: los sionistas— han organizado con ellas a través de los mass media una colosal y obsesiva orquestación»? Hubieran clamado que era un escándalo, sin duda. (¡En fin, todavía nos atrevemos a esperarlo!) No obstante, hacen exactamente lo mismo. Su proceder es idéntico en la ignominia.

Así pues, esos historiadores, esos economistas, esos críticos —¡sí, por desgracia, son todas esas cosas!— del PCF querrían prohibirnos el uso de la palabra Gulag. En cualquier caso, se lo prohíben a sí mismos. Quizá creen suprimir la cosa, la realidad de los campos, o al menos los efectos de tal realidad censurando la palabra que la designa. Ello supondría, para unos marxistas-y-orgullosos-de-serlo, una singular prueba de idealismo. El argumento que esgrimen, en cualquier caso, es que la palabra Gulag es una barrera, se interpone entre «el occidental medio y cualquier visión racional y diferencial del mundo socialista». Creo que han olvidado un adjetivo, que sin embargo es utilísimo. Han olvidado el adjetivo «dialéctico». Una visión racional, diferenciada y dialéctica: ¡eso es lo que necesitamos! Deduzcamos, en cualquier caso, de esa sabia fórmula, que existe realmente un «mundo socialista» para nuestros intelectuales perros guardianes. Y en esta ocasión, ese mundo, ese hermoso mundo, ni siquiera es calificado de forma minorativa. No es calificado de «real», ni de «primitivo», ni de «inacabado». Ese mundo es socialista, ni más ni menos. Pues bien, no somos de ese mundo. No pertenecemos al mismo mundo.

En 1937, cuando los primeros prisioneros alemanes se concentran en el Ettersberg para talar el bosque de hayas, el sistema de los campos de trabajo correctivo, el Gulag, en una palabra, ve desencadenarse en la URSS el gran huracán de aquel año terrible.

La historia del Terror ha conocido en la URSS distintas fases. Se han cubierto etapas antes de llegar al apogeo estaliniano del Terror. El año 1937 marca una de esas etapas, sin duda.

El texto de Shalamov que leía ayer —quiero decir: la víspera de aquel día que reconstruyo por escrito, aquel día de 1969, en Londres, en que me topé bruscamente con la placa conmemorativa de Karl Marx que provocó esta aparente digresión—, el capítulo, pues, de los *Relatos de Kolyma* que leía ayer y cuyo título era «Cómo empezó todo», trata precisamente de la etapa cubierta en 1937 en el universo histórico del Terror, en la historia misma del Gulag.

«En todo el año 1937 —cuenta Varlam Shalamov—, dos hombres, sobre un efectivo oficial de dos o tres mil, un deportado y un hombre libre, hallaron la muerte en la mina *Partisano* (una de las minas de la zona de la Kolyma). Los enterraron juntos, bajo un túmulo. Dos vagos obeliscos —un poco más pequeño para el deportado— remataron ambas tumbas... En 1938, una brigada entera trabajaba sin interrupción cavando tumbas.» Y es que el huracán se desencadenó a fines del año 1937, tanto en los campos de la Kolyma como en toda la sociedad soviética. A las órdenes del coronel Garanin, que acabará fusilado como «espía japonés», del mismo modo que su jefe Iejov, que sustituyó a Iagoda, fusilado a su vez, a la cabeza del NKVD, acabará fusilado, y será sustituido por Beria, quien, a su vez... el coronel Garanin, pues, desencadenó sobre Dalstroi, la zona de campos de concentración de la Kolyma, el huracán de locura del año 1937.

Al mando del coronel Garanin, en el Gran Norte, fueron fusilados los deportados por millares. Fueron fusilados por «agitación revolucionaria». ¿En qué consiste en un campo del Gulag la agitación revolucionaria? Contesta Varlam Shalamov: «Afirmar en voz alta que el trabajo era agobiante, susurrar la más inocente observación acerca de Stalin, guardar silencio cuando la multitud de deportados berreaba: ¡Viva Stalin!... ¡fusilado! El silencio es la agitación.» Se fusiló «por ultraje a un miembro de la guardia». Se fusiló «por negarse a trabajar». Se fusiló «por robo de metal». Pero, dice Shalamov, «el último epígrafe, ¡el más nutrido!, con cuyo pretexto se fusilaban deportados a espuertas, era el de incumplimiento de las normas. Las autoridades justificaron tal rigor con una base teórica: en todo el país se desglosaba el plan quinquenal en cifras precisas en cada fábrica, para cada banco de trabajo. En Kolyma se definieron sus exigencias para cada yacimiento, para cada carreta, para cada pico. ¡El plan quinquenal es la ley! ¡No ejecutar el Plan constituye un crimen contrarrevolucionario! ¡A la fosa con los perros que no ejecutan el Plan!

El Plan, pues, prueba tangible, según decían, de la superioridad de la sociedad soviética, el Plan que permitía evitar las crisis y la anarquía de la producción capitalista, el Plan, concepto casi místico, era no sólo responsable en la sociedad civil (como suele llamarse, aunque en este caso era totalmente incivil) de un despotismo de empresa exacerbado —ya que amarraba al trabajador a su fábrica como al presidiario a su presidio—, el Plan era simultáneamente la causa de un refinado redoblamiento del Terror en el interior mismo de los campos del Gulag. El Plan era tan asesino como el coronel Garanin. Por lo demás, uno y otro se complementaban.

Pero, cuenta Shalamov, «la piedra y la tierra eternamente helada de la *merzlota* no admiten los cadáveres. Es menester dinamitar, picar, separar rocas. Cavar tumbas, efectuar exploraciones auríferas exigía idénticos procedimientos, idéntico instrumental, idénticos ejecutantes. Una brigada entera dedicaba jornadas enteras a abrir tumbas, o más bien fosas donde eran amontonados fraternalmente los cadáveres anónimos... Se amontonaba a todos los cadáveres, totalmente desnudos, tras habérseles roto los dientes de oro, registrados en el atestado de inhumación. Se arrojaban en la fosa cuerpos y piedras entremezclados, pero la tierra rechazaba a los muertos, imputrescibles y condenados eternamente al sol perpetuamente helado del Gran Norte...»

Ayer, leyendo estas líneas —es decir, no ayer, sino la víspera de aquel día de primavera, en Londres, cuyo recuerdo reconstruyo hoy, diez años después—, aquella imagen me abrasó los ojos: la imagen de aquellos miles de cadáveres desnudos, intactos, prendidos en el hielo de la eternidad, en los osarios del Gran Norte. Osarios que eran las canteras del hombre nuevo, ¡no lo olvidemos!

En Moscú, en el mausoleo de la plaza Roja, muchedumbres increíbles y crédulas siguen desfilando delante del cadáver imputrescible de Lenin. Yo mismo visité el mausoleo, en 1958. En aquella época, la momia de Stalin le hacía compañía a la de Vladimir Ilich. Dos años antes, en el transcurso de una sesión a puerta cerrada del XX Congreso del PCUS, Nikita Serguéievich Jruschov había quemado aquel ídolo a quien él mismo había adorado e incensado como todos sus iguales. Dos años después, en Bucarest, Jruschov le propondría a Peng Chen que se llevase a China la momia sangrienta de Stalin, que sería finalmente sacado del mausoleo, tras el XXII Congreso del PCUS. Pero en el verano de 1958, Stalin estaba en su tumba de mármol rojo, junto a Lenin, eso puedo atestiguarlo. Los vi a ambos. Apacibles, intactos, imputrescibles: sólo les faltaba hablar. Pero les faltaba hablar, afortunadamente. Tumbados, tranquilos, ambos, con una luz de acuario, protegidos por centinelas de un regimiento de la Guardia, inmóviles como estatuas de bronce.

Diez años después, en Londres, tras haber leído aquellas líneas de Varlam Shalamov, recordé la tumba de la plaza Roja. Pensé que el auténtico mausoleo de la Revolución se hallaba en el Gran Norte, en Kolyma. Podrían abrirse galerías en medio de los osarios —canteras— del Socialismo. La gente desfilaría ante los millares de cadáveres desnudos, imputrescibles, de los deportados atrapados en el hielo de la muerte eterna. No habría centinelas, aquellos muertos no necesitarían ser custodiados. Tampoco habría música, no habría marchas solemnes y fúnebres interpretadas con sordina. Tan sólo habría silencio. Al extremo del laberinto de las galerías, en un anfiteatro subterráneo abierto en el hielo de una fosa común, rodeado por todas partes por la mirada ciega de las víctimas, podrían organizarse doctas reuniones sobre las consecuencias del «desviacionismo estalinista», con el concurso de una brocheta representativa de distinguidos marxistas occidentales.

Con todo, los campos rusos no son *marxistas* como los campos alemanes son *hitlerianos*. Existe una inmediatez histórica, una total transparencia entre la teoría nazi y su práctica represiva. En efecto, Hitler tomó el poder merced a una movilización ideológica de las masas y mediante el sufragio universal, en nombre de una teoría proclamada, sin equívoco alguno. Él mismo puso en práctica sus ideas, reconstruyendo en función de estas últimas la realidad alemana. La situación de Karl Marx, con relación a la historia del siglo XX, incluso la que se hizo en su nombre, es radicalmente distinta, la cosa está clara. De hecho, los adversarios de los bolcheviques cuando la revolución de Octubre, al menos una parte de aquellos, se declaraban tan marxistas como los mismos bolcheviques: en nombre del marxismo criticaban no sólo los mencheviques, sino también los teóricos de la ultraizquierda alemana el autoritarismo y el terror, el monolitismo ideológico y la desigualdad social que se extendieron por la URSS a partir de la victoria de octubre.

Los campos rusos no son, pues, de forma inmediata y unívoca, campos *marxistas*. Tampoco son simplemente *estalinianos*. Son campos *bolcheviques*. El Gulag es el producto directo, inequívoco, del bolchevismo.

No obstante, puede darse un paso más. Puede localizarse en la teoría de Marx la grieta por la que irrumpió más tarde la bárbara desmesura del Pensamiento Correcto —que engendra los campos de trabajo correctivo— la locura de lo Único, la mortífera y helada dialéctica de los Grandes Timoneles.

El 5 de marzo de 1852, Karl Marx le escribe a Joseph Weydemeyer. Éste publica en Nueva York *Die Revolution*, publicación periódica de incierta periodicidad, como sucede con la mayoría de las revistas socialistas de la época debido a dificultades financieras. Para la publicación de Weydemeyer está ultimando Marx, en aquellos días lluviosos de finales del invierno londinense, sus artículos sobre el *Dieciocho de Brumario*, que verán finalmente la luz en varios números de *Die Revolution* con un título ligeramente modificado por Weydemeyer: *Der 18te Brumaire des Louis*

Napoleon, en vez de Bonaparte, editados por la *Deutsche Vereins-Buchhandlung von Schmidt und Helmich*, en el número 191 de William-Street.

Aquel día de marzo de 1852, pues, Karl Marx le escribe a Weydemeyer. Dos días antes, ha recibido cinco libras esterlinas que Federico Engels le ha enviado desde Manchester. La familia Marx debió de comer más o menos hasta hartarse, aquella semana, tras desembolsar las deudas de tendero y de médico más acuciantes. Ahora Marx ha echado una ojeada por la ventana de su piso. Ha observado el trajín de la calle, siempre animada. Su mirada se ha detenido en el estrecho rincón de la puerta de la casa que tiene enfrente. No ha visto nada de particular. Cierto es que todavía no hay ninguna oficina cinematográfica, como es lógico, instalada en dicho inmueble. Ha ido a sentarse a su escritorio. Con su letra casi indescifrable, ha escrito la fecha, en la parte superior de la página, a la derecha. Bajo la fecha del día, ha añadido sus señas: 28, Dean Street, Soho, London.

En aquella carta a Joseph Weydemeyer precisó Marx, como se recordará, su aportación personal a la teoría de las clases y de la lucha de clases. Tras haber recalcado que los historiadores burgueses habían ya expuesto, mucho antes que él, el desarrollo histórico de tal lucha, y que los economistas burgueses habían expuesto asimismo su anatomía económica, precisa Marx cuál es su nueva aportación: *was ich neu tat*. «Lo que he aportado de nuevo —dice— es lo siguiente: 1) demostrar que la existencia de las clases sólo está vinculada con ciertas fases del desarrollo histórico de la producción; 2) que la lucha de clases conduce necesariamente a la dictadura del proletariado; 3) que esta misma dictadura no es sino la transición hacia la supresión de todas las clases y hacia una sociedad sin clases.»

Se trata de un texto archiconocido, que se ha manipulado como se ha querido, que ha sido disecado por generaciones de sabios comentaristas, que brillantes y contundentes polemistas se han tirado a la cara desde hace más de un siglo. Con todo, aún se puede echar mano de él. Aún induce a reflexión. Aún hay algo nuevo en él: *etwas neues...*

¿Cuál es, en cualquier caso, la aportación que Marx proclama haber hecho en su teoría, en el plano concreto de la historia y de las luchas de clase que componen la historia? Ha sido el haber mostrado —o demostrado: Marx utiliza el verbo *nachweisen*, que puede interpretarse en ambos sentidos; pero en ambos casos es utilizado impropiamente por Marx, quien nunca ha mostrado ni demostrado lo que expone, como veremos— ciertos puntos.

Dejemos a un lado el primero, el que se refiere a la historicidad de la existencia misma de las clases. Este problema está ligado a una filosofía de la historia que, por el momento, no me dice nada. Que el destino de la humanidad sea evolucionar de una sociedad sin clases, la del comunismo primitivo, a otra sociedad del mismo tipo, pero desarrollada, nadando en la mantequilla de la abundancia, a través de un largo purgatorio histórico de luchas de clase encarnizadas, indecisas —y produciendo siempre, por lo demás, efectos reales distintos de los que los teóricos marxistas, en este caso empezando por el mismo Marx, habían previsto— es una idea que me deja de lo más frío. ¿A quién no se la trae floja la idea que siempre ha existido, y que por tanto existirá, en los arcanos de la historia, de las sociedades ideales e idílicas, de las comunidades sin Estado? Sé muy bien que dejar de lado esta idea, tal y como viene expresada, concisamente, en el primer punto de Marx, puede resultar en cierto modo arbitrario. Sé muy bien, y volveré sobre ello, que la filosofía de la historia subhegeliana que sirve de soporte a la idea contenida en el primer punto de Marx, sirve igualmente de soporte a los otros dos puntos. Pero, no obstante, por razones de puro método, puede soslayarse este primer punto de nuestro análisis actual, ponerlo provisionalmente entre paréntesis.

Dejando, pues, de lado la cuestión de la historicidad, de la relatividad de la existencia de las clases, resulta evidente que los dos puntos siguientes enumerados por Marx no responden a la ciencia histórica —en la medida en que existe— sino a la previsión. O predicción. O incluso a la predicación profética. El que la lucha de clases conduzca necesariamente a la dictadura del proletariado no es sino una hipótesis, quizá un deseo piadoso. Pero ni hipótesis ni piadoso deseo han sido jamás comprobados ni llevados a cabo en lugar alguno por la historia real. Jamás en lugar alguno ha habido dictadura del proletariado en el sentido marxiano del concepto. Un siglo después de la carta de Marx a Weydemeyer, puede hacerse tal constatación.

En este punto, cómo no, se oyen los chillidos indignados de los distinguidos marxistas, en el fondo de la sala.

(Uno siempre se exhibe públicamente, más o menos, cuando escribe. Sólo hay dos o tres imbéciles en el mundo que siguen ignorándolo. Y si uno se exhibe públicamente, no es difícil imaginar la sala donde hacerlo.)

Los marxistas berrean, todos a la vez.

Oigo mencionar a grandes gritos la Comuna de París, cabía esperarlo. Oigo citar con voz perentoria la frase de Federico Engels: «Bien, caballeros, ¿quieren ustedes saber cómo es esa dictadura? Observen la Comuna de París. Era la dictadura del proletariado.» Bien, caballeros, observen la Comuna de París, pero obsérvenla bien. Verán en ella cosas apasionantes, también instructivas. Pero nunca verán la dictadura del proletariado. Olvídense de Engels y de su rimbombante frase, que remata brillantemente su introducción a *La guerra civil en Francia*, de Marx, veinte años después de los acontecimientos, olviden la literatura engelsiana para volver a las duras verdades de la historia, y en ella no encontrarán la dictadura del proletariado. Lean los textos de la época, empezando claro está por las actas de las sesiones de la Comuna, y comprenderán que la tentativa grandiosa e irrisoria, heroica y mezquina, basada en una visión justa de la sociedad y socavada por las más confusas ideologías, de los comuneros de París nada tiene en común con una dictadura del proletariado.

Pero no me dejan proseguir mi demostración (*nachweisung*, diría Marx: y eso que tengo la ventaja sobre él de que hablo de espaldas a la historia, de que intento esclarecerla; no tengo ninguna necesidad de quimerizarla; luego puedo demostrar, o sea mostrar, lo que demuestra la historia). Me interrumpen voces que salen a un tiempo de todas partes.

Bien, continuaré en otra ocasión, quizá en otro lugar. Pero cualquiera que sea el barullo, la algarabía de voces marxistas de toda especie, diré dos palabras más, aunque sea menester subir el tono y el volumen, sobre el tercer punto de Marx: el que considera la dictadura del proletariado como una simple transición —un Estado que sería ya antiEstado— hacia la sociedad sin clases, hacia la supresión de todas las clases.

También aquí nos hallamos frente a un simple postulado: una petición de principio. La historia real ha demostrado —*nachgewiesen*— todo lo contrario. Ha mostrado el continuo e implacable fortalecimiento del Estado, la brutal exasperación de la lucha de clases, que no sólo no han

sido suprimidas, sino que, por el contrario, se han crista-
lizado aún más en su polarización. Comparadas con la auténtica guerra civil desencadenada contra el campesinado,
en la URSS, a principios de los años 30, las luchas de clase
en Occidente son cenas de gala. Comparada con la estratificación de los privilegios sociales en la URSS —privilegios
funcionales, sin duda, ligados al *statut* y no, o no necesariamente, a la persona— la desigualdad social real, o sea relativa al producto nacional y a su distribución, no es en
Occidente sino un verdadero cuento de hadas.

En una palabra, pues: toda la novedad que pretende
haber aportado Marx a la teoría de las clases y de sus luchas no es sino teórica, nada, en definitiva, que esclarezca
la realidad y permita actuar sobre ella. No es sino predicción predicativa, *wishful thinking*, expresión que debía de
ser utilizada con frecuencia en el número 28 de Dean Street,
en el Soho londinense.

Y precisamente aquí, sobre este punto concreto de la
teoría marxiana de la dictadura del proletariado, como transición inevitable hacia la sociedad sin clases, se articula la
mortífera locura del bolchevismo. De este lugar teórico
arranca y se nutre el Terror. En virtud de estos pocos
puntos secamente enumerados por Marx, un día del mes
de marzo de 1852, y enumerados como si cayeran de su
peso, se pusieron a pensar todos los Grandes Timoneles
—y lo que es peor, a soñar de noche— dentro de las propias cabezas de los proletarios. En nombre de esa misión
histórica del proletariado aplastaron, deportaron, disper-
saron mediante el trabajo, libre o forzado, pero siempre
correctivo, a millones de proletarios.

Una idea subyace, en efecto, en esos puntos —esas
novedades teóricas— que Marx enumera notarialmente:
la idea de la existencia de una clase universal que sea la
disolución de todas las clases; una clase que no pueda
emanciparse sin emanciparse de las restantes clases de la
sociedad, y sin, por consiguiente, emanciparlas todas. Habrán reconocido la voz estremecida del joven Marx anunciando, a partir de 1843, en un texto que no había escrito
en Dean Street, sino en la calle Vaneau en París, *La Introducción a la Crítica de la filosofía del derecho de Hegel*,
la epifanía del proletariado. Pero tal clase universal no
existe. Lo que nos ha enseñado este siglo que nos separa
de Marx es, cuando menos, que el proletariado moderno no
es esa clase. Seguir manteniendo esa ficción teórica tiene

enormes consecuencias prácticas, pues de ese modo queda el terreno expedito a los partidos *del* proletariado, a las dictaduras *del* proletariado, a los jefes *del* proletariado, a los campos de trabajo correctivo *del* proletariado: es decir, que tienen terreno expedito quienes, en el silencio del proletariado, amordazado, hablan en su nombre, en nombre de su supuesta misión universal, y hablan en voz alta, de modo a veces tajante (¡es lo mínimo que puede decirse!).

Así pues, la primera labor de un nuevo partido revolucionario que no hablase en nombre del proletariado, sino que se considerase únicamente como una estructura transitoria, siempre deshecha y rehecha, por reconstruir, de escucha y de toma de conciencia, que diese un peso orgánico, una fuerza material, a la voz del proletariado, su primera labor, digo, sería restablecer la verdad teórica, con todas las consecuencias que ello entraña, sobre la inexistencia de una clase universal.

Pero este punto ciego de la teoría de Marx, por donde ésta se vincula a las aberrantes realidades del siglo xx, es también su punto cegador. Quiero decir, el punto focal en el que brilla toda la grandiosa ilusión de la Revolución. Sin esta falsa noción de la clase universal, el marxismo no se habría convertido en la fuerza material que ha sido, que es aún parcialmente, transformando profundamente el mundo, aun a costa de hacerlo todavía más insoportable. Sin esta ofuscación, no nos habríamos hecho marxistas. Para desmontar simplemente los mecanismos de producción de plusvalía, para desvelar los fetichismos de la sociedad mercantilista, terreno en el cual el marxismo es irremplazable, no nos habríamos hecho marxistas. Nos habríamos hecho profesores. La profunda sinrazón del marxismo, concebido como teoría de una práctica revolucionaria universal, ha sido nuestra razón de vivir. En todo caso, la mía. Luego ya no tengo razón de vivir. Vivo sin razón.

Pero sin duda es normal. En cualquier caso, ¿no es dialéctico?

—¡La dialéctica, muchacho, es el arte y la manera de caer siempre de pie!

En Nantua, nueve años antes, Fernand Barizon había clavado sus ojos en los míos. Había alzado la copa de coñac a la altura de su rostro.

Sí, aquel día, en Londres, me acordé de Barizon por la dialéctica.

Sin duda me había acordado varias veces de Fernand, aquellos últimos días. Me refiero a aquellos días de finales de la primavera de 1969, cuando leía los *Relatos de Kolyma*. Es comprensible. Pero aquellos recuerdos de Barizon habían quedado vagos, un tanto borrosos, en un segundo plano de la imagen de mi memoria. En primer plano, siempre había nieve. La nieve que cubría los domingos en el Ettersberg, la nieve que cubría Magadan o Kargopol.

Pero esta vez, debido a la dialéctica, el recuerdo de Barizon era más nítido. Completamente nítido, incluso.

Recordé el viaje con Fernand, en 1960, de París a Praga —bueno, a Praga iba yo, no Barizon— con paradas en Nantua y en Ginebra. En Zurich también, pero aún no hemos llegado a ese punto. Ahora llegamos.

Estábamos en Ginebra, en el buffet de la estación de Carnavin. No decíamos nada, estábamos a punto de despedirnos. Un altavoz acababa de anunciar que el tren rápido con destino a Zurich estaba estacionado en la vía número 2 y Barizon guardaba silencio.

—¡Oye, muchacho! —dice de repente.

Lo miro.

—¿Qué te parece si te acompaño a Zurich? —dice Barizon.

—¿A Zurich? —le digo un tanto sorprendido—. ¿Quieres tomar el tren conmigo?

Se encoge de hombros.

—¿El tren? ¿Para qué el tren? Seguimos en coche. ¿No me has dicho que tu avión sale mañana por la tarde? Tenemos tiempo sobrado.

Teníamos tiempo sobrado, en efecto.

Miro a Barizon, estoy un poco desconcertado. Me gusta viajar solo. O sea, me gusta tomar el tren o el avión solo. Me relaja. Y también, me da ideas. Me funciona bien el caletre, con la pasajera desorientación del viaje solitario. Pero la idea de seguir conversando con él tampoco me desagrada.

Hay compañeros de viaje, en esa clase de viajes, con quienes no apetece hablar. Aparte de que no se tiene nada que decirles. Quince días antes, yo había hecho un corto viaje a San Sebastián y Vitoria con un militante francés de Bayona, o de San Juan de Luz, ya no recuerdo. Con él era imposible mantener cualquier tipo de conversación. Era desabrido y sentencioso. Vegetariano, para colmo. No dejaba de quejarse de la comida, siendo así que la cocina vasca,

¡rediós!, es una maravilla. Al regreso, cuando hicimos las cuentas, me pidió que le pagase mi parte de gasolina, lo que entraba dentro de lo lógico y previsible, pero también no sé cuántos céntimos por kilómetro en concepto de amortización de su coche. Me quedé patidifuso, pero no bromeaba. Me explicó que, cada vez que hacía un viaje similar para nosotros, para el aparato clandestino del PCE, contaba cierto número de céntimos por kilómetro, en concepto del precio de amortización de su pequeño utilitario privado. Entonces, comprendí y aprobé en mi fuero interno a su mujer, que le había abandonado dos o tres meses atrás. Me había anunciado la noticia en Vitoria, una noche en que echaba pestes contra el aceite de oliva en particular y la conducta indecente de las mujeres, en general.

Pero, con Barizon, la cosa era distinta.

—Es cierto —le digo—, tenemos tiempo de sobras. Vamos a Zurich en coche, si quieres.

Sí que quiere, asiente, aparentemente dichoso.

—Lo único —le digo—, que tendré que volver a coger mi carnet de identidad francés antes de salir.

Me mira, como si aguardase una aclaración.

—¡Hombre! —le digo—. Si tú mismo lo has comentado antes. Salagnac y Barizon juntos, dos franceses, ningún problema. Pero un francés y un uruguayo juntos es menos frecuente, y se nos puede mosquear cualquier listillo, al menor incidente que surja. En el hotel de Zurich, por ejemplo. Es un riesgo mínimo, pero ¿para qué exponerse si se puede evitar?

Me mira y silba entre dientes:

—¡Estás en todo, Gérard! ¡Ahora me explico que seas un pez gordo!

Meneo la cabeza.

—No —le digo—. Lo que comprendes es por qué no estoy en la trena, después de tantos años.

Fernand me mira.

—¡Sigue así, muchacho! —dice sobriamente.

Bebo un sorbo de cerveza, alzo el vaso.

—¡Tranquilo, Fernand! ¡Soy inmortal!

Al día siguiente, estábamos en el puente de uno de los barcos que da la vuelta al lago de Zurich. Era un día muy soleado de otoño. Contemplábamos el paisaje: el agua azul del lago salpicada de espumas blancas, los prados verdes, las aldeas apacibles, las montañas arreboladas por la luz otoñal.

Aquellas vueltas al lago, en espera de que saliese el avión de Praga, eran casi una tradición. A veces, las daba yo solo, otras veces con mis compañeros de viaje, cuando los tenía.

Hoy, doy la vuelta al lado con Fernand Barizon, pero me ha ocurrido hacerlo con Carrillo. Me ha ocurrido hacer con él el viaje del Este, vía Zurich. Entonces, no conducía el coche Fernand, lo conducía René. En cualquier caso, hemos dado ya la vuelta al lago Carrillo y yo. Estaba relajado, cuando viajaba, evocaba recuerdos, episodios más o menos conocidos de su vida o de la historia del movimiento comunista. ¿Fue allí, en el puente de un barco que daba la vuelta al lago de Zurich, donde me contó cómo Jruschov y los demás miembros del Presidium del PCUS habían liquidado a Beria, algún tiempo después de la muerte de Stalin? No estoy del todo seguro. En cualquier caso, ese episodio me lo contó durante un viaje. Los viajes, ya se sabe, forman a la juventud y desatan a veces la lengua de los viajeros. Ignoro por qué es así, pero es así. Los viajes desatan incluso la lengua de los viejos comunistas. En fin, la desatan un poco. Lo que no es poco decir.

El caso es que Jruschov había invitado a cenar, en una de las salas de gala del Kremlin, a algunos de los delegados a la conferencia de los partidos comunistas celebrada en Moscú en 1957. Carrillo figuraba entre los invitados. Llegados los postres, Jruschov relató las circunstancias de la muerte de Beria. Contó a todos aquellos comunistas europeos, estupefactos, cómo habían logrado deshacerse de Beria en el transcurso de una de las sesiones del Presidium, después de la muerte de Stalin. Se habían puesto de acuerdo secretamente para liquidar a Beria, para liquidarlo físicamente. No era fácil, ya que todos los hombres del Presidium eran registrados por hombres de la KGB antes de penetrar en la sala de reuniones, según costumbre instaurada en vida de Stalin. Imposible, en principio, introducir armas en la sala del Kremlin reservada a las reuniones del Presidium. Con todo, habían sorteado la dificultad. Porque los oficiales superiores del ejército no eran registrados al penetrar en el recinto reservado del Kremlin. Así que Bulganin, que tenía rango de mariscal, había podido introducir unas cuantas pistolas automáticas con la complicidad de otro jefe. Una parte de los jefes supremos del ejército estaban al tanto, en efecto, del complot contra Beria y ciertas unidades militares habían sido puestas en estado de alerta, con vistas a posteriores operaciones. Bulganin introdujo, pues, armas cortas en la sala del Kremlin donde se celebraban habitualmente las reuniones del Presidium de los herederos de Stalin. Apenas se inició la reunión, los conspiradores se precipitaron sobre las armas y abatieron a Beria a quemarropa. Envolvieron el cadáver de Beria en una alfombra para sacarlo del Kremlin sin que nadie se percatase de lo que acababa de ocurrir. Luego, alertados por una llamada telefónica que les daba luz verde, un grupo de unidades militares seleccionadas detuvieron a los principales colaboradores de Beria y a los comandantes de las tropas especiales del ministerio del Interior a quienes se suponía incondicionales del último jefe de la policía de Stalin.

En la gran sala del Kremlin, lujosamente sobrecargada de dorados y arañas, donde se celebra el banquete de los delegados fraternales, Jruschov ha terminado de contar, con su habitual elocuencia, cómo lograron deshacerse de Lavrenti Beria. Quizá ha recargado las tintas, es posible. Quizá era aún más complicado, más sórdido también. Pero un silencio denso, glacial, ha hecho presa de los invitados. Un silencio mortal, nunca mejor dicho. Los delegados fraternales no se atreven siquiera a mirarse entre sí. Entonces, el viejo Gollan, secretario del partido comunista británico, se inclina hacia sus vecinos y murmura: «*A gentlemen's affair, indeed!*»

Este episodio me lo contó Carrillo. Estaba sentado junto a Gollan, en la mesa del banquete fraternal, en el Kremlin. Y aseguraría que Carrillo me contó esta historia en Zurich, en uno de los barcos que dan la vuelta al lago. No estoy del todo seguro, pero afirmaría que fue allí.

Hoy, sin embargo, no doy la vuelta al lago de Zurich con Santiago Carrillo. Me acompaña Fernand Barizon.

Estamos en el lago azul, bajo el sol de otoño, frente al pueblo de Wädenswil.

—¿Te has fijado en el tipo que estaba en el muelle, cuando hemos embarcado? —le digo a Barizon.

—¿Qué tipo? —pregunta, frunciendo el ceño.

—Un tío bajito, achaparrado, con barbita y bombín.

El detalle del bombín parece evocar algo en su memoria.

—¿Bombín? Pues sí que me he fijado en un bombín —exclama Barizon—. Pero no en el tipo que iba debajo del bombín.

—Era Lenin —le digo.

A Barizon se le atraganta el humo del cigarrillo y se pone a toser.

Le doy unas palmadas en la espalda. Pero el aire puro de la Suiza alemánica no tarda en restablecer la respiración normal de Barizon.

—Y yo soy Napoleón —dice Fernand apenas recobra el aliento.

—¡Hombre! —le digo—. ¡Fascinante encuentro histórico! Lo que hubiera dado por presenciarlo. Una discusión entre Lenin y Napoleón sobre la estrategia. «Se lanza uno y luego ya se verá.» Y se ha visto, en ambos casos, lo cierto es que se ha visto.

Pero Barizon escucha con indiferente suspicacia mis elucubraciones.

—¿De veras se parecía a Lenin aquel tipo? —pregunta—. No me he fijado.

Asiento.

—Te digo que era Lenin. Aparte que nada tiene de extraño que venga a rondar por el lugar donde fue feliz.

Barizon se vuelve y contempla la vieja ciudad de Zurich que se extiende sobre la colina, a lo lejos.

—¿Lenin fue feliz en Zurich? —pregunta.

—Pues claro —contesto—. Estaba con Inessa. Y además, se pasaba el tiempo en las bibliotecas, leyendo libros de filosofía y de economía política. Son los mejores momentos para los revolucionarios, los que pasan en las bibliotecas.

Barizon se vuelve hacia mí, visiblemente descontento.

—¡Que no! —dice—. ¡Los mejores momentos para los revolucionarios son cuando hacen la revolución!

—¡No me digas! —replico—. En primer lugar, esos momentos son más bien poco frecuentes, reconócelo. Y luego, las cosas en seguida se estropean. O por lo menos no marchan como se tenía pensado.

Barizon contempla el paisaje lacustre y se vuelve hacia mí:

—Oye, Gérard, ahora que eres un pez gordo y que viajas, quizá puedas contestarme. ¿Cómo son los rusos?

—¡Están locos, los rusos! —había dicho Henk Spoenay dieciséis años atrás.

Caminábamos sobre la nieve, por la avenida de las Águilas. Habíamos hablado de los rusos, de sus huidas, o fugas, en primavera. Sin darme cuenta, yo me había detenido. Miraba el paisaje nevado, quizá sin verlo.

154

Soñaba.

En cualquier caso no era primavera. Estábamos en diciembre, eso es. A finales de diciembre, un domingo de 1944.

Había pensado en Piotr, al que llamábamos Pedro. Proseguía su larga marcha a través de Europa, hacia el Este, hacia el Ejército rojo. Había otro Pedro entre nosotros, en Buchenwald. Y tampoco era español. Era eslovaco. Ambos Pedros habían combatido en España. El eslovaco en las Brigadas internacionales y el ruso en los tanques, con los especialistas militares soviéticos. Ambos hablaban perfectamente el castellano.

He olvidado, si es que alguna vez lo he sabido, el apellido y el patronímico de Piotr, el tanquista ruso. En cambio, recuerdo perfectamente el apellido del otro Pedro, el soldado de infantería eslovaco. Se llamaba Kaliarik. Pero era un nombre falso, como supe mucho más tarde. En realidad, no se llamaba ni Pedro, ni Kaliarik. Se llamaba Ladislav Holdos. Pero eso sólo lo supe veinte años más tarde. En abril de 1945, cuando me despedí de Pedro el eslovaco, o sea de Kaliarik, no sabía que iba a pasar a llamarse Holdos. Nos despedimos, muy brevemente, «¡Salud, suerte, hasta la vista!», sin saber que transcurrirían veinte años antes de volver a vernos. No intercambiamos nuestros nombres, nuestras direcciones, ¿para qué? Aparte de que no teníamos dirección, ni uno ni otro. Únicamente intercambiamos nuestras botas, lo recuerdo.

Habíamos estado juntos, el 11 de abril y los días que siguieron, en los grupos de combate de la resistencia clandestina de Buchenwald. Kaliarik tenía, por supuesto, un cargo de responsabilidad más importante que el mío en el aparato militar clandestino. En primer lugar era mayor que yo, me llevaba por lo menos diez años. Y además, había combatido en España, en la Resistencia francesa, era un veterano. Poseía esa experiencia de la guerra que constituye el acervo común, la experiencia indiscutible de tantas generaciones comunistas. Porque, si bien se mira, donde más eficaces han sido los comunistas en el siglo XX ha sido en el terreno de la guerra, ya sea civil o de cualquier otra índole. Incluso han llegado a ser brillantes. Como si el espíritu militar fuese consustancial al comunismo del siglo XX. Hasta el punto de que a través de la guerra, del espíritu militar —y muy pronto militarista—, movimientos en su origen muy alejados del marxismo, y aun violentamente opuestos a este último, como el castrismo y todos sus derivados latinoamericanos, acabaron congregados en el seno de la Santa Madre Iglesia comunista, en las apretadas y marciales filas de los herederos del difunto mariscal Stalin. El comunismo del siglo XX fracasó en cuantas revoluciones inspiró, o dominó después de que estallaran, pero triunfó brillantemente en varias guerras decisivas. Y no ha acabado la cosa: un futuro no demasiado lejano confirmará tal predicción. Un presente de lo más diáfano para quien sepa ver lo confirma día tras día. Por lo demás, es fácil de comprender: el fracaso de la revolución, es decir, el fracaso en el ámbito de la reconstrucción social, conduce ineludiblemente a la expansión armada, ya sea por intervención de soldados afrocubanos, árabes o amarillos.

Sea como fuere, Kaliarik estaba al mando de uno de los grupos de choque, armados con fusiles automáticos robados pieza por pieza en la fábrica de la Gustloff, que ocuparon la torre de control de Buchenwald, el 11 de abril de 1945, en el momento de la desbandada de los SS. «El primer asalto se desencadena contra la famosa torre, a las órdenes de un checo a quien llaman Pedro», relata Olga Wormser-Migot en su libro *Cuando los Aliados abrían las puertas*... Hecha la salvedad de que era eslovaco, cosa que más adelante había de influir decisivamente en su vida, ese Pedro es el mío: mi compañero Kaliarik. Yo formaba parte de un segundo grupo de reserva al que armaron en la puerta del campo con las metralletas, los *Panzerfaust* —o sea, los bazucas— y otras armas aprehendidas en los puestos de guardia de los SS. Y así nos encontramos Kaliarik y yo, en la carretera de Weimar, en el bosque de hayas caro a Goethe, aquella famosa noche del 11 de abril. Se hablaba mucho el castellano, aquella noche, por los sotobosques que circundaban Weimar.

Pero, al despedirnos, unos días más tarde, no intercambiamos largos saludos. Tampoco intercambiamos nuestras direcciones, no las teníamos. Únicamente intercambiamos nuestras botas. Ocurrió que las botas de cuero que yo recuperé en el almacén de los cuarteles de las SS le iban mejor que a mí. Y viceversa, las que él recuperó me iban mejor que a él. Hicimos tan importante descubrimiento un día a mediados de abril, sentados al sol delante del block 40, unos días después de acabar la guerra. Entonces, claro está, intercambiamos nuestras botas. Así que, el 1 de mayo de 1945, cuando llegué a París con el tiempo justo para presenciar el desfile del 1.º de mayo, calzaba las botas de Kaliarik. Además, me acordé de él. No sólo por aquellas flexibles botas que me había cambiado por las mías, sino también por la borrasca de nieve ligera que cayó sobre París aquel día, el día de aquel 1.º de mayo, en el momento en que se dislocaba el desfile del 1.º de mayo, por la zona de la plaza de la Nation. Miré los torbellinos de nieve ligera y, claro, pensé en los compañeros.

Pero sólo veinte años después, en 1964, volví a ver a Kaliarik y fue cuando supe su verdadero nombre, Ladislav Holdos.

Estaba citado en casa de unos amigos, en el bulevar Voltaire, para que me presentaran a los London, a quienes no conocía. Bueno, realmente, a mi regreso de Buchenwald, en 1945, me había cruzado en una ocasión con Artur London, al salir de una reunión, en París. Yo estaba con Michel Herr pero no recuerdo si éste nos presentó o si se limitó a decirme que aquel tipo alto, flaco y encorvado, que acababa de regresar de Mauthausen, era «Gérard», el legendario dirigente de la MOI. En cualquier caso, la cosa carece de importancia. La escena no duró, con o sin presentación, más que unos segundos.

En 1964, cuando nos conocimos de verdad, en casa de unos amigos, en el bulevar Voltaire, London nos relató, durante horas de respiración contenida, de odio y de angustia acumulados, multiplicados, todas las peripecias de su arresto, de su proceso y de su encarcelamiento en Checoslovaquia. Y sin duda, al menos tal como quedó grabado en mi memoria, aquel relato era más implacable, más desprovisto de cualquier voluntad de justificación autobiográfica, que la transcripción de los mismos acontecimientos que London escribió años después en *La confesión*. Pero aún no es el momento, ni la hora de hablar de *La confesión*. No olvidemos que debo ceñirme al orden cronológico. En realidad, y pese a los sinuosos y solapados rodeos de la memoria, que adoptan visos de «vuelta hacia adelante» —como podría decirse inspirándose en el término «vuelta hacia atrás» de la técnica cinematográfica—, debido a las huellas perdidas y reencontradas de Kaliarik, que se llamaba en realidad Holdos, pese a todo ese vaivén, pues, seguimos reviviendo un domingo de diciembre de 1944, en Buchenwald. *La confesión* todavía no ocupa su lugar en esa experiencia revivida. Lo que me interesa ahora de aquella noche del otoño de 1964, en el bulevar Voltaire, en casa de Jean Pronteau, no es el relato de Artur London que había de suministrar el tema de *La confesión*, sino la presencia de Pedro Kaliarik. Él compartió conmigo el domingo en cuestión, y muchos otros domingos de Buchenwald.

Entré, pues, en aquel piso del bulevar Voltaire, una noche, en casa de Jean Pronteau. Estaban los London. Estaba también aquel hombre al que inmediatamente reconocí. Pedro, mi compañero eslovaco de Buchenwald.

El encuentro con Kaliarik hubiera podido ser motivo de júbilo, ¿por qué no? Veinte años después, al encontrarse uno de improviso con un compañero, hubiera tenido un montón de cosas que evocar, un montón de recuerdos. Empezando por aquel par de botas que habíamos intercambiado. ¿Recuerdas las botas que pescamos en el almacén de las SS? Hubiera podido contarle a Pedro qué había sido de las botas. Luego, hubiéramos evocado aquellos días de abril, tras ser liberado el campo. ¿Recuerdas, Pedro, una noche, por la carretera de Weimar, aquella familia de nazis que trincó una de nuestras patrullas? Pedro lo hubiera recordado. Y hubiéramos recordado un montón de cosas sepultadas en la memoria, dormidas, pero dispuestas a servir, a renacer. Nos hubiéramos reído tontamente, beatíficamente, ante todos aquellos recuerdos recobrados. Habría estado presente, sin duda, la sombra de nuestros compañeros desvanecidos en humo. Habría planeado sobre nosotros, por un instante, ligera y fraternal. Se habría interpuesto la chimenea del crematorio, sin duda, en la imagen soleada de aquel lejano abril de la memoria. Pero nos habríamos reído, sin duda, pese a la sombra de la muerte, pese a los humos del crematorio.

Sin embargo, no es pedirle demasiado a la vida el experimentar la alegría de volver a encontrarse con un amigo como Pedro, veinte años después, por azar, y evocar con él la rutilante inocencia del pasado.

Pero no fue posible. No pudimos evocar el pasado. O mejor dicho, sí, evocamos el pasado, pero no era el pasado de Buchenwald. No era el pasado de la inocencia. Porque Kaliarik regresó a su país, en 1945. De nuevo volvió a ser Holdos, Ladislav Holdos. Con ese nombre, su nombre auténtico, pasó a ser miembro del Presidium y de la secretaría del PC de Eslovaquia. Y más adelante, fue diputado y vicepresidente del Consejo nacional eslovaco. Pero en 1951, a principios de año, Holdos es detenido. Se le acusa de formar parte de un grupo nacionalista-burgués eslovaco en torno a Clementis. El 21 de febrero de 1951, el Comité central del PC checo oye un informe sobre *El descubrimiento de la labor de espionaje y de sabotaje de Clementis y del grupo disidente antipartido de los nacionalistas burgueses en el PC eslovaco.* Transcurren los meses, cambia el esquema del proceso. Finalmente, Clementis no será el protagonista principal, la estrella de un proceso público en el que serán desenmascarados ante el buen pueblo reunido y horripilado los horrores del nacionalismo eslovaco. Clementis será trasladado, para desempeñar un papel secundario, en el proceso Slansky. Será condenado a muerte con éste, en 1952. Será ejecutado y sus cenizas dispersadas al viento, en una carretera helada de los alrededores de Praga. Las cenizas de Clementis y de Josef Frank serán dispersadas al mismo tiempo, mezcladas y diseminadas, en una carretera nevada de Bohemia.

Por lo que respecta a los demás acusados, entre los que, junto a Holdos, se encuentran Novomesky, Okali, Horvath y Husak —¡sí, sí, Husak! salido de las cárceles estalinianas para practicar, implacablemente, la política represiva de los herederos de Stalin, después de agosto de 1968— aún han de esperar años a que en las altas esferas den los últimos toques al esquema de su proceso, a que se establezca el protocolo minuciosamente elaborado de sus desviacionismos y a que se redacte el texto de sus confesiones. Finalmente, no serán juzgados hasta abril de 1954, del 21 al 24 de aquel mes, en Bratislava.

Yo escuchaba a Pedro, diez años más tarde, en París, en el bulevar Voltaire, en otoño. Me invadía una cólera desesperada. La misma cólera que hacía temblar la voz de Pedro, sin duda.

Unas semanas antes, era derrocado Nikita Serguéievich Jruschov. Se corría una página de la historia. La única posibilidad de reformar su sistema político que la historia había deparado al comunismo —sin los enfrentamientos sangrientos de una revuelta generalizada, y forzosamente caótica, sin las destrucciones masivas de un conflicto militar exterior— quedaba definitivamente malograda. Ninguna otra posibilidad histórica de ese calibre maduraría nunca. Y sin duda, Nikita Serguéievich había sido víctima, antes que nada, de sus propias contradicciones, de su estrategia cuando menos incierta. Había sucumbido sin duda a las limitaciones históricamente determinadas de su empresa, que únicamente hubiera podido triunfar —como estrategia reformista— merced al despliegue de un movimiento democrático de masas que hubiera acarreado consigo, por supuesto, los gérmenes de la superación negadora de dicha empresa. Se había visto ya en Polonia y en Hungría, y empieza a verse en China. Pero Nikita Serguéievich no sólo fue sacrificado por sus colegas del Partido, quienes restablecerían el poder absoluto de la nueva clase dirigente, confortada por la liquidación jruscheviana del Terror, en la medida al menos en que tal Terror la afectaba como clase; sucumbió igualmente por la incomprensión, por los ataques, por las inhibiciones y la labor de zapa de la mayor parte del movimiento comunista internacional. Una vez más, y con una consecuencia oscura e inconfesada —inconfesable— digna de un análisis detenido que ni siquiera puede ser esbozado aquí, el movimiento comunista en su conjunto, y cualesquiera que fueran las excepciones, a veces interesantes, jugó el papel nefasto para el que realmente había sido creado, por mucho que se finja creer que no es así. En los años 30 de este siglo, no hizo sino facilitar, merced a su abyecta e incondicional sumisión, la definitiva estalinización del sistema. Veinte años más tarde, en los años 50, el movimiento comunista internacional impedirá la propagación de la onda de choque provocada por el XX Congreso del PCUS. Bajo el impulso del PC francés en el oeste, y del PC chino en el este, bloqueará la situación a un nivel tolerable para los aparatos nacionales.

Pero no estaba yo en disposición de lamentar la desaparición de Nikita Serguéievich, en otoño, en aquel piso del bulevar Voltaire en el que volví a ver a Ladislav Holdos. En aquella época, yo ya no tenía nada que lamentar, nada que esperar tampoco. Había llegado hasta el límite de mi batalla personal —postrera batalla: por una vez sonaba bien la frase hecha— en la cúspide del aparato dirigente del PCE. Poco tiempo antes, el 3 de septiembre de 1964, me había citado una delegación del Comité ejecutivo. Me habían emplazado a las dos de la tarde, delante del ayuntamiento de Aubervilliers. Yo conocía lo bastante bien todos los pisos, todos los chalets de aquel suburbio en donde habíamos celebrado durante años reuniones clandestinas de la dirección del PCE, como para imaginarme dónde iba a celebrarse ésta. Incluso hubieran podido, para evitarse rodeos inútiles, emplazarme directamente en uno de aquellos pisos. Pero no fue así ni mucho menos. El reflejo policial, que todos los partidos comunistas justifican mediante hipócritas razones de «vigilancia revolucionaria», había ac-

tuado plenamente. Aquel día, 3 de septiembre de 1964, a
aquella hora, las dos de la tarde, antes de aquella reunión
a la que se me había convocado, yo era aún miembro de la
dirección del PCE: miembro del Comité central del partido, provisionalmente excluido del Comité ejecutivo, en
espera de que fuesen examinados mis desviacionismos políticos. Pero ya se me trataba como a un enemigo, como a
un traidor en potencia. De modo que no sólo no me habían
emplazado en el piso en el que ineludiblemente debíamos
reunirnos, sino que, por añadidura, el coche que había venido a buscarme frente al ayuntamiento de Aubervilliers
se puso a dar cantidad de vueltas y rodeos, como si fuese
cosa de despistar a un perseguidor o de hacerme perder
a mí el sentido de la orientación. Lo que me resultaba más
penoso de aquella siniestra comedia era que el camarada
que acompañaba al que conducía el coche y cuya misión
era conducirme a buen puerto era uno de mis antiguos compañeros de clandestinidad, en Madrid. «Bernardo», por lo
demás, daba pruebas de creciente nerviosismo. Así que,
para acabar de abrumarlo, lo cubrí de sarcasmos. Le dije
que eran unos inconsecuentes, que acababan de demostrar
una vez más hasta qué punto eran incapaces de hacer un
trabajo serio. Porque una de dos: o era un enemigo o no lo
era. Su modo de comportarse conmigo como si fueran po-
lis daba a entender que me consideraban un enemigo. Quizá incluso un poli. Pero si era así, eran unos auténticos
gilipollas. Porque si yo era un poli, necesariamente tenía
que serlo desde hacía tiempo. No me había hecho poli
aquella mañana, mientras me cepillaba los dientes. Luego
ya hubiera podido haber dado la dirección de aquel piso hacia el que me llevaban ineludiblemente, por muchas vueltas y rodeos estúpidos que dieran con el coche. Lo cierto
es que hubiera podido dar muchas otras direcciones. ¿Sabes tú, «Bernardo» —le decía—, la cantidad de direcciones
clandestinas que yo conozco, aquí y por toda España? ¿Tienes la menor idea de la cantidad de secretos que podría
revelar sin que tú pudieras hacer nada por evitarlo, por
mucho que te esforzases? Mira, esto ni tú mismo lo sabes,
¿quieres que te dé las direcciones y las contraseñas para
entrar en todas nuestras imprentas clandestinas en Madrid? Y «Bernardo» cada vez se iba poniendo más nervioso. Y el que conducía, lo mismo, por lo demás. Conducía
de forma totalmente imprudente, cosa que no dejé de hacerle observar. Mira, «Bernardo» —continué—, seguro que

tú no conoces la dirección clandestina de Carrillo, somos muy pocos los que la sabemos, ¡pues voy a decírtela! ¿Quieres también su número de teléfono? Pero «Bernardo», aterrado, me decía que me callase. ¿Y por qué voy a callarme, «Bernardo»? No me has puesto una mordaza, ni una venda en los ojos. Y tenías que haberlo hecho, si hubieras sido consecuente. ¿De qué sirven tantas vueltas y rodeos, si de sobras sé dónde vamos a ir a parar? ¿De qué sirve pedirme que me calle si ya nadie podrá prohibirme hablar? ¡Y eso es lo que os jode!

El caso es que, el 3 de septiembre de 1964, una delegación del PCE me comunicó que el Comité central había ratificado mi exclusión del Comité ejecutivo y que se esperaba de mí que rectificase mis opiniones erróneas. Pero me negué una vez más —la última— a practicar el ejercicio deliciosamente masoquista y tranquilizador de la autocrítica estaliniana y las cosas quedaron así, tras unas cuantas agarradas verbales de pura forma. Quiero decir con esto que sabíamos de antemano, unos y otro, a qué atenernos.

De modo que, aquella noche del otoño de 1964, cuando me encontré con Pedro, en el bulevar Voltaire, yo ya estaba *fuera*. Ni lamentaba ni esperaba nada más. Y no obstante, me embargaba una sorda cólera inútil —porque era totalmente desesperada, totalmente incapaz de engendrar cualquier acción— al escuchar el relato de Pedro.

En abril de 1954, pues, Pedro había comparecido ante un tribunal en Bratislava. El proceso se había desarrollado según el esquema establecido por la secretaría del Comité central del PC checo. Pedro, o sea Ladislav Holdos, fue condenado a trece años de cárcel.

El proceso comenzó el 21 de abril de 1954. Nueve años antes, día por día, el 21 de abril de 1945, Pedro y yo habíamos intercambiado nuestras botas, en Buchenwald. Podrá parecer extraña la precisión de este recuerdo, que cae demasiado bien, cabría decir. Pero tal precisión es tan indiscutible como trivial. Porque resulta que Kaliarik y yo intercambiamos nuestras flamantes botas de flexible cuero, la antevíspera del día en que yo abandoné Buchenwald, en un camión de la misión de repatriación del padre Rodhain. Y como yo abandoné Buchenwald el 23 de abril, fecha fácil de recordar porque es el día de san Jorge y porque a mí me hizo gracia marcharme de Buchenwald el día de san Jorge, patrón de la caballería del mismo nombre y aún más venerado patrón de Cataluña, no es nada difícil de deducir que intercambiamos las botas el 21. Nueve años más tarde, día por día, se abría el proceso de Ladislav Holdos, en Bratislava.

Yo pensaba en todas esas cosas, mientras escuchaba el relato de Pedro, en el bulevar Voltaire, tantos años después, casi veinte años después de aquella despedida en Buchenwald. Pensaba también que el proceso de Pedro se había celebrado por lo tanto más de un año después de la muerte de Stalin. Pensaba que Stalin había seguido matando, encarcelando, calumniando, destruyendo vidas, aun después de su muerte. Pensaba que en 1945 los deportados seguían muriendo, en Buchenwald, aun después de la liberación. Los supervivientes judíos de Auschwitz seguían muriendo, en el Campo Pequeño, de Buchenwald. Pensaba que Stalin había sido, él solo, como un inmenso campo de concentración, como una cámara de gas ideológica, como un horno crematorio del Pensamiento Correcto: seguía matando aun después de su desaparición. Pensaba sobre todo que Stalin destruía la inocencia posible de nuestra memoria. Hubiéramos podido fundirnos en un estrecho abrazo, Pedro y yo, aquella noche, en el bulevar Voltaire, en casa de Jean Pronteau. Fundirnos en un estrecho abrazo, él y yo, compañeros de antaño, sin reservas mentales, sin recuerdos turbios ni atormentados. Hubiéramos podido evocar aquel par de botas que intercambiamos, aquella dicha antigua de Buchenwald: la dicha de haber estado en nuestro puesto, únicamente en nuestro puesto, libremente, con todos sus riesgos y sus momentos de angustia, con todas sus ínfimas chispas de esperanza y de alegría, en nuestro puesto en el combate por una causa justa. Pero eso era ya imposible. Nos fundimos en un estrecho abrazo, sí, pero no para evocar aquellas botas de flexible cuero intercambiadas el 21 de abril de 1945, sino para evocar el proceso que se abriera en Bratislava, nueve años después, día por día. Nos habíamos fundido en un estrecho abrazo y una sorda cólera nos embargaba a ambos. Una cólera inútil y culpable. Inútil porque ya no quedaba ningún tipo de esperanza, por mucho que a veces se fingiera lo contrario, en la inercia de un movimiento ideológico que no concibe lucha sin esperanza, ni perseverancia en la lucha sin éxito. Y culpable porque Pedro recordaba sin duda las confesiones que le habían arrancado, y porque yo recordaba mis silencios tranquilizadores de antaño y mi servil y voluntaria sordera ante los clamores de algunos de aquellos condenados que habían sido amigos míos.

No había ya memoria inocente para nosotros.

Pero estoy en Buchenwald, en diciembre de 1944. Eso es, a finales de diciembre, un domingo. Había salido del campo con Henk Spoenay. Vuelvo solo de la *Mibau*. Henk ha tenido que quedarse. Hace un rato, hace una eternidad, a la ida, antes de dar todos aquellos rodeos por el porvenir de mi memoria, Henk y yo habíamos hablado de los rusos.

—¡Están locos los rusos! —había dicho él.

Yo aún no había oído hablar de Kolyma.

Al final de la larga avenida nevada se yergue la puerta monumental de la entrada del campo, rematada por la torre de control.

Camino lentamente, al sol.

—Es un sueño —había dicho Henk, antes, en la explanada.

Pero ¿qué es lo que es un sueño? ¿Es un sueño mío este paisaje, con su nieve de azulada blancura, su pálido sol, el humo apacible a lo lejos? ¿O soy un sueño del paisaje, un sueño concebido en este paisaje, como un humo apenas más denso que el de allá lejos?

¿No soy sino un sueño de futuro humo, ensoñadora premonición, en cierto modo, de esa inconsistencia humosa que bien pudiera ser la muerte? ¿O la vida? ¿O todo esto, este universo del campo, y los compañeros, Fernand Barizon, Henk, el Testigo de Jehová, y la orquesta de Jiri Zak, toda esta vida que rebulle no es sino un sueño del que yo tan sólo soy uno de los personajes y del que alguien, un día, quien lo haya soñado, quizá, podrá despertar? Y aun todo lo demás, lo de afuera, todo lo que ha habido antes, todo lo que habrá después, ¿no será sólo un sueño?

Siento como un vértigo bajo el pálido sol de este sueño invernal. No es inquietante. No es ni siquiera desagradable. Ya no existe criterio de realidad, sencillamente. No soy tan estúpido como para pellizcarme, como para pretender comprobar si estoy despierto mediante el dolor agudo, breve, preciso que produciría el pellizco. Porque naturalmente ello no probaría nada.

Ya no existe criterio de realidad, todo es posible. Doy unos pasos más, me detengo.

Podría aparecer Goethe, al final de la avenida, con su fiel Eckermann, aquel redomado gilipollas. ¿No era éste su lugar de paseo preferido? Goethe y Eckermann, por la avenida flanqueada de columnas de granito rematadas por águilas heráldicas, hieráticas.

Podrían aparecer entre los árboles, por la zona del *Falkenhof*.

«Hoy —podría escribir Eckermann más tarde—, a pesar del intenso frío, Goethe ha manifestado el deseo de dar un paseo por el Ettersberg.

»He pensado esta mañana —me ha dicho Goethe— que mi recuerdo de estos hermosos bosques o está impregnado de la tibieza, declinante y rojiza, del otoño, o marcado por el ardor próximo, retoñante, cuyo viril verdor se adivina ya, de la primavera. Mi recuerdo del Ettersberg parece asociado a los colores del mes de mayo y a los de septiembre, a los olores de ambas estaciones. Y eso que tengo la certeza de haberme internado entre aquellos hermosos árboles en invierno, para dar deliciosos paseos en trineo, a veces nocturnos, a la alegre luz de las antorchas. Pero este recuerdo se ha difuminado. Al envejecer —ha añadido Goethe—, da la impresión de que me refugio en la tibieza de una memoria más muelle.

»No he podido menos de sonreír, al oír a Goethe hablar de envejecer. ¡Se ve tal vivacidad, tal juventud de espíritu en su semblante impregnado de noble majestad! ¿Cómo es posible hacerse a la idea de que este hombre admirable, este genio goethiano, será muy pronto dos veces centenario?

»A propósito de esto, no he podido evitar un pensamiento un poco melancólico. ¡Ojalá haya acabado esta malhadada guerra dentro de cinco años, en 1949, a fin de que el segundo centenario del nacimiento de mi maestro pueda ser celebrado adecuadamente por el conjunto de los pueblos europeos, pacificados, reconciliados precisamente con ocasión de tal efemérides! ¡Qué desgracia si tal cosa no llega a producirse, y qué pérdida para la humanidad!

»Porque, ¿quién mejor que el mismo Goethe podría recibir en Weimar a los grandes de este mundo, con ocasión de este Congreso de la Paz universal, que clausuraría apoteósicamente las fiestas del segundo centenario de su nacimiento? Tras la inevitable y ya próxima derrota del Reich —derrota de la que predice Goethe que la nación alemana extraerá las fuerzas para alcanzar una nueva prosperidad—,

¿qué político alemán podría, en efecto, encarnar mejor que Goethe la historia y la cordura alemanas? ¿Quién mejor que Goethe podría defender cerca del presidente Roosevelt, del mariscal Stalin, del Premier Winston Churchill y del general De Gaulle la causa de la participación alemana en la reconstrucción de Europa?

»En cualquier caso, Goethe estaba esta mañana harto alterado, un tanto excitado, al entrar yo en su gabinete de trabajo. Contemplaba distraídamente unos iconos rusos, amablemente enviados por el coronel von Sch. que se bate en el frente del Este, y con el que mantiene Goethe una correspondencia en extremo interesante. He empezado a hacerle un resumen de la prensa dominical, pero al punto ha interrumpido con brusco ademán tan tediosa lectura.

»—¡Dejemos por un instante —me ha dicho— de ocuparnos de los asuntos mundiales! En realidad, mi buen, mi querido Eckermann, ¿qué hay de nuevo bajo el sol para mí que estaba en Valmy, que vi cómo se desataba el cataclismo de la Revolución francesa, que vi nacer y apagarse la gloria de Napoleón? No, lo cierto es que la historia es tristemente repetitiva. En esto, ¡cuánta razón llevaba mi viejo amigo el profesor G. W. F. Hegel! Usted conoció al profesor Hegel en octubre de 1827, cuando estaba de paso por Weimar y yo ofrecí un té en su honor. ¡Pero en la época de que hablo, la época de Iena, no estaba usted aún conmigo, mi querido Eckermann! Iena, ¡pero si era el centro del mundo civilizado, mi buen amigo! De allí conservo un maravilloso recuerdo y no sólo, como malévolamente pretenden algunos, a causa de la pequeña Minna Herzlieb, ¡mi Minchen! ¡Ni mucho menos! Iena, en aquella época, con su universidad, de la que había de ocuparme debido al cargo que me vinculaba al gran duque, era donde vivían y trabajaban algunos de los más ilustres ingenios alemanes de este siglo, ¡bueno, del siglo pasado! ¡Schiller y Fichte, Schelling y Hegel, y Humboldt, y los hermanos Schlegel, y Brentano, y Tieck, y Voss, y muchos más que me dejo! Toda aquella gente trabajaba en condiciones miserables, ¡y es que la riqueza del espíritu, en Alemania, ha crecido a menudo en el terruño de la miseria material! Recuerdo que en una ocasión tuve que pedirle a un amigo común, el bueno de Knebel, que le entregara diez thalers a Hegel, ¡tan apurado estaba el viejo profesor!

»Pero, ahuyentando con un gesto aquellos recuerdos tan melancólicos como sublimes, exclamó Goethe: Hoy, tengo ganas de llevarle al Ettersberg. La observación de la naturaleza invernal nos ha de brindar sin duda muchos temas de conversación.

»Aprobé sus palabras, no sin preguntarme si era aquél el motivo real de la impaciencia de Goethe. Sospechaba que no, ignoro por qué. Encargué sin tardanza que prepararan el trineo, y partimos al punto, envueltos en un montón de pieles, al trote de dos robustos caballos empenachados, al asalto de las pendientes del Ettersberg, esa hermosa colina, muy dañada, ¡ay!, por la construcción de un campo de trabajo correctivo, *Umschulungslager*, donde están encerrados criminales de varias nacionalidades.»

Se oye un ruido a mi izquierda, que me distrae de este ensueño.

Un haz de nieve reluce al sol, detrás de una cortina de árboles, por la parte de los cuarteles. Un camión militar, sin duda, cuyas ruedas habrán patinado en la nieve fresca. Tan sólo ha durado un segundo. Una especie de crujido afelpado, luminoso.

Se ha acabado, de nuevo reina el silencio.

Nada me cuesta imaginar que el trineo de Goethe se ha detenido allá, bruscamente, haciendo saltar la nieve. Quizá Goethe ha expresado el deseo de visitar el *Falkenhof*.

Estoy ahí, inmóvil bajo el frío sol de este domingo de diciembre, soñando que aparecen Goethe y Eckermann, al final de la avenida flanqueada de águilas hitlerianas.

Me muevo un poco, golpeo con los pies en la nieve compacta, me soplo en los dedos. La avenida sigue desierta.

Puede imaginarse uno cualquier cosa, un domingo de diciembre, en aquel paisaje histórico, en la colina del Ettersberg. El gran duque Carlos-Augusto organizó cacerías aquí en honor de Napoleón, tras las conversaciones de Erfurt. Podría perfectamente imaginar que aparece Napoleón a la vuelta de un sendero, con el uniforme de los cazadores de la Guardia que llevaba el día que recibió a Goethe, en Erfurt. «¡Esto es un hombre!», habría dicho, refiriéndose a Goethe, lo que, a fin de cuentas, es una exclamación bastante trivial. Luego, en Weimar, en el transcurso de la suntuosa recepción en la que se apiñaban, ambiciosos y serviles, todos los noblecillos alemanes, ante las miradas irónicas de Talleyrand, le habría soltado a Goethe esa frase que hizo fortuna y que algunos, ignorantes de ellos, creen que es una frase de Malraux: «¡El destino es la política!»

De repente, veo el árbol.

A mi izquierda, más allá del talud, un árbol solitario, despegado de la masa nevada de los árboles, que me oculta el bosque. Un haya, sin duda. Cruzo la avenida, subo al talud, camino por la nieve reciente y blanda, inmaculada, estoy muy cerca del árbol, puedo tocarlo. Lo toco. Este árbol no es una alucinación.

Me quedo ahí, al sol, contemplando el árbol, embobado. Tengo ganas de reír, me río. Dura siglos, una fracción de segundo. Dejo que me envuelva la belleza del árbol. Su belleza de hoy, nevada. Pero también la certeza de su belleza verde, próxima, inevitable, que sobrevivirá a mi muerte. Es la felicidad, una especie aguda y violenta de felicidad.

Pero el ruido que oigo tampoco es una alucinación. Ni la voz que me interpela brutalmente:

—*Was machst du hier?*

Me vuelvo.

Un suboficial de las SS me encañona con su pistola mauser de nueve milímetros. El ruido que he oído es fácil de descifrar, retrospectivamente. El SS acaba de montar el arma. Lo que he oído ha sido el ruido metálico de la culata.

A decir verdad, ¿qué puedo contestarle? Me pregunta qué hago aquí. Pero, ¿qué hago aquí?

Una respuesta explícita y detallada nos llevaría demasiado lejos. Me vería obligado a hablarle al suboficial de los SS de Hans, de Michel, de nuestras lecturas, en el bulevar de Port-Royal. Me vería obligado a hablarle de Hegel. Nos sabíamos el trozo de memoria. *Die Knospe verschwindet in dem Hervorbrechen der Blüte...* Pero nos llevaría demasiado lejos. Es probable que el suboficial de las SS no me escuchase hasta el final, sobre todo teniendo en cuenta que un relato detallado conllevaría numerosos incisos, digresiones, rodeos. No me escucharía hasta el final, me alojaría una bala en la cabeza antes de que concluyese.

Sería una lástima.

Así que opto por una respuesta más concreta. Le digo que es por el haya, ese árbol maravilloso.

—*Diese Buche* —le digo—, *so ein wunderschönes Baum!*

Pero quizá resulte demasiado lacónico. En cualquier caso, me mira como un imbécil. O sea como si yo fuese un imbécil.

Acaba volviéndose un instante. Camina hacia el haya, la

contempla, trata de comprender de qué se trata. Hace un esfuerzo visible, pero visiblemente infructuoso. Vuelve hacia mí. Me planta de nuevo la pistola en el pecho. Va a ponerse a vociferar.

Pero acabo de comprender que nada puede ocurrirme. Aún no ha llegado la hora.

Por mucho que el oficial de las SS tenga el rostro convulsionado por una mueca de rabia, mientras me amenaza con su arma. Por mucho que se ponga a vociferar, no veo los signos premonitorios de la muerte en ningún sitio. Por mucho que me haya pescado el SS fuera de los caminos autorizados y piense que intento evadirme, por mucho que tenga derecho, quizá incluso la obligación de pegarme un tiro, no veo la sombra luminosa y ligera de la muerte en ningún sitio.

Tan ausente está de este instante la sombra insaciable, porosa y familiar de la muerte, que el SS, su rabia, su pistola, su derecho a matar se tornan irrisorios. Resulta sencillamente lamentable ese SS que intenta calzarse los coturnos de la tragedia, que se esfuerza en asemejarse a la sombra vaporosa y voraz del destino.

La muerte no tiene el rostro de ese suboficial de las SS, ni mucho menos.

Giraudoux me enseñó a reconocer la muerte. Lo cierto es que, en aquella época, a mis veinte años, casi todo me lo había enseñado Giraudoux. Quiero decir, todo lo esencial. Cómo reconocer la muerte, sin duda. Pero también cómo reconocer la vida, los paisajes, la línea del horizonte, el canto del ruiseñor, la lancinante languidez de una muchacha, el sentido de una palabra, el afrutado sabor de una noche de soledad, el gemido nocturno de una hilera de álamos, la sombra vaporosa de la muerte: siempre me remito a ello. En 1943, en las granjas de la región de Othe, yo, extranjero, que en mi vida había salido de la ciudad, sabía cómo hablarles a los campesinos que nos abrían su puerta, que nos brindaban cama y comida, pese a los riesgos de las represalias nazis. Les hablaba con palabras de Giraudoux y me comprendían. Incluso les parecía de lo más natural aquel lenguaje que a mí se me antojaba la quintaesencia de la literatura. Ya no era un extranjero, un exiliado de los paisajes y las palabras de la infancia. Las palabras de Giraudoux me abrían el acceso de su memoria de campesinos y de viticultores franceses. Podía hablarles del pan, de la sal y de las estaciones con palabras de Giraudoux. Entonces, sin duda para demostrarme que me aceptaban en su comunidad, me llamaban «patriota». Yo era un «patriota» y combatía por el futuro de su memoria, por el futuro de sus viñas y sus campos de trigo. Comía la sopa espesa y sabrosa, a la luz de las lámparas, en las granjas de la región de Othe, del Châtillonnais, del Auxois y asentía cuando el cabeza de familia me felicitaba por ser un «patriota». Pensaba en Giraudoux. Me imaginaba a Simon y a Sigfried, a Suzanne y a Juliette dirigiéndome una sonrisa de complicidad. Éramos dichosos, ellos y yo.

Este día, pues, en 1944, bajo el sol de diciembre, junto a este gran árbol cubierto de nieve, a un lado de la avenida flanqueada de altas columnas, todo lo que he aprendido en Giraudoux me permite afirmar que aún no ha llegado la hora. No ha llegado mi hora, como suele decirse.

Curiosamente, me ha ocurrido con frecuencia reconocer la muerte en lugares apacibles y placenteros: bailes populares, muelles a lo largo de un río, calveros en otoño. Ella no se fijaba en mí, por supuesto, si no no estaría aquí para contar esta historia. Todos mis esfuerzos por llamar su atención resultaban vanos, presuntuosos. De mí no se ocupaba. La muerte era una muchacha que no me veía, y eso me humillaba.

Poco a poco, en el transcurso de los años, aprendí a detectar su presencia, aun cuando abandonaba su apariencia terrestre, cuando se ocultaba en el soplo del viento, el ruido de los remos en un agua transparente, o el paso de un caballo, o el susurro de las hojas de un chopo, la ondulación de los trigos maduros. Aun cuando pasaba a ser simplemente paisaje, semáforo intermitente en un cruce, taza inerte en una mesa, la reconocía.

En París, en otoño de 1975, la reconocí.

Ya ven ustedes lo complicado que llega a ser el orden cronológico. Les estaba llevando conmigo, en diciembre de 1944, por la avenida de las águilas imperiales que desembocaba en la entrada monumental del campo de Buchenwald. Luego, de repente, por culpa de Varlam Shalamov, de sus *Relatos de Kolyma*, me he visto obligado a dar un rodeo por Londres, en la primavera de 1969, y ahora, esta vez por culpa de Giraudoux, ya no de Shalamov, estamos en París, hace cuatro años. Es decir, en 1975, a cuatro años de hoy, contando hacia atrás. O sea, treinta y un años después de diciembre de 1944. Y todas esas cosas van y vienen en la memoria, es demencial.

Era en 1975, en París, en otoño.

Aquella vez, se me apareció la muerte en una cervecería del distrito XVI. El lugar podrá parecer incongruente, pero la hora era propicia: medianoche.

Éramos cuatro, volvíamos de un espectáculo. En una mesa contigua, un grupo de gente escandalosa cenaba con champán. Hombres y mujeres que gesticulaban, hablaban y reían frenéticamente, para demostrarse a sí mismos que existían. Como si temiesen descomponerse, desaparecer, al menor silencio, al primer ángel que pasase por allí. ¿Qué habría sido de ellos, si hubiesen hundido de cabeza en un vacío inesperado de la conversación? Se hubieran convertido en montones informes de carne podrida, en pilas de tronchos de verduras, en hacinamientos de basuras domésticas, que habría sido necesario barrer con ayuda de grandes cantidades de agua. Se hubieran convertido en lo que eran, en definitiva: personajes de un cuadro de Bacon.

Entretanto, estaban allí muy tiesos, excitados, en medio del humo de los puros y en pleno delirio de la cháchara, haciendo un desesperado esfuerzo por demostrarse que su vida era alegre, que valía la pena vivirla, sin estar plenamente convencidos de ello, probablemente. Porque la vacilante fosforescencia que los aureolaba —y que no emanaba de ellos, que no era sobre ellos sino el reflejo pentecóstico de una estrella ya muerta, lejísimos, en la noche de los siglos—, aquella luz turbia no era sino un fuego fatuo. Apestaba a cadáver, en la mesa contigua.

Y fue entonces, hubiera debido preverlo, cuando apareció.

Cruzando la cervecería, sus efluvios de comida, su algarabía, una joven fue a sentarse a la mesa vecina, siendo recibida con gritos de sorpresa y de júbilo. «¡Ya estás aquí, Daisy! ¡Daisy, qué elegría!»

Bien, la muerte se llamaba Daisy, aquella noche. ¿Qué podía hacerle yo?

La muerte que se llamaba Daisy, pues, se sentó en la mesa contigua, en un torbellino de seda revoloteante, blanca y negra. Tenía las piernas largas, caderas cuyo contorno frágil y voluptuoso se adivinaba bajo el tejido que la ceñía. Tenía la cara maquillada muy blanca, una boca sangrienta y párpados azulados.

Cerré los ojos, volví a abrirlos.

Seguía allí, hablaba, incluso. Contaba una historia que hacía reír a lágrima viva a los ocupantes de la mesa contigua. Yo, personalmente, no tenía la menor gana de reír. No me parecía nada gracioso que la muerte tuviera el don de la palabra. Me parecía más bien aterrador que la muerte que se llamaba Daisy hubiese tomado la palabra, aquella noche, con tal aplomo.

Procuré no oír lo que decía la muerte. Pero hablaba alto, claro, con inflexiones de contralto. Contaba su historia mezclando las lenguas, en un francés salpicado de expresiones inglesas, breves y brutales, rondando la grosería. A aquella puta muerte le gustaba el lenguaje crudo, vulgar, impúdico. Y para colmo, era políglota: lo único que nos faltaba.

Miré las largas piernas de Daisy, para olvidar sus palabras. Imaginé la prolongación de su fino contorno, bajo la seda blanca y negra, hasta el estuario del sexo, accesible y próximo, navegable. Pobre artimaña, sin duda, para tratar de invertir los papeles. Porque quien estaba abierto era yo, y era la muerte la que me penetraba.

En aquel momento, se volvió bruscamente hacia mí. Clavó sus ojos en los míos, yo le sostuve la mirada. Entonces ocultó sus ojos tras unas gafas negras de gruesa montura de concha. Daisy volvió a ponerse la máscara.

Así que, aquella noche, en una cervecería del distrito XVI, la muerte me dirigió por primera vez la palabra, aunque lo hiciera indirectamente. Pero quizá lo que ocurría sencillamente era que yo había llegado a la edad en que se oye la voz de la muerte, sencillamente. Una voz interiorizada, sin duda.

Yo escuchaba la voz de Daisy, con sus inflexiones de contralto, que iba y venía en mí, abriendo su surco. Ello me hacía temblar, me tenía descompuesto. Sí, por primera vez, me hacía temblar.

Al día siguiente, el teléfono sonó en mi casa a una hora inhabitual. Una voz lejana y cansada, ronca de dolor, me notificó que Domingo «Dominguín» se había disparado un tiro en la cabeza, en Guayaquil. Domingo, mi mejor amigo de la clandestinidad madrileña. Domingo, mi hermano. La puta muerte había triunfado, en aquella ocasión.

Pero treinta años antes, en 1944, bajo el sol de diciembre, en el bosque nevado en el que gustan de pasear Goethe y Eckermann, no hay la menor señal que anuncie la presencia de la muerte.

Miro al SS que me apunta con su pistola máuser, con el dedo en el gatillo. Va a ponerse a chillar. Pero no veo en ningún sitio la sombra de la muerte. Creo que el mismo Giraudoux se mostraría categórico. Nada ha cambiado en el color del cielo, no se ha arrugado un solo repliegue del paisaje, en ningún sitio se han oído las campanillas de un tiro de caballos fantasma.

Miro al SS y veo los rostros bronceados, los ojos risueños de los hijos rubios que tendrá algún día. Veo la silueta de la mujer de piernas macizas, de caderas matriarcales, de mirada lisa, que le dará esos hijos. Hasta oigo música de piano, en algún sitio: una especie de sonatina.

Miro al SS, me entran ganas de reír. Me entran ganas de gritarle: «¡Déjalo ya, hombre! ¡No te canses, que no das el peso! Nunca llegarás a pesar lo que pesa el humo ligero de la muerte. ¡Aún no es el día, aún no ha llegado el momento!»

Entonces, para poner fin a esta situación que empieza a resultar ridícula, con ese mostrenco de SS que se toma por el destino y que no es más que un respetable padre de familia, me cuadro, grito mi número, me presento, con la mirada perdida en el vacío, en el ciego vacío del cielo pálido en donde no hay la menor señal que anuncie la muerte.

Quiero decir: *mi* muerte. La chimenea del crematorio sigue humeando apaciblemente.

CUATRO

—¿Querías verme, muchacho?

Le hablo a Daniel, en la oficina del *Arbeitsstatistik*. Se vuelve hacia mí, sonriente.

Daniel suele estar sonriente. Al menos, yo siempre lo he visto sonriente. Pero en fin, supongo que alguna vez le ocurrirá no sonreír. Debe de ocurrirle, de cuando en cuando. Así que, en honor de la verdad, no diré que siempre está sonriente, sino que suele estar sonriente: soy un escritor realista, no se ponga en duda.

—¡Te habías dado el piro, eh! —me dice Daniel.

Sí, me había dado el piro con Henk Spoenay.

Al final, el SS que me había pescado junto a la gran haya se había decidido a llevarme hasta la puerta del campo, sin despegar el cañón de su máuser de mi espalda. Su papel en aquella ópera bufa no era el de ángel de la muerte. Había debido de notarlo en el último minuto.

Me había llevado a la puerta del campo y el oficial de guardia, el mismo que nos había dejado pasar a Henk y a mí, una hora antes, había surgido de su despacho. A empujones, me condujeron a una habitación sin ventanas, en la planta baja de la torre de control. Ambos gritaban, consultaban el parte, se sulfuraban.

Iban a lloverme leches, la cosa era previsible.

Pero llegó en ese momento el Hauptsturmführer Schwartz. Tomó las riendas del asunto.

Apenas entró en la habitación, volví a presentarme a él. Tieso, cabeza erguida, gritando mi número, el número de mi kommando, el motivo de mi presencia fuera del recinto. Una presentación impecable, sin lugar a dudas. Empezaba a saberme muy bien el jueguecito.

El Hauptsturmführer prosiguió el interrogatorio con voz seca. Yo contesté con la misma sequedad: servicio, servicio. A todos los militares del mundo les gusta la concisión, pero a los SS les encanta.

Schwartz había comprobado si yo me había presentado efectivamente con Henk Spoenay, una hora antes, al oficial de guardia. Había comprobado si nuestros números y el motivo de nuestra salida habían quedado debidamente anotados en el parte de salidas. Me preguntó por qué había vuelto yo solo. Le contesté que Spoenay había tenido que quedarse más tiempo de lo previsto en la *Mibau*, y que me había mandado al campo para que yo volviera a mi trabajo en el *Arbeitsstatistik*.

El otro asentía, todo aquello era correcto.

Abordó luego el aspecto más delicado del interrogatorio. Yo ya estaba preparado.

—¿Por qué te saliste de la carretera? —me pregunta.

Lo miro bien a la cara. Quiero que vea la inocencia de mi mirada.

—¡Ha sido por el árbol, Hauptsturmführer! —le digo.

Sé que me apunto también un buen tanto dándole exactamente el grado que tiene en la jerarquía SS. Los SS detestan que se arme uno líos con la complicación de sus grados.

—¿El árbol? —dice.

—Había un árbol un poco apartado, un haya, un árbol precioso. De repente se me ocurrió que podía ser el árbol de Goethe, y me acerqué.

Parece interesadísimo.

—¡Goethe! —exclama—. ¿Conoce usted la obra de Goethe?

Inclino modestamente la cabeza.

Me ha tratado de usted, quizá sin darse cuenta. El hecho de que yo conozca la obra de Goethe le ha hecho cambiar de tono, instantáneamente.

Hay que reconocer que es maravillosa la cultura.

—Y además —dice el Hauptsturmführer Schwartz—, habla usted muy bien el alemán. ¿Dónde lo ha aprendido?

Tengo la impresión de haber vivido ya este instante, de haber tenido ya que contestar a la misma pregunta.

Claro, hará un año y medio, en el tren que nos llevaba hacia Les Laumes a Julien y a mí. Hay un control alemán y el oficial, tras haber examinado la documentación de todos los viajeros, echa una ojeada al equipaje.

—¿De quién es esta maleta? —pregunta con un francés vacilante.

Miro y veo que señala mi maleta, o sea la maleta que llevo a Semur, atestada de metralletas Sten desmontadas y de cargadores llenos. Julien tiene otra, en la red, encima de su cabeza.

No miro a Julien. Sé que lleva una Smith and Wesson 11,43, como yo, en el cinturón del pantalón.

Me vuelvo hacia el oficial de la *Wehrmacht*.

—*Das gehört mir!* —le digo.

Le digo que la maleta es mía.

—*Ach so!* —dice, radiante—. *Sie sprechen Deutsch!*

Le encanta que yo hable alemán, visiblemente.

—*Also, bitteschön* —dice el oficial cortésmente—, *was haben Sien in diesen Handkoffer?*

Quiere saber lo que llevo en la maleta. Qué menos.

Miro al vacío, como si hiciese un esfuerzo por acordarme.

—*Zwei oder drei Hemde* —le digo—, *ein Paar braune Halbschuhe, ein grauer Anzug, und soweiter. Nur persönliche Sachen!*

Enumero todos los efectos personales que se supone que llevo en mi maleta.

El oficial asiente, radiante:

—*Sie sprechen ganz nett Deutsch* —dice—. *Wo haben Sie's gelernt?*

Quiere saber dónde he aprendido tan bien el alemán. Entonces, adopto un ligero aire de superioridad:

—*Bei uns zu Hause haben wir immer ein deutsches Fraülein gehabt!*

El oficial me sonríe con aire de aprobación, casi de complicidad.

—*Dankeschön* —dice inclinándose.

Parece halagar su orgullo nacional el hecho de que siempre haya habido institutrices alemanas en mi familia. Parece tranquilizarle totalmente en lo que a mí respecta. De repente, deja de inquietarle el contenido de esa maleta y el abrirla pasa a ser una formalidad totalmente superflua. ¡Como si un joven que ha sido educado por institutrices alemanas pudiera llevar algo prohibido en su maleta!

El oficial me dirige un gran saludo y abandona el compartimiento.

Observo que los demás viajeros me miran con recelo.

Julien también me mira, no con recelo, pero sí maravillado.

—¿Pero tú hablas *boche*? —dice, inclinándose hacia mí.
—Pues ya ves. ¡Cosas de la vida!
—Pero, ¿qué les has contado?
—La verdad, sencillamente —le digo.
Julien suelta una carcajada.
—¿O sea?
—Pues les he dicho lo que hay en mi maleta. ¡Es lo
que él quería saber!

Julien se inclina aún más hacia mí. No puede evitar
troncharse.

—¿Y qué hay en tu jodida maleta?
—Pues nada —le digo—, dos o tres camisas, un traje
gris, un par de zapatos, y nada más, efectos personales.

Julien poco más y se ahoga. Se da palmadas en los
muslos, no puede más.

Los demás viajeros siguen mirándonos, ahora con expresión inquieta.

Pero esto ocurría hace poco más de un año, en el tren
que nos llevaba, a Julien y a mí, de Joigny hacia Les
Laumes.

Y es la misma pregunta que me hace hoy el Hauptsturmführer Schwartz. Quiere saber dónde he aprendido
el alemán. Le contesto lo mismo.

—*Bei uns zu Hause haben wir immer ein deutsches
Fräulein gehbat!*

Le explico al Hauptsturmführer que siempre había habido institutrices alemanas en nuestra casa, en España.
Aprendí el alemán de muy joven y no dejé de practicarlo,
durante mis estudios. Sí, conozco la obra de Goethe, incluso me interesa muchísimo.

Schwartz me mira, frunce el ceño. Parece que tiene un
problema.

—¿Institutrices alemanas? —exclama—. ¡Es usted de
buena familia! Pero entonces, ¿qué hace aquí?

Ése es el problema de Schwartz. Se pregunta cómo me
las he arreglado, pese a mis buenos antecedentes sociales,
para encontrarme aquí, con todos estos golfos, estos terroristas, en el lado malo de la barrera, vamos.

He de confesar que mis orígenes sociales están empezando a joderme. O más bien, el modo de utilizarlos contra mí, el modo que tiene la gente de tirármelos a la cara.

Hoy es el Hauptsturmführer Schwartz quien no comprende por qué estoy aquí, en un campo de reeducación por el trabajo, pese a mis buenos orígenes sociales. No comprende que pueda interesarme Goethe, no encaja con la idea que se hace de un rojo español detenido por actos de resistencia. Schwartz frunce el ceño, está perplejo. Le parece chocante.

El otro día, era Seifert, sentencioso, quien me explicaba lo amable que era aceptándome en el *Arbeitsstatistik* a pesar de mi origen social. Un estudiante de filosofía, de familia burguesa, ¡santo Dios, era la primera vez que Seifert veía tal cosa en su oficina! Me lo hacía notar todo lo que podía. Tenía la impresión de haber sido admitido sólo a título de prueba. A la menor extravagancia, me mandarían a arder eternamente en el infierno, en la olla de mis orígenes de clase.

Más tarde, a lo largo de toda mi vida política, siguió ocurriendo lo mismo. Mis orígenes de clase estaban allí, agazapados en la sombra, dispuestos a saltarme encima al menor pensamiento discordante. Me pasaba el tiempo reprendiendo silenciosamente a mis orígenes sociales. Les hablaba como se habla a los animales domésticos: «¡Echaos, echaos! ¡No jorobéis a los invitados!»

Pero seamos justos. A veces, mis orígenes sociales eran resaltados positivamente, aun con cierta insistencia, cuando los camaradas tenían necesidad de destacar la influencia del partido, su irradiación, su amplitud de miras. ¡Observen, señoras y señores lo liberal y poco sectario que es nuestro partido! Vean a nuestro camarada Sánchez, procedente de una familia de la gran burguesía emparentada con la aristocracia: ¡tiene duques y duquesas entre sus primos y primas! El camarada Sánchez es un intelectual, ¿no es cierto? ¡Y sin embargo, ha accedido a las más altas responsabilidades en nuestro grande y hermoso partido comunista español!

Yo adoptaba un aire prudente, modesto, como para una foto de cumpleaños o de reparto de premios. Oía revolotear a mi alrededor a los angelillos mofletudos y tocando trompetas de mis orígenes sociales. ¡Un auténtico cuadro de Murillo!

Y claro, aquella época de euforia no podía durar eternamente. Todo acaba en esta vida. Mis orígenes sociales hicieron su reaparición, como las brujas de Macbeth, ridículamente ataviadas con los más negros oropeles. Volvía a ser, a fin de cuentas, un intelectual de origen burgués, abocado por esencia a la duda, a las vacilaciones, al espíritu negativo, a la falta de confianza, al anarquismo de gran señor. ¡Claro, si era una fruta agusanada!

Oía hablar a mis camaradas erigidos en tribunal, sentados en la larga mesa en torno a la cual se decidía mi destino, en el mes de marzo de 1964, en un antiguo palacete de los reyes de Bohemia. Yo no me sentía en absoluto culpable. Observaba a aquellos nuevos puritanos que descendían de la clase obrera como las buenas familias de Boston descienden del *Mayflower* o el mono desciende del árbol. Más bien me hacían reír. A lágrima viva, eso sí.

De sobras sabía yo en qué se habían convertido aquellos hijos del pueblo, o al menos la mayoría de ellos: en funcionarios timoratos y marrulleros, pendientes del viento que sopla en los pasillos, en las antesalas y en los palacios del Aparato. Tenía ganas de decirles que los dirigentes oriundos de la clase obrera, los Thorez, los Rakosi, los Ulbricht, los Gottwald, y los que me dejo, podían guardárselos y metérselos donde yo me sé. Pero de nada serviría intentar explicárselo. Estaban sentados allí, en torno a la larga mesa donde se decidía mi suerte, como los apóstoles, severos pero justos: una lengüecilla de fuego se erguía sobre sus cráneos, el Espíritu Santo había descendido sobre sus calvas, porque ellos eran de origen obrero. A mí sólo me quedaba regresar a mi infierno.

Pero aún no hemos llegado a ese instante. Hoy no son Seifert, ni Carrillo, quienes me recuerdan mis orígenes sociales. Es el Hauptsturmführer Schwartz. Le extraña que yo esté en Buchenwald, en el lado malo de la barrera, con tales orígenes sociales.

Así que siempre resultaré sospechoso, tanto en un lado como en el otro, por motivos inversamente idénticos. Un día, no me quedará más remedio que explicarles, a unos y a otros, lo que es un intelectual comunista. Aun antes del final del libro, me veré obligado a explicarles más detalladamente que ese aspecto sospechoso es precisamente lo que me confiere interés, mi razón de vida. Si no resultara sospechoso, no sería un intelectual comunista *procedente* de la burguesía, sino un intelectual *de* la burguesía. Si no resultara sospechoso, no sería más que un intelectual-perro-de-guardia, un oso sabio, que contribuiría con mi labor ideológica a reproducir el conjunto de las relaciones de producción burguesas. Si resulto sospechoso, es

porque he traicionado a mi clase. Pero tal traición no
es para mí episódica, sino esencial. Soy traidor a mi clase
porque he tenido la vocación, la voluntad, la capacidad
—la suerte, también— de traicionar con la mía a todas las
clases, a la sociedad de clases en su conjunto, porque mi
papel (y hablo aquí en primera persona por metáfora, por
pura facilidad de expresión: no me refiero a mí únicamente, sino al intelectual comunista en general, genéricamen-
te), mi papel como intelectual comunista es precisamente
el de negar las clases en sí, la sociedad de clases bajo
cualquier forma que se presente, aun a riesgo de quemar
las etapas, como suele decirse, de no comprender los
meandros de la *Realpolitik*, que es un término para denominar la realidad de la política y la política de la realidad. Es decir para denominar, de hecho, toda política
conservadora, ya que la política revolucionaria es, por
esencia, negación de la realidad, desquiciamiento creador
y desordenado del orden legítimo, del curso natural de la
historia. De ahí su carácter improbable. Si no soy sospechoso, o sea secuaz demoníaco del espíritu de negación,
crítico permanente del conjunto de las relaciones sociales, no soy nada. Ni intelectual, ni comunista, ni yo
mismo.

Pero en fin, me resulta difícil explicarle eso al Hauptsturmführer Schwartz, al menos en esos términos.

Así que evito contestar a su pregunta.

—Creí que era el árbol de Goethe, Hauptsturmführer
—le digo—. No pude resistir la tentación de verlo de más
cerca.

Schwartz asiente, comprensivo.

—Se ha equivocado usted —dice—. El árbol de Goethe,
el que lleva inscritas sus iniciales, está dentro del campo,
en la explanada entre las cocinas y el *Effektenkammer*.
¡Y además no es un haya, sino una encina!

Yo ya lo sabía, por supuesto, pero manifiesto el más
vivo interés, mediante una mímica apropiada, como si me
encantase enterarme de la noticia en aquel instante.

—¡Ah, es ése!

—Sí —dice Schwartz—. ¡Lo salvamos, cuando fue tala-
da la colina, en honor de Goethe!

Y me suelta un largo discurso sobre el respeto nacionalsocialista por la buena tradición cultural alemana. Lo
miro bien a la cara, sin abandonar la posición de firmes,
son las normas, pero ya no le escucho. Pienso que a Goe-

the y a Eckermann les gustaría oírle. Pienso en la suntuosa belleza del haya, en la avenida de las águilas. Pienso que Daniel quería decirme algo, hace un rato, y que me marché con Henk sin haber hablado con él. Pienso que es domingo, que el Hauptsturmführer es un siniestro gilipollas, que las tropas británicas han aplastado a los partisanos del ELAS, en Atenas. Pienso que tengo ganas de largarme, ahora.

En ese momento, llaman a la puerta de la habitación donde estamos, los tres SS y yo. En mi mente aflora una imagen: se abre la puerta y Johann Wolfgang von Goethe entra, majestuoso.

Se abre la puerta, en efecto.

Pero quien entra no es Goethe, sino mi compañero Henk Spoenay.

—¡Te habías dado el piro, eh! —me dice Daniel.

Estamos en la oficina del *Arbeitsstatistik*.

Daniel tiene una sonrisa dulce, apacible, casi beatífica. Las sonrisas apacibles, dulces, casi beatíficas son las más de las veces estúpidas. Pero la sonrisa de Daniel es una de las sonrisas más inteligentes que conozco. Quizá porque, por encima de esa sonrisa dulce, apacible, casi beatífica, brilla una de las miradas más penetrantes que conozco. Debe de ser eso.

—Sí, me había dado el piro —le digo a Daniel—. Estaba citado con Eckermann y Goethe.

—¿Y qué tal están? —me pregunta Daniel con el tono más natural del mundo.

Mi sorpresa debe de ser patente. Quizá hasta me haya quedado con la boca abierta.

—¿Qué? —dice Daniel—. ¿Qué tiene de extraordinario citarse con Goethe y Eckermann? ¡Todo el mundo sabe que suelen pasear por el Ettersberg!

Procuro no rendirme.

—¿Quizá sepas también de qué hemos hablado?

Daniel me mira, asiente.

—¿De qué puede hablarse con Goethe sino del propio Goethe? —me dice como si fuera evidente.

Nos miramos, soltamos una carcajada, es domingo.

Daniel es sastre. Trabajaba a medida, por la zona de la calle Saint-Denis. Los sastres, como los tipógrafos, ya se sabe, eran tipos reflexivos. Su ritmo de trabajo les permitía permitirse el lujo de leer, de pensar. No es un azar que ambas corporaciones hayan suministrado cientos de dirigentes al movimiento obrero, durante todo el siglo XIX. Cierto es que, por lo general, la tradición que representaban era más bien la del sindicalismo revolucionario. Pero en fin, no es culpa de los sastres ni de los tipógrafos si el marxismo —o lo que pasaba por serlo— no ha calado nunca profundamente en la clase obrera francesa. Debe de haber otra explicación.

Daniel es sastre, pues. También es judío. Pero no está aquí por ser judío. No lleva un triángulo amarillo, cosido al revés debajo del triángulo rojo para formar la estrella de David, como los pocos judíos alemanes que viven aún para contar la muerte de todos los judíos alemanes que han muerto aquí. Está aquí por ser comunista.

En cualquier caso, reúne Daniel todas las condiciones requeridas para tener sentido del humor, ya que es judío y sastre.

—¡Has ganado, muchacho! —le digo a Daniel.

Me he sentado a su lado, en el barracón del *Arbeit*.

Me mira, se saca del bolsillo un minúsculo pedazo de papel, y doblado en cuatro por añadidura. Pone el papelito en mi mano.

—Tres compañeros de las FTP —me dice Daniel—. Llegan de un campo de Polonia. El partido planteará lo de sus puestos de trabajo en cuanto acabe la cuarentena. Entretanto, hay que evitar que los manden por sorpresa a trabajar afuera. El partido quiere que se queden en el campo. Mira a ver qué puedes hacer.

Asiento, le digo que de acuerdo, me levanto.

En la larga mesa del fichero central, Walter sigue abismado en la lectura del *Völkischer Bebachter*, edición dominical. A menos que esté soñando con el periódico abierto delante de él, lo que no es imposible.

Walter es uno de esos pocos viejos comunistas alemanes que no está loco. Quiero decir: que no está agresivamente loco. Algún atisbo de locura sí que debe de tener, pero es una locura apacible. Walter es afable. Incluso da la impresión de que a ratos se da cuenta de que hay gente que vive a su alrededor. Le ocurre dirigirnos la palabra, hacernos preguntas. Los demás viejos comunistas alemanes, la mayoría de ellos al menos, ni tan siquiera nos ven.

Cuando digo «nos», entendámonos, hay matices, una especie de jerarquía. Los más invisibles de nosotros somos realmente nosotros: nosotros que hemos llegado a Buchenwald de los países ocupados de la Europa occidental. Estamos aquí desde 1943, más o menos. De modo que llevamos diez años de retraso con respecto a ellos y los llevaremos siempre: ese retraso ya no se recupera. En 1943, llevaban ya diez años en los campos y cárceles. ¿Qué podíamos saber nosotros de su vida, de sus obsesiones? ¿Cómo podíamos comprender lo que les había vuelto locos? Estábamos afuera, bebíamos cerveza: ellos estaban dentro. Estábamos afuera, nos paseábamos por el parque Montsouris: ellos estaban dentro. Estábamos afuera, rozábamos caderas, hombros, párpados de muchachas: ellos estaban dentro.

Diez años de retraso, es demasiado. Ello nos vuelve transparentes. Nos miran, no nos ven, no tienen nada que decirnos.

Un poco menos invisibles, portadores de un mínimo de existencia, son los deportados que vienen de Checoslovaquia. O mejor dicho, del Protectorado de Bohemia-Moravia. Éstos vienen no sólo de una Europa imperial y en parte germanizada, sino que llegaron aquí a partir de 1939. Empieza ya a hacer lo suyo: han conocido el final de los buenos tiempos, cuando el campo no era aún un sana.

Y luego, están los otros: los polacos, los rusos, la gente del Este. Éstos son aparte, forman la plebe de los campos.

Pero Walter es afable. Habla con todos nosotros. Hasta con los belgas. Hasta con los húngaros, llegado el caso.

August también, he de confesar. Pero August no es un auténtico veterano comunista alemán. O mejor dicho, es un auténtico veterano comunista y es un auténtico alemán, pero había emigrado a Argentina mucho antes de la llegada al poder del nazismo. Había regresado para hacer la guerra de España, en las Brigadas. Había acabado internado en el campo de Vernet, en 1939. Fue allí, en Vernet, donde la policía francesa lo entregó a la Gestapo.

August era, pues, algo cosmopolita, ya me entienden. Y además, aunque llevaba el triángulo rojo, sin ninguna letra negra de identificación nacional impresa encima, como los alemanes, August era administrativamente considerado por los SS como un extranjero, como un rojo español: *Rostpanier*. Como yo, en definitiva, como los demás rojos españoles. Lo cierto es que a él le dejaba frío que lo excluyeran administrativamente de la comunidad nacional alemana. August estaba orgulloso de ser un rojo español.

184

Era bajito, redondo como una bola, indesgastable, con sus ojillos vivos tras los vidrios de sus gafas, y hablaba perfectamente el español. El castellano, quiero decir, o más bien, el argentino.

Es algo que vale la pena haber visto: August, de pie en una silla, en la oficina del *Arbeit*, para estar más cerca de uno de los altavoces, escuchando los comunicados oficiales de la Wehrmacht que anunciaban con tono fúnebre la irrupción de los tanques rusos a través de Polonia. «¡Macanudo! —gritaba—, ¡macanudo!» Pero hay que comprender el español, o, mejor dicho, el argentino, para que esto resulte cómico, para captar el insólito encanto de ese adverbio en boca de aquel viejo comunista alemán, en Buchenwald. A Adolfo Bioy Casares seguro que le haría reír esta anécdota. «¡Macanudo, macanudo!» Y los tanques rusos irrumpían en Polonia.

En cualquier caso August era un tipo afable, lo mismo que Walter. Siempre hay excepciones a la regla.

Debes de estar mezclando los datos, los recuerdos, confundiendo los viajes. No fue aquella vez cuando volviste a ver a August, en Berlín Este. Fue otra vez anterior. Aquella vez, la última, viajabas normalmente, con un pasaporte auténtico, con una identidad oficialmente reconocida, comprobable. Unos amigos de la DEFA preparaban una película sobre la vida de Goya, y te habían pedido que fueras para discutir contigo el guión, pedirte tu opinión.

Además, has conservado pruebas de este último viaje. Desde que puedes permitírtelo, desde que tu vida es pública y no tienes nada (casi nada) que ocultar a las distintas policías, conservas con maniática avidez pruebas mínimas de tu existencia, como si tuvieras que asegurarte de ella, recuperar en cierto modo el tiempo perdido. Como si tuviese que materializarse tu memoria en los trocitos de cartón de las entradas de teatro, de las tarjetas postales, de las fotografías amarillentas, en el transcurso de los años, de los países, de los viajes.

No tienes más que abrir el cajón; sacar un sobre amarillento.

Nr. 17/5/7657
EINREISE — *und* WIEDERAUSREISE VISUM
zur einmaligen Einreise nach
und Wiederausreise aus der

zur Einreise   : *Schönefeld*
und Ausreise   : *Schönefeld*
Gültig vom   : *6 Dez. 1965*
bis zum   : *21 Dez. 1965*
Reisezweck   : *Berlin u. Babelsberg*
Berlin, den   : *6 Dez. 1965*

Miras ese visado válido para un solo viaje de entrada en/ y de salida de la/ República democrática alemana. Miras los sellos estampados en ese visado. Dos sellos rojos, rectangulares, los de la policía de fronteras, en el aeropuerto de Schönefeld. Un sello negro, circular, del Ministerio de Asuntos Exteriores, con un sello fiscal, gratuito: *Gebührenfrei*. Pero lo importante es la fecha: diciembre de 1965, eso es. Por lo demás, no te quedaste hasta el 21 de diciembre, abandonaste Berlín Este el 11. Tienes una razón muy concreta para recordar eso tan concretamente. La víspera, el 10 de diciembre, era el día de tu cumpleaños.

Pero no fue aquella vez cuando volviste a ver a August, fue otra vez, años atrás.

Las huellas materiales de este último viaje, en diciembre de 1965, están en ese sobre amarillento. Las contemplas. Una tarjeta de crédito del *Magistrat von Gross-Berlin*, que te permitía efectuar compras hasta por un valor de doscientos marcos. No la utilizaste, no se ve ningún sello en la tarjeta. Aún debes de tener doscientos marcos en tu cuenta, en Berlín Este. Programas de teatro. *Die Tragödie des Coriolan* y *Des aufhaltsame Aufstieg des Arturo Ui*, en el Berliner-Ensemble. Afluyen los recuerdos, las imágenes. *Der Drache*, de Ievgueni Schwartz, dirigida por Benno Besson, en el Deutsches Theater. Hojeas los programas. Habías visto *El Dragón* de Schwartz, la víspera de tu marcha. Tu última noche en Berlín Este, no volverás más. Tres billetes de banco, también. Un billete de cinco marcos, con la efigie de Alexander von Humboldt en una de las caras. Sonríes, ¡piensas en Malcolm Lowry. La calle Humboldt en Cuernavaca, te ríes solo. Dos billetes de veinte marcos. Los miras, te ríes aún más fuerte. Dirán, claro está, que estás obsesionado por las coincidencias. ¡Confiesa que esto sí que no te lo esperabas! Los billetes de veinte marcos llevan en efigie el retrato de Johann Wolfgang von Goethe, en una de las caras, y en la otra aparece la fachada del Teatro Nacional de Weimar. El azar hace bien las cosas, ¡confiésalo! Te ríes solo. Contemplas el billete de veinte marcos. Goethe tiene la frente amplia, despejada, goethiana. Tiene la mirada del hombre que ha conocido toda clase de avatares: humana, comprensiva, goethiana. ¡Esto es un hombre!, exclamaría Napoleón. Sin duda, sí, un hombre. Más todavía, un humanista: el hombre que hace profesión de humanidad, el hombre-funcionario de la naturaleza humana. Te cansas. Coges el billete de veinte marcos, lo contemplas a contraluz. En el lado izquierdo del billete, hay un espacio blanco con el número de serie, arriba: CF 378575. Debajo, en filigrana, en la claridad del contraluz, aparece de nuevo el rostro de Johann Wolfgang von Goethe. Ves cómo aparece, a contraluz, el rostro de Goethe. Un humo, una niebla, un vaho, un sueño incorpóreo: el fantasma en filigrana del humanismo burgués. Ese fantasma garantiza la autenticidad de esta moneda democrática. Te cansa todo esto, metes el billete de veinte marcos en el sobre amarillento, con los otros recuerdos de aquel último viaje a Berlín Este, en 1965.

Pero no fue aquella vez cuando volviste a ver a August, fue otra vez, años atrás.

Fue en el salón del hotel reservado a los huéspedes del partido alemán. El funcionario del SED te había anunciado que Seifert y Weidlich se habían ausentado de Berlín, que no podrías verlos. Te preguntó si había algún otro compañero alemán de Buchenwald a quien quisieras ver. Te acordaste de August, diste su nombre. A August no tardaron en encontrarle la pista. Vivía en Berlín, sí, podrías verlo.

Una hora después, un coche negro de fabricación rusa —visillos de tul grueso corridos en el cristal trasero y en los laterales— me llevaba a través de Berlín Este hacia el sitio donde trabajaba August. Hacía un calor húmedo, veías vivir a la ciudad perezosamente con aquel calor húmedo.

August trabajaba en alguna institución que dependía del Ministerio de Comercio Exterior. No debía de ser un organismo importante, el edificio estaba bastante destartalado, apartado de los centros administrativos esenciales. Subiste los escalones de la escalinata de aquel antiguo palacio privado. Te hicieron esperar en una antesala, unos

minutos, y te hicieron pasar al despacho de August. No
le habían anunciado tu visita. Era una sorpresa, en cierto
modo. Te encontraste en el despacho de August, quien
veía entrar a aquel visitante imprevisto, quizá importuno.
August te veía entrar y no había cambiado mucho, a primera vista. Entonces, dándotelas de gracioso —pero quizá
por emoción, para ocultar tu emoción— le dijiste en español, esforzándote en imitar el acento argentino: «¡Macanudo, viejo, no habés cambiado nada!» Pero él alzó la
cabeza, desconcertado, y exclamó: *Was, was?* Desconcertado, sin comprender. ¿Qué, qué? Entonces, tú adelantaste
dos pasos y viste que sí había cambiado. De hecho, a pesar de la primera impresión, ya no era en absoluto el mismo. Un no sé qué en la mirada, eso es, un desgaste interior.

August te veía acercarte, no te reconocía, era evidente.
Bueno, nada tenía de extraño, tú también habías cambiado. Le dijiste quién eras, el español del *Arbeitsstatistik*, le
recordaste tu nombre. Repitió lo que le decías, en voz
alta, asintiendo. Trataba de ponerle una cara a tu cara, era
evidente. Tu cara de veinte años a tu cara de treinta y
cinco, era evidente. Decía: ¡Ah, sí, sí, el español del *Arbeitsstatistik*! Pero se veía a la legua que enunciaba una certeza abstracta. Sabía que había habido un español en el
Arbeitsstatistik, como se sabe que Napoleón perdió la batalla de Waterloo. Aquello no evocaba ninguna imagen,
ninguna en absoluto.

Tú estabas allí, de pie delante de él, como si hubieras
perdido tu sombra. Habías perdido tu imagen de los veinte años en la memoria de August y era como una pequeña
muerte. Angustiado, contabas cosas, muy deprisa. Episodios, peripecias, recuerdos comunes, aun insignificantes,
para tratar de atraer a la memoria de August tu imagen
de los veinte años. Una bruma ligera, matinal, se habría
disipado en el paisaje de su memoria, y habrías aparecido
con la luminosidad a un tiempo cegadora y borrosa de las
imágenes de antaño, cuando reaparecen. Pero August no
recordaba, o, mejor dicho, sabía que había habido un español en el *Arbeitsstatistik*, pero aquello no era un recuerdo. Hablaba contigo, amablemente, como puede hablarse
con la forma corpórea, tosca e inesperada, de una certidumbre abstracta. Tú ya no eras más que una idea, no
llegabas a corporeizarte. ¡Y eso que, coño, habías tenido
veinte años! A pesar de las apariencias, a pesar de que no

lo recordara August, habías tenido veinte años, en Buchenwald. Pero no, el fantasma de tus veinte años no surgía en la memoria de August y la ausencia de aquel fantasma hacía que te volvieses ligero, fantasmagórico. Tratabas de resignarte, mirabas con incertidumbre el retrato de Ulbricht colgado detrás del escritorio de August. Te decías que quizá nunca habías tenido veinte años, ¿quién sabe? Quizá todo aquello lo habías soñado. Quizá ni siquiera habías venido al mundo.

Luego, fingiendo que os habíais reconocido de veras, hablasteis de una serie de cosas. ¿Qué había sido de ti? August te preguntaba amablemente qué había sido de ti. Se lo decías, sin entrar en pormenores. Resultaba difícil explicarle lo que había sido de ti, más que nada sin entrar en los pormenores, a aquel hombre envejecido cuya memoria y cuya vida habían sufrido una extraña erosión. Además, ¿habías llegado a ser algo? Aquel día, tratando de resumirle a August tu vida desde Buchenwald, tuviste la impresión de que no habías llegado a ser nada, de que habías seguido siendo sencillamente lo mismo que a los veinte años, lo que era escandalosamente poco dialéctico.

Willi Seifert sí que había llegado a ser algo. Había llegado a ser mayor general de la Volkspolizei. No hubiera tenido la menor dificultad en explicar qué había sido de él, si se le hubiera preguntado. «¿Qué ha sido de ti, Seifert?» «Soy mayor general de la Volkspolizei», habría contestado, sin un segundo de vacilación. Pero August asentía, oyéndote resumir lo que había sido de ti. No debías de resultar muy convincente. August asentía, distraídamente, como cuando oímos a un desconocido contarnos, interminablemente, algún incidente estúpido que ha tenido con el revisor de la compañía.

Luego, había habido un momento de silencio. August no hacía ya nada por recordar tu imagen a los veinte años, era evidente. Asentía, maquinalmente, y tú tenías la impresión de ser un intruso, no sólo en su memoria, sino también en su vida cotidiana. No obstante, antes de levantarte, de marchar, le devolviste la cortesía. Le preguntaste qué había sido de él. «¿Y tú, August, qué ha sido de ti?», le habías preguntado. Él te había mirado un largo instante, asintiendo, sin verte, daba la impresión. «La vida, ya sabes —te dijo—, va como va. Tiene sus momentos buenos y malos.» No era una respuesta muy explícita, pero en fin, en aquel momento, tampoco tenías ganas de saber más.

Sus momentos buenos y malos, claro. De repente, August, se había inclinado hacia adelante, su voz había cambiado. «¡Para los veteranos de España, sabes, ha habido momentos muy duros, aquí!», había dicho. Tú tuviste la impresión de que de nuevo trataba de poner una cara de antaño en tu cara de hoy. Te miraba con ansiedad. Te dio la impresión de que hubiera hablado más, si tu imagen de antaño, la imagen de tus veinte años, en Buchenwald, le hubiese vuelto a la memoria. Pensaste, en aquel momento, que se hubiera confiado a ti si tu imagen de antaño hubiese llegado a corporeizarse. Contuviste la respiración, aguardaste. Pero nada ocurrió, absolutamente nada. No se apretó el disparador, tu imagen continuó en la sombra. Seguisteis lejos el uno del otro, cada uno en su mundo. Tú, en tu pequeña muerte, él en su soledad.

August se excusó de no poder prolongar más la charla. Tenía que acabar un trabajo, te explicó. Era el día, efectivamente, de alguna conmemoración oficial y el comité del partido de la empresa le había pedido que pronunciase el discurso de rigor, durante la solemne reunión que se celebraría, al término de la jornada de trabajo, con todo el personal en pleno. August te enseñó las hojas mecanografiadas que tenía aún que corregir. «Es un gran honor, ¿comprendes? —te decía—, que se me confíe esta misión, después de las dificultades políticas que he atravesado.» Y con voz monocorde, de repente te leyó un pasaje del discurso que le habían encargado que pronunciara, pasaje en el que se mencionaban los grandes méritos del camarada Walter Ulbricht. Luego te lanzó una breve mirada y te pareció que recobraba la vivacidad de su mirada de antaño, si bien teñida hoy de una desesperada ironía.

La mirada de August se apagó de inmediato. Había llegado el momento de marcharse.

Estabas en el pasillo, bajabas los peldaños de la escalinata, te envolvía de nuevo el calor húmedo de la calle, era insoportable. No, no irías a Weimar, a visitar el monumento conmemorativo de Buchenwald. Te importaba un pepino el memorial conmemorativo de Buchenwald. Habías visto fotos, te importaba un pepino. Peor para Bertolt Brecht, si realmente la idea de aquel infecto monumento era suya. La enorme y repulsiva torre, rematada por un carillón gigante, el *Glockenturm*, innoble falo levantado en la colina del Ettersberg, todo eso podían metérselo donde tú sabías. Y de paso, el conjunto escultural del profesor

Fritz Cremer, artista emérito del pueblo, sin duda, erigido delante del *Glockenturm*.

No volverías nunca más a Buchenwald. De todas maneras, tus compañeros ya no estaban allí. Ya no veías a Josef Frank, por ejemplo, había sido ahorcado en Praga, en su país, por los suyos, sus cenizas diseminadas al viento. Únicamente podrías ver a Willi Seifert o a Herbert Weidlich. Ellos estaban vivos. Pero habían dejado de interesarte. Ya no eran tus compañeros de Buchenwald, eran policías. No te interesaban los policías.

A August tampoco lo habías visto.

Antaño, era redondete, de tez rosada, indesgastable. Su mirada arrojaba destellos tras el vidrio de sus gafas enmarcadas en metal dorado. Escuchaba los comunicados de la Wehrmacht que anunciaban con tono fúnebre el despliegue de los tanques de Stalin a través de las llanuras de Polonia y gritaba «¡Macanudo, viejo, macanudo!». Había hecho la guerra de España, había conocido los campos franceses, había sido entregado por el régimen de Vichy a la Gestapo, había sido privado de su nacionalidad alemana, tan sólo era ya un rojo español, en Buchenwald: era indesgastable. Pero no habías visto a August. Porque el poder de los suyos —de los tuyos— el poder de los policías de Seifert lo había gastado, convirtiéndolo, lo que ningún otro poder había logrado, en un anciano destrozado, desengañado, que se disponía a cantar cínicamente, desesperadamente, las alabanzas a Walter Ulbricht.

Mirabas el coche negro estacionado en la calzada, al pie de la escalinata. Le dijiste al chófer que te apetecía caminar, que podía marcharse. Pero el chófer no lo veía de la misma manera. Tenía instrucciones, te dijo, tenía que llevarte al hotel del partido. Tú le tranquilizaste, le dijiste que volvías al hotel del partido, pero caminando, te apetecía caminar. No le diste tiempo para que discutiera, te marchaste, a pie, en dirección al hotel. Caminabas lentamente, con el húmedo calor berlinés. Al cabo de algún tiempo, volviste la cabeza. El coche negro te seguía a unos diez metros. Miraste el coche negro, de repente sentiste como un brusco deslumbramiento, una náusea. Reconociste los signos, implacables. El coche negro era la sombra de la muerte que te pisaba los talones. Era como si caminases delante de tu propio coche fúnebre. Por primera vez, la sombra de la muerte parecía seguirte, interesarse por ti. Bajo el cielo plomizo, en el húmedo calor de Berlín, el coche negro que materializaba, grotescamente, el poder de los tuyos, no era sino la sombra de la muerte.

No obstante, parece que la muerte no ganó aún del todo la partida. El mismo día en que corregías estas páginas, recibiste una tarjeta de felicitación. *Frohe Weihnachtstage und GLUCK im neuen Jahr*, aparecía impreso en la primera página de aquella tarjeta de felicitación. La palabra GLUCK, felicidad, estaba escrita en letras mayúsculas y doradas, ¡ni más ni menos! Así pues, «feliz Navidad y FELICIDAD para el nuevo año», te deseaban en aquella tarjeta de felicitación. Luego, en la segunda página, en letra manuscrita, enérgica, se leían las siguientes palabras: *wünscht seinem jungen Kameraden Jorge in dauernden Verbundenheit, der alte Freund, August G.*

Y tú, tembloroso, mirabas aquella tarjeta de felicitación procedente de la RDA, mirabas la firma de August, su dirección. August, «el viejo amigo», le deseaba una feliz Navidad y toda la FELICIDAD posible a «su joven camarada Jorge». ¡Ya no eras tan joven, pensaste! Pero August, por supuesto, se refería a tu juventud de años atrás, en Buchenwald. Entonces, deseaste desesperadamente que la muerte no ganase del todo la partida. Te dijiste que al final se había hecho la luz en la memoria de August, que había acabado encontrando, sin duda en el libro que habías escrito, la imagen de tus veinte años. ¿A través de qué camarada de Berlín Este había encontrado August tus señas de París? ¿De W., de K., de J., de Ch., de St.? Te dijiste que no tenía importancia, si la había encontrado, si había recobrado la memoria. Mirabas la tarjeta de felicitación de August, te preguntabas si habría aún bastantes comunistas en Europa para reanudar el combate, para luchar con la muerte, con la amnesia organizada y convertida en institución de Estado, para declarar la guerra a los coches negros, a las orlas azules, verdes o rojas en las gorras de los policías del pueblo, a las dialécticas infalibles, a los Grandes Timoneles de toda especie.

Desesperadamente, deseaste que la muerte no ganase del todo la partida.

Ocupé de nuevo mi puesto ante la gran mesa del fichero central.

Walter levanta la cabeza de su periódico.

—¿Has vuelto? —me dice.

Lo observa simplemente. Y no digo nada, no se comenta una observación.

—Ten, es para ti —dice Walter.

Me alcanza unas hojas mecanografiadas, por encima de los estantes donde están las largas cajas del fichero. Antes teníamos libros, grandes registros con tapas de cartón para llevar la contabilidad de muertos y vivos, poner al día los destinos de trabajo, las listas de los que salían a trabajar afuera. Pero Seifert nos hizo hacer un fichero. Parece que es más racional.

Me incorporo para coger las hojas que me alarga Walter. Son informes cotidianos de los distintos kommandos, indicando los cambios en su composición. Ausencias, salidas, llegadas, y así sucesivamente. Están también los informes del *Revier*, el hospital del campo, y los del crematorio.

Ordnung muss sein.

La verdad es que es un domingo tranquilo, no hay mucho trabajo. Sólo tengo que poner al día veinte o treinta fichas, de los grupos numéricos que me corresponden. Y es que cada uno de nosotros tiene a su cargo varios miles de números. Claro está, los alemanes que trabajan en el fichero se han reservado por las buenas los grupos numéricos más bajos, los de los presos más antiguos. En esos grupos, se producen muy pocos movimientos. Los antiguos no cambian de kommando, ni salen fuera. Curiosamente, incluso se ponen muy raramente enfermos. Ni tampoco se mueren. No dan mucho trabajo, en definitiva.

A mí, como por azar, me han adjudicado los números que van del cuarenta al sesenta mil. ¡Y el ajetreo que hay en esos números es de miedo! Van y vienen, se mueren con una rapidez desconcertante.

Me pongo, pues, a manipular las cajas del fichero, a borrar en cada ficha las indicaciones ya prescritas, a añadir con lápiz las nuevas indicaciones suministradas por los distintos informes cotidianos.

Aprovecho para ocuparme de los compañeros franceses cuyos nombres y números me ha dado Daniel. Saco el papelito, lo despliego, lo escondo bajo mi mano izquierda tras haberme asegurado de que nadie me observa. Tengo la misma sensación que si estuviera copiando en clase. Adopto un aire de seguridad y despego, como si quisiera burlar la mirada vigilante del profesor.

Los tres números de los compañeros que me ha recomendado Daniel son correlativos. La cosa tiene fácil explicación. Cuando fue organizado el transporte en el campo de Polonia de donde acaban de ser trasladados, los tres compañeros debieron de arreglárselas para viajar juntos, en el mismo vagón. Al llegar a Buchenwald, no se separaron, permanecieron juntos durante las formalidades de la desinfección y de la entrega de ropa. Probablemente estaban juntos en el mismo maquis, fueron detenidos juntos y juraron permanecer juntos cuando decidieron deportarlos. Y lo han logrado, están juntos, sus números son correlativos. También aquí seguirán juntos.

En las dos primeras fichas, escribo DIKAL y la fecha del día en que estamos. En la tercera ficha, por variar un poco, escribo DAKAK y la fecha de la víspera. DIKAL, significa: *Darf in kein anderes Lager*, «no debe ser trasladado a ningún otro campo», y DAKAK, *Darf auf kein Aussenkommando*, «no debe ser enviado a ningún kommando exterior».

Como es lógico, no tengo el menor derecho a escribir tales indicaciones en las fichas. La *Politische Abteilung*, o sea la sección de la Gestapo que controla el campo, es la que decide quiénes son los prisioneros DIKAL y DAKAK, por indicación de Berlín. Cuando la Gestapo quiere tener a algún detenido controlado de cerca, nos envía órdenes para que anotemos en su ficha DIKAL o DAKAK. En general, no es buena señal que la Gestapo quiera tenerlo a uno cerca. Ello significa que su caso no está totalmente resuelto, que la Gestapo puede reclamarle en cualquier momento para obtener información complementaria, como dicen. Por otra parte, los detenidos en cuyas fichas figura una de esas siglas, DIKAL o DAKAK, tienen la garantía de que permanecerán en el campo principal de Buchenwald. Quedarán inmediatamente excluidos de cualquier lista para ser enviados a trabajar afuera.

Utilizo, pues, la temible autoridad de la Gestapo para proteger a esos compañeros. Daniel y yo nos hemos reído muchas veces de esa manipulación de la autoridad de la Gestapo.

Si Seifert o Weidlich se enteraran de mis tejemanejes, mal se me pondrían las cosas. Sería inmediatamente expulsado del *Arbeitsstatistik*. Quizá incluso me enviarían a algún kommando exterior particularmente duro —Dora, Ohrdruf o S. III, por ejemplo— por aquella falta de disciplina. A no ser que el partido español lograra que me dejasen permanecer en el campo. Pero tendría que echar el resto para ello. Y aun así, nada me libraría de unos cuantos meses de trabajo punitivo. En la cantera, por ejemplo.

Lo que hago falsificando fichas de los SS se califica de sabotaje. La pena prevista en tal caso, si son los mismos SS quienes descubren el hecho, es ser ahorcado en la explanada donde se pasa lista, delante de todos los prisioneros reunidos.

Pero ¿el riesgo de ser descubierto por los SS es real o solamente hipotético? He examinado la cuestión bajo todos los ángulos, lo más objetivamente posible.

Examinemos la cuestión bajo todos los ángulos.

En este mes de diciembre de 1944, la estrategia de los oficiales SS destinados a la dirección del campo de Buchenwald resulta bastante fácil de adivinar. Quieren evitar a toda costa que los envíen al frente. Quieren seguir viviendo en la retaguardia, en el confort de su sinecura. Deben, pues, evitar a toda costa líos que pudieran atraer la atención de Berlín sobre su gestión en Buchenwald y provocar medidas disciplinarias.

Pero ¿cómo evitarse líos? La mejor solución consiste en dejar que administren los asuntos internos del campo los comunistas alemanes, instalados en puestos clave de la administración interna desde hace años, desde que eliminaron a los presos comunes al término de una lucha solapada y sangrienta. Para ello, es menester que los prisioneros comunistas alemanes dispongan de cierta autonomía. De ese modo, los oficiales SS, corrompidos y holgazanes, pueden dedicarse a sus grandes trapicheos y a sus pequeñas francachelas.

Los comunistas alemanes que ocupan los puestos decisivos de la administración del campo —decanos, *kapos*, jefes de *block*, capataces, *Stubendienst*, *Lagerschutz*— son además hombres capaces, trabajadores encarnizados, gente con un notable sentido de la organización. Puede confiarse en ellos para hacer que funcione la máquina.

Pero todas esas cualidades, indispensables para la buena marcha del campo, con sus fábricas, sus kommandos exteriores, sus decenas de miles de prisioneros trabajando en su mayoría en las industrias de guerra nazis, tienen también como consecuencia un desmoronamiento progresivo de la autoridad real de los SS, un incremento casi imperceptible pero no por ello menos eficaz del contrapoder clandestino de la organización comunista internacional de Buchenwald.

Los comunistas alemanes que ocupan los puestos administrativos esenciales representan la cabeza visible, la jerarquía oficial de esta organización clandestina. Pero los comunistas de otras nacionalidades, sobre todo los checos, franceses y españoles (los deportados del Este plantean un problema aparte: hay muy pocos comunistas entre los rusos, casi ninguno entre los polacos; por lo que respecta a los yugoslavos, son muy pocos en Buchenwald, ignoro por qué; quizá sencillamente porque se deporta a muy pocos resistentes yugoslavos, los nazis los suelen fusilar allí mismo), los comunistas checos, franceses y españoles, decía, desempeñan igualmente cierto papel en la organización clandestina de Buchenwald. Y tal papel tiende a aumentar, incluso de forma ostensible, en la administración oficial. Se aprovecha cualquier ocasión para imponer a los SS una mayor participación de los extranjeros en la administración del campo. Por ejemplo, tras el bombardeo por parte de la aviación americana de las fábricas de Buchenwald, en agosto de 1944, los responsables comunistas alegando el «buen comportamiento» de los deportados extranjeros, quienes habían evitado el pánico y habían acudido rápidamente a auxiliar a los heridos, así como a apagar los incendios producidos en el campo propiamente dicho por las bombas de fósforo americanas, aduciendo pues todo esto, los responsables comunistas de Buchenwald habían conseguido que los SS abrieran las filas del *Lagerschutz* —policía interna del campo compuesta únicamente de prisioneros— a los extranjeros. No a todos los extranjeros, por supuesto. Descartado que hubiera rusos en el *Lagerschutz*, por ejemplo. Pero sí a los checos y a los franceses, súbditos de países realmente europeos, aun a los ojos de los SS.

Este esfuerzo continuo, obcecado, a lo viejo topo que va socavando, del contrapoder de los políticos en Buchenwald —que hace de este campo un caso totalmente singular dentro del sistema de los campos de concentración nazis— no se detiene en los límites de las organizaciones comunistas. Las rebasa sin cesar. Aplicando, en efecto, la estrategia establecida por el Komintern en el acto mismo de su disolución, en 1943, los distintos partidos despliegan la política de los frentes nacionales antifascistas. De ese modo, con las variantes propias de la composición particular de cada comunidad nacional, resistentes democratacristianos, agrarios, socialistas —gaullistas en el caso de Francia— se ven asociados a las múltiples redes clandestinas que mantienen la cohesión de los deportados y que colman su vida cotidiana de informaciones y apoyos materiales y morales, bajo la dirección de los diferentes comités nacionales, piramidalmente dependientes del comité internacional.

El incremento casi imperceptible pero continuo del contrapoder de los políticos, indispensable por un lado para la buena marcha del campo, provoca, por otro lado, una aminoración del ritmo de trabajo en las fábricas del campo, una disminución constante, inexorable, de la producción, merced a un sabotaje sistemáticamente organizado. Lo que, como es lógico, entraña riesgo de conflicto entre el mando SS de Buchenwald y el cuartel general de Himmler en Berlín.

Los oficiales SS se encuentran, pues, en una situación que implica exigencias objetivamente contradictorias. Para que la administración del campo, de su mano de obra, de sus fábricas, funcione correctamente, tienen que dejarnos hacer. Para que el cuartel general de Berlín no se alarme, no intervenga, la producción de las fábricas de armamento debe ser mantenida a un nivel justificable. Por tanto no pueden dejarnos actuar a nuestro antojo.

Y el centro mismo de esta contradicción es el *Arbeitsstatistik*, en la medida en que la organización del trabajo y el destino de la mano de obra forman parte de sus atribuciones. De ahí los conflictos casi cotidianos entre Willi Seifert y el Hauptsturmführer Schwartz. Nos vemos obligados a sostener con el mando SS una guerra de desgaste en el transcurso de la cual alternan períodos de tranquilidad con momentos de brusca tensión.

Hace unas semanas, por ejemplo, Schwartz nos reunió para soltarnos un discurso amenazador. Estábamos firmes, en la sala del *Arbeit*, y Schwartz nos amenazaba con las peores represalias. ¡Sabía muy bien, vociferaba, qué política seguíamos en el *Arbeit*, a qué categoría de detenidos políticos protegíamos! Iba a ocuparse personalmente de que todo aquello cambiase, vociferaba. Pero lo cierto es que no se ocupó durante mucho tiempo de ello. Muy pronto se cansó de ir a inspeccionar diariamente nuestro trabajo. La vida reanudó su curso habitual.

Así que, bien mirado, el riesgo de que le descubran a

uno falsificando las fichas para evitarles a determinados camaradas el que los manden a trabajar fuera del campo es más bien hipotético. En cualquier caso, las episódicas intervenciones del Hauptsturmführer no constituyen un peligro real. Para que le sorprendieran a uno, tendrían que organizar un control sistemático y global del conjunto del fichero. Ello llevaría semanas, meses incluso. Por otra parte, es prácticamente imposible que la Gestapo de Buchenwald desencadene una operación de ese calibre sin que se nos advierta. Los camaradas alemanes han colocado, en efecto, una red de informadores en los puestos clave de la administración SS. Peluqueros del comandante y de los jefes, empleados en el servicio doméstico en las villas de los SS, electricistas o fontaneros que realizan trabajos en esas mismas villas o en los locales administrativos: toda una red de prisioneros reclutados principalmente entre los *Bibelforscher*: objetores de conciencia, o testigos de Jehová, recoge y transmite informaciones sobre las intenciones y estado de ánimo de los SS. Incluso las comunicaciones directas con Berlín son regularmente interceptadas.

Por tanto, el mayor peligro de ser descubierto no reside para mí en los SS sino, lo que no deja de ser paradójico, en los comunistas alemanes. Y aún, en tal caso, tampoco hay que exagerar los riesgos. Tendrían que pillarme con las manos en la masa, falsificando una ficha, para que estallase el escándalo con todas sus consecuencias previsibles. Los compañeros alemanes sienten tal respeto por las normas establecidas, por las convenciones que rigen nuestra actividad según las cuales las exclusiones eventuales de las listas de kommandos exteriores y los destinos a los puestos de trabajo privilegiados han de resolverse a través de la organización clandestina internacional, que la idea de que podamos falsificar fichas, hacer lo que Daniel y yo llamamos trabajo guerrillero o recuperación individual, ni tan siquiera les pasaría por la mente. Si Seifert o Weidlich se topan con unas fichas en las que figuran las siglas DIKAL o DAKAK, no se les ocurrirá ir a comprobar a los dossiers si efectivamente hay una nota de la Gestapo indicando que al prisionero Fulano de tal se le inscriba bajo tal clasificación. No, sienten un gran respeto por el orden burocrático y confían en que nosotros compartimos dicho respeto. Ignoran que el trabajo guerrillero es lo que le da muchas veces sal a la vida.

Así que, a fin de cuentas, no es tan grande mi audacia.

Cosas bastante más difíciles he hecho. De eso no cabe la menor duda.

Años más tarde, en el ambiente recargado de los bares, he asistido más de una vez a discusiones muy pertinentes —quiero decir: abstractamente pertinentes— sobre estos problemas. Los mismos problemas que preocupaban a Fernand Barizon, aquel domingo, en Buchenwald, en diciembre de 1944.

Recuerdo una noche, entre otras.

Era en el Mephisto, un bar que tenía un sótano donde había música y se bailaba. Estaba en la esquina de la calle de Seine y del bulevar Saint-Germain. Actualmente, seguro que es una tienda de ropa. Ese barrio está lleno de tiendas de ropa, ocupando el lugar de tiendas de cosas seductoras y de ideas que constituían en otro tiempo su atractivo.

En cualquier caso, era en el Mephisto, y ya muy tarde.

Estábamos en el sótano donde se bailaba, pero no bailábamos. Escuchábamos la trompeta de Armstrong, eso sí. En el momento, en cualquier caso, en que aquella escena, aquel lejanísimo acontecimiento, comienza a reconstruirse en mi memoria —como esas imágenes fotográficas que se desarrollan delante de uno, cuyos colores y borrosos contornos van precisándose— en aquel momento, escuchábamos un disco de Armstrong, de eso pondría mi mano en el fuego. Quizá incluso fue principalmente Armstrong la causa de que aquella noche, o más bien aquella madrugada, quedase grabada en mi memoria, entre tantas otras noches, tantas otras madrugadas similares.

Así que escuchaba con un oído —mi mejor oído— la trompeta de Armstrong y con el otro, más distraído, la discusión que se estaba desarrollando en la mesa en que estaba yo sentado.

Y eso que aquella discusión me afectaba. Quizá no me afectase más que la música de Armstrong, pero por lo menos igual. Por otro lado, existía una oscura relación entre la lúcida y metálica desesperanza de la música de Armstrong y el tema del que se hablaba doctamente en mi mesa.

Estaban en mi mesa Pierre Courtade y Maurice Merleau-Ponty. Había muchas más personas, por supuesto. Las mesas del Mephisto, a esas últimas horas de la noche, solían estar bastante concurridas. Siempre había gente interesante. Quizá estaba también en aquella mesa «Toupi» Desanti. Quizá también Boris Vian. Y Pierre Hervé. Es muy posible que se dejase caer por allí Roger Vailland. Pero no puedo jurarlo. Quizá me confunda con otras noches. Vian y Desanti, Hervé y Vailland, solían formar parte, en efecto, de los grupos que se formaban en la angustia difusa de aquella nueva noche que expiraba, de aquella nueva aurora que iba a nacer, cuyo amargo sabor, cuya luz borrosa nos encontraríamos al salir del sótano del Mephisto, o de cualquier otro refugio subterráneo y maternal. En cualquier caso, en nuestra mesa había un montón de gente, y bastantes iban y venían. Pero Pierre Courtade y Maurice Merleau-Ponty destacan del conjunto, en mi recuerdo, sin duda porque ellos llevaban el peso fundamental de la conversación.

Se discutían las relaciones entre la moral y la política. A primera vista, ni el lugar ni la hora parecían apropiados para abordar tan amplio tema. Pero tal impresión bien pudiera ser errónea. ¿Por qué no ha de hablarse de moral y de política a eso de las tres y media de la mañana, en el Mephisto, al ronco son de la trompeta de Armstrong? Por el contrario, es una excelente ocasión. Un excelente ambiente. Sobre todo viviendo en el año de gracia de 1948. La guerra fría comienza a producir sus efectos más nefastos. Las afinidades electivas, las alianzas políticas, las convergencias culturales de la Resistencia acaban de volar en pedazos bajo la presión de una polarización aberrante. Campo contra campo, clase contra clase, moral contra moral: *Su moral y la nuestra*. Pero esta última fórmula no era ni de Courtade ni de Merleau-Ponty. Era bastante más antigua, puesto que emanaba de Trotsky.

El caso es que se había terminado hablando de moral y de política, aquella noche. Sin duda se habían tocado antes muchos otros temas. Pero se había vuelto, una vez más, a las relaciones entre la moral y la política.

Alguien, no recuerdo ya quién, había citado como referencia ejemplar o metafórica de su demostración la situación de la resistencia en los campos nazis. Nada tenía que ver Barizon, desde luego. Ninguno de mis contertulios había oído hablar de Barizon, ni de sus problemas. Courtade no sabía aún que, doce años más tarde, en 1960, se vería indirectamente relacionado con Fernand Barizon, en mi imaginación al menos, por obra de aquella parada en Nantua de la que ya se ha hecho mención. No, ese alguien que yo no recuerdo —quizá el mismo Merleau-Ponty—, había citado como referencia de su discurso los libros de David Rousset. Rousset había suscitado la cuestión evocada, no Barizon. Concretamente su ensayo sobre *El universo de los campos de concentración* y su reportaje novelesco *Los días de nuestra muerte.* Rousset había sido, como se recordará, el primero que, en sus escritos sobre los campos nazis, supo en seguida situarse por encima del mero testimonio para desarrollar una perspectiva de conjunto, una tentativa de análisis global. Ello fue sin duda lo que le permitió, en una época que se sitúa poco después de aquella noche en el Mephisto en que se comentaron sus libros, el plantear el problema de los campos rusos, el problema del Gulag.

Pero aquella noche, en el Mephisto, no se habló del Gulag, al menos directamente. Se habló de los campos rusos.

¿Había que ocupar parcelas de poder, en el sistema de administración interna de los campos, a fin de utilizar aquellos poderes parciales en beneficio de la Resistencia? ¿Era lícito excluir a algunos prisioneros, por motivos políticos, de las listas de quienes eran enviados a trabajar fuera del campo al objeto de garantizar su vida? ¿Salvando a unos, no se condenaba a muerte a los otros, a quienes ocuparían inevitablemente el puesto de los deportados excluidos de las listas?

Tales eran las cuestiones que se debatían en aquella mesa, con gran pertinencia. Pero era una pertinencia abstracta. Yo no tenía la sensación, al menos al principio, de que se hablara de hechos vividos por mí. Era, en cierto modo, como si hubiesen hablado delante de mí del problema de los rehenes de la Comuna de París, en 1871. O de los temas abordados por Trotsky en *Terrorismo y Comunismo.* Era como si hubiesen discutido de la obra de Simone de Beauvoir, *Las bocas inútiles.*

Aquello no me atañía más, al menos al principio.

Debo decir que esto me ha ocurrido con frecuencia, en el transcurso de estos años. Me ha ocurrido a menudo oír hablar de los campos nazis, de Buchenwald incluso, sin intervenir, como si yo no hubiese estado allí. Había logrado olvidar. O mejor dicho, había logrado apartar muy lejos de mí aquel recuerdo. Así que me quedaba en mi sitio, recogido en mi silencio, y oía a la gente perorar acerca de los campos, interesadísimo. Me interesaban de veras todos aquellos relatos. Más bien era buen público.

Luego, de súbito, algún pormenor de la conversación desencadenaba el despliegue de mi propia memoria. Muchas veces, aquello no bastaba para hacerme hablar, para intervenir como testigo, o más bien como superviviente. Precisamente no estaba seguro de haber sobrevivido. La mayoría de las veces, me levantaba y me marchaba. Dejaba que aquella buena gente perorara sobre los horrores nazis, sobre la tarta de crema ideológica de la relación verdugo-víctima.

A veces también, más raramente, hablaba.

Aquella noche, en el Mephisto, oía debatir doctamente la cuestión de la resistencia en los campos nazis. Permanecía ajeno al debate. Calibraba los argumentos de unos y otros, desde el exterior, sin abrir la boca. Era interesante, pero abstracto. Y, de súbito, me abismé en el recuerdo. Las aguas cenagosas de la memoria rompieron en mi interior como si hubiese cedido una presa en algún lugar río arriba.

Todo lo provocó la trompeta de Armstrong.

De súbito, la trompeta de Armstrong, que yo escuchaba con mi oído bueno, hizo que se desplomaran los muros de Jericó. Me hallaba de nuevo en Buchenwald, un domingo por la tarde, y Jiri Zak, un joven comunista checo de la *Schreibstube*, me ofrecía que le acompañase a una sesión de trabajo del grupo de jazz que se había formado con su ayuda en el campo. Yo escuchaba a Armstrong, en el Mephisto, y oía al mismo tiempo a aquel danés al que Zak había descubierto y que tocaba *Star Dust*, aquel domingo, durante una sesión de trabajo. Estaba también Markovitch, que tocaba el saxo. Y Yves Darriet, que preparaba las orquestaciones.

Entonces, de repente, tomé la palabra.

—¡No estáis diciendo más que gilipolleces! —dije.

Me miraron no sin sorpresa. Luego Courtade exclamó:

—¡Coño, es verdad! ¡Si tú estabas allí!

Exactamente, yo estaba allí. No sólo había estado, sino que seguía estando.

—¿Queréis que partamos de una situación concreta —les dije—, en lugar de partir de los grandes principios?

Asintieron. La situación concreta parecía gustarles. O, por lo menos, no estaban en contra.

—Bien, la situación concreta es muy sencilla —proseguí—. Un día, la administración SS da orden de que tres

mil deportados salgan para Dora, el jueves que viene, a
las ocho de la mañana. No es más que un ejemplo, por
supuesto. Pero podéis tener la seguridad de que el jueves
que viene, a las ocho, tres mil tíos saldrán hacia Dora.
¡Un campo pésimo, Dora! Es un sitio donde se están abriendo los túneles de una fábrica subterránea para la producción de los V-1 y V-2, los cohetes alemanes llamados de
represalias —la V viene de *Vergeltung*, venganza— que son
utilizados para bombardear Inglaterra. Dora, es el infierno. El último círculo del infierno, si queréis. Pero la alternativa no es ir a Dora o quedarse. ¡No hay elección, no
sé si me explico! Suceda lo que suceda, tres mil tíos saldrán hacia Dora, el día previsto, a la hora prevista. Y si
la administración interna que, en Buchenwald, está prácticamente controlada por los políticos alemanes —cada
campo es un caso distinto: yo sólo hablo de Buchenwald— se niega a organizar ese desplazamiento (¡es una
hipótesis que puede uno hacer aquí, tres años más tarde,
bien tranquilo, para distraerse un rato con los grandes
principios!), si los políticos alemanes, digo, se niegan a
organizar ese desplazamiento el mando SS entregará de
nuevo el poder administrativo interno a los presos comunes, por ejemplo. U organizará personalmente ese desplazamiento y todos los siguientes, por añadidura. Así que
tres mil deportados saldrán el jueves que viene, a las ocho,
hacia Dora. La única opción que se presenta es la siguiente: ¿se deja que obre el azar o se interviene para modificar
mínimamente por lo demás, ese azar? Quizá no sea el azar,
por otra parte, sino el destino. O si no Dios. Como que-
ráis. Pero no hay otra opción: dejar que actúe Dios, el
destino o el azar, o intervenir con las fuerzas que tenemos,
el poder de que disponemos. Porque, ¿cómo se elabora
una lista de desplazamiento? Primero se recurre a los efectivos del Campo Pequeño de cuarentena, donde están los
deportados que aún no han sido destinados a trabajos es-
tables de producción, a kommandos fijos. Allí, en el Campo Pequeño, está el ejército de reserva de esa especie de
proletariado que hemos pasado a ser. Supongamos que no
haya tres mil deportados disponibles en el Campo Pequeño. Se completará la lista del desplazamiento a Dora con
los deportados del Campo Grande que no están destinados
a trabajos directamente relacionados con la producción
bélica. Por ejemplo, un obrero metalúrgico que trabaja en
la *Gustloff*, la fábrica de fusiles automáticos, no corre

prácticamente el menor riesgo de que lo manden a Dora. La primera lista del desplazamiento a Dora se establece, pues, así, según ese azar estadístico de la situación de las reservas de mano de obra. Al tuntún, en definitiva. Sólo después comienza la actividad de la dirección clandestina. Cada comité nacional, que reagrupa las organizaciones de resistencia, presenta la lista de aquellos que desea sean tachados del desplazamiento. En fin, cuando digo cada comité nacional, no es del todo así. Los alemanes nunca entran en un desplazamiento. O, en todo caso, únicamente en calidad de *kapos*, de jefes, para escoltar a los simples deportados, la chusma de los campos. Dos posibilidades tienen los alemanes: o la dirección clandestina los incluye en un desplazamiento con el consentimiento de los propios interesados, para acompañar a los nuevos kommandos; o son verdes, presos comunes, o soplones de las SS a quienes se aleja de Buchenwald por motivos de seguridad. A los checos tampoco se les desplaza, o entonces, en las mismas condiciones que los alemanes. Los españoles nunca salen. La comunidad española no es numerosa en Buchenwald: apenas ciento cincuenta deportados. Por decisión de la dirección clandestina, esta colectividad es globalmente protegida de cualquier desplazamiento. En recuerdo de la guerra española, ése es el motivo. Y es que hay bastantes combatientes de las Brigadas internacionales entre los responsables comunistas de Buchenwald. Y España es el paraíso de su memoria antifascista. Bueno, digamos que en general los rusos y los franceses, o sea los grupos nacionales más numerosos, constituyen el grueso de los transportes. Pero a lo que iba: los comités clandestinos presentan la lista de los que desean que permanezcan en el campo. A veces, permanecer en el campo equivale a permanecer con vida. En el caso de Dora, por ejemplo, las posibilidades de permanecer con vida disminuyen considerablemente si a uno le envían allí. Las listas que elaboran los comités son listas de resistentes, claro está. Desde el punto de vista de la metafísica, ya sé que un hombre vale lo que otro. Desde el punto de vista de Dios, como desde el punto de vista de la Naturaleza humana, todo hombre es igual a otro. Cada hombre participa con igual derecho de lo divino, o de lo humano, de la especie humana. Todo hombre es un ser genérico, todo hombre es el Hombre, en cierto modo. Dios se negaría sin duda a elegir a los tres mil deportados que tienen que ir a Dora. Cuando Dios, llegado el día, si llega, juzgue a los hombres o a las almas, no lo hará en función de su capacidad de resistencia, de su actitud en los campos, de su muerte en Dora o de su supervivencia en Buchenwald, ¿verdad? Luego Dios se desentendería: no es su problema. Por el hecho de salvar a dos o tres guerrilleros. Dios no actuaría sobre el curso de las cosas, sobre la historia del mundo. Está claro. Pero nosotros, que no somos Dios —y aunque admitamos, aunque proclamemos la igualdad metafísica de todos los hombres— nos vemos obligados a juzgar y a calibrar, si queremos actuar, aunque sea un poco, a tenor del curso de las cosas. En Buchenwald, no todos los hombres tienen el mismo peso. Un ex combatiente en el maquis no tiene el mismo peso que un tipo al que han pescado por casualidad en un barrio bloqueado tras un atentado, o al que han detenido por mercado negro. Quizá son iguales ante Dios, llevan desde luego el mismo triángulo rojo de deportado político que los SS les dan indistintamente a todos los franceses, pero no tienen el mismo peso, en Buchenwald, bajo el punto de vista de una estrategia de la resistencia. Dentro de seis meses, quizá tengan de nuevo el mismo peso. Quiero decir: si somos libres, dentro de seis meses, si seguimos vivos.

Soy libre, sigo vivo. Bebo un sorbo de cerveza, recobro el aliento. Pero no voy a intentar reproducir aquí, en sus pormenores, la discusión de aquella noche, en el Mephisto. No lo lograría igualmente. Y además, no estoy relatando una noche en el Mephisto, hacia 1948, pese al posible interés de tal relato, sino un día en Buchenwald, un domingo concretamente, unos años antes.

Cuatro años antes.

En el Mephisto, no obstante, en aquella noche lejana (lejana de todas las maneras, en todos los sentidos: lejana hoy, en el instante en que escribo estas líneas, treinta años después de la noche de marras en el Mephisto; lejana también, aunque de otro modo, en relación con el domingo de Buchenwald; menos lejana, sin duda, en el tiempo vivido, puesto que sólo cuatro años separan Buchenwald del Mephisto, pero muy alejada en el tiempo de la historia, ya que en 1948 estamos llegando al apogeo de lo que se ha llamado la guerra fría, apogeo rutilante, haciendo restallar todas sus banderas desplegadas, de la ruptura estaliniana, que no era únicamente epistemológica: no sólo Marx contra Hegel, ciencia proletaria contra ciencia burguesa, Lyssenko contra Mendel, Fougeron contra la pintura considerada como una de las bellas artes —cuando pretendía que la considerásemos como una de las bellas armas— sino corte que era igualmente político y moral, cultural), en aquella noche lejana en el Mephisto, no obstante, llegamos a ponernos de acuerdo en ciertos puntos.

Había que resistir, ése era el primer punto. Con tal objeto; había que utilizar todas las posibilidades, por endebles que fuesen, que podía brindar el orden impuesto por los propios SS, ése era el segundo punto. Luego los comunistas alemanes de Buchenwald habían tenido razón, históricamente, conquistando parcelas de poder en la administración interna del campo.

Poner esto en tela de juicio, dijo no recuerdo ya quién de nosotros, sería tan infantil como proclamar, por ejemplo y a modo de metáfora, que toda discusión mantenida por sindicatos obreros de un acuerdo colectivo con la patronal —aunque sea una patronal feroz, de derecho divino—, discusión que se desarrollará necesariamente dentro de las normas jurídicas establecidas por el Estado burgués —y que puede incluso consolidar tales normas— debe ser obligatoriamente una traición, un abandono de las posiciones de clase.

En definitiva, hay que atreverse a luchar, saber luchar con todos los medios, incluidos los medios legales.

Aquella noche, en el Mephisto, ninguno de nosotros había oído hablar de Alexandr Solzhenitsin, por supuesto. Solzhenitsin sólo era entonces un anónimo *zek*. Iniciaba el tercer año de su periplo a través de las islas del Archipiélago. Estaba aún en el primer círculo del infierno. Pero hoy, cuando describo aquel lejano episodio, extrañamente nítido en mi memoria por lo que respecta a algunos de sus pormenores, completamente borroso en otros, no puedo evitar el pensar en lo que declara Solzhenitsin sobre la resistencia, en el tercer volumen de *El archipiélago Gulag*.

Hoy, me gustaría hacer intervenir a Solzhenitsin en aquella discusión del Mephisto.

«Hoy —diría precisamente con las palabras de Solzhenitsin, valiéndome de sus altivas y certeras palabras—, mientras escribo este libro, hileras de libros humanistas me dominan desde sus estantes y sus gastados lomos de mortecino brillo arrojan sobre mí un centelleo reprobador, como estrellas asomando entre las nubes: ¡nada puede obtenerse en este mundo mediante la violencia! Con la espada, con el puñal, con el fusil, nos pondremos de inmediato al nivel de nuestros verdugos y de quienes ejercen violencia sobre nosotros. Y la cosa ya no tendrá fin...

»La cosa ya no tendrá fin... Aquí, sentado ante mi mesa, en una atmósfera cálida y limpia, suscribo totalmente esto.

»Pero cuando te han caído veinticinco años por nada, has llevado cuatro números, has ido siempre con las manos detrás de la espalda, has tenido que aguantar que te registren mañana y noche, te has quedado rendido de tanto trabajar, te han llevado al "Bour" por una denuncia (para nosotros, en Buchenwald, el "Bour" ruso era el *bunker*, o sea el calabozo), te han pisoteado de la forma más ignominiosa, desde allá, desde el fondo de aquella fosa, todos los discursos de los grandes humanistas te parecen mera palabrería de civiles bien alimentados.»

Y así era, desde cierto punto de vista, nuestras discusiones en el Mephisto eran mera palabrería de civiles bien alimentados.

Esta pertinente observación la hace Alexandr Solzhenitsin respecto a un problema crucial de la vida de los campos de concentración: el de la eliminación de los soplones. En efecto, con ello se ha iniciado toda resistencia, tanto en los campos rusos como en los alemanes. ¿Cuál es el eslabón en el que hay que presionar para romper la cadena de la servidumbre?, se pregunta Solzhenitsin. Y contesta: «¡Matad a los soplones! ¡Ahí está el eslabón! ¡Pegadles una cuchillada en el pecho! ¡Fabriquemos cuchillos, degollemos a los soplones, ése es el eslabón!»

Puede uno regocijarse de paso, al menos en mi caso, del trastueque significativo que hace Solzhenitsin de la archiconocida tesis leninista del «eslabón más débil». No es la única vez, por lo demás, que a lo largo de su vida y de su actividad de escritor trastueque Solzhenitsin algunos principios o fórmulas del leninismo, totalmente brillantes en el plano táctico, en beneficio de una estrategia de denuncia y de toma de conciencia de las despóticas realidades de la nueva sociedad de explotación surgida del leninismo.

Pero la similitud entre las condiciones de la resistencia en los campos nazis y en los campos bolcheviques se detiene ahí, en ese punto crucial y en cierto modo originario, acerca de la necesidad de eliminar a los soplones. En lo tocante a todo lo demás, la situación es radicalmente distinta.

Enumerar, aunque sólo sea enumerar, sin siquiera entrar en una reflexión articulada al respecto, enumerar sencillamente las diferencias entre los campos alemanes y los rusos, no forma parte por ahora de mis propósitos. Únicamente quiero resaltar un solo punto.

En los campos nazis, la situación del deportado político (dejo aparte la cuestión de los presos comunes, de los Verdes, que no viene a cuento en este contexto) era clara: Los SS eran nuestros enemigos, su ideología era lo que aborrecíamos, así que sabíamos perfectamente por qué estábamos en Buchenwald. Estábamos allí porque queríamos destruir el orden SS, porque habíamos afrontado riesgos y habíamos tomado decisiones, libremente, que nos habían llevado a la situación en que estábamos. Sabíamos por qué estábamos en Buchenwald. En cierto modo, era normal que estuviésemos allí. Era normal que al haber tomado las armas contra el nazismo, la sanción al ser detenidos hubiese sido la deportación. También podrían habernos fusilado, por otra parte. Y ello nos hubiera parecido asimismo normal. Si no habíamos sido fusilados era únicamente porque la suerte de las armas, en los frentes de aquella guerra mundial, empezaba a ser desfavorable a la Alemania hitleriana, porque las necesidades de la producción de guerra exigían la potenciación del trabajo forzado, cuyo aspecto productivo prevalecía en lo sucesivo sobre el aspecto correctivo, por seguir empleando los términos del viejo Hegel.

Pero en fin, nada anormal hubiera tenido que, un día de otoño, al amanecer, hubiesen venido a buscarnos a la cárcel de Auxerre para arrimarnos a un muro. Sólo los imbéciles hubieran podido extrañarse. O los ingenuos, los inconscientes que se habían enrolado en la Resistencia pensando que era una aventura excitante. Éstos hubieran podido pensar de repente, de espaldas al muro de los fusilados, que el juego, a fin de cuentas, no merecía la pena. Pero en nuestro caso, no hubiera tenido justificación la menor sorpresa.

En Buchenwald, pues, aparte de la satisfacción momentánea de seguir con vida —hablo, claro está, en mi nombre, en nombre de quienes seguían con vida: no tengo ningún derecho a hablar en nombre de los muertos, la idea misma de atribuirme tal papel me inspira horror;

precisamente porque no soy un superviviente, jamás hablaré como alguien que ha sobrevivido a la muerte de sus compañeros. Estoy vivo, sin más. Es menos impresionante, sin duda, pero es más real. Más llevadero, también—, sabíamos muy claramente por qué estábamos allí. Los campos, por así decirlo, estaban marcados, claramente delimitados. Estaban ellos y nosotros, los SS y nosotros, la muerte y la vida, la opresión y la resistencia, su moral y la nuestra.

Pero en los campos rusos, en ese punto concreto que es en el que ahora quiero fijarme, la situación era totalmente distinta. ¿Quién era deportado político, en los campos del Gulag, en virtud del famoso artículo 58? La gran masa de detenidos políticos se componía de inocentes, de gente que jamás había tenido la intención de derribar, ni siquiera de cambiar en lo más mínimo el régimen soviético. Estaban allí, por cientos de miles, de millones, porque sus padres habían sido campesinos acomodados, en una época, por lo demás, en que se alentaba a los campesinos a conquistar una situación acomodada; porque uno de sus hermanos había asistido en una ocasión, por casualidad o por simple curiosidad a una reunión de la oposición de izquierdas; porque eran habitantes de Leningrado y la población de esta ciudad había sido diezmada por las deportaciones masivas, tras el asesinato provocador de S. M. Kirov; porque habían hecho en un círculo privado —y ya no había nada privado, Lenin lo había explicado de forma drástica en su carta a Kurski de 1922— un comentario elogioso de una novela rusa publicada en el extranjero; porque habían declarado que realmente había que pasarse demasiado tiempo haciendo cola para conseguir un pedazo de jabón. ¡Todo aquello era agitación revolucionaria! ¡Cinco, diez, quince o veinte años de trabajo forzado correctivo en un campo, según las disposiciones del artículo 58! «Y siguiendo la costumbre rusa —comenta con helada ironía Varlam Shalamov, en sus *Relatos de Kolyma*, los rasgos del carácter ruso—, el imprudente a quien le caen cinco años se regocija de que no le hayan salido diez, el atolondrado a quien le caen diez años se felicita de no pasarse veinticinco, y el insensato a quien los jueces condenan a veinticinco años da saltos de alegría pensando que se ha salvado del paredón.»

Junto a esta masa de inocentes —en ambos sentidos del término: inocentes de los crímenes de que se les acusaba e inocentes de espíritu— estaban los miembros del partido comunista. Pero tampoco éstos estaban armados, ni moral ni ideológicamente, para resistir el régimen de los campos. El sistema político exterior, cuyos órganos de seguridad los habían detenido, interrogado —con frecuencia torturado— y deportado, ¿no era acaso, pese a los posibles desviacionismos estalinistas, objeto de interminables discusiones susurradas, no era más o menos obra de ellos? ¿No era el Estado, pese a sus deformaciones burocráticas, un Estado obrero, su Estado?

No podían decir así como así, como podíamos nosotros, «ellos y nosotros», distinguir entre «ellos y nosotros». Eran «nosotros», pequeñas tuercas del mismo Aparato, pequeños engranajes del mismo Estado, «nosotros» frente al enemigo de clase, frente a los imperialistas, los vacilantes: «nosotros» deportados y «nosotros» carceleros. Y sin duda no es un azar que la novela precursora de Zamiatin se titule *Nosotros*. Ni tampoco que el testimonio de Elizabeth Poretski lleve el título de *Los nuestros*. «Nosotros», «los nuestros», he aquí una de las palabras clave del lenguaje estereotipado con el que se hacen las hogueras y la armazón de las guillotinas.

En el PCE, ahora me paro a pensar en ello, la palabra «nosotros», con su derivado «nuestro», arropaba cancerosamente todo el lenguaje oficial. La revista teórica del partido español se llamaba —y sigue llamándose, en 1979— *Nuestra Bandera*, la editorial del PCE se llamaba *Nuestro Pueblo* y la revista cultural que yo mismo dirigí se llamaba *Nuestras Ideas*. Y sin duda ha sido Solzhenitsin quien, más lúcidamente, con la dosis siempre necesaria de sarcasmo vengador, ha resaltado y confundido esa costumbre inveterada del «nosotros» comunista, que durante tanto tiempo ha neutralizado la resistencia a la opresión y que, sin duda, continúa neutralizándola.

Así que para valorar con rigor la situación de los presos políticos en los campos nazis y en los estalinianos, habría que suponer que los primeros se hubiesen llenado fundamentalmente de hitlerianos; de antiguos miembros de la SA de Röhm, por ejemplo. Si la purga efectuada por Hitler en 1934, cuando la «noche de los cuchillos largos», en las filas de la SA, no se hubiese saldado con unos cuantos cientos de asesinatos y de ejecuciones sumarias, si hubiese conducido a los campos de concentración a miles o decenas de miles de miembros de la SA, virtuales oponentes plebeyos y extremistas al nuevo rumbo conservador de la política de Hitler, la comparación entre los campos de Hitler y los de Stalin habría sido posible, al menos en lo tocante a la actitud de los políticos.

En tal caso, los SS habrían odiado y despreciado temerosamente a los SA internados, como los oficiales del NKVD odiaban y despreciaban, con una especie de horror mezclado de miedo, a los detenidos en virtud del artículo 58. Y el SA vejado, maltratado, tratado a garrotazo limpio por su ex compañero SS, compañero de lucha de la revolución nacionalsocialista, como le ocurría al buen militante del PCUS, no hubiera comprendido lo que le ocurría. Hubiera trabajado de firme, esforzándose con ahínco en ajustarse a las normas del plan de producción. El prisionero SA habría construido el crematorio de Buchenwald en un tiempo récord. Y por la noche, a veces, tras el interminable momento de pasar lista, con la tripa vacía, hubiera pensado quizá que Hitler no podía estar al corriente de todas aquellas ignominias, ¡que si Hitler lo hubiera sabido!

En cualquier caso, y volviendo a aquella lejana noche del Mephisto, hubiera resultado interesante escuchar allí lo que tenía que decir Alexandr Solzhenitsin. Pero no lo hubiéramos oído, sin duda. Yo, al menos, no hubiera oído su voz. Estaba sordo, en aquellos tiempos.

En el Mephisto, pues, aquella noche lejana, cuando parecíamos habernos puesto de acuerdo sobre algunas conclusiones concretas, Merleau-Ponty nos recordó con tono sosegado que aquellos puntos concretos pertenecían al terreno de la estrategia.

—Y yo —dijo— no hablaba únicamente de estrategia, hablaba de moral.

—¡En el caso que nos ocupa —salté yo—, lo moral era tener una estrategia correcta!

Merleau-Ponty sonrió. Conocía mi flaco por las frases tajantes.

—Frase por frase —dijo Merleau-Ponty, sonriendo— yo le propongo otra: ¡Hay guerras justas, no hay ejércitos justos!

—¡Inocentes! —dije, irritado—. ¡No hay ejércitos inocentes!

Merleau-Ponty me miró, arrugando el entrecejo.

—¿Está usted seguro? —preguntó.

Yo estaba seguro, pero me equivocaba. Merleau había

citado correctamente la archiconocida frase. Tanto da, prefiero mi versión: ¡Hay guerras justas, no hay ejércitos inocentes!

Pero intervino Pierre Courtade, con su habitual rictus irónico:

—¡Oye, Merleau! ¡No irás a decirnos que es una frase de Lenin! ¡Ya sólo faltaba eso, que cites tú a Lenin en lugar de nosotros!

Todos se echaron a reír, pero no era una cita de Lenin.

Aquella discusión sobre guerras justas y ejércitos inocentes me había recordado algo, bruscamente. Algo ocurrido tiempo atrás. Tenía la aguda sensación de haber vivido ya aquel instante.

—¿Cómo, cómo? —había dicho Barizon un domingo de antaño, en Buchenwald.

Le repito la frase que acabo de citar.

—¡Hay guerras justas, no hay ejércitos inocentes!

Me mira con recelo.

—¡Ahora me dirás que es de Lenin! —dice.

Muevo la cabeza negativamente.

—No —le digo—, es de García.

—¿Quién es ese tío?

Barizon está a la defensiva. Bajo las cejas negras como el carbón, se le encrespa la mirada.

—¿Qué me dices? ¿No conoces a García?

Finjo que me embarga una santa indignación.

—¡García, uno de nuestros clásicos! ¡Marx, Engels, Lenin y García!

Está a punto de darse a todos los diablos.

—¡Gérard, no te descojones de mí! —vocifera.

Gérard se ríe, apoya la mano en el hombro de Fernand para calmarlo.

Brilla el sol, hace un frío seco y vivo.

Media hora antes, nada más pasar lista, se habían encontrado en el comedor del block 40.

—¡No te largues después del rancho! —había dicho Barizon—. Hemos de hablar, tienes que explicarme una cosa.

Media hora antes, Gérard silbaba entre dientes.

—¡Jódete! ¡La clase obrera solicitando las explicaciones del intelectual pequeño burgués! ¡Todo un acontecimiento!

Pero Fernand Barizon está acostumbrado. Se encoge de hombros sin alterarse.

—¡La clase obrera te manda a la mierda, muchacho!
Pero te perdona, porque es domingo.

Luego frunce el poblado entrecejo.

—¿Pequeño burgués? —dice—. ¿Qué es, modestia súbita
y totalmente imprevista? Por lo que me has contado de tu
infancia, ¿no serás más bien un jodido hijo de jodido gran
burgués?

Ambos se echan a reír.

—¡Y tanto! —dice Gérard—. Si hasta tengo un montón
de primos y primas que son duques y duquesas.

Barizon, claro está, no se cree una palabra. El español
siempre está contando cuentos chinos.

—Encima no cargues las tintas, muchacho —dice Barizon—. ¡Bastante lamentable es ya tu origen social!

Ríen de nuevo.

El que pregunta ahora es Gérard.

—¿Cuál es tu problema?

Barizon hace un ademán con la mano.

—¡Un momento! —dice—. Primero nos jamaremos tranquilamente esa puta sopa. Luego ya hablaremos.

Están en el comedor del *Flügel* C, en la primera planta
del block 40. Aguardan juntos a que repartan esa puta sopa.
Pero los domingos, la puta sopa es menos puta que los
demás días. Es casi decente. No es una sopa de mala vida:
casi os volvería a infundir ganas de vivir. Una puta sopa
para un puto día de fiesta.

¿A qué se debe esto? ¿A un indeleble resabio de humanismo judeocristiano, solapadamente soterrado en el mismo corazón del sistema nazi? ¿A que el domingo es, según
dicen, el día del Señor? ¿O, pura y simplemente, a los imperativos de la producción? ¿A un cálculo solapadamente
objetivo del tiempo de desgaste y de recuperación de la capacidad de trabajo, que recomienda esa pequeña pausa,
esa prima del domingo, ese mimo dominical? ¿Fue inventado el domingo de los trabajadores por Dios o por el ar-
tero e inmemorial despotismo del trabajo mismo?

En cualquier caso, la sopa del domingo es en Buchenwald más espesa que la de entre semana. No es difícil, sin
duda, porque es sopa de verdad. Con auténticos trozos de
verduras auténticas: auténticos colinabos, auténticos tronchos de col. Filamentos de carne, incluso, visibles a simple vista, si uno no está demasiado hambriento, o si, estando hambriento, se para uno a mirar lo que come con la
esperanza de hacerlo durar. Y, sobre todo, pastas de ver-

dad. Pastas gruesas y blancas, un poco blandas a decir verdad.

Tiene razón Fernand. La sopa de tallarines de los domingos es cosa seria. Hay que comerla seriamente. Nada de charlar al mismo tiempo. La conversación distrae. La conversación en la mesa es un placer de ricos. Pincha uno delicadamente un trozo en el plato al tiempo que improvisa una brillante digresión cultural. Cuando se tiene hambre de verdad, cuando se es pobre, cuando se es *zek* (¡coño! ¡Quería decir *kazettler*!), comer no es un placer, es una necesidad.

Y al ser una necesidad, puede convertirse en un rito.

Así, en Marsella, en una casa del barrio obrero de la Cabucelle, comprenderían fácilmente lo que piensa Gérard en este momento, en mi cabeza. En la Cabucelle, en el hogar de los Livi, el padre preparaba personalmente la pasta los domingos: *la pasta della domenica*. El domingo era el día de la camisa blanca. El día de la *pasta* preparada por el padre, que oficiaba en la cocina, con una pizca de gravedad latina. Así lo habían hecho siempre en Monsumano su propio padre, y el padre de su padre, antes del fascismo, antes del exilio. El domingo, con las camisas blancas de los hombres, y las mujeres endomingadas, sentadas con las manos sobre las rodillas como en las viejas fotos de familia, color sepia, en espera de las pastas preparadas por el padre, era un día de fiesta en la Cabucelle, en casa de los Livi.

Pero en Buchenwald, en diciembre de 1944, ni Gérard ni Barizon han oído hablar nunca de la familia Livi. No pueden saber que uno de los chicos llegará a ser Yves Montand. Esa historia de las pastas del domingo, no obstante, con sus ritos y su aspecto serio, con sus risas y sus arias de ópera tan pronto entonadas como interrumpidas, es una historia que podrían contarse más tarde, llegado el caso, y que los acercaría. Una historia de exiliados, sin duda. Historia de exiliados que, por lo demás, se contarían más tarde aquellos exiliados.

Estaban en el comedor del ala C del block 40, un domingo nada más pasar lista. Un domingo en Buchenwald, y no en la Cabucelle. Gérard y Fernand Barizon aguardaban a que repartieran la sopa de tallarines de los domingos. Ahora que ya se han comido esa puta sopa, en silencio, muy serios (pero no voy a tratar de explicar cómo se comía realmente la sopa de los domingos, lo he olvidado; no podré reconstituir la verdad de aquel momento de antaño, me lo inventaría; o recordaría aquella hambre de antaño a través de los relatos de Shalamov, o de Solzhenitsin, o de Herling-Grudzinski, o de Robert Antelme; gracias a ellos, sin duda, daría con las palabras precisas, que pudiesen sonar a auténticas; pero yo lo he olvidado; había escrito en *El largo viaje*: «Basta una sola comida de verdad para que el hambre se convierta en algo abstracto. Para que pase a ser un concepto, una idea abstracta. Y sin embargo, miles de hombres han muerto a mi alrededor a causa de esa idea abstracta. Estoy contento de mi cuerpo, opino que es una máquina prodigiosa. Una sola cena ha bastado para borrar en él esa cosa en lo sucesivo inútil, abstracta, esa hambre que podría habernos matado...», había escrito aquellas palabras porque aquello era cierto, quiero decir que era cierto para mí: así sucedía en mi cabeza, en mis vísceras, pero había recibido varias cartas indignadas de lectores; no lectores cualesquiera, antiguos deportados; se sentían lastimados, ofendidos de que yo pudiese hablar así del hambre; por muy poco, hubieran puesto en duda la realidad de mi deportación, si se hubiesen atrevido, me hubiesen llamado embustero; uno de ellos, especialmente indignado, me decía que seguro que yo me había vuelto loco: él mismo, me decía, no había podido evitar durante meses el precipitarse sobre los restos de comida, mondaduras y desperdicios de toda clase, para devorarlos con avidez; bien, quizá yo estaba loco, no era imposible) pero ahora que se han comido la sopa de tallarines de los domingos, Barizon y Gérard se pasean bajo el sol de diciembre.

Los altavoces difunden música suave por toda la colina del Ettersberg y Gérard ha apoyado la mano en el hombro de Barizon, para calmarlo.

Detrás de su compañero, en medio de la explanada, ve a un grupo de franceses del bloc 34. Cree reconocer a Boris que les lleva por lo menos la cabeza a todos los que le rodean.

—¡No te enfades, Fernand! —dice Gérard—. García es un personaje de Malraux, en *La esperanza*.

Barizon se sosiega al momento.

—¡Ah, bueno! —dice—. ¡Eso me gusta más!

—¿Te gusta más Malraux que Lenin?

—Mira, Gérard, no empieces otra vez. A Malraux lo conozco, eso es lo que quiero decir.

215

Barizon recuerda muy bien a Malraux.

En noviembre de 1936, en Albacete, cuando su compañía se disponía a reunirse con la XIV Brigada Internacional, en el frente de Madrid, tras un breve período de instrucción, el comisario político pidió que se identificasen todos los mecánicos de aviación. Él se presentó, porque había trabajado cerca de dos años en Bloch, tras su escapada a Bretaña con Juliette. Pero lo que siguió no le hizo ninguna gracia. En lugar de mandarlo al frente, con sus compañeros, pretendían que se quedase allí a reparar los motores de la escuadrilla de Malraux. Se puso hecho una fiera Barizon. ¡No había ido a España a reparar motores de avión, qué coño! El comisario político de la compañía no quería saber nada. Él aplicaba las consignas y punto. ¡El reglamento es el reglamento! Le habían dicho que localizase mecánicos de aviación y no quería soltar a Barizon. No corrían por las calles de Albacete los mecánicos de aviación cualificados.

Finalmente Barizon consiguió hablar con el famoso Malraux.

El año anterior, lo había visto de lejos, en la Mutualidad en medio del humo y la algarabía. En Albacete, Malraux había fumado un cigarrillo tras otro y le había escuchado atentamente. Por fin, Barizon se había salido con la suya. Le habían dejado marchar con su compañía al frente de Madrid.

—Camarada, le digo —dice Barizon—, las Brigadas no son una oficina de empleo. Yo no busco trabajo de mi ramo, lo que quiero es pelear. Duconneau, el comisario político, me dice que todo el mundo puede coger un fusil, pero que para un motor de avión se necesitan trabajadores cualificados. ¡Y yo le digo, camarada, el trabajo cualificado me importa un pepino! Aquí no soy metalúrgico, soy soldado. Mi única cualificación es que puedo matar fascistas. Puestos a ensuciarse las manos, que sea con sangre, no con grasa. Mecánicos seguro que los hay en España. Que los movilicen, que los llamen, que les paguen primas de rendimiento, horas suplementarias, vacaciones pagadas, subsidios familiares, ¡a mí qué coño me importa! Hay que respetar los motivos por los que he venido a España. ¡Yo soy un voluntario! Y Malraux me dio la razón.

—¿Qué te pareció? —pregunta Gérard.

—Un tipo divertido —dice Barizon.

Vuelven sobre sus pasos, a lo largo de la avenida que

separa la hilera de barracones de madera de la de los blocks de cemento de dos pisos.

—Bueno —pregunta Barizon—, ¿qué decía García?

—Hay guerras justas, no hay ejércitos inocentes.

Barizon reflexiona unos segundos.

—Ya —dice—, no está mal. ¡Sólo que yo no te hablo de moral, te hablo de estrategia!

No es que a Barizon no le interese la moral, ni mucho menos. Al revés, tiene un sentido muy agudo de lo justo y de lo injusto: *eso no se hace* es una de las frases clave del lenguaje de Barizon. Y ese sentido, el de lo justo y lo injusto, no es como el sentido común según Descartes: no es la cosa del mundo mejor compartida. De modo que Barizon hace constantemente una elección moral, en su comportamiento cotidiano, en la *Gustloff*, en sus relaciones con unos y otros. Pero en el caso concreto del problema que le preocupa hoy y del que ha querido discutir con el español, el de una estrategia de la resistencia en los campos, Barizon no cree que se plantee un problema moral.

Dicho de otro modo, es justo resistir: ahí entra la moral. Pero qué forma es la mejor: ahí entra la estrategia.

—La verdad es que no es tan sencillo —dice Gérard.

Han doblado a la izquierda, por una avenida transversal que asciende por la pendiente de la colina. Se encuentran ahora entre los blocks 10 y 11, casi en la linde de la explanada donde se pasa lista.

Barizon mira la torre y se vuelve hacia Gérard.

—Contigo nada es sencillo —dice.

—El pro y el contra, la ventaja y la desventaja, la flor y el fruto: ¡es la dialéctica, Fernand, que no es sencilla!

Barizon mira de nuevo la torre. Un poco más a la izquierda, mira la chimenea del crematorio, coronada por un humo denso. Luego mira la nieve en el bosque.

Le sonríe a Gérard.

—¿El crematorio también es dialéctico? —dice con tono de guasa.

Pero no es una pregunta que desconcierte a Gérard.

—Por supuesto —contesta.

—A ver, explícamelo —dice Barizon frunciendo el ceño.

—El crematorio es la muerte, ¿no? El máximo signo de la muerte. Ahora bien, la muerte no está más allá de la vida, fuera de la vida, después de la vida. La muerte está en la vida, es la vida. Del mismo modo, el crematorio está en el campo. Es mucho más que un símbolo, es la muerte que está en medio de nuestra vida, que es nuestra vida. El crematorio es el signo de la muerte, pero es asimismo el signo de la vida que nos resta por vivir, nuestro más probable porvenir.

Barizon contempla la chimenea del crematorio. Silba entre dientes.

—¡Oye, si tú deberías ser profe! ¡O predicador!

Y añade con tono definitivo:

—¡Mierda es lo que es el crematorio!

Gérard le clava el dedo en el pecho a Barizon.

—También la mierda es dialéctica.

Pero Barizon hace un ademán para interrumpirle.

—¡Bueno, bueno! ¡Ahórrame tu demostración!

Ríen.

Miran la chimenea del crematorio, la torre, los muros macizos del búnker construido en la prolongación de las dependencias de la guardia. Contemplan la nieve, el manto blanco del que surgirá, un día u otro, el renuevo primaveral, la vida nueva de la naturaleza. Pero quizá no estén allí para verlo.

—Antes de que me interrumpieses —dice Gérard—, tenía el gusto de decirte que no es tan sencillo: no se puede separar de forma absoluta la moral de la estrategia.

Han echado a andar. Se alejan de la explanada por la avenida que bordea los barracones de los prisioneros de guerra soviéticos.

¿Llegará Piotr hasta el Ejército rojo?

—Tú mismo lo sabes perfectamente —dice Gérard—. ¿No me has dicho hace un rato que el hecho de gozar de privilegios por ser comunista, en un campo nazi, te planteaba problemas?

Barizon asiente con la cabeza.

Y es que es cierto que no es sencillo.

—¿Y qué? —dice Barizon.

—Pues que vuelvo a la fórmula de García, que lo explica todo: Hay guerras justas, no hay ejércitos inocentes. Hacemos una guerra justa, en condiciones difíciles, lo más difíciles que quepa imaginar, en el mismo corazón del sistema nazi. Pero no por ello somos inocentes, en todo caso, no inevitablemente, ya que esta guerra justa nos concede privilegios, chollos, poder del que podemos abusar. Eso lo vemos cada día, ¿no es así?

Barizon asiente.

—¿Y qué? —repite.

—Pues que dentro de esas circunstancias, cada uno reacciona a su manera. Es un problema individual. Tener o no tener. Tener una moral, tener valor. Claro que la moral es la mayoría de las veces cosa de cojones. Si no quieres correr ningún riesgo, dejarás de tener un comportamiento moral. Cuando tienes dos, tienes una. Quiero decir: dos cojones y una moral.

Gérard tiene un montón de ejemplos in mente, cuando dice eso.

Piensa en Fritz y en Daniel, por ejemplo.

Ambos tienen la misma edad poco más o menos. Ambos son comunistas. Sin duda Fritz lleva encerrado más tiempo que Daniel. Lleva unos años de cárcel y de campo más que Daniel. Sin duda, hay que tenerlo en cuenta. No es que justifique nada, pero quizá explica ciertas cosas. Sea como fuere, Fritz aplica los reglamentos en vigor, ejerce el poder parcial que le ha correspondido —mínimo, en realidad, desde el punto de vista del conjunto de la vida del campo: decisivo, a veces, para la vida de este o aquel deportado— en la administración interior del campo como si tal poder y dichos reglamentos fuesen neutros: ni buenos ni malos en sí. Como si se tratase sencillamente de hacer funcionar una maquinaria burocrática en condiciones óptimas de racionalidad y de rentabilidad.

Daniel, por el contrario, ejerce ese poder y aplica esos reglamentos volviéndolos continuamente contra los objetivos que les son propios y que los fundamentan: tratando de reducir al mínimo su rentabilidad y su racionalidad, ya que tanto una como otra han sido concebidas en beneficio de la producción de guerra nazi, en detrimento de la mano de obra deportada. Y por su actitud, claro está, se ve continuamente expuesto a afrontar muchos más riesgos que el cerdo de Fritz.

Así que es, en efecto, un problema individual.

Para que una estrategia se convierta en una moral, no sólo se requiere que sea justa en su principio, sino que los hombres que la ponen en práctica sean a su vez justos, que no se dejen corromper por el poder que han conquistado para desplegar esa estrategia y por haberla desplegado. Porque el poder es como la bola de nieve, ya se sabe.

Pero a Barizon el cuento ese de los cojones le hizo mucha gracia.

—¡No está mal eso! —exclama—. Cuando tienes dos, tienes una. ¡Te diré que a tu preciosa frase se le puede

dar la vuelta, muchacho! Una moral y dos perendengues:
¡y la moral es la que los hincha!

—Ahí está —dice Gérard—, se le puede dar la vuelta
porque es una fórmula realmente dialéctica.

Se le puede dar la vuelta pero no rebasarla, *aufheben*,
piensa Gérard. La maldita *Aufhebung* es la que echa por
el aire la dialéctica hegeliana, la que la vuelve irreal a fuerza de perfección. Pero se guarda para sí la reflexión: no
merece la pena provocar a Barizon.

Éste, precisamente, se detiene y lo mira.

—¿Sabes que eres cargante? —dice.

—Lo sé —dice Gérard.

En el Mephisto, cuatro años más tarde, la discusión se
hizo confusa. Al menos, en mi recuerdo, se hizo confusa.
Únicamente la trompeta de Armstrong conservó, en mi recuerdo, una desgarradora nitidez.

—Y tú —me había dicho Pierre Courtade en un determinado momento de aquel confuso final de la noche—, ¿no
vas a escribir nada sobre los campos?

Meneé la cabeza.

—No —contesté—, es demasiado pronto.

Courtade soltó una risita sarcástica.

—¿A qué esperas? —dijo—. ¿A que sea demasiado tarde? ¿A que todo el mundo lo haya olvidado?

Yo meneé la cabeza, no me apetecía hablar de eso.

Pero al final, cuando llegase el momento de escribir, no
escribiría el relato del que hablaba con Fernand Barizon,
en 1960, en Ginebra. Escribiría otro. O sea el mismo, pero
de otra manera.

En 1960, Barizon me había preguntado: «¿Cómo lo contarías?» «Contaría un domingo», le había contestado yo.
A decir verdad, no había contestado a su pregunta, como
se habrá podido comprobar. Yo no le había dicho cómo lo
contaría, sino lo que contaría. No es lo mismo. Pero en fin,
no vamos a andarnos con puñetas. Barizon, al menos, no
se puso puñetero. Admitió mi respuesta sin polemizar.

Curiosamente, tenía la impresión de que aquella idea que
acababa de tener, en Ginebra, de contar un domingo en
Buchenwald, que aparentemente acababa de cruzar por mi
mente —¡hombre!, ¿las ideas cruzan la mente como los
peatones cruzan una plaza? ¿Cruzan también las ideas los
pasos de peatones, cuando el semáforo se pone verde?—,
tenía la curiosa impresión de que aquella idea no era

nueva, pese a las apariencias. Me recordaba algo, vagamente, la idea de contar un domingo en Buchenwald.

Dos días después estaba en Praga.

No sé ya por qué estaba en Praga, cuál era el motivo. Pero estaba en Praga y aquel urgente motivo, fuese cual fuese, me dejaba tiempo libre. Porque estaba contemplando un cuadro de Renoir, en la Galería nacional de Praga, un cuadro voluptuoso y alegre, que representaba a una muchacha alegre y voluptuosa en medio de un paisaje pardo tirando a dorado. No sé por qué aquella muchacha de Renoir me hizo pensar en los domingos de Buchenwald, pero en fin, allí fue donde lo pensé, delante de su retrato.

Quizá fuese sencillamente el contraste.

Suelo ser sensible a los contrastes. Quiero decir que me trastornan en lo más hondo, me descomponen. Me hacen daño, en una palabra. Me ha ocurrido más de una vez, en el transcurso de estos años. El contraste, por ejemplo, entre una dicha intensa, incluso furtiva o fugaz, pero realmente perturbadora, y el recuerdo bruscamente recobrado —quizá por efecto de esa dicha— de un momento en el campo. Un momento de angustia, en medio de la multitud ruidosa, convulsa, densa, hostil, del dormitorio, por la noche. Un momento de locura, ante el paisaje de la planicie de Turingia, tan trivialmente hermoso. Un momento de hambre atroz, en el que hubiera vendido uno el alma por una sopa de tallarines. Pero no había diablo a quien venderle el alma, en Buchenwald. Sólo había hombres: mala suerte. En fin, contrastes similares, entre dos dichas presentes, incluso fugaces, y los días de antaño. No digo nada, por supuesto, cuando esto me ocurre, dejo transcurrir unos instantes de desasosiego. No saco a nadie de su error, nunca, ¿para qué? Dejo que crean que ese suspiro ha sido un suspiro de satisfacción, que ese gemido refleja felicidad. Quizá incluso placer. Si me pasase el tiempo nombrando los momentos en que mi vida está en otra parte, me convertiría en persona poco tratable. Así que no digo nada.

El caso es que estaba contemplando el cuadro de Renoir, en la Galería nacional de Praga, y me acordé de los domingos de Buchenwald.

Recordé que ya había escrito algo, tiempo atrás, acerca de los domingos de Buchenwald. Anteayer, pues, en Ginebra, al hablar con Barizon, no acababa de ocurrírseme esa idea, no acababa de inventármela. Diez años atrás, había empezado ya a escribir algo sobre los domingos de Buchen-

wald. Se llamaba *Los hermosos domingos*, precisamente.
Era una obra de teatro que quedó inacabada. Diez años
atrás, poco más o menos. En cualquier caso, me veo volviendo de la Unesco, cuyas oficinas estaban en la avenida
Kléber, por aquella época. Volvía al piso amueblado que
tenía alquilado en la calle Félix-Ziem, detrás del cementerio
de Montmartre, para trabajar en aquella obra de teatro.
No es que pretenda que volvía allí cada noche a trabajar.
Sería demasiada pretensión. Solía pasar un rato después
de cenar, y aun gran parte de la noche, entre el Montana
y el Mephisto, por ejemplo, en Saint-Germain-des-Prés.
Debo decir que los compañeros de aquellos interminables
periplos y discusiones nocturnas eran apasionantes. Las
compañeras también, en ocasiones, pero más raramente.

En cualquier caso, el hecho de que escribiese aquella
obra de teatro, *Los hermosos domingos*, en la calle Félix-
Ziem, permite fijar con gran exactitud la época en que la
escribí.

Era en 1950.

Yo vivía, en efecto, en la calle Félix-Ziem, en septiembre
de 1950, en el momento en que el gobierno francés prohi-
bió la prensa y las actividades legales del PCE en Francia.
Como quizá se recuerde, varias decenas de militantes y de
dirigentes medios del PCE fueron detenidos entonces en el
transcurso de una redada policial. A algunos se les obligó
a fijar su residencia en Córcega, otros fueron expulsados
hacia países del Este. Pero la noticia y hasta la fecha exacta
de aquella redada se sabían con antelación, en la dirección del PCE, instalada también en la avenida Kléber, casi
frente a la Unesco, lo que resultaba en extremo práctico
para mí. Los secretos de Estado, no siempre se guardan
bien en un Estado liberal, aun en los períodos autoritarios
y restrictivos, que son periódicos, como es sabido, en la
historia de los Estados liberales. No me quejo, por supuesto, de esa porosidad de los aparatos de Estado liberales
—o democráticos, si ustedes prefieren: aquellos en que la
dominación de las minorías dominantes se ejerce de forma mediata, e incluso a menudo hipócrita, a través del sistema de la mayoría parlamentaria—, no me quejo, todo lo
contrario. Deseo de todo corazón, por el contrario, que los
oponentes de todos los países, cualquiera que sea el régimen al que se opongan, puedan beneficiarse de tal porosidad de los aparatos de Estado.

Así que, en la avenida Kléber —no en la Unesco, sino

enfrente, en las oficinas del PCE— se supo con varios días de antelación el desencadenamiento de aquella redada policial. Alguien cruzó entonces la avenida y preguntó por mí.

Yo era en aquellos tiempos ayudante del jefe de la sección española de traducción. Recibí a aquel emisario en mi despacho, en el último piso del edificio de la Unesco. Es menester aclarar que aquella noble institución ocupaba entonces los locales del antiguo hotel Majestic, el cual había servido de cuartel general, durante la ocupación, a varios servicios de policía nazis. Tenía yo mi despacho en una antigua habitación de aquel antiguo hotel. En el antiguo cuarto de baño contiguo, del que habían quitado los aparatos sanitarios, había muebles de oficina y clasificadores. Yo estaba sentado en mi despacho y escuchaba al emisario del PCE, que había cruzado la avenida Kléber para venir a hablarme. Veía una parte del cuarto de baño contiguo, cuya puerta había desaparecido. Veía archivadores, pero también veía los grifos de la bañera. Inútiles, ya que habían quitado la bañera de allí, insólitos incluso resultaban aquellos grifos recargados del antiguo cuarto de baño del Majestic que habían quedado empotrados en la pared.

Aquella visión, a veces, cuando alzaba los ojos de las hojas posadas delante de mí, me habían incomodado. A veces, aquellos grifos rococó, empotrados en la pared, sobre una bañera fantasma, me habían producido una impresión desagradable. Una especie de escalofrío me había recorrido la espina dorsal. No era difícil comprender el motivo. Los grifos me recordaban la bañera ausente, y la bañera, aun ausente, me recordaba a la Gestapo que había ocupado aquel lugar unos años antes. Pues bien, la bañera era mi peor recuerdo de la Gestapo. No había tenido que vérmelas con la Gestapo del Majestic, cierto es, pero la Gestapo de Auxerre conocía también el uso de la bañera. Alzaba los ojos de mi trabajo, y veía los grifos de la bañera fantasma, al tiempo que reflexionaba sobre algún problema lingüístico.

La antevíspera, por ejemplo, se había reunido una comisión: ¿había que traducir, en los documentos oficiales, *Droits de l'Homme* por *Derechos del Hombre* o por *Derechos Humanos*? Yo era partidario de la fórmula *Derechos del Hombre*, que me parecía más conforme al origen francés de la noción y a una tradición establecida. Y las tradiciones no deben desdeñarse cuando se trata de una lengua, es decir, del vehículo de una historia y de una memoria colectiva y cultural. Pero los latinoamericanos insistían a toda costa en mantener *Derechos Humanos*. Ellos lo decían así, y en inglés era *Human Rights*, como es sabido, como también es sabido que el lenguaje oficial, diplomático y comercial de América del Sur, tenía ya tendencia a alinearse cada vez más con el inglés.

Más tarde, unos años más tarde, después del XX Congreso del PCUS, me acordé de aquellas feroces agarradas lingüísticas. Yo había dejado la Unesco en 1952 para pasar a ser permanente del PCE, pero recordaba las interminables discusiones de antaño, en las comisiones *ad hoc* de la Unesco encargadas de unificar el lenguaje oficial. Pero el caso es que también sosteníamos interminables discusiones en las comisiones de redacción del Comité central del PCE, tras el XX Congreso del partido ruso. ¿Cómo había que calificar el famoso «culto a la personalidad»? Invariablemente, cuando yo formaba parte de alguna comisión de redacción encargada de elaborar la resolución política de una asamblea plenaria del CC, por ejemplo —y solía ocurrirme formar parte de alguna—, calificaba de «canceroso» el famoso «culto a la personalidad», en el borrador entregado para su redacción final a las instancias supremas del PCE del que también formaba parte. Y la palabra «cáncer» provocaba siempre una discusión. No, era imposible emplear la palabra «cáncer», me decían. En primer lugar, la palabra «cáncer» tenía una connotación demasiado peyorativa, demasiado nefasta, me decían. Bueno, ¿y qué? ¿Acaso el «culto a la personalidad» no había sido nefasto? Sí, claro, lo había sido, pero la palabra «cáncer» evocaba una palabra mortal, la mayoría de las veces. Y el «culto a la personalidad», me decían, no había resultado mortal para la sociedad socialista. ¿No había sido el mismo socialismo el que había encontrado en sus propias profundidades los recursos orgánicos que habían permitido eliminar el «culto»? Pero no voy a reproducir en sus pormenores los meandros casuísticos de tal discusión. Digamos que acababa por replegarme al término «tumor». Pero el término «tumor» era igualmente rechazado, tras un examen tan ritual como exhaustivo. Porque hay tumores malignos, ya se sabe. Por otra parte, en la mayoría de los casos, el término «tumor» no es sino un eufemismo provisional en lugar de «cáncer», me decían. Bien, finalmente volvíamos al término que estaba previsto de antemano, al término consagrado que yo había intentado soslayar librando una batalla sin esperanza, una batalla puramente dialéctica, en cualquier caso. Y el término consagrado era el de «excrecencia». El culto a la personalidad no había sido sino una excrecencia malsana y pasajera en el organismo sano y vital del socialismo, el cual había hallado en sí mismo las fuerzas necesarias para suprimir tal excrecencia y cauterizar la plaga. Y ya estaba, asunto liquidado.

Pero no nos vayamos por las ramas.

Estoy en mi despacho de la Unesco, en septiembre de 1959, y no pienso para nada en el «culto a la personalidad». ¿Cómo iba a pensar en ello, siendo yo lo que era y en la fecha en que estábamos? Pienso en la discusión de la antevíspera sobre *Derechos del Hombre* y *Derechos Humanos*. Es decir, *Droits de l'Homme* y *Human Rights*. Pienso en un funcionario argentino de la comisión *ad hoc*, con el que tuve una agarrada. «¿Derechos del Hombre —me decía—, y la Mujer, qué?» Yo le replicaba que el Hombre, que tenía, en tal expresión, derecho a derechos inalienables, era un ser genérico, o sea bisexuado, quizá hasta pansexual: ¡el Hombre de los derechos del Hombre era igualmente la Mujer y el Niño, caramba! Y como yo sabía que aquel argentino, bastante peripuesto y completamente pedante, era también de lo más progresista —me lo había encontrado una noche en casa de los A., en donde acompañaba a Madeleine Braun—, me divertía haciéndole alusiones marxistas, guiños al *Gattungswesen* de Marx, alusiones que lo irritaban aún más, no sé por qué. Quizá porque veía en mí mas suficiencia que complicidad teórica.

Pienso, pues, en los derechos del hombre —y de la mujer también, por supuesto: no intenten ustedes, como el argentino de marras, hacerme creer que soy misógino— y veo los grifos rococó de la bañera de la Gestapo. Todo eso evoca recuerdos desagradables. Los más desagradables, sin duda, de todos los recuerdos posibles. Entretanto, el emisario del PCE está diciéndome, bajo riguroso secreto, que la policía francesa prepara una redada contra el partido español y que han pensado que mi piso sería un refugio bastante seguro para ocultar a un camarada responsable.

Miro los recargados grifos del antiguo hotel Majestic, sobre la desaparecida bañera de una Gestapo fantasmagórica, y asiento con un gesto. Sin duda, el piso de la calle Félix-Ziem que me facilitó el servicio de alojamiento de la Unesco es un refugio bastante seguro.

Así fue cómo Víctor Velasco y su mujer fueron a refugiarse al piso en que yo escribía, episódicamente, una obra de teatro que se llamaba *Los hermosos domingos* y que quedó inacabada. Velasco era uno de los ayudantes de Carrillo, en la comisión que dirigía la labor clandestina del partido en España. Pero en aquellos tiempos yo no conocía a Carrillo. No lo conocí hasta tres años más tarde.

Unos días después de instalarse los Velasco en mi casa, se produjo la redada de la policía francesa, como estaba previsto. Y, como estaba previsto también, la cumbre dirigente del aparato del PCE, de nuevo en la clandestinidad, escapó de la redada.

De modo que los locales de la avenida Kléber —no los de la Unesco, los del PCE— fueron abandonados. Aquello me complicaba un poco la vida. Hasta entonces, no tenía sino que cruzar la avenida, y viceversa. Los emisarios del PCE, igualmente, no tenían sino que cruzar la avenida, cuando me necesitaban.

Pero estoy en Praga, en la Galería nacional del Palacio Sternberk frente a un cuadro de Renoir, en otoño de 1960.

Acabo de recordar que escribía *Los hermosos domingos*, diez años antes, en la calle Félix-Ziem. Era una historia que sucedía en Buchenwald, un domingo, como su título indica. Por lo demás, era la historia de un confidente. La historia de un soplón, si ustedes prefieren, o mejor dicho, la historia de su desenmascaramiento y de su liquidación. La acción de la obra se desarrollaba en domingo por la tarde, en un solo lugar —el barracón del *Arbeitsstatistik*— y se describía la eliminación física de un soplón de las SS. La regla de las tres unidades era escrupulosamente respetada, pueden creerme. Y uno de los personajes de la obra se llamaba Gérard, claro está.

Pues sí, acabo de recordar todo esto delante del retrato de una muchacha apetitosa, quiero decir, que proclama su apetito de vivir, y el de Renoir, a la par, en un paisaje con tonos marrón dorado donde no hay el menor indicio, ni siquiera la más lejana posibilidad de un humo de crematorio. Así que, anteayer, cuando le dije a Fernand Barizon que contaría un domingo en Buchenwald, no me inventaba nada. No improvisaba nada. Sin saberlo, evocaba una antigua obsesión.

Pero, precisamente, estoy en Buchenwald, dieciséis años antes, y he acabado de retocar las fichas de tres compañeros franceses cuyos nombres y números me ha dado Daniel. Han pasado a ser intocables. La misma Gestapo los protege y les evita cualquier salida intempestiva fuera del campo.

Me meto en la boca el papelito que me dio Daniel. Lo mastico lentamente y me lo trago.

El sol da en los cristales, a mi derecha.

—¿Quieres el periódico?

Me interpela Walter, con el *Völkischer Beobachter* en la mano.

Le digo que sí, que quiero el periódico. Me lo alarga por encima del fichero.

—¡El cuento ése de Grecia —dice Walter— es pura mierda!

Los primeros días, nos habíamos negado a creernos esa historia. Propaganda nazi, sin duda. Luego, una vez rendidos a la evidencia, el problema que se nos planteaba no era tanto saber por qué habían aplastado los británicos al ELAS. Eso aún podíamos comprenderlo. Pero ¿cómo se explicaba el silencio de Moscú? ¿Por qué permitían aquello los soviéticos? O entonces, si los soviéticos habían decidido evitar cualquier enfrentamiento con los británicos, en aras de la alianza antihitleriana —también eso podíamos comprenderlo—, ¿por qué permitían que los comunistas griegos adoptaran una estrategia confusa y por tanto desmoralizadora, alternando las revueltas armadas con los más desvergonzados compromisos?

En el *Arbeitsstatistik*, el asunto aquel lo discutimos con pasión un grupito de comunistas de distintas nacionalidades. Mañana y noche, en espera de que pasaran lista, se formaba un círculo. Venían alemanes: Walter y August. A veces también George Glucker, tajante y apocalíptico, como en la época, me imagino, de su juventud y de la contraseña «clase contra clase». Estaban también Jupp, el alemán de Silesia que hablaba el polaco como un polaco y Jan, el polaco de Silesia que hablaba alemán como un alemán. Había un checo, Josef Frank. Un belga, Jean Blume. Y Daniel A., el camarada francés. Seifert y Weidlich venían de cuando en cuando a intervenir en nuestras discusiones, pero no era frecuente. Por lo demás, cuando estaban presentes, no decían gran cosa. No parecían tener opinión personal, en cualquier caso.

Las apasionadas discusiones sobre la estrategia —en donde no se hablaba sólo de Grecia, sino también de Europa occidental en general, y de Francia en particular, de donde nos habían llegado fragmentarias noticias sobre el desarme de las Milicias patrióticas— habían originado dos corrientes entre nosotros.

Para unos, lo esencial era mantener la alianza antihitleriana en el plano internacional, y el frente unido de la resistencia en el plano nacional. El mantenimiento de las fuerzas armadas autónomas bajo una dirección comunista hubiera provocado la intervención de las tropas americanas y británicas, desastrosa en el contexto de la relación de fuerzas existente. ¿Quién sabe incluso —decían aquéllos— si los angloamericanos no aprovecharían incidentes de ese tipo para firmar una paz por separado con el estado mayor alemán, cerrando así el círculo en torno a la URSS?

Para otros —entre los que figuraba yo, por supuesto: no tenía ni la edad ni la experiencia necesarias para encontrarme entre los «realistas», los que habían ya adivinado o barruntado, con ese olfato especial de los perros viejos, las intenciones de Stalin—, para nosotros, pues, la relación de fuerzas en Europa no era algo intangible: podía modificarse merced a una estrategia del movimiento obrero occidental orientada hacia la transformación de la sociedad; estrategia basada sin duda en alianzas muy amplias, pero garantizada por una autonomía, armada preferentemente, de las fuerzas obreras y revolucionarias.

Pero desde hacía unos días, en aquel final de diciembre de 1944, habíamos alcanzado el estadio beatífico de la teoría. Las discusiones sobre la estrategia, confusas, a ratos violentas, se aplacaron en lo sucesivo para dar paso a la tibieza tranquilizadora y almibarada de una dialéctica vagamente hegelianizante. Como si el movimiento de nuestros pensamientos hubiese obedecido a una fuerza de gravitación idéntica, basábamos todos en un mismo razonamiento embaucador nuestra justificación del curso de las cosas. La dialéctica de lo general y de lo particular, no habíamos caído en ello. Los problemas de la revolución en Grecia no eran sino un aspecto particular de un problema general: el de la guerra antifascista. Los intereses del movimiento obrero en su conjunto estaban estrechamente vinculados a la solución de ese problema general, a la victoria en la guerra antifascista. Todo lo demás debía supeditarse a la justa solución de ese problema general. Las contradicciones secundarias entre el ELAS y Churchill, por dolorosas que fueran las consecuencias, no debían anteponerse a la contradicción principal entre el campo hitleriano y el campo antifascista. Lo particular griego debía ser sacrificado, llegado el caso, y por doloroso que fuese, en aras de la causa general del antifascismo.

Ronroneábamos aquella pseudodialéctica, que pasó a ser una especie de molinillo de oraciones, y el aplastamiento del ELAS se transfiguraba en accidente particular de una historia cuyo curso general seguía —¡oh maravilla de la dialectotautología!— precisamente el rumbo de la Historia. El aplastamiento del ELAS entraba en el luminoso campo de la teoría. Llegaba a hacerse insoportable, en la medida en que se teorizaba sobre él.

—¡El cuento ése de Grecia es pura mierda! —había dicho Walter al alargarme el *Völkischer Beobachter*.

Yo asentía.

Era pura mierda, en efecto, pese a todos nuestros hermosos ejercicios dialécticos.

pado el caso y por quienes que lucha en pos del
arsenal del sexto mayor.

Ridiculizaban aquella periodista que que el
semana el ciclo de medallas de creación, y el alto nivel
lo del PLAS se transfiguraba en modistas particulares
una historia muy cruda sobre el algo nerviosa de
la maniobra biológica proclamando el rumbo de la lla-
rada. El aplastamiento del PLAS amenaza con el frente,
causado de la vuelta llegaba a hacerse inaguantable en
medida en que se escribía sobre él.

—Hablante fue de Tiernos ser pura miseria —dijo Mr.
Walle, el asistente el Wall Street Journal—, según
lo percibo.

Tic pudi mucho en efecto, pues a todas nuestras he-
mosas etcétera dimensiones.

CINCO

El olor de las patatas asadas penetra en mis fosas nasales.
Me invade poco a poco. Me hace la boca agua. El olor de
las patatas asadas me hace latir la sangre. Voy a desfa-
llecer.

Meiners es quien está asando patatas.

Antes de este olor a patatas asadas con el que se inicia
un nuevo capítulo de este domingo, yo dormitaba. Estaba
en la sala común, la cantina del *Arbeitsstatistik*, con la
frente apoyada en los brazos doblados sobre la mesa. Dormitaba. No había perdido del todo conciencia de lo que
ocurría a mi alrededor. Oía abrirse y cerrarse la puerta
que daba a la oficina del *Arbeit*, no dudaba de la realidad
de aquel ruido de puerta que se abría y se cerraba. Oía pasos que rascaban el suelo, no dudaba de la realidad de
aquel ruido. Una parte de mí mismo continuaba viviendo
en un estado de confusa vigilia, otra parte se perdía en los
rutilantes sueños de mi somnolencia.

Antes, antes aún, estaba en la sala del *Arbeit* delante del
fichero central. El sol salpicaba los cristales, el humo del
crematorio se elevaba hacia el cielo, alguien carraspeaba,
los carros británicos habían aplastado a las fuerzas del
ELAS, el título del periódico desplegado delante de mí,
Völkischer Beobachter, estaba impreso en caracteres góti-
cos modernos, subrayados en rojo, el Marne era hermoso
en primavera, estaba harto.

Me había levantado, había mirado a mi alrededor.

La estufa zumbaba, todo estaba en su sitio, resultaba
insoportable. Daniel estaba en su sitio, junto al viejo Fritz,
el chocho mala sombra. Daniel me daba la espalda, no podía ver mi mirada desamparada. Yo di dos pasos, titubeante, presa de un súbito deseo de marcharme, de una

231

irresistible necesidad de huir a las frescas sábanas de una cama de verdad, para hundirme en un largo sueño sin sueños. Miré al otro lado, hacia el fondo de la sala, vi a August. Estaba en su sitio entre el compañero polaco de Silesia que hablaba perfectamente el alemán y el compañero alemán de Silesia que hablaba perfectamente el polaco.

Me habría acercado a August, él habría alzado la cabeza.

—¿Qué pasa, viejo? —me habría preguntado con su acento argentino.

—¡Domingos de la gran puta! —le habría contestado yo para expresar la zozobra que se evidenciaba en mi mirada.

Eso es lo que era aquello, un domingo de la gran puta. Un domingo de mierda. Un puto domingo de mierda, eso era aquello.

August no me hubiera salido con el numerito típico del ex combatiente, no le pegaba. No le hubiera dado el ataque explicándome que Buchenwald no era ya más que un sana, que en los buenos tiempos los domingos sí que eran domingos de la gran puta, en los que muchas veces te pasabas seis u ocho horas pasando lista. August no habría enumerado todos los domingos de la gran puta que yo no había conocido, para tirármelos a la cara, para avergonzarme, para agobiarme con el peso de todos aquellos domingos de Buchenwald que yo no había conocido.

August se hubiera encogido de hombros, habría sonreído.

—¡Así es la vida, viejo! —me hubiera dicho.

Así era la vida, por supuesto. Y no había ningún motivo realmente imperioso de que fuese de otro modo, ahí estaba lo jodido. Que la vida fuese así, sin más, eso era lo jodido.

Pero no me había acercado a entablar una breve charla con August.

Había caminado por la habitación común, en el fondo del barracón del *Arbeit*, junto al cuarto de Seifert.

La habitación común estaba vacía.

Me había puesto a calentar un cazo de aquel brebaje negro que nos repartían por la mañana y del que siempre había un gran bidón lleno en la habitación común. Había enchufado uno de los infiernillos eléctricos de fabricación artesanal, totalmente prohibido por los SS, y me había recalentado el brebaje.

Luego, me había fumado un cigarrillo.

El beberme el brebaje recalentado y el fumarme un cigarrillo no me había llevado mucho tiempo. Volví a caer en el abatimiento físico de hacía un instante. Aquello me recordaba algo, sentimientos y palabras de antaño. Quizá me veía abocado a aquella especie de angustia, no era imposible. Quizá las circunstancias presentes no influían para nada. Quizá habría experimentado, volvería a experimentar en cualquier sitio una angustia similar. Quizá lo angustioso era el hecho de vivir, aun sin el silencio helado del Ettersberg, sin el humo del crematorio, sin la brutal incertidumbre de aquel domingo en Buchenwald. Quizá la vida era angustiosa, en cualquier lugar, en cualesquiera circunstancias.

Yo estaba en medio de la Contrescarpe, en 1942, en primavera, inmóvil. ¿Inmóvil, tú? ¿Inmóvil, la primavera? Inmóviles, tú, la primavera. Inmovilidades centrífugas, giratorias. Polen, minúsculos fragmentos vegetales flotaban en el aire de la plaza, en toda la superficie de la plaza. De pie, inmóvil en el terraplén central, agitado por un movimiento interior, imperceptible pero febril, me dejaría cubrir de polen, de fragmentos vegetales. A los pocos días, los excrementos de los pájaros rematarían aquella obra de inmovilidad. Estatua en la plaza, desmenuzable, pronto erosionada por las intemperies, sustituiría fugazmente a las estatuas de bronce desaparecidas de las plazuelas y plazas de la ciudad. ¿Cuánto tiempo inmóvil en medio de la Contrescarpe? Trataba de poner orden en mi mente —esa alacena vacía, ese retrete, ese cagadero—, trataba de recobrar pie poniendo orden en esos lugares oscuros.

Te has levantado, pensaba, esta mañana a la hora habitual. Recalcar bien ese adjetivo: lo habitual, incluso cuando deja de reconfortar, incluso cuando, merced a un solapado trastocamiento, se convierte precisamente en la imagen de lo innombrable, incluso en tal caso, lo habitual te arraiga, te impide flotar definitivamente. A la hora habitual, pues, pensaba, te has levantado. Las dos ventanas de tu habitación dan a un jardín interior. Recalcar bien esa realidad del jardín interior, insistir incluso: lugar cerrado, pero abierto hacia el cielo, florido a veces, frondoso, poblado de ruidos poco urbanos, adornado en su centro con una estatua de piedra gris decapitada, femenina. Los senos de piedra iluminados lateralmente por un sol matinal, a veces, las mañanas de sol lateral. Vives, pues, pensaba, en una habitación con dos ventanas que dan a un jardín interior, y allí te has despertado, pues, esta mañana.

No está mal el despertar: especie de comienzo. Comencemos por ese comienzo. Pero precisamente, esta mañana, pensaba, no has tenido en absoluto la impresión, ni siquiera fugaz, ni siquiera fútil, de un comienzo. Nada tenía, en aquella habitación con dos ventanas que dan a un jardín interior, el resplandor de lo nuevo. Nada tenía tampoco la reconfortante y tierna pátina de lo antiguo. Objetos, muebles, luz, libros, contornos: todo parecía estar allí por primera vez, pero todo estaba deteriorado, raído por un desgaste irremediable, intemporal. Tú mismo, desde que te has despertado, pensaba, desde que te has levantado, has quedado contaminado, has tenido la certeza, desde que has echado la primera ojeada a aquel universo minúsculo de la habitación con dos ventanas que dan al jardín interior, de estar allí no sólo por azar: ocasionalmente; no sólo de estar allí por primera vez: sin nada que te atara; sino también la certeza de estar allí desde siempre: eternidad inmóvil y fulminante, desprovista de sentido. Has comprendido en seguida, pensaba, que nada empezaba hoy: que más bien volvía a empezar.

En medio de la Contrescarpe, en primavera, en 1942, intentaba poner un orden, cronológico a ser posible, en mi mente. Inmóvil, en el terraplén central de la plaza, incapaz desde un lapso de tiempo indefinido, de hacer un gesto, de decidir un movimiento, de elegir un itinerario, una meta, un sentido a mis posteriores desplazamientos. No era posible. Era impensable, decididamente.

Vives, pensaba, en una habitación con dos ventanas que dan a un jardín interior. Hay una cómoda entre ambas ventanas. Una mesa y dos estantes para los libros adosados a uno de los dos tabiques perpendiculares a la pared iluminada por las dos ventanas. Una cama adosada al segundo tabique perpendicular. Un cuarto de baño detrás del cuarto tabique, el que es paralelo al muro perforado por las dos ventanas. Accesible, ese cuarto de baño, a través de una puerta abierta en ese tabique paralelo, a la derecha, en el ángulo del tabique perpendicular contra el que se apoya la cama, y también a través de una segunda puerta que da directamente al vestíbulo del piso, vestíbulo desde el que se tiene también acceso directo a tu habitación, lo que permite múltiples posibilidades de entradas y salidas, pasando por el cuarto de baño, o evitándolo, posibilidades en que, los días como este día de hoy, los riesgos de quedar atrapado, de dar vueltas indefinidamente como en un laberinto, no son despreciables.

Vivo, pensabas, en una habitación con dos ventanas que dan a un patio interior, cuarto de baño sin agua corriente, y te cuesta trescientos cincuenta francos al mes, que se pagan con antelación. Alquilo esta habitación a una pareja neutra, no sólo por ser de nacionalidad suiza, no, neutra en cierto modo ontológicamente: un hombre, una mujer, una pareja. Una familia neutra, trabajadora: el padre ejerce en las afueras, en una empresa metalúrgica, funciones de ingeniero, según pretende él, funciones que la modestia del tren de vida que llevan, las cuentas que lleva la mujer, hasta el último céntimo, de los gastos de la casa, y el hecho mismo de que alquilen la habitación más hermosa del piso, hacen más bien conjeturar que son menos importantes, o que no son sino los atributos mitológicos de un estatus social que él, el Suizo, quisiera más elevado.

Me importa un rábano, pensaba para mí, que sea ingeniero o lavacristales, ese suizo, que confunde mi nombre con el del pueblo donde vive mi familia, cerca de París, que me llama, cuando se presentan, cosa rara, las ocasiones de llamarme, señor Saint-Prix, ese ser neutro, trabajador infatigable. Trabajadora también lo es su mujer, la madre de sus hijos, rubia y bovina, ama de casa, siempre volviendo colchones, faenando, silenciosa, presa bruscamente de una precipitación febril que se adivina obstinada, implacable, los días de júbilo en que anuncian que ciertos cupones de las cartillas de racionamiento dan derecho a raciones de arroz, de guisantes secos o de cualquier otra legumbre seca, días de júbilo en que, descompuesta, desmelenada a veces, matrona de piernas firmes, de ancas bien puestas, monumental pero proporcionada a la estatura de su cuerpo, entra en mi habitación, recuerdas, para convencerme de que le ceda dichos cupones que yo no iba a utilizar o que se los cambie por cierto número de desayunos, recuerdas, los niños también, trabajadores, la hija mayor, dos chicos, en sus escuelas respectivas, buenos, aplicados, sin empuje ni brillantez, sin duda: medianos, neutros, trabajadores.

Vivo en una habitación, piensas, escogida por sus dos ventanas que dan a un jardín interior, por los árboles de ese jardín, por los pájaros de esos árboles, por el sol pá-

lido del cielo rectangular, por la estatua de mujer muti-
lada, con senos de piedra intactos, por la proximidad del
instituto Henri-IV, y más concretamente por la proximidad
de la farola de la calle Thouin que nos ayudaba, antaño,
a escalar el muro del instituto Henri-IV que no es solamente el centro donde he empezado este año, y abandonado al cabo de un trimestre, una clase de *hypokhâgne*,[1]
sino también un lugar inmolatorio, antaño, el de mi segundo corte umbilical: lugar oscuro, inmenso y vetusto, laberinto de patios, escaleras, pasillos, letrinas, dormitorios,
de vestuarios, de aulas, de salas de estudios; antro a la
entrada del cual, a contraluz, desfilaban las sombras del
saber, en el que ese saber nos era impartido en pequeñas
lonchas ácimas, carismáticas, de lecciones magistrales, aparentemente desarticuladas, dislocadas al azar de un horario
que recortaba en trozos el cuerpo místico, irradiante, de la
enseñanza secundaria napoleónica; asilo iniciático en donde
los internos, internados, éramos curados, mediante ampu-
tación y mutilación sangrientas, de los turbios males de
la adolescencia, de su violenta y solapada locura, en donde se nos preparaba mediante adiestramiento cultural a la
blanda y resignada locura de la edad adulta; H.-IV, hacha
para cortar el ombligo del limbo, las raíces de la lengua
materna, los colores del cielo infantil, los filamentos vegetales de los verbos y de las cifras, en aquella confusa época
de postguerra de mi infancia, época de entre dos guerras,
de entre todas las guerras. Vivo, pensabas, en esta habitación habitable, lugar de exilio cerrado en los desiertos
sin fin del exilio, en donde los árboles del jardín interior
vienen a posar la sombra móvil de sus hojas, su rumor de
papel arrugado.

Estás inmóvil, pensabas, en medio de la plaza de la
Contrescarpe, en el lugar mismo de la línea divisoria de
las aguas, en la cumbre de las pendientes que podrían
conducirte, por la blanda inercia de un caminar maquinal,
ensoñador, hacia actividades sorprendentes, si bien tú eres
incapaz de decidirte por una u otra cosa, de abandonarte
a una opción cualquiera, presa de *un cansancio derrengante
y central, una especie de cansancio aspirante*, pronuncian-
do entonces, en voz alta, so pena de espantar a los pájaros, o bien, al contrario, de atraer la atención de alguna
mujer de rostro liso, súbitamente vuelta hacia ti, descom-

1. Primer curso preparatorio para ingresar en la École Normal
Supérieure. (*N. del t.*)

puesta y posesiva ya, sus ojos febrilmente ávidos al oírte pronunciar en voz alta aquellas palabras de Artaud, que Artaud escribiera años antes, con el único designio, innominado, oscuro sin duda para sí mismo, de describir tu estado físico —el tuyo, únicamente el tuyo— las palabras de aquella *Descripción de un estado físico* que fueron, durante aquella primavera de 1942, la cantinela mágica y no desprovista de consecuencias de tu vida: *Los movimientos que hay que rehacer, una especie de cansancio mortal*, decías entonces en voz alta, para acabar con *aquel cansancio de comienzo del mundo, la sensación de tener que llevar su propio cuerpo, un sentimiento de increíble fragilidad, que se convierte en dolor desgarrador*, decías cada vez más fuerte, unido a *un vértigo fluctuante, una especie de deslumbramiento oblicuo que acompaña cualquier esfuerzo, una coagulación de calor que abarca toda la extensión del cráneo, o se va descomponiendo en fragmentos*, y recobrabas, al haber dicho estas palabras, al haberlas pronunciado con voz lo bastante clara y fuerte como para espantar a los pájaros de aquel lugar teatral, vacío, recobrabas las fuerzas para mover, ¡oh milagro!, un dedo primero, una mano, un brazo, el hombro derecho, los músculos tensos a lo largo de la columna vertebral, una pierna, y la otra, todo el cuerpo, en un movimiento comparable, pensabas, al de un nacimiento, o un retoñar vegetal, que difuminaba momentáneamente, sin duda por haberla nombrado, arrinconado, sufrido hasta el límite del sufrimiento, la angustia desnuda de hacía un rato *de los músculos torcidos y como a carne viva, la sensación de ser de vidrio y quebradizo, una zozobra, una retracción ante el movimiento y el ruido*, y dejabas que aquel movimiento incipiente se propagase, te arrancase de la inmovilidad maternal y tibia de hacía un instante, te dejabas llevar por él, con la certeza ofuscadora, aunque indolora ya, de que aquel estado físico se reproduciría, de que aquella especie de cansancio mortal sería la sal de tu vida.

Pero estoy en Buchenwald, dos años después.

Hoy, no es el recuerdo de un texto de Artaud, recitado en voz alta, lo que me ayuda a escapar del abismo de la angustia, precisamente porque la nombra, la describe, la coge en la trampa de las palabras; hoy ha sido el olor de las patatas asadas el que me ha sacado de una somnolencia plagada de pesadillas.

Había oído abrirse y cerrarse la puerta, ruido de utensilios manipulados. Había abierto un ojo, había divisado la alta silueta maciza de Meiners. Se afanaba junto a un infiernillo.

Salgo de mi somnolencia, con un sobresalto.

Meiners me da la espalda. Manipula el tostador en el que va a poner a asar las patatas.

En realidad, la habitación común en donde nos encontramos está prevista para eso. Hay una mesa larga, sillas, alacenas, algunos infiernillos eléctricos. Las alacenas están previstas para que guardemos en ellas nuestras provisiones de reserva. Cada uno de nosotros dispone de una taquilla a tal efecto. También yo dispongo de una taquilla a tal efecto, pero siempre está vacía. No tengo provisiones de reserva. ¿Cómo demonios voy a tener provisiones de reserva. Daniel tampoco tiene, por lo demás. Ni Lebrun, que no se llama Lebrun, en realidad. Es un camarada austríaco, judío, que fue detenido en Francia con el nombre de Lebrun y que logró mantener tal ficción ante la Gestapo. En cualquier caso, Lebrun, ya que de él hablamos, tampoco tiene provisiones de reserva. Ni Jean Blume, el compañero belga.

Son los alemanes, los checos y los polacos —los antiguos, en definitiva, los veteranos, los que estaban aquí cuando el campo no era aún un sana— quienes tienen provisiones de reserva. Montones de provisiones. Margarina, pan negro (y hasta blanco, y hasta pan brioche), patatas, latas de leche condensada, latas de carne, ¡y yo qué sé!

Cuando Daniel y yo vamos a la cantina, vamos a charlar, a soñar un rato mientras nos fumamos un pitillo. Pedimos que nos calienten un vaso de ese brebaje negruzco del que siempre hay un gran bidón disponible. Y bien sabemos que eso es ya un privilegio exorbitante en relación con la situación de los demás deportados. Un vaso de líquido negruzco, silencio, ningún SS a la vista, la posibilidad de descabezar un sueñecillo, un cigarrillo compartido: ¡si es el paraíso! Bien sabemos que es el paraíso. Si nos ocurre, además, tomar un bocado juntos, en la cantina del *Arbeit*, es, claro está, un bocado escatimado de nuestras raciones cotidianas. Cuando logramos aguantarnos el hambre, no engullir de golpe la ración de pan negro y de margarina que reparten a las cuatro y media, al despertar, con el café de la mañana, nos comemos el resto de pan con margarina durante la pausa de mediodía, en la cantina del *Arbeit*.

Por su parte, los alemanes, los checos, los polacos, comen durante la pausa de mediodía. Lo cierto es que comen a todas horas. Se asan patatas, se cortan gruesas rebanadas de pan que untan con gruesas capas de margarina. Comen salchichón, conservas de carne. Se ponen a cocer con todo esmero cremas dulces que preparan con huevos en polvo, leche descremada, harina. Se acomodan en la larga mesa, comen. Cada cual para sí. Comen cada uno en su rincón, solitarios. Nunca los hemos visto organizar una comida en común, montarse un banquete. Teniendo de todo, ni siquiera comparten entre ellos. La única ocasión en que asistí a una comida en común, fue por invitación de Willi Seifert. Comimos todos juntos, incluidos nosotros: francés, belga, español, judío austríaco. Era un estofado de perro. Pero no anticipemos, como dirían en un folletín. No anticipemos: Seifert nos invitará a un festín de estofado de perro un poco más tarde, la noche de aquel domingo de diciembre de 1944. Volveré a ello en su momento. No alteremos el orden cronológico.

En cualquier caso, los veteranos comen.

Sus compañeros murieron, desvanecidos en humo. También ellos hubieran podido morir. Han construido el campo, el crematorio, los cuarteles Tokenkopf, las primeras fábricas. Han trabajado expuestos al sol, a la nieve, a los golpes, hostigados por los perros y los SS. Han visto cómo sus compañeros caían derribados con una bala en la nuca por no lograr seguir el ritmo de la columna de transporte de piedras. Han visto a los SS arrojar riéndose la boina de un compañero más allá de la línea que estaba prohibido rebasar. Si el compañero no iba a buscar la boina, los SS lo abatían por infracción a los reglamentos vestimentarios que exigían que se llevase la boina; y si el compañero iba a buscar la boina, los SS lo abatían por haber rebasado la línea prohibida. Han sostenido con los capos presos comunes, que ostentan triángulos de identificación de color verde, una guerra solapada, sin cuartel, durante años, para sobrevivir en la jungla de los campos. Han visto a los kapos verdes hundir la cabeza de sus mejores compañeros en la fosa de las letrinas del Campo Pequeño, hasta quedar asfixiados. Han asesinado a los kapos verdes, durante la noche sorda y ciega, a navajazos, a golpes con barras de hierro. Su camino hacia el poder está sembrado de cadáveres, enemigos y amigos. Han resultado ser mejores administradores que los kapos verdes, han demostrado a los SS que el campo, con sus fábricas, sus kommandos exteriores diseminados por toda Alemania central, no podía funcionar sin ellos, y los SS han aceptado dejarles una parcela de poder, en interés del orden, del buen funcionamiento de la máquina de guerra nazi. Vienen del frío, de la muerte, del humo, de la locura. Ahora comen. Han conquistado ese derecho, a su juicio, ese privilegio de ex combatientes. Tienen su parte de poder, su parte en los chanchullos y trapicheos del campo. Se comen las migas que les proporcionan esos trapicheos y ese poder.

A veces, Daniel y yo los observamos cuando comen. Jamás ninguno de ellos ha compartido con nosotros el menor trozo de pan, la menor escudilla de sopa, la menor rodaja de salchichón. Incluso me pregunto si se dan cuenta de que únicamente tenemos la ración cotidiana para subsistir. A veces, durante el día, cuando la habitación común está vacía, abro las alacenas y echo una mirada a las provisiones de los veteranos. Contemplo las latas de conserva, las botellas de cerveza, los trozos de pan. Suele suceder que en algunas taquillas el pan se pudra. Miro las manchas verdosas en el pan blanco de los veteranos. Me entran deseos de matar a alguien. Arrebatos de odio.

Meiners se ha vuelto. Viene hacia la mesa en la que yo estoy acodado, con el asador en el que chisporrotean sus patatas asadas.

Meiners lleva el triángulo negro. Es un «asocial». Debieron de internarlo por algún asunto de tráfico ilegal. Pero seguro que no era un asunto cualquiera. Probablemente era un asunto gordo de mercado negro. Meiners no parece ni mucho menos un miserable. Tiene buena facha, parece un actor del cine alemán de los años 30, un actor de comedia musical de la UFA. Por lo que he comprendido, a Meiners lo metieron los SS en el *Arbeitsstatistik* para intentar contrarrestar la influencia decisiva de los comunistas alemanes. Pero pronto comprendió Meiners que no daba el peso, que le convenía mantenerse neutro en la solapada batalla entre los comunistas del *Arbeitsstatistik* y los SS del *Arbeitseinsatz*. Procuró que unos y otros le olvidaran y acabó relegado a un total olvido, ocupando un puesto completamente subalterno, preocupado exclusivamente por los problemas de su supervivencia personal. Por lo demás, el mejor hombre del mundo: cortés, de humor estable.

Meiners se ha sentado a la mesa. Ha colocado su cubierto sobre un pequeño mantel a cuadros. Tiene también una servilleta blanca. Se ha servido en el plato las patatas asadas. Ha abierto una lata de paté, una botella de cerveza. Se ha cortado gruesas rebanadas de pan blanco. Comienza a masticar lentamente, con la mirada perdida en el infinito.

Estoy en la otra punta de la larga mesa, lo miro fijamente.

¿En qué sueña Meiners, mientras mastica el pan, el paté, las patatas asadas? Pero, indudablemente, no soy imparcial. El odio que en este preciso momento me inspiran Meiners, su paté, sus patatas asadas, su pan untado con espesas capas de margarina, me impide seguramente ser objetivo. Sin duda tengo una irreprimible tendencia a imaginar los ensueños más estúpidos, más despreciables, en el cerebro de Meiners. Cuando, por qué no, quizá sueña cosas delicadas: una mujer a la que ama y que le espera, una melodía de Mozart, una página de Goethe.

Miro a Meiners, fascinado.

De repente, noto que se ha percatado de mi presencia y que esta presencia le incomoda. O, mejor dicho, que la fijeza de mi mirada le incomoda. Veo cómo asoma el malestar en su semblante, en todo su cuerpo, entrecortando sus gestos. Las miradas que me dirige, y que desvía al punto, están teñidas de una sorda interrogación, ligeramente inquieta. Da la impresión de que se está apresurando en comer. Engulle bocados dobles, no se limpia los labios después ni antes de cada sorbo de cerveza. Empieza a comer groseramente, glotonamente.

—¿Tienes para rato?

Me mira, desconcertado.

—¿Cómo? —pregunta.

—Te pregunto si tienes para rato —le digo.

Mira su plato, me mira.

—No. ¿Por qué? —me pregunta.

—¡Porque apesta lo que estás comiendo!

Me mira, estupefacto. Se inclina sobre el plato, olfatea. Insisto:

—¿No está podrido esa mierda de paté?

Alza la cabeza, disgustado. Esgrime el tenedor.

—¡Viene de la cantina de los SS! —me dice, como si fuera la prueba irrefutable de la excelencia del paté.

—Huele a mierda ese paté —le digo—. ¿Con qué hacen

el paté los SS? ¿Con la mierda de las letrinas del Campo Pequeño? ¿Con los cadáveres de los judíos que nos llegan de Polonia estos últimos tiempos?

De asco, se le escapa un hipo, se lleva la servilleta blanca a los labios.

—¡Pero si es un paté excelente!

Grita casi.

—Apesta tu paté —le digo—. ¡Ni por todo el oro del mundo se me ocurriría probarlo! Vas a pillar cagaleras, está clarísimo.

Sus ojos no cesan de girar en sus órbitas.

Empieza a dudar de su paté, lo husmea de nuevo.

—¿No hueles nada? —le digo—. A mí se me revuelven las tripas. He tenido que hacer un verdadero esfuerzo para soportar este espectáculo.

Sujeta en la mano la lata de paté.

—Anda, venga, tira eso —le digo—. ¡Que tampoco estamos aquí en el cagadero, digo yo!

Su mano se agita con un temblor convulsivo.

—Además —le digo—, olvidas que es domingo. Seguro que tienes un pase para el burdel, esta tarde. ¡No veas tú el papelito como te cojan ganas de cagar mientras te estés follando a la puta!

Me mira, con los ojos desorbitados. La perspectiva que acabo de evocar parece desagradarle soberanamente.

Me da la impresión de que va a gritar.

Pero se abre la puerta de la cantina y aparece Daniel.

De haber sido alemán, estoy convencido de que Meiners le hubiera puesto por testigo de mi agresividad. Meiners es muy estricto en cuestiones de protocolo. Extrema hasta sus últimos límites el respeto por las jerarquías sociales y nacionales de nuestro universo. Es una faceta que debe de haberle quedado de una buena educación burguesa. Para él, lo primero son los alemanes. Y aún, hay que matizar. Cuando dice alemanes, se refiere a los alemanes del Reich, a los *Reichsdeutsche*. A los demás alemanes, los de las minorías alemanas en los países vecinos del Reich, los alemanes de los Sudetes, de Silesia, de los países bálticos, por ejemplo, en una palabra, los *Volksdeutsche*, los tiene en menor estima. La administración SS también, como es obvio. Únicamente los *Reichsdeutsche*, por ejemplo, tienen derecho a pases para el burdel. El burdel es una institución reservada a los alemanes del Reich. Ni los extranjeros, ni siquiera los *Volksdeutsche* tienen derecho a pases para el burdel. No se puede echar un polvo, oficialmente, cuando no se es alemán del Reich.

Así que, de haber sido un alemán quien hubiese aparecido en la puerta, en aquel preciso momento, Meiners lo hubiese puesto con toda seguridad por testigo de mi desagradable agresividad. Pero es un francés. Y judío, por añadidura. Es superior a sus fuerzas. Meiners se levanta, guarda sus cosas, y sale precipitadamente.

—¿Qué le pasa a ése? —pregunta Daniel.

—Que te ha visto y ha escapado —le digo hipócritamente—. ¡No le gustarán los judíos!

Daniel se ríe.

—¿Cómo le van a gustar los judíos? ¿Tú conoces a alguien a quien le gusten los judíos? ¿A Fritz le gustan los judíos? Y eso que es un comunista de siempre. ¿Y tú, estás seguro de que te gustan los judíos?

—Vete a la mierda —le digo sin alzar la voz.

Pero no quiere desviarse del tema.

—¿A mí mismo —dice—, crees que me gustan los judíos cada día?

Lo miro, sé lo que piensa. Él me mira, sabe que yo sé lo que piensa.

Pensamos lo mismo, en silencio.

Eran varios centenares, estaban en la explanada que se extiende detrás de la barraca del *Arbeitsstatistik*. Se apiñaban los unos contra los otros. Quizá por costumbre, quizá para no caer. Llevaban semanas apiñados los unos contra los otros, en los vagones de los trenes que los traían de los campos de Polonia.

Se apiñaban unos contra otros bajo la lluvia de nieve, en la bruma glacial de aquel día. Ni un ruido se alzaba de aquella masa tambaleante. Ni un solo ruido humano, en todo caso. Ni una voz, ni un murmullo, ni tan sólo un susurro angustiado. Estaban paralizados en el silencio, bajo la lluvia de nieve, la solapada humedad de aquel día. Únicamente se dejaba oír a ratos un ruido de rebaño. El ruido de sus zuecos de madera golpeando las piedras del suelo empapado, fangoso. El ruido del rebaño amajadado al golpear con las pezuñas los adoquines de alguna plaza de mercado, de feria de ganado. Era el único ruido que se oía.

Viéndolos así, apiñados bajo la lluvia fina y persistente, podía uno imaginarse su infinita paciencia, la resignada espera de las catástrofes que la vida les había enseñado ferozmente. Era lo único que quedaba de ellos, aquella paciencia infinita, aquella resignación en la que ya nada podría hacer mella. Su fuerza vital no era ya sino aquella debilidad mortal de rebaño amajadado. No habían hecho preguntas, no habían preguntado por qué los habían congregado allí, lo que iban a hacer con ellos. Los habían reunido hacía un rato delante de su barracón del campo de cuarentena, a todos los que eran aún capaces de caminar, de poner un pie delante del otro, los habían llevado allí. Habían puesto un pie delante del otro, penosamente, como si cada vez que ponían un pie delante del otro fuese la última vez que pudieran hacerlo. Estaban allí, no hacían preguntas, ni siquiera murmuraban entre ellos, aguardaban. Los habían colocado en filas, manipulado, como se colocan en fila o se manipulan sacos de cemento, troncos de árbol, piedras. Un centenar por hilera, por seis hileras de profundidad. Eran seiscientos apiñados unos contra otros, aguardando.

Podían ver la fachada posterior del barracón del *Arbeit*, del que ignoraban que fuese el barracón del Arbeit. Veían un barracón, simplemente. A través de los vidrios de las ventanas de aquel barracón, podían ver mesas, ficheros, una estufa que debía de estar encendida, porque veían a tipos en mangas de camisa circulando allí dentro, bien calientes, bien secos. Nosotros, bien secos, bien calientes. No les extrañaba nada, desde luego. Siempre había habido tipos bien calientes, bien secos, mientras ellos estaban fuera removiendo la tierra, o la nieve, o el barro, o los cadáveres de sus compañeros.

De haber vuelto la cabeza, hubieran visto el crematorio, su chimenea maciza, el humo que a ratos era barrido por el viento áspero y glacial. Pero no volvían la cabeza, estaban acostumbrados. Aguardaban, simplemente, con aquel ruido intermitente de rebaño en un recinto, en una plaza de feria, que hacían sus zuecos de madera al golpear las piedras cortantes de la explanada empapada por la nieve y las lluvias del invierno.

Daniel y yo habíamos mirado, sin decir nada.

Llegaban por trenes enteros de Polonia, aquellas últimas semanas. La ofensiva de Rokossovsky se había detenido en seco en las puertas de Varsovia, en septiembre, permitiendo a los alemanes aplastar la insurrección de Bor-Komorowski. El frente de Polonia no se movía, por el instante. La presión soviética se concentraba en Hungría, en torno a Budapest.

No obstante, al igual que la luz de una estrella muerta nos sigue llegando a través de los espacios, las galaxias, los años luz, las migraciones de los campos de Polonia provocadas por la ofensiva de Rokossovsky, en el transcurso del verano y del otoño, continuaban propagando sus efectos hasta nosotros. Como la luz de las estrellas muertas, trenes enteros de deportados de los campos de Polonia habían deambulado a través de Europa durante semanas. A veces, al no quedar supervivientes que transportar, los trenes eran abandonados en vías muertas, o a campo raso. A veces, los trenes llegaban hasta la estación especial de Buchenwald, en medio del bosque del Ettersberg. La columna de supervivientes trastabilleaba por la avenida de las águilas imperiales, hacia la entrada del campo.

Daniel y yo mirábamos a los supervivientes de los supervivientes, sin decir nada.

Los hacían entrar por grupos de quince en el anejo que había sido construido unos meses antes, en la parte trasera del barracón del Arbeit. Eran los dominios de Fritz, el viejo comunista chocho, patriotero y mala sombra. Allí reunía cada noche, después de pasar lista, a los prisioneros que figuraban como ausentes en los distintos kommandos o como exentos de trabajo por motivos de salud, al objeto de comprobar si estaba todo conforme, si tenían los certificados de *Schonung* extendidos por los médicos del hospital del campo. Desempeñaba su cometido seriamente, Fritz, el viejo cabrón. Acosaba a los prisioneros en situación irregular, a los que trataban de escaquearse. Dentro de la complejidad de la vida y de la organización del trabajo en Buchenwald, siempre existía, para los más astutos, los más valientes —o los más desesperados— la posibilidad de escaquearse, de tomarse de cuando en cuando algún día de descanso ilegal. Ilegal en relación con las normas establecidas por los SS, por supuesto. Pero aquellas normas Fritz las había hecho suyas. Encarnaba, con la buena conciencia tranquila de los burócratas, el respeto puntilloso por el orden establecido, el respeto por el trabajo como tal. Una verdadera mierda, aquel tipo, que se atrevía a darnos lecciones, para colmo, él, viejo comunista, viejo proletario, perro viejo, viejo cabrón. Daniel era su ayudante, en aquel trabajo de comprobación, y las agarradas entre ellos eran inevitables, casi diarias. Porque Daniel hacía exactamente lo contrario que Fritz. Reunía a los prisioneros exentos de trabajo, o que constaban como ausentes de sus kommandos, y si descubría que estaban en situación irregular, se las arreglaba más bien para cubrirlos, trucando en la medida de lo posible las fichas y las hojas del parte. Aquello provocaba agarradas entre ellos, a veces violentas.

Aquel día, Seifert nos había designado a Daniel y a mí, y a Fritz precisamente, y a otro compañero alemán, Georg Glucker, para seleccionar a los seiscientos supervivientes de los campos de Polonia. Se trataba sencillamente de averiguar quiénes de ellos eran obreros cualificados, *Facharbeiter*. En principio, según las directivas del mando SS, los supervivientes de los campos de Polonia eran inmediatamente enviados a kommandos exteriores, a veces sólo cuatro o cinco días después de su llegada a Buchenwald. Era evidente que los responsables SS de Buchenwald no querían judíos en su campo.

Por el contrario, para tratar de salvar al menos a una parte de aquellos supervivientes judíos conservándolos en el campo —en donde las condiciones de vida, o de supervivencia, o incluso de muerte, eran mejores que en los campos exteriores a los cuales eran enviados habitualmente—, la organización clandestina internacional había decidido elaborar una lista de obreros cualificados que luego se reclamarían como necesarios para la actividad productiva de Buchenwald. El mando SS era sensible al argumento de la productividad: había aceptado ya que algunos prisioneros evacuados de los campos de Polonia se quedasen en Buchenwald como obreros cualificados.

Estábamos sentados detrás de la larga mesa, en el anejo donde reinaba Fritz. Estábamos allí el viejo gilipollas de Fritz, precisamente, Daniel y yo. Y Georg Glucker, también. Glucker era uno de los más locos, entre los viejos comunistas alemanes que habían enloquecido en Buchenwald. Sufría arrebatos de cólera demente, aparentemente imprevisibles. Aquellos últimos días, al acercarse la Navidad, el objeto de sus iras eran los compañeros checos que traían a escondidas del bosque ramas de abeto para hacer simulacros de árboles de Navidad, con los que adornaban sus habitaciones. Glucker los insultaba, echando espumarajos, llamándolos *Christenbaumsozialisten*, o sea socialistas con árbol de Cristo, o con árbol de Navidad, insulto que se le antojaba definitivo a Glucker, y del que estaba orgullosísimo, como si a los compañeros checos pudiese impresionarles que los llamase socialistas pasados por agua de Navidad aquel Glucker que todos sabíamos que estaba loco.

Estábamos sentados detrás de la larga mesa e íbamos a hacer pasar al primer grupo de quince supervivientes de los campos de Polonia.

Se abrió la puerta del anejo, los quince primeros supervivientes —cadáveres vivientes— entraron. Entró con ellos el frío glacial de diciembre y el cabrón de Fritz empezó a gritar:

—¡Mierda, que cierren la puerta, rápido, esos mierdas!

—*Türe zu, Scheisse, Schnell, Scheisskerle!*

Los mierdas cerraron la puerta.

Entonces, en medio del tumulto, del ruido de los zuecos de madera en el suelo del anejo, los quince supervivientes de los campos de Polonia se pusieron en fila delante de nosotros, esforzándose en cuadrarse, en taconear, e hicieron, todos juntos, con el mismo gesto brusco, el saludo hitleriano.

Luego reinó un silencio.

Yo no me atrevía a mirar a Daniel ni Daniel a mirarme a mí. Mirábamos a los quince supervivientes de los campos de Polonia haciendo el saludo hitleriano.

Yo miraba a los supervivientes de los campos de Polonia, tiesos en su esfuerzo por cuadrarse maquinalmente, paralizados en la irrisoria rigidez de un cuadrarse que parecía no acabar nunca. Paralizados, con los tacones pegados, de pie como cadáveres en la sombra de los vagones, de las cámaras de gas, temblando por el esfuerzo sobrehumano que les hacía estirar el brazo para hacer el saludo nazi.

Estaban allí, delante de nosotros, los quince supervivientes de los campos polacos, como fantasmas, en el vaho que el calor de la estufa hacía brotar de sus ropas empapadas por la lluvia, derechos como postes agarrotados en aquel último esfuerzo por hacernos el saludo hitleriano.

Entonces, rompió el silencio el cabrón de Fritz:

—*Aber Juden, nur Juden, das sind sie nur!*

Judíos, sólo judíos, eso es lo que son, decía Fritz. Y se echó a reír con aquella risa suya que parecía un relincho de caballo.

Los judíos de los campos de Polonia, inmóviles, con los brazos aún estirados, no habían reaccionado. Los habían llamado judíos, no era nada nuevo. Estaban acostumbrados. Permanecían inmóviles, esperando que les dieran alguna orden, que les dijeran lo que tenían que hacer.

Ya lanzado, Fritz había empezado a insultarlos. Y fue entonces cuando intervino Georg Glucker.

Se incorporó, con el rostro lívido, temblándole las manos. Hizo callar a Fritz con ásperas palabras. Luego, recalcando las sílabas, esforzándose en aparentar serenidad, les explicó a los judíos llegados de Polonia que se equivocaban, que no estaban tratando con SS o con servidores de los SS, que éramos prisioneros como ellos, que sencillamente habíamos tenido más suerte que ellos, porque no éramos judíos, precisamente, aunque sí éramos comunistas y los comunistas eran acérrimos adversarios del antisemitismo —y al decir esto se volvió hacia Fritz— y estaba de pie, Georg Glucker, con el rostro lívido, las manos temblorosas, se esforzaba en hablar con serenidad, recalcando las palabras, las sílabas, pedagógico, como sin duda les hablaría, quince años antes, a los obreros de Essen o de Wuppertal, porque era renano, Glucker, de pie, hablándoles a los judíos llegados de Polonia, y yo miraba el rostro de Glucker, lívido, veía sus ojos locos, de un azul transparente, donde relucía implacablemente toda la locura de aquellos años contra la que sus palabras intentaban interponer la barrera de las certidumbres de antaño, y Glucker acabó de hablar, de pie, frente a los quince fantasmas de judíos llegados de los campos de Polonia que nos hacían el saludo hitleriano.

Éstos empezaban a bajar los brazos, a relajarse. Se miraban entre sí, cuchicheaban, intentando comprender aquella situación totalmente nueva. Por fin, fueron desfilando delante de nosotros. Confeccionamos las listas de aquellos de ellos que trataríamos que se quedasen en el campo como trabajadores cualificados.

Yo no había mirado una sola vez a Daniel, que estaba a mi lado, a mi derecha. Él tampoco me había mirado. Sólo oía su respiración precipitada.

Los dos primeros judíos de los campos de Polonia cuyas fichas tuve que hacer eran polacos. No los anoté en la lista de obreros cualificados. Primero porque ambos eran peleteros. Luego, porque no tenían ninguna posibilidad de salir con vida, aunque se quedasen en el campo. Aguantaban de pie por puro milagro, por un último esfuerzo obstinado, desesperado, de sus cuerpos agotados, de sus mentes vacilantes. La viscosa sombra de la muerte asomaba ya en sus ojos desorbitados.

El tercero que se presentó delante de mí era polaco. Era mucho más joven que los otros dos. O mejor dicho, si se le observaba bien, con mucha imaginación, podía deducirse que era un hombre joven. Un hombre que tendría cinco o seis años más que yo: o sea, veinticinco o veintiséis años. No era aún indiferente a todo lo que le rodeaba, quería saber cuál era su situación. Me hizo algunas preguntas rápidas, en alemán. Le repetí lo que le había dicho Glucker hacía un rato. Movía la cabeza, trataba de asimilar aquella realidad nueva. Trataba de comprender que era posible que estuviésemos allí, bien calentitos, bien secos, en mangas de camisa, como caíds, sin ser celosos servidores de los SS.

Luego, le hice a mi vez algunas preguntas.

Le pregunté por qué habían hecho el saludo hitleriano. Pero no comprendía la pregunta, le parecía absurda. Pues porque sí. Era la costumbre, era la regla, y nada más. Se encogía de hombros, mi pregunta le parecía absurda. Y además lo era.

Así que, cambiando de tema, le pregunté de dónde venían. Me dijo que llevaban viajando meses, con breves paradas en toda suerte de lugares. Hacía tiempo que habían marchado de Polonia. Estaban en un campo pequeño, cerca de Czestochowa, un día oyeron el estampido de los cañones, el ruido de la guerra que se acercaba. Y, una mañana, al amanecer, los alemanes se marcharon. Estaban solos, ya no había alemanes que los vigilaran. Ni centinelas en las torres de observación. Era extraño, una trampa, seguramente. Entonces se reunieron, dirigidos por los veteranos, abandonaron el campo del que habían marchado los alemanes, caminaron hasta la ciudad más próxima, en filas apretadas, en orden, nadie abandonó la columna. En la ciudad, había una estación de ferrocarril, convoyes alemanes que escapaban hacia el oeste. Se presentaron a los alemanes, dijeron: aquí estamos, nos han olvidado. Hubo que discutir, los alemanes no querían saber nada de ellos. Pero, al final, los alemanes los metieron en un tren. Partieron a su vez hacia el oeste.

—Pero, ¿por qué? —pregunto yo, desconcertado.

Me mira como si yo fuera lelo. Me explica.

—¿Los alemanes se marchaban, no? —me dice.

—¿Y qué?

Menea la cabeza. La verdad es que no comprendo nada. Me explica, pacientemente:

—Si los alemanes se marchaban, es que llegaban los rusos, ¿no?

La cosa me parece irrefutable. Muevo la cabeza en señal de asentimiento.

—Sí —le digo—, ¿y qué?

Se inclina hacia mí, irritado, en un brusco rapto de cólera. Casi grita.

—Los rusos —me grita—, ¿es que no sabe usted que los rusos detestan a los judíos?

Lo miro.

Se aparta, espera que ahora yo haya comprendido. Creo haber comprendido, en efecto. Con voz ahogada, le pregunto cuál es su profesión.

—Oficial peletero —me dice.

Lo miro, miro su número. Lo anoto como *Facharbeiter*, obrero cualificado. Lo anoto como montador electricista, es la primera calificación profesional que me pasa por la cabeza.

Nunca olvidarás a los judíos de Czestochowa.

Envejecerás, el velo negro de la amnesia regresiva, quizá de la imbecilidad, se extenderá por una parte de tu paisaje interior. No sabrás ya nada de la violenta suavidad de las manos, de las bocas, de los párpados de las mujeres. Habrás perdido el hilo de Ariadna de tu propio laberinto, errarás por él cegado por la deslumbrante luz muy próxima a la muerte. Mirarás a Th., el hijo que has querido a más que nadie en el mundo, y quizá no tengas ya nada que decirle al hombre en que se habrá convertido, que te observará con una mezcla de ternura teñida de lástima y de impaciencia contenida.

No tardarás en morir, muchacho.

No te desvanecerás en humo, ligera nube sobre la colina del Ettersberg, flotando alrededor para decirles un último adiós a los compañeros antes de ser dispersado por el viento en la llanura de Turingia. Pronto te pudrirás bajo tierra, en algún lugar, en cualquier lugar: todas las tierras son buenas para pudrirse en ellas.

Pero nunca los olvidarás. Recordarás hasta en tu último minuto a los judíos de Czestochowa, de pie, paralizados, haciendo un esfuerzo sobrehumano para alargar el brazo para hacer el saludo hitleriano. Pasando a ser realmente judíos, es decir, todo lo contrario, pasando a ser la verdadera negación del judío, ofreciendo la imagen que cierta historia ha dado de los judíos. Una historia abiertamente antisemita que no soporta a los judíos sino miserables y sumisos, para poder despreciarlos al tiempo que los extermina. U otra historia, más solapada, que ignora a veces que es antisemita, que finge incluso no serlo, pero que no soporta a los judíos sino oprimidos, víctimas, para poder compadecerlos, y lamentar si llega el caso su exterminio.

Has vuelto a recordar a los judíos de Czestochowa hoy, 1.º de mayo de 1979.

Estabas sentado en tu mesa de trabajo, sumido en el malestar de enfrentarte con un texto inacabado. Hacía ya varias semanas que habías sacado el manuscrito para darle el último toque, pensabas para ti. Pero no era la primera vez que pretendías darle el último toque, sin conseguirlo. Quizá lo único que ocurría era que no querías darle el último toque. Quizá ocurría pura y simplemente que aquel manuscrito inacabado, tantas veces revisto, reescrito, olvidado, redescubierto, en el transcurso de los años, y que parecías incapaz de dominar, era pura y simplemente tu vida. ¡Y claro, no ibas a poner punto final a tu vida! No ibas a poner punto final a tu memoria de los campos, era imposible, por supuesto. Quizá no conseguías terminar aquel relato porque era, por definición, interminable, porque la palabra «fin», aunque lograras algún día escribirla, sólo sancionaría irrisoriamente la interrupción provisional de un texto —de una memoria— que reemprendería al punto su labor, abierta o subterránea, explícita o solapada.

Comoquiera que fuese, estabas sentado en tu mesa de trabajo, sumido en la vaga desazón solitaria que te producía un texto del que no lograbas volver a coger el hilo, captar el sentido, la necesidad, cuando tuviste la impresión de que afuera había cambiado la luz. Alzaste la vista, miraste afuera, viste los árboles de la plaza, frente a tu ventana, que la primavera había cubierto de brotes verdes, y la luz, en efecto, había cambiado. Instantes antes, era una luz de primavera, transparente y profunda. Pero acababa de cambiar, bruscamente, se había tornado gris, se había hecho más densa, aunque se insinuaba en su trasfondo una irisación tornasolada.

Aquel 1.º de mayo de 1979, una súbita borrasca de nieve remolineaba ante tu mirada, en París, sobre los árboles de la plazuela, en el bulevar Saint-Germain.

Entonces comprendiste, palpitándote el corazón, que aquella nieve no era sólo un recuerdo, que era también un presagio.

Treinta y cuatro años atrás, el 1.º de mayo de 1945, acababas de llegar a París. Tienes grabado el recuerdo de una tormenta de nieve que cayó sobre el desfile del 1.º de mayo. Los copos blanqueaban los hombros y los cabellos de los manifestantes. Caían sobre las banderas rojas del 1.º de mayo. Como si aquella última y efímera nieve —la última nieve de aquel invierno, de aquella guerra, de aquel pasado— hubiese caído súbitamente para resaltar el final de aquel pasado, de aquella guerra, de aquel invierno. Como si toda la nieve que había cubierto durante tanto tiempo las hayas del bosque, en torno a Buchenwald, acabara de fundirse, sacudida por una borrasca de primavera que hacía temblar las banderas rojas, que las hacía ondear, súbitamente cubiertas de crespones que no eran de luto, que eran brillantes crespones de esperanza.

Pero la nieve de hoy, del 1.º de mayo de 1979, no era solamente un recuerdo. Era también un presagio. Horas más tarde, una voz amiga te informaba al teléfono de que Edouard Kouznetsov acababa de ser liberado del Gulag de Bréjnev. Acababa de llegar a Nueva York y tenía, al parecer, la intención de trasladarse a Israel lo antes posible.

Entonces te acordaste de los judíos de Czestochowa.

Unos meses antes, a fines de enero de 1979, habías participado en una reunión organizada por el Comité internacional por la liberación de Edouard Kouznetsov. A todas las razones políticas y públicas de hallarte allí, junto a mujeres y hombres que luchaban por la liberación de Kouznetsov, razones tan evidentes que resulta inútil recordarlas aquí, se añadían algunas razones íntimas. La primera, sin duda, era que a Kouznetsov, no le venía impuesta su condición de judío, sino que la había escogido. Había escogido aquella filiación, aun transgrediendo los términos estrictos de la ley judaica que establece la exclusividad de la ascendencia materna, visceral, carnal, y quizá transgredía los términos de la Ley porque aquella filiación que había querido era ideal, incluso simbólica, porque era una elección y, por consiguiente, debía ejercerse contra todas las leyes.

Pero por su voluntad de ser judío, Edouard Kouznetsov se situaba en las antípodas de los judíos de Czestochowa. Nada le venía impuesto, no aceptaba nada, no se sometía a nada: era judío, libremente, irrevocablemente. Era judío a despecho de todo: a despecho de sí mismo, a despecho de una parte importante de sí mismo, al menos.

Había además otras razones íntimas para que te interesases por Edouard Kouznetsov.

Hacía poco tiempo, habías tenido ocasión de leer una carta escrita por Kouznetsov en el campo especial en el que purgaba su pena y publicada en un semanario parisino. Y te habías quedado pasmado al leer estas líneas:

«Lo vivido encubre lo imaginado. El sueño se introduce en el sueño. La memoria desorientada se rasca el cogote tartamudeando. Y ello no obedece tan sólo al tiempo pasado: todo lo que existe más allá de las torres de observación pertenece a otro planeta... Pero me sorprendo a veces en el flagrante delito de realizar tentativas sutilmente esquizofrénicas para despejar una horrible duda que se me antoja una iluminación: el campo y todo lo que de él procede son la única realidad, el resto sólo tiene el valor de un espejismo, un espejismo debido a la acción alucinatoria del rancho aguado. O se me ocurre de repente que la famosa víspera del Año Nuevo de 1971 en que me llevaron a torturarme, fui realmente fusilado. Pero agujereado por las balas cual colador en el mundo real, continúo funcionando mecánicamente en una dimensión ilusoria, fruto de mis angustiadas súplicas en el momento de la descarga.»

Así que, al parecer, no habías sido el único en tener aquel sueño, en soñar que vivías en sueños, que eras el sueño de un muerto de antaño. Aquellas líneas de Kouznetsov, escritas un cuarto de siglo después de que abandonases el campo de Buchenwald, enunciaban palabra por palabra sentimientos que te eran personales, que te pertenecían. Aquellas líneas desvelaban, con la pizca de ironía necesaria para compensar lo extraño de aquella sensación, las *tentativas sutilmente esquizofrénicas* que alguna vez habías sorprendido en ti y en las que incluso habías llegado a complacerte. Parecía, pues, que tu caso no era desesperado, ya que no era único. Una enfermedad del alma que únicamente te hubiera afectado a ti habría sido sin duda incurable: no existe terapéutica de la extrema singularidad, del caso único. La ciencia no se interesa por ella. De modo que si tu caso no era único, si Kouznetsov había experimentado realmente —y el fragmento de su carta que acabas de citar lo atestigua sin ninguna duda— los mismos síntomas que tú, al menos hubierais podido hablar de ello un día juntos.

253

A condición, claro está, de que recobrase la libertad.

Estabas, pues, en la tribuna de una sala de reuniones, en el Centro cultural judío del bulevar de Port-Royal, el 29 de enero de 1979. Escuchabas a Jean-Pierre Vernant, que acababa de tomar la palabra después de André Siniavski. Lo escuchabas atentamente porque Vernant, cualesquiera que fuesen las diferencias biográficas entre vosotros, procedía del mismo pasado que tú, del mismo horizonte cultural del comunismo. Y lo escuchabas con especial atención porque acababas de leer o de releer, unas semanas antes, la mayoría de sus trabajos sobre los mitos y el pensamiento griegos. Pero es que, unas semanas antes, te habías interesado muchísimo por Perséfone, por el relato mítico y turbador, pletórico de significaciones, de su estancia en el infierno.

Pero Jean-Pierre Vernant hablaba de otro viaje al infierno aquel día de enero. Lo oías hablar de la condición judía en la URSS. Vernant decía más o menos que el estatuto nacional del judío en la URSS «consiste en despojarte de cuanto la noción misma de nacionalidad puede tener de positivo: eres judío, luego no eres ruso, luego no eres ucraniano y no gozas de los derechos de éstos, pero al mismo tiempo, se te niegan, por ser judío, los derechos positivos que forman parte de la nacionalidad. No posees una cultura autónoma. Tu lengua no es reconocida. Tu religión no puede expresarse, y en ese sentido, de alguna manera, no eres ni ruso ni ninguna otra cosa. No eres "nada", o más exactamente, la única forma que tienes de llegar a ser algo es creándote una patria, o sea siendo sionista. Y hasta tal punto es así que para muchísima gente ser judío y ser sionista es una misma cosa».

Escuchabas aquellas palabras de Jean-Pierre Vernant, pensabas que tenía razón, mil veces razón, que el sionismo es, en efecto, una de las maneras —la principal, sin duda, en las épocas de desamparo masivo, de persecución planetaria, de genocidio— de afirmar la identidad judía, de proyectarla en el porvenir, de arraigarla en la sangre del futuro, que no es el de la Tierra prometida, por supuesto, que es sencillamente el de una tierra, de una madre patria —o, en el caso de Kouznetsov, que había escogido voluntariamente otra filiación judía, de una padre matria— de una tierra lar, en cualquier caso. Y eso, ese papel inmenso, el sionismo lo ha jugado y lo juega aunque lleve en sí mismo su contradicción, el germen de su destrucción ideal, puesto que conduce al pueblo judío a convertirse en un pueblo como los demás, en un Estado como los demás. Estado, sin duda, absolutamente necesario en el plano histórico, que debe ser defendido terminantemente de cualquier agresión, uno de los escasos lugares del mundo en que no es aceptable ningún compromiso, ya que la existencia de Israel es la piedra de toque de la inhumanidad o de la humanidad de la especie, y asimismo la condición, por mucha que sea la polvorienta oscuridad que se haga ahora sobre ese aspecto de la cuestión, de la posible emergencia de una Palestina árabe que sea más que una baza petrolera, que un territorio estratégico, que una moneda de cambio entre grandes potencias, que sea, pues, una patria palestina, una tierra lar para los árabes palestinos, el sionismo significativamente invertido, vuelto del revés. Pero esto, que es cierto en el plano histórico, esa necesidad para los judíos de un Estado como los demás, constituye simultáneamente un mortífero peligro para ellos, en el plano metafísico. Porque el pueblo judío, piensas, se ve atrapado en esa contradicción que constituye su esencia y su grandeza, que lo convierte, si no en un pueblo elegido, lo que resulta impensable, sí al menos en el pueblo que ha leído: el pueblo del Libro, contradicción que se expresa en su inalienable derecho a ser un pueblo como los demás, con una tierra y un Estado como los demás —aun si tal derecho, sopesas cuidadosamente tus palabras, aun si tal derecho, convertido en realidad concreta, ha perjudicado gravemente los derechos árabes latentes, adormecidos, despertados por el mismo derecho sionista, pero indiscutibles no obstante, sobre la tierra de Palestina, que no era, como así lo soñaban los Padres fundadores, una *tierra sin pueblo para un pueblo sin tierra*, que era una tierra poblada—, derecho inalienable cuyo reverso es la imposibilidad metafísica de no ser más que un pueblo como los demás, la necesidad metafísica de ser el pueblo de Pierre Goldman y no sólo el de Menahem Beguin. Necesidad que se expresa en la imposibilidad, no sólo material, sino también espiritual, en que se halla el Estado de Israel, de absorber a todo el pueblo judío, de reabsorber la Diáspora, ya que ésta da fe de la identidad nacionalista judía tanto como el mismo Estado judío.

Pero oías a Jean-Pierre Vernant y pensabas, bruscamente, en los judíos de Czestochowa. Pensabas en aquel judío polaco que sólo te llevaba cinco o seis años, pero que parecía un anciano, y a quien habías incluido en la lista de los *Facharbeiter*, los obreros cualificados. ¿Sobreviviría a Buchenwald? Te pusiste a desearlo desesperadamente. Quizá lo habías salvado, al incluirlo en la lista de obreros cualificados, te pusiste a desearlo desesperadamente. Quizá había seguido, tras la derrota hitleriana, una de las ramificaciones judías que conducían a los voluntarios judíos de los campos de refugiados diseminados a través de Europa hacia la Palestina bajo mandato británico. Quizá había combatido en las filas de la Haganah. Quizá había recobrado su estatuto de judío, su dimensión de judío, en las filas de la Haganah. Quizá se hallaba entre los cientos de voluntarios judíos desembarcados unos días antes en un barco clandestino, a quienes la Haganah había lanzado al asalto de la posición fortificada de la Legión árabe de Glubb Pacha, en torno a Latroun, al monasterio trapista de Nuestra Señora de Latroun, que no era el nombre propiamente dicho, sino la deformación de una palabra latina, pues había habido en la colina donde se yergue la Trapa una fortaleza levantada por los templarios, conocida a finales del siglo XII con el nombre de Castel du Bon Larron (*Castellum Boni Latronis*). Y habías visitado la Trapa de Latroun, en otoño de 1972, habías contemplado desde lo alto de la colina, entre las ruinas de la fortaleza cristiana donde había instalado la Legión árabe piezas de artillería, aquella llanura bíblica donde se habían concentrado por la noche los voluntarios judíos de la Haganah. Y quizá estaba entre ellos aquel judío polaco llegado de un campo de Czestochowa, quien se indignaba porque no parecías comprender que hubiese huido de la llegada de las tropas rusas, en cuya mirada de veinticinco años asomaban veinte siglos de muerte y de resignación, pero que quizá había recobrado una mirada combativa y humana para los veinte, ¿qué dices?, para todos los siglos venideros hasta el fin de los siglos. Quizá el judío que habías salvado en Buchenwald se repetía a media voz, como lo hacían al mismo tiempo cientos de judíos a su alrededor, las pocas palabras hebreas que acababa de aprender, palabras de voces de mando que tenía que saber a toda costa para comprender las órdenes de sus jefes, y susurraba aquellas palabras para no olvidarlas, de ellas podía depender su vida, y hasta la victoria de los suyos, y se sentía oscuramente emocionado, sin duda, al pronunciar aquellas primeras palabras hebreas que había aprendido aquel día, y que no hablaban de obediencia ni de resignación, que eran palabras para combatir, palabras para matar: ¡Adelante! ¡Fuego! ¡Desplegaos! ¡Al ataque! ¡Fuego a discreción! ¡Armen armas! ¡En marcha!, palabras siniestras y cortantes, palabras lacerantes y violentas, palabras innobles que expresaban aquella noche, en la llanura bíblica que se extiende frente a Latroun, la dignidad reconquistada, la identidad posible, la tierra patria, la tierra matria, el país de la leche y de la miel del Libro, al fin recobrado. Y el susurro multiplicado de todas aquellas voces de mando hebreas sonaba en la noche como un coro trágico y misterioso, llegando a los oídos de los centinelas de la Legión árabe, que no comprendían nada, o que comprendían quizá que algo extraño y grande, algo enorme empezaba a moverse en el mundo, como se mueve un cuerpo vivo en las entrañas de la madre: el cuerpo vivo de un judío perseguido, oprimido, humillado, que aparentemente había renunciado a su esencia, pero que la había recobrado, renaciendo por sí solo, en la noche bíblica y terrorífica en que los supervivientes de Oswiecim y de Birkenau, de Buchenwald y de Dachau, iban a subir al asalto del cielo, de aquella inmensidad celeste poblada de estrellas sobre la tierra de Judea, iban a infundirse la vida en medio de la sangre y las lágrimas.

Pero se suponía que estabas en la tribuna de un Centro cultural judío, en el bulevar de Port-Royal, en París, el 29 de enero de 1979. Se suponía que escuchabas los discursos que pronunciaban aquellos hombres y mujeres acerca de Edouard Kouznetsov. Escuchabas en ese momento a Marthe Robert y sin embargo una parte de ti mismo se hallaba lejos. Una parte de ti mismo erraba vaporosamente en la memoria de los judíos de Czestochowa, memoria que te había vuelto constantemente, de forma insistente, durante tu viaje a Israel en el otoño de 1972. Pero sin duda aquella parte de ti mismo que parecía alejarse de las palabras de Marthe Robert volvía a ella por el contrario, sin duda el recuerdo de los judíos de Czestochowa te reintegraba a lo esencial de las palabras de Marthe Robert.

Te acordabas de los judíos de Czestochowa que habían entrado en el anejo del barracón del *Arbeitsstatistik*, un lejano día de invierno, por grupos de quince, de los primeros quince judíos de Czestochowa que se habían quedado inmóviles en el sobrehumano e irrisorio intento de ponerse firmes, alargando el brazo derecho para hacer el saludo hitleriano. Y eso a Fritz no le había pasado por alto. El viejo cabrón de Fritz, viejo comunista, vieja mierda. En seguida se había puesto a insultarlos, con voz chillona, al borde de la excitación histérica. Encantado estaba el viejo cabrón de Fritz de toparse con unos judíos aparentemente tan similares a la imagen que él, viejo comunista, viejo antisemita, se hacía de ellos.

Te habías acordado de los judíos de Czestochowa, en Israel, años más tarde. Te habías acordado de ellos en la colina de Latroun. Te habías acordado de ellos en el paraje de las Fuentes de Salomón, uno de los paisajes humanos —humanizado por la milenaria presencia del trabajo del hombre, del milenario trabajo judío, aún arraigado en el suelo y en los manantiales antes de ser dispersado a través del mundo y de que se le vedase la tierra, antes de que se le vedase al trabajo judío consagrarse a la tierra, para removerla, labrarla, poseerla—, paisaje humano increíble de belleza ancestral, en torno a las Fuentes de Salomón talladas en la roca viva para recoger el agua viva.

Pero de repente oyes pronunciar tu nombre, o, mejor dicho, el nombre que, desde hace algún tiempo, utilizan para nombrarte. Oyes la voz de Hélène Parmelin anunciando que vas a tomar la palabra, que te cede la palabra.

No puedes menos de pensar, con una breve sonrisa invisible, que las mujeres de esa familia son decididamente autoritarias. Que decididamente tienen autoridad. Porque habías renunciado a cualquier intención de tomar la palabra, aquella noche, en enero de 1979. Acababas de pasarle una nota a Hélène Parmelin comunicándole tu intención de no tomar la palabra, aquella noche. En realidad, no te hace mucha gracia tomar la palabra en público, sobre todo cuando las circunstancias le aúpan a uno a una tribuna. La tribuna es, a tu juicio, uno de los lugares más desagradables que existen. Además, te has formado más bien en la escuela de la palabra clandestina, de las reuniones breves y restringidas. Pero no era eso lo esencial. Lo esencial era que aquella noche únicamente te apetecía hablar de los judíos de Czestochowa, cosa que era imposible. Te parecía imposible hablar en público de aquel recuerdo bruscamente resurgido. Y eso se te antojaba indecente. Sin duda hubieras podido hablarles de ello, a solas, a la mayoría de las personas que se encontraban allí aquella noche. Pero hablarles de ello a aquellas mismas personas reunidas, entregadas a la masividad de su presencia, te parecía imposible. O indecente. Hubieras podido hablarlo con Edouard Kouznetsov, claro está. Pero Kouznetsov no estaba allí, estaba en un campo especial del Gulag de Brézhnev. Así que no tenías ganas de hablar.

Pero la voz de Hélène Parmelin te proyecta hacia adelante, a la necesidad de hablar. Eso te recuerda un episodio lejano. En aquella ocasión, no era la voz de Hélène la que te había arrancado del silencio, era la de su hermana, Olga Wormser. Tú estabas en la Casa de los jóvenes y de la cultura, en Sarcelles, años atrás. Anna Langfus te había pedido que fueras. Había organizado una especie de conferencia debate sobre la experiencia de los campos de concentración y Olga Wormser, historiadora de dicha experiencia, debía presidir la reunión. Habías publicado *El largo viaje* uno o dos años antes, y parecías muy indicado para participar en aquel pequeño guateque. No te atreviste a negarte porque era Anna Langfus quien te lo pedía. Así que te encontraste sentado detrás de una mesa, en la Casa de los jóvenes y de la cultura de Sarcelles, en compañía de unos cuantos hombres y mujeres que habían sido deportados. Uno tras otro, fueron narrando su experiencia. Era perfecto, tú estabas fascinado. No había ningún fallo, era una maravilla. Estaban todos perfectamente a gusto en su papel de testigos. No lo dices, ni mucho menos, con la menor intención peyorativa o despectiva. Lo dices con una mezcla de asombro y admiración. Porque todos aquellos antiguos resistentes deportados eran personas estimables, estimabilísimas. Incluso había lo que se llama auténticos héroes entre ellos. Pero tú los escuchabas, fascinado por su facilidad de expresión, por su facundia, por el aplomo de su testimonio, por la seguridad de estar vivos de que hacían gala. Cuanto más hablaban con vehemencia y precisión, cuanto más sentías que te hundías en una nada confusa, menos sabías qué podrías contarles a aquellos honrados habitantes de Sarcelles que habían ido allí con la intención respetabilísima, quizá incluso loable, de oír a aquellos supervivientes transmitirles una experiencia, sin saber que era intransmisible, que no se puede comunicar lo incomunicable. Incomunicable por encargo, al menos, incomunicable a hora fija, prevista de antemano, a golpe de gong, ¡al cuarto top le toca a usted! Y precisamente te tocaba a ti, había llegado la hora de hablar y Olga Vormser te había dado la palabra. Ya has olvidado lo que les dijiste, lo que debiste contarles. Sólo recuerdas que al cabo de uno o dos minutos te detuviste bruscamente. Aparentemente, habías perdido el hilo del discurso, como suele decirse. Situación trivial en la que el narrador, tras algún incidente o digresión, se vuelve hacia el público, y hacia sí mismo, momentáneamente desorientado: ¿Por dónde iba? ¿Por dónde ibas, efectivamente? No sólo habías perdido el hilo de tu discurso, aparentemente, habías perdido además el hilo de tu vida. No solamente no sabías por dónde ibas en tu relato, no sabías por dónde ibas en general, ni por qué, ni cómo. No ibas por ningún sitio, a decir verdad. ¿Cómo proseguir tu relato si ya no sabías por dónde iba el recitador, ni siquiera quién era? ¿De qué experiencia podías hablarles, si no tenías más experiencia que transmitir que la de la muerte, es decir, la única cosa que, por definición, no podías haber vivido, que únicamente otra persona podía haber vivido? Pero, ¿quién entonces? ¿Por qué no estaba allí, ocupando tu puesto, ese otro que hubiera podido vivir, y por lo tanto comunicar, la experiencia de tu muerte? Entonces, a la desesperada —y raramente una frase hecha habrá sido tan pertinente—, impulsado por dicha desesperación, pues, te volviste a Olga Wormser, que estaba a tu derecha y que presidía aquella simpática reunión, y le dijiste a media voz: «¡Me pregunto qué hago aquí, por dónde iba!» Y ella, mirándote a los ojos, con voz suave pero sin réplica, te repitió la última frase que habías pronunciado, antes de abismarte en aquel silencio angustiado. Entonces, te volviste hacia los habitantes de Sarcelles que asistían a aquella conferencia y reanudaste tu discurso en el punto en que lo habías dejado. Sin duda, no quedaba más remedio. Tu única alternativa era reanudar tu papel de superviviente tras aquel vacío que se había producido en tu memoria y que te había hecho perder el hilo. Tenías que volver a asumir tu papel de testigo. No estabas allí para otra cosa. Estabas allí para desempeñar aquel papel, para representarlo. Se había producido un vacío en tu memoria, un vacío en el que se podía caer eternamente, como en las pesadillas, pero te habían soplado las últimas palabras del texto y la representación había podido continuar. Estabais allí en calidad de testigos supervivientes, todos aquellos héroes y tú mismo, y el papel de un testigo es el de testimoniar, y nada más. El papel de un testigo no es el del personaje que desaparece por una trampilla, como en un melodrama romántico con escaleras excusadas, puertas falsas, bromas y engaños. El papel de testigo ha sido siempre oral, no podías permanecer mudo. ¿Se imagina alguien a Terámenes mudo, sin poder contar el relato atribuido a Terámenes? De modo que hablaste, en Sarcelles, contaste tu vida de superviviente. Hubieras podido contar tu muerte, pero en fin, tampoco se le puede pedir demasiado al público de ese tipo de conferencias debate. Habían venido a oír el relato de vuestra vida, o de vuestra supervivencia, y hubiera resultado indelicado imponerles el relato de vuestra muerte.

Pero alzaste la vista y miraste a la gente congregada en la sala del Centro cultural judío del bulevar de Port-Royal. Hablaste, por supuesto. Tenía razón Hélène Parmelin. No habías ido allí a hundirte en un abismo de reflexiones personales. Habías ido a hablar de Kouznetsov, a ayudarle, en la medida de lo posible, con tus palabras. De modo que hablaste.

Unos meses más tarde, el 1.º de mayo de 1979, volviste a acordarte de todo. Te acordaste de Edouard Kouznetsov y de aquellas palabras que había escrito en una carta. Ahora que estaba libre, quizá podrías hablar algún día con él de aquella impresión que compartíais: la de vivir la vida de otro. Y te acordaste de los judíos de Czestochowa. Quizá podrías hablar algún día con Kouznetsov de los judíos de Czestochowa. Y te acordaste de la nieve, del inmemorial manto que se extendía desde Alemania central hasta el Gran Norte soviético. Te acordaste de los torbellinos de nieve ligera, primaveral, sobre el desfile del 1.º de mayo, treinta y cuatro años atrás, toda una vida, mientras mirabas los torbellinos primaverales de aquella súbita borrasca de nieve, el 1.º de mayo de 1979.

Treinta y cuatro años atrás, regresabas de Buchenwald. Contemplabas las banderas rojas del 1.º de mayo, orladas de efímeras franjas de nieve impalpable. En el mismo momento, los campos del Gulag de Stalin comenzaban a ver llegar a los supervivientes rusos en los campos nazis. La víspera del 1.º de mayo, retiraron de las celdas de la cárcel de la Lubianka, en Moscú, las cortinas de camuflaje. «La guerra tocaba visiblemente a su fin», escribió más tarde Alexandr Solzhenitsin.

En el momento en que hollabas el suelo de la libertad, en la resplandeciente inocencia de aquella victoria sobre el fascismo, Alexandr Solzhenitsin comenzaba a hollar, por su parte, los caminos del infierno. El 1.º de mayo de 1945, en la Lubianka, el silencio fue más profundo que nunca.

Y el 2 de mayo, los prisioneros de la Lubianka oyeron una salva de treinta descargas de artillería, «lo que quería decir que los alemanes acababan de abandonar una nueva capital europea. Sólo dos faltaban por tomar, Praga y Berlín; teníamos que intentar adivinar de cuál de las dos se trataba», dice Solzhenitsin. Pero aunque no hubieran adivinado, aquel día, de qué capital se trataba, si Praga o Berlín, la cuestión quedó zanjada el 9 de mayo, por una nueva salva de treinta descargas: acababa de caer Praga, o Berlín. La última capital europea, en cualquier caso, había sido tomada por el Ejército rojo. Pero, añade Solzhenitsin, «no era para nosotros aquella victoria. No lo era, aquella primavera».

Y hoy, 1.º de mayo de 1979, pensabas, hoy que esta borrasca de nieve ha parecido anunciarte la liberación de Edouard Kouznetsov, ¿para quién es esta primavera? Hoy en que todo el mundo se dispone a celebrar el 34.º aniversario de la victoria aliada, del fin del nazismo, del fin de los campos alemanes, ¿qué opinan de esta primavera los miles de prisioneros que quedan en los campos del Gulag de Brézhnev, después de la liberación de Edouard Kouznetsov?

Y te has acordado de los judíos de Czestochowa, una vez más. Has pensado que había que seguir luchando por ellos.

—¿Y a Blum no lo has visto? —pregunta Daniel.
—¿A Blume? Qué va —le digo—. Si sólo he ido con Spoenay. Jean Blume se ha quedado aquí, lo has tenido que ver.

Daniel mueve la cabeza.
—Jean no. ¡Léon! Me refiero a Léon Blum.

Lo miro, desconcertado.

Desde que Meiners ha salido de la cantina, desde la evocación silenciosa, entre Daniel y yo, de los judíos de Czestochowa, que ha durado un segundo, lo que cuesta mirarse y desviar al punto la mirada, ambos hemos permanecido en la sala trasera del *Arbeit*, charlando en espera de que llegara la hora de pasar lista a las doce.

La mañana del domingo, en definitiva, llega a su término.

No es que las mañanas del domingo duren más que las otras, pero parecen interminables. Las mañanas del domingo duran siete horas, como todas las demás mañanas. Desde las cinco, poco más o menos, con pocos minutos de diferencia, según lo que se prolongue al pasar lista, hasta las doce. Una pausa a las doce. Cada día es idéntico y se distribuye de igual modo el tiempo. Pero las mañanas del domingo parecen más largas que las otras. Quizá porque urge llegar a la tarde del domingo, a esas pocas horas de tiempo libre. En fin, ya me entienden.

Sin embargo, esta mañana de domingo llega a su término.

—Jean no —ha dicho Daniel—. Léon. Me refiero a Léon Blum.

Lo miro. No acabo de comprender lo que me dice.

Le he contado mi paseo de esta mañana, el incidente con el SS junto a la gran haya, la conversación con el *Hauptsturmführer* Schwartz acerca del árbol de Goethe. Le he hablado de mi ensueño, en el que Goethe y Eckermann se paseaban juntos. Si salgo vivo de ésta, le he dicho a Daniel, escribiré un libro que se llamará *Conversaciones sobre el Ettersberg*. Aparecerán Goethe y Eckermann departiendo, un día de diciembre de 1944, durante un paseo por los alrededores de Buchenwald. Y tendrán toda clase de interlocutores sorprendentes, ya verás, le he dicho.

¿Pero por qué me habla de Blum?

—¿Blum? ¿Qué coño pinta Léon Blum en esta historia?

—¡Hombre! —dice plácidamente Daniel—, si es cierto que está preso en una villa del barrio de los SS, es un buen personaje para tu libro. ¿No te haría gracia imaginar lo que tengan que decirse Blum y Goethe?

En el mes de agosto de aquel año 1944, tras el bombardeo de las fábricas de Buchenwald por la aviación americana, había corrido el rumor entre nosotros de que Léon Blum estaba internado en una villa aislada, detrás del *Falkenhof*. Unos deportados franceses o belgas que habían trabajado en la reparación de los desperfectos provocados por las bombas de fósforo lo habían reconocido, según decían. Se decía incluso que algunos habían intercambiado unas palabras con él a través de los barrotes de una ventana. No había habido ninguna confirmación de tal rumor, desde entonces, pero el caso es que había corrido ese rumor.

—¿Blum? ¡Aunque esté en el *Falkenhof*, no pinta nada en mi libro!

—Pues tiene que salir, no te queda más remedio —dice Daniel, obcecado.

—¡Que me importa un rábano a mí tu Blum!

Pero Daniel no se desanima así como así.

—Primero que no es mi Blum —dice, sin perder su placidez—. En segundo lugar, si la historia del Ettersberg te hace gracia, Blum forma parte de ella. Es un personaje de tu historia, con el mismo derecho que Goethe, Eckermann o Napoleón. ¡Parece mentira, hombre! Un tío como él, que ha escrito las *Nuevas conversaciones de Goethe con Eckermann*, ¿cómo vas a prescindir de él en tu libro? ¿Le birlas la idea de hacer inmortal a Goethe y encima no quieres saber nada de él? ¡A Blum lo tienes que meter! ¡Es lo menos que puedes hacer!

Lleva razón, me deja boquiabierto.

Había olvidado el libro de Blum. Y eso que lo había leído, lo habíamos comentado, en el bulevar de Port-Royal. Y, a fin de cuentas, fue sin duda el recuerdo inconsciente de aquella lectura lo que hizo nacer en mí aquel ensueño literario acerca de Goethe en el Ettersberg, paseándose con su *fámulus* un día cualquiera de diciembre de 1944.

En el número 39 del bulevar de Port-Royal, estaba el chalet donde vivió Lucien Herr, al término de su vida.

Se entraba en el número 39, una casa de aspecto trivial y acomodado. Se traspasaba el portal, se cruzaba un primer patio, similar a cualquier patio de casa de alquiler. Más allá, una vez rebasado el segundo edificio, se encontraba uno en un lugar insólito: un espacio verde, con árboles, jardincillos floridos —al menos, en la época en que los jardines están floridos—, un espacio campestre donde se diseminaban unos cuantos chalets y casitas con jardín que sin duda se habían salvado de las obras efectuadas antaño, al abrirse el bulevar de Port-Royal.

Uno de los chalets pertenecía a la familia de Lucien Herr.

Yo solía visitarlo con frecuencia, en 1941 y 1942. La señora Herr, siempre muy tiesa, vestida de negro, infatigable, de pelo gris que se le atiesaba en mechas rebeldes, nos preparaba extrañas infusiones, hechas con yerbas disparatadas pero aromáticas. En la biblioteca de la planta baja, de maderas oscuras, nuestras discusiones se eternizaban. La señora Herr entraba y salía, con su alta figura, a la vez cordial y distraída, que parecía perdida en algún sueño íntimo. A veces, se quedaba con nosotros, con expresión atenta, mirando a aquellos jóvenes que rodeaban a su hijo Michel, retocándose con brusco ademán el cabello, escuchándonos rehacer el mundo, liquidarle las cuentas a nuestra conciencia filosófica, viendo cómo tirábamos a Hegel a la cara de Kant, o viceversa, según los días. A veces, también, intervenía en nuestras discusiones, concisamente, de un modo a la vez preciso y alegórico, desconcertante a primera vista, pero siempre significativo, evocando la experiencia de su marido, Lucien Herr, y de todos los hombres que se habían movido en torno a su marido y que ella había conocido, que habían sido amigos, a veces discípulos de Lucien Herr: las mentes más privilegiadas de la calle Ulm y del socialismo francés.

Algunas tardes —y si era en primavera los jardines de alrededor se llenaban del incesante piar de los pájaros—, algunas tardes, pues —y si era en otoño, los jardines nos salpicaban con su profusión de luz rojiza—, algunas tardes, en fin, en medio de una discusión muy sabia (y, sin duda, muy fatua: teníamos dieciocho, veinte años) acerca de Hegel, o de la *Crítica del Programa de Gotha*, o de Sextus Empiricus, o de Korsch, o de Kant, o de Lukacs, solía oírse el timbre de la puerta de entrada.

La señora Herr salía a abrir. No tardaba en volver, acompañada de un hombre o de una mujer, visitantes improvisados, que llevaban siempre una pesada cartera de cuero arrugado, o un maletín raído, sujeto con cordeles. La señora Herr nos presentaba de forma sucinta: un amigo, o una amiga, unos amigos. El hombre, o la mujer, inclinaba la cabeza, sonriendo en torno suyo, dejando la cartera arrugada o el maletín raspado al pie de su silla, y uniéndose con toda naturalidad a la degustación de las infusiones insólitas pero aromáticas, a la delectación de las ideas generales.

No hacíamos ninguna pregunta, sabíamos con quién estábamos tratando. La casa de la señora Herr era un refugio, lo sabíamos. Era una tradición familiar, sin duda. Medio siglo atrás, en septiembre de 1897, Lucien Herr había montado en su bicicleta —y era la misma, o una hermana menor, un aparato antiquísimo en cualquier caso, de envarado manillar, que la que seguía utilizando la señora Herr para hacer la compra en la época de la que hablo— y se había ido a ver a Léon Blum, que pasaba las vacaciones en el campo, muy cerca de París. Herr le había dicho a Blum, sin más preámbulos: «¿Sabe usted que Dreyfus es inocente?» Y Lucien Herr se había convertido en el alma, en el organizador indoblegable de la campaña en pro de que resplandeciera la verdad en el caso Dreyfus. Hoy, medio siglo más tarde, la casa de Lucien Herr, la casa en la que vivió los últimos años de su vida, seguía siendo un refugio para los perseguidos.

Eran hombres o mujeres en situación delicada, la mayoría de las veces extranjeros, por añadidura, refugiados de Europa central, constreñidos al trabajo clandestino, y a menudo comunistas. Entraban, viajeros utópicos y fraternales, anónimos funcionarios de lo universal, dejaban la cartera o la maleta al pie de la silla, al alcance de la mano, y probaban las sorprendentes infusiones de la señora Herr. Nos oían discutir sobre el porvenir del mundo y la reforma de la filosofía. Por lo demás, al cabo de cierto tiempo de silencio atento, se mezclaban también en nuestras discusiones. Muchas veces tenían cosas pertinentes que decir sobre el porvenir del mundo y la reforma de la filosofía.

Y así, en el transcurso de los meses, algunos de aquellos viajeros anónimos se nos habían hecho familiares. Sus gustos, sus pasiones, sus obsesiones, habían salido con frecuencia a la luz, en el comentario de algún libro, de algún acontecimiento. Retazos de su pasado, también: un paisaje vienés, una luz en Praga, una noche en Baviera, en tiempos de la República de los Consejos, estallaban como febriles burbujas en la lisa superficie de su vida clandestina.

Y un día, la señora Herr entraba en la biblioteca —quizá era por la noche, quizá las lámparas iluminaban nuestras inquietas lecturas— y nos anunciaba con voz ahogada, retocándose el cabello: Fulano ha sido fusilado. O bien: Fulana ha sido detenida por la Gestapo.

No conocíamos los auténticos nombres de aquellos viajeros hasta aquel último momento, el momento de aquel último viaje. Como si sólo hubieran recobrado su identidad, las raíces de su ser desarraigado, para aquel último viaje. Permanecíamos inmóviles, mirábamos a la madre de Michel, tratábamos de recordar exactamente lo que Fulano había dicho, algún tiempo antes, al regalarnos un ejemplar de *Marxismus und Philosophie* de Korsch. Mirábamos a la madre de Michel, su alta figura frágil e indesgastable, y recordábamos lo que Fulana nos había contado sobre el exterminio del partido polaco por Stalin. Eran mensajes de ultratumba, que nos hablaban de una historia confusa y sangrienta, a veces sórdida, pero donde la utopía del universo funcionaba aún simbólicamente. Irrisoriamente.

Era en 1941, 1942, en la casa de Lucien Herr en el bulevar de Port-Royal.

Y allí fue también donde leí el libro de Léon Blum, las *Nuevas conversaciones de Goethe con Eckermann*. Era un ejemplar dedicado por el autor, claro está. Creo incluso que fue el último libro que leí de la biblioteca de Lucien Herr, en el bulevar de Port-Royal. Luego, Michel y yo, tras haber ajustado cuentas provisionalmente con nuestra conciencia filosófica, nos entregamos a la labor clandestina. Más tarde vinieron ya los trenes nocturnos, las maletas con armas, los lanzamientos en paracaídas, los maquis del bosque de Othe, las preciosas Smith-and-Wesson de largo cañón pintado con minio, aquellas soberbias 11,43 que llevábamos siempre encima, metidas en el cinturón, entre las piernas, como signo suplementario de nuestra virilidad.

Pero miro a Daniel.

—Tienes razón —le digo—. Blum tiene que salir en mi libro.

llevan útil, ¿entonces no es de despreciar en ella el ser de Fumachon?

Y allí y ahora, en aquel lance lúcido, se dijo Elisio tríunа, tos frutos de aquella… y Deambre que Maximiano... y una par de... y así... se arrancó... Eso no esa... que Dse, el último... rey de la Atalhuke de Lico... Heren, en la balna... ¿Y qué Revolución Maria? Y en una salud obsoluta, Creíta... que is... alquile con fuerza... hasta... boy entero... y ¿La táctica... Ah, parte... con ya... los de... eran positivo, dos noloneo... simple, los I... en... en los...ampites, los vagus culteos... filo — Nora, las procesas... la gran... Wexton de la...? del factore con... espedis... solapilas... Y, que mas o más siempre... comían... diálogo... ya el comince... entre los mismo... como sigue su pena... contra os... atletas villabla... Jua esto a Diciel.

— Miserablea, la vida. — Ennu vena que sale en mi libro.

SEIS

Léon Blum se acerca a la ventana, alza la cortina.

Van a dar las doce. De un momento a otro, llegará Joachim con los periódicos alemanes y franceses.

Léon Blum alza la cortina, mira.

Una hermosa mañana de domingo. El cielo, de un azul palidísimo, casi transparente, parece un trozo de vidriera engastado en las nervaduras negras y blancas del bosque.

Blum se ajusta las gafas, con breve ademán.

El cielo y la copa de los árboles es lo único que puede contemplarse sin desagrado. Por lo que a lo demás respecta, el horizonte queda inmediatamente oculto por la alta empalizada que rodea la villa y la frondosa cortina de árboles al otro lado de la empalizada. No hay más solución que alzar la vista al cielo, cuando está despejado como hoy. El cielo, de un azul palidísimo sobre toda aquella nieve en donde espejean los infinitos matices del blanco: del blanco azulado de los repliegues umbríos, bajo los árboles, al blanco inmaculado, cegador, que se irisa bajo el sol; y los ramajes negros de las ramas más altas.

Ésos son todos los colores de la naturaleza.

Léon Blum se acuerda bruscamente de otro domingo, muy lejano. La suavidad apenas rojiza de septiembre se desplegaba por la campiña tolosana. Eran las seis de la mañana, aquel domingo 15 de septiembre de 1940, cuando un fuerte contingente de inspectores de policía del gobierno de Vichy rodeó la casa de campo de l'Armurier. «*Seis de la mañana, hora legal, los policías han aporreado la puerta. Ese respeto por la hora legal es maravilloso*», había pensado Léon Blum. Aquella misma noche, se hallaba encerrado en el castillo de Chazeron, en las montañas de Auvernia, encima de Châtel-Guyon.

Desde entonces, y hasta su llegada, los primeros días de abril de 1943, a aquella villa perdida en medio del bosque del Ettersberg, no habrá conocido más que cárceles: Chazeron, Bourrassol, el fuerte del Portalet. *«La cárcel era una experiencia que me faltaba en esta vida. Toda experiencia debe ser provechosa para el hombre. Intentémoslo.»* Léon Blum ha bajado la vista hacia la tétrica empalizada que rodea la villa del Ettersberg. Recuerda haber escrito esa frase en las Memorias que había empezado a redactar apenas después de su arresto en l'Armurier.

Léon Blum contempla la empalizada que le obstruye el horizonte, que le reduce a aquel recinto constantemente vigilado por las rondas de centinelas. Ahí están, precisamente. Le invade un brusco desfallecimiento, siente que se le empañan los ojos, se quita las gafas.

Desde hace algún tiempo, los guardianes que recorren regularmente el recinto, a lo largo de la alta empalizada, con perros lobos atados con correas, son voluntarios rusos del ejército de Vlasov. Hombres de andares tranquilos, un poco pesados, campesinos, vestidos con largos capotes negros, y que dan vueltas incansablemente, sujetando las correas de los perros. Los perros tiran de la correa, jadeantes. Los soldados rusos, vestidos de negro, cruzan el espacio visible con sus pesados andares de campesinos.

Se le antoja a Léon Blum que las inquietantes siluetas negras de los rusos de Vlasov recalcan más la presencia solapada de la muerte. ¿Cuándo se anunciará esa muerte inexorable? Creyó llegado el momento en el mes de julio de aquel mismo año 1944. Los periódicos alemanes de lengua francesa habían anunciado la ejecución de Philippe Henriot a manos de un grupo de resistentes. Léon Blum había discutido de ello con Georges Mandel, encarcelado con él en aquella misma villa del Ettersberg. Ambos coincidían en que había que esperarse represalias, *en que Darnand y sus milicianos inmolarían víctimas a los manes de Henriot.* ¿Cuál de los dos caería? ¿Léon Blum? ¿Georges Mandel? ¿O bien ambos?

«El desdichado Georges Mandel ha marchado solo. Le hemos ayudado a preparar el equipaje y a amontonar temblando de frío sus mantas para el viaje en avión que le anunciaban. Lo hemos acompañado hasta la empalizada de alambres de púas que nos separaba del resto del mundo. No se hacía la menor ilusión sobre el destino que le aguardaba y el más atento observador no hubiera notado la me-

nor alteración en los gestos de sus manos, en su forma de
caminar, en las entonaciones de su voz. Nunca lo habíamos
visto tan tranquilo, tan sosegado, tan lúcido. Hemos se-
guido con la vista desde nuestra ventana el coche que iba
a llevarle al aeródromo, embargados por el mismo pre-
sentimiento siniestro y pensando que un día u otro, quizá
pronto, seguiríamos nosotros el mismo camino.»

Léon Blum se limpia las gafas, empañadas por aquel
brusco rapto de emoción.

Los rusos de Vlasov con sus largos capotes negros acaban de desaparecer del espacio visible, cuando vuelve a
ponerse las gafas. Léon Blum contempla el cielo de un
azul palidísimo, casi transparente.

Se queda mirando el cielo durante un largo rato.

En verano —ya ha conocido dos veranos en aquel lugar—, si se escogía cierto ángulo de visión, podía distin-
guirse, a través de una abertura en los árboles, un espacio
despejado, bastante próximo: sin duda un calvero en el
bosque. Léon Blum había descubierto aquella perspectiva
por un puro azar. Pero desde que la había descubierto,
solía ir, en verano —en otoño, la perspectiva quedaba al-
terada por la progresiva desnudez de los árboles y la tornasolada tonalidad rojiza del paisaje: en invierno, por la
blancura uniforme que alteraba volúmenes y contornos,
aplanándolos; tenía que llegar el apogeo estival de las fron-
das para que en medio de éstas, en su nutrido estuche, des-
tacase aquel espacio abierto del calvero entrevisto—, con
la curiosa impresión de ser indiscreto, como si observase
alguna escena íntima a través del ojo de una cerradura, a
contemplar el minúsculo y luminoso paisaje de aquel calvero. Le pedía a Janotte que compartiera la alegría de
aquella visión de la que emanaba una dicha placentera,
idéntica a la que puede proporcionar la contemplación de
ciertos cuadros del Renacimiento que representan algún
episodio bíblico o belicoso, pero en el fondo de los cuales
un paisaje inscribe la minuciosa pureza de una naturaleza
humanizada.

Juntos, pues, Janotte y él habían contemplado muchas
veces aquel calvero tan próximo y sin embargo tan lejano.

A veces, les había parecido divisar en él personas. Un
grupo de hombres y mujeres, un día, sentados al pie de
un árbol, daba la impresión, en torno a la mancha luminosa de un mantel blanco extendido en la hierba, para
alguna comida campestre, era de suponer. Una amazona,

otro día, inmóvil, muy tiesa en la silla, con una larga cabellera rubia que le caía sobre los hombros, y conteniendo visiblemente a su montura. El turbador encanto de aquellas visiones —era la vida, en el exterior— había ido impulsando insensiblemente a Léon Blum a ir a abandonarse algunas tardes de verano a un ensueño provocado, controlado, ante aquella ventana que se abría, parecíale, no sólo al misterioso calvero, sino también a las profundidades de su propia intimidad. Así, introduciendo en aquella pantalla luminosa, recortada por el frondoso verdor del bosque, las figuras de su imaginación, Léon Blum se había entretenido a veces soñando que aparecían Goethe y Eckermann, en aquel lejano calvero, evocando, de esa manera, una de las fantasías literarias de su juventud, evocando en cierto modo, nostálgicamente, su misma juventud.

En la carretera que va a dar a los cuarteles de los *Schutzstaffeln*, Goethe ha hecho detener bruscamente el trineo. El cochero, sorprendido, ha tirado tan fuerte de las riendas, al tiempo que apretaba el freno, que la parte posterior del trineo ha derrapado en la nieve blanda del arcén, levantando una tornasolada nube de nieve en polvo.

—¡Perdóneme! —le ha dicho Goethe al cochero al volverse éste hacia nosotros, con la cortesía habitual en él con la gente humilde—, ¡perdóneme, mi buen amigo!, pero vamos a apearnos y continuaremos a pie. Tenga la bondad de esperarnos, dentro de una hora, en la gran avenida.

El cochero ha asentido con una inclinación.

—Conforme, Excelencia, dentro de una hora, en la avenida de las Águilas.

Así que hemos bajado.

Yo estaba intrigado, preguntándome qué súbita inspiración habría movido a Goethe a aquel cambio de programa. Pero no tardé en salir de dudas.

—¿Conoce usted el *Falkenhof*, mi querido Eckermann? —me dijo, apenas pisamos la compacta nieve del camino.

Confesé mi ignorancia.

—Yo mismo —prosiguió Goethe—, jamás lo he visitado. Pero un oficial bávaro de los *Totenkopf*, que me prestó hace tiempo su diario de la campaña de Rusia, me ha hecho de él una descripción harto detallada. ¡Ahora tendremos ocasión de verlo!

Al tiempo que hablaba, se dirigía Goethe hacia un calvero del bosque donde se divisaban algunas casitas de madera. Pabellones de caza, a juzgar por su arquitectura.

Supe así, mientras caminábamos —y no podía menos de admirar la soberbia prestancia de mi maestro y amigo, con su largo capote gris con cuello de oficial— que el *Falkenhof* había sido construido, por indicación expresa del Reichsführer SS Himmler, para albergar halcones, águilas y otras aves de presa, adiestrados para el ejercicio, tan germánico, de la caza, ejercicio y placer que congregaba aquí, antaño, en torno a esta halconera, a la flor y nata de los oficiales del ejército y de las SS.

Los pabellones, que visitamos al detalle, estaban suntuosamente construidos con troncos de haya de la mejor calidad. El edificio central constaba de una gran sala, de estilo gótico, con muebles de época de gran belleza y una enorme chimenea. Un poco más lejos, recorrimos también las instalaciones de un pequeño jardín zoológico, donde había ciervos y ciervas, alces y jabalíes, musmones, zorros y faisanes. Había asimismo, en jaulas perfectamente acondicionadas, cuatro osos pardos y cinco monos de una especie bastante rara.

—Habrá observado usted —me dice Goethe, una vez concluida la visita— el excelente estado en que se encuentran todas esas bestias. Se ve de entrada que están bien alimentadas, bien atendidas. Es precisamente lo que quería comprobar, pues ese hecho revela, a mi juicio, un rasgo característico específicamente alemán. Ha llegado a mis oídos, en efecto, que todos esos animales reciben diariamente cuartos de carne de primera calidad. Los osos comen además miel y mermelada. Los monos, golosinas: copos de avena con leche, bollos, por ejemplo. En una época como la nuestra, tan difícil, ese respeto por la vida animal, por las exigencias de la naturaleza, se me antoja específicamente alemán. De haber sido franceses se hubieran comido esos animales, ni que decir tiene, apenas hubiesen surgido las primeras dificultades de avituallamiento. Los ingleses hubieran hecho verosímilmente lo mismo, a reserva de que se desencadenase a continuación una campaña de prensa: masas de cartas a la dirección del *Times*, protestando contra tal masacre. Hasta puede que hubiera habido una interpelación en la Cámara de los Comunes. Es típico del sistema inglés: una democracia *post festum*. Por lo que a nosotros respecta, ese rasgo característico —que algunos no dejarán de atribuir a lo que llaman la «desmesura alemana»— me parece por el contrario inherente a una visión del mundo en que la relación armoniosa entre el hombre y la naturaleza juega un papel determinante.

Habíamos abandonado el *Falkenhof*.

Meditaba yo sobre la profundidad de aquellas palabras pronunciadas con sencillez, prometiéndome anotarlas fielmente tan pronto regresáramos a Weimar, cuando Goethe me tomó bruscamente del brazo, gesto inhabitual en él, aun en los momentos de efusión. De repente, se puso a hablarme en voz baja, casi al oído, pero con voz extrañamente febril:

—Quiero hacerle una confidencia —me dijo—, porque deseo ante todo que reine la sinceridad en nuestras conversaciones, mi querido Eckermann.

Yo me quedé donde estaba, clavado en el suelo por la solemnidad del tono empleado por Goethe.

—Sí —añadió éste—, el motivo auténtico de la curiosidad que me inspira el *Falkenhof* es de muy otra índole. ¡Supongo que ya se imaginará que, por grande que sea mi interés por los pajarracos, no iba a desplazarme con un tiempo semejante para ver unas cuantas águilas en jaula! Pero ha llegado a mis oídos —si bien me veo obligado a silenciar, incluso a usted, mi querido confidente, la fuente de esta información, no me lo eche en cara: es un secreto de Estado—, ha llegado a mis oídos que uno de los pabellones del *Falkenhof* ha sido habilitado para recibir prisioneros de muy alto rango y que actualmente se encuentra allí cierto número de políticos franceses, así como una princesa italiana de sangre real. ¡Eso es lo que quería comprobar, Eckermann!

Yo seguía inmóvil, totalmente desconcertado.

Con una presión a un tiempo suave e irresistible de su mano en mi brazo, Goethe me hizo reanudar la marcha interrumpida. Recordé entonces que uno de los pabellones de la Halconera, en efecto, un poco aislado de los demás, estaba rodeado de una empalizada que lo hacía inaccesible. Recordé entonces que Goethe le había lanzado una larga y atenta mirada que ahora comprendí.

—¿Y sabe usted, Excelencia —le pregunté, sin poder dominar mi agitación—, qué políticos franceses están allí retenidos?

Goethe movió la cabeza con gesto afirmativo.

—Hay varios —respondió—. Pero el que me interesa de

modo especial, de sobras comprenderá usted por qué, es el ex presidente del Consejo, Léon Blum.

De nuevo, me detuve petrificado.

Era increíble, ¡Blum en el *Falkenhof*! Ahora sí que comprendía la febrilidad, la agitación de Goethe, desde aquella mañana. ¿No había escrito Léon Blum las *Nuevas conversaciones de Goethe con Eckermann*? Cuando apareció el libro, primero sin nombre de autor, en 1901, publicado por la *Revue Blanche*, a Goethe le había llamado mucho la atención, no sólo por la calidad de su estilo, que revelaba, según él, a un escritor de clase, sino también por el contenido de algunas reflexiones falsamente atribuidas a mi maestro, pero que denotaban un perfecto conocimiento de su obra y una finura de análisis poco común. Quiero precisar que es la opinión de Goethe la que aquí transcribo, por afán de fidelidad. Por mi parte, yo me mostraba mucho menos indulgente con aquel acto de piratería literaria. Así, unos años más tarde, al hacerse público el nombre del autor, le pedí autorización a Goethe para entablar una acción legal, por plagio del título y apropiación indebida de un tema literario original. ¿Acaso no eran las conversaciones con Goethe mi terreno, mi especialidad, algo exclusivamente mío? ¿No debía proteger mis derechos?

La acción jurídica, con todo, nunca llegó a entablarse, porque Goethe me disuadió siempre de ello. Diría incluso que me lo impidió. Bien es verdad que, en aquella época, la noticia de su muerte circulaba ya desde hacía demasiado tiempo como para poder volver sobre ello en la mente del público. Goethe no había hecho nada por desmentirla, ni controvertir la conmovedora leyenda que rodeaba sus últimos instantes, por considerar que su labor creadora podría desarrollarse mucho más libremente desde la gloriosa sombra de aquella muerte apócrifa que no hacía sino acrecentar de año en año el prestigio, ya mítico, de la figura goethiana. De suerte que, a pesar de mi irritación, Goethe se había negado, a principios de este siglo, a verse envuelto en las complicaciones administrativas que hubieran acarreado por un lado el proceso por usurpación de propiedad literaria y por otro la vuelta a una vida pública. Le agradaba la ironía de aquella situación y yo no podía menos de respetar su actitud, pese a la cólera que despertaban en mí aquellos parásitos literarios que se adornaban con plumas de pavo real e intentaban aparecer más grandes de lo que eran a expensas de la genuina grandeza de mi maestro.

Así que le dejamos decir a Léon Blum cuya buena fe, según Goethe, no podía ser puesta en duda. Personalmente, no estaba yo tan seguro. A fin de cuentas, ¿no era Blum judío? ¡De todos es conocido el espíritu marrullero y ladino de esta raza!

Sólo mucho más tarde, cuando Paul Valery pronunció en la Sorbona, el 30 de abril de 1932, su célebre *Discurso en honor de Goethe*, decidió éste salir de su reserva. Escribió su impresionante *Discurso de ultratumba*. Pero los tiempos habían cambiado mucho, por aquel entonces. Cuando quedó concluido aquel texto, que irradiaba —puedo afirmarlo ya que hasta el momento soy su único lector— toda la sabiduría que entraña la síntesis goethiana del espíritu clásico y el demonismo faustiano, el canciller Adolf Hitler acababa de recibir la investidura del Reichstag. Goethe había decidido adoptar respecto al nuevo régimen una actitud de neutralidad comprensiva, actitud totalmente coherente con la línea de conducta de toda su vida, si nos detenemos a pensarlo serenamente. Pero un escritor tan próximo al pensamiento goethiano como Thomas Mann rompía muy pronto con el nuevo régimen revolucionario y elegía el exilio. Aquello afectó profundamente a mi venerado maestro y amigo, tanto más cuanto que el filósofo Martin Heidegger, por el contrario, tan alejado del humanismo goethiano, y cuya insistencia en citar a Hölserlin y en pasar por alto la obra de mi maestro no pudo menos de irritar a éste, adoptaba una actitud de benévola comprensión respecto al nacionalsocialismo.

En tales circunstancias, Goethe se preguntó si los intelectuales franceses, a quienes de modo muy especial iba dirigido el *Discurso de ultratumba*, no pondrían en duda la autenticidad de su texto, no llegarían incluso a sospechar que la noticia de la resurrección de mi maestro no era sino una pura maniobra de propaganda del doctor Goebbels. Tal eventualidad preocupaba profundamente a Goethe, quien decidió finalmente no publicar su *Discurso* y permanecer en el anonimato de una presunta muerte. Aunque me sometí a ella, no pude aprobar su decisión, pues pensaba en los efectos que aquella publicación hubiera podido tener en Europa, pese a los malentendidos y obcecaciones de las pasiones partidistas.

Pero me extrajo de aquel torbellino de recuerdos la presión de la mano de Goethe en mi brazo, induciéndome de nuevo a que echara a andar.

—¡Excelencia! —exclamé mirándolo, sin acertar a expresar todos los sentimientos que se atropellaban en mi mente.

Goethe movió la cabeza.

—Ahora habrá comprendido usted, mi querido Eckermann, mi curiosidad y mi excitación de esta mañana. ¡El señor Blum en el *Falkenhof*! Qué ocasión para dilucidar, de hombre a hombre, los problemas planteados por su interpretación de mi pensamiento, ¿no le parece? Y sin embargo, mucho me temo que esta oportunidad resulte estéril, que no llegue a realizarse. Cuantas gestiones he emprendido hasta el momento, a través de conductos tan confidenciales como próximos al poder, puedo asegurárselo, han resultado vanas. ¡Tengo para mí que no conseguiré autorización para visitar a Léon Blum!

Caminábamos lentamente por los caminos de aquel bosque nevado del Ettersberg. Goethe me estrechó afectuosamente el brazo.

—También lo lamento por usted, mi querido amigo —me dijo—. ¡Un libro de Eckermann, *Conversaciones de Goethe con Léon Blum*, no dejaría de ejercer una indudable influencia en la Europa de la posguerra, al tiempo que de fijo sería un gran éxito!

Caminábamos lentamente y me parecía vivir uno de esos momentos en que el pensamiento de Goethe alcanzaba las más altas cotas de poder de penetración y de expresión.

—En realidad, mi buen amigo —añadió Goethe—, el tema que me hubiese gustado abordar con el señor Blum es el de las relaciones del intelectual, como dicen ahora, con la política y el poder. Conoce usted mis ideas al respecto. Opino que el intelectual no puede desentenderse de la política, de los hombres que ostentan el poder, que debe prestar a éstos sus consejos y su saber, siempre, claro está, que se mantenga al margen del ejercicio de dicho poder. Porque la inteligencia y el poder son dos cosas de esencia distinta. Por ello los verdaderos intelectuales se ven abocados al fracaso, cuando se dejan pervertir hasta llegar a aceptar el ejercicio directo del poder. En tal caso, o bien tratan de organizar las contradicciones de la realidad social en función de su visión intelectual, por esencia evolutiva y comprensiva, y fracasan: el poder de la realidad y la realidad del poder los desgasta, los rechaza y los condena. O bien, por el contrario, se doblegan a las contradicciones de la realidad, a las exigencias tácticas del presente, las glorifican, las divinizan atribuyéndoles las carismáticas denominaciones de la Virtud, la Utopía, o de las fuerzas motrices de la Historia, como usted quiera, y entonces los intelectuales pasan a ser los teóricos del despotismo, de la arbitrariedad absoluta, que acaba devorándolos a ellos mismos. El señor Blum pertenece a la primera categoría, no cabe la menor duda, y su experiencia, sobre la que no habrá dejado de reflexionar en el *Falkenhof*, me habría sido sin duda muy provechosa. Mucho me hubiera agradado discutir de ella con el ex presidente del Consejo, pero, por desgracia, he perdido ya prácticamente la esperanza de que se me deje visitarle.

Caminando, habíamos dejado los caminos del bosque y nos hallábamos ahora en la explanada que se extiende ante el portal del campo de reeducación construido en la vertiente norte del Ettersberg, unos años antes. Goethe miró la puerta de entrada en medio de la cual había una inscripción forjada en el metal y perfectamente legible desde donde nos hallábamos: *JEDEM DAS SEINE*.

Movió la cabeza melancólicamente.

—¿Sabía usted que el árbol a cuya sombra nos agradaba descansar ha quedado en el interior del recinto del campo? ¡He ahí otro gesto típicamente alemán y que valoro! Pese a las terribles exigencias de la guerra, ese árbol —al que los oficiales y soldados de esta guarnición siguen llamando «el árbol de Goethe», lo que sin duda, no dejará de levantar el espíritu a los miserables encerrados aquí por distintas razones— no ha sido derribado. Aún se erguía, arrogante y majestuoso, en algún lugar entre las cocinas y el almacén de ropa, hace unos meses. Sí, valoro este gesto de respeto hacia los recuerdos de nuestra historia. Ya, en 1937, al iniciarse la construcción de este campo de reeducación, me conmovió en lo más hondo la gestión de la Asociación cultural nacionalsocialista de Weimar, pidiendo que no se le diese al campo el nombre de K. L. Ettersberg, debido a los imperecederos vínculos que unen este lugar con mi vida y mi obra. ¡Se lo confieso, Eckermann, por aquel entonces me conmovió en lo más hondo aquella gestión que se tomó por fin —en muy altas instancias, lo sé de buena fuente— de llamar este lugar K. L. Buchenwald!

Creí vislumbrar el brillo húmedo de una lágrima en los ojos de Goethe, en aquel momento, y me volví, temblando yo mismo de emoción.

Pero Goethe se recobró al punto.

—¿Quién sabe? —dijo—. Quizá todas estas adversidades individuales, esta amalgama de nacionalidades de toda suerte que se opera aquí, contribuyan a forjar un alma común a Europa. ¡Los astutos vericuetos de la historia, de sobras sabe usted, mi querido Eckermann, que son numerosos!

Luego, Goethe me tomó de nuevo del brazo y me obligó a dar unos pasos hacia la puerta del campo.

—¿Ve usted esa inscripción? —me preguntó—. *Jedem das Seine*. Ignoro quién es el autor, quién tomó la iniciativa de ello. Pero me parece muy significativo y muy alentador que una inscripción semejante luzca en la puerta de entrada de un lugar de privación de libertad, de reeducación mediante el trabajo obligatorio. Porque a fin de cuentas, ¿qué significa, «a cada cual lo suyo»? ¿No es una excelente definición de una sociedad organizada para defender la libertad de todos, en detrimento si es preciso de una libertad individual exagerada y nefasta? Ya se lo dije hace más de un siglo, y usted lo anotó en sus *Conversaciones* con fecha del lunes, 9 de julio de 1827. ¿Lo recuerda? Hablábamos de la situación política en Francia, con el canciller —no el señor Hitler, claro está, el canciller Meyer, porque cancilleres hemos conocido un montón, ¿verdad?—, de la nueva ley de prensa. Yo le decía, aquel día: *La ley restrictiva sólo puede tener un efecto beneficioso, tanto más cuanto que las restricciones no afectan a lo esencial, sino que atañen únicamente a las personas. Una oposición sin freno terminaría cayendo en la ramplonería. Las trabas la obligan a mostrarse ingeniosa y eso supone una gran ventaja. La coacción excita la inteligencia y por tal motivo, como ya he dicho, una ley que limite la libertad de prensa no puede desagradarme.*

Había dicho todo esto Goethe de una tirada y yo no podía menos de admirar su memoria: tenía la certeza de que todo aquello figuraba, en efecto, palabra por palabra, en mis *Conversaciones*. Por lo demás, su mirada maliciosa me probaba que él mismo estaba igualmente convencido de ello.

—Atónito me dejan, Excelencia —le dije a Goethe—, la continuidad y la firmeza de sus ideas en lo tocante a ese tema. Pero creo, si me permite a mi vez demostrarle la excelencia de mi memoria —estimulada, sin duda, por la nobleza de sus palabras— que la formulación más concreta y pertinente de su concepto de libertad la hizo el 18 de enero de 1827, como yo dejé anotado en mis *Conversaciones*: *¡Qué cosa tan singular es la libertad!* —me dijo usted aquel día—. *Cada cual tiene la suficiente con tal de que sepa encontrarla y se contente con ella. ¿Para qué tener más libertad si no sabemos cómo utilizarla? Basta tener la necesaria para vivir con buena salud y cumplir con su obligación: y para todos es fácil tener la suficiente. Después, sólo somos libres si cumplimos ciertos requisitos. El burgués es tan libre como el gentilhombre siempre que no transgreda los límites que marcó Dios al estado social en el que ha nacido. El noble es tan libre como el príncipe, ya que si observa en la corte el poco ceremonial prescrito, puede considerarse igual al príncipe. Lo que nos hace libres no es reconocer que algo está por encima de nosotros, sino el hecho de venerar lo que nos es superior. En efecto, merced a esa prueba de respeto nos elevamos al mismo nivel; reconociendo una superioridad, manifestamos que tenemos el sentido de la grandeza y que somos dignos de lo que honramos.*

Goethe había oído aquel recuerdo de su propio pensamiento asintiendo, con visible satisfacción.

—Pues mire usted, amigo mío, había olvidado esas fórmulas. Pero las ratifico, en efecto. Y por ello no puedo menos de pensar, quienquiera que sea el autor de esa inscripción en la puerta del campo de reeducación, *Jedem das Seine*, no puedo menos de pensar que yo he intervenido en ella, que se siente en ella el soplo de mi inspiración. A cada cual lo suyo, en efecto, a cada cual el lugar que le corresponde, por su nacimiento, su talento, en la jerarquía de las libertades y de las coacciones individuales que hacen la libertad de todos.

Mientras conversábamos, nos habíamos alejado de la entrada del campo, caminábamos de nuevo por los caminos del bosque, hacia aquel calvero del *Falkenhof* que parecía obsesionar hoy el pensamiento de Goethe y atraer irresistiblemente sus pasos.

Pero Léon Blum deja caer la cortina, deja de soñar con aquel calvero poblado de apariciones imaginarias.

Vuelve a su mesa de trabajo.

Aparta el libro de Emile Faguet que estaba leyendo esos últimos días y del que acababa de anotar un pasaje, justo antes de levantarse, de caminar hacia la ventana. De hecho no era un pasaje de Emile Faguet lo que acababa de anotar, sino un extracto de las *Leyes* de Platón que citaba Faguet en su ensayo y que fingía no comprender, cuando, para Blum, el texto era de una precisión luminosa.

Léon Blum aparta el libro de Faguet, busca entre sus papeles una nota ya antigua, de hace unos meses, que quiere desarrollar. La encuentra fácilmente, siempre reina un gran orden en sus papeles.

El 22 de abril de 1943, unos días antes de su llegada a aquella villa del Ettersberg, Léon Blum había anotado la idea que se le había ocurrido de escribir un trabajo sobre la libertad. *«Mi punto de partida es que la idea de la libertad, en sentido político, es en realidad tan compleja como el concepto de la Libertad en sentido filosófico, había escrito. Cuando se examina el concepto filosófico de Libertad, añadía Blum, se ve uno obligado a descomponerlo, o más bien a estratificarlo, porque hay un concepto pragmático y psicológico de la Libertad, coronado por un concepto moral, a su vez rematado por un concepto metafísico, el de Kant, Schopenhauer y, más cerca de nosotros, el de Bergson. Lo que me tienta es investigar si no ocurre lo mismo con la libertad política.»*

Pero este problema, sobre el que su pensamiento ha madurado mucho desde entonces, no es el que interesa hoy a Léon Blum. Se ha acordado, en realidad, de una anotación referente a la forma que había que darle a ese trabajo. La encuentra, al final de la página que acaba de leer: *«El tema es tan amplio, que sólo para indicar el planteamiento, y también para soslayar toda clase de equívocos, se requeriría la sinuosa desenvoltura y la variedad de un diálogo platónico.»*

Un diálogo platónico, eso es.

Inmóvil en medio de la habitación, con aquella hoja del 22 de abril de 1943 en la mano, se pregunta Léon Blum si, fiel a su primera inspiración, la forma más idónea que se le puede dar a ese ensayo sobre la libertad, para el que no ha dejado de tomar notas, no es, en efecto, la del diálogo. Hace un rato, al contemplar el cielo de diciembre, de un azul tan pálido, dominando toda la blancura del bosque, al recordar las apariciones imaginarias de Goethe y Eckermann en el calvero, Léon Blum había pensado que quizá bastaría darles a aquellos diálogos la forma de una continuación de las *Nuevas Conversaciones*... Pero, bien mirado, aquello le parece un tanto insuficiente.

Para abordar ese problema de la libertad, en toda su densidad, su complejidad, se requiere un auténtico diálogo, o sea un discurso plural, multívoco, un afrontamiento dialéctico. Pero Eckermann no es hombre para este tipo de discursos. Es, a fin de cuentas, demasiado gris, demasiado apagado, demasiado preocupado por no perderse ni una miga de las conversaciones de su maestro, a fin de transcribirlas fielmente, como para provocar una auténtica superación de la estructura del monólogo alternado que es tanto la de las *Conversaciones* como la de las *Nuevas Conversaciones*.

No, un auténtico diálogo platónico, eso es lo que convendría. De entrada, pues, habría que aumentar el número de participantes en aquellas *Conversaciones en el Ettersberg*, ampliar su círculo. Él mismo, por ejemplo, debería participar en ellas, exponiendo sus propias ideas, sin tener que valerse de un Goethe imaginario, de un hipotético Eckermann. «Yo mismo —piensa Léon Blum—, podría intervenir como tercer interlocutor. ¡Cuatro años de cárcel me capacitan perfectamente para hablar de la libertad, tanto en el sentido político como en el metafísico!»

Continúa de pie en medio de la habitación, con la página que escribiera hace más de un año. Se pregunta a qué otros personajes podría convocar para esa nueva versión de las *Conversaciones*. Sería divertido, claro está, convocar imaginariamente a personajes vivos. A Paul Valéry, por ejemplo. No sólo porque éste pronunció, el 30 de abril de 1932, en la Sorbona, un célebre discurso para conmemorar el centenario de la muerte de Goethe, ni siquiera porque Valéry se ha esforzado tanto, a lo largo de toda su vida, en pasar por un pensador que quizá sería justo darle una ocasión de probarlo, sino sobre todo porque su estilo aforístico de reflexión intelectual casa perfectamente con el género de los diálogos según el modelo platónico.

Tampoco sería Paul Claudel un mal candidato. Ha escrito las *Conversations dan le Loir-et-Cher*, que participan en cierto modo del mismo género, y que lo adecúan perfectamente para este tipo de ejercicio, pero, más que nada, él representaría otra vertiente de la cultura y del pensamiento, y su genio conservador, o más exactamente contrarrevolucionario, en el sentido literal del término, constituiría un obstáculo dialéctico harto apreciable.

Pero no es posible, piensa Léon Blum, incluir personajes vivos en ese libro. Ni Valéry, ni Claudel, ni siquiera el filósofo español Ortega y Gasset, distinguido germanista, autor de varios notables artículos sobre Goethe, y en especial por su ensayo *La rebelión de las masas*, entre otras obras estimulantes para el espíritu, indicadísimo para debatir cuestiones sobre la libertad en el siglo xx. No, fuera vivos. Luego, al publicarse el libro, habría demasiados disgustos, polémicas, rectificaciones, resentimientos de clanes y camarillas. Hay que resignarse a no incluir en esta nueva versión de las *Conversaciones* más que a personajes desaparecidos de la escena histórica. Diálogo de los muertos, diálogo en los infiernos o en los Campos Elíseos, o en la caverna de Platón, precisamente: de eso se trata, en definitiva. «Yo mismo —piensa Léon Blum—, ¿acaso no estoy ya un poco muerto? ¿No tengo ya un pie en la tumba? ¿No soy lo bastante etéreo como para mezclarme con las ilustres sombras que intento evocar?»

De repente, se le ocurre una idea.

Tendría que hacer que participase Herr, Lucien Herr, en aquellas *Conversaciones en el Ettersberg*. ¡Pues claro, cómo no se le había ocurrido antes! ¡Es evidente! ¡Herr, autor de un admirable prólogo a la *Correspondencia* de Goethe y Schiller, Lucien Herr, el mejor conocedor de la filosofía de Hegel en Francia, el irremplazable mayéutico de la calle Ulm! Una especie de exaltación intelectual invade a Léon Blum, tan viva que se hace perceptible físicamente, como una excitación de los sentidos, un calor visceral, cuando imagina la participación de Lucien Herr en esas *Conversaciones* que acaba de soñar.

Más incluso: de proyectar.

Léon Blum vuelve a su mesa de trabajo, se sienta.

Esta mañana ha leído un pasaje de Platón, citado por Emile Faguet en su ensayo *Para que se lea a Platón*. Un pasaje de las *Leyes* que Faguet fingía no comprender, donde sólo ve oscuridad.

Léon Blum relee las anotaciones que ha escrito esta mañana.

«No es oscuro ni contradictorio, por mucho que pretenda Faguet. Más que oscuridad, veo en él como un espejeo (cuya causa creo comprender y que ya anotaré). Distingue Platón dos nociones muy diferentes de la igualdad. Por una parte la igualdad equivalencia, la igualdad que se traduce por una identidad aritmética y que consiste en peso, número y medida. En esa primera acepción, la igualdad

desconoce, niega o tiende a anular la diversidad, la variedad de los individuos, es decir, las desigualdades naturales; los somete a todos, quieran o no, a las mismas reglas de medida, de número, de peso. Por otra parte, la igualdad equidad, que acepta el «material» humano tal como es, que reconoce como un hecho primordial la diversidad, la variedad, y por tanto la desigualdad intrínseca de los elementos humanos y que se traduce, no por la uniformidad numérica, sino por la justa proporción mantenida entre los elementos humanos desiguales. Ella es la que da más al que es grande, menos al que es pequeño. La justicia, concluye Platón, no es sino la igualdad establecida entre las cosas desiguales, conforme a su naturaleza. Y me parece admirable esta definición. La justicia, la igualdad, consisten en mantener la proporción entre la naturaleza y la sociedad y, por consiguiente, en no tolerar en la sociedad más desigualdades que las que sean expresión de las desigualdades naturales. Es de una claridad meridiana, ¿por qué no habré conocido este texto? En más de una ocasión, he columbrado esta misma idea, ya en Eckermann (¡ya estamos otra vez!, piensa Blum, interrumpiendo un instante su lectura, ¡ese tema de las Conversaciones me tiene decididamente obsesionado!), mucho tiempo después, en Para ser socialista, lee de nuevo. Siempre he considerado que la igualdad era el respeto exacto de la variedad y, por ende, de la desigualdad natural. Las fórmulas de la igualdad no son Todos por el mismo rasero, o Todos igual, sino Cada cual en el lugar que le corresponde y A cada cual lo suyo.»

Léon Blum ha acabado de releer las reflexiones que ha escrito en esta mañana de domingo.

De nuevo toma la pluma.

«Este concepto de la igualdad es plenamente revolucionario», escribe.

Pero en ese mismo momento, ecos de una música lejana llegan hasta él en ráfagas. Fragmentos de una música alegre. Léon Blum interrumpe de nuevo su trabajo, súbitamente febril. Suelta la pluma, se levanta, camina hacia la ventana y la entreabre.

Sí, música, que llega en ráfagas marciales, distante. Una música militar, una música de circo o de feria, polifónica, con numerosos instrumentos de cobre y tambores: música festiva, eso parecía.

Léon Blum escucha aquellos chinchines, presa de ansiosa curiosidad.

Hasta agosto de 1944 —o sea durante más de un año— Léon Blum no tuvo idea exacta del lugar donde se hallaba encerrado. Sabía que aquella villa, aislada del mundo exterior, se hallaba en algún lugar del bosque del Ettersberg. Pero ignoraba la presencia muy próxima de un campo de concentración. Él mismo lo dirá, más tarde, tras su regreso de Buchenwald: «*El rigor de ese cercado explica también un hecho a primera vista incomprensible, me refiero a nuestra ignorancia, prolongada durante tanto tiempo, de los indecibles horrores que se perpetraban a pocos centenares de metros de nosotros. El primer indicio que de ello tuvimos fue el extraño olor que con frecuencia llegaba hasta nosotros al atardecer, por las ventanas abiertas, y que nos obsesionaba la noche entera cuando el viento seguía soplando en la misma dirección: era el olor de los hornos crematorios.*»

El olor vespertino, el olor de la primavera y del verano, sobre todo, les llegaba a los prisioneros de la villa del *Falkenhof*, por las ventanas abiertas. Extraño olor, insulso, vagamente repugnante, dulzonamente nauseabundo, no identificado de inmediato por Blum y sus compañeros de encierro, inquietante, sin embargo, arrastrado por el viento sobre el bosque del Ettersberg. Olor que a nosotros, que sabíamos lo que significaba, se nos había hecho familiar en el transcurso de los meses, de los años. Olor que ya no nos mareaba, al cual nos habíamos acostumbrado, como se acostumbra uno a la promiscuidad de las letrinas, a los hacinamientos en los catres —cinco o seis deportados según los barracones, en el espacio ya mezquinamente previsto para dos—, a los berridos y golpes de *gummi*, las porras de goma de los jefecillos, a despertarse a las cuatro de la mañana, al hambre y al sueño permanentes, que nada podía mitigar duraderamente: siempre había hambre y sueño retrasados, sueño y hambre para vender a espuertas; a los interminables recuentos, las noches de escarnio colectivo, a la imposibilidad de un instante de soledad; como se acostumbra uno a la muerte de los compañeros que se desvanecen en humo, precisamente, provocando ese olor extraño y familiar que se mezcla, en el recuerdo de quienes tienen aún ocasión de recordar, con el olor acre del *machorka* y con el de la mierda en las letrinas del Campo Pequeño, para componer ese extraño y familiar perfume de la muerte, en Buchenwald, avivado en primavera y en verano, y penetrando como un oscuro mensaje por las ventanas abiertas de la villa de Blum, en el *Falkenhof*, por todas las ventanas abiertas en kilómetros a la redonda: las de las granjas turingias, las de las residencias campestres de los burgueses de Weimar, las de las iglesias y capillas de todas las confesiones cristianas, donde se rezaba a Dios, aquel domingo, en medio del olor obsesionante del crematorio.

Pero Léon Blum está en la ventana. Escucha aquellos chinchines de música militar, único indicio, junto con aquellas tufaradas de olor extraño, de la inquietante realidad del mundo circundante.

Sin embargo, eran indicios contradictorios, aquella música, aquel olor. La música, cadenciosa, marcial, hacía estallar a lo lejos sus alegres chinchines. El olor, extraño, insípido, penetrante, sugería otra cosa, otras realidades. Muchas veces, en los primeros tiempos de su encarcelamiento en el *Falkenhof*, junto a la ventana abierta, por la noche, o al mediodía, algunos domingos, Léon Blum había intentado, movido por la inquietud provocada por aquellos signos extraños, aquellos mensajes oscuros, penetrar el misterio de aquel olor insulso, de aquella música aparentemente alegre.

Más tarde, tras el bombardeo de las fábricas y cuarteles de Buchenwald por la aviación americana, una parte de aquel misterio se había despejado. Un grupo de deportados había sido destinado a trabajos urgentes de reparación en el recinto mismo de los cuarteles Totenkopf. Léon Blum había visto a algunos circulando en torno a la empalizada. Algunos habían penetrado incluso en el recinto propiamente dicho de la villa y habían podido intercambiar, a pesar de la vigilancia de los SS, algunas palabras rápidas con prisioneros belgas y franceses. Así habían llegado hasta él las primeras noticias acerca de la existencia del campo.

Junto a la ventana entreabierta, hoy, en este domingo de diciembre, Léon Blum escucha ansiosamente los lejanos chinchines de las marchas militares. Temblando de frío, cierra la ventana. Vuelve hasta su mesa de trabajo. Reanuda su frase inacabada, reanuda su reflexión sobre la igualdad según Platón, sobre la fórmula de esta igualdad: «A cada cual lo suyo.»

En alemán se hubiera dicho: *Jedem das Seine.*

Es exactamente la fórmula que aparece escrita, en letras de hierro forjado, en la verja de entrada monumental de Buchenwald. Cierto es que Léon Blum no ha visto esa puerta. No tiene, como Goethe, el privilegio de la inmortalidad, el don de la ubicuidad. Cierto es también que quizá no habría comprendido aquella inscripción, aunque la hubiera visto, porque no conocía el alemán. A Léon Blum nunca se le han dado bien las lenguas extranjeras. Él mismo lo ha dicho: es más bien extraño, en un judío.

¡Un judío, prisionero de excepción en el *Falkenhof*! Yo no dejaba de darle vueltas a esta idea en la cabeza mientras caminaba junto a Goethe.

Habíamos vuelto la espalda a la entrada del campo de trabajo correctivo, caminábamos lentamente por la gran avenida jalonada de columnas rematadas con águilas germánicas, imperiales. El frío seguía siendo intenso, pero el sol brillaba en un cielo totalmente despejado, de un azul transparente, en el que ascendía, a nuestra izquierda, un humo sereno, de un gris pálido y ligero.

—¿Cree usted, Eckermann —me dijo de repente mi maestro y amigo—, que un político como el presidente Léon Blum puede jugar aún un papel en la Europa de la postguerra?

—Yo mismo me lo estaba preguntando, Excelencia —le dije, sin encontrar respuesta pertinente.

Goethe me dirigió una sonrisa afectuosa y de complicidad.

—¡Creo haberle dicho ya, mi querido Eckermann, cuáles son las condiciones requeridas para pasar a la posteridad!

—¡Sí, Excelencia! —le contesté—. Me manifestó usted su opinión al respecto el 2 de mayo de 1824, un domingo como hoy.

—¿1824? ¿Tanto tiempo hace ya? ¿Qué le dije aquel día, mi buen amigo?

—Me dijo usted, Excelencia: *Para pasar a la posteridad, son necesarias, como es sabido, dos cosas: la primera es tener talento, y la segunda, recibir una gran herencia. Napoleón heredó de la Revolución francesa; Federico el Grande, de la guerra de Silesia; Lutero, del oscurantismo de la clerigalla...*

—¡Basta, Eckermann, basta! —me dijo Goethe interrumpiendo con un ademán mi mención de su pensamiento de antaño—. Nadie pone en duda que el señor Blum sea hombre de talento, pese a haber incurrido en los errores del ejercicio del poder. Pero, ¿cuál es su herencia? ¿Las realizaciones sociales de su gobierno, en 1936? No es una herencia que él y sus amigos puedan reivindicar para sí solos. Es un legado de la sociedad francesa en su conjunto y ésta incorporará definitivamente esas reformas a su haber, cualquiera que sea el sistema político que suba al poder y la futura relación de fuerzas en el parlamento. Las vacaciones pagadas, ¡con eso no se pasa a la posteridad, mi buen amigo! Sentado esto, ¿cuál podría ser por lo demás la herencia del señor Blum? ¿El humanismo socialista? Tampoco es una gran herencia, o mejor dicho, sí que lo es, pero los supuestos herederos son tan numerosos y querrán sacar partido de él con fines tan discordantes que ninguno de ellos podrá realmente hacerlo fructificar. El humanismo socialista es un poco como el sentido común del que habla Descartes: la cosa del mundo mejor repartida. ¡Las cosas demasiado bien repartidas carecen de dinamismo interno, mi buen Eckermann! ¿Ha visto usted alguna vez a un pueblo de pequeños campesinos propietarios de sus parcelas pasar a la posteridad, trastornar el orden de los Estados y de los Imperios? ¡Impensable! No, el señor Blum es hombre de talento, y espero mucho de sus reflexiones sobre la historia de estos últimos años, en la que no habrá dejado de meditar, en su retiro del *Falkenhof*. Pero no deja una gran herencia, no pasará a la posteridad dentro del mundo de la postguerra.

Goethe guardó silencio y no traté de estimular su pensamiento. Sabía muy bien que él mismo recobraría el hilo de su discurso.

—Mire usted, Eckermann —prosiguió en efecto, al cabo de unos minutos de silencio meditativo—, la gran herencia de esta postguerra que se anuncia es el nacionalismo. Fácil es percatarse de que no hemos salido aún de la era inaugurada por la Revolución francesa, por la concepción jacobina de la Nación y de la Política. Claro está, a mí que he vivido esa época de la Revolución francesa y todas las épocas que de ella han derivado, me resulta bastante fácil comprender este hecho esencial. ¡No es poca cosa haber vivido cerca de dos siglos de la historia del mundo! Yo nada tengo que ver con eso, por supuesto, es un don del cielo, pero soy libre de sacar provecho de ello. Es un aspecto que Paul Valéry supo descubrir en su *Discurso en honor de Goethe*, cuya perspicacia en muchos puntos no puede menos de reconocerse. Decía Valéry, como sin duda recordará ustel: «Lo que más me sorprende en Goethe es esa vida larguísima» —¡y eso que no sospechaba su verdadera duración!— y añadía más adelante: «esa inmensa duración que da forma a Goethe abunda en acontecimientos de primera magnitud, y durante esa larga presencia el mundo le brinda contemplar, meditar, padecer, y a veces alejar de su mente, sinnúmero de hechos considerables, una catástrofe general, el fin de una Época y el comienzo de una Época». Pues bien, esa Época que vi comenzar y que la Revolución francesa inaugura es la época de los nacionalismos. Sé hasta qué punto esta afirmación resulta paradójica, al menos en apariencia. ¿La época que acabamos de vivir no es, en efecto, aparentemente, la época de las Internacionales? Cuatro hemos conocido. La Primera, sin embargo, murió de muerte natural, sin flores ni coronas. La Segunda no resistió el enfrentamiento de las naciones durante la guerra mundial de 1914-1918. La Tercera fue disuelta, no siendo ya más una ficción, un estorbo para la política nacional de Rusia, por el propio mariscal Stalin, no hará más de un año. Y la Cuarta no ha sido sino el invento novelesco de ese gran escritor extraviado en la política —¡otro más!— que era Trotski. ¡No, la época de las Internacionales aún no ha llegado! Hay que reconocer que la idea de donde arranca esta inspiración es sencilla y clarividente. Diré incluso que posee la amplitud de las grandes evidencias, pero la historia lo ha demostrado hasta la saciedad: las ideas importantes, las grandes evidencias surgen siempre prematuramente, adoptando la rutilante forma de las utopías. Ignoro qué será de ese pensamiento utópico del doctor Marx —¡otro alemán! ¡Estamos en todas partes, Eckermann, y eso nos autoriza a contemplar el porvenir con confianza!—, pero es significativo que la teoría del doctor Marx, en cuanto sus discípulos y sectarios han intentado aplicarla a las realidades concretas y densas de la historia, ha tropezado siempre con la cuestión nacional (con la cuestión campesina, también, pero ésta es un aspecto particular de aquélla). En realidad, ¿qué es la Revolución de los soviets? Un simple paréntesis confuso y violento, tras el cual la historia de las naciones ha proseguido su curso. ¿Qué tenemos frente a nosotros, actualmente, en las llanuras del Este? ¿El ejército de los soviets o el de Rusia? ¡No hay ni que dudarlo, amigo mío! El ejército de los soviets quedó deshecho, lo volatilizó el viento de la guerra. Por otra parte, el mariscal Stalin le había asestado ya duros golpes con sus grandes purgas de oficiales, antes de que acabase con él el canciller Hitler. ¡Ahora es el fantasma de Suvórov el que se alza ante nosotros, el que hace sufrir a nuestros ejércitos la suerte que conocieron los de Napoleón! Recuerde, Eckermann, con qué serenidad, con qué desinterés —trabajaba por aquel entonces en una nueva versión de mi *Teoría de los colores*— asistí a todas las peripecias de las efímeras Repúblicas de los Consejos de Sajonia y en Baviera, en los años 20 de este siglo. Otros se dejaban llevar por el pánico, pensaban ya que era el fin de nuestra civilización. ¡Sandeces! El gran problema de la época, por mucho que clamen los ideólogos, no es el de la organización internacional de los Consejos, sino el de la Nación alemana, humillada, desmantelada, desorientada por la derrota. La Nación alemana fue la que impuso sus soluciones y en la Nación alemana se estrellaron tanto las tentativas de los vencedores de Versalles como las de los revolucionarios maximalistas. Esa certeza provocaba mi actitud de inhibición ante la época. Confiese que no me equivocaba, Eckermann. Hoy, vemos que los maximalistas son los primeros que enarbolan la bandera nacional y que tratan de monopolizar el espíritu patriótico. No sólo el mariscal Stalin disolvió sin consultar con nadie la Tercera internacional, sino que el comunismo —y considere esto, mi buen amigo, como una predicción— no habrá marcado esta época sino en la medida en que haya contribuido a afirmar los nacionalismos. El comunismo no sobrevive sino porque al volver la espalda a la idea de la República universal, gracias en particular al realismo del mariscal Stalin, ha pasado a ser un elemento cristalizador en torno al cual se han agrupado las antiguas naciones de Rusia y se reagruparán ineludiblemente las nuevas naciones, hasta ahora sometidas o colonizadas. ¡No deja de ser paradójico que el comunismo no juegue un papel histórico sino en la medida en que abandona sus aspiraciones revolucionarias originarias para asumir la causa de la Nación, la causa de una Nueva burguesía jacobina! Cierto es que la historia está llena de paradojas similares. Como también es cierto, o al menos verosímil, que la idea de Nación es la que hará estallar el imperio comunista, ¡por esencia multinacional!

Había escuchado las palabras de Goethe, abrumado por el torbellino de ideas clarividentes, de pensamientos fecundos que me transmitían. Guardé silencio cuando hizo una pausa, tratando de grabar en mi memoria cuanto acababa de decir. Una vez más, bendije la suerte que me había deparado ser el acompañante de hombre tan excepcional.

—No, mi querido amigo —añadió Goethe, viendo que yo aguardaba con impaciencia que prosiguiera sus reflexiones—, la idea primordial de Marx, su más auténtica inspiración, idea que sus seguidores han tenido que traicionar para asegurar su supervivencia en el poder, no se orienta hacia la idea de Nación. En lo tocante a ese tema, no sólo los maximalistas siguen aferrados a la tradición jacobina que por definición es burguesa, sino que se sitúan a remolque y a la merced de sus adversarios, cualesquiera que sean los éxitos momentáneos que pueda proporcionarles su actual entusiasmo por la independencia y la grandeza nacionales. La Nación les tiene sin cuidado a los trabajadores, eso es evidente. Marx quería extraer de esa evidencia consecuencias positivas, pero yo únicamente veo en ella limitaciones objetivas —y sin duda culturales— que impedirán durante mucho tiempo aún que las clases inferiores jueguen un papel histórico determinante. La idea primordial del doctor Marx era la crítica de la sociedad civil y de su anatomía, la economía política. Para estudiar esta cuestión, se inspiró en los trabajos que realizara mi viejo amigo, el profesor G. W. F. Hegel. ¡Pero, ay, se inspiró asimismo en la dialéctica del profesor! Recuérdeme, mi querido Eckermann, que lleve adelante ese proyecto durante tanto tiempo postergado de escribir un breve ensayo que medito desde hace años sobre los estragos de la dialéctica.

Pero nos interrumpió bruscamente el estallido marcial de una marcha militar que anunciaba, lo sabíamos, la pausa dominical concedida a todos los internados que se beneficiaban de las condiciones de vida, rigurosas pero justas, del campo de trabajo correctivo hacia la entrada del cual caminábamos, en las idas y venidas de nuestro paseo, y cuya divisa había admirado a Goethe, hacía un rato: *Jedem das Seine!*

Aquí llega Fernand Barizon.

En el momento mismo en que Léon Blum vuelve a ponerse al trabajo, releyendo la frase que acababa de escribir al ser interrumpido por los chinchines de una música lejana: «Ese concepto de la igualdad es plenamente revolucionario...»; en el momento en que Goethe y Eckermann, surgidos en la imaginación nebulosa del Narrador, se desvanecen de nuevo, dando paso a las cohortes bien reales de los kommandos exteriores que regresan al interior de la alambrada electrificada del campo propiamente dicho; en ese momento del mediodía en que estallan los himnos militares de la *Lagerkappelle*, la orquesta del campo, que despliega el fasto sonoro y aparatoso de sus cobres y sus uniformes abigarrados, en la puerta de entrada; en ese momento del mediodía en que las columnas avanzan marcando el paso por la avenida de las Águilas, hacia esa inscripción, *Jedem das Seine*, que los espera a la puerta del campo y en la que nadie se fija ya, pues expresa la trivial igualdad ante la muerte que es su destino más probable, que a nadie asombra ya, aparece Fernand Barizon.

Llega con la columna apretada de la *Gustloff*, marcando el paso en la nieve, vigilando con atenta mirada bajo las negras cejas al cabrón del Untersturmführer SS que está plantado un poco más lejos, en su lugar habitual de los domingos, y a quien todos conocen bien por la facilidad con que se le escapa la porra.

¿Creen ustedes que a Fernand le preocupa esa inscripción irrisoria y mierdosa, *A cada cual lo suyo*, que luce en el portal de Buchenwald? Ha visto otras Barizon. Ha crecido en un país en donde en todos los frontones de los edificios públicos —a excepción, eso sí, de los urinarios, no se sabe por qué—, luce insolentemente la inscripción *Libertad, Igualdad, Fraternidad*, que no deja de ser tampoco del género irrisorio, así que a Barizon le importa un pepino el *Jedem das Seine*.

Sin duda, si hubiese tenido ocasión Barizon de conocer las reflexiones que anotó Léon Blum acerca de la igualdad según Platón, encontraría cosas que criticar. Primero que siempre hay cosas que criticar en las reflexiones de un social-demócrata: es un viejo principio que Barizon no abandonará así como así. Y luego que, sea como fuere, y aun sin discusión previa con el español, Barizon no leería sin reaccionar algunas de las frases de Blum. Ésta, por ejemplo: «La justicia, la igualdad, consisten en mantener la proporción entre la naturaleza y la sociedad y, por consiguiente, en no tolerar en la sociedad más desigualdades que las que sean expresión de las desigualdades naturales.» ¡Sospechosa le parecería esa afirmación a Fernand! En primer lugar, Barizon no sabe muy bien lo que quiere decir «desigualdades naturales». Por supuesto que en la naturaleza hay sordos y mudos, incluso sordomudos, y otros

292

que no lo son. Pero también hay un montón de desigualdades que pasan por ser naturales, que han pasado a ser naturales, y cuyo origen, sin embargo, es social. A la misma edad, en el mismo grupo, a un hijo de proletario le cuesta más comprender algunas clases que a un hijo de médico o de abogado. ¿Desigualdad natural o desigualdad adquirida por la diferencia del medio social? ¡Venga, Léon, venga: a ver si te vas a cachondear de nosotros! Y además, ¿quién establecerá la proporción de desigualdades naturales que hay que mantener en la sociedad? ¿Y según qué criterios? ¿Quién ostentará el poder de control?

Pero Barizon ignora las delicadas reflexiones platónicas y patricias de Léon Blum. Le importarían un pepino, por lo demás. Lo único que sabe es que tiene que procurar pasar sin que le caigan golpes delante del cabrón del Untersturmführer que se coloca siempre en el mismo sitio los domingos y que aporrea a los prisioneros cuya jeta no le cae bien. La mejor solución para evitar al SS es camuflarse en medio de la columna, que avanza por la avenida de las Águilas en filas de a cinco. Pero hoy estaba distraído en el momento de formar en el patio de la *Gustloff*, y lo desplazaron al borde exterior de la columna de marcha de la *Gustloff*. De modo que va a pasar a pocos centímetros del suboficial SS. Ya ha notado Barizon que ese tipo tiene un sadismo especial. No se ensaña con los más débiles, los más posmas, los más desaseados. Al contrario, la toma más bien con los más sanos, los enchufados, los resplandecientes. Barizon ha observado asimismo que el SS parece desinteresarse totalmente de los rusos. Y eso que, habitualmente, sus congéneres se ensañan especialmente con los jóvenes rusos, cuando sienten la necesidad de ensañarse con alguien. Pero éste no. A éste, apostado cada domingo al mediodía en el mismo sitio, tras haber abandonado probablemente una de las dependencias administrativas de la guarnición SS que bordean la avenida, le traen sin cuidado los rusos. Los deja pasar tranquilamente. La tiene tomada casi exclusivamente con los occidentales.

Ése es el problema de Fernand Barizon, en el instante preciso en que Léon Blum escribe no sin frivolidad que le parece revolucionario el concepto platónico de la igualdad: ¿cómo pasar, dado que él responde más o menos a los criterios que provocan la brusca, fría y brutal cólera del SS, cómo pasar delante de él sin que le caigan golpes? ¿Es mejor empequeñecerse lo más posible, encorvar la es-

palda, desviar la mirada? ¿Es mejor adoptar la expresión
más natural del mundo, como si no hubiera hecho uno
más que eso en toda su vida: trabajar en la *Gustloff* como
un presidiario y cruzarse con tipos uniformados que tienen sobre uno derecho de vida o de muerte? ¿Es mejor
pasar, como si nada, como si silboteara uno entre dientes
al volver del trabajo, como si el SS no fuera más que una
especie de urbano, plantado allí, en la avenida de las Águilas, como hubiera podido plantarse en el cruce de Les Qua-
tre-Routes en La Courneuve? ¿O es mejor hinchar el pecho,
pasar delante de él tieso como un huso?

Ése es el problema de Barizon, que se reprocha el haber olvidado camuflarse en medio de la columna, como
suele hacer con consumado arte, cuando el kommando forma filas de a cinco en el patio de la *Gustloff*.

Pero es que hoy Fernand estaba distraído. Soñaba con
Juliette, con su escapada a Bretaña con Juliette, diez años
atrás. ¿Por qué habían decidido ir a Bretaña, en realidad?
Habían decidido marcharse juntos, unos días, en un arrebato de pasión. Bien, pero ¿por qué a Bretaña?

En Beaumont-du-Gâtinais, en la granja de sus abuelos
maternos, había colecciones de revistas que había hojeado
detenidamente, un verano. Tenía ocho años. No recuerda
por qué motivo pasó todo aquel verano en casa de sus
abuelos maternos, aquel año. El caso es que se pasaba el
tiempo hojeando revistas, solo, en una habitación oscura y
fresca, detrás de la amplia cocina de la granja. Un día,
bajo un montón de *Petit Echo de la Mode*, publicación que
espulgaba detenidamente con la esperanza de descubrir
figuras femeninas más o menos sin ropa, se encontró un
librito verde, sin duda olvidado allí, o extraviado. Era una
guía Joanne de Bretaña, bastante antigua ya, puesto que
databa de 1894. Pero el pequeño Fernand se abismó exta-
siado en la lectura de aquella guía. Muy pronto, se sabía
de memoria páginas enteras. Todo se sabía, no sólo sobre
la Bretaña de fines del siglo pasado, sino también sobre
los itinerarios, las ciudades en que había que parar des-
critas en la guía. Años más tarde, aún las recordaba. Por
ejemplo, en España, en 1938, había coincidido en una patru-
lla con un tipo de la XIV Internacional, que era de Chartres. Barizon le había hablado de la catedral con entusiasmo y precisión tales que habían dejado atónito al otro.
Cuando Barizon se puso a evocar la Virgen del Pilar que
está a la izquierda del coro, el otro se le mosqueó. Humi-

llado, sin duda, de que le dieran lecciones sobre las maravillas de su propia ciudad natal, le lanzó a Barizon una pulla política: «¡Oye, Fernand —le dijo—, para ser un camarada del partido, mucho te interesan las iglesias!»

Pero mal había elegido el momento el chartroso. O chartriano, o chartrilloso, o chartricón, ¿cómo se llaman los habitantes de Chartres? Mal había elegido el momento, porque Barizon acababa de leer un folleto del PCF que contenía el informe de Thorez en el congreso de Arles, celebrado pocas semanas antes. Algunos aspectos de aquel informe, digámoslo entre nosotros, habían preocupado un poco a Barizon. Por ejemplo, el breve pasaje que Maurice le dedica a España en su informe le había parecido insuficiente, corto de ideas y de fuerza, de un pacifismo un tanto lacrimoso, para decirlo todo. Porque, a excepción de los saludos emocionados y de los deseos de victoria, que eran obligatorios pero insuficientes, lo esencial de lo que decía Maurice cabía en una frase que Barizon no había podido leer sin sufrir un sobresalto: «Aún estamos a tiempo de evitar a Francia y a las demás naciones la suerte desdichada del pueblo español.» Barizon había pegado un brinco. ¿Suerte desdichada? ¿Alzarse en armas contra un golpe de Estado fascista y desbaratar el curso del destino era una suerte desdichada? Aunque el resultado de la guerra no fuese favorable a las fuerzas populares —Barizon empezaba a tener serias dudas sobre la posibilidad de una victoria—, ¿qué otra cosa hubiera podido hacerse? ¿Capitular ante el fascismo para evitar las desdichas de la guerra? No, esa «suerte desdichada» se le había quedado atravesada en la garganta a Barizon. Pero no era ése el problema, de momento. Había que pararle los pies al chartrés aquel de los huevos. «Pues a ti —replicó Barizon—, para ser miembro del partido, te veo poco enterado de los discursos de nuestro secretario general.» Por lo general, Barizon no era tan solemne. Decía Maurice, más bien que secretario general. Pero Maurice resultaba menos impresionante. La prueba era que el otro le miraba inquieto. Barizon continuó, impasible: «Más te valdría leer el informe de Arles, muchacho, para que te enteres del respeto, de la fidelidad que deben inspirarnos, a los comunistas, las tradiciones nacionales. Y la catedral de Chartres es una tradición nacional, ¿no te parece?»

El chartrés ya no abrió la boca.

Pero este episodio tiene lugar unos años después de la

escapada a Bretaña, con Juliette. Y de la escapada a Bretaña se ha acordado Fernand esta mañana, como tantas otras mañanas, en el momento en que el kommando de la *Gustloff* formaba en filas de a cinco para volver al campo, marcando el paso, en la nieve de la avenida de las Águilas.

El pequeño Fernand, pues, en aquel lejano verano en el Gâtinais, se había entregado a las delicias de los viajes imaginarios. Había acabado sabiéndolo todo sobre Bretaña, al menos sobre la Bretaña de finales del siglo XIX. Pero ese saber anacrónico no había dejado de ocasionarle problemas, en 1934. Por ejemplo, en el Pouliguen, cuando se alojó con Juliette en el Hôtel des Etrangers —escogido porque se le había quedado grabada en la memoria una frase que proclamaba que dicho establecimiento disponía de «un timbre eléctrico en todas las habitaciones»— Barizon había provocado un curioso revuelo entre el personal cuando se interesó, como quien no quiere la cosa, por la señora viuda Le Breton, que regentaba el hotel en 1894, según el librillo verde que había hecho las delicias de su imaginación infantil. Parecía ser, al menos tal fue la conclusión que sacaron Fernand y Juliette de los conciliábulos y alarmados cuchicheos que la inocente pregunta había suscitado, que el nombre de la viuda de marras evocaba lances inquietantes, aunque lejanos y confusos. En cualquier caso, durante las veinticuatro horas que pasaron Fernand y Juliette en aquel hotel, la gente les manifestó un receloso y casi aprensivo respeto. A raíz de aquella experiencia, Juliette decidió que sería inoportuno en lo sucesivo citar los nombres que la Guía Joanne perpetuaba, para utilizarlos como recomendación con los sucesores en la dirección o en la gerencia de los establecimientos hoteleros que frecuentaron a lo largo de su loca escapada.

Aquella mañana, pues, en el patio de la *Gustloff*, Fernand se había acordado de la guía Joanne. Se había acordado de los ataques de risa de Juliette a raíz del episodio de la señora viuda Le Breton, ataques de risa de los que él se había aprovechado con creces, ya que Juliette nunca se mostraba tan libertina y fogosa en los juegos y lides amorosos como en los momentos de alegría desenfrenada. Pensó que tenía que contarle al español la historia de la Guía Joanne. El español lo sabía casi todo sobre Juliette, pero no sabía nada sobre la Guía Joanne. Aquella historia aún no se la había contado al español y Barizon estaba convencido de que le haría gracia.

El caso es que, distraído con todos aquellos recuerdos, Barizon había dejado que lo colocaran hacía un rato en la fila exterior de la columna del kommando. Cuando quiso darse cuenta, era demasiado tarde para cambiar de sitio. Por eso, ahora, en la avenida de las Águilas, se pregunta Barizon qué actitud adoptar al pasar delante del suboficial SS, para intentar evitar los porrazos que éste prodiga cada domingo, según criterios muy personales.

Pero a pesar de todo, al recordar la Guía Joanne, hoy, se le ha escapado de nuevo la risa. Tiene que contárselo sin falta al español, después del rancho.

Pero no fue aquel día, aquel domingo, cuando Barizon le habló al español de la Guía Joanne de Bretaña. Fue mucho más tarde, años más tarde. Veinte años después, exactamente. Ni siquiera fue en 1960, en efecto, durante aquel viaje del que todavía ha de volverse a hablar, con paradas en Nantua, Ginebra, Zurich y varios lugares imaginarios: lugares de la memoria. No obstante, en Nantua, habían hablado de Juliette. Quizá volvieron a hablar de ella en Ginebra y en Zurich, es posible. En el lago de Zurich, habían hablado de muchas cosas, atropelladamente, con el desorden un tanto alocado de las confesiones y de las puntualizaciones. En el barco que daba la vuelta al lago de Zurich, habían hablado de los rusos, por ejemplo. No sólo, ni siquiera principalmente, de los rusos de Buchenwald, no, de los rusos de la URSS.

«Es el último pueblo cristiano del universo —le había dicho el español a Barizon—. Un pueblo de una resignación infinita, insondable, salpicada de bruscas y ciegas rebeliones. Cada vez menos rebeliones, por cierto. Y no olvides, Fernand, que "cristiano" y "campesino" tienen la misma raíz, en ruso. ¿Nunca has estado allá? ¡Pues mira, todo lo que hemos proclamado a grandes gritos, durante decenios, sobre los planes quinquenales, sobre la industrialización, es falso! Al menos, parcial. Pura fachada, sobre todo. El socialismo, dijo Lenin, son los soviets más la electrificación. Ya no hay soviets y apenas electrificación, al menos si tomas este término como símbolo de una auténtica modernidad. En la URSS, la modernidad es superficial, sólo afecta a ciertos sectores importantes, relacionados fundamentalmente con la investigación espacial y la industria militar. En profundidad, el estalinismo ha supuesto la liquidación de los soviets y la capitulación ante los valores antiguos, ancestrales, del campesinado. Me dirás que es una jodida paradoja, una vez más mi afición por las fórmulas brillantes y alambicadas. De acuerdo, el estalinismo supone en primer lugar el exterminio de los campesinos, pero supone precisamente el exterminio de la fracción moderna, capitalista en el sentido histórico del término, dinámica, del campesinado. En el campo, el atraso lo representa el koljoz, no la empresa agrícola capitalista. ¡Pero eso es otro problema! Los rusos, Fernand, son los últimos cristianos. ¡Aunque no, ni siquiera! Ni siquiera son un pueblo cristiano, sino un pueblo cristianizado, ¡no sé si entiendes lo que quiero decir!»

Barizon lo entendía perfectamente. Entendía que el español se había lanzado, una vez más, a una de sus improvisaciones. Es curioso lo poco que ha cambiado este tío, a pesar de los años transcurridos, el pelo blanco y la experiencia. Así que Barizon había dejado que pasase la tormenta, para hacerle luego preguntas concretas.

En cualquier caso, en 1960, el español le había hablado a Barizon de un montón de cosas, en el barco que daba la vuelta al lago de Zurich.

Le había hablado del encuentro fortuito con Viacheslav Mijáilovich Molótov en los pasillos de la policlínica del Kremlin. Fue el verano de 1958. El español estaba allí con su mujer. Tenían que hacerse un reconocimiento médico, obligatorio, antes de irse de vacaciones a Sochi. Bruscamente, mientras aguardaban el resultado de algún análisis o radioscopia, se organizó un barullo. Se oyeron portazos y se vaciaron los despachos en el pasillo central de aquella policlínica reservada a las eminencias de la burocracia política soviética y a los nobles huéspedes extranjeros. Médicos y enfermeras corrían enloquecidos, en un revuelo de batas blancas, hacia la entrada del pasillo. Pues bien, por aquel pasillo en el que el español y su mujer aguardaban, tranquilamente sentados en un banco, se acercaba la causa de todo aquel guirigay: un hombrecillo de bigote entrecano, gafas con montura de acero y tez increíblemente mortecina y gris, inmediatamente reconocible. Era Molótov. Y médicos y enfermeras se precipitaron sobre él para estrecharle la mano, para tocar su ropa, para llamarlo por su nombre y patronímico. ¡Viacheslav Mijáilovich! Apenas habían transcurrido dos años desde el XX Congreso del PCUS. Un año desde que Jruschov relevara a Molótov de sus funciones, junto con la banda de los cuatro —el pro-

pio Molótov, más Malenkov, Kaganóvich y Voroshílov—
a la que se unió Chepílov, según la fórmula consagrada.
Todo el mundo sabía que en aquella lucha por el poder su-
premo, Molótov representaba los elementos más retrógra-
dos de la burocracia soviética, que él era el símbolo del
mantenimiento del estalinismo con otra imagen. Y sin embargo, médicos y enfermeras de aquella clínica del Kremlin, sobre cuyo personal se había abatido una de las últimas ráfagas del terror de Stalin, la del «complot de las
batas blancas», precisamente, se precipitaban sobre Viacheslav Mijáilovich para felicitarle, para tocarle la mano
con fervor sincero y monstruoso, monstruoso porque, visiblemente, era sincero. El hombrecillo de rostro gris, de
bigote gris, de mirada gris, de traje gris, el menudo buró-
crata de la muerte había pasado delante del español y de
su mujer, que no se habían movido, paralizados en un mismo sentimiento de incredulidad horrorizada del que habla-
rían más tarde, entre ellos, comprobando que habían
reaccionado una vez más al unísono. Viacheslav Mijáilovich Molótov, tétrico funcionario del Terror, comparado
con el cual los criminales de guerra nazis, o al menos la
mayoría de entre ellos, apenas podían ser considerados
aprendices, e incluso aprendices de brujo, ya que habían
caído en el lado de los vencidos, en el lado malo de la historia, había pasado, pues, delante de ellos, sonriendo a derecha e izquierda, dejándose adular por aquel fervor servil
y miserable, y había lanzado a aquella pareja sentada en
el campo una mirada breve y penetrante, una mirada helada a aquellos desconocidos que no estaban allí en su
época, que no pertenecían a su época. Y el español, entonces, con una especie de vértigo asqueado, con una especie de asco vertiginoso, soñé, yo, que el mismo Stalin
podría un buen día reaparecer en los pasillos del Kremlin,
caminando con su paso pesado y lento, metida la mano entre los dos botones de su guerrera militar, caminando hacia su despacho, para volver a hacerse cargo de todo, para
volver a tomar el poder.

En cualquier caso, hablé de muchas cosas, en el lago
de Zurich, con Barizon. De mi encuentro fortuito con Molótov, dos años atrás, y de otro, nada fortuito, con Suslov,
en aquel mismo año 1960. Pero Barizon no me dijo nada,
en aquella ocasión, de la Guía Joanne de Bretaña. Fue cuatro años más tarde, en 1964, al salir de la Mutualidad, la
última vez que nos vimos, cuando Fernand Barizon me ha-

bló de aquella Guía de la que aún se sabía páginas enteras. Un día, mucho después de todo aquello, después de todos aquellos viajes, después de toda aquella memoria, un día de junio de una luminosidad viva y profunda, en la plaza de Fouesnant, recordé la voz de Fernand Barizon cuando me hablaba en un café cerca de la Mutualidad. Me contaba aquella historia de la Guía Joanne y decía una frase de memoria. ¿Por qué aquella? Por nada, al azar, pero era ésta: «A la izquierda, camino de Fouesnant, cabeza de partido de 2 776 habitantes —iglesia del siglo XIII—, célebre en todo el Finistèrre por la belleza y coquetería de sus mujeres...» Yo estaba en la plaza de Fouesnant, delante de la iglesia del siglo XIII, y me acordaba de Fernand Barizon. Al final, no habían ido a Fouesnant Juliette y él. No porque la joven hubiese tenido un ataque de celos hipotético y previsor, tras haber leído aquella frase sobre la reputada belleza y coquetería de las mujeres de Fouesnant, sino porque se habían quedado sin un cuarto y tenían que regresar a París. Yo estaba en Fouesnant, pues, y me repetía aquella frase de la Guía Joanne cuya autenticidad, claro está, no puedo garantizar, pero sí su textualidad: dicho de otro modo, puedo garantizar que Fernand me la recitó así, en 1964.

Pero estamos veinte años atrás, un domingo, en Buchenwald.

Estoy en la oficina del *Arbeitsstatistik*, ha comenzado el recuento de mediodía. Lo seguimos por el altavoz. En efecto, uno de nuestros privilegios, y no es poca cosa, nos permite permanecer en el mismo lugar de nuestro trabajo. Ya ha pasado el suboficial SS; nos ha contado, la cuenta era correcta y se ha marchado a entregarle al Rapportführer la cifra total de los prisioneros que pueden, como nosotros, permanecer en su puesto de trabajo. Únicamente tenemos que aguardar a que finalice el recuento general, para precipitarnos al block donde reparten la sopa de tallarines dominical. O mejor dicho, se precipitarán quienes, como Daniel y yo, sólo disponen de la ración diaria y ordinaria para subsistir. Los otros, los auténticos privilegiados, los *Prominente*, no tienen ninguna necesidad de precipitarse. Una de dos, o el jefe del block hará que les guarden su ración de sopa, o ni siquiera se molestarán en tocarla y se la cederán a otros privilegiados un poco menos privilegiados que ellos.

Estoy sentado en mi sitio, delante de los estantes del

fichero central. No hago nada. Estoy vacío y nebuloso. Ni siquiera leo el semanario *Das Reich* que alguien acaba de pasarme. Aguardo sencillamente a que la voz del Rapport-führer berree por el altavoz que ha acabado el recuento. Contemplo distraídamente la chimenea del crematorio, compruebo que el humo gris y ligero de la mañana se ha tornado más denso.

En ese momento veo a Jiri Zak. Ha venido a hablarle a su amigo Josef Frank, sin duda. Jiri Zak es un joven comunista checo, trabaja en la *Schreibstube*. Es tranquilo, ponderado, nunca alza la voz. Tiene una mirada penetrante, tras las gafas enmarcadas en acero. Sí, ya está, se ha sentado al lado de Frank, enfrente de mí, al otro lado del fichero de la mano de obra. Me ve, me hace un ademán con la mano. Frank se vuelve, me hace también un pequeño ademán de complicidad.

El sol de mediodía acaricia los cristales, al otro lado del barracón, por la *Appel Platz* y el crematorio.

Años más tarde, estaba en Praga, en la Galería nacional, ante un cuadro de Renoir. Era en 1960. La víspera, había paseado por el lago de Zurich con Fernand Barizon.

Curiosamente, aquella muchacha de Renoir, aquella larga contemplación meditativa son los únicos recuerdos que conservo de aquel viaje a Praga. He olvidado qué hacía en Praga, cuál era el motivo de aquel viaje urgente. Ni siquiera sé si me quedé en Praga o si Praga no fue más que una etapa. En cualquier caso, estoy seguro de que no fui a Moscú, durante aquel viaje. Sólo he estado tres veces en Moscú, en toda mi vida: en 1958, para pasar unas vacaciones de verano; en 1959, también en verano, para asistir a una reunión de trabajo de una semana, por los alrededores de Moscú, en Uspenskoie; y una última vez, también en verano, también para pasar unas vacaciones, durante aquel mismo año 60, unos meses antes de mi viaje con Barizon.

Pero quizá fuese a Berlín Este. O a Bucarest.

Sea como fuere, esa imagen destaca, rodeada de oscuridad, de un vacío confuso: estoy frente a un cuadro de Renoir, en la Galería nacional, en una de las salas del palacio Sternbek, en el interior del recinto del Castillo de Praga. Conozco bien este museo, lo he visitado a menudo. Incluso en una de las salas de este museo fue donde vi por primera vez lienzos de Daubigny. En París, viví en la calle Daubigny, durante cierta época. Pero únicamente en Praga he visto cuadros de este pintor. Más tarde, viví en la calle Félix-Ziem, que era también un pintor. Pero no había cuadros de Félix-Ziem en el museo de Praga. Había aquel retrato de muchacha, de Renoir, y yo estaba inmóvil ante aquel retrato. Todo lo demás, me vería obligado a imaginármelo.

En Praga, siempre he vivido en los mismos sitios. Podía, pues, imaginar sin dificultad mis itinerarios hasta el palacio Sternberk.

De haberme alojado, en aquella ocasión, en una de las villas del barrio residencial moderno, al sur del Hradcany —y quizá incluso, como me había ocurrido ya alguna vez, en la villa Cepiska, así llamada por un yerno de Gottwald de quien fue suntuosa residencia antes de que éste cayese en desgracia, villa que pusieron después (y quizá para borrar merced a aquel simulacro de internacionalismo el pecado de su anterior utilización) a la disposición de los dirigentes de los partidos hermanos— habría llegado al recinto del Hradcany por el puente que conduce directamente al patio donde está la Sala española.

Pero estoy seguro de que no hubo reunión de dirigentes del PCE en Praga, en otoño de 1960, que hubiera justificado mi instalación en la villa Cepiska, no me cabe la menor duda.

De modo que debí de alojarme sencillamente en el hotel reservado a los invitados del partido checo, el antiguo hotel Steiner que se hallaba en el corazón de la ciudad, no lejos de la Torre polvorín. Pero el nombre del hotel, Gran Hotel Steiner, había desaparecido. Era un hotel sin nombre. Entre nosotros, no obstante, lo llamábamos hotel Praga, para entendernos, pero tal denominación hubiera podido desconcertar a personas no prevenidas, porque de hecho existía en la ciudad otro hotel con el mismo nombre. El establecimiento que se llamaba realmente así, que ostentaba abierta y oficialmente aquel nombre, Hotel Praga, no era, con todo, más que un señuelo en el que sin duda caían los turistas, los no iniciados. Bastaba, en efecto, decirle a un agente de las fuerzas del orden que vivía uno en el hotel Praga, bastaba al menos decírselo de cierto modo, para que dicho funcionario comprendiese al punto que uno se refería al auténtico hotel Praga, al que no tenía nombre y cuya existencia irreal, al menos secreta, era protegida por la existencia real del falso hotel Praga, el que cada quisque hubiera podido visitar, llegado el caso.

Comoquiera que fuera, hubiera tenido que cruzar el casco antiguo y el puente Carlos, para llegar a las calles en cuesta de la Malà Strana que dan a las terrazas del Hradcany, si hubiera abandonado el antiguo hotel Steiner —al que bajo ningún concepto había que llamar así, aunque tal hubiese sido su último y auténtico nombre, so pena de sumir a quienquiera lo oyese llamar así en un estupor receloso, en tanto que el hecho de llamarle hotel Praga, o sea, de darle manifiestamente un nombre falso, no hubiera provocado, en el menor de los casos, más que un malentendido pasajero, sin consecuencias molestas—, si hubiera, pues, abandonado el hotel anónimo reservado a los huéspedes del partido, habría recorrido dicho itinerario para llegar al palacio Sternberk.

Pero no me acuerdo de nada.

Únicamente me acuerdo del cuadro de Renoir, de la contagiosa alegría de vivir de aquella muchacha risueña y regordeta. Me acuerdo del olor a encáustico de la Galería nacional, del crujido de una tabla del parqué, probablemente bajo los pasos de un visitante cuyo andar afelpado adivinaba detrás de mí. Me acuerdo de una rama de árbol desnuda que se enmarcaba en una ventana. Me acuerdo de mi nostálgica emoción ante aquella muchacha risueña y dorada pintada por Renoir. Me acuerdo del movimiento de su cuello, del pliegue de una tela en su hombro, de la blancura del hombro intuido, de la firme redondez del seno bajo la tela. Me acuerdo, con un estremecimiento, del sudor frío en mis manos cuando se me ocurrió de repente, ante aquel cuadro de Renoir, que, sin duda, Milena debía de haberlo contemplado. Me acuerdo del recuerdo de Milena, bruscamente resurgido, aquel día, en 1960. Me acuerdo del temblor que me entraba al pensar que Milena sin duda habría estado más de una vez en el mismo sitio, contemplando el cuadro de Renoir. Me acuerdo de un recuerdo centelleante de nieve remolineando a la luz de los reflectores, recuerdo lancinante que acababa de hacer estallar como un fuego helado el recuerdo de Milena: Milena Jesenska, muerta en un campo de concentración en Ravensbrück. Me acuerdo de aquel recuerdo de nieve cayendo sobre las cenizas de Milena Jesenska, mientras contemplaba un cuadro de Renoir. Me acuerdo de la belleza de Milena Jesenska dispersada por el viento, en el humo del crematorio. Me acuerdo de la mirada viva de aquella muchacha de Renoir que había contemplado, treinta años atrás, de la mirada de Milena contemplándola. Me acuerdo de la mirada de aquella muchacha eternamente viva contemplando el rostro de aquella joven futura muerta, Milena Jesenska, joven y altiva, con el cuerpo arqueado, contemplando el cuadro de Renoir, tiempo atrás, y tornándose sin saberlo, ante la mirada viva de la muchacha pintada, irreal, tan ligera como un humo de crematorio en el desolado paisaje en donde se alzarían los barracones de los campos. Me acuerdo del recuerdo del rostro de Milena desvaneciéndose en humo, difuminándose al azar del viento. Me acuerdo del recuerdo de un domingo de Buchenwald surgido en el mismo recuerdo de Milena, ante un cuadro de Renoir. Me acuerdo de un recuerdo evanescente de mí mismo en el recuerdo de Milena, como si fuese ella quien hubiese soñado, un domingo en Ravensbrück, la visita que yo haría veinte años más tarde al palacio Sternberk, para contemplar allí aquel cuadro de Renoir que ella conocía sin duda. Me acuerdo de un sueño de Milena soñando con mi existencia. Me acuerdo de que me había acordado de los domingos de Buchenwald y del rostro de Josef Frank vuelto hacia mí, brevemente aureolado por un centelleo del sol en los cristales del barracón, al otro lado, por la parte del crematorio.

La antevíspera, había dado la vuelta al lago de Zurich con Fernand Barizon.

—Gérard, ¿el famoso informe secreto es cierto o no es cierto?

Barizon me hizo bruscamente esta pregunta frente al pueblo de Wädenswil.

—¿Te refieres —le digo— al informe «atribuido a Jruschov»?

Pero Fernand no está para bromas.

—¿Es cierto o no, Gérard? —dice con tono seco.

Muevo la cabeza afirmativamente.

Estaba en la plaza de la Cibeles, en Madrid, cuatro años atrás, en junio de 1956.

Eran las cinco de la mañana.

Le había dicho al taxista que me dejase en la plaza de la Cibeles, delante de Correos. Pagué, aguardé a que se alejara el taxi. El sol de junio ascendía sobre Madrid. Eché a andar. Volvía a mi domicilio, no estaba muy cerca. Hacía ya tres años que había tomado la costumbre de apearme de los taxis bastante lejos de mis domicilios clandestinos. Regresaba a pie, dando rodeos, deteniéndome a veces en la barra de un café, para asegurarme de que no me seguían. Ni pensaba ya en ello, lo hacía maquinalmente, sin premeditación.

No había nadie más que yo en el paisaje urbano, la plaza estaba desierta. Estaba solo con la diosa Cibeles. Estaba en su carro, en medio de la plaza, rodeada de un estanque de donde brotaba el agua de las fuentes.

De repente, en el silencio de aquel amanecer de junio, me pareció oír el ruido del agua. El murmullo del agua de las fuentes, en torno a la estatua de la Cibeles. Me detuve, palpitándome el corazón. Me había venido a la mente un recuerdo en el que aparecía aquella plaza, aquella fuente, mi vida. Aquel murmullo de aguas vivas lo había oído ya, antaño. Hacía mucho tiempo.

Era un recuerdo de infancia.

Reinaba el silencio, como hoy. Pero no era un amanecer de junio, era una tarde de octubre, en 1934. En aquella ocasión, no fue el silencio del alba el que me permitió oír el murmullo de las fuentes. Era un silencio más pesado. Un silencio de muerte, como suele decirse. Por una vez, era literalmente cierto. Era un silencio de muerte, antaño, tras el estruendo de las armas automáticas. Un cadáver había quedado tendido en la plaza. Un hombre vestido con un mono, segado por las ráfagas de la Guardia Civil. Una de sus alpargatas había rodado a lo lejos, al caer él al suelo.

En aquel silencio de muerte, de octubre de 1934, yo ya había oído el murmullo de las fuentes que rodean el carro de la diosa Cibeles, en Madrid.

Pero no voy a contar al detalle aquel recuerdo de infancia.

Veintidós años después, en junio de 1956, aquel recuerdo se esfumó como una nube ligera en el cielo de junio. No lo retuve. Dejé que se desvaneciera aquel recuerdo evanescente que no planteaba ningún problema. En aquel recuerdo, los buenos estaban en el lado bueno, los malos en el malo. Por un lado los verdugos, por otro las víctimas. Por un lado los policías, por otro el proletario. Dejemos que se desvanezca de nuevo, ya que no plantea ningún problema, ningún interrogante. Es un recuerdo mudo, dejémoslo en su mutismo. Así estará bien resguardado, en caso de necesidad, llegado el caso.

Veintidós años después, cuando miré alejarse el taxi, en la plaza de la Cibeles, hacía dos días que *Le Monde* había publicado el texto del informe secreto de Jruschov en el XX Congreso del PCUS. Noche tras noche, en Madrid, me había enfrascado en aquella lectura, en casa de un amigo que estaba abonado al diario parisino. Ni por un segundo puse en duda su veracidad. Ni por un segundo intenté ocultarles a los dirigentes del PCE que me rodeaban en la labor clandestina aquella bárbara verdad que estallaba.

Resulta de buen tono, hoy, incluso en los partidos comunistas que negaron ferozmente, en la época, la existencia de aquel informe «atribuido a Jruschov» por el imperialismo, por el enemigo de clase, por Dios sabe quién, resulta de buen tono, digo, destacar sus flagrantes insuficiencias. Así, ese jodido informe, que en un principio no existía, ha pasado a ser no marxista, lo cual es una de las categorías más solapadas del no ser, al menos del no ser teórico.

Pero, ¿por qué había de ser marxista el informe secreto de Jruschov? ¿Qué es el marxismo? Si me atengo a los textos que hoy en día invocan al marxismo, y cualesquiera que sean las contradicciones entre las distintas interpretaciones de la Doctrina, el marxismo parece ser —el de Bréznev como el de Linhart, el de Deng Xiaoping como el de Althusser, el de Lecourt como el de Marchais— una actividad ideológica cuya función esencial consiste en elaborar conceptos capaces de ocultar la realidad, de mitificar la historia, de escamotear el burdo impacto de los hechos históricos. El marxismo parece reducido a no ser ya sino el arte y la manera de justificar el curso de las cosas.

Los únicos países donde el marxismo es aún un instrumento de investigación y de conocimiento teórico son aquellos en los que no hay partido comunista, al menos no un PC importante. Como si la teoría marxista fuese en lo sucesivo incompatible con las exigencias de una práctica comunista de masas, lo que es la negación misma del proyecto marxiano originario. En definitiva, parece que el marxismo no existe como teoría sino allí donde no inspira ninguna práctica real, en el plano social y político. Ya sólo hay posibilidad de marxismo en la negación de los presupuestos del marxismo.

De modo que volvamos a la pregunta ya planteada: si el marxismo es esa cloaca académica que conocemos, ese miserable fumadero de opio ideológico, ese carnaval de con-

ceptos, ¿por qué el informe secreto de Jruschov había de
ser marxista?

¿No bastaba que fuera cierto?

Ni por un segundo dudé de la veracidad de aquel informe.

Era el mes de junio, amanecía en Madrid. En medio de
la plaza, en un estanque donde murmuraba el agua de las
fuentes, la diosa Cibeles ocupaba su carro arrastrado por
dos leones.

Hay momentos en la vida en que la verdad nos atena-
za brutalmente, produciéndose un desbarajuste de tópicos
y de sentimientos convencionales. Un relámpago ilumina
vuestro paisaje íntimo, vuestro universo mental: todo ha
cambiado. La verdad se desvela, súbitamente. Es una especie de deslumbramiento ideológico. Pero también hay
momentos de plenitud en que la verdad no retumba como
el trueno, no os deslumbra como el rayo. Se extiende
como la luz del amanecer, que ya estaba allí, antes, en la
noche. Se abre como una flor, madura como un fruto, que
ya estaban allí antes, la flor en la yema —*die Knospe!*—,
el fruto en la flor.

Aquel amanecer de junio, en 1956, en la plaza de la
Cibeles, fue uno de esos últimos momentos.

Sin duda, los sortilegios del lugar no eran ajenos a
aquel sentimiento de plenitud. Me hallaba en un paisaje
de mi infancia, sin duda.

Veintidós años atrás, en el sol declinante de una tarde
de octubre, un hombre había intentado cruzar aquella plaza corriendo. No se oía el ruido de sus pasos, pues iba
calzado con alpargatas. El hombre, vestido con un mono
azul, trataba de huir. ¿Era por el sol de otoño que doraba
las vetustas piedras? ¿O por la belleza cuidada, apenas barroca, del marco de aquella plaza? Lo cierto es que la
escena nada tenía de trágico, a primera vista. Un hombre
de pequeña estatura, vestido con un mono, huía por la
plaza de la Cibeles, a pequeñas zancadas precipitadas.
Harold Lloyd o Harry Langdon hubieran corrido como él,
en el desfilar entrecortado de las imágenes cinematográfi-
cas. De repente apareció una camioneta de la guardia civil en la entrada de la calle Alcalá, junto al palacio Godoy.
Era un vehículo descubierto y los guardias estaban de pie
en el suelo del camión, agarrados a los lados. Empezaron

a disparar sobre la silueta del hombrecillo que huía. Nada más sonar las primeras ráfagas, todas las palomas habitualmente posadas en los hombros de la diosa Cibeles, en sus manos, en las melenas de sus leones, echaron a volar todas a la vez. El hombre se tambaleó, probablemente alcanzado por una primera bala. Recorrió aún unos metros, quizá llevado por su propio impulso, pero cojeando, moviéndose con un curioso balanceo, pues había perdido una alpargata que se había visto rodar a lo lejos. Luego, el hombre se desplomó tras una segunda ráfaga. No era ya sino un miserable montoncillo de ropa azul en el marco inmenso de la plaza.

Entonces, volvió a caer el silencio sobre la plaza de la Cibeles, sobre la diosa Cibeles, sobre el carro de la Cibeles arrastrado por dos leones y rodeado por los surtidores de las fuentes. Con afelpado zumbar de alas, las palomas volvieron a sus lugares habituales.

Y en aquel instante, inmediatamente después de que el batir de alas de decenas de palomas quebrase el aire transparente, fue cuando pudo oírse el rumor del agua brotando de los surtidores, en torno a la diosa Cibeles.

Veintidós años después, en el mes de junio de 1956, tras alejarse el taxi, en el frescor del amanecer, oí de nuevo el rumor inmemorial de las fuentes.

Estaba en el centro de la ciudad de mi infancia, en el centro de mí mismo. Me parecía estar de pie en medio de mi vida.

Hacía dos días que *Le Monde* había acabado de publicar aquel folletín sobre la verdad del estalinismo que era el informe secreto de Jruschov. Ni por un segundo había dudado yo de su veracidad. Por fin, la historia volvía a ser racional. No digo razonable, porque no lo era. Además, ¿por qué ha de ser razonable la historia? ¿Por qué ha de ser una lenta pero irresistible ascensión hacia las Luces de la Razón? No, ni aun en los peores momentos de ceguera creí en tal fantasmagoría. Pero aunque la historia no volvía a ser razonable, aunque seguía estando irrazonablemente llena de ruido y de furia, sí en cambio volvía a ser racional. Quiero decir: permeable a una tentativa de comprensión global, aunque fuera dilatada, aunque fuera por definición fragmentaria, aunque fuera, claro está, interminable, siempre renovada.

Los crímenes de Stalin devolvían a la historia de Rusia, a la historia del movimiento comunista, una posibilidad de racionalización coherente. Porque, en fin, lo que resultaba insoportable para la razón no era que Stalin fuese un tirano, ni aun cuando su tiranía se hubiese ejercido históricamente de forma inédita, al menos en parte. La historia estaba repleta de tiranos y déspotas cada uno de los cuales había introducido innovaciones respecto al precedente, ya que cada uno había tenido que acometer nuevas tareas históricas, había tenido que subir a su silla a nuevas clases sociales en la loca cabalgada de la historia. No, lo que resultaba insoportable para la razón no era que Stalin fuese un tirano, sino que Trotski hubiese podido estar a sueldo de la Gestapo, que Bujarin hubiese podido ser organizador de sabotajes y crímenes terroristas: lo que resultaba insoportable era haber vivido en la luz glacial de aquella creencia esquizofrénica, en un desdoblamiento aberrante y castrante de la conciencia moral y teórica.

El informe secreto nos liberaba, nos daba al menos la posibilidad de liberarnos de aquella locura, de aquel sueño de la razón.

Sin duda no se hacía en él ninguna alusión a Trotski ni a Bujarin, a quienes cito entre muchos otros nombres posibles debido al carácter ejemplar de su destino. El informe secreto del XX Congreso se limitaba a rehabilitar a algunos mandos superiores del PCUS, a algunos dirigentes estalinianos. Por mucho que haya dicho y pensado Althusser al respecto, el informe secreto ponía mucho cuidado en *desmarcarse* de las denuncias de conjunto del estalinismo pronunciadas y presentadas, antaño y hogaño, por la burguesía liberal y por la oposición de izquierda: establecía una *línea de demarcación* clara y patente entre una buena y una mala época del terror, entre buenos y malos culpables, entre las víctimas inocentes y las que no habían recibido sino lo que merecían. Y esta frontera se establecía hacia mediados de los años treinta, en el momento en que la Gran Purga empieza a diezmar al propio partido estaliniano, a los propios dirigentes y a las élites de la sociedad estaliniana.

Resulta fácil comprender este límite inherente al informe secreto. Dirigiéndose al partido, es decir, al núcleo dirigente de la burocracia política que regentaba la producción de bienes, de ideas y de normas de la sociedad postestaliniana, el objetivo de Jruschov era doble.

En primer lugar, tenía que romper la oposición de los viejos estalinianos agrupados en torno a Molótov y a Kaganóvich, encarnizados adversarios de cualquier reforma del sistema. A tal objeto, necesitaba provocar una conmoción, traumatizar al Congreso evocando brutalmente los acontecimientos que estaban más o menos reprimidos en la memoria de todos los delegados. Había que desbridar aquella herida purulenta. Concebido así, el informe secreto era un acto de fuerza, un puñetazo: prácticamente un golpe de Estado velado. Dado el grado de descomposición moral y teórica, la brutal desnudez de las relaciones de intriga, de clientela y de poder en la cumbre del aparato político heredado del estalinismo, no había sin duda más solución. No había solución, en cualquier caso, apelando a la iniciativa de las masas populares, a la discusión democrática. No había solución de «izquierda», como se complacían en imaginar ciertas nobilísimas mentes que acabarían en su mayoría sucumbiendo a los encantos mortíferos —no para ellos, sin duda— del llorado presidente Mao, lo que es el colmo de la paradoja: ¡superar al estalinismo «por la izquierda» para acabar encontrándose en la extrema derecha del pensamiento burocrático y manipulador!

En realidad, tras la muerte de Stalin, todo siguió funcionando a base de actos de fuerza, complots y asesinatos, en la cumbre del poder. La liquidación de Beria y de los jefes supremos de la policía política ilustra perfectamente este método. Por supuesto que no tengo la menor intención de llorar la suerte que corrió Lavrenti Beria. Me trae completamente sin cuidado que lo mataran como a un perro, durante una reunión del Presidium, poco después de la muerte de Stalin, y que su cadáver fuese envuelto en una alfombra para sacarlo a escondidas del Kremlin. Sólo que este episodio demuestra a qué grado de abyección, de arbitrariedad, de poder desnudo, sin freno, había llegado la cumbre dirigente del PCUS para verse obligada a solucionar de ese modo los problemas de la sucesión de Stalin.

Así, el informe secreto de Jruschov en el XX Congreso pasa a formar parte de una serie de manifestaciones de fuerza y de actos arbitrarios que aspiran paradójicamente —aunque quizá sea dialécticamente, habría que preguntárselo a los teólogos de la Santa Madre Iglesia marxista— a restablecer un funcionamiento no diré democrático, ¡oh! no, ¡qué ironía!, sino simplemente regular, de las instancias del poder en la URSS. Aspira a hacer funcionar legalmente la restringida legalidad del sistema autoritario del partido único que había sido hasta entonces sistemáticamente violada por la cumbre misma del partido. Y nada más.

Pero al revelar a los mandos comunistas de la burocracia dominante, y a los principales dirigentes de los «partidos hermanos», algunos de los crímenes de Stalin, Jruschov acaba de recordarles, parcialmente al menos, el origen sangriento, arbitrario —ilegítimo, en definitiva— de su propio poder. Todos, en efecto, son herederos de Stalin. Todos han sido sus turiferarios. Han sido los «tornillos» y las «tuercas» del Gran Mecanismo del Partido-Estado. Gracias al terror que acaba de evocar Jruschov se ha forjado su poder. Ahora bien, es muy peligroso para el nuevo amo del PCUS —aún poco seguro, expuesto aún a la labor de oposición encarnizada del poderoso grupo Molótov-Kaganóvich— el recordarle demasiado claramente a la burocracia dirigente la sangrienta ilegitimidad de su poder. Es menester, pues, tranquilizar a esa burocracia: ese es el otro aspecto del doble objetivo de Jruschov. De ahí la línea de demarcación clara y patente, como un corte practicado con un cuchillo sagrado, digno de los más oscuros sueños althusserianos, que Jruschov establece entre los distintos períodos de la actividad de Stalin. En el momento en que asoma Termidor (porque entonces, y sólo entonces, asoma Termidor, por seguir utilizando una metáfora histórica discutible de la que la izquierda comunista ha usado y abusado), hay que decirles claramente a los termidorianos que la violencia desplegada contra los «enemigos del pueblo», los «contrarrevolucionarios», los oponentes, los «kulaks» y los «nacionalistas burgueses», era justa, que sólo pasó a ser terror injustificado en el momento en que se volvió masivamente contra el propio partido, contra la clase burocrática consolidada en su poder a lo largo de los anteriores decenios, en el momento en que se volvió precisamente contra la posibilidad —la necesidad, incluso— de un Termidor ruso. O sea, en líneas generales, a partir de 1934 y del asesinato de Kírov, probable cabecilla de los termidorianos.

Puede uno imaginarse la escena.

Puede uno imaginarse la gran sala del Kremlin donde se celebra el XX Congreso. Es fácil imaginar la media de edad de los delegados. Por otra parte, la media de edad de los delegados no es necesario imaginársela, se poseen datos numéricos. Ya se sabe que el sistema político ruso es un despotismo gerontocrático —pero esa característica del régimen no obedece a que Stalin o Brézhnev hayan leído demasiado a Platón, ¡no!, ¡ni mucho menos! Obedece a una exigencia sociológica interna—, los datos numéricos lo confirman. En febrero de 1956, en el XX Congreso del PCUS, según el informe presentado por Aristov en nombre de la comisión de compromisarios, un 79 % de los delegados tienen más de cuarenta años, de los cuales un 55,7 % tienen de cuarenta a cincuenta años, y un 24 % más de cincuenta años. Ello quiere decir que la inmensa mayoría de los comunistas presentes en el XX Congreso había cumplido los veinte años en 1936, en el momento en que comienza a desplegarse el terror contra el propio partido, en el momento en que Stalin pone a Iejov al frente del NKVD (¿han visto ustedes algún retrato de Iejov?, ¿han contemplado su rostro atormentado, su mirada demente, su cara de haber salido directamente de los *Endemoniados* de Dostoievski?), para liquidar a los termidorianos en potencia y recuperar los cuatro años de retraso que los organismos de seguridad llevan, según Stalin, en la lucha contra los enemigos del pueblo.

El terror, pues, no es prehistoria para aquellos hombres y mujeres ya maduros, reunidos por la noche, para celebrar una sesión especial a puerta cerrada, en la gran sala del Kremlin. No cabe duda que lo recuerdan. Forma parte de su historia, de su experiencia adulta. Tanto más cuanto que, si seguimos ateniéndonos a las cifras presentadas por Aristov, cerca del 70 % de ellos se afiliaron al PCUS después de 1937. La mayoría de los delegados, pues, no sólo había alcanzado la edad adulta, en el momento en que el terror de Stalin se vuelve contra las propias instituciones y élites de la nueva sociedad de explotación, entre las que comienza a despuntar el horizonte de Termidor, sino que aquella mayoría de delegados se había afiliado al PCUS precisamente en aquella época.

Allí, pues, estaban, en la gran sala del Kremlin, silenciosos y muy pronto abrumados, desmayándose algunos, llorando otros a lágrima viva al escuchar el informe «atribuido a Jruschov». Allí estaban los hombres y mujeres que se habían afiliado al partido de Stalin para colmar los huecos abiertos por éste con el hierro candente de la represión. Allí estaban los hombres y mujeres que habían ayudado a Stalin a consolidar su poder absoluto, en el sentido literal del término, o sea, absolutamente desligado de cualquier determinación, incluso en última instancia

(¡oh, íntegros doctores de la fe marxista!), de la economía y de las estructuras de clase de la nueva sociedad rusa. Porque el poder personal de Stalin fue, sin duda, uno de los instrumentos que se dio a sí misma la nueva clase dominante para instaurar su dominio —perdóneseme esta expresión apresurada, cortando por lo sano por entre los tejidos sociales, en la multiplicidad heterogénea de los factores históricos, ya que está claro que la «clase» es un concepto más o menos operatorio, y que los conceptos, aun los más operatorios, no «se dan a sí mismos» ningún instrumento ni instauran ningún dominio si no es en la reconstrucción histórica, totalmente necesaria, por supuesto, hecha por los hombres, de su propia historia—, pero dicho esto, cortemos por lo sano, sin ignorar los riesgos de simplificación que uno afronta con esos cortes tajantes de la historia como si se tratase de una pierna de cordero bien cruda, cortemos por lo sano, y repitamos que el poder personal de Stalin, instrumento de la nueva clase dominante, acabó siendo relativamente autónomo de ésta, a finales de los años 30. Y la prueba más tangible de tal autonomía fue la capacidad de ese poder personal, que pasó a ser absoluto en el sentido más literal del término, de desencadenar contra la burocracia de la que procedía y a la que representó durante todo un período histórico, la represión más feroz y más ciega, asegurando mediante el sistema de olas sucesivas e ininterrumpidas de terror no sólo la lela sumisión de la burocracia, sino también la movilidad social en el interior de ésta, merced a una destrucción y una reconstrucción permanente y disfuncional de las élites. En definitiva, el Terror presidió, a partir de determinado momento, la distribución de cargos, valores y gratificaciones sociales en el interior de la burocracia. Y era el fin de aquel período, el fin del terror como motor exógeno y mortífero del desarrollo de la burocracia, lo que les anunciaba Jruschov a todos aquellos hombres y mujeres, aquella famosa noche de febrero de 1956, en una sesión a puerta cerrada del XX Congreso. En lo sucesivo, les anunciaba, una nueva racionalidad, que ya no sería la racionalidad aberrante, imprevisible, del poder absoluto y personal de Stalin, sino la de los intereses generales de su clase —la palabra no sería pronunciada, por supuesto: únicamente se hablaría de los intereses del Pueblo, de la Nación, de todos los Estados rusos— presidiría la distribución de privilegios y prebendas, el establecimiento de las relaciones de fuerza y de poder. Ese fue el mensaje de aquel informe secreto, mensaje totalmente comprensible para centenares de delegados llegados de las glaciales profundidades de la historia rusa.

Creo que es fácil imaginarse la escena.

Nikita Serguéievich estaba en la tribuna. Recalcaba las frases. Gritaba, en determinados momentos, y su voz se quebraba en los agudos. Asestaba verdades monstruosas una tras otra. Pero aquella voz terrorífica, que despertaba el asco estancado en sus memorias, no era, por una vez, la voz pedagógica y monótona de Padre todopoderoso y lejano, inaccesible: era su propia voz. Nikita Jruschov era uno de ellos, y los cientos de hombres y mujeres allí reunidos, con tan siniestra y solemne ocasión, podían identificarse con él. Como él, habían contribuido a romper cualquier oposición. Como él, habían roto al propio partido. Como él, habían cantado las alabanzas de Stalin. Muchos de ellos habían asistido sin duda al XVIII Congreso del PCUS, en marzo de 1939. Quizá recordaban que Jruschov había subido ya, el 13 de marzo de 1939, a la tribuna del Congreso, para hablar del éxito del comunismo en Ucrania. Quizá recordaban las palabras de Nikita Serguéievich Jruschov, aquel lejano 13 de marzo de 1939, en el momento mismo en que la guerra de España finalizaba con sangre, derrota y confusión debido, principalmente, a la nefasta política de Stalin, ciegamente puesta en práctica por los consejeros del Komintern y el grupo dirigente del PCE: «Estos éxitos no se han producido espontáneamente —había dicho Jruschov en el XVIII Congreso—, han sido conquistados en un duro combate contra los enemigos de la clase obrera y del campesinado, contra los enemigos de todo nuestro pueblo; en la lucha contra los agentes de los servicios de espionaje fascistas, contra los trotskistas, los bujarinianos y los nacionalistas burgueses.» Quizá recordaban, al menos algunos de ellos, la conclusión del discurso de Jruschov, en marzo de 1939: «¡Viva el genio más grande de la humanidad, el Maestro y Jefe que nos conduce victoriosamente hacia el comunismo, nuestro querido Stalin!»

Seguro que se acordaban del querido Stalin. Aún les hacía temblar, retrospectivamente, con respetuoso y temeroso horror.

Pero estoy en Praga, en la Galería nacional, ante un cuadro de Renoir.

¿Por qué estoy en Praga?

Quizá pura y simplemente para quedarme inmóvil ante un cuadro de Renoir. Quizá he olvidado todos los motivos y circunstancias de aquel viaje a Praga porque lo único importante era la contemplación de un cuadro de Renoir. No sólo por Renoir, por supuesto. Quizá un cuadro de Vermeer, o de Velázquez, o del Greco hubieran cumplido la misma función. Me refiero a que lo importante no era sólo el cuadro contemplado, sino también el hecho mismo de la contemplación. El acto mismo de contemplar, quizá.

Pero estoy en Praga, en la Galería nacional del palacio Sternberk. No estoy en Toledo, en la iglesia de Santo Tomé, ante el *Entierro del conde de Orgaz*. Ni en el Prado, ante *Las meninas*. Ni el Mauritshuis, ante la *Vista de Delft*: cuadros en torno a los cuales me resultaría imposible reconstruir mi vida.

Porque mi vida no es como un río, sobre todo como un río siempre diferente, nunca el mismo, en el que no se puede bañar uno dos veces: mi vida es continuamente lo ya visto, lo ya vivido, lo repetido, lo mismo hasta la saciedad, hasta convertirse en otro, extraño, a fuerza de ser idéntico. Mi vida no es un flujo temporal, una duración fluida pero estructurada, o lo que es peor: estructurándose, un hacer haciéndose a sí mismo. Mi vida siempre está deshecha, perpetuamente deshaciéndose, difuminándose, desvaneciéndose en humo. Es una serie azarosa de inmovilidades, de instantáneas, una sucesión discontinua de momentos fugaces, de imágenes que centellean pasajeramente en una noche infinita. Sólo un esfuerzo sobrehumano, una esperanza totalmente irracional hace que se mantenga, o por lo menos finge hacer que se mantenga todo eso unido, esas briznas y esas chispas diseminadas. La vida como un río, como un flujo, es pura invención novelesca. Un exorcismo narrativo, una astucia del Ego para que creamos en su existencia eterna, intemporal —aun si es bajo la apariencia perversa o pervertida del tiempo que pasa, perdido o recobrado— y para convencerse a sí mismo convirtiéndose en su propio biógrafo, en el novelista de Sí mismo.

Mi vida no es más que ese cuadro de Renoir, mi mirada en ese cuadro.

Pero ya no estamos en 1960, en otoño, dos días después de haberle hablado a Fernand Barizon del XX Congreso del PCUS. Como si tal cosa, como si nada hubiese ocurrido, como si el tiempo no hubiese pasado, no hubiese fluido como las aguas de un río, estoy paralizado en otra inmovilidad contemplativa: la misma. Otro yo, el mismo yo. Otro cuadro, el mismo cuadro. El mismo recuerdo de Josef Frank, en Buchenwald, un domingo.

Estamos en 1969, a comienzos del mes de abril.

Ayer, estuve con Jiri Zak.

El sol acariciaba lateralmente los cristales, en la habitación en donde estábamos, pero no anunciaba la primavera. Jan Pallach se había suicidado prendiéndose fuego y unos días más tarde Alexander Dubcek será definitivamente excluido del escaso poder que le quedaba. La normalización podría empezar: el reimplantamiento del Pensamiento Correcto, del trabajo correctivo, de la corrección burocrática. Sin duda sabíamos que no habría primavera, aquel año, a pesar de aquel sol lateral, que parecía anunciar el buen tiempo.

Yo miraba a Jiri Zak, que ahora tenía el pelo blanco. Miraba a la mujer de unos sesenta años que le acompañaba y que era la viuda de Josef Frank.

Había ido yo a Praga, aquel comienzo de primavera de 1969, con Costa Gavras quien aún creía en la posibilidad de rodar *La confesión* en los mismos escenarios en que se desarrollaron los acontecimientos. Y, como sabía que nunca volvería a Praga, visité con detenimiento todos los lugares privilegiados de mi memoria de Praga. Mañana, justo antes de tomar el avión, iría a la Galería nacional a contemplar por última vez aquel cuadro de Renoir al que mi vida estaba íntimamente ligada.

Pero miraba a Jiri Zak y a la viuda de Josef Frank. Entonces, en el silencio que cayó entre nosotros, como cae la noche, como se te cae el alma, en ese silencio, cuando hubimos evocado una vez más recuerdos, intercambiado fotografías, me vino bruscamente a la mente, con extrema precisión, aquella imagen de mi memoria: Josef Frank se volvía, en la oficina del *Arbeitsstatistik*, sin duda para ver a quién acababa de hacerle Jiri un gesto amistoso, me veía, me dirigía a su vez un gesto de complicidad, una sonrisa que se esfumaba al instante. Detrás de él, detrás de su rostro vuelto hacia mí, yo veía el sol de diciembre que hacía centellear los cristales, al otro lado del barracón.

Veía también la chimenea cuadrada del crematorio.

En aquel momento, Willi Seifert vino a plantarse en medio de nosotros.

—¡Chicos! —nos gritó—. ¡Esta tarde a las seis, estad

todos aquí! ¡He organizado un estofado de perro, habrá para todos!

Estallamos todos en gritos de aprobación y de alborozo.

Seifert reparó en Jiri Zak.

—Tú no eres de los nuestros. ¡Pero puedes venir igual! ¡Estás invitado!

Jiri menea la cabeza.

—No me gusta el perro —dice.

—¿Ya lo has probado? —pregunta Seifert.

Jiri Zak mueve la cabeza negativamente.

—No me gusta la idea del perro —dijo con concisión.

A Zamiatin tampoco le gustaba la idea del perro. No me refiero a Evgueni Zamiatin, el escritor, muerto en el exilio en París. Me refiero a otro Zamiatin, sacerdote ortodoxo deportado a Kolyma. Quien habla de él, en realidad, es Varlam Shalamov en sus *Relatos de Kolyma*. El caso es que el pope Zamiatin se come los restos de un estofado de perro que han «organizado» los presos comunes del barracón. Y cuando se ha puesto las botas, Semión el truhán le anuncia al pope que no ha comido cordero, como él pensaba, sino perro. Y el pope Zamiatin vomita en la nieve. Como a Jiri Zak, no le gustaba la idea del perro. La carne de perro sí que le había gustado. Había encontrado que tenía buen gusto, que nada tenía que envidiarle al cordero. Lo que le hacía vomitar era la idea del perro.

Pero Willi Seifert se echa a reír.

—No se come uno la idea del perro, ¡se come su carne! ¡Y la carne de perro es igual que el buey hervido!

Debo confesar que opino más bien como Seifert que como Semión, el truhán de la Kolyma. La carne de perro, por lo menos guisada, con verduras y una salsa bien espesa, tal como la saboreamos aquel domingo, en el *Arbeitsstatistik*, recordaba más bien el buey hervido que el cordero.

—Tanto da —contesta Jiri Zak, tranquilo pero obstinado—. ¡No me gusta la idea del perro!

En ese momento, claro está, en el momento en que el recuento de mediodía toca a su fin, en que los músicos de la orquesta del campo no tardarán en llevarse de nuevo a la boca las trompetas, los clarinetes y las tubas, yo no sé que Léon Blum está escribiendo un comentario sobre la idea platónica de igualdad. No sé lo que diría Léon Blum de la idea del perro, no sé lo que dice, en este mismo momento, de la idea de igualdad. Además, aunque lo supiera, me dejaría frío. No me interesan gran cosa, en 1944, las utopías políticas de Platón. Sólo diez años más tarde me vi obligado a interesarme por Platón de manera muy especial. Ocurrió con Platón lo que con el fútbol, fue la práctica política de la clandestinidad la que me condujo a él, dejando aparte mis recuerdos de las clases de bachillerato superior o de *hypokhâgne*. En efecto, a mediados de los años 50, en Madrid, tuve que volver a ponerme a leer a Platón. Debo confesar que no me había preparado para ello. Me había preparado cuidadosamente para discutir tesis de Wetter o de Calvez o de Bochensky, de los jesuitas y de los católicos, en general, sobre el materialismo histórico. Estaba en condiciones de discutir horas enteras sobre la versión edulcorada del tomismo que propagaban los filósofos tradicionalistas en España. Estaba en condiciones de refutar punto por punto las opiniones de Ortega y Gasset cuyo pensamiento se situaba en la conjunción de la escuela de Marbourg y el empiriocriticismo. Pero no me imaginaba que tendría que vérmelas con Platón, al menos de manera inmediata, en mis discusiones con los universitarios madrileños atraídos por la acción antifranquista pero que desconfiaban —¡y con cuánta razón! digo hoy— de Politzer, ya fuese en su versión elemental, o en su versión enriquecida por Besse *et altri*, manual que constituía en la época la fuente principal de información sobre el marxismo que les era accesible. De hecho, como se habrá adivinado, no tuve que vérmelas directamente con Platón, sino con las opiniones de Karl Popper sobre Platón. *The Open Society*, en efecto, el libro que Popper acababa de escribir más o menos en la época en que Blum leía a Faguet, en Buchenwald, y se entusiasmaba por el pensamiento político de Platón, a quien calificaba de revolucionario, al menos en lo que se refiere a la cuestión de la igualdad, *The Open Society and its Enemies*, digo, estaba ya traducido al castellano hacia 1954-1955 y el ensayo popperariano causaba estragos entre los universitarios progresistas. De manera que tuve que ponerme a estudiar a Popper y a Platón (¡de Hegel y Marx ya estaba bien servido! Hasta llevaba adelanto, pues había descubierto los *Grundrisse* de Marx en su edición publicada en Berlín Este en 1953).

Así que, dos decenios después de mis ejercicios prácticos madrileños, asistí con asombro bastante sarcástico a la discusión muy parisiense sobre los Maestros Pensadores, en el transcurso de la cual todo el mundo fingió ignorar que Popper, quien entretanto se había convertido en

Sir Karl Popper, hacía tiempo que había abierto ese camino y que estaba al cabo de aquella novedad.

Pero estoy en Buchenwald, en 1944, y todavía no sé nada de Karl Popper. Si tuviera que discutir las ideas de Blum sobre la igualdad según Platón, creo que tendría que atenerme al texto de Marx conocido como *Crítica del Programa de Gotha*, texto que he leído y trabajado con Michel Herr y que en mi opinión aporta elementos para la crítica de la noción utópica de una igualdad social que restablezca la justa proporción de las desigualdades naturales.

Por el instante, en cualquier caso, no pienso en la idea de la igualdad. Pienso en la idea del perro. Me gusta la idea del perro, lo confieso. Me gusta la idea de ese estofado de perro que Seifert ha «organizado» para esta noche. Parodiando una célebre boutade de Engels, me digo que la prueba de que existe el perro es que nos lo comemos. Tengo ganas de gritar esa verdad reconfortante.

Entonces, como si hubiera que recalcar tan optimista conclusión de la filosofía de la praxis, la voz del Rapportführer estalla en el altavoz, ordenando el firmes que señala el fin del recuento: *Das Ganze, Stand!* Es una palabra hegeliana, *das Ganze*, el Todo, la Totalidad. Quizá sea la voz del Espíritu Absoluto la que se oye en el circuito de altavoces del campo. Quizá sea la voz del Todo la que nos habla a todos nosotros, la que nos totaliza en la rigidez cadavérica del firmes, en la fijeza totalitaria de la mirada perdida en el cielo pálido de diciembre en el que flota el humo del crematorio. ¡Firmes, la Totalidad!, grita el Espíritu Absoluto en la *Appell Platz*.

Pero no debe hacerse mucho caso de mis elucubraciones dominicales. La idea del perro es la que me hace divagar. Quiero decir: la idea del estofado de perro. ¡Qué día, chicos! ¡Qué hermoso domingo, como diría Barizon! Primero la idea de la sopa de tallarines que nos repartirán dentro de unos instantes y luego, a las seis, la idea del estofado de perro. Ideas así mueven el mundo, no cabe duda.

SIETE

—¿Mira usted el paisaje? —dice Jehová.

O, mejor dicho, su testigo: el Testigo de Jehová.

Había oído llegar a alguien, pasos en la nieve del bosquecillo, en la linde del Campo Pequeño, entre los barracones de cuarentena y las dependencias de la enfermería. El *Revier*, dicho de otro modo. Había vuelto la cabeza, durante un segundo, al oír aquel crujir de pasos en la nieve. No temía la llegada inopinada de algún Blockführer de los SS. No suelen dejarse caer por el campo, los domingos por la tarde. Los que están de servicio se quedan en las torres de control o en los puestos de guardia, bien calentitos. Los que no están de servicio se toman unas cervezas en la cantina de los SS, mientras esperan su turno de guardia. O se van de conquista a Weimar. Pero si, como parecía verosímil, no era un SS, podía ser un merodeador. Algún joven ruso que me habría seguido, con la intención de birlarme las botas de cuero que llevaba. Entonces volví la cabeza al oír el crujir de pasos en la nieve, detrás de mí. No quería que me sorprendiera algún merodeador ruso armado con un cuchillo o con una porra.

Pero no era ningún merodeador ruso, era Jehová. En seguida reconocí su alta silueta, su pelo blanco.

Creo recordar que se llamaba en realidad Johann. Pero no estoy del todo seguro. Así que he decidido llamarlo Jehová, en este relato, cada vez que tenga que nombrarlo. En primer lugar, tanto da Johann que Jehová. Incluso creo que Jehová se recuerda más fácilmente. En segundo lugar, era un hombre de Dios, de eso no cabía la menor duda.

—¿Mira usted el paisaje? —dijo Jehová.

Ha venido a ponerse a mi lado en el bosquecillo que se extiende más allá del campo de cuarentena, justo antes del espacio vacío, el espacio-frontera que dominan las ametralladoras de las torres de control.

Sí, miro el paisaje.

Todos los domingos de Buchenwald, miré aquel paisaje. En fin, casi todos. Quizá no mis setenta y dos domingos de Buchenwald. Quizá hubo algún domingo en que una borrasca de nieve, o alguna lluvia torrencial me impidieron caminar hasta la linde del Campo Pequeño para contemplar el paisaje de Turingia. Quizá, no podría jurar lo contrario. Pero salvadas esas excepciones, miré aquel paisaje todos los demás domingos de Buchenwald.

Era por la tarde, claro está, durante las escasas horas de ocio del domingo por la tarde. Y cuando hacía sol, iba a la hora del crepúsculo, cualquiera que fuese la hora del crepúsculo, según las estaciones. El sol se ponía casi enfrente de mí, ligeramente a la izquierda del punto de observación que yo había elegido. Contemplaba el sol que se ponía suntuosamente en la llanura de Turingia, allá, en los confines del oeste, tras la línea azul de los montes de Turingia. En invierno, la línea azul de los montes de Turingia era blanca, y el sol era pálido y desmenuzable, como una moneda de plata vieja patinada por el desgaste.

Jehová está a mi lado y contempla también este paisaje de invierno bajo el sol de diciembre, breve y glorioso como el de Austerlitz, que despide sus últimos fulgores.

«¿Mira usted el paisaje?», había dicho. La pregunta estaba mal formulada, sin duda. Ya lo veía que yo miraba el paisaje. Ninguna otra cosa podía hacer allí, sino mirar el paisaje. Ya se veía que yo miraba la llanura de Turingia, el pueblo a lo lejos, los humos tranquilos y grises que no eran humos de crematorio: la vida exterior. Sin duda quería decir: «¿Por qué mira usted este paisaje?» O bien: «¿Qué representa este paisaje para usted?» «¿Qué dicha fugitiva y violenta, minada por la angustia más desesperada, despierta en usted este paisaje?» En fin, algo por el estilo. Pero se había limitado a decir vulgarmente: «¿Mira usted este paisaje?» Hasta a Jehová le cuesta formular claramente las verdaderas preguntas. Hasta Él puede enredarse en la trivialidad del lenguaje cotidiano, ya lo sabemos.

Así que no digo nada, ya que Jehová no ha hecho la verdadera pregunta. Aguardo con curiosidad un tanto burlona a que diga otra cosa.

Casi siempre, en efecto, Jehová inicia sus conversaciones citando algún pasaje de la Biblia. Es una entrada en materia que ha pasado a ser ritual desde que lo conozco y hablamos alguna vez. Y las palabras de la Biblia siempre caen bien, siempre vienen a cuento. La cosa acaba irritándome. Pero hoy, ante este paisaje nevado en el Ettersberg y en la llanura de Turingia, me pregunto qué cita de la Biblia me sacará. No deben de ser frecuentes, en la Biblia, las alusiones a la nieve.

Así que aguardo con curiosidad un tanto burlona. ¿Cómo saldrá del apuro Jehová?

Se vuelve hacia mí y me mira con sus ojos de un azul desvaído:

—Jehová truena portentosamente con su voz. Hace cosas grandes que no comprendemos, pues dice a la nieve: ¡Cae a tierra! y dice a las lluvias copiosas: ¡Abundad! Sobre todo hombre pone un sello, para que todos reconozcan Su obra...

Ha acompasado estas frases con voz potente.

Ahora, sonríe:

—¡Libro de Job, 37, 5!

Yo muevo la cabeza, fascinado y humillado. Y me vuelvo hacia la nieve que cubre la llanura de Turingia, nieve en lo sucesivo bíblica, inmemorial.

Había conocido a Jehová —o mejor dicho, a su testigo: al testigo de Jehová— unos meses antes.

En los campos nazis, los testigos de Jehová o *Bibelforscher*, ya que tal era su denominación oficial, llevaban un triángulo de identificación morado. Estaban internados porque se negaban a hacer el servicio militar y a prestar juramento a la bandera alemana. En Buchenwald, los testigos de Jehová habían sido especialmente perseguidos. Al principio, los metían de entrada en las compañías disciplinarias. En varias ocasiones, el mando SS intentó hacerles abjurar de sus principios. En septiembre de 1939, por ejemplo, pocos días después de empezar la guerra, fueron congregados todos en la *Appell Platz* y el comandante SS les anunció que si uno de ellos, aunque sólo fuese uno, se negaba a alistarse en el ejército, serían todos fusilados. Dos compañías de SS en pie de guerra rodeaban a los testigos de Jehová. Ni uno sólo de ellos aceptó combatir por Alemania. Al final, les dieron una paliza y los despojaron de sus últimos bienes personales, pero el comandante SS no llevó a cabo su amenaza.

En 1944, cuando yo llegué a Buchenwald, los *Bibelforscher* supervivientes trabajaban sobre todo como enfermeros en el hospital del campo o como criados en las villas de los oficiales SS. Silenciosos, abnegados e inmutables, aguardaban pacíficamente el fin de los males apocalípticos que había provocado la caída de Satán a la tierra, en 1914, y el *millenium* que luego vendría, en fecha próxima, aún incierta, abriendo las puertas de un Mundo Nuevo en el que los Elegidos gobernarían la tierra desde su celeste morada.

No obstante, aun en aquella última época de los campos, los testigos de Jehová aún eran víctimas de vejaciones colectivas. Por ejemplo, recuerdo que, en la primavera de 1944, fueron convocados en la *Appell Platz* para ser sometidos a un registro. Entretanto, los destacamentos SS inspeccionaban en sus dormitorios y en sus lugares de trabajo, buscando, según decían, octavillas religiosas u hostiles al régimen.

Conocí a Jehová en septiembre de 1944, a principios de septiembre, lo recuerdo muy bien.

Unos días antes, tras el recuento de la noche, había corrido un rumor por el campo, susurrado al principio, pero que fue amplificándose paulatinamente, hasta convertirse en una explosión de alegría silenciosa, una algarabía de gritos y cantos contenidos: ¡París era Libre, París había sido liberado! Corrimos de un block a otro para reunirnos con los compañeros, para compartir su alegría. En el 34, que quedaba justo enfrente de mi block, el ambiente era de entusiasmo. Me encontré allí a Taslitzky y a Leroy. Christian Pineau se había unido a ellos y creo que también estaba allí Roger Arnould. El jefe del block oía aquel barullo que organizaban los franceses y no berreaba, por una vez. No salía de su cuchitril para gritar que los franceses eran sucios, indisciplinados, perezosos, una mierda, *nur Scheisse*, ¡solamente mierda!, que sólo se merecían el crematorio.

En los campos nazis, todo el mundo lo dice, los franceses no tenían buena prensa. No me refiero a los SS, por supuesto: que los franceses tuvieran mala reputación entre los SS nada significaba. Carece totalmente de interés la buena o mala reputación que pudieran tener los franceses entre los SS. Los franceses, o mejor dicho, Francia, no tenían buena prensa entre los demás deportados. Los antifascistas de todas las naciones de Europa le reprochaban a Francia, entre otras cosas, la política de no intervención en España. Los polacos, antifascistas o no —y la mayoría no lo eran, al menos en el sentido que el vocabulario comunista ha acabado dándole a este término—, los polacos de todas las tendencias le reprochaban a Francia el haberlos abandonado en septiembre de 1939. Y, todos a una, polacos y alemanes, checos y rusos, todos estaban resentidos con Francia por haberse dejado derrotar tan fácilmente por el ejército nazi, en 1940. En el fondo, ese desprecio enconado, muy extendido, hacia Francia y los franceses, no era sino amor frustrado. De Francia, en 1940, se esperaba un milagro, que cambiara la suerte de las armas. Toda la Europa sojuzgada por el nazismo esperaba el milagro de una segunda batalla del Marne. Entonces, de una a otra punta de la Europa sojuzgada, aunque ya no por mucho tiempo, puesto que Francia había ganado esa nueva batalla del Marne, hombres y mujeres habrían susurrado, como Suzanne en su isla del Pacífico, la letanía victoriosa del Marne.

En cualquier caso, la noticia de la liberación de París cambió radicalmente la actitud que la mayoría de los deportados, y en especial los *kapos* y los jefes de block alemanes, los dirigentes de la burocracia kazettleriana, observaba con los franceses.

Al día siguiente de que nos llegase aquella noticia, una especie de júbilo general reinaba en Buchenwald. Como si nos embargase a todos el sentimiento de que, ocurriera lo que ocurriera a partir de entonces, nada había sido inútil, puesto que habríamos vivido lo suficiente para conocer la libertad de París. En el confuso claror del amanecer de verano, entre dos luces, saludados por el murmullo matinal del bosque de hayas, los deportados franceses subieron a pasar lista, aquel día, hombro contra hombro, marcando el paso —¡ellos, siempre rezagados, siempre indisciplinados!—, no el paso prescrito por los SS, sino el de los desfiles de la victoria —¡no habíamos tenido un Marne, pero sí un París!—, subieron hacia la *Appell Platz*, apiñados, compactos, clavada la mirada en el sol que salía al este, más allá de la chimenea cuadrada del crematorio.

Gustav Herling cuenta un episodio similar. Un episodio también relacionado con París. Pero no es un episodio alegre, ya que no guarda relación con la liberación de París sino con su caída, la caída de París.

Un día, pues, un día de junio de 1940, en la cárcel de

Vitebsk, la puerta de la celda de Gustav Herling se abrió y un recién llegado penetró en aquel espacio superpoblado. Y el hombre, inmóvil en medio de las miradas de los prisioneros, murmuró: «Ha caído París...» Se sintió entonces en la celda de la cárcel soviética de Vitebsk, en junio de 1940, como un suspiro, un cuchicheo angustiado. «París había caído. París, París... Es increíble que incluso para la gente más sencilla de aquella celda, gente que nunca había visto Francia, la caída de París supuso como la muerte de su última esperanza, una derrota aún más irremediable que la rendición de Varsovia. La noche de la esclavitud, que cubría Europa como una nube negra, oscurecía también la estrecha porción de cielo cuadriculada por los barrotes de nuestra celda», dice Gustav Herling.

Pero quizá no sepan quién es Gustav Herling. Tampoco yo sé gran cosa de él, a decir verdad.

El libro de Herling, *A World apart*, lo conocí gracias a Josef Czapski. Y no cito el título de este libro en inglés por esnobismo lingüístico. Lo que ocurre es que no existe traducción francesa. Y eso que fue publicado en 1951, en Londres. *A World apart* es sin duda uno de los relatos más alucinantes, en su sobriedad, en su compasión contenida, en la sobria perfección de su articulación narrativa, que jamás se ha escrito sobre un campo estaliniano. Es, asimismo, un documento histórico de primer orden, que aporta precisiones, así como una visión de conjunto perfectamente estructurado sobre el Gulag estaliniano en los años 1940-1942.

Pero puede que algún conspicuo marxista vuelva a reprocharme el utilizar la palabra Gulag de forma poco científica. Por ejemplo, ahí está Alain Lipietz: es un marxista conspicuo. Y un economista aún más ídem. Como todos los intelectuales franceses de su generación, se ha formado en el serrallo althusseriano. Pero parece tener sobre algunos de sus compañeros la ventaja de que ha superado la adolescencia teórica y de que ya no se siente fascinado por el pensamiento del Maestro. Lo que le permite leer los *Grundrisse* de Marx sin complejo de culpabilidad hegeliano, y aun disfrutando con ellos. Se me dirá que eso es elemental, para un economista que dice ser marxista. Conviene, no obstante, recalcar el hecho, que no es tan corriente. En una palabra, Alain Lipietz se deja leer. Incluso se pueden encontrar aquí y allá nociones justas, puntos de vista esclarecedores, al menos cuando se limita a hacer un análisis teórico concreto, cuando no se deja llevar por el vértigo infantil de la dialéctica maoísta.

Pues héteme aquí que en su último ensayo, *Crisis e inflación, ¿por qué?*, a mitad de un párrafo consagrado al despotismo capitalista de la empresa, escribe la majadería siguiente: «La palabra "despotismo" únicamente puede sorprender a los no proletarios que nunca se han pasado una temporada en una fábrica y que únicamente ven los gulags en el ojo del vecino, cuando delante de las narices tienen Billancourt y Javel.» ¿Majadería he dicho? La palabra sin duda es demasiado suave. Primero, hay que resaltar el burdo empirismo del ataque contra los «no proletarios que nunca se han pasado una temporada en una fábrica». Que se sepa, Lenin jamás ha hecho cosa similar. Y no cito a Lenin por reverencia personal, lo cito sencillamente porque Lipietz parece que le hace mucho caso. Pero tampoco Marx se ha pasado ninguna temporada en una fábrica. Más que nada se ha pasado temporadas, y muy largas, en las bibliotecas. Ello no le impidió descubrir el despotismo capitalista de la empresa y dar no sólo su descripción concreta sino su concepto teórico. En cambio, hay millones, ¿qué digo?, decenas de millones de obreros que se han pasado temporadas en fábricas —temporadas interminables, temporadas de toda la vida, temporadas de condenados a perpetuidad al despotismo de la empresa— y que son incapaces de describirlo, de conocerlo, o sea, de luchar eficazmente contra él. La frasecita, pues, es de lo más inútil: una frase para agradar a dos o tres amigos ex alumnos de la École Normale Supérieure, para agradarse a sí mismo, para acariciar lisonjeramente una sensibilidad populista bastante extendida aún entre los intelectuales parisinos, sobre todo cuando paladean las virtudes alucinógenas de la dialéctica del llorado presidente Mao.

Pero peor es la frasecita sobre los que «únicamente ven los gulags en el ojo del vecino, cuando delante de las narices tienen Billancourt y Javel». Lo cierto es que Billancourt tiene anchas las espaldas: ¡la de gilipolleces que han llegado a decirse en su nombre! ¿Podemos recordarle a Lipietz que los gulags, o sea los campos de concentración, nunca han liquidado el despotismo de empresa, el despotismo del Capital socialburocrático en la URSS? El obrero ruso, triste privilegio, conoce ambas opresiones, la de los gulags y la de un despotismo de empresa comparado con el cual el sistema capitalista es un cuento de hadas. ¿Podemos recordarle a Alain Lipietz la siguiente trivialidad estratégica: que no hay ninguna posibilidad de liquidar el despotismo del capital en Javel y en Billancourt si se oculta a la clase obrera, o se futiliza con frases como la suya, la existencia de los gulags en la URSS, en China y en todos los países donde el poder es monopolizado por un Partido Único que reduce al proletariado al silencio para mejor poder hablar en su nombre?

En Buchenwald, pues, a principios de septiembre de 1944, yo estaba en la antesala de la biblioteca del campo. Ésta estaba instalada en el mismo barracón que el *Arbeitsstatistik* y la *Scherbstube*, la secretaría. Yo estaba en la antesala de la biblioteca, exiguo espacio entre el pasillo del barracón y la biblioteca propiamente dicha, cuyos estantes atestados de libros podían verse, al otro lado de la ventanilla de recepción. Estaba esperando que Anton, el bibliotecario, me trajese el libro que le había pedido, cuando se abrió la puerta del pasillo y entró Jehová.

Estaba a mi lado, con un libro en la mano.

—*Mahlzeit!* —dijo a modo de saludo.

Yo volví la cabeza, intrigado.

No puede decirse que los saludos, fórmulas de despedida o de cortesía, fuesen muy empleados en Buchenwald. Bueno, los austríacos saludaban con su «*Zervus!*» cantarín, lo mismo para decir hola que hasta más ver, pero constituían una excepción. El lenguaje de Buchenwald era más bien restringido en cuanto a fórmulas de convivencia.

Así que volví la cabeza hacia el tipo que había dicho «*Mahlzeit!*» con voz circunspecta pero cordial.

Llevaba el triángulo morado. Tenía el pelo blanco y una cara aún joven. Una cara aún viva, quiero decir. No sólo una máscara. Tenía una mirada azul, desvaída, transparente, de una agudeza casi insostenible.

—*Mahlzeit!* —dije a mi vez.

En aquel momento, el bibliotecario volvió hacia la ventanilla y depositó el libro que yo había pedido. Era un volumen grueso con tapas de cartón. Jehová miró el título del libro que el bibliotecario colocaba delante de mí. Leyó el libro en voz alta y su voz temblaba ligeramente, quizá de sorpresa. O de alegría. O de alegre sorpresa, quizá.

—¡*Absalón, Absalón!* —exclamó, en cualquier caso.

Era, en efecto, el título del libro.

Me volví hacia Jehová, intrigado.

Jehová habla con voz clara y pausada sin apartar la vista de mí.

—Después de esto sucedió que, teniendo Absalón, hijo de David, una hermana, que era muy bella y se llamaba Tamar, se prendó de ella Amnón, hijo de David...

Se interrumpe y levanta un dedo.

—¡Libro Segundo de Samuel, 13! —dice.

Yo muevo la cabeza, un poco asombrado.

No soy lector lo bastante asiduo de la Biblia para acordarme de que la historia de Absalón aparece en el Libro Segundo de Samuel. Por lo demás, que aparezca allí o en el Libro de los Reyes, o incluso en los Paralipómenos, me trae completamente sin cuidado. En el recuerdo de mis imágenes infantiles de la Historia sagrada, el nombre de Absalón evoca en primer lugar una imagen muy precisa: la de un guerrero colgado por el cabello de las ramas bajas de un roble o de un olivo y a quien una serie de enemigos armados atraviesan en esa posición con espadas y lanzas. Ésa es mi primera imagen de Absalón: un jinete desmontado, colgado por el cabello de las ramas de un árbol. En definitiva, Absalón venía a ser para mí lo mismo que Sansón: dos tipos que tuvieron problemas por culpa de su melena.

Pero si le pedí *¡Absalón, Absalón!* al bibliotecario del campo no fue para reavivar aquellos recuerdos infantiles. Fue por una mujer de ojos azules.

Era en la Sorbona, en el mes de junio de 1942.

Entró en el aula en donde esperábamos que nos llegara el turno para examinarnos oralmente del *certificat* de psicología con el profesor Guillaume. Yo esperaba como los demás candidatos, que en su mayoría me eran desconocidos. Debo aclarar que no había aparecido mucho por clase, aquel año.

Esperaba distraídamente, en la atmósfera húmeda y polvorienta de aquella aula de la Sorbona, cuando entró ella.

Más tarde, me he preguntado a veces a qué obedecía la belleza de aquella mujer. En septiembre de 1944, en Buchenwald, al oír a Jehová recitarme un pasaje del Libro Segundo de Samuel, me acordé bruscamente de aquella belleza y se me hizo un nudo en la garganta. De nuevo me invadió el misterio deslumbrante de aquella belleza.

Estaba junto a la ventanilla de la biblioteca del campo,

oía a Jehová recitar en voz alta el comienzo de la historia bíblica de Absalón, y me acordaba de la extraña belleza de aquella joven que había surgido ante mí, dos años atrás, en el marco decrépito y sofocante de un aula de examen en la Sorbona. No podía no pensar en ella, por supuesto. Fue ella, Jacqueline B., la que me prestó *Sartoris*, la novela de Faulkner que yo prefería, unas semanas antes de las pruebas orales del *certificat* de psicología, durante las cuales nos habíamos encontrado. Yo estaba apoyado en la ventanilla de la biblioteca de Buchenwald, dos años más tarde, tenía en la mano el grueso volumen con tapas de cartón de la traducción alemana de *¡Absalón, Absalón!* y no podía no acordarme de la joven con la que hablaba de Faulkner, el verano del 42', al tiempo que me deslumbraba la extraña luz de sus ojos azules.

La noche anterior, al consultar el catálogo de la biblioteca del campo, había encontrado el título de aquella novela de Faulkner. Hojeaba aquel catálogo sin pensar en ningún título concreto. O sí, aquella vez me apetecía vagamente pedir prestada a la biblioteca una obra de ficción, en lugar de un volumen de Hegel, de Nietzsche o de Lange. Bruscamente, mi mirada se detuvo en el nombre de Faulkner y en el título de aquella novela, *¡Absalón, Absalón!* No era la primera vez que consultaba el catálogo, pero nunca me había fijado en aquella novela. Sin duda porque no la buscaba, no me esperaba encontrarla allí. De repente vi el nombre de Faulkner y el título de la novela, *¡Absalón, Absalón!* El corazón me dio un vuelco. No por Faulkner, por aquella novela que aún no había leído. O por lo menos, no sólo por Faulkner. No, sobre todo por el recuerdo de aquella joven, Jacqueline B., que reapareció bruscamente.

Así que aquella novela de Faulkner —comprada, como todos los demás libros de la biblioteca, no sólo con el dinero de los internados alemanes, sino también según listas hechas por ellos, ya que el mando SS se había limitado a escamotear una parte de las cantidades reunidas por los *kazettler* alemanes para comprar y colocar por decreto en la biblioteca unos cincuenta ejemplares de *Mein Kampf* de Hitler y del *Mythos des XX Jahrhunderts* de Rosemberg, respectivamente, así como un número menor, pero no obstante considerable, de ejemplares de ciertas obras de otros teóricos del milenario Reich nazi, y en particular de Moeller van den Bruck— se encontraba por azar —si

330

hay que llamar así a un encadenamiento oscuro, quizá incluso inextricable, de causas y efectos— en la biblioteca del campo.

¿Quién lo había pedido? ¿Qué recuerdos le traía a la memoria al prisionero alemán que lo había anotado un día en la lista de compras? ¿Por qué había escapado aquel libro a las sucesivas purgas ordenadas por el mando SS, que tenían por objeto eliminar de los estantes de la biblioteca todos los autores no alemanes y todas las obras dudosas y decadentes?

Nunca lo sabría. Pero, comoquiera que fuera, el libro estaba allí. Incluso creo que la única razón de que estuviese ¡Absalón, Absalón! en la biblioteca de Buchenwald —quiero decir, la única razón grave que no se puede descartar así como así— era precisamente la previsión de aquel momento —por lo demás imprevisible desde un punto de vista lógico— en que mi mirada se detendría en el nombre del autor y en el título de la novela, en el catálogo de la biblioteca.

Me estaba destinado, dicho de otro modo.

Así que el Libro Segundo de Samuel me trae completamente sin cuidado. Miro a Jehová, murmuro un cortés adiós y desaparezco con mi novela de Faulkner que me recuerda a una joven de ojos azules.

La vida de antes, la vida fuera.

Pero unos días más tarde, Anton, el bibliotecario, vino a buscarme a la sala del *Arbeitsstatistik*. Era por la noche, poco antes de que tocaran a queda. Yo formaba parte del equipo de noche, *Nachtschicht*, y ya me había incorporado a mi puesto de trabajo. Lo cual, por lo demás, es una forma de hablar: no se trabajaba nada, en el *Arbeit*, cuando se formaba parte de los equipos de noche. Se podía leer, soñar despierto o dormir, según el gusto de cada uno. Para eso y no para otra cosa se inventó Seifert los equipos de noche.

Por mi parte, yo tenía la intención de leer. La novela de Faulkner estaba en un rincón de mi mesa, discretamente camuflada bajo un montón de informes.

En aquel momento, se me acercó Anton, el bibliotecario. Me alargó un paquete, con una especie de sonrisa bastante difícil de definir. Aunque más bien guasona.

—Es para ti —me dice Anton.

Debo de poner cara de extrañeza, porque insiste. Y con cara cada vez más guasona.

—¡Que sí, hombre, que sí, que es para ti! ¡De parte de tu testigo de Jehová!

En realidad, no ha dicho «testigo de Jehová». Simplifico, para facilitar la lectura. Los testigos de Jehová son llamados *Bibelforscher*, según la nomenclatura oficial de Buchenwald, como ya indiqué. O sea, «buscadores» o «investigadores de la Biblia». Pero Anton tampoco ha dicho *Bibelforscher*. Ha dicho —sin duda intencionadamente, pero su intención se me escapa, por el instante— *Bibelliebhaber*, o sea, «Aficionado» o «enamorado de la Biblia». Bibliófilo, en definitiva. Lo cual es perfectamente lógico. ¿Qué otra cosa que bibliófilo puede ser Jehová?

Meneo la cabeza, ligeramente sorprendido, cojo el paquetito que me alarga Anton.

Parece como si éste quisiera añadir algún comentario.

Pero no, al final no dice nada. Se encoge de hombros y se va.

En ese momento, se oyen los silbatos de las patrullas del *Lagerschutz* que anuncian el toque de queda por las calles del campo.

Abro el paquete y veo un ejemplar de la Biblia. Un registro de seda descolorida señala la página donde se encuentra el versículo 13 del Libro Segundo de Samuel: «Incesto de Amnón.»

Entonces dijo Amnón a Tamar: «Trae las hojuelas a la alcoba para que yo las coma allí de tu mano», y tomando Tamar las hojuelas que había preparado, se las llevó a su hermano a la alcoba. Cuando se las puso delante para que se las comiese, él, agarrándola, le dijo: «Ven, hermana mía, acuéstate conmigo...»

Leo maquinalmente algunas líneas de la página marcada por el registro. Luego, cierro la Biblia, la escondo junto a la novela de Faulkner, debajo de los dossiers que tengo que poner al día. Estoy vagamente irritado. ¿O angustiado? En cualquier caso, me embarga una vaga sensación de malestar. ¿Qué quiere de mí Jehová? ¿Por qué me persigue? Pero quizá no tenga nada que ver Jehová. Quizá esa angustia difusa obedezca a la conversación que acabo de tener con Henri Frager. En efecto, antes de venir al *Arbeit*, para incorporarme a mi puesto en el equipo de noche, he pasado por el block 42.

Tenía que ver a Frager sin falta.

Henri Frager era el jefe de mi red de resistencia. En realidad, yo no sabía que se llamaba Henri Frager. Lo conocía por su seudónimo de «Paul», a secas. Fue Michel Herr quien me introdujo en la red «Jean-Marie» y quien me presentó a «Paul», un día del verano de 1943. Era en la acera de la avenida Niel, frente a los Magasins Réunis. Yo iba a ser destinado oficialmente al grupo de Irène, en el departamento del Yonne, y mi misión era recepción de lanzamientos en paracaídas, sabotaje de las líneas de comunicación alemanas e instrucción de los maquis de la región. Caminaba por la acera de la avenida Niel, al anochecer, con Henri Frager, que se llamaba «Paul», y Michel Herr, que se llamaba «Jacques». O mejor dicho, en aquel momento yo no sabía que Paul se llamaba Henri Frager. Sólo sabía, naturalmente, que Jacques se llamaba Michel Herr. Aquella cita iba a hacer oficial, en cierto modo, mi entrada en la red, en cuyas actividades hacía ya algún tiempo que participaba con Michel e Irène.

Volví a ver a Paul dos o tres veces, en París. Y luego, fui detenido por la Gestapo, en la casa de Irène, en Joigny. Pero Irène no regresó de Bergen-Belsen.

El caso es que, un año después de mi último encuentro con Paul, estaba en Buchenwald, en la oficina del *Arbeit*. Estaba trabajando en el fichero central de la mano de obra cuando me entregaron un informe que había que registrar. Era una lista de llegadas de la víspera, 17 de agosto de 1944. Un convoy de unas cuarenta personas, no más. Al punto se veía que se trataba de un convoy excepcional. En primer lugar, todos aquellos deportados eran destinados al block 17, que era un barracón de cuarentena especial. Un block de aislamiento, en realidad. Luego, todos aquellos recién llegados eran calificados de DIKAL *(Darf in Kein Anderes Lager)* por la Gestapo de Buchenwald, por orden de Berlín. Aquellos deportados debían permanecer en el campo, a disposición de la Gestapo. Y finalmente, al mirar los nombres más detenidamente —Dodkin, Peulevé, Hesel, por ejemplo— se veía que eran franses e ingleses mezclados.

Todos estos datos permitían comprender que se trataba de oficiales y de jefes importantes de las redes de información y de acción de Buckmaster y de la Francia combatiente.

Con indolencia comencé a rellenar las fichas de los recién llegados.

Bruscamente, en la hoja del informe de la *Schreibstube*, vi este nombre: Frager, Henri. La profesión que constaba era la de arquitecto. Yo sabía que Paul era arquitecto. Era lo único que sabía de él. Así que, por una brusca intuición, al escribir con lápiz la ficha de Frager, Henri, arquitecto, inmediatamente supuse que aquel hombre que acababa de llegar al block 17 de Buchenwald era Paul, el jefe de mi red.

Pero no podía hacer nada para comprobar si tal intuición era cierta. No podía establecer contacto con Frager en tanto permaneciera en el block 17.

Unas semanas más tarde, en los primeros días de septiembre, unos quince miembros de aquel convoy especial fueron súbitamente convocados ante la puerta del campo, en la oficina del Rapportführer instalada en la torre de control. Al día siguiente, una hoja administrativa de la Gestapo de Buchenwald, la *Politische Abteilung*, comunicaba a todos los servicios afectados que aquellos hombres habían sido liberados. *Entlassen*, decía el informe de la Gestapo. Pero noticias obtenidas por la organización alemana clandestina daban otra versión. Por lo visto, aquellos hombres habían sido conducidos al sótano del crematorio y ahorcados allí.

Henri Frager no formaba parte de aquel grupo.

Algún tiempo después, los supervivientes del convoy especial del mes de agosto fueron trasladados al campo propiamente dicho, para ser incorporados a la vida normal de Buchenwald. Henri Frager había sido destinado al block 42.

Aquella noche, después de pasar lista, me precipité al block 42. Le pedí a uno de los *Stubendienst*, uno de los tipos que estaban de servicio en los dormitorios, que me mandara al deportado Frager, cuyo número le di. Era una cifra que rondaba el setenta mil, si mal no recuerdo. El *Stubendienst* polaco, a regañadientes, ya que se estaba comiendo tranquilamente su rancho en el cuchitril que tenía reservado para él, al margen de la multitud y de la algarabía de los deportados que se apiñaban en el refectorio, pero sin duda impresionado por la autoridad vagamente temible que me confería el hecho de pertenecer al *Arbeitsstatistik*, fue a buscar a Henri Frager.

Ahora lo tenía frente a mí. Era él, sin ninguna duda. Quiero decir que era «Paul», sin ninguna duda.

Era él, con su aspecto pausado, su mirada aguda. Incluso estaba al acecho, pues estaría preguntándose qué quería yo. Estaba claro que Frager no me reconocía.

—No tema nada —le dije—. Soy un amigo.

Sin duda no temía nada, pero seguía con su actitud de reserva. Impasible. Aguardaba lo que yo iba a añadir.

Le sonreí.

—En realidad —le dije—, yo he trabajado para usted.

Se puso rígido. Sus ojos azules se oscurecieron.

—¿Trabajado? ¿En qué? —preguntó secamente.

—¿No se ha llamado usted alguna vez Paul?

Le tiembla el párpado izquierdo.

—Me he llamado de muchas maneras —contesta.

Muevo la cabeza, conciliador.

—El mensaje personal cuando esperábamos lanzamientos en paracaídas empezaba siempre así —le digo—: «¡Los muebles de Paul llegarán tal día!»

La cosa empieza a interesarle, es evidente.

—¿Dónde nos hemos visto? —pregunta—. Si es que nos hemos visto alguna vez.

—La primera vez, fue en la avenida Niel, frente a los Magasins Réunis.

Me mira con más atención. Me clava el dedo en el pecho.

—¿Usted era «Mercier»? —pregunta con voz agitada.

Muevo la cabeza en señal de asentimiento.

—Sí —le digo—. «Jacques Mercier».

Su dedo ya no se clava en mi pecho, ahora es su mano derecha la que se apoya en mi hombro.

—«¡Gérard!» —exclama—. ¿No es eso?

Claro que es eso. Gérard.

—Lo detuvieron a usted en casa de Irène Chiot, en Joigny —dice.

Chiot, era el apellido de soltera de Irène. Su apellido de casada era Roussel. A Michel y a mí, claro está, nos encantaba trabajar con una mujer tan intrépida y que además se apellidase Roussel.

Ya está, nos hemos reconocido.

Pero la mirada de Frager vuelve a ser recelosa. Quizá no recelosa. Pero sí preocupada.

—¿Cómo se las ha arreglado para encontrarme e identificarme? —pregunta.

Le digo la verdad, sencillamente. Le hablo de la certeza que me embargó, de forma irracional, cuando vi su nombre en la lista de la *Schreibstube*.

Aquel mes de septiembre de 1944, hablé mucho con Henri Frager. Clarificamos retrospectivamente cierto número de problemas referentes al funcionamiento de la red, en la región Yonne-Côte-d'Or. El problema de Alain, en particular. Frager me contó cuál fue el final de Alain. Yo iba a buscarlo al block 42, después de pasar lista. O bien, los domingos por la tarde, venía él a buscarme al *Arbeit.* Si no llovía, nos paseábamos por las calles del campo. Durante uno de aquellos paseos, me presentó a Julien Cain y a Maurice Hewitt, que también estaban deportados en Buchenwald y que habían trabajado en otro sector que yo para la red Jean-Marie.

Una noche, en el 42, Frager me habló de Bloch, el constructor de aviones. Me lo señaló, de lejos. Me dijo que había que hacer algo por él. Marcel Bloch era un auténtico resistente, me dijo. Pero lo habían destinado a un kommando malo y corría el riesgo de que inopinadamente lo mandaran a un campo exterior. Para mí, la palabra de Frager era garantía suficiente. De manera que informé del caso de Bloch —que pasó a ser más tarde Bloch-Dassault, y luego, Dassault a secas— a los camaradas del Comité francés, quienes hicieron lo necesario para que Marcel Dassault sobreviviese a Buchenwald. Gracias, pues, a Frager, Marcel Dassault tuvo posibilidades suplementarias de sobrevivir. Quizá incluso posibilidades a secas. Sin duda merecía la pena decirlo, ahora que Frager ha muerto, que no puede decirlo él mismo.

Porque Henri Frager murió finalmente en Buchenwald. Fue ejecutado por la Gestapo. Al final, sólo tres hombres sobrevivieron a las últimas ejecuciones del mes de octubre. Sólo tres de los cuarenta que componían el convoy especial del mes de agosto. Tres hombres a quienes la organización clandestina pudo salvar, atribuyéndoles la identidad de tres deportados muertos de tifus, gracias en particular a la decisiva intervención del prisionero austríaco Eugen Kogon. Aquellos tres prisioneros eran el francés Stéphane Hessel y los ingleses Peulevé y Dodkin, cuyo verdadero nombre era Yeo-Thomas.

A mediados de abril de 1945, unos días después de la liberación de Buchenwald, yo era responsable de un destacamento que montaba guardia en torno a los cuarteles y dependencias administrativas de la división SS Totenkopf. Ocupábamos aún aquella zona exterior del campo de

Buchenwald en espera de que los americanos se hicieran cargo de ella.

Aquel día, precisamente, curioseando por una de las dependencias fui a dar a la sala donde la administración SS conservaba los dossiers de los prisioneros. Consulté el fichero, que estaba ordenado por orden alfabético como todo fichero que se precie, y encontré mi ficha. *Häftlings-Personal-Karte*, aparecía impreso en negrilla. Arriba, a la derecha, había un recuadro rectangular en el que se veía un triángulo isósceles, con la punta vuelta hacia abajo. En aquella casilla, habían anotado mi número: 44 904. El número estaba escrito con lápiz negro y habían coloreado con lápiz rojo el triángulo previsto a tal efecto sobre el que figuraba una *S* negra escrita a máquina. Por lo que a lo demás respecta, la ficha contenía los datos de identidad habituales.

Observaba yo aquella ficha en la que aparecían consignados todos los datos que me concernían, cuando observé, enmarcada en rojo, una palabra poética y misteriosa. Quiero decir: cuyo significado exacto, pese a la evidencia de su sentido literal, era a primera vista misterioso. *Meerschaum*: Espuma de mar. Supuse que era un nombre en código. Más tarde, me lo confirmaron. Aquel nombre en código servía para designar la operación que había concentrado en Compiègne, hacia finales del año 43 y a comientos del 44, a los detenidos en las cárceles francesas que debían ser deportados a Alemania. Más tarde, supe que la operación que siguió a la nuestra tenía el nombre en código de *Frühlingswind*: viento de primavera.

Miraba yo aquel poético nombre, *Meerschaum*, cuando se abrió la puerta de la habitación.

Volví la cabeza, era un oficial británico.

Me mira, con recelo.

—¿Qué hace usted aquí? —me dice secamente.

—¿Y usted? —le digo con idéntico tono.

Parpadea. Le he pillado desprevenido.

—Soy un oficial británico.

Pero le interrumpo con un ademán.

—Eso salta a la vista, ¿sabe usted? Le costaría trabajo disimularlo. Pero le repito que qué desea.

Esta vez parece totalmente desconcertado.

—Debo aclararle que soy responsable de estas dependencias —le digo—, hasta que no las ocupen las autoridades aliadas. ¿Tiene usted alguna orden de misión?

No hay nada tan divertido como pillar a los militares en la trampa de sus propios reglamentos. Por lo demás, esto es válido para todas las profesiones. Pillen a los lingüistas en la trampa de las palabras, a los pintores en la trampa de la luz, a los marxistas en la trampa de la dialéctica: verán ustedes cómo resulta igual de divertido.

Por su parte, el oficial británico no tiene muy claro que aquello deba parecerle divertido.

Un tanto desconcertado, mira la ficha que yo tengo en la mano. Mira el fichero SS.

Yo agito la ficha que tengo en la mano.

—*Meerschaum* —le digo—. Acabo de encontrar mi ficha personal. No me informa de nada nuevo, salvo que soy *Meerschaum*. ¿Conoce usted el alemán? Quiere decir «espuma de mar».

Mueve la cabeza, como sugiriendo que conoce el alemán.

—Yo que pensaba que éramos la hez de la tierra, para los SS. ¡Y resulta que no! Que somos espuma de mar. No deja de ser reconfortante, ¿no le parece?

Se ha acercado a mí. Mira la ficha que yo le alargo. Luego, me mira a mí.

—Si es usted responsable de estas dependencias —dice con voz suave—, quizá podría pedirle cierta información. Aunque no lleve orden de misión.

Ha recobrado el inimitable tono del humor británico. Me gustan los militares con sentido del humor. Y también los marxistas que lo tienen, por supuesto. Pero los marxistas con sentido del humor son aún menos frecuentes que los militares, por mucho que se crea. El oficial ha deslizado dos dedos en el bolsillo exterior de su cazadora de campaña. Saca un papelito y lo despliega.

Alcanzo el papelito, el cual es una lista de nombres. Y el primer nombre en esa lista de nombres es el de Henri Frager.

Es una gilipollez la vida. Tan gilipollez como la muerte. Se me han ido las ganas de bromear.

Miro al oficial británico.

—Llega usted demasiado tarde —le digo—. Desgraciadamente, demasiado tarde.

El último domingo de septiembre, unos meses antes, pues, antes del último invierno de aquella guerra que llegaba a su término, vi a Henri Frager. Nos paseamos por el bosquecillo, entre la enfermería y el campo de cuarentena, donde la falda del Ettersberg se fundía con la llanura de Turingia. Le conté a Frager un lance que me ocurrió en el Tabou, un año atrás. Un año antes. O más lejos, según cómo se mire. En septiembre de 1943, en cualquier caso. Yo había ido al Tabou con Julien. Les llevábamos a los resistentes del Tabou un suministro de plástico, con vistas a no recuerdo qué operación de sabotaje. Estábamos en el calvero del Tabou, anochecía. Yo me había sentado un poco apartado, releía un capítulo de *La esperanza*. Era un libro que siempre llevaba metido en la bolsa. Había acabado impregnándose del olor nauseabundo y tenaz del plástico. Aquella noche, pues, releía *La esperanza* y algunos jóvenes resistentes —¡claro!, de repente caigo: yo también era joven; tenía diecinueve años, como la mayoría de ellos; pero escribo esto al borde de la vejez, del envejecimiento al menos, y se produce un fenómeno extraño: todos los personajes de mi memoria han conservado la edad que tenían, su juventud, en tanto que yo me he hecho viejo; yo, en mi memoria, paseo mi cabello gris, mi hastío de vivir, en medio de su juventud—, algunos jóvenes resistentes, pues, se habían acercado a ver qué leía yo. Pronto, eran más de una docena a mi alrededor y hablábamos de *La esperanza*, de la guerra de España. En aquel momento, intervino uno de los jefecillos del Tabou. Daba voces, estaba muy enfadado. No quería política en su maquis, gritaba. Malraux era política. Entonces, para joderle, le leí en voz alta una página de *La esperanza*, el final del episodio de Toledo, cuando Hernández es fusilado. Leí aquella página y, a continuación, se hizo un gran silencio. El jefecillo que no quería política en el Tabou ya no chistaba.

Con todo, salí yo perdiendo. Porque tuve que dejarles mi ejemplar de *La esperanza* a los resistentes del Tabou. Todos querían leer aquel libro, y no pude negárselo. Así que mi ejemplar de *La esperanza* debió de arder en el Tabou, cuando los SS aniquilaron el maquis y prendieron fuego a las chabolas de los resistentes, unas semanas después de estar yo allí.

Pero acabo de decirle al oficial británico que llega demasiado tarde.

—Desgraciadamente, demasiado tarde —le digo.

Me mira, ansioso.

¿Cómo había muerto Henri Frager? ¿Había sido ejecutado con una bala en la nuca, en una celda del búnker? ¿Había sido ahorcado en los sótanos del crematorio? Precisamente, la antevíspera, yo había visitado el crematorio. Precisamente, había visto aquello.

A partir de entonces, sabía cómo eran los sótanos del crematorio donde ahorcaban a mis compañeros.

Pero aún no hemos llegado a eso.

Estamos aún en septiembre, la noche en que Anton, el bibliotecario, me entregó una Biblia con un registro de seda de un azul desvaído que señalaba una página del Libro Segundo de Samuel, la página del incesto de Amnón.

—De parte de tu Bibliófilo —me dijo con una sonrisa inexplicablemente guasona.

Y voy a pasarme la noche combinando la lectura de una novela de Faulkner con el Libro Segundo de Samuel, descifrando los oscuros signos de las vidas y muertes combinadas de Absalón y de Henry Sutpen, de Tamar y de Judith Sutpen, de Charles Bon y de Amnón (pero también era de noche, tantos años más tarde Toda una vida, podría decirse, entre aquellas dos noches La de septiembre de 1944, en Buchenwald, el día en que la *Politische Abteilung*, o sea la Gestapo del campo, pidió que le informasen de la situación de cierto número de prisioneros DIKAL. Pero el orden burocrático debe de estar empezando a desquiciarse, en Berlín, porque en esa lista de la *Politische Abteilung* figuran los nombres de algunos deportados del convoy que ya han sido ejecutados —*entlassen*, «liberados», según el cínico redactado de la comunicación oficial— hace varias semanas, ahorcados, según parece, en los sótanos del crematorio Y figura también el nombre de algunos supervivientes: el de Henri Frager, por ejemplo ¿Por qué pide información la Gestapo de Frager? Movido precisamente por la inquietud provocada por esa pregunta ha ido Gérard a ver a Paul al block 42 Pero Paul estaba ya al corriente ¿No valía más tratar de abandonar el campo metiéndose en algún kommando exterior desde donde quizá sería posible organizar la evasión? Pero Paul ha dado a entender que no podía tomar una decisión individual, que su suerte estaba ligada a la de un grupo Había que aguardar un poco más, decía Paul Estaba sereno, Paul No resignado, pero sí sereno «De todas maneras —decía sonriendo—, ya tenía que haberme fusilado la Gestapo cuando me echó el guante. ¡Siempre son unos meses que he salido ganando!»

pero también era de noche, tantos años más tarde Toda
una vida había pasado y ya no se llamaba Gérard Tampoco se llamaba Salagnac, ni Artigas, ni Sánchez No se llamaba ya nada O sea sólo se llamaba por su nombre pero
a veces tardaba en contestar cuando le llamaban por su
nombre, como si aquel nombre fuese el de otro cuya identidad hubiese suplantado No era ya más que él mismo
«Yo mismo, pensaba, con desengañada sonrisa, en la habitación de un hotel en Nueva York, en el *Algonquin*, solo,
en otoño, el año de gracia, o de desgracia, de 1979 ¿por
qué se había acordado de Absalón, y del testigo de Jehová, y de Henri Frager, veintiséis años más tarde, en Nueva
York, en aquella habitación del *Algonquin*, al anochecer,
a la hora en que las hojas de periódico y los papeles grasientos empiezan a volar, impulsados por las ráfagas de
viento de la Calle 42? Habían llamado a la puerta de su
habitación, había entrado una joven Una camarera, precisamente, vestida con el uniforme convencional de las
camareras Pero ésta era negra, de una belleza flexible de
gacela de largas piernas, de una belleza rapaz de pantera
de potentes ancas Bueno, no sueñes, sólo había ido a
deshacer la cama Luego, cuando terminó, en la puerta, le
dio una propina Ella sonreía, indolente, en actitud de reserva *«Mi name is Clytie*, decía, *if you need something,
ring me, please!»* Distante, lisa, hablando con voz pausada, profunda, recalcando las sílabas, con una dicción per-
fecta Pero la puerta ya se había vuelto a cerrar y él se
quedaba solo, con el sonido agudo de aquel nombre plantado en el corazón como un puñal ¡Clytie! De pie, inmóvil, trémulo, en medio de aquella habitación de hotel des-
conocida ¡Clytie! Todo le había venido a la memoria, poco
después, en un vértigo mareante Clytemnestra Sutpen, la
hija natural de Thomas Sutpen y de una esclava negra La
hermana natural de Henry Sutpen, Clytie, que prendió
fuego a la vieja mansión carcomida de *Sutpen's Hundred*,
para evitar que se llevaran a su hermanastro blanco, para
juzgarlo por el asesinato de Charles Bon Todo le había
venido a la memoria, de repente ¡*Absalón, Absalón!* Todo,
a esa hora del anochecer en que los papeles grasientos, las
hojas de periódicos volaban impulsados por las ráfagas de
viento de la Calle 42, en medio del vapor blanco de las
lumbreras y del estridente rumor de los timbres de las
máquinas tragaperras y de los juegos electrónicos Todo
le había venido a la memoria Se sabía de memoria el tex-

to antiguo, todas las palabras, palabra por palabra, pese a los años transcurridos había dicho en voz alta las palabras del texto antiguo «¿Y está usted? Henry Sutpen ¿Y está usted aquí? Llevo cuatro años ¿Y ha vuelto usted a su casa? ¿Para morir Para morir? Sí, para morir ¿Y está usted? Henry Stupen.» Había pronunciado las palabras de Faulkner, en voz alta, y luego, movido por un súbito impulso, había ido hasta la mesilla de noche, había abierto el cajón Había una Biblia, por supuesto había encontrado la página del Libro Segundo de Samuel «*And Ta-mär took the cakes which she had made, and brought them into the chamber to Amnon her brother And when she had brought them into him to eat he took hold of her, and said unto her, Come lie with me, my sister...*» ¡Ven, acuéstate conmigo, hermana mía! Hermana mía, gacela mía, paloma mía ¡Qué importa tu nombre, Tamar, Judith, Clytie!

Todo le había vuelto a la memoria, como un vértigo, en Nueva York, tantos años más tarde)

La muchacha acababa de salir.

Yo había cerrado la puerta de la habitación. Algo se movía, muy lejos, en mi memoria. Como si mi memoria hubiese sido un caserón destartalado, o por lo menos abandonado, que visitaras en otoño, y en donde el ruido de tus pasos despertase apagados ecos, oscuras reminiscencias, como si al recorrer aquella casa abandonada la impresión de haber estado, de haber vivido ya en ella fuese imponiéndose poco a poco hasta adquirir la fuerza de una obsesión.

Algo se movía, en cualquier caso, lejos, en mi memoria. ¿Clytie?

Sabía que aquel nombre de Clytie tenía que recordarme algo. Sabía que no era indiferente el hecho de que Clytie fuese negra. Estaba en medio de la habitación, solo, inmóvil. Encendía un cigarrillo. Había cabalgadas en mi memoria. ¿Por qué? ¿Qué relación había entre el nombre de Clytie y las cabalgadas? ¿Hombres a caballo, por qué? Un hombre a caballo, más concretamente, en las calles de una pequeña ciudad con casas de madera: podía ser una imagen de película del oeste. Y, súbitamente, me desvié hacia otros recuerdos. *El hombre a caballo*, era el título de una novela de Drieu. Un día, Anton, el bibliotecario, me trajo algunas novelas que habían descubierto entre el equipaje de un convoy de deportados franceses. Quería leer una, me pedía consejo. Le sugerí que leyera *El hombre a caballo*, de Drieu, que formaba parte del lote. Las otras eran una porquería.

¡Anton!

Al tiempo que recordaba aquella historia referente al libro de Drieu, sabía ya que aquello no era lo importante. De hecho, aquel recuerdo anecdótico acerca de una novela de Drieu ocultaba lo esencial. Y lo esencial era el propio Anton.

Lo esencial, mejor dicho, era que, gracias al recuerdo de Anton, me había venido a la memoria lo que hubiera debido recordarme el nombre Clytie. Lo esencial era que aquel aparente rodeo a través del recuerdo de un incidente referente a un libro de Drieu me conducía de nuevo a Clitemnestra Sutpen, a *¡Absalón, Absalón!*

Entonces, fui hasta la mesilla de noche. Cogí la Biblia que estaba en el cajón. Mi mano temblaba ligeramente.

—¡Libro Segundo de Samuel, 13! —había dicho Jehová, ventiséis años atrás, a la entrada de la biblioteca de Buchenwald.

Veintiséis años después, en Nueva York, en el hotel *Algonquin*, cogí la Biblia que estaba en el cajón de la mesilla de noche. *Holy Bible*, podía leerse en letras doradas en la tapa negra. Otra inscripción dorada pedía que se tuviese la amabilidad de dejar el libro —el Libro— bien a la vista. *Kindly leave this book in view*, decía esta última inscripción dorada.

Pero Jehová había citado el Libro de Job, aquel domingo de diciembre, en Buchenwald, y no el de Samuel. Yo contemplaba la nieve en la llanura de Turingia y me preguntaba cómo iba a salir del apuro Jehová. Y salió muy bien, gracias al Libro de Job. Lo miro, admirado y humillado.

—En definitiva —le digo—, para todo acontecimiento natural o histórico existe una cita apropiada de la Biblia.

Se encoge de hombros.

—¿Le extraña? —pregunta Jehová—. Pues a usted eso no le viene de nuevo: le ocurre exactamente lo mismo.

Lo miro, desconcertado.

—¿A mí?

—A ustedes, los marxistas —dice Jehová.

Desde hace algún tiempo, abordamos cuestiones generales, en nuestras conversaciones.

Jehová insiste.

—¡Citas —dice—, las tienen para todos los gustos!

Se encoge de hombros.

Debo confesar que es lo que me reprocha también Fernand Barizon. Sin duda el punto de vista de Fernand no es el mismo que el de Jehová. De ningún modo. Incluso, sus puntos de vista deben de ser totalmente opuestos. Sin embargo, Barizon me reprocha también mi afición a las citas contundentes. No parece opinar que son la sal y el florón de una demostración dialéctica bien llevada. O entonces, es que desconfía de las demostraciones dialécticas demasiado bien llevadas. O quizá desconfíe de mis citas: le da la impresión de que me las invento para las necesidades de mi causa. No siempre tiene razón, por otra parte.

Pero Jehová y yo, en cualquier caso, hemos acabado hablando de ideas generales. Y para Jehová, por supuesto, la idea más general es la de Dios. Jehová y yo hemos acabado hablando de Dios.

Yo salía del block 62 y Jehová me esperaba en la explanada. Era evidente que estaba al acecho esperando el momento en que yo pasase por allí. Desde hacía algún tiempo, como conocía mi costumbre dominical que me llevaba a contemplar el paisaje de Turingia, acechaba mi paso por las vías de acceso al bosquecillo que se extendía bajo el campo de cuarentena.

Jehová se hacía asiduo, era evidente.

Unos días antes, una tarde que yo iba a cambiar libros, Anton me miró con una cara que no era ya de guasa, sino inquieta. Como si yo le preocupase.

—¿Y tu Bibliófilo, cómo sigue?

Naturalmente, Anton insiste en el posesivo.

Pero no me deja tiempo para responder:

—Claro que, ¿es Bibliófilo o sencillamente Hispanófilo? *Aber, ist er Bibelliebhaber oder einfach Spanierliebhaber?* Realmente, al bibliotecario parezco preocuparle. Parece como si temiera que uno de sus mejores clientes, cuyos gustos literarios y filosóficos solía compartir, se desviara de los rectos caminos de la virtud. Es increíble lo mucho que teme la mayoría de la gente los desvíos del recto camino, de la sexualidad correcta.

No me apetece discutir con él de todo eso. Lo tranquilizo con una palabra. Que no tema, no me desviaré de los caminos de la virtud por culpa de Jehová. Quiero decir: de su testigo. Me mantendré en la virtud común y forzada de nuestra miseria sexual, apenas turbada por sueños

344

que se hacen cada vez más vagos y desconcertantes a medida que nos hundimos en los desiertos de sal del tiempo inmóvil y del hambre perpetua. El agotamiento vital facilita el ejercicio incluso solitario, de la virtud, es cosa sabida. Por lo demás, en mi mundo imaginario reina más bien Juliette que Jehová.

Miro a Anton, lo tranquilizo con una palabra.

Me pregunto, no obstante, si es de los alemanes que van al burdel. Me pregunto si le parece normal y virtuoso joder con una de las putas del burdel, con autorización y bajo control del suboficial SS que es el jefe y el macarra de las putas del burdel. Me pregunto si le parece normal y virtuoso llevarles regalitos tanto a las putas del burdel como al suboficial SS, regalitos indispensables para que todo marche bien y que consisten en latas de conserva, de margarina, frascos de perfume, que no se pueden conseguir sino participando en los trapicheos del campo, o sea descontando de las raciones diarias de los deportados la cuota-parte que los privilegiados apandan en beneficio de su virtud, de su normalidad.

Me pregunto si tiene preferencias en el burdel del campo, o si escoge a cualquiera de las putas. ¿Con quién jode? ¿Con Stahlheber, con Bykowski, que es una de las más cotizadas?

Al lector le inquietará saber si me invento, o si conozco de veras, si no los apellidos, que ignoro en efecto, al menos los nombres de las putas del burdel —*Sonderbau*, edificio especial— de Buchenwald. Pero no me he inventado nada, por supuesto. Cito los apellidos reales, algunos de los apellidos reales. Podría citar todos los demás apellidos reales de las putas del burdel de Buchenwald. Al menos los apellidos reales de las putas que ejercían allí sus actividades, en definitiva normales y virtuosas —o sea, no corruptoras de las virtudes masculinas—, en el mes de diciembre de 1944, mes al que se ha aludido con frecuencia en este relato.

No me invento nada, en este caso.

Me ha ocurrido inventarme algunas cosas, en este relato. No se llega nunca a la verdad sin un poco de invención, eso todo el mundo lo sabe. Si uno no se inventa un poco la verdad, pasa a través de la historia, sobre todo la que le ha ocurrido a uno mismo, como Fabricio a través de la batalla de Waterloo. La historia es una invención, e incluso una reinvención perpetua, siempre renovable, de la verdad. Por otra parte, el propio Fabricio es una invención de Beyle.

Pero, en este caso, no me he inventado nada. No me he inventado los apellidos de las putas Stahlheber, o Bykowski —una de las más apreciadas por la clientela normal y virtuosa del burdel, junto con Düsedau y Mierau— que trabajaban en el *Sonderbau* de Buchenwald en diciembre de 1944. En aquella época, ignoraba aquellos nombres, por supuesto. Los ignoraba cuando miraba a Anton, una noche, cuando le oía preocuparse por mí, por mis relaciones con el Bibliófilo, que quizás era sencillamente hispanófilo. Sólo mucho más tarde supe aquellos nombres.

Mucho más tarde, en la primavera de 1965, colaboré en una serie de programas radiofónicos sobre *El mundo de los campos de concentración*. El conjunto de la serie lo dirigía Alain Trutat, para France-Culture. Yo tenía que preparar un programa sobre *El sistema económico SS*, y fue en aquella ocasión, al hurgar en montones de documentos de archivo, al volver a establecer contacto con antiguos compañeros de Buchenwald —a quienes hacía veinte años que no veía— cuando topé con un documento referente a la contabilidad del burdel de Buchenwald. La hoja, fechada el 17 de diciembre de 1944, aludía a los ingresos de la víspera: *Einnahme im Sonderbau am 16-12-1944*. La víspera, pues, el burdel había ingresado 45 marcos de la época. Como otra columna del documento indica que había habido, aquel día, 45 citas, puede deducirse fácilmente, sin necesidad de ser un genio matemático, que el precio por cita era de un marco. Y en la primera columna del documento es donde figuran los apellidos de las putas. Son trece. Pero cuatro de ellas no han trabajado el 16 de diciembre. Dos, Rathmann y Dryska —el documento no da los nombres de las putas— no han trabajado porque estaban sometidas a las consecuencias de un acontecimiento periódico y sangriento, cuyo sentido y fatalidad no ha dejado de turbar, de obsesionar incluso, la imaginación de la especie, desde hace siglos. En cualquier caso, Rathmann y Dryska no estaban disponibles, el 16 de diciembre. Por lo que respecta a las otras, Giese y Jubelt, la primera hizo de vigilanta o de subjefa (*Aufsicht*, aparece escrito en la columna donde, para las demás, se anota el número de clientes que ha tenido cada una, número que permite deducir que Düsedau, Bykowski y Mierau eran las más apreciadas, ya que tuvieron seis clientes cada una, en tanto que las otras putas sólo tuvieron cuatro o cinco) y la segunda oficia de cajera: *Kassiererin*.

No es como para soñar, como puede verse.

Es un trivial y triste documento de contabilidad sobre los ingresos de una jornada de trabajo en el burdel. Está refrendado por el comandante SS y por el administrador de Buchenwald. Este último ha estampado en la hoja de papel cebolla, cuyo original ha debido de ser enviado a Berlín, no sólo su firma autógrafa, sino el sello de la *Gefangenengeldverwaltung*: la Administración financiera de los prisioneros. Porque todo está administrado, clasificado, ordenado, inventariado y refrendado en Buchenwald: el dinero de los prisioneros, las piezas fabricadas en las fábricas, las horas de trabajo y de ocio, los vivos y los muertos, los costos de funcionamiento del crematorio, los homosexuales y los cíngaros, los relojes y el pelo de los nuevos, las cualificaciones profesionales y el *cursus* universitario de los deportados, las compras de cerveza y de *machorka* en la cantina, y también las sesiones del burdel. El orden burocrático reina en el imperio SS.

«La burocracia es un círculo del que nadie puede escapar. Esa jerarquía es una jerarquía del saber... La burocracia posee el ser del Estado, el ser espiritual de la sociedad, es su propiedad privada. El espíritu general de la burocracia lo constituye el secreto, el misterio...» Pero no quiero sacar a colación aquí estas frases extraídas de uno de los textos de Marx que habíamos disecado durante horas, en el bulevar de Port-Royal, en casa de Lucien Herr. Jehová me reprocharía mi afición por las citas que caen al pelo y que siempre tengo a flor de labio.

Ahí está Jehová, precisamente.

Era el domingo pasado, o sea el domingo anterior al que constituye el tema de mi minucioso relato.

Jehová está en la explanada del Campo Pequeño, entre los últimos barracones que sirven de vivienda, por decirlo así, y el barracón de las letrinas colectivas. El burdel no está lejos, detrás mismo del *Kino* (pero te has acordado del *Kino* de Buchenwald estos días, en Nueva York. Era en otoño, el sol era alegre, hacía un tiempo seco y vivo Te acordaste, en realidad, del cine de Buchenwald a través del recuerdo de Gustav Herling Es decir, éste, en su libro *A World apart*, no puede acordarse de Buchenwald, se acuerda del barracón de las «actividades creativas autogestionadas» del campo de Yerchevo En aquella barraca estaba instalada también la biblioteca del campo estaliniano que describe Herling No encontraba uno *Mein Kampf*, claro está, en la biblioteca de Yerchevo Encontraba, en cambio, decenas de ejemplares de los *Problemas del leninismo*, de Stalin, cientos de ejemplares de folletos de propaganda política Encontraba también un volumen con los discursos de la «Pasionaria» Y cuenta Gustav Herling que había subrayado a lápiz una frase que se hizo célebre: ¡Más vale morir de pie que vivir de rodillas! Pues bien, aquella frase subrayada le había dado gran popularidad al libro entre los deportados del campo estaliniano de Yerchevo, hasta que una comisión del NKVD, inquieta sin duda por aquella súbita popularidad, retiró el libro de la «Pasionaria» de la biblioteca Pero no vas a contar el libro de Gustav Herling No puedes hablar en su nombre Decías tan sólo que estabas leyendo *A World apart*, en Nueva York, aquellos días del otoño de 1970 en que fuiste a Estados Unidos con Costa Gavras e Yves Montand para presentar *La confesión* Estabas leyendo el libro de Herling y llegaste al pasaje en que Herling cuenta una sesión de cine en Yerchevo, la proyección de una película americana sobre la vida de Strauss, *El gran vals* Y entonces te acordaste del *Kino* de Buchenwald, del que, a decir verdad, no solías acordarte Además, estos últimos tiempos, sólo te acuerdas de Buchenwald cuando lees los recuerdos, a veces comparables, de los *zeks* de los campos de Stalin Tú también asististe una vez a la proyección de una película musical en Buchenwald No era *El gran vals*, era *Vuelan mis canciones* No pretendes, claro está, que la película musical que viste en Buchenwald tuviese un título español, tenía un título alemán, puesto que era una película alemana O quizá austríaca, lo que no cambia la lengua empleada en el título Pero tú ya habías visto la película en España, de niño, en los años 30 Fue en un cine de la plaza de la Ópera, en Madrid, y fue Fräulein Grabner quien os llevó, a tus hermanos y a ti, a ver aquella película musical que ella había seleccionado sin consultaros Trabajaban Jan Kiepura y Martha Eggerth y la película se llamaba, por lo menos en España, en los años 30, *Vuelan mis canciones* Y las canciones volaban que era un milagro Pero el caso es que únicamente te acuerdas del título español de la película Para colmo, la única escena de la que conservas un recuerdo tan preciso como aburrido es una en que Jan Kiepura y Martha Eggerth dan un paseo en barca, en un lago de montaña, locamente enzarzados en un dúo de desgañitantes y sin duda acaramelados gorgoritos, es también un recuerdo infantil En definitiva, el único recuerdo que conservas de aquella película es el recuerdo madrileño de los años 30 De nada te habrá servido volver a ver la película en Buchenwald, esta memoria, aunque más reciente, habrá quedado anulada por el recuerdo infantil Pero ha sido Herling y la sesión de cine de Yerchevo lo que ha hecho que te acordases del *Kino* de Buchenwald) justo detrás del cual estaba el burdel, como decía.

Jehová, pues, me esperaba.

Sin duda, me había visto entrar en el block 62. Había ido allí a solucionar no sé qué problema con Léo, el *Stubendiest* holandés que había combatido en las Brigadas, en España. Al salir de allí, tenía intención de bajar hacia el bosquecillo, para contemplar el paisaje de Turingia, desde mi puesto habitual de observación dominical.

Pero Jehová me aguarda en la explanada.

Por supuesto, me crispa que Jehová me vigile, me siga, me aceche de ese modo. Pero entiéndaseme bien: no es el aspecto hipotéticamente sexual de tal persecución lo que me crispa. Aunque Jehová no se hubiese interesado más que por el sexo opuesto, aunque hubiese sido un resuelto e infatigable mujeriego y se hubiese pasado sus horas de ocio en el *Sonderbau* tirándose a las putas Düsedau, Bykowski o Mierau, las más apreciadas o las más activas, según la estadística oficial —que les atribuía a cada una de ellas seis clientes, la noche del 16 de diciembre de 1944—, o incluso con Rafalska y Heck que habían tenido cinco clientes el día de marras, o también con Ehlebracht, Sinzig y Plumbaum, que sólo habían tenido cuatro, o, ¿por qué no?, con Giese, la subjefa, o con Jubelt, la cajera, que habían permanecido inactivas, al menos en el plano sexual, el día en cuestión, aunque Jehová no hubiese sido más que un *Frauenliebhaber*, su asiduidad hubiera acabado crispándome, por supuesto.

De todas maneras, el único indicio del que podía deducirse la hipotética homosexualidad de Jehová —o sea, de su testigo: del testigo de Jehová—, si dejamos aparte el rumor público reflejado por las frases alusivas de Anton, el bibliotecario, era de orden literario. Por lo tanto, indirecto. Porque Jehová jamás hizo un gesto, balbuceó una palabra, esbozó la menor sonrisa que pudiese prestarse a equívoco, o mejor dicho, a inequívoco. En cambio, su interpretación de *¡Absalón, Absalón!*, la novela de Faulkner que yo saqué de la biblioteca el día en que coincidimos, era bastante significativa. Según él, en efecto, el tema del incesto, que compone la trama ancestral de la novela, se veía intensificado por el del amor homosexual. Jehová sostenía, en efecto, que el impedir que su hermanastro, Charles Bon, se acostase con su hermana no fue el único motivo, ni siquiera el principal, que movió a Henry Sutpen a asesinarle. Lo mató porque, inconscientemente, estaba enamorado de él. Henry hubiera estado sin duda dispuesto a consumar el incesto, aun a costa de quitarse luego la vida, pero no podía soportar la idea de que Charles Bon —tanto más atractivo cuanto que tenía sangre negra en las venas— se acostase con la hermana de ambos: era el acto carnal con una mujer lo que era impuro en sí mismo, imperdonable, metafísicamente nefasto.

Pero hoy no vamos a hablar de *¡Absalón, Absalón!*, en las letrinas colectivas del Campo Pequeño donde nos hemos visto obligado a refugiarnos para huir de una violenta borrasca de nieve.

Jehová y yo vamos a hablar de Dios.

—*He sealeth up the hand of every man; that all men may know his work...*

Tengo aquella Biblia en la mano, años más tarde, toda una vida más tarde, en mi habitación del hotel *Algonquin*, en Nueva York. Releo el pasaje del Libro de Job —37,5: había anunciado con voz clara— que Jehová recitara ante la llanura nevada de Turingia: «¡Sobre todo hombre pone un sello, para que todos reconozcan Su obra!»

Yo creo más bien lo contrario, por supuesto. No creo que Dios marque a todo hombre con su sello, creo que es el hombre quien pone su sello en todo, empezando, o acabando, por Dios. Lo creo así hoy, en Nueva York, y ya lo creía así en Buchenwald, en aquel lejano domingo, ese día que el hombre ha reservado al Señor y no el Señor al hombre.

Estábamos en las letrinas, y yo le había explicado a Jehová, más bien desconcertado, cuál era mi relación con Dios. El ateísmo de Marx, le explicaba, se quedó a medio camino. No hay duda de que desenmascaró la humanidad de Dios, su naturaleza quimérica e ideológica. Pero no sacó las últimas consecuencias de aquello. Quizá le resulte imposible a un judío —y sobre todo a un judío que reniega de su judaísmo y que se subleva contra él— llegar hasta el límite del ateísmo, hasta el límite de Dios. En cualquier caso, si Dios es humano, distancia del hombre a sí mismo, abismo abierto por cualquier pregunta fundamental —luego sin respuesta inequívoca— precisamente por esa razón es eterno. O inmortal, al menos, y en la misma medida que el hombre. En tanto haya un hombre capaz de imaginar a Dios, con una necesidad vital de imaginarlo, y aunque este hombre no sea más que Paul Claudel, Dios no será, sin duda, puesto que no es un Ser —puesto que no hay Ser—, pero existirá.

En alemán, claro está, y en las letrinas colectivas del Campo Pequeño de Buchenwald, en medio de los cientos de fantasmas que salían de los barracones de inválidos, que iban allí a buscar un poco de calor, quizá una colilla de *machorka* —o, por lo menos, una pipada, una sola, el placer infinito de una pipada de colilla de *machorka*—, que iban a intercambiar algunas palabras con otros fantasmas (y les empujaban los recién llegados de los barracones de cuarentena, aún robustos y gordos por unas semanas, pero sin duda más inquietantes todavía porque la diferencia o el contraste entre su condición física y sus incongruentes ropas de cuarentena resultaba aún más grotesca; les empujaban también los jóvenes *Stubendienst* rusos del Campo Pequeño para quienes las letrinas eran un lugar de reunión privilegiado, una especie de zoco en el que intercambiaban mercancías y favores masculinos, alcohol, cuchillos, fotos pornográficas, pan, sonrisas), en medio de aquellos cientos de fantasmas de todas las edades en cuclillas sobre el madero que quedaba encima del largo pozo negro común adonde iba a parar el pestazo líquido de los excrementos, en medio de aquella confusa algarabía, desgarrada de cuando en cuando por un penetrante grito de angustia, de terror incluso, en aquel lugar, pues, y en alemán, era sin duda más fácil hablar de Dios: *Gott ist kein Sein, nur ein Dasein!*, le había dicho yo a Jehová. Y Dios existirá en tanto existan hombres, lo humano, lo social, existirá en esa constelación aparentemente nebulosa pero con la que se teje la trama misma de la historia: la de la ideología. Así que un ateísmo consecuente, que quiera superar las aporías judeohegelianas de Marx, debe empezar postulando la existencia de Dios, su estar ahí, su presencia divina, que no es sino lo humano volcado hacia su propio abismo de inquietud y de incomprensión.

Pero estoy en Nueva York, toda una vida más tarde, y vuelvo a dejar la Biblia en el cajón de la mesilla de noche.

Esta tarde, en la universidad de Yale, una muchacha me miraba fijamente.

Sin duda, podía haber mirado igualmente a Yves o a Costa. Habíamos ido juntos, Montand, Gavras y yo, para presentar *La confesión*, en la universidad de Yale. Y aquella muchacha hubiera podido perfectamente mirar a cualquiera de mis compañeros. O incluso a ambos a la vez, ¿por qué individualizar? Como objetos de la mirada femenina, no somos una mala muestra, los tres. Un griego, un italiano, un español, tres metecos de todas partes, tres exiliados de siempre: reina entre nosotros una especie de alegre complicidad que tiene que notarse. Una mirada de mujer, en cualquier caso, debe de notarla.

Pero no miraba ni a Yves, ni a Costa, aquella muchacha, en Yale, durante un debate sobre *La confesión* con los estudiantes. No digo que ninguna muchacha mirase a Yves o a Costa, en Yale, aquel sábado de otoño. Sería absurdo. La mayoría de las muchachas debieron de mirar a Costa y a Yves, en Yale. Lo único que digo es que aquélla me miraba a mí.

Tras el debate general, se formaron corrillos. Las conversaciones prosiguieron en el desorden de los grupos que se hacían y se deshacían.

La muchacha de mirada atenta está a mi lado.

Lleva unos tejanos azules, un jersey blanco de cuello vuelto y tiene el pelo corto. Pienso que tiene un aire eslavo. Se me dirá que nada tiene de extraordinario. Una americana que no tenga un aire eslavo tendrá un aire escandinavo, magiar o napolitano. Un aire de familia, en definitiva. Pero ésta no sólo tiene un aire eslavo. Debe de ser polaca, pondría la mano en el fuego. Tiene ese porte de cabeza, esa línea del cuello, esa lánguida curva del hueso ilíaco, esos labios apretados y golosos, esa mirada atenta e inalcanzable de las polacas. Yo creía que esa alegría aristocrática de las polacas, esa gracia corporal, era una forma de reaccionar contra la grisura informe de los países del Este. Creía que esa libertad de porte de las polacas era la somatización de su diferencia espiritual, en la Europa gris y tétrica del comunismo postestaliniano. Pero debo reconocer que esa gracia, ese estado de gracia corporal

de las polacas, es universal. Sin duda, debe de permitirles
preservar su diferencia, tanto en el Este productivo y burocrático como en el Extremo Oeste productivo y corpo-
rativista.

Pero, ¿es realmente polaca?

Me adelanto, le hago la pregunta antes de que ella me
dirija la palabra. No es una mala táctica, en cualquier
caso.

—¿Es usted de origen polaco?

Una sombra soleada cruza por su rostro.

Soleada, he dicho, porque su semblante se ilumina,
como alumbrado desde el interior. Sombra, he dicho, porque su mirada se oscurece al punto. Como si el hecho de
ser polaca, en efecto, debiera llevarle a uno necesariamente a la alegría y al dolor entremezclados.

—¡Sí! —dice con una breve sonrisa—. Mi padre murió
en Buchenwald —añade con una sombra eterna en su mirada.

Claro, hubiera debido imaginarlo.

Y es que la experiencia debiera haberme enseñado ya
que raramente te miran a ti. Ocurre de vez en cuando,
claro está, pero es excepcional. Por lo común, lo que miran en ti es la imagen de otra cosa, de otra persona, de
alguien puramente imaginario, en ocasiones. Hoy miran
en ti la imagen del superviviente. Contemplo a la joven
polaca. No tendrá mucho más de veinticinco años. Calcu-
lo rápidamente el tiempo que separa este otoño de 1970
de aquella lejana primavera de 1945. Sí, todo encaja. Debió de nacer después de ser arrestado su padre.

—¿Qué derecho tengo yo a seguir vivo: es ésa su pregunta?

Me mira un instante. Creo que se le llenan los ojos
de lágrimas. Baja la cabeza, esconde el rostro.

Inmediatamente se yergue, altiva y tiesa como una polaca.

—Mi padre murió, nunca pudo contármelo —dice con
voz extrañamente tenue—. Sólo me queda su libro, *El largo viaje*, para imaginarme cómo era aquello.

Fija sus ojos en los míos.

—Por eso, a veces odio a los supervivientes —dice con
tono pensativo.

Yo asiento

—Nací el 11 de abril de 1945 —dice—, el año de la liberación de Buchenwald.

Mi mano roza su frente, sus pómulos salientes, el lóbulo de su oreja, su hombro. Ella no se mueve, no hace ningún ademán de rechazo. Debe de comprender que mi gesto no tiene nada de masculino, de atrevido, como suele decirse: no hay en él ninguna alusión posesiva o sexual. Debe de comprender que mi mano, con gesto incontrolado, espontáneo, alegre y triste, a un tiempo, tan sólo ha querido rozar esa carne abierta a la vida el último día de nuestra muerte, acariciar ligeramente ese cuerpo que mide la distancia que nos separa de nuestra muerte: esa victoria de la vida sobre nuestra muerte.

—Me gusta el mes de abril —le digo.

Pero vuelvo a lo que ella ha dicho antes.

—De todas formas, sépalo usted: ¡eso nunca puede contárselo uno a sus hijos!

Me mira fijamente.

—¿Usted tampoco? —pregunta.

Muevo la cabeza negativamente.

—No —digo—. Uno no puede contarle nada a su hijo, si es que tiene un hijo. A quienes mejor se les puede contar es a los desconocidos: le parece a uno que aquello le atañe menos, se siente menos solemne. Pero, en cualquier caso, su padre no hubiera podido contarle su muerte. ¡Y yo sí puedo!

Su mirada se dilata. Quizá un estremecimiento recorre todo su cuerpo.

—¿Murió en Buchenwald o durante la evacuación? —le pregunto.

Se queda sorprendida, se sobresalta.

—¿Cómo sabe usted que fue evacuado?

Una semana antes de la liberación del campo por las tropas del III Ejército americano, el mando SS concentró en el recinto del campo a todos los kommandos exteriores, o por lo menos los más próximos. Dejó de pasarse lista, y pronto no hubo avituallamiento, o apenas. El mando SS había recibido de Berlín la orden de evacuar el campo. Intentó aplicarla. Empezó entonces una semana de luchas sordas, de enfrentamientos a veces abiertos, a veces solapados, entre el mando SS y la dirección clandestina de la Resistencia, en la que los alemanes, claro está, jugaban un papel decisivo. El objetivo de la dirección clandestina era lograr que permanecieran en el campo, cuya liberación por las tropas americanas sólo podía ser cuestión de días, el máximo número de deportados-resistentes. Dio, pues, la orden de sabotear, o de frenar al máximo, al menos, las medidas de evacuación tomadas por los SS. Éstos, en consecuencia, se vieron obligados a ejecutarlas ellos mismos. Invadieron varias veces el campo con destacamentos armados, para intentar proceder a razzias de deportados. Otras veces, algunos blocks fueron rodeados para ser evacuados hacia la *Appell-Platz*, y marchar desde allí. Pero el resultado de tales medidas no fue concluyente. Sólo una minoría de deportados fueron lanzados a las mortíferas carreteras de la evacuación.

En aquel contexto general, algunos grupos nacionales decidieron no obstante jugar la carta de la evacuación. Así, los prisioneros de guerra soviéticos, encerrados en barracones especiales, que podían fácilmente ser rodeados por destacamentos SS, decidieron marchar todos juntos, en bloque compacto y organizado, para intentar evasiones en masa por el camino del éxodo. Táctica que resultó relativamente. Quiero decir que resultó a corto plazo: los PG soviéticos lograron, en efecto, burlar, masivamente, a sus guardianes SS pero lo que no consiguieron fue evitar más tarde los campos del Gulag estaliniano.

Los polacos adoptaron la misma actitud. Decidieron transformar la orden de evacuación en un camino posible hacia la libertad. En tal decisión, pesó sin duda, la opinión bastante extendida entre los deportados de que el campo acabaría convirtiéndose en una ratonera, de que los SS acabarían exterminando con lanzallamas a todos los supervivientes. Opinión que no era compartida por la dirección clandestina, por haber procedido ésta a un análisis más realista y refinado de la situación contradictoria en que se hallaba el mando SS local, que había de optar entre su deber de obediencia a Berlín y su deseo de mirar por su futuro, en un momento en que ya no quedaba ninguna esperanza de que cambiase la suerte de las armas.

En cualquier caso, los polacos decidieron jugar la carta de la evacuación. Obedeciendo la orden de los SS, se presentaron en la *Appell-Platz*, pero organizados en grupos que disponían de estructuras de encuadramiento militar. Además, los ancianos no participaban en la expedición: únicamente jóvenes u hombres maduros componían las columnas polacas del éxodo de Buchenwald. Y, por último, los polacos marchaban sin ningún equipaje, ligeros y con libertad de movimientos, listos para huir, para pelear.

El día en que se marcharon los polacos, yo estaba en

la linde de la *Appell-Platz*, con un grupo de compañeros españoles de la autodefensa militar clandestina. Observamos sus cohortes juveniles, disciplinadas. Un extraña impresión de alegría casi salvaje, irracional, se desprendía de su masa en movimiento hacia la puerta del campo. Daba la sensación de que en cualquier momento se iban a poner a cantar.

—Así debió de marchar su padre, unos días antes de nacer usted —le digo a la muchacha de Yale, veinticinco años más tarde. Sus ojos brillan, yergue todo su cuerpo, como si mirase a lo lejos, allá, en la punta de la inmensa *Appell-Platz*, la silueta de aquel joven que había sido su padre y que partía hacia la muerte como se parte al combate.

—Al final los polacos lo habremos conocido todo —dice con un orgullo triste, casi desesperado.

Y, sin transición, introduce la mano en el morral militar que lleva en bandolera y saca un libro encuadernado en rojo.

—¿Conoce el libro de Grudzinski? —me pregunta.

Pero el volumen que me alarga es *A World apart*, el relato de Gustav Herling que precisamente yo estaba leyendo. Hay un instante de confusión. Después, si no he comprendido mal sus explicaciones, resulta que el nombre auténtico de Herling es Grudzinski. O a la inversa, ya no lo sé. El caso es que, por lo visto, publicó otros textos en polaco con el doble nombre de Herling-Grudzinski.

Pero conozco el libro de Grudzinski.

Se lo digo. En la habitación de mi hotel, en Nueva York, le digo, en la mesilla de noche, tengo el libro de Grudzinski. No le hablo de la Biblia, es demasiado pronto para eso. En efecto, sólo más tarde, al término de aquel sábado, hojearé la Biblia, y el nombre de la joven negra, *My name is Clytie!* despertará mis recuerdos, me recordará súbitamente a Jehová y *¡Absalón, Absalón!*

Te acordaste de ella, unos años más tarde. Te acordaste de la muchacha polaca de Yale University.

Hay que precisar que era el día de su cumpleaños, el 11 de abril. E incluso el día que cumplía treinta años, ya que era el 11 de abril de 1975. Empieza a ser edad los treinta años. Para ella, para la muchacha de origen polaco cuyo nombre ignorarás siempre, empezaba a ser edad. Pero para ti también. Treinta años desde que retornaste a la vida, como decíais entonces. ¿Y si no había sido el retorno a la vida? Treinta años desde el último día de tu muerte, habías pensado. ¿Y si no había sido el último día de tu muerte? ¿Si había sido, por el contrario, el primer día de tu nueva muerte? ¿De otro sueño, al menos?

Pero te acordaste de ella, el 11 de abril de 1975, el día del trigésimo aniversario de la liberación de Buchenwald.

Mirabas un programa literario de la televisión francesa que agrupaba a varios intelectuales parisinos en torno a Alexandr Solzhenitsin, con motivo de la aparición de su libro *El roble y el ternero*.

Algún tiempo antes, habías visto otro programa sobre Solzhenitsin, en aquella ocasión ausente. Habías visto la cara de un crítico literario muy conocido en la pantalla televisiva. Le habías visto hacer remilgos:

—¡No, mire usted —decía—, *El archipiélago Gulag* no es un libro logrado! ¡Desde un punto de vista literario, claro está!

En realidad, era la estrategia de siempre, la del pulpo que suelta la tinta y siembra maraña. Así, el informe de Jruschov en el XX Congreso fue tildado de poco serio, desde el punto de vista marxista, por gente que edulcoró, envileció y se cagó en el marxismo durante decenios, y que nunca se atrevió a formular la menor crítica, ni aun marxista, contra Stalin, en tanto vivió y ostentó el poder. Así, *El archipiélago Gulag* no está bien escrito, no es un libro logrado literariamente, dicen los mismos, o sus similares, sus hermanos. Lo esencial, tanto en uno como en otro caso, es oscurecer el fondo del debate, su contenido de verdad. Porque si el informe de Jruschov no era marxista —¡cómo podía serlo, además, si el marxismo no existe!—, al menos era verídico. Y si *El archipiélago Gulag* no está bien escrito —punto que podría debatirse hasta el fin de los tiempos, como el del sexo de los ángeles— al menos está bien pensado. Y bien hablado. Lo está magistralmente, incluso. Pensado con las cabezas de miles de testigos anónimos y cuyo cerebro ha sido anulado; hablado por la voz de miles de testigos a quienes se ha enmudecido para siempre jamás.

En un luminoso libro de marzo de 1974, el italiano Franco Fortini analizó las causas, confesadas o inconfesables, por las que cierta izquierda intelectual europea, que aún no había aprendido ni comprendido nada, adoptaba una actitud de alarmado recelo respecto a Solzhenitsin, a raíz de publicarse el *Archipiélago*. En aquel libro, *Del disprezzo per Solgenitsin*, Fortini señalaba «la grave hipocresía que entrañan las palabras de quienes se curan en salud, expresando reservas sobre la calidad de las obras de Solzhenitsin», actitud que sirve, en realidad, «para poner entre paréntesis los contenidos histórico-políticos» de esas obras.

Pero no había crítica literaria en antena, la noche de aquel programa de Bernard Pivot, el 11 de abril de 1975.

Sí había la enorme, la truculenta verdad de Alexandr Solzhenitsin. Verdad molesta, desagradable, sin duda, para la mayoría de los intelectuales de izquierdas (los de derechas, incluso los de una derecha liberal, no te interesan, en este contexto concreto: porque aunque han comprendido y proclamado mucho antes que vosotros —es un «vosotros» genérico, por supuesto— la verdad del Gulag, expresión concentrada de la realidad del comunismo, son en cambio incapaces de elaborar una estrategia concreta que aspire a la destrucción de dicho Gulag, es decir, del comunismo bajo su forma despótica; son, por consiguiente, aliados necesarios, con frecuencia indispensables, en la protesta, pero son prácticamente inútiles de cara a la transformación: pues bien, la tarea hipotética de un marxismo revolucionario, hoy impensable, no es interpretar el Gulag y los países del despotismo burocrático, sino transformarlos) verdad, pues, la de Solzhenitsin, prácticamente inadmisible para los intelectuales de izquierdas que han de resolver, quizá por vocación, quizá por masoquismo de la esperanza, la cuadratura del círculo: mantener abierta una perspectiva de unión y de victoria de la izquierda —lo que implica neutralizar, poner entre paréntesis o suspender por una parte el juicio crítico y realista sobre el PCF y por otra el juicio de conjunto sobre la sociedad nacida de la Revolución de Octubre, y de las subsiguientes derrotas de las revoluciones en los países del campo llamado socialista, que es el campo de los campos (y entiendes por derrota la victoria técnica y táctica de las minorías revolucionarias —que se proclaman bolcheviques por antífrasis, o sencillamente porque aún aspiran a más— que oculta la derrota histórica de la clase obrera a la que afirman, a grandes gritos, representar)— y por otro lado, y al mismo tiempo, esos intelectuales de izquierdas no pueden dejar de decir, por motivos tan éticos como proselitistas, ciertas verdades, siquiera parciales, sobre el PCF y la URSS, mirando, al decirlas, de no rebasar un umbral fatídico de ruptura, cuyos parámetros, por lo demás, desconocen, ya que éstos cambian inopinadamente, arbitrariamente, pues dependen del humor y de la táctica de la URSS y del PCF.

Pero mirabas a Alexandr Solzhenitsin, aquel 11 de abril de 1975, trigésimo aniversario de la liberación de Buchenwald, cumpleaños también de una muchacha polaca a la que conociste fugazmente en la universidad de Yale, y que te reprochaba que siguieras vivo al tiempo que se alegraba de ello, porque así podías hablarle de su padre, de aquel lejano pasado anterior a su nacimiento que sin embargo había condicionado su vida, de aquella muerte de antaño cuya distancia no lograba situar en relación con su vida. Mirabas a Alexandr Solzhenitsin, barriendo todas las objeciones delicadas, o sutiles, sutilmente marcadas, en cualquier caso, por el sello de un sentimiento de culpabilidad, de los intelectuales parisinos, con un amplio ademán y una sonrisa carnicera —la vitalidad, la capacidad de humor destructivo de aquel antiguo *zek* fue lo que más te sorprendió aquella noche—, lo veías asestar sus desagradables verdades a unos y a otros. Lo oías enumerar las verdades inaceptables para las almas benditas de izquierdas, para las conciencias virtuosas, que se esfuerzan, de manera totalmente esquizoide, en condenar el Gulag al tiempo que aprueban sus premisas —o sea, las guerras revolucionarias que durante este siglo han arrancado a algunos pueblos del dominio imperialista para arrojarlos a la esclavitud del Partido Único— y pensabas en el texto irrefutable de Franco Fortini, *Del disprezzo per Solgenitsin*: «No debe extrañarnos que la intolerancia sea tan difusa y tan frecuente el desprecio por Solzhenitsin. Porque no basta haber pronunciado un juicio político sobre la Unión Soviética de hoy y sobre la política del PC. Persiste el rechazo autodefensivo de aceptar la idea de una catástrofe histórica. Por temor a mezclarnos con los enemigos del comunismo, continuamos, desde hace ya demasiados años, *sin redefinir el comunismo, rechazando su historia*. Preferimos nuestras propias esperanzas a la verdad. Engañamos a los más jóvenes porque seguimos haciéndonos ilusiones.»

No crees que sea necesario añadir nada.

Pero durante aquel programa literario del 11 de abril de 1975, nadie recordó que se celebraba un doble aniversario. Por supuesto, el cumpleaños de la muchacha polaca de Yale University sólo te afectaba a ti. Quieres decir que nadie estaba al corriente. De modo que no había por qué aludir a ello. El otro aniversario, en cambio, el de la liberación de Buchenwald, no sólo te afectaba a ti. Afectaba también, por ejemplo, a Senka Klevchin, el compañero de Iván Denisóvich, en el campo especial de trabajo correctivo y forzado del que Solzhenitsin describe un día como los demás, entre los demás. Senka Klevchin, el veterano de Buchenwald, debió de acordarse de aquel aniversario, si es que seguía con vida el 11 de abril de 1975. Cualquiera que sea su nombre real, Senka Klevchin debió de acordarse. Más tarde, quizá, si es que seguía con vida, se enteró de que su compañero de deportación, el *zek* Solzhenitsin, había participado en un programa literario de la televisión francesa, el 11 de abril de 1975. De seguro que le hizo sonreír la coincidencia. ¡Hombre!, debió de decir, si es el día de la liberación de Buchenwald. Debió de pensar que era una coincidencia significativa.

Entonces, te acuerdas de Senka Klevchin, comienzas a mirar aquel programa literario tan parisino con los ojos de Senka Klevchin. Quién sabe si llegaste a conocer a aquel *zek* ruso que se oculta con ese nombre en un libro de Alexandr Solzhenitsin y que había sido, unos años antes, un *kazettler* de Buchenwald, compañero tuyo. Quizá lo conociste. Conociste muchos rusos, en Buchenwald. En cualquier caso, tuvisteis que estar juntos en la carretera de Weimar, cuando los grupos armados de la Resistencia marcharon hacia aquella ciudad, tras la liberación del campo. Los rusos se habían desplegado a la derecha de la carretera, por el bosque. Pero no puedes saber si Senka Klevchin se encontraba allí. Lo único que sabes con certeza de él es lo que dice Solzhenitsin en *Un día en la vida de Iván Denisóvich*: «Senka (¡ése sí que las ha pasado moradas!) no habla casi nunca. No oye ni interviene en las conversaciones. Muy poca cosa se sabe de él, sino que estuvo en Buchenwald, que formó parte de la organización clandestina, que introdujo armas en el campo para la insurrección.»

Pero es cierto, piensas hoy —no el 11 de abril de 1975, hoy, en el momento de escribir estas líneas— que hay gente que niega aquella insurrección de Buchenwald, que niegan a Senka Klevchin, y a Solzhenitsin, por tanto, quien según ellos cometió la ingenuidad de creer esa leyenda, y a ti, finalmente, el derecho a hablar de aquella insurrección, ya que no tuvo lugar, según decretan. Pero, ¿nos niegan también el derecho a recordar-? ¿Puede Senka conservar el recuerdo de los fusiles automáticos introducidos pieza por pieza, clandestinamente, en el campo, por los camaradas de la *Gustloff*? ¿Puede acordarse de las armas abandonadas por los SS, aquel día de agosto de 1944 en que el campo fue bombardeado por los americanos, y «organizadas» —¡por una vez la palabra cae bien!— por compañeros de los grupos de la autodefensa clandestina? ¿Y tú, tienes derecho a acordarte? Luego, dentro de unos minutos al término de este domingo de diciembre que estás narrando —pero quizá no seas tú, quizá no puedas identificarte totalmente con el Narrador—, te convocará tu jefe. de grupo: hay un ejercicio de alerta militar, esta noche, una especie de movilización de todos los destacamentos —sin armas, claro está— que tendrán que desplazarse por el campo, en la noche del campo, burlando la vigilancia de los centinelas SS apostados en las torres de control, para ir a ocupar sus hipotéticos puestos de combate. Pero, ¿tendrás derecho a narrar este recuerdo? Ahora que algunos —y el último hasta la fecha parece que es Bruno Bettelheim, distinguido psiquiatra— niegan la realidad de la insurrección armada de Buchenwald, ¿tendrás derecho a acordarte de aquella tarde del 11 de abril, cuando Palazón —su nombre auténtico era Lacalle—, responsable de los grupos de choque españoles, apareció delante del block 40, con los brazos cargados de fusiles, y gritando: ¡Grupos, a formar!, y de todas las ventanas del block salieron, como en una película de Harold Lloyd, los españoles de los grupos de choque, concentrados allí desde hacía horas, para tomar los fusiles e ir a ocupar los puestos que se les había asignado de antemano?

Sin duda, no lo niegas, la insurrección armada de Buchenwald no fue una hazaña militar, no cambió el curso de la guerra. Pero, ¿hubiera cambiado el curso de la guerra, hubiera durado la guerra un día menos, un solo día menos, si París no se hubiera sublevado? Tú sabes perfectamente, y Bruno Bettelheim debiera saberlo casi tan bien como tú, que ese tipo de insurrecciones armadas tienen sobre todo una significación política y moral. Así, aunque el curso de la guerra no fue transformado por la insurrección de París, el curso político y moral de la historia de Francia sí que quedó profundamente modificado. Lo mismo ocurre con Buchenwald, piensas. Lo importante no era capturar unas docenas de prisioneros, ocupar el terreno en el momento en que los SS habían iniciado la evacuación precipitada de las torres de control y de los cuarteles —es decir en el momento en que el riesgo de derramar inútilmente, para vanagloria de los jefecillos, la sangre de los deportados era mínimo, prácticamente nulo, momento perfectamente calculado por la dirección militar clandestina—, lo importante era romper, aunque sólo fuese por unas horas, la fatalidad de la esclavitud y de la sumisión. Aquel día en Buchenwald, no buscabais el poder con vuestros fusiles, buscabais la dignidad. Por esa dignidad, por ese concepto de la especie humana, habíais sobrevivido.

Y es extraño, piensas, que Bruno Bettelheim, distinguido psiquiatra, judío, y antiguo prisionero de Dachau, no parezca haber comprendido esto, en su *Sobrevivir*, precisamente. Porque Bettelheim (Bruno) no es de los que niegan la realidad de la insurrección de Buchenwald por oscuros motivos políticos. O mejor dicho, por motivos muy claros: por anticomunismo. Tampoco es de los testigos que no vieron nada, porque no estaban en un lugar desde donde pudieran ver, y por tanto niegan la realidad de lo que escapa a su vista.

Bruno Bettelheim no está entre éstos. Su problema, crees tú, como queda bien patente a lo largo de su ensayo, *Sobrevivir*, es que no se perdona a sí mismo el haber sobrevivido. No se perdona el haber sido, si no el único, sí al menos de los poquísimos judíos —¿se necesitarían más dedos de los de una mano para contarlos?— que fueron liberados de un campo de concentración nazi. Y tú comprendes tal sentimiento. En la primavera de 1945, en efecto, la *Politische Abteilung*, la Gestapo de Buchenwald, pidió información al *Arbeitsstatistik* sobre el preso número 44 904. Pues bien, ese preso eras tú. Poco tiempo después, la *Politische Abteilung* te hizo llegar una carta de la embajada de Franco en Berlín, comunicándote que el señor de Lequerica se ocupaba de tu caso y esperaba llegar a una solución positiva con las autoridades alemanas. Sin duda algún miembro de tu familia le había pedido a Lequerica que interviniera. En tu familia, había un montón de personas importantes y bien vistas por el régimen franquista. Pero no es eso de lo que querías hablar. Querías hablar de la angustia que te embargó ante la idea de que aquellas gestiones pudiesen en efecto resultar positivas, de que pudiesen conducir a tu liberación. Una angustia abochornada, terrorífica, te embargó al pensar que podrías abandonar a tus compañeros, traicionarlos, en cierto modo, volver a la vida de antes, a la vida exterior, sin ellos, contra ellos quizá. Pero, por fortuna, aquellas gestiones por parte de las autoridades españolas no desembocaron en nada.

En cualquier caso, este recuerdo te permite perfectamente comprender el sentimiento de culpabilidad que debe de atormentar obsesivamente la mente de Bruno Bettelheim, psiquiatra judío y vienés, superviviente del genocidio de judíos vieneses, cuando habla de los problemas de la supervivencia en los campos de concentración. Te haces perfecto cargo pero no por ello excusas las tonterías que ello implica respecto a la liberación de Buchenwald.

Pero el 11 de abril de 1975, no pensabas en Bruno Bettelheim, pensabas en Senka Klevchin. Pensabas que darías años de tu vida por poder ver a Senka Klevchin. Con él, con tu antiguo compañero de Buchenwald, podrías dilucidar definitivamente las preguntas que había hecho nacer en tu mente el comportamiento de los rusos en Buchenwald. Hubieras podido exponerle tu idea, escuchar sus observaciones. Habías terminado comprendiendo, y *El archipiélago Gulag* no había hecho sino confirmar aquella idea, que los rusos estaban a sus anchas en el universo de Buchenwald porque la sociedad de la que provenían los había preparado perfectamente para ello. Los había preparado por su arbitrariedad, por su despotismo, por la rígida jerarquización de los privilegios, por el hábito de vivir al margen de las leyes, por el hábito de la injusticia. En Buchenwald, los rusos no estaban en un planeta extraño: estaban como en su casa. Porque —y esa conclusión te había costado pese a la ausencia de prejuicios ideológicos a la que pensabas haber llegado— la sociedad de los campos de concentración nazis no era, como tú pensaste durante mucho tiempo, la expresión concentrada, y por ende forzosamente deformada, de las relaciones sociales capitalistas. Aquella idea era falsa, en lo esencial. Lo propio de las relaciones sociales capitalistas, en efecto, es la división, la lucha, el antagonismo de las clases en un sistema que basa en él su dinamismo: pues bien, el campo de concentración suprimía, suspendía al menos en su recinto interno, todo dinamismo de ese orden. Y sin duda había diferencias de clase, o al menos de categoría, de consumo de los bienes necesarios para vivir, sin duda había de todo eso en Buchenwald. Pero aquella estratificación no se basaba en la lucha, el intercambio y la propiedad, como en la sociedad capitalista: se basaba en la función, en el papel desempeñado por cada uno en una estructura burocrática, piramidal, que provocaba una apropiación diferente, como en la sociedad soviética.

De hecho, los campos nazis no eran el espejo deformante de la sociedad capitalista —aun siendo el producto de la lucha de clases, o más bien, el resultado de la suspensión violenta de esta lucha por la arbitrariedad fascista—, eran un espejo bastante fiel de la sociedad estaliniana. Y en un campo como Buchenwald, en donde los políticos, y de modo particular los comunistas, ocupaban lugares privilegiados, la fidelidad de aquella imagen te parecía terrorífica.

Mirabas a Alexandr Solzhenitsin en las pantallas de la televisión francesa, aquel 11 de abril de 1975, y estallaban imágenes en todas direcciones. La imagen imaginaria de Senka Klevchin, la imagen de aquella muchacha polaca que nació el mismo día, treinta años atrás, la imagen de Herling-Grudzinski en el campo de Yerchevo, leyendo los *Recuerdos de la casa de los muertos*, la imagen de Nikolai, el *Stubendienst* ruso del block 56, donde vivían y morían Halbawchs y Maspéro, de Nikolai el Caíd, con sus botas relucientes y su gorra del NKVD —y comprendías ahora por qué eran tan apreciadas por los jóvenes truhanes rusos, aquellas gorras con ribetes rojos: simbolizaban el poder real y oscuro de su sociedad, el poder al que ellos aspiraban, en la jungla del Campo Pequeño de Buchenwald—, la imagen de Ladislav Holdos, la imagen de Daniel A., su sonrisa invencible, y la imagen de Fernand Barizon en la noche de aquel domingo de diciembre.

Fernand Barizon me esperaba a la salida de la Mutualidad.

Hacía un rato, al final de la reunión, había surgido de la multitud.

—¡Gérard! —había dicho.

El pelo le había encanecido, y también las cejas, pero seguían tan tupidos, tan enmarañados.

Había meneado la cabeza sonriendo.

—Nunca me acostumbraré a tu verdadero nombre.

—Pero si de verdad me llamo Gérard.

Se ríe, nos reímos.

La gente va y viene a nuestro alrededor, al pie de la tribuna de la Mutualidad. Me hablan de no sé qué copa que hay que tomar con los compañeros de *Clarté* y los escritores que han participado en el debate.

—Ve, Gérard, no te preocupes por mí —dice Barizon.

No me preocupo por él, me preocupo por ambos. Quiero decir: por nuestra amistad. Habíamos comenzado un viaje, veinte años atrás. Debemos terminarlo juntos.

—¿Tienes prisa? —le digo.

—Ya nada corre prisa, Gérard —me dice.

Así que quedo con él para un poco más tarde, en un bar de la calle Saint-Victor. Echo a andar para alcanzar a Pierre Kahn, Yves Buin y Bernard Kouchner, mis compañeros de *Clarté*; Barizon se me acerca de nuevo:

—¿Ya no estás en el partido, no?

Hago un ademán dubitativo.

—En principio —le digo—, sigo siendo miembro del CC. De hecho, creo que ya no estoy en el partido. Supongo que cualquier día de estos me darán la noticia.

Lo miro, no ha chistado.

—¿Te molesta que ya no sea un pez gordo? —le digo, recordando sus palabras, cuatro años antes, durante aquel viaje de París a Zurich, con un alto decisivo en Nantua.

Suelta su risa estruendosa:

—¡Me importa un pepino que seas o dejes de ser un pez gordo!

Me apunta con el dedo.

—Quería que lo supieras, antes de que hablásemos, Gérard —dice con tono grave—. La primavera pasada, unos tíos, de los tuyos, en fin, del partido español, fueron a verme. Me dijeron que eras un cabrón, en fin, un tipo dudoso, y que si venías a pedirme cualquier cosa, que te diera con la puerta en las narices. ¡Los mandé a tomar viento! Ya está, eso es todo. Luego hablaremos.

Da media vuelta, se pierde en la multitud.

¿Por qué me indigna que hayan hecho eso con Fernand? Sabía perfectamente que el PCE nada más concluir la reunión del castillo de los reyes de Bohemia, apenas fui excluido del Comité ejecutivo, en abril de 1964, se había puesto en contacto con todos los camaradas franceses con los que yo había tenido trato en el trabajo clandestino para ponerlos en guardia contra mí. Sin duda, es lo que llaman la vigilancia. ¿Pero por qué me disgustaba es-

pecialmente que hubiesen hecho aquello con Fernand?
¿Por Buchenwald? ¿Por nuestros domingos de antaño, con
Juliette y Zarah Leander?

Pero nadie podría impedirme haber vivido aquellos domingos con Fernand. Los había vivido yo, no Carrillo. Nunca me despojarían de mi memoria. No borrarían el recuerdo de Buchenwald. No era Carrillo quien oía la voz de Zarah Leander cuando nos hablaba de la infinita dicha desesperada del amor, la oía yo. No era Carrillo quien soñaba con Juliette, en Buchenwald, soñábamos Fernand y yo.

Miro cómo Barizon se pierde en la multitud.

—¿Por qué seguimos siendo comunistas?

Era la pregunta que me había hecho Barizon, en Zurich, en 1960.

No me la había hecho de sopetón, pero sí a destiempo.
En el último minuto, en el momento en que nos disponía-
mos a separarnos. Cuando yo ya no tenía tiempo de contestarle, cualquiera que fuese mi respuesta. Ni siquiera
teníamos tiempo de plantear de verdad aquella pregunta,
de dejar que se desplegase aquella interrogación. Pero quizá por ese motivo me había hecho Barizon la pregunta en
un momento tan inoportuno. Quizá no deseaba realmente
una respuesta a aquella pregunta inoportuna. Quizá tan
sólo quería que quedase planteada, a todo evento.

En cualquier caso, estábamos en la sala de espera del
aeropuerto de Zurich. Una voz femenina acababa de anunciar por el altavoz el embarque inmediato del vuelo de la
Swissair con destino a Praga. Le tendí la mano a Fernand
Barizon. Me disponía a dirigirme a la ventanilla más cerca-
na de los puestos de control de policía. No sabía aún que
olvidaría todos los motivos de aquel viaje a Praga, que parecía particularmente urgente. No sabía aún que mi único
recuerdo de aquel viaje a Praga sería la contemplación de
un cuadro de Renoir.

—¿Por qué seguimos siendo comunistas, Gérard?

Barizon me hizo aquella pregunta en el momento en que
iba a volverme. Me quedé clavado donde estaba. Ni siquiera pensé en regañar a Barizon por haberme llamado Gérard en alta e inteligible voz, cuando yo tenía que ser Ramón Barreto, cuando visiblemente no era sino Ramón Barreto, un uruguayo desconocido a quien iba a encarnar en
la última etapa de mi viaje.

—¡Pero hombre! —le dije tontamente, clavado donde
estaba.

Era demasiado tarde, por supuesto. Demasiado tarde para aquella pregunta y para cualquier otra.

Aquella mañana, habíamos dado la vuelta al lago de Zurich, mientras hablábamos del informe secreto de Jruschov. En Wädenswil, o sea frente a Wädenswill, Fernand me había hecho la primera pregunta, la que se refería a la verdad de aquel informe. O mejor dicho, a la realidad de su existencia y a la veracidad de su contenido. Más tarde, frente a Küsnacht, en el momento en que el barco abandonaba el embarcadero de Küsnacht, le conté a Barizon cómo habían liquidado Jruschov y los otros a Beria. Le relaté aquel suceso, al menos tal como me lo había referido Carrillo. «¡Coño!», había murmurado Barizon. Fue el único comentario que hizo en toda la mañana. El resto del tiempo, se había limitado a hacerme breves preguntas, para estimular mi relato, para hacerme decir todo cuanto tenía en la memoria, en el corazón, en el estómago, y que no siempre me decía a mí mismo, por lo demás.

Y, de repente, al final de nuestro viaje, en el momento en que íbamos a separarnos, quién sabe para cuánto tiempo, Barizon había hecho aquella pregunta inoportuna. Quiero decir: inoportuna en cuanto al momento, en cuanto al lugar en que fue hecha. La más oportuna que pueda haber, por lo demás. La única pregunta oportuna, incluso.

—¿Por qué seguimos siendo comunistas, Gérard?

Aquella tarde, en la Mutualidad, durante aquel debate organizado por *Clarté*, el periódico de los estudiantes comunistas, sobre el tema *¿Qué puede la literatura?*, traté de responder a aquella pregunta de Barizon.

«¿Cuál es, a mi juicio, la actitud marxista más válida respecto a ese pasado del movimiento obrero al que llamaré, simplificando un poco las cosas, pero para que se me entienda, el estalinismo?

Pensé en Barizon al hacerme aquella pregunta en voz alta, ante la multitud de la Mutualidad, aquella tarde el otoño de 1964. Estaba sentado a la izquierda de Yves Buin, quien presidía aquel debate en nombre de *Clarté*. A mi lado, estaban Simone de Beauvoir y Jean Ricardou. Al otro lado de Yves Buin, a su derecha, estaban Jean-Pierre Faye, Yves Berger y Jean-Paul Sartre.

«Creo —había dicho contestando a mi propia pregunta— que hay un componente principal en tal actitud. Es la conciencia de nuestra responsabilidad, o, si se prefiere, de nuestra corresponsabilidad. En este caso, la ignorancia, real o fingida, no sirve para nada, no justifica nada. Siempre hay algún modo de enterarse, de *poner en duda*. Demasiado hemos denunciado la actuación de la buena conciencia, de la mala fe, respecto al tema del exterminio de los judíos, para reivindicar ahora, en nuestro provecho, las excusas de esos mecanismos embaucadores.

»Por otra parte, aunque lo ignoremos, aunque de veras lo ignoremos, somos corresponsables, porque ese pasado es el nuestro y nadie podrá cambiarlo. No podemos rechazar ese pasado. Podemos negarlo, o sea comprenderlo en su totalidad, para destruir sus vestigios, y para construir un porvenir que sea radicalmente distinto.

»Necesitamos, pues, una conciencia activa, y no desdichada, de nuestra responsabilidad. Somos responsables de ese pasado porque aceptamos la responsabilidad del porvenir, de la revolución a escala mundial.»

Al leer estas frases, es fácil comprender hasta qué punto seguía yo obnubilado, en otoño de 1964, por una ilusión inconsistente. La ilusión de preservar y hacer evolucionar los valores del Comunismo, pese al partido comunista o incluso en contra suya. La ilusión de liquidar las consecuencias del estalinismo a través de la revolución y, lo que es peor, «¡a escala mundial!» Sabía ya, sin duda, que lo que no podía subsistir en el partido comunista era el propio partido comunista, pero lo que aún no sabía, por lo menos de forma cabal, era que ninguna otra fuerza revolucionaria, ninguna otra vanguardia podría sustituir a ese partido, a ese tipo de partido: no sabía que la historia estaba bloqueada, en ese aspecto, por un período indeterminado, quizá incluso infinito, o sea sin un final previsible. Sabía ya —¡y no constituía gran mérito el saberlo!— que el estalinismo era una de las consecuencias de la derrota de la revolución, pero no sabía aún, o no quería saberlo —quizá por temor a romper lazos, a que se me tildara de «renegado»— que el estalinismo significaba también la imposibilidad histórica de reimpulsar la revolución, que el estalinismo, aun desempolvado, aun superficialmente desestalinizado, conllevaba la imposibilidad de una revolución a escala mundial.

En definitiva, no sabía aún —y no tardaría en saberlo— que la revolución mundial era un mito histórico, de la misma índole que el de la clase universal. Tan eficaces, eso sí, el uno como el otro, sosteniéndose ambos como el ciego al paralítico.

—Óyeme —me dice Barizon un poco más tarde—, ¡al final no escribiste aquel libro del que me hablabas en Nantua, hace cuatro años!

¿Fue realmente en Nantua? ¿No fue más bien en Ginebra, en el buffet de la estación de Cornavin? Miro a Barizon, en el bar de la calle Saint-Victor donde nos hemos reunido.

En cualquier caso, es cierto que no he escrito el libro del que hablaba con él en Ginebra o en Nantua.

—El día en que vi tu foto —prosigue Barizon—, el año pasado, con un artículo sobre tu libro, ¡me quedé impresionado, chico! Aparte de que por fin me enteraba de tu verdadero nombre.

—Mi verdadero nombre es Gérard —le digo interrumpiéndolo—. ¡Mi verdadero nombre es Sánchez, Artigas, Salagnac, Bustamante, Larrea!

Me mira, menea la cabeza.

—De acuerdo —me dice con aire pensativo—. Tu verdadero nombre es un nombre falso. El maquis, la clandestinidad, la lucha: ¡un nombre falso para todo eso! Pero ahora, más te vale olvidarte de todo eso, si no quieres pasarlo mal.

Puede que tenga razón.

—El caso es que me habías dicho que contarías un domingo en Buchenwald y que yo saldría en tu historia, con el nombre de Barizon. Yo voy, me precipito, leo tu libro, y nada, ¡nada de nada! ¡Ni domingo, ni Barizon! —dice Barizon.

Los dos nos echamos a reír.

—¡De todas maneras —le dijo—, ese libro tengo que reescribirlo!

Me mira, frunciendo el ceño, no comprende lo que quiero decir. O todavía no, por lo menos.

Un año antes, un poco más de un año antes, en abril de 1963, la nieve remolineaba a la luz de los reflectores, en la estación de Lyon. En un momento de iluminación angustiada, me había acordado de *Un día en la vida de Iván Denisóvich*.

A primera vista, la publicación del relato de Solzhenitsin, y toda la publicidad organizada por las autoridades soviéticas oficiales, que se produjo a raíz de los trabajos del XXII Congreso del PCUS en el transcurso del cual las críticas a Stalin no sólo prosiguieron sino que se hicieron públicas, todos estos acontecimientos tendían a probar, a primera vista, la victoria definitiva de las tesis jruschovianas. Parecía que de todo ello podía inferirse la posibilidad para el sistema político soviético de evolucionar progresivamente a partir de su cúspide. Más tarde, en *El roble y el ternero*, Alexandr Solzhenitsin habla de aquella época en términos contundentes: «Tras el insulso XXI Congreso, que había enterrado sin una palabra las maravillosas perspectivas abiertas por el XX, resultaba imposible prever el ataque inesperado, estruendoso y furibundo que Jruschov le tenía reservado a Stalin para el XXII Congreso... Pero, en fin, tuvo lugar y no en secreto, como durante el XX Congreso, ¡sino a la luz del día! No recuerdo haber leído desde hacía tiempo nada tan interesante como los discursos pronunciados en aquel XXII Congreso.»

No obstante, tal apariencia era engañosa.

Si uno no se deja obnubilar por las circunstancias concretas de la lucha por el poder en la URSS y en las altas instancias del movimiento comunista internacional, que habían movido a Jruschov a asestar un nuevo golpe a sus adversarios, internos y extranjeros, utilizando pragmáticamente el relato de Solzhenitsin, la lectura de éste demostraba de manera palpable que el sistema político postestaliniano no era reformable. El país del Gulag jamás llegaría a convertirse en el del socialismo: tal era la conclusión que no podía menos de sacar de la lectura de *Un día en la vida de Iván Denisóvich*. En una noche, aquellas pocas páginas lograron hacerme ver lo que años de experiencia, desde 1956, montones de horas de discusión y de lecturas no habían logrado aclararme de forma definitiva. Sin duda era mi visión de *kazettler*, al leer aquella experiencia de *zek*, lo que me hizo comprender que ya no cabía hacerse más ilusiones. La visión de los campos revelaba bruscamente un paisaje interior de imposturas ideológicas, de aproximaciones, de compromisos más o menos históricos, de ideas confusas cuya única razón de ser era confundir, a través del cual yo había ido zigzagueando, por mis responsabilidades en el PCE, por solidaridad con los que luchaban en la clandestinidad española, a quienes conocía y a veces quería, y con frecuencia respetaba. No, no estaba de acuerdo con la opinión que expresaba Pierre Daix en su prólogo al relato de Solzhenitsin, no opinaba que «*Un día en la vida de Iván Denisóvich* se integra en el esfuerzo actual por lavar a la revolución de los crímenes que la man-

chan, pero más profundamente sin duda, es un libro que aspira a devolver a la revolución su auténtico significado».
Yo opinaba que Solzhenitsin se integraba en una perspectiva muy distinta y que devolvía a la revolución rusa su dimensión de catástrofe histórica.

Había sacado mis propias conclusiones en el debate que se había abierto, de forma más o menos confusa, en el seno del Comité ejecutivo del PCE, desde la primavera de 1962. Había sacado conclusiones tan tajantes que ahora me veo excluido del partido —con un pie fuera al menos, mi pie bueno, eso sí, aunque no tardaré en salir oficialmente, y con los dos pies—, en otoño de 1964, en la época en que participo en el debate de *Clarté* sobre el poder de la literatura.

Naturalmente, durante aquella reunión de la Mutualidad, había hablado de Solzhenitsin. «Solzhenitsin —dije— destruye de entrada la inocencia en que nos recreábamos. Regresábamos de los campos nazis, éramos buenos, los malos habían sido castigados, la Justicia y la Razón acompañaban nuestros pasos. Sin embargo, en aquel mismo momento, algunos de nuestros compañeros (quizá los habíamos conocido, quizá habíamos compartido con ellos quince gramos de pan negro) marchaban a reunirse con Iván Denisóvich, a algún lugar del Extremo Norte, para construir allí, irrisoriamente, una Ciudad Socialista que desplegaba bajo la nieve los fantasmas deshabitados de sus armazones de hormigón. No hay ya inocencia posible, tras este relato, para quien trate de vivir —vivir realmente— dentro de un concepto marxista del mundo.»

Con la única salvedad de que hoy tacharía estas últimas palabras, ya que nadie sabe lo que es «un concepto marxista del mundo», nada tengo que añadir a aquella declaración de 1964.

Pero un año antes, en la estación de Lyon, en medio de aquella borrasca de nieve ligera, cuyos copos remolineaban a la luz de los reflectores, me acordé de Fernand Barizon. A fin de cuentas, por él escribí *El largo viaje*. Por él y por Manolo Azaustre, el español de Mauthausen a quien conocí en Madrid, en la calle Concepción Bahamonde, y que fue detenido en 1962 al mismo tiempo que Julián Grimau. En cierto modo, me puse a contar poniéndome en lugar de ellos. Pero no había escrito el libro del que hablaba con Barizon, en Nantua o en Ginebra. No había contado un domingo en Buchenwald. ¿Qué había contado, en realidad? Aquel día, en la estación de Lyon, tuve la sensación de que aún no había contado nada. De que no había contado lo esencial, al menos. Mi libro estaba en prensa cuando leí *Un día en la vida de Iván Denisóvich*. Así que, antes de que apareciese mi libro, sabía ya que algún día tendría que reescribirlo. Sabía ya que habría que destruir aquella inocencia de la memoria. Sabía que tendría que revivir mi experiencia de Buchenwald, hora a hora, con la desesperada certidumbre de la existencia simultánea de los campos rusos, del Gulag de Stalin. Sabía asimismo que la única manera de revivir aquella experiencia era reescribirla, con conocimiento de causa esta vez. Con la luz cegadora de los reflectores de la Kolyma iluminando mi memoria de Buchenwald.

Aún no había escrito nada, en una palabra.

Nada esencial, al menos, nada auténtico. Había escrito la verdad, eso sí, únicamente la verdad. De no haber sido comunista, esa verdad habría bastado. De haber sido cristiano, socialdemócrata, nacionalista —o patriota, sencillamente, como decían los campesinos de la región de Othe— la verdad de mi testimonio habría bastado. Pero no era cristiano, ni socialdemócrata, era comunista. Todo mi relato en *El largo viaje* se articulaba silenciosamente, sin hacer hincapié en ello, sin ostentación excesiva en torno a una visión comunista del mundo. Toda la verdad de mi testimonio tenía por referencia implícita, pero forzosa, el horizonte de una sociedad desalienada: una sociedad sin clases en la que los campos hubieran sido inconcebibles. Toda la verdad de mi testimonio se hallaba inmersa en los santos óleos de esa buena conciencia latente. Pero el horizonte del comunismo no es el de la sociedad sin clases. Me refiero a su horizonte real, histórico. El horizonte del comunismo, inabarcable, era el del Gulag. A partir de ese momento, toda la verdad de mi libro pasaba a ser falsa. Quiero decir que pasaba a serlo para mí. Podía admitir que un lector no comunista no se plantease el problema, que continuara viviendo íntimamente, llegado el caso, en la verdad de mi testimonio. Pero ni yo, ni ningún lector comunista —ningún lector, al menos, que quisiera vivir el comunismo como un universo moral, que no estuviese sencillamente posado allí como un pájaro en la rama—, aunque sólo quedase uno, podíamos admitir ya, tal cual, la verdad de mi testimonio sobre los campos nazis.

Años más tarde, en la universidad de Yale, sin duda

era lo que quería hacerme comprender, lo que quería comprender ella misma, aquella muchacha polaca que había nacido el 11 de abril de 1945, y que me enseñaba el libro de Herling-Grudzinski, *A World apart*, tras haberme hablado del *Largo Viaje*.

Pero no le hablo de aquella muchacha polaca a Fernand Barizon, en otoño de 1964, en un bar de la calle Saint-Victor, por el sencillo motivo de que aún no la he conocido. Le digo sencillamente —en fin, trato de explicarme de la forma más sencilla posible— por qué tengo que reescribir ese libro.

Barizon me escucha atentamente.

—Bien —dice asintiendo—, escribe de una vez ese libro. ¡Pero esta vez no se te olvide sacarme en él! ¡Así seguiremos juntos, pase lo que pase!

Bebemos un sorbo de cerveza —o de vino blanco, o de coñac, realmente ya no me acuerdo— y se hace un largo silencio entre nosotros.

—Ves, Gérard —dice Barizon tras ese largo silencio—, el comunismo ya no es la juventud del mundo, ahora está claro. ¡Pero a pesar de todo era nuestra juventud!

Brindamos silenciosamente por nuestra juventud.

—Un domingo, hora a hora, no es mala idea —dice Barizon para sí, un poco más tarde, como si hablara consigo mismo.

Lo miro y es la noche de aquel domingo de diciembre, en Buchenwald, en 1944, veinte años antes. Lo miro y de repente me acuerdo de una cosa.

—Oye —le digo—, esta mañana, cuando te marchaste gritando: «¡Chicos, qué hermoso domingo!», ¿en qué pensabas?

Estamos sentados en la mesa del comedor del block 40. Pronto va a sonar el toque de queda. Hace unos minutos, ha venido a avisarme el responsable militar de la organización clandestina del PCE: va a haber un ejercicio de alerta, recibiremos instrucciones antes de que suene el toque de queda. Fernand Barizon ha recibido las mismas instrucciones por su parte. Pero yo no lo sé. Hablamos de otra cosa. Aún no sabemos que nos veremos dentro de un rato, cuando termine el ejercicio de entrenamiento de los grupos de combate.

Estamos sentados en la mesa del comedor y damos pipadas alternativamente a un cigarrillo de *machorka*.

—¿Esta mañana? —dice Barizon—, no me acuerdo.

—Te marchaste gritando: «¡Chicos, qué hermoso domingo!» ¿En qué pensabas?

—En este puto domingo, me imagino —dice Barizon, encogiéndose de hombros—. ¿En qué quieres que pensase con esa jodida nieve que no paraba de caer?

—¿No pensarías en el Marne, por casualidad?

Barizon abre los ojos de par en par.

—¿Qué Marne? ¿La batalla del Marne?

De repente, todo queda claro, me río a carcajadas, me doy palmadas en los muslos, con gran sorpresa de Barizon a quien su broma no le parece tan graciosa.

Pero es que ahora sé de dónde me viene ese Marne que me ha obsesionado esta mañana, que he imaginado en la memoria de Barizon. Me viene de Giraudoux, naturalmente.

Dejo de reír y recito el texto de Giraudoux, en voz alta. Barizon se queda boquiabierto y los pocos deportados que andan rezagados por ahí vuelven la cabeza hacia nosotros.

—*Lo hubiera comprendido todo de la guerra de no ser por una frase ininteligible que en cada artículo contenía el nombre del mismo río, sin que hubiera forma de saber qué relación guardaba con el tema. Los alemanes están en nuestro país, decía el primer periodista, pero ¿qué dicen del Marne? Poca uva este año en Francia, decía el segundo, a los franceses les basta el Marne. En la página literaria, se consolaban de los nefastos efectos producidos por los cubistas con el mismo contraveneno: Hemos visto a los Independientes, decía el señor Clapier, el crítico, menos mal que tenemos el Marne...*

—¿Estás mal de la cabeza o qué? —grita, muy enfadado.

No, no estaba mal de la cabeza, me había hundido de cabeza en el mundo de antaño, en la vida de allá fuera, la vida donde estaba el Marne, donde estaba el teatro del Athénée donde íbamos a ver *Ondine*, donde estaba Juliette, la Juliette de Barizon y la de Giraudoux, donde estaba la vida, en una palabra.

Pero el árbol de esta mañana, el haya suprema, ¿formaba parte de la vida de fuera?

Hacía un rato, en la punta del Campo Pequeño, mientras contemplaba el crepúsculo en la llanura nevada de Turingia, Jehová me había preguntado si había pasado un buen domingo. Yo había pensado en aquel árbol de belleza casi irreal. Me había salido de la carretera, había contemplado el árbol. Había tenido la impresión fugitiva de descubrir una verdad esencial: la verdad de aquel árbol, de todos los árboles de alrededor, de todo el bosque, de todos los bosques, del mundo que para nada necesitaba mi mirada.· Había sentido con toda la fuerza de mi sangre arrebatada que mi muerte no privaría a aquel árbol de su belleza resplandeciente, que sólo privaría al mundo de mi mirada. Durante un breve instante de eternidad, había contemplado aquel árbol con la mirada de más allá de mi muerte, con los ojos de mi propia muerte. Y el árbol seguía igual de hermoso. Mi muerte no mutilaba la belleza de aquel árbol. Más tarde, leería un aforismo de Kafka que expresaba con exacta precisión lo que yo había sentido confusa pero intensamente, aquella mañana, ante el haya de Buchenwald: *En el combate entre tú y el mundo, ponte de parte del mundo.*

Pero el sol acaba de desaparecer, allá, detrás de la línea de los montes de Turingia. La noche cae de repente, como una capa de plomo o de hielo. En Lekeitio, en mi infancia, contemplábamos con fervorosa atención el disco rojizo del sol hundiéndose en el Océano. Otras veces era el Océano el que cubría con su flujo ascendente el disco del sol. Pero, una fracción de segundo después de que desapareciese el sol en el horizonte oceánico, se veía centellear un rayo verde. Un breve relámpago de luz verde, casi cegadora.

Pero en la llanura de Turingia, no ocurre nada parecido cuando el sol se pone. Sólo llega la noche negra, el frío.

De súbito, una idea cruza por mi mente y echo a correr.

—¿Pero adónde va? —pregunta Jehová con voz inquieta.

No voy a ningún sitio, me voy, eso es todo. He pensado que Jehová se iba a poner a recitar un versículo apropiado de la Biblia. Debe de haber montones de versículos apropiados en la Biblia, hermosos versículos para referirse a la noche.

Para eso, prefiero a Giraudoux. También Jean Giraudoux habla maravillosamente de los anocheceres en Bellac. Con él quiero acabar este domingo.

Índice

Colección Narrativa

Obras publicadas